GAROTA, ESQUECIDA

KARIN SLAUGHTER

GAROTA, ESQUECIDA

Tradução
Edmundo Barreiros

Rio de Janeiro, 2022

Copyright © 2022 por Karin Slaughter. Todos os direitos reservados.
Copyright da tradução © 2022 por Casa dos Livros Editora LTDA.
Título original: *Girl, Forgotten*

Todos os direitos desta publicação são reservados à Casa dos Livros Editora LTDA. Nenhuma parte desta obra pode ser apropriada e estocada em sistema de banco de dados ou processo similar, em qualquer forma ou meio, seja eletrônico, de fotocópia, gravação etc., sem a permissão do detentor do copyright.

Diretora editorial: *Raquel Cozer*

Gerente editorial: *Alice Mello*

Editora: *Lara Berruezo*

Editoras assistentes: *Anna Clara Gonçalves e Camila Carneiro*

Assistência editorial: *Yasmin Montebello*

Copidesque: *André Sequeira*

Revisão: *João Rodrigues e Pérola Gonçalves*

Capa original: *Grace Han*

Imagens de capa: *Getty Images*

Adaptação de capa: *Osmane Garcia*

Diagramação: *Abreu's System*

Dados Internacionais de Catalogação na Publicação (CIP)
(Câmara Brasileira do Livro, SP, Brasil)

Slaughter, Karin
    Garota, esquecida / Karin Slaughter ; tradução Edmundo Barreiros. – 1. ed. – Rio de Janeiro : HarperCollins Brasil, 2022.

    Título original: Girl, Forgotten
    ISBN 978-65-5511-378-5

    1. Ficção norte-americana I. Título.

22-113166   CDD-813

Índices para catálogo sistemático:

1. Ficção : Literatura norte-americana   813
Aline Graziele Benitez – Bibliotecária – CRB-1/3129

Os pontos de vista desta obra são de responsabilidade de seu autor, não refletindo necessariamente a posição da HarperCollins Brasil, da HarperCollins Publishers ou de sua equipe editorial.

HarperCollins Brasil é uma marca licenciada à Casa dos Livros Editora LTDA.
Todos os direitos reservados à Casa dos Livros Editora LTDA.
Rua da Quitanda, 86, sala 218 – Centro
Rio de Janeiro, RJ – CEP 20091-005
Tel.: (21) 3175-1030
www.harpercollins.com.br

Para a sra. D. Ginger.

17 DE ABRIL DE 1982

EMILY VAUGHN franziu a testa em frente ao espelho. O vestido era tão bonito quanto na loja. Seu corpo era o problema. Ela se virou, então se virou outra vez, tentando encontrar um ângulo que não a deixasse parecendo uma baleia encalhada na praia prestes a morrer.

Do canto, a avó disse:

— Rose, você tem que ficar longe dos biscoitos.

Emily levou um momento para se recompor. Rose era a irmã da avó, que tinha morrido de tuberculose durante a Grande Depressão. O nome do meio de Emily era em homenagem a ela.

— Vovó. — Ela pressionou a barriga com a mão, dizendo para a mais velha: — Não acho que são os biscoitos.

— Tem certeza? — Um sorriso passou pelos lábios da avó. — Eu esperava que você dividisse.

Emily franziu novamente a testa em desaprovação para o seu reflexo, antes de forçar um sorriso no rosto. Ela ajoelhou-se desajeitadamente à frente da cadeira de balanço da avó. A idosa estava tricotando um suéter que vestiria uma criança, os dedos entrando e saindo da gola franzida como beija-flores. A manga comprida do seu vestido estilo vitoriano estava arregaçada. Emily tocou delicadamente o grande hematoma roxo em seu pulso ossudo.

— Que velha desajeitada. — O tom de voz da avó tinha o tom de mil desculpas. — Freddy, você precisa tirar esse vestido antes que papai chegue em casa.

A avó achava que Emily era o tio Fred. A demência não passava de um passeio pelos muitos esqueletos guardados no armário da família.

Emily perguntou:

— Quer que eu pegue alguns biscoitos para você?

— Isso seria maravilhoso.

A avó continuou a tricotar, mas o olhar dela, que na verdade nunca focava alguma coisa específica, de repente se fixou em Emily. Seus lábios se curvaram em um sorriso. A cabeça se inclinou para o lado, como se estivesse estudando o revestimento perolado de uma concha.

— Olhe para essa sua pele bonita e macia. Você é muito bonita.

— Típico de nossa família.

Emily se maravilhou com o estado quase tangível de saber que tinha transformado o olhar da avó. Ali estava ela outra vez, como se uma vassoura tivesse tirado as teias de aranha de seu cérebro confuso.

Emily tocou a bochecha enrugada dela.

— Olá, vovó.

— Olá, minha criança querida. — Suas mãos pararam de tricotar, apenas para envolver o rosto de Emily entre elas. — Quando é o seu aniversário?

Emily sabia que precisava oferecer o máximo possível de informação.

— Faço dezoito em duas semanas, vovó.

— Duas semanas. — A idosa abriu um grande sorriso. — É tão maravilhoso ser jovem. Tanta promessa. A vida ainda como um livro a ser escrito.

Emily se conteve, criando uma fortaleza invisível contra uma onda de emoção. Ela não estragaria aquele momento chorando.

— Conte-me uma história do seu livro, vovó.

A avó pareceu felicíssima. Ela adorava contar histórias.

— Eu lhe contei sobre quando estava grávida do seu pai?

— Não — disse Emily, embora tivesse ouvido a história dezenas de vezes. — Como foi?

— Horrível. — Ela riu para tornar a resposta mais leve. — Eu passava mal o dia inteiro. Quase não conseguia sair da cama para cozinhar. A casa ficava uma bagunça. Estava sempre quente lá fora. Posso lhe dizer isso. Eu queria desesperadamente cortar o cabelo, porque ele estava muito comprido, na cintura, e quando eu o lavava, o calor o estragava antes que ele pudesse secar.

Emily se perguntou se a avó estava confundindo a sua vida com o conto "Bernice corta o cabelo". Fitzgerald e Hemingway frequentemente se misturavam com as lembranças dela.

— E você cortou quanto do seu cabelo?

— Ah, não. Eu não fiz isso — disse a avó. — Seu avô não deixaria.

Emily sentiu os lábios se entreabrirem de surpresa. Aquilo parecia mais a vida real do que um simples conto.

— Houve uma grande confusão e meu pai se envolveu. Minha mãe e ele foram intervir em minha defesa, mas seu avô se recusou a deixá-los entrar em casa.

Emily apertou as mãos trêmulas da avó.

— Eu me lembro deles discutindo na varanda da frente. Eles estavam quase chegando às vias de fato quando minha mãe suplicou que parassem. Ela queria me levar para casa e cuidar de mim até a chegada do bebê, mas seu avô recusou. — Ela pareceu surpresa, como se algo tivesse acabado de lhe ocorrer. — Imagine como minha vida teria sido diferente se eles tivessem me levado para casa naquele dia.

Emily não tinha a capacidade de imaginar, e podia apenas pensar na realidade da própria vida. Ela tinha se tornado tão presa quanto a avó.

— Ovelhinha. — Os dedos nodosos da idosa impediram que as lágrimas de Emily caíssem. — Não fique triste. Você vai embora. Vai para a faculdade e vai conhecer um rapaz que a ame. Vai ter filhos que a adoram e vai morar em uma casa linda.

Emily sentiu um aperto no peito. Ela tinha perdido as esperanças de uma vida como essa.

— Meu tesouro — disse a avó. — Você tem que confiar em mim. Estou presa entre o véu da vida e da morte, o que me proporciona uma visão tanto do passado quanto do futuro. Eu não vejo outra coisa além de felicidade para você nos dias que estão por vir.

Emily viu sua fortaleza interna rachar sob o peso do luto iminente; independentemente do que acontecesse — bom, ruim ou indiferente —, a avó não estaria lá para ver.

— Amo tanto você.

Não houve resposta. As teias tinham transformado o olhar da avó naquela expressão familiar de confusão. Ela estava segurando as mãos de uma estranha. Envergonhada, pegou as agulhas e continuou a tricotar o suéter.

Emily limpou as últimas lágrimas ao ficar de pé. Não havia nada pior do que ver um estranho chorar. O espelho a chamava, mas ela já se sentia mal o bastante sem olhar para o seu reflexo por um segundo a mais. Além disso, nada iria mudar.

A avó não ergueu o olhar quando Emily pegou as coisas e saiu do quarto.

Ela foi até o alto da escada e escutou. O tom de voz estridente da mãe dela estava abafado pelas portas fechadas do escritório. Emily se esforçou para ouvir a voz intensa de barítono do pai, mas ele provavelmente ainda estava na reunião de professores. Mesmo assim, Emily tirou os sapatos antes de descer cuidadosamente a escada. Os velhos rangidos da casa eram tão familiares quanto os gritos raivosos dos seus pais.

Uma das suas mãos estava estendida na direção da porta da frente quando ela se lembrou dos biscoitos. O velho relógio de pêndulo marcava cinco da tarde. A avó não se lembraria do pedido, mas também não iria ser alimentada até bem depois das seis horas.

Emily deixou os sapatos perto da porta e apoiou a bolsa pequena nos saltos. Ela passou na ponta dos pés pelo escritório da mãe, a caminho da cozinha.

— Onde você acha que vai vestida desse jeito?

O fedor de charutos e cerveja do pai enchia a cozinha. O paletó preto dele estava jogado sobre o encosto de uma das cadeiras e as mangas da camisa social branca estavam arregaçadas. Na bancada, uma lata fechada de cerveja Natty Boh estava ao lado de duas vazias e amassadas.

Emily observou uma gota escorrer pela lateral da lata.

O pai estalou os dedos como se estivesse apressando um de seus alunos de pós-graduação para terminar logo de falar.

— Responda.

— Eu só ia...

— Eu sei o que você *só ia* — interrompeu ele. — Você não está satisfeita com o dano que já causou a esta família? Vai estragar nossas vidas de vez antes da semana mais importante de toda a carreira da sua mãe?

O rosto de Emily ardeu de vergonha.

— Não se trata...

— Não estou nem aí para o que você acha do que se trata ou não. — Ele puxou o anel de alumínio que fechava a lata e o jogou na pia. — Você pode dar meia-volta, tirar esse vestido horroroso e ficar no seu quarto até que eu diga para sair.

— Sim, senhor.

Ela abriu o armário para pegar os biscoitos da avó. Os dedos de Emily mal tinham tocado a embalagem laranja e branca de Bergers quando a mão do pai se fechou em torno do pulso dela. Seu cérebro se concentrou não na dor, mas na lembrança do hematoma em forma de algema no pulso frágil da avó.

Você vai embora. Vai para a faculdade e vai conhecer um rapaz que a ame...

— Pai, eu...

Ele apertou com mais força, e a dor fez com que ela perdesse o fôlego. Emily estava ajoelhada, os olhos bem fechados, quando o fedor do hálito do pai entrou em suas narinas.

— O que eu falei para você?

— Você... — Ela arquejou quando os ossos no interior do pulso começaram a tremer. — Desculpe, eu...

— O que eu falei para você?

— Pa-para eu ir para o meu quarto.

O aperto em sua mão se soltou. O alívio trouxe outro arquejo do fundo do estômago de Emily. Ela se levantou, fechou a porta do armário e saiu da cozinha. Voltou pelo corredor e pôs o pé no primeiro degrau, bem em cima do lugar que fazia o rangido mais alto, antes de botar o pé novamente no chão.

Emily se virou.

Seus sapatos ainda estavam ao lado da porta, junto à bolsa. Eles tinham sido tingidos no tom perfeito de azul-turquesa para combinar com o seu vestido de cetim. Mas o vestido estava apertado demais e ela não conseguia vestir a meia-calça além do joelho. E, como os pés estavam inchados e doloridos, ela abandonou os saltos e pegou apenas a bolsa ao sair pela porta.

Uma brisa suave de primavera acariciou os ombros nus dela enquanto andava pelo gramado. A grama fazia cócegas em seus pés. Ao longe, ela podia sentir o cheiro pungente de sal do oceano. O Atlântico estava frio demais para os turistas que iam em bandos para o calçadão no verão. Naquele momento, Longbill Beach pertencia aos moradores, que nunca ficariam em uma fila serpenteante diante de um Trasher's para comprar um balde de batatas fritas ou ficar olhando, maravilhados, para as máquinas que esticavam fios coloridos de balas puxa-puxa na vitrine da loja de doces.

Verão.

A apenas alguns meses de distância.

Clay, Nardo, Ricky e Blake estavam todos se preparando para a formatura, prestes a começarem a vida adulta, prestes a deixarem aquela cidade praiana sufocante e patética para trás. Será que eles algum dia voltariam a pensar em Emily? Será que eles pensavam nela mesmo agora? Talvez com pena. Provavelmente, com alívio por terem finalmente eliminado a podridão do pequeno círculo incestuoso.

Agora, a exclusão dela não machucava tanto quanto no começo. Emily tinha finalmente aceitado que não fazia mais parte da vida deles, e, ao contrário do que a avó tinha dito, Emily *não* ia embora. Ela *não* ia para faculdade. *Não* ia encontrar um rapaz que a amasse. Ela ia acabar soando um apito estridente de salva-vidas para crianças insuportáveis na praia ou distribuindo incontáveis amostras grátis de trás do balcão da Salty Pete's Soft Serve.

As solas dos seus pés tocaram o asfalto morno quando ela virou a esquina. Emily quis olhar para a casa outra vez, mas conteve o gesto dramático. Ao invés disso, conjurou a imagem da mãe andando de um lado para outro em seu escritório, com o telefone ao ouvido enquanto desenvolvia estratégias. O pai estaria enxugando a lata de cerveja, talvez avaliando a distância entre o resto da bebida na geladeira e o uísque na biblioteca. A avó estaria terminando o suéter pequenino, perguntando-se para que criança ela o havia começado.

Um carro que se aproximava fez com que Emily saísse do meio da rua. Ela observou um Chevette de duas cores passar, então viu o brilho vermelho das luzes de freio enquanto o carro rangia até parar. Música alta saía pelas janelas abertas. Bay City Rollers.

S-A-T-U-R-D-A-Y night!

A cabeça do sr. Wexler se movimentou do espelho interno para o retrovisor. As luzes piscaram quando ele moveu o pé do freio para o acelerador, e de volta. Ele estava tentando decidir se seguia em frente ou não.

Emily recuou quando o carro deu ré, e podia sentir o cheiro do baseado queimando no cinzeiro. Ela presumia que Dean traria uma acompanhante aquela noite, mas seu terno preto era mais apropriado para um funeral que para um baile de escola.

— Em — disse ele, gritando mais alto que a música. — O que você está fazendo?

Ela estendeu os braços, indicando o vestido de baile turquesa e esvoaçante.

— O que parece que eu estou fazendo?

O olhar dele passou rapidamente por ela, então passou de novo, mais lento, da mesma forma que olhara para Emily no primeiro dia em que ela tinha entrado em sua sala de aula. Além de ensinar Estudos Sociais, ele era o treinador de atletismo, por isso estava usando short vinho de tactel e uma camisa polo branca de mangas curtas — igual aos outros treinadores.

Era aí que as semelhanças terminavam.

Dean Wexler era apenas seis anos mais velho que seus alunos, mas conhecia o mundo e era sábio de um jeito que nenhum deles jamais seria. Antes da faculdade, havia tirado um ano sabático para fazer um mochilão pela Europa.

Escavou poços para moradores de vilarejos na América Latina. Bebia chá de ervas e plantava a própria maconha. Tinha um bigode cheio e chamativo como o de Tom Selleck em *Magnum*. Ele devia ensiná-los sobre cidadania e política, mas em uma aula estava mostrando um artigo sobre como o DDT ainda estava envenenando as reservas de água subterrâneas e, na seguinte, estava explicando como Ronald Reagan fizera um acordo secreto com os iranianos sobre os reféns para virar a eleição.

Assim, todos achavam que Dean Wexler era o professor mais legal que qualquer um deles já tinha conhecido.

— Em — repetiu o nome, como um suspiro.

O câmbio foi para ponto-morto. O freio de mão foi puxado. Ele desligou o motor, interrompendo a música em *ni-i-i-ight*.

Dean desceu do carro. Ele parou ao lado dela, mas dessa vez seus olhos não estavam inclementes.

— Você não pode ir ao baile. O que as pessoas vão pensar? O que os seus pais vão dizer?

— Não me importo — disse ela, sua voz aumentando no fim, porque ela se importava muito.

— Você precisa pensar nas consequências das suas ações.

Ele estendeu as mãos na direção dos braços dela, então pareceu mudar de ideia.

— Sua mãe está sendo investigada nas instâncias mais altas, agora.

— É mesmo? — perguntou Emily, como se a mãe não tivesse passado tantas horas ao telefone que a sua orelha assumira a forma do fone. — Ela está com problemas ou alguma coisa assim?

Ele suspirou alto, com a clara intenção de mostrar que estava sendo paciente.

— Acho que você não está levando em consideração como as suas ações podem arruinar tudo aquilo pelo que ela trabalhou.

Emily observou uma gaivota pairando acima de um conjunto de nuvens. *Suas ações. Suas ações. Suas ações.* Ela tinha ouvido Dean ser condescendente antes, mas nunca com ela.

Ele perguntou:

— E se alguém tirar uma foto sua? Ou tiver um jornalista na escola? Como isso vai se refletir sobre ela?

Um entendimento se manifestou com um sorriso nos lábios dela. Ele estava brincando. Claro que estava brincando.

— Emily. — Dean claramente não estava brincando. — Você não pode...

Ele começou uma mímica, usando as mãos para criar uma aura em torno do corpo dela. Ombros nus, seios muito grandes, quadris muito largos, as costuras forçadas na cintura onde o cetim turquesa não conseguia esconder o inchaço redondo da barriga.

Era por isso que a avó estava tricotando o suéter pequenino. Por isso o pai não deixara que ela saísse de casa pelos últimos quatro meses. Era por isso que o diretor a havia expulsado da escola. Por isso ela tinha sido afastada de Clay, Nardo, Ricky e Blake.

Ela estava grávida.

Finalmente, Dean reencontrou as palavras.

— O que a sua mãe diria?

Emily hesitou, tentando avançar em meio à torrente de vergonha jogada sobre ela, a mesma que suportara desde que tinha se espalhado a informação de que ela não era mais uma boa garota com uma vida promissora pela frente, mas a garota má que iria pagar um preço alto por seus pecados.

Ela perguntou:

— Desde quando você se preocupa tanto com a minha mãe? Achei que ela fosse uma engrenagem em um sistema corrupto.

Seu tom de voz foi mais mordaz do que ela imaginara, mas a raiva era real. Ele soava igual aos pais dela. Ao diretor. Aos outros professores. Ao seu pastor. Aos seus amigos antigos. Eles estavam todos certos, e Emily estava sempre errada, errada, errada.

Ela disse as palavras que mais iriam machucá-lo.

— Eu acreditei em você.

Ele escarneceu.

— Você é nova demais para ter um sistema de crenças com credibilidade.

Emily mordeu o lábio inferior, esforçando-se para controlar a raiva. Como ela não tinha percebido que ele falava tanta besteira?

— Emily.

Ele deu mais uma sacudidela triste com a cabeça, ainda tentando fazê-la obedecer por humilhação. Ele não se importava com ela — na verdade, não. Ele não queria ter que lidar com ela. Com certeza não queria vê-la fazer uma cena no baile.

— Você está enorme. Só vai fazer papel de boba. Vá para casa.

Ela não iria para casa.

— Você disse que nós devíamos incendiar o mundo. Foi isso o que você disse. Incendiar tudo. Começar de novo. Construir alguma coisa...

— Você não está construindo nada. Você está nitidamente planejando alguma coisa para chamar a atenção da sua mãe.

De braços cruzados, ele olhou para o relógio.

— Cresça, Emily. O tempo de egoísmo já passou. Você precisa pensar em...

— Em que eu preciso pensar, Dean? Em que você quer que eu pense?

— Meu Deus, abaixe a voz.

— Não me diga o que fazer!

Ela sentiu o pulsar do coração na garganta. Seus punhos estavam cerrados.

— Você mesmo disse. Eu não sou uma criança. Tenho quase dezoito anos. E estou cansada das pessoas, dos homens, me dizendo o que fazer.

— Então agora eu sou o patriarcado?

— Você é, Dean? Você é parte do patriarcado? Vamos ver a velocidade com que eles vão agir quando eu contar ao meu pai o que você fez.

Uma chama subiu pelo braço dele, chegando até a ponta dos dedos. Os pés dela saíram do chão quando ela foi girada e jogada contra a lateral do carro. O metal estava quente contra suas omoplatas nuas e ela podia ouvir os estalidos do motor esfriando. Uma das mãos de Dean estava fechada ao redor do pulso dela, enquanto a outra cobria a boca. Seu rosto estava tão perto do de Emily que ela pôde ver o suor brotando entre os pelos finos do bigode dele.

Emily se debateu. Ele a estava machucando. Estava machucando de verdade.

— Que mentira você vai contar para o seu pai? — disse ele com raiva. — Me diga.

Alguma coisa se partiu no interior do seu pulso, ela sentiu os ossos batendo como dentes no frio.

— O que você vai dizer, Emily? Nada? Você não vai dizer nada, não é?

A cabeça de Emily se mexeu para cima e para baixo. Ela não sabia dizer se a mão de Dean estava movendo seu rosto ou se algo no fundo dela, algum instinto de sobrevivência, tinha feito com que ela cedesse.

Ele afrouxou os dedos lentamente.

— O que você ia dizer?

— N-nada. Eu não vou... Eu não vou dizer nada a ele.

— Isso mesmo. Porque não há nada a dizer.

Ele esfregou a mão na camisa ao se afastar. Os olhos dele se voltaram brevemente para baixo, não avaliando, mas calculando o preço do pulso inchado.

Ele sabia que ela não iria contar aos pais. Eles iriam apenas culpá-la por sair de casa quando a haviam mandado ficar escondida.

— Vá para casa antes que alguma coisa realmente ruim aconteça com você.

Emily saiu do caminho para que ele pudesse entrar no carro. O motor roncou uma vez, então duas, e pegou. O rádio começou a tocar, e a fita cassete voltou à vida.

S-A-T-U-R...

Emily segurou o pulso inchado enquanto os pneus carecas giravam até conseguir tração. Dean a deixou em uma névoa de borracha queimada. O cheiro era pútrido, mas ela permaneceu onde estava, os pés nus grudados no asfalto quente. Seu pulso esquerdo latejava com a pulsação enquanto ela levava a mão direita à barriga. Imaginou as pulsações rápidas que tinha visto na ultrassonografia acompanhando o ritmo dos próprios batimentos cardíacos acelerados.

Ela tinha prendido todas as imagens da ultrassonografia no espelho em seu banheiro, porque sentia que era algo que devia fazer. As imagens mostravam o pequenino borrão em forma de feijão se desenvolvendo aos poucos — criando olhos e nariz, depois dedos nas mãos e nos pés.

Ela devia sentir alguma coisa, certo?

Uma onda de emoção? Uma conexão instantânea? Um sentimento de admiração e plenitude?

Ao invés disso, sentira pavor. Sentira medo. Sentira o peso da responsabilidade e, finalmente, essa responsabilidade fizera com que ela sentisse algo tangível: um sentimento de propósito.

Emily sabia como era ter um pai ruim. Todo dia — com frequência, várias vezes ao dia — ela prometia ao filho que os deveres mais importantes de um pai seriam cumpridos.

Naquele momento, ela disse as palavras em voz alta, como um lembrete:

— Vou proteger você. Ninguém nunca vai te machucar. Você sempre estará seguro.

A caminhada até a cidade levou outra meia hora. Seus pés nus doeram, então se esfolaram, e por fim ficaram dormentes enquanto ela passava pelo cedro branco do calçadão. O Atlântico estava à sua direita, ondas arranhando a areia conforme eram puxadas para trás pela maré. As vitrines escuras das lojas à sua esquerda refletiam o sol enquanto ele se movia acima da baía de Delaware. Ela o imaginou passando por Annapolis, depois Washington D.C., em seguida através de Shennandoah, enquanto se preparava para a jornada para o Oeste —

ao mesmo tempo que Emily seguia adiante pela esteira do calçadão de madeira, o mesmo calçadão pelo qual ela provavelmente caminharia pelo resto da vida.

Na mesma época, no ano anterior, Emily estava fazendo um tour do campus Foggy Botton na Universidade George Washington. Antes que tudo tivesse saído magnificamente dos trilhos. Antes que a vida como ela a conhecia mudasse de maneira irrevogável. Antes que ela tivesse perdido o direito de ter esperança, quem dirá de sonhar.

Esse tinha sido o plano. Como parente de ex-aluno, sua aceitação naquela universidade seria mera formalidade. Ela iria passar os anos de faculdade entre a Casa Branca e o Kennedy Center. Iria ser estagiária de um senador, depois seguiria os passos do pai e estudaria ciência política. E também seguiria os passos da mãe e estudaria direito em Harvard, depois trabalharia cinco anos em um grande escritório de advocacia. Por fim, se tornaria juíza estadual e, com o tempo, até juíza federal.

O que a mãe dela diria?

— Sua vida acabou! — Foi o que a mãe gritou quando a gravidez de Emily ficou aparente. — Ninguém nunca mais vai respeitar você!

O curioso era que, olhando para os últimos meses, a mãe estava certa.

Emily deixou o calçadão e pegou um beco escuro e comprido entre a loja de doces e a barraquinha de cachorro-quente, atravessando a Beach Drive. Ela acabou chegando à Royal Cove Way. Vários carros passaram, alguns desacelerando para dar uma olhada na barriguda e desarrumada no vestido de baile azul-turquesa. Emily esfregou os braços para amenizar o frio. Não devia ter saído com uma cor tão chamativa. Não devia ter escolhido um tomara que caia, mas sim um que acomodasse o seu corpo cada vez maior.

Contudo, ela não tinha pensado em nenhuma daquelas boas ideias até o momento, então os seus seios inchados pulavam para fora do decote e os quadris balançavam como um pêndulo num relógio no interior de um bordel.

— Ei, gostosa! — gritou um garoto pela janela aberta de um Mustang. Os amigos dele estavam amontoados no banco traseiro e a perna de alguém estava para fora de uma janela. Ela conseguia sentir o cheiro de cerveja, maconha e suor.

A mão de Emily envolveu a barriga enquanto atravessava o pátio da escola. Ela pensou na criança crescendo em seu corpo. No início, não parecera real. Depois, parecera uma âncora. Havia poucos dias que o sentia como um ser humano.

O ser humano *dela*.

— Emmie?

Ela se virou, surpresa por encontrar Blake escondido sob a sombra de uma árvore. Escondia um cigarro com uma das mãos. De forma improvável, ele estava vestido para o baile. Desde o jardim de infância, todos eles zombavam como os bailes eram uma ostentação de plebeus agarrando-se ao que provavelmente seria a melhor noite das suas vidas patéticas. Só o smoking preto formal de Blake o separava do branco e das cores pastel que ela tinha visto os outros garotos usando nos carros que passavam.

Ela limpou a garganta.

— O que você está fazendo aqui?

Ele sorriu.

— Achamos que seria divertido zombar da plebe pessoalmente.

Ela procurou por Clay, Nardo e Ricky, porque eles sempre andavam em bando.

— Eles estão lá dentro — disse ele. — Menos Ricky, que está atrasada.

Emily não sabia o que dizer. *Obrigada* parecia errado, levando em consideração que, na última vez que Blake falara com ela, ele a chamara de vadia burra.

Ela saiu andando, oferecendo apenas uma breve despedida:

— Até logo.

— Em?

Ela não parou nem se virou, porque, enquanto ele podia estar certo sobre ela ser uma vadia, Emily não era burra.

Música pulsava das portas abertas do ginásio. Emily podia sentir o baixo vibrando em seus dentes enquanto atravessava o pátio. O comitê do baile, aparentemente, tinha decidido pelo tema "Romance no mar", que era tão triste quanto previsível. Peixes de papel nas cores do arco-íris flutuavam entre fileiras de águas azuis. Nenhum deles era um marlim, o peixe que dera nome à cidade, mas quem era Emily para corrigi-los? Ela não era nem aluna dali.

— Meu Deus — disse Nardo. — Você tem coragem de aparecer desse jeito.

Ele estava parado ao lado da entrada, exatamente o tipo de lugar onde ela esperaria encontrá-lo à espreita. O mesmo smoking preto de Blake, mas com um botton EU MATEI J.R. na lapela, para deixar claro que ele estava por dentro da piada. Ele ofereceu a Emily um gole de uma garrafa de álcool de grão com refresco de cereja pela metade.

Ela negou com a cabeça.

— Eu parei com isso. Por Lent.

Ele gargalhou e enfiou a garrafa no bolso do paletó. Ela podia ver que a costura já tinha se aberto com o peso da bebida barata. Havia um cigarro enrolado à mão preso atrás de uma de suas orelhas. Emily se lembrou de algo que o pai havia dito sobre Nardo quando o conhecera...

Esse garoto vai acabar na cadeia ou em Wall Street, mas não nessa ordem.

— Então. — Ele pegou o cigarro e procurou o isqueiro. — O que traz uma garota má como você a um lugar legal como esse?

Emily revirou os olhos.

— Onde está Clay?

— Por quê, você tem alguma coisa para dizer a ele?

Ele moveu as sobrancelhas enquanto olhava direta e fixamente para sua barriga.

Emily esperou que o cigarro se acendesse. Ela usou a mão boa para acariciar a barriga, como uma bruxa com uma bola de cristal.

— E se eu tiver alguma coisa para contar a *você*, Nardo?

— Merda — disse ele, seus olhos movendo-se com nervosismo às costas dela. Eles tinham atraído uma multidão. — Isso não é engraçado, Emily.

Ela voltou a revirar os olhos.

— Onde está Clay?

Ele tirou os olhos dela, fingindo interesse em uma limusine branca comprida que entrava no estacionamento.

Emily se dirigiu para o ginásio, porque sabia que Clay estaria em algum lugar perto do palco, provavelmente cercado por um grupo de garotas magras e bonitas. Seus pés registraram a queda de temperatura enquanto ela andava pelo chão de madeira encerado. O tema marinho continuava no interior do prédio. Balões quicavam contra as vigas do telhado alto, prontos para caírem no fim da noite. Havia mesas grandes e redondas dispostas com decorações no centro com tema marinho montadas de conchas brancas e flores de pêssego rosadas.

— Olhe — disse alguém. — O que *ela* está fazendo aqui?

— Nossa.

— Que coragem.

Emily manteve os olhos focados à frente. A banda estava se preparando no palco, mas alguém tinha posto um disco para cobrir o silêncio. Seu estômago roncou quando ela passou pelas mesas de comida. O xarope doce demais que fingia ser ponche. Minisanduíches gordos com queijos e carnes. Balas que os turistas do último verão não tinham comprado e acabaram sobrando. Recipientes de metal com batatas fritas moles, salsichas recheadas, tortas de caranguejo, bolos e biscoitos Berger.

Emily interrompeu o avanço na direção do palco. O burburinho da multidão tinha arrefecido e tudo o que ela podia ouvir era o eco de Ricky Springfield alertando-os a não falar com estranhos.

As pessoas olhavam fixamente para ela. Não apenas pessoas. Professores. Pais. A professora de Artes que lhe dissera que ela tinha habilidades impressionantes. O professor de Inglês que escrevera *Estou impressionado* em seu trabalho sobre Virginia Woolf. O professor de História que prometera a Emily que ela seria a principal promotora no falso julgamento daquele ano.

Até...

Emily manteve os ombros para trás enquanto caminhava na direção do palco, a barriga se projetando como a proa de um transatlântico. Ela tinha crescido naquela cidade, frequentara as escolas, fora para a igreja, os acampamentos de verão, os passeios, as excursões e dormira na casa de amigos. Aqueles tinham sido os seus colegas de turma, vizinhos, companheiras escoteiras, parceiros de laboratório e de estudos, amigos com quem ela tinha andado quando Nardo levou Clay para a Itália com sua família e Ricky e Blake estavam ajudando o avô com a lanchonete.

E agora...

Todos os que eram seus amigos estavam se afastando dela, como se tivessem medo de que o que Emily tinha fosse contagioso. Eles eram muito hipócritas. Emily fizera o mesmo que todos faziam ou queriam fazer, mas teve o azar de ser pega.

— Meu Deus — sussurrou alguém.

— Ultrajante — disse um pai.

Suas censuras não doíam mais. Dean Wexler em seu Chevette de duas cores de merda tinha arrancado a última camada de vergonha que Emily sentiria sobre sua gravidez. A única coisa que tornava aquilo errado eram aqueles babacas críticos dizendo a si mesmos que era errado.

Ela bloqueou os sussurros, repetindo em silêncio a lista de promessas ao seu bebê...

Vou proteger você. Ninguém nunca vai te machucar. Você sempre estará em segurança.

Clay estava encostado no palco. Seus braços estavam cruzados enquanto esperava por ela. Ele vestia o mesmo smoking preto que Blake e Nardo. Ou, o mais provável, eles vestiam o mesmo smoking que Clay havia escolhido.

Era assim que os garotos sempre tinham sido. O que quer que Clay fizesse, os outros faziam igual.

Ele não disse nada quando Emily parou à sua frente, apenas ergueu uma sobrancelha em expectativa. Ela percebeu que, apesar do desprezo dele por líderes de torcida, ele estava cercado por elas. O resto do grupo provavelmente já tinha dito a si mesmo que estava indo ao baile de forma irônica. Só Clay sabia que eles estavam lá para que ele pudesse transar.

Rhonda Stein, a principal líder de torcida, falou quando mais ninguém se pronunciou:

— O que *ela* está fazendo aqui?

Ela tinha olhado para Emily, mas feito a pergunta a Clay.

Outra líder de torcida disse:

— Talvez seja uma coisa tipo *Carrie, a estranha*.

— Alguém trouxe o sangue de porco?

— Quem vai coroá-la?

Houve risos nervosos, mas todos olhavam para Clay, esperando que ele determinasse o tom.

Ele inspirou profundamente antes de expirar de forma lenta. Então deu de ombros.

— O mundo é livre.

A garganta de Emily se ressecou com o ar seco. Quando tinha pensado sobre como aquela noite seria, quando se deliciara com a ideia do choque coletivo, ela tinha saboreado a história que contaria ao filho sobre a mãe dele, a sedutora radical boêmia que ousara dançar no baile de fim de ano letivo. Emily esperara sentir todas as emoções, menos a que estava experimentando naquele momento, que era exaustão. Mental e fisicamente cansada, ela se sentia incapaz de fazer qualquer coisa além de dar a volta e ir embora pelo caminho por onde chegara.

Então ela fez isso.

A multidão ainda estava dividida, mas o estado de ânimo com certeza era persecutório. Garotos cerravam os dentes de raiva. Garotas viraram-se de costas. Ela viu professores e pais balançando a cabeça, desgostosos. *O que ela estava fazendo ali? Por que estava estragando a noite de todo mundo? Jezabel. Puta. Ela está colhendo o que plantou. Quem ela achava que era? Ela destruiria a vida de algum pobre garoto.*

Emily não tinha percebido o quanto o ar no ginásio era sufocante até estar do lado de fora, em segurança. Nardo não estava mais à espreita perto das portas. Blake tinha ido para outra sombra. Ricky estava onde sempre estava em momentos como aquele, ou seja, em nenhum lugar útil.

— Emily?

Ela se virou e se surpreendeu ao se deparar com Clay. Ele saíra do ginásio atrás dela. Clayton Morrow nunca ia atrás de alguém.

— O que você está fazendo aqui?

— Indo embora — disse ela. — Volte lá para dentro com os seus amigos.

— Aqueles perdedores?

O lábio dele estava curvado. Ele olhou para algum lugar atrás dela, seus olhos seguindo algo que estava se movimentando rápido demais para ser uma pessoa. Ele adorava observar pássaros. Essa era a parte nerd secreta de Clay. Ele lia Henry James, amava Edith Wharton, só tirava nota dez em Cálculo Avançado e não sabia dizer o que era um lance livre ou lançar uma bola por várias jardas, mas ninguém ligava porque ele era maravilhoso.

— O que você quer, Clay?

— Foi você que apareceu aqui procurando por mim.

Ela achou estranho Clay supor que ela estava ali atrás dele. Emily não esperara encontrar nenhum deles no baile. Queria deixar o resto da escola desconfortável por terem colocado ela no ostracismo. Para ser sincera, ela esperara que o sr. Lampert, o diretor, chamasse o chefe Stilton e fizesse com que ela fosse presa. Aí teriam que pagar a sua fiança, o pai ficaria furioso e a mãe...

— Droga — murmurou Emily. Talvez aquilo, no fim das contas, tivesse a ver com a mãe dela.

— Emily? — perguntou Clay. — Vamos lá. Por que você está aqui? O que quer de mim?

Ele não queria uma resposta. Queria absolvição.

Emily não era o pastor dele.

— Volte lá para dentro e se divirta, Clay. Fique com uma das líderes de torcida. Vá para a faculdade e arranje um ótimo emprego. Entre em todas as portas que estarão sempre abertas para você. Aproveite o resto da sua vida.

— Espera. — Ele pôs a mão em um dos ombros dela, um timão fazendo-a se voltar na direção dele. — Você não está sendo justa.

Ela olhou aqueles límpidos olhos azuis. O momento não significava nada para ele — uma interação desagradável que iria desaparecer das suas lembranças como uma nuvem de fumaça. Em vinte anos, Emily não seria qualquer coisa além de uma fonte duradoura de desconforto que Clay sentiria ao abrir a caixa de correspondência e encontrar um convite para o reencontro da turma do ensino médio.

— Minha *vida* não é justa — disse ela. — Você está bem, Clay. Você está sempre bem. Você sempre vai *estar* bem.

Ele deu um suspiro profundo.

— Não se torne uma dessas mulheres chatas e amargas, Emily. Eu odiaria isso para você, de verdade.

— Não deixe que o chefe Stilton saiba o que você tem feito por trás de portas entreabertas, Clayton. — Ela ficou na ponta dos pés para poder ver o medo nos olhos dele. — Eu odiaria isso para você, de verdade.

Uma mão se projetou à frente e a segurou pelo pescoço, a outra recuou, o punho cerrado. A fúria lançou uma sombra nos olhos dele.

— Você vai acabar morta, sua vadia de merda.

Emily fechou bem os olhos enquanto esperava o golpe, mas tudo o que ouviu foi um riso nervoso.

Os olhos dela se entreabriram.

Clay a soltou. Ele não era burro o suficiente para machucá-la na frente de testemunhas.

Este vai acabar na Casa Branca, dissera o pai dela quando conhecera Clay. *Se ele não acabar pendurado em uma corda.*

Emily tinha deixado a bolsa cair quando ele a segurou. Clay a pegou e limpou a terra da alça de cetim. Ele a entregou a ela, como se estivesse sendo cavalheiresco.

Ela a arrancou de sua mão.

Dessa vez, Clay não foi atrás de Emily quando ela foi embora. Ela passou por vários grupos de alunos em uma variedade de tons pastel e crinolina. A maioria deles olhou com espanto para ela, mas Emily recebeu um sorriso amistoso de Melody Brickel, que tinha sido a sua amiga dos ensaios da banda, e isso significava alguma coisa.

Emily esperou o sinal fechar para atravessar a rua. Não houve gritos, dessa vez, mas outro carro cheio de garotos passou de forma lenta e ameaçadora.

— Vou proteger você — sussurrou ela para o pequeno passageiro crescendo dentro dela. — Ninguém vai te machucar. Você sempre estará seguro.

O sinal finalmente mudou. O sol estava baixo, projetando uma sombra longa na extremidade da faixa de pedestres. Emily sempre tinha se sentido confortável sozinha na cidade, mas, agora, arrepios formigavam em seus braços. Ela se sentiu desconfortável demais para cortar caminho pelo beco entre a loja de doces e a barraca de cachorro-quente outra vez. Os pés doíam da caminhada castigante. O pescoço ardia onde Clay a havia agarrado. O pulso ainda latejava, como se estivesse quebrado ou torcido. Não deveria ter ido até lá. Deveria ter ficado em casa e feito companhia para a avó até o sino para o jantar tocar.

— Emmie? — Era Blake outra vez, saindo da entrada escura da barraca de cachorro-quente como um vampiro. — Você está bem?

Ela sentiu um pouco do seu ímpeto arrefecer. Ninguém nunca mais perguntava como ela estava.

— Eu preciso ir para casa.

— Em... — Ele não ia deixar que ela escapasse com tanta facilidade. — Eu só estou... Você está mesmo bem? Porque é estranho você estar aqui. É estranho que estejamos todos aqui, mas principalmente porque, bom, seus sapatos. Parece que eles estão faltando.

Os dois olharam para os pés descalços dela.

Emily deu uma gargalhada alta que ressoou pelo seu corpo como o Sino da Liberdade. O riso foi tão forte que o seu estômago doeu, e ela riu até se dobrar ao meio.

— Emmie?

Blake pôs a mão em um dos seus ombros. Ele achava que ela tinha perdido a cabeça.

— Quer que eu ligue para os seus pais ou...

— Não. — Ela se levantou, esfregando os olhos. — Desculpe. Acabei de perceber que estou literalmente descalça e grávida.

Blake deu um sorriso relutante.

— Isso foi de propósito?

— Não. Foi?

Ela não sabia. Talvez o seu subconsciente estivesse fazendo coisas estranhas. Talvez o bebê estivesse controlando os seus hormônios. Ela acreditaria facilmente em qualquer uma dessas explicações, porque a terceira opção — que ela estava completamente louca — seria um resultado indesejado.

— Desculpe — disse Blake, mas as desculpas dele sempre pareciam vazias, porque ele sempre cometia os mesmos erros, repetidas vezes. — Pelo que eu disse antes. Não antes, mas muito antes. Eu não deveria ter dito... Quero dizer, foi errado dizer...

Ela sabia exatamente do que ele estava falando.

— Que eu deveria jogá-lo na privada?

Ele pareceu quase tão espantado quanto Emily ficara quando ele tinha dado a sugestão tantos meses antes.

— Isso... é — disse ele. — Era isso que eu não deveria ter dito.

— Não, não deveria. — Emily sentiu um aperto na garganta, porque, na verdade, a decisão nunca tinha sido dela. Os pais a tomaram por ela. — Eu preciso...

— Vamos a algum lugar e...

— Merda! — Ela puxou o pulso machucado do aperto dele. Seu pé pisou estranhamente em um ponto desnivelado da calçada, e ela começou a cair, tentando de forma inútil se agarrar ao paletó do smoking de Blake antes de bater com o cóccix no asfalto. A dor foi excruciante. Ela rolou de lado. Alguma coisa molhada escorreu entre as pernas dela.

O bebê.

— Emily! — Blake caiu de joelhos ao seu lado. — Você está bem?

— Vá embora! — suplicou Emily, embora precisasse da ajuda dele para ficar de pé. A bolsa tinha sido esmagada na queda. O cetim havia se rasgado. — Blake, por favor, apenas vá embora. Você está piorando as coisas! Por que você sempre piora tudo?

Dor brilhou nos olhos dele, mas ela não podia se preocupar com ele naquele momento. A mente dela estava zunindo com todas as maneiras como cair com tanta força podia ter machucado o filho.

— Eu não quis...

— Claro que você não quis! — gritou ela.

Era ele quem ainda estava espalhando rumores. Ele quem estava levando Ricky a ser tão cruel.

— Você nunca quer fazer nada, não é? Nunca é culpa sua, você nunca faz besteira, nunca é responsável. Bom, adivinhe o quê? Isso é culpa sua. Você conseguiu o que queria. É tudo culpa sua.

— Emily...

Ela cambaleou e se apoiou na parede da loja de doces. Ouviu Blake dizer alguma coisa, mas os seus ouvidos estavam cheios de um som de grito agudo.

Era o bebê? Ele estava gritando por ajuda?

— Emmie?

Ela o empurrou e saiu cambaleando pelo beco. Líquido quente escorria pela parte interna das coxas. Ela pressionou a palma da mão sobre o tijolo áspero enquanto se esforçava para não cair de joelhos. Um soluço sufocou a sua garganta. Ela abriu a boca tentando respirar. Ar salgado queimou seus pulmões e ela foi cegada pelo sol se refletindo nas tábuas do calçadão. Recuou para o escuro, apoiando-se contra a parede na entrada do beco.

Emily voltou a olhar para a rua. Blake tinha ido embora. Ninguém podia vê-la. Ela puxou o vestido para cima, usando o braço machucado para segurar as dobras de cetim, e colocou a mão boa no meio das pernas. Esperara encontrar sangue nos dedos, mas não havia uma gota sequer. Ela se abaixou e cheirou a mão.

— Ah — sussurrou ela.

Ela tinha feito xixi.

Emily riu outra vez, mas dessa vez com lágrimas. O alívio enfraqueceu os joelhos dela e os tijolos se prenderam ao vestido quando ela deslizou até o chão. Seu cóccix doía, mas ela não se importava. Estava chocada e alegre demais por ter feito xixi na calça. Os lugares escuros para onde o seu cérebro tinha ido quando ela presumiu que sangue estava escorrendo entre as pernas eram mais esclarecedores que qualquer ultrassom que ela pudesse prender no espelho do banheiro.

Naquele momento, Emily quis desesperadamente que o bebê estivesse bem. Não por dever. Uma criança não era apenas uma responsabilidade, mas uma oportunidade de amar alguém do jeito que ela nunca tinha sido amada.

E, pela primeira vez em todo o processo vergonhoso, humilhante e desalentado, Emily sabia sem dúvida alguma que amava esse bebê.

— Parece uma menina — dissera o médico no exame mais recente.

Naquela hora, Emily guardara a notícia como mais um passo no processo, mas, nesse momento, o entendimento abriu a represa que por tanto tempo havia contido suas emoções.

Sua menina.

Sua menininha pequenina e preciosa.

Emily levou a mão à boca. Estava tão fraca com o alívio, que teria caído se já não estivesse sentada no chão frio. A cabeça estava inclinada na direção dos joelhos. Lágrimas grandes e volumosas escorreram por seu rosto. A boca dela se entreabriu sem dizer uma palavra sequer, o peito tão cheio de amor que ela não conseguia formar sons. Ela pressionou a palma da mão sobre a barriga e imaginou uma mãozinha pressionando de volta. O coração dela bateu forte quando pensou em um dia beijar a ponta daqueles dedos preciosos. A avó dissera que cada bebê tinha um cheiro especial que só a mãe conhecia. Emily queria conhecer aquele cheiro. Queria acordar à noite e ouvir a respiração rápida da bela menina que ela criara dentro do próprio corpo.

Ela queria fazer planos.

Em duas semanas, Emily faria dezoito anos. Em mais dois meses, seria mãe. Arranjaria um emprego e sairia da casa dos pais. A avó iria entender, e o que ela não entendesse, esqueceria. Dean Wexler estava certo sobre uma coisa: Emily precisava crescer. Ela tinha mais do que a si mesma em quem pensar. Ela tinha que deixar Longbill Beach. Tinha que começar a planejar o seu futuro ao invés de deixar que outras pessoas o planejassem para ela. Mais importante: daria à sua menininha tudo o que nunca tivera.

Bondade. Compreensão. Segurança.

Emily fechou os olhos. Ela idealizou a imagem da sua pequena flutuando alegremente dentro do seu corpo. Respirou fundo e começou a recitar o mantra, dessa vez vindo de um lugar de amor, e não de dever.

— Vou proteger...

O som de um estalo alto fez com que os seus olhos se abrissem.

Emily viu sapatos de couro preto, meias pretas, a barra de uma calça preta. Ela ergueu o olhar. O sol tremeluziu quando um morcego passou rápido pelo ar.

Seu coração se apertou. De repente, foi inundada por um medo do qual não conseguia escapar.

Não por si mesma — pelo bebê.

Emily se encolheu, os braços em torno da barriga, as pernas fechadas com força quando caiu de lado. Estava desesperada por mais um momento, mais uma respiração, de modo que as suas últimas palavras para a sua garotinha não fossem uma mentira.

Alguém sempre tinha planejado machucá-las.

Elas nunca estiveram seguras.

PRESENTE

CAPÍTULO 1

Andrea Oliver desejou que o estômago parasse de se revirar enquanto ela corria pela trilha de terra. O sol lhe pressionava os ombros, enquanto a terra molhada sugava os tênis. O suor tinha transformado a sua blusa em plástico filme. Os tendões da perna eram cordas de aço de banjo que tocavam a cada impacto do calcanhar. Ela ouviu resmungos atrás dela enquanto os retardatários se esforçavam para acompanhar. À frente estavam os que treinavam duro, os Tipos A, que atravessariam um riacho cheio de piranhas se houvesse pelo menos um por cento de chance de conseguirem chegar em primeiro lugar.

Ela se contentava com o meio do grupo, nem ficar para trás nem saltar do precipício, o que era por si só uma conquista. Dois anos antes, Andrea estaria certamente entre os últimos, ou, o mais provável, ainda dormindo em sua cama enquanto o despertador tocava pela quinta ou sexta vez. As roupas estariam espalhadas pelo pequeno apartamento em cima da garagem da mãe, e todas as correspondências fechadas na mesa da cozinha teriam um carimbo de VENCIDO. Quando ela finalmente saísse da cama, veria três mensagens de texto do pai pedindo para ela dar um alô, outras seis da mãe perguntando se ela tinha sido sequestrada por um assassino em série e uma ligação perdida do trabalho dizendo que aquele era o último aviso antes que ela fosse demitida.

— Merda — resmungou Paisley.

Andrea olhou para trás quando Paisley Spenser se separou do grupo. Um dos retardatários tinha tropeçado. Thom Humphrey estava deitado de costas olhando para as árvores. Um gemido coletivo preencheu a floresta. A regra era: se um deles não terminasse, todos tinham que fazer tudo outra vez.

— Levante-se! Levante-se! — gritava Paisley, fazendo a volta para encorajá-lo ou chutá-lo até que ele se erguesse. — Você consegue! Vamos lá, Thom!

— Vamos lá, Thom! — gritou o resto deles.

Andrea grunhiu alguns sons, mas preferiu não abrir a boca. Seu estômago estava revolto como as cadeiras no deck do *Titanic*. Por meses, ela tinha dado piques, feito flexões, polichinelos, subida de corda, agachamentos e corrido dezoito milhões de quilômetros por dia, mas ainda era uma peso-leve. Sua garganta se encheu de bile e seus dentes se cerraram. Ela fechou os punhos enquanto fazia a última curva da trilha, a reta final. Mais cinco minutos e não teria que correr por aquela trilha maldita e exigente nunca mais.

Paisley passou voando, fazendo um esforço supremo na direção da linha de chegada. Thom estava de novo em formação. A fila se apertou. Todo mundo estava se esforçando ao máximo.

Andrea não tinha mais energia para qualquer esforço. Sabia que o estômago iria provavelmente sair pela boca caso ela se esforçasse um pouco mais. Ela abriu a boca para conseguir inspirar algum ar, mas acabou engolindo uma nuvem de mosquitos. Andrea tossiu, xingando a si mesma, porque sabia que não devia ter feito aquilo. Ela tinha passado vinte semanas se matando no Centro de Treinamento da Polícia Federal em Glynn County, Geórgia. Entre mosquitos, pulgões de areia, besouros do tamanho de roedores e roedores do tamanho de cachorros, e o fato de que o centro de treinamento de Glynn era basicamente no meio de um pântano, ela deveria saber que não podia abrir a boca para respirar.

O som de um trovão distante chegou aos seus ouvidos e se transformou em um staccato de palmas e gritos de encorajamento. Enquanto isso, ela se concentrava em seus passos na trilha que descia. Os primeiros já tinham passado pela fita amarela e estavam sendo aplaudidos pelos membros da família que tinham aparecido para comemorar a formatura da tortura exaustiva e dantesca que parecia ter sido projetada para matá-los ou deixá-los mais fortes.

— Puta merda — murmurou Andrea com a voz cheia de surpresa verdadeira.

Ela não tinha morrido. Não tinha desistido. Meses de treinamento em sala de aula, cinco a oito horas diárias de combate pessoal, técnicas de vigilância, execução de mandados, treinamento com armas de fogo e tanto esforço físico que ela ganhara dois quilos de músculos, e agora, por fim, inacreditavelmente, estava a vinte metros de se tornar uma delegada do U.S. Marshals, o Serviço de Delegados dos Estados Unidos.

Thom passou por ela pela esquerda, que era uma coisa típica dele, e Andrea usou o que lhe restava de fôlego para xingá-lo. Seu cérebro parecia entorpecido pela onda de adrenalina e as pernas começaram a bambear. Ela, então, ultrapassou Thom e emparelhou com Paisley. Elas sorriram uma para a outra em triunfo — três caras tinham desistido na primeira semana, outros três foram convidados a se retirar, um desaparecera depois de fazer uma piada racista; outro, depois de ter sido inapropriado. Paisley Spenser e ela eram duas de apenas quatro mulheres na turma de 48l pessoas. Apenas mais alguns passos e tudo estaria acabado, faltando apenas subir ao palco para a formatura.

Paisley se esticou à frente de Andrea quando elas cruzaram a linha, as duas levantando os braços em comemoração. A família gigante de Paisley gritou como garças enquanto a cercavam em um abraço caloroso. À sua volta, Andrea podia ver cenas parecidas de alegria. Todos os rostos na multidão estavam sorrindo, exceto dois.

Os pais de Andrea.

Laura Oliver e Gordon Mitchel estavam ambos de braços cruzados. Os seus olhares seguiram Andrea enquanto estranhos a parabenizavam e lhe davam tapinhas nas costas. Paisley a socou de brincadeira no braço e Andrea devolveu o cumprimento enquanto observava Gordon pegar o telefone. Ela sorriu, mas o pai não estava tentando tirar uma foto da conquista significativa da filha. Ele virou de costas para atender a ligação.

— Parabéns! — alguém gritou.

— Tenho tanto orgulho de você!

— Muito bem!

A boca de Laura era uma linha fina e branca enquanto observava Andrea andar no meio da multidão. Os olhos dela pareciam úmidos, mas essas não eram as lágrimas de orgulho que havia chorado depois da primeira performance musical da filha na escola ou quando ela ganhou uma fita azul na exposição de arte.

A mãe estava devastada.

Um dos inspetores sêniores ofereceu a Andrea um copo de Gatorade. Ela negou com a cabeça, os dentes cerrados enquanto corria na direção da fileira de banheiros químicos azuis. Ao invés de escolher um, andou até a parte de trás deles, abriu a boca e basicamente vomitou o forro do estômago.

— Me-merda — balbuciou Andrea, irritada por ter aprendido a derrotar um bandido usando apenas os punhos, mas não a controlar o próprio estômago fraco.

Ela limpou a boca com as costas da mão e sua visão oscilou. Devia ter aceitado o Gatorade, pois se tinha aprendido alguma coisa em Glynn, foi a se hidratar. E também a não deixar nunca que alguém a visse vomitar, porque era assim que você ganhava um apelido pelo resto da carreira. Ela não ia ser conhecida como Andrea Vômito.

— Andy?

Ela se virou e não se surpreendeu ao ver a mãe lhe oferecendo uma garrafa d'água. Se Laura era boa em alguma coisa, era em correr para ajudar sem que lhe pedissem.

— Andrea — corrigiu ela.

Laura revirou os olhos, porque Andrea tinha dito a ela pelos últimos vinte anos para chamá-la de Andy.

— Andrea. Você está bem?

— Estou, mãe. Estou bem.

A água estava congelante dentro da garrafa. Andrea a apertou na nuca.

— Você poderia pelo menos fingir estar feliz por mim.

— Poderia — concordou Laura. — Qual é o procedimento para vômito? Os criminosos esperam até você terminar antes de estuprá-la e assassiná-la?

— Não seja grosseira. Eles fazem isso antes. — Andrea desatarraxou a tampa da garrafa d'água. — Lembra o que você me disse dois anos atrás?

Laura não respondeu.

— No meu aniversário?

Laura seguia calada, embora nenhuma das duas nunca fosse se esquecer do aniversário de 31 anos de Andrea.

— Mãe, você disse para eu juntar minhas coisas, me mudar da sua garagem e começar a viver a minha vida. — Andrea estendeu os braços. — Bom, é assim que ela se parece.

Laura finalmente desmontou.

— Eu não disse a você para se juntar à porra do inimigo.

Andrea apertou a bochecha com a língua. Uma cordilheira havia se formado no interior da sua boca de tanto cerrar os dentes. Ela não tinha vomitado na frente de ninguém. Nenhuma vez. Era a segunda aluna mais baixa da turma, com dois centímetros a mais que Paisley, com 1,67m. As duas eram 25 quilos mais leves que o cara mais leve, mas as duas tinham terminado entre os dez por cento melhores e tinham acabado de superar mais da metade da turma na corrida.

— Querida, toda essa bobagem de delegada é alguma forma de retaliação? — perguntou Laura. — Você está tentando me punir por tê-la deixado no escuro?

Deixar no escuro era uma expressão leve, considerando que Laura mantivera escondido por 31 anos que o pai biológico de Andrea era um psicopata líder de um culto propenso a assassinato em massa. A mãe chegara ao ponto de criar um pai biológico imaginário que tinha morrido em um acidente trágico de carro. Andrea, provavelmente, ainda acreditaria nas mentiras dela não fosse pelo fato de que, dois anos antes, Laura finalmente fora encurralada em um canto e forçada a dizer a verdade.

— Então? — perguntou Laura.

Andrea tinha aprendido uma lição muito dura durante os últimos dois anos: não dizer nada podia ser tão doloroso quanto dizer tudo.

Laura deu um suspiro profundo. Não estava acostumada a estar do outro lado da manipulação. Suas mãos foram para a cintura. Ela olhou para a multidão, depois para o céu, então voltou-se de novo para a filha.

— Meu amor, a sua mente é incrível.

Andrea encheu a boca com água gelada.

Laura disse:

— A força de vontade e a motivação que você demonstrou para chegar aqui me dizem que você poderia fazer praticamente qualquer trabalho que quisesse. E eu adoro isso. Adoro você pela sua bravura e determinação. Quero que faça aquilo pelo que é apaixonada. Mas não pode ser isso.

Andrea bochechou com a água antes de cuspi-la.

— A escola de palhaços disse que os meus pés não eram grandes o suficiente.

— Andy.

Laura batia os pés, frustrada.

— Você podia ter voltado para a faculdade de Artes, se tornado professora ou ter trabalhado no telefone do serviço de emergência.

Andrea tomou um grande gole d'água. A Andrea de 30 anos teria acreditado em tudo o que a mãe dissesse. Naquele momento, ela só via uma tentativa de distração.

— Aí teria mais dívidas, estaria cercada de crianças malcomportadas ou ouvindo cidadãos idosos reclamarem que o lixo não foi retirado por nove dólares por hora?

Laura não se deixou intimidar.

— E a sua arte?

— Isso é lucrativo.

— Você adora desenhar.

— O banco adora que eu pague meus empréstimos estudantis.

— Seu pai e eu poderíamos ajudar...

— Que pai?

O silêncio entre elas assumiu a textura de gelo seco.

Andrea terminou a água enquanto a mãe se recompunha. Ela se sentiu mal por dar esse último golpe, Gordon tinha sido — ainda era — um pai incrível. Até pouco tempo, era o único pai que Andrea conhecia.

— Bom... — Laura girou o relógio no pulso dela. — É melhor você ir tomar um banho. A formatura começa em uma hora.

— Estou impressionada por você saber o horário.

— Andy... — Laura se corrigiu: — Andrea. Sinto que você está fugindo de si mesma. Como se achasse que estar em outra cidade, fazendo esse trabalho maluco e perigoso, fosse transformar você em uma pessoa diferente.

Andrea queria desesperadamente que o sermão terminasse. A mãe dela, entre todas as pessoas, deveria ter entendido a necessidade de explodir a própria vida e construir algo mais significativo das cinzas. Laura não tinha se tornado membro de um culto violento aos 21 anos porque a vida dela estava em perfeito equilíbrio. Também não tinha entregado o pai biológico de Andrea à polícia porque tivera uma epifania. Isso sem contar dois anos antes, quando ficara louca apenas com a ideia de a vida de Andrea estar em perigo.

— Mãe — disse Andrea. — Você devia estar satisfeita por eu estar do lado de dentro.

Laura pareceu intrigada.

— De dentro de quê?

— Do sistema — disse Andrea, por falta de descrição melhor. — Se algum dia ele sair da prisão ou tentar mexer com a gente outra vez, vou ter todo o Serviço de Delegados dos Estados Unidos me dando apoio.

— Ele não vai sair da prisão. — Laura balançou negativamente a cabeça antes de Andrea terminar. — E mesmo que saia, nós podemos cuidar de nós mesmas.

Você pode, pensou Andrea. Esse era o problema. Quando as coisas haviam corrido mal, Laura tinha sido a fodona enquanto Andrea se encolhera no canto como uma criança brincando de pique-esconde. Ela não iria se sentir tão desamparada se — quando — o pai voltasse o foco mortal sobre elas outra vez.

— Querida — tentou Laura outra vez. — Gosto da pessoa que você é agora. Amo minha garotinha sensível, artística e bondosa.

Andrea mordeu o lábio. Ela ouviu mais gritos quando os últimos retardatários cruzaram a linha de chegada. Alunos com quem Andrea havia treinado. Alunos que ela tinha superado por quase dez minutos.

— Andrea, deixe-me dar a você o mesmo conselho não solicitado que minha mãe me deu. — Laura nunca falava sobre a família dela, muito menos sobre o passado, e não precisou esperar para ter toda a atenção de Andrea. — Eu era mais nova, mas estava exatamente como você agora. Enfrentava todos os desafios da vida como se fossem um penhasco do qual eu tivesse constantemente que me jogar.

Andrea não quis admitir que isso parecia familiar.

— Eu achava que era tão corajosa, tão ousada — disse Laura. — Levei anos para entender que, quando você cai, está completamente fora de controle. Está apenas deixando a gravidade assumir.

Andrea se esforçou para dar de ombros.

— Altura nunca me incomodou.

— Isso foi quase exatamente o que eu disse à minha mãe. — Laura sorriu com a lembrança secreta. — Ela sabia que não estava correndo na direção de alguma coisa. Eu estava correndo de tudo, especialmente de mim mesma. E sabe o que ela me disse?

— Acho que você vai me contar.

Laura ainda estava sorrindo quando pôs as mãos com delicadeza nos dois lados do rosto de Andrea.

— Ela disse: "Aonde quer que você vá, é aí que você está".

Andrea conseguia ver a preocupação nos olhos da mãe. Laura estava com medo. Estava tentando proteger Andrea. Ou talvez estivesse tentando manipulá-la do jeito que sempre tinha feito.

— Nossa, mãe.

Andrea deu um passo para trás.

— Parece que ela teria sido uma avó fantástica. Gostaria de ter tido a oportunidade de conhecê-la.

A expressão sofrida de Laura mostrou que o golpe havia sido profundo demais. Aquilo era novo para elas, esse ir e vir repulsivo que transformava suas línguas em navalhas.

Andrea deu um aperto delicado na mão da mãe. Elas nunca mais faziam as pazes com palavras. Botavam um curativo e deixavam que a ferida supurasse até a próxima vez.

— Eu deveria encontrar o papai.

— Isso. — A garganta de Laura trabalhava contra as lágrimas.

Andrea se repreendeu em silêncio enquanto caminhava de volta para a multidão. Então se repreendeu por se repreender, porque de que adiantava isso?

Ela jogou a garrafa vazia na lata de lixo reciclável, aceitando mais tapinhas nas costas e parabéns de estranhos que a achavam incrível. O olhar de Andrea viajou por um mar de rostos, em sua maioria brancos, até encontrar o pai, parado; sozinho ao fundo. Gordon era mais alto que a maioria dos pais, com um corpo magro e barba e bigode amarfanhados que davam a ele uma vibe de Idris Elba, se Idris Elba fosse um advogado especializado em fundos e imóveis, além de presidente do clube de astronomia local, e falasse demais sobre jazz.

Andrea estava ensopada de suor, e Gordon vestia um de seus ternos Ermenegildo Zegna, mas ele a tomou em um abraço apertado e beijou o topo da sua cabeça.

— Pai, estou imunda.

— Para isso servem as lavanderias. — Ele tornou a beijá-la antes de soltá-la. — Estou muito orgulhoso do que você realizou aqui, querida.

Ela percebeu a precisão das palavras dele. Ele não estava orgulhoso por ela estar se tornando uma agente federal. Estava orgulhoso por ela ter feito o trabalho, da mesma maneira que se orgulhara quando ela tinha desenhado o contorno da mão para fazer um desenho de peru no jardim de infância.

Ela tentou.

— Pai, eu...

Ele balançou a cabeça. Estava sorrindo, mas Andrea conhecia os sorrisos do pai.

— Vamos falar sobre o quanto a sua mãe está desconfortável. Acho que nós dois podemos encontrar algum humor nisso.

Andrea se virou e observou Laura abrir caminho, tensa, por uma fila de homens armados. Os inspetores sêniores estavam com camisas polo azul-marinho com o emblema oficial, a estrela de prata do Serviço de Delegados

dos Estados Unidos, costurado no bolso. Calças marrom-claras mostravam a insígnia de estrela dos Marshals brilhando em seus cintos. Glocks estavam presas às cinturas.

Um dos instrutores mais amistosos começou a falar com Laura. Gordon riu do comportamento agitado dela, mas Andrea tinha agido muito mal com a mãe para ter qualquer prazer em vê-la sofrer.

— Não sei — disse Andrea.

Gordon olhou para ela.

— Se você está se perguntando por que estou fazendo isso, a resposta é que eu não sei. — Andrea se sentiu mais leve ao admitir aquilo. Ela nunca se permitira dizer tais palavras. Talvez o conselho não solicitado de Laura tivesse soltado a sua língua. — Na minha cabeça, eu continuo me agarrando a explicações sobre como ser uma delegada me dá um sentido de propósito ou que eu deveria tentar compensar pela destruição que meus pais biológicos tentaram causar, mas a verdade sincera é que tudo o que estou fazendo é pôr um pé na frente do outro e dizer a mim mesma que correr adiante é melhor que cair para trás.

Como sempre, Gordon refletiu a respeito das suas palavras antes de falar.

— No começo, supus que você estivesse tentando irritar a sua mãe, e você fez isso bem, porque com certeza conseguiu. Porém, mais de quatro meses de disciplina física e estudo intensivo não são, em geral, sinais de rebelião.

Aquilo fazia sentido.

— Cheirar fentanil e engravidar de uma gangue de motociclistas não me interessou muito.

A expressão de Gordon mostrou que ele não tinha gostado da piada.

— Faz sentido você querer respostas sobre o início da sua vida.

— Eu acho que sim — disse Andrea, embora a explicação possível fosse uma de muitas.

O Serviço de Delegados dos Estados Unidos, do qual Andrea passou a fazer parte, controlava o Programa Federal de Proteção de Testemunhas, o que era coloquialmente chamado de proteção às testemunhas. O acordo de Laura para testemunhar contra o pai de Andrea tinha levado as duas para o programa, embora a filha ainda não tivesse nascido quando a mãe assinara na linha pontilhada. Em troca de testemunhar contra ele, Laura pôde criar a história da sua viuvez trágica em uma cidade costeira da Geórgia. Ao invés de ser rotulada como uma criminosa calculista, ela tinha criado a lenda de si mesma como fonoaudióloga em uma cidade pequena, e cujos sentimentos antigoverno faziam dela a pessoa perfeita para os veteranos desiludidos com quem ela trabalhava no hospital para veteranos.

Infelizmente, Andrea descobrira em sua segunda semana na escola de delegados que todos os registros do sistema de segurança do Programa Federal de Proteção de Testemunhas eram protegidos com rigor. Ninguém podia ter acesso a eles sem uma explicação sólida e juridicamente defensável. Aquilo não eram os Illuminati, e você não descobria todos os segredos do mundo se juntando ao clube.

— Enfim. — Gordon sabia quando mudar de assunto. — Os distintivos de delegado são muito impressionantes. Muito Wyatt Earp.

— Ele se chama estrela de prata. E Wyatt Earp só virou um delegado dos Estados Unidos depois que alguém tentou assassinar o irmão dele.

Andrea não conseguiu evitar. Os instrutores tinham enfiado a história dos Marshals em todos os cantos dos cérebros deles.

— Virgil Earp era o delegado encarregado durante o Tiroteio no O.K. Corral.

— Mande meus cumprimentos aos seus professores por fazerem com que você decorasse um livro didático.

O sorriso de Gordon ainda parecia tenso, mas ele disse:

— O salário inicial dá para viver. Um aumento é garantido depois do primeiro ano. Aumentos subsequentes virão depois disso. Férias remuneradas. Licença médica. Plano de saúde. Aposentadoria obrigatória aos 57 anos. Você pode usar sua experiência em uma consultoria até estar pronta para se aposentar.

Ele estava tentando, então ela também tentou.

— Nós só vamos atrás dos caras muito maus.

As sobrancelhas dele se ergueram.

— Nós sabemos com quem estamos lidando — explicou Andrea. — Não é como a polícia local, que para um carro por excesso de velocidade e não sabe se está abordando um membro de cartel ou um cara que está atrasado para o treino de softbol. — Gordon esperou. — Nós temos os nomes deles. As fichas criminais. Um juiz nos dá um mandado e nos manda procurá-los. — Ela deu de ombros. — Ou estamos transportando prisioneiros para o tribunal. Ou estamos fazendo apreensões civis de criminosos de colarinho branco. Ou garantindo que pedófilos estão fazendo o que deviam estar. Nós, na verdade, não investigamos. Não a menos que nos designem para detalhes específicos. Na maioria das vezes, lidamos com pessoas que já foram condenadas. Nós sabemos quem eles são.

Gordon tornou a assentir, mais como se estivesse reconhecendo que ela tinha falado do que concordando com o que ela estava dizendo.

Ela perguntou:

— Conhece aquela pintura, *O problema com o qual todos vivemos*?

— Norman Rockwell. 1964. Óleo sobre tela. — Gordon conhecia arte. — A obra foi inspirada em uma menina de seis anos chamada Ruby Bridges que integrava um jardim de infância apenas para brancos em Nova Orleans.

— Sabia que os homens que a escoltaram eram delegados federais?

— É mesmo?

Andrea deu a ele todos os detalhes que aprendera para aquele momento.

— Delegados fornecem segurança para juízes da Suprema Corte e delegações estrangeiras. Eles têm a tarefa de proteger atletas olímpicos e cientistas na Antártida. São a agência de segurança mais antiga do país. O próprio George Washington nomeou os primeiros treze delegados.

Laura escolheu esse momento para se juntar à família.

— Eles também caçavam escravizados fugitivos e os devolviam a seus donos. E administraram campos de internação que aprisionaram nipo-americanos durante a Segunda Guerra Mundial. E...

— Laura — alertou Gordon.

Andrea olhou para o chão. Ela podia ouvir outros pais tendo conversas com os filhos, e nenhuma delas parecia tão desconfortável quanto aquela.

— Querida? — Gordon esperou que Andrea erguesse o olhar. — Você tem o meu apoio. Você sempre teve o meu apoio. Não precisa me convencer.

— Pelo amor de Deus — resmungou Laura.

Gordon pôs a mão no ombro de Andrea.

— Só me prometa que você sempre vai se lembrar de quem é.

— É — disse Laura. — Não se esqueça *exatamente* de quem você é.

Eles estavam nitidamente falando sobre duas coisas diferentes, mas Andrea não iria abrir isso para debate.

— Sr. Mitchell. Sra. Oliver.

Outro delegado apareceu do nada. Estava usando um terno elegante com a arma escondida sob o paletó. Mike piscou para Andrea como se dois segundos tivessem se passado ao invés de um ano e oito meses desde a última vez que ela o vira.

— Eu sou o inspetor Michael Vargas do Serviço de Delegados dos EUA. Vocês devem estar muito orgulhosos da sua filha.

— Vargas?

Laura tinha visivelmente se encolhido ao ver Mike. Ele era o contato dela no programa de proteção de testemunhas, e ela confiava nele tanto quanto confiava em qualquer pessoa que trabalhasse para o governo.

— Isso é outro nome falso, ou você está finalmente dizendo a verdade?

Andrea lançou um olhar para a mãe.

— A verdade sobre o quê?

— Agente Vargas, é um prazer conhecê-lo.

Gordon apertou a mão de Mike, fingindo que eles nunca tinham se encontrado, porque era assim que a proteção de testemunhas funcionava. Nem os instrutores de Andrea tinham ideia de que ela havia crescido no programa. Ela duvidava que o próprio diretor soubesse.

— Sra. Oliver.

Mike sabia que Laura não iria apertar a sua mão.

— Parabéns. Vejo que você está radiante de orgulho.

— Eu preciso de uma bebida.

Laura saiu para procurar um bar em um centro de treinamento federal às 10h30 da manhã. Ela sempre reagira mal à autoridade, mas Andrea se juntar às mesmas pessoas que tinham vigiado todas as ações dela por mais de trinta anos tinha transformado Laura em um porco-espinho com uma bazuca.

Mike esperou até que ela saísse do raio de audição.

— Ninguém diga a ela que os delegados ajudaram a impor a Lei Seca.

Gordon tornou a apertar o ombro de Andrea antes de sair também.

Mike o observou se afastar, dizendo a ela:

— Pelo menos a sua mãe apareceu, certo? Isso já é alguma coisa.

Andrea manteve a boca fechada enquanto tentava encontrar algum sinal de compostura. Estava nojenta e suada da corrida, mas o calor que atravessava o seu corpo era todo Mike. Eles tinham saído juntos por quatro meses muito intensos antes que ela sumisse da vida dele. A decisão tinha sido tão difícil quanto necessária. Mike era parte da velha vida de Andrea, quando, como a sua amada mãe tinha acabado de observar, ela nunca havia encontrado um penhasco do qual se jogar. Ela não precisava de um homem com complexo de salvador entrando em cena para interromper a queda. Precisava aprender a salvar a si mesma.

Então talvez fosse por *isso* que havia se juntado aos delegados. Era uma explicação tão boa quanto qualquer outra.

— O que você acha do novo visual sexy? — Mike coçou a barba, que era farta, escura e densa. — Gostou?

Ela adorou, mas deu de ombros.

— Vamos dar uma volta.

Mike bateu no seu ombro para que ela começasse a andar, mas não antes de dar uma olhada para Laura e Gordon, que estavam claramente envolvidos em uma discussão acalorada.

— Eles estão se vendo outra vez?

Eles estavam, mas Andrea não ia dar informação alguma para o contato da mãe.

Mike tentou outra vez.

— Fico feliz que Gordon esteja apoiando a sua decisão de se juntar aos mocinhos.

Gordon era um homem negro com um diploma em Direito de uma das melhores universidades dos Estados Unidos que começava a suar toda vez que via um policial no espelho retrovisor.

Ela disse:

— O meu pai sempre me apoiou.

— Assim como a sua mãe.

Mike olhou para sua expressão cética. O fato de ele estar defendendo Laura quando ela quase lhe custara o emprego alguns anos antes era um testemunho da sua resiliência, ou um sinal de amnésia traumática.

— Você deve dar uma folga a ela. Esse pode ser um trabalho arriscado e Laura sabe disso melhor do que qualquer pessoa. Ela tem medo de que você possa se machucar.

Andrea afastou a conversa da sua vida privada.

— Aposto que a sua mãe deu uma festa enorme quando você se formou.

— Ela deu — disse Mike. — E depois eu a vi chorando alto na despensa porque estava apavorada que alguma coisa ruim acontecesse comigo.

Andrea sentiu uma pontada de remorso. Estivera tão dedicada a completar o treinamento de delegada que não tinha parado para pensar que Laura pudesse ter mais razões para odiar essa escolha de vida que a óbvia. A mãe era muitas coisas, mas Laura Oliver não era uma mulher estúpida.

— Diga-me uma coisa. — Mike a conduziu na direção do prédio administrativo. — Nós estamos fingindo que você não está tomada de arrependimento por ter me deixado um ano e meio atrás?

Andrea estava mais pronta para fingir que ele não a havia afetado tanto a ponto de ela não saber se gritava o nome dele ou irrompia em lágrimas.

Se a memória servia para alguma coisa, cada um deles tinha feito um pouco dos dois.

— Ei. — Ele bateu novamente no seu ombro, brincando. — Acho que essa pergunta merece uma resposta.

Ela se saiu com uma:

— Achei que estivéssemos mantendo isso casual.

— Estávamos?

Mike passou à frente para abrir a porta de vidro.

— Casual normalmente não inclui eu dirigir até West Jesus, no Alabama, para você poder conhecer a minha mãe.

A mãe dele era o oposto exato de Laura, como uma June Cleaver envolta em Rita Moreno com um toque de Lorelai Gilmore.

Mesmo assim, Andrea disse:

— *Casual* inclui muitas coisas.

— Não me lembro de receber essa mensagem. Foi de texto? Ou de voz?

— Pombo-correio — gracejou ela. — Você não recebeu o recado?

As luzes estavam apagadas no interior do prédio de escritórios, mas o ar-condicionado fez dele o lugar mais bonito onde Andrea já tinha estado. Ela sentiu a pele formigar enquanto o suor secava.

Mike ficou inusitadamente em silêncio enquanto seguia pelo corredor e abria a porta para as escadas. Andrea deixou que ele fosse à frente em nome do feminismo e também para aproveitar a vista de trás. Os músculos das pernas dele pressionavam a calça bem cortada. Uma de suas mãos fortes agarrou o corrimão enquanto ele subia, dois degraus de cada vez. Andrea tinha dormido com garotos antes de Mike, mas ele fora o primeiro homem com quem ela tinha estado. Era muito inteligente, muito seguro de si. Não havia muito espaço para ser ela mesma quando estava perto dele.

Ele abriu a porta no alto da escada.

— Os espertos antes dos parvos.

Andrea achou que ela era a parva, porque Mike entrou primeiro. Ela estreitou os olhos e analisou o corredor escuro se perguntando o que eles estavam fazendo ali. Esse era o dom de Mike — ele fazia com que o cérebro dela desligasse a sensatez. Ela, àquela altura, já devia ter saído do chuveiro. Iria se atrasar para a própria formatura.

Ela perguntou:

— Aonde você está me levando?

— Você é quem gosta de surpresas.

Ela era o extremo oposto de alguém que gostava de surpresas, mas mesmo assim o seguiu para dentro de uma sala de reuniões vazia.

As luzes estavam apagadas, mas Mike abriu as persianas, e a luz do sol entrou.

— Sente-se — disse ele.

Mike, em tese, era hierarquicamente superior a ela. Mas Andrea nunca iria seguir as ordens dele.

Ela andou pela sala, que era usada para exercícios de vigilância e apreensão de fugitivos. Como as aulas tinham terminado, os quadros brancos estavam limpos. Retratos emoldurados nas paredes mostravam vários delegados do passado. Robert Forsyth, que nos anos 1790 fora o primeiro a morrer em serviço. Bass Reeves, o primeiro delegado negro, que serviu na virada do século anterior. Phoebe Couzins, que não apenas foi a primeira delegada do país, mas também uma das primeiras mulheres a se formar em Direito nos Estados Unidos.

O maior quadro era um pôster emoldurado do filme *O fugitivo* de 1993, estrelado por Harrison Ford, o prisioneiro fugitivo, e Tommy Lee Jones, o delegado que o perseguia. Andrea achava melhor que o cartaz gigante de *Con Air* com Nicolas Cage que enfeitava a sala de trabalho no seu alojamento. Delegados não recebiam tratamento cinematográfico com frequência.

Mike parou diante de um mapa-múndi gigante. Alfinetes azuis indicavam os postos estrangeiros do Serviço de Delegados dos EUA. Era uma comunidade unida de aproximadamente três mil agentes servindo no mundo todo, e todos se conheciam ou conheciam alguém que conhecia alguém. Não passou despercebido para Andrea que o exílio dela de Mike a pusera em um trabalho onde ela provavelmente iria se encontrar com ele outra vez.

Ele perguntou:

— Que lugar você escolheu?

Andrea não tinha feito nenhum pedido específico. Ela iria receber a missão após a formatura.

— Eu pedi algum lugar no oeste do país.

— Longe de casa — disse ele, sabendo muito bem que essa era a intenção. — Você decidiu o que quer fazer?

Ela deu de ombros.

— Depende, não é?

Para o crédito deles, o Serviço de Delegados queria que você fizesse o trabalho que queria fazer, por isso o colocava em rotatividade durante o primeiro ano. A cada duas semanas, você fazia um pouco de tudo — apreensão de fugitivos, segurança judiciária, recuperação de ativos, operações e transporte de prisioneiros, administração de criminosos sexuais, participação no programa de crianças desaparecidas e, é claro, proteção de testemunhas.

Andrea esperava que uma lâmpada gigante se acendesse quando ela encontrasse o seu chamado. Se isso não acontecesse, sempre havia o excelente pacote de aposentadoria e férias remuneradas.

— Esses escritórios no lado oeste são pequenos. Não tem muita mão de obra local com a qual contar. Você, provavelmente, vai passar a maior parte do tempo em carregamentos — disse Mike.

Ele estava falando sobre o transporte de prisioneiros. Andrea deu de ombros.

— Você precisa começar em algum lugar.

— Isso é verdade.

Mike andou até a janela e olhou para o campo de treinamento.

— Isso vai levar mais alguns minutos. Por que você não se senta?

Andrea devia ter insistido em mais transparência, mas não conseguia deixar de olhar para os ombros largos dele. A coisa mais sexy em Mike Vargas não era o corpo musculoso, a voz grave nem a barba nova e sensual. Ele tinha um jeito de falar que fazia com que ela se sentisse como a única pessoa com a qual ele já tinha dividido alguma coisa. Como o fato de ele gostar de realismo mágico, mas não de livros com dragões. Que ele sentia cócegas nos pés e odiava sentir frio. Que às vezes se ressentia delas, mas amava as três irmãs mais velhas e mandonas. Que quando era criança, sua mãe tinha dois empregos para alimentar a família, mas ele teria aberto mão de uma refeição com prazer para passar mais tempo com ela. Que ele tinha mentido para Andrea sobre o pai na primeira vez em que eles falaram sobre as suas famílias.

Que Mike tinha dez anos quando o pai se levantara no meio da noite para enfrentar o que achava ser um intruso e atirara acidentalmente na cabeça do irmão adolescente de Mike.

Que às vezes ele ainda podia ouvir o baque angustiante do corpo do irmão morto batendo no chão de madeira.

Que às vezes ainda podia ouvir o baque surdo e aterrorizante do corpo do pai quando o homem se matou com a mesma arma uma semana depois.

— Ei, eu quase esqueci. — Mike estava sorrindo quando se virou para ela. — Eu ia te dar um conselho.

Andrea amava o tom de voz provocante dele.

— Minha coisa favorita é um conselho não solicitado.

O sorriso dele ficou amarelo.

— Aonde quer que você vá, faça a si mesma um favor e conte a todo mundo que estamos saindo.

Ela gargalhou de verdade.

— Como isso vai me fazer algum favor?

— Bem, em primeiro lugar, olhe para mim. — Ele abriu os braços. — Eu sou lindo.

Ele não estava errado em relação a isso.

— E em segundo?

— Os caras no seu novo escritório vão se perguntar por que você não está dormindo com eles. — Ele apoiou as costas na janela. — E eles vão começar a se perguntar: ela é da corregedoria? Ela está me espionando? Posso confiar nela? Ela é lésbica? Por que ela não sai do armário? O que ela está escondendo? A namorada dela é mais bonita que eu?

— Essas são as únicas opções? Ou sou dedo-duro ou sou gay? Não pode ser por eu não estar interessada?

— Querida, eles são delegados dos Estados Unidos. É claro que você está interessada.

Andrea balançou a cabeça. A única coisa em Glynco que cheirava mais que suor e creme depilatório era testosterona.

— Acho que o seu ego engoliu o meu pombo-correio.

Os olhos dele brilharam à luz do sol.

— Isso explica por que não consigo tirar o seu gosto da minha boca.

Os dois levaram um susto quando um homem de terno preto e fone de ouvido com fio e com a postura empertigada de um agente federal enfiou a cabeça careca na sala. Ele olhou ao redor, assentiu, então saiu.

— Desculpe pelo atraso.

Um homem mais velho imponente entrou pela porta, sugando de forma eficaz todo o oxigênio. Ele estendeu uma mão elegante na direção de Andrea.

— É um prazer finalmente conhecê-la. Estou muito orgulhoso do que você fez aqui neste local de treinamento. É uma conquista e tanto.

Ela teve que morder o lábio para impedir que o queixo caísse. Ele não tinha se apresentado, mas ela o reconheceu — claro que o reconheceu. Ele tinha sido um candidato forte nas últimas primárias presidenciais até que um escândalo o tirou da disputa. Felizmente, conseguira lidar com a situação e virara senador pelo estado da Califórnia.

Ele também era, ela soubera recentemente, o irmão mais velho de Laura, o que, tecnicamente, fazia dele tio de Andrea.

— Você viu... — A voz dela ficou embargada. — Você não viu a minha mãe?

A testa com Botox de Jasper Queller se franziu.

— Ela está aqui?

— Com o meu pai. Gordon. Eles, uhm...

Andrea teve que se sentar. Tinha esquecido que Mike estava na sala até que ele se apresentou a Jasper. Ela queria fazê-lo engolir as próprias bolas por tê-la levado até ali. E queria bater em si mesma por ter caído na armadilha dele, porque Jasper não tinha aparecido por acaso.

Tudo aquilo tinha sido planejado.

Andrea ouviu uma pergunta pipocando dentro do cérebro, uma que lhe tinha sido feita dois anos antes, quando sua vida virara de cabeça para baixo.

Meu Deus, menina, você passou a vida inteira com um anzol na boca?

Andrea, então, respondera que sim. Não havia desculpa para o fato de que ainda estava engolindo a isca dois anos depois.

Ela perguntou a Jasper:

— O que você está fazendo aqui?

Mike percebeu que era uma boa hora para sair pela porta.

Jasper pôs uma pasta fina de couro sobre a mesa. O som marcante dos estalidos da tranca de ouro se abrindo era como dinheiro. Ela não sabia quem tinha feito o terno dele, mas alguém segurara uma agulha de verdade enquanto fazia isso. Ela provavelmente estava olhando para a manifestação física do total da sua dívida estudantil.

Ele indicou uma cadeira.

— Posso?

Andrea não precisou olhar para o organograma na parede. O Serviço de Delegados era uma agência dentro do Departamento de Justiça, que era supervisionada pelo Comitê Judiciário do Senado, formado por 22 senadores, incluindo o homem que estava perguntando se podia se sentar à sua frente.

— Fique à vontade.

Ela tentou acenar com a mão de forma gentil, mas acabou batendo na borda da mesa. Apesar do ar-condicionado gelado, uma gota de suor escorreu pelas suas costas. As emoções estavam por toda parte. Laura ficaria louca se descobrisse que a filha e o irmão estavam juntos na mesma sala. Por mais raiva que Andrea estivesse sentindo da mãe, não via uma escolha à sua frente. Ela nunca estaria do lado de Jasper.

— Andrea, gostaria de começar dizendo que lamento não termos nos conhecido antes.

Até sentado Jasper tinha um porte militar, embora não usasse uniforme havia décadas.

— Eu esperava que você procurasse por mim.

Andrea olhou para as rugas finas que se franziam em torno dos olhos dele. Ele era seis anos mais velho que Laura, mas eles tinham o mesmo nariz aristo-crático e as maçãs do rosto proeminentes.

— Por que eu procuraria você?

Ele assentiu uma vez.

— Boa pergunta. Imagino que a sua mãe fosse contra isso.

A verdade era uma arma eficiente.

— O assunto nunca veio à tona.

Jasper olhou para ela de trás da pasta aberta. Ele tirou uma ficha de arquivo e a posicionou sobre a mesa. Fechou a pasta e a colocou no chão.

Andrea se esforçou para não perguntar sobre o arquivo, porque ele nitida-mente queria que ela perguntasse.

— Vou me atrasar para a minha formatura.

— Confie em mim, eles não vão começar sem você.

Andrea cerrou os dentes. O mundo pequeno do Serviço de Delegados tinha acabado de ficar menor. Ela logo estaria cercada por um bando de in-vestigadores treinados que estariam se perguntando por que um senador dos Estados Unidos tinha atrasado a formatura para poder falar com Andrea Oliver.

— É mesmo incrível ver você pessoalmente.

Jasper estava descaradamente estudando o rosto dela.

— O seu aspecto lembra muito a sua mãe.

— Por que isso não parece um elogio?

Ele sorriu.

— Acho que é melhor do que ser comparada com o seu pai.

Ela imaginou que ele estivesse certo.

— Na verdade, ele é a razão de eu estar aqui. — Jasper tocou a pasta. — Como você sabe, as acusações adicionais feitas contra o seu pai terminaram com o júri empatado, e o Departamento de Justiça não vai julgá-lo de novo. Enquanto isso, o tempo da condenação original está chegando ao fim. Conspiração para cometer atos de terrorismo doméstico era uma acusação nova antes do Onze de Setembro. Conspiração para assassinato tem seus limites, e o testemunho da sua mãe ajudou, mas não o suficiente, não é? Nós estaríamos melhor se o seu pai tivesse sido bem-sucedido na execução dos crimes.

Andrea não gostou da alfinetada em Laura, mas descartou aquilo com um gesto de mão. Ainda restavam quinze anos da sentença de 48 de Nick Harp.

— E daí?

Jasper respondeu:

— O seu pai poderá solicitar a condicional outra vez em seis meses.

Algo em seu tom de voz fez com que o estômago dela se retorcesse em um nó. A única razão para ela conseguir dormir à noite era porque sabia que Nick estava atrás das grades.

— Ele teve audiências de condicional antes. Sempre recusaram. Por que você acha que dessa vez vai ser diferente?

— Pode-se dizer que a atitude geral em relação ao terrorismo doméstico teve uma reviravolta recente, em especial entre comissões de condicional historicamente mais conservadoras. — Jasper sacudiu a cabeça, como se um senador dos Estados Unidos tivesse pouco controle sobre o mundo. — Nos últimos anos, consegui impedir que a condicional fosse concedida, mas dessa vez ele pode ter uma chance.

— Sério? — Andrea não se deu ao trabalho de esconder o ceticismo. — Você supervisiona a agência responsável pelas prisões.

— Exatamente — confirmou ele. — Não seria apropriado, para mim, ser visto interferindo.

A garganta de Andrea tinha ficado seca como um osso. Ela se sentiu trêmula de medo com a possibilidade de Nick sair e de raiva por Jasper ter montado aquela emboscada.

— Desculpe, senador, mas nós dois sabemos que você fez coisas inapropriadas antes.

Ele voltou a sorrir.

— Muito parecida com a mãe.

— Vá se foder com as suas comparações. — Andrea se debruçou sobre a mesa. — Você sabe o que ele fez conosco da última vez? Ele é um monstro. Pessoas morreram. E isso foi enquanto ele ainda estava na prisão. Sabe o que ele vai fazer quando sair? Ele vai vir direto atrás da minha mãe. E de mim.

— Excelente.

Jasper imitou o gesto anterior.

— Todos parecemos ter grande interesse em que ele continue encarcerado.

Andrea reajustou a abordagem, porque ser uma vadia desbocada não parecia estar funcionando.

— O que você quer de mim?

— Pelo contrário. Eu estou aqui para lhe dar uma coisa.

Ele removeu a mão do arquivo. Ela viu que havia uma etiqueta, mas não conseguiu ler o que estava escrito nela.

— Eu gostaria de ajudá-la, Andrea. E ajudar a família.

Ela sabia que ele estava falando de Laura, embora, até então, ainda não tivesse dito o nome dela.

Jasper disse:

— Você pediu uma posição na Costa Oeste.

Ela balançou veementemente a cabeça. A última coisa que queria era estar no estado natal do tio.

— Não estou interessada em...

— Por favor, me escute.   Ele ergueu a mão. — Eu estava me perguntando se você não preferiria algum lugar mais perto, como o escritório de Baltimore.

Andrea foi silenciada por uma onda repentina de ansiedade.

— Há uma juíza federal de lá que tem recebido ameaças de morte bem reais. Alguém enviou um roedor morto para a casa dela em Baltimore. — Jasper fez uma pausa por um instante. — Você pode ter visto a história no noticiário.

Andrea não tinha visto, porque ninguém da sua idade assistia ao noticiário. Jasper continuou.

— A juíza foi indicada por Reagan. Uma das últimas ainda na ativa, na verdade. Houve muita pressão para ela se aposentar durante a administração anterior, mas ela perdeu a janela de oportunidade.

Andrea nunca tinha se interessado por política, mas sabia que o Serviço de Delegados tinha a tarefa de proteger juízes federais.

— A sua indicação para a Suprema Corte tem uma história trágica. Duas semanas antes da audiência de confirmação, a filha dela desapareceu. Na mesma época, um corpo foi encontrado em um latão de lixo nos limites da cidade. O rosto da mulher estava esmagado, com duas vértebras do pescoço fraturadas. Eles tiveram que identificá-la usando registros dentários. Ela era a filha da juíza.

Andrea sentiu a sola dos pés começarem a formigar, como se estivesse parada no parapeito de um prédio muito alto.

— Por incrível que pareça, a garota sobreviveu ao ataque. — Jasper fez uma pausa, como se o fato merecesse reverência. — Embora sobreviver seja um termo relativo. Clinicamente, ela estava em estado vegetativo, mas também estava grávida. Até onde sei, eles nunca descobriram quem era o pai. Os médicos a mantiveram viva usando suporte de vida por quase dois meses, até que o bebê pudesse nascer em segurança.

Andrea mordeu o lábio com força para impedir que o corpo estremecesse de forma visível.

— Na época, o drama da menina foi uma *cause célèbre*. As circunstâncias trágicas, supostamente, ajudaram na aprovação da mãe. Reagan foi quem de fato levou a causa antiaborto à tona. Antes disso, ninguém do lado dele realmente se importava. Bush teve que dar as costas à Paternidade Planejada para conseguir a vaga de vice-presidente. — Jasper pareceu captar o desejo dela de que ele fosse direto ao assunto. — A juíza e o marido criaram a criança. Eu digo criança, mas ela hoje tem quarenta anos e, inclusive, tem uma filha. Uma adolescente, na verdade. Soube que ela é meio rebelde.

Andrea fez a mesma pergunta de antes.

— O que você está fazendo aqui?

— Acho que o que você realmente quer saber é *o que isso tem a ver com o meu pai?* — A mão dele voltou para a pasta misteriosa. — Os tribunais federais estão em recesso de verão. Como de hábito, a juíza e o marido voltaram para a propriedade da família, onde vão ficar pelos próximos dois meses. O Serviço de Delegados tem duas equipes trabalhando na segurança, uma no turno da noite, uma no do dia, enquanto as ameaças de morte são investigadas pelo inspetor judiciário especial do quartel-general de Baltimore. O trabalho de segurança não é pesado, na verdade. Pense nele como o de uma babá. E Longbill Beach é uma cidade bonita. Imagino que você saiba onde fica.

Andrea teve que limpar a garganta antes que pudesse responder.

— Delaware.

— Exatamente — disse Jasper. — Na verdade, Longbill Beach é a mesma cidade em que seu pai cresceu.

Andrea juntou as peças que faltavam.

— Você acha que quarenta anos atrás Nick Harp matou a filha da juíza?

Jasper assentiu.

— Assassinato não prescreve. Uma condenação iria mantê-lo na prisão pelo resto da vida.

Andrea ouviu as palavras ecoarem na sua mente: *na prisão pelo resto da vida.*

Jasper continuou:

— Houve rumores de que ele era o pai da criança. Ela o confrontou em público na noite em que desapareceu. Eles discutiram diante de várias testemunhas. Ele a ameaçou física e verbalmente. Então deixou a cidade logo depois que o corpo foi identificado.

Andrea sentiu a garganta funcionar. Ela queria estar atenta aos detalhes, mas, na sua cabeça, tudo em que podia pensar era que Nick Harper tinha tido outra filha.

E então a havia abandonado.

— Veja você mesma. — Jasper finalmente largou o arquivo e o empurrou na direção dela.

Andrea deixou-o fechado e intocado entre eles. Naquele momento, conseguiu ler a etiqueta:

EMILY ROSE VAUGHN

NASC 01/05/64

FALEC 09/06/82

Seus olhos se embaçaram ao ver o nome da garota. A mente de Andrea ainda estava girando. Ela tentou se concentrar — assassinato, sem prescrição; Nick atrás das grades pelo resto da vida —, mas sempre voltava para uma única pergunta: aquilo era uma armadilha? Ela não podia confiar em Jasper. Tinha aprendido do jeito mais difícil que, na verdade, não podia confiar em quem quer que fosse.

— Bem — disse Jasper. — Você não está curiosa?

Curiosidade não era uma emoção que ela estava sentindo no momento.

Medo. Apreensão. Raiva.

Uma meia-irmã de 40 anos que tinha crescido em uma cidade de praia como Andrea. Outra criança que nunca iria decifrar o enigma da mãe. Um pai sádico que tinha destruído as suas vidas, depois seguido para a próxima vítima.

A mão trêmula de Andrea se dirigiu ao arquivo. A capa parecia grossa entre seus dedos. A primeira página mostrava uma fotografia de uma jovem loira e bonita que sorria abertamente para a câmera. O permanente no cabelo e a sombra azul nos olhos a colocavam de maneira definitiva no início dos anos 1980. Andrea foi para a página seguinte. Então para a seguinte. Ela reconheceu o relatório da polícia por seu layout: data, hora, localização, mapa das ruas, desenho da cena do crime, possível arma do crime, nome das testemunhas, os ferimentos no corpo de uma garota inocente de 17 anos.

O suor deixou os dedos de Andrea úmidos enquanto ela continuava a folhear o arquivo. Localizou as anotações do policial investigador. Computadores eram raros em 1982. Aparentemente, máquinas de escrever também. Os garranchos eram quase ilegíveis, fotocopiados tantas vezes que as letras pareciam ter pelos.

Andrea sabia que não iria encontrar o nome de Nick Harp em lugar algum do arquivo. Esse era o pseudônimo que o pai estava usando quando conhecera a mãe dela. Ele abandonara a verdadeira identidade na primavera de 1982 ao deixar Longbill Beach para sempre. As pessoas de lá o conheciam por seu nome verdadeiro, que ela encontrou na última página, circulado e sublinhado duas vezes.

Clayton Morrow.

CAPÍTULO 2

— O OREGON É BONITO, MÃE. — Andrea ignorou o olhar confuso que o motorista do Uber lhe lançou quando eles atravessaram a baía de Chesapeake. Ela virou a cabeça, indicando que aquele era um telefonema particular. — Acho que vou gostar daqui.

— Bem, isso já é alguma coisa — disse Laura. A água corria ruidosamente na pia. Ela estava fazendo jantar para Gordon em Belle Isle. — Faz tanto tempo que estive aí. Eu me lembro das árvores.

— O Abeto de Douglas é a árvore do estado. A flor do estado é a uva do Oregon. Mas elas não são como *uvas* uvas. A fruta é mais como uma amora. — O polegar de Andrea descia pela página do Oregon na Wikipédia em seu telefone do trabalho. — Sabia que é o nono maior estado?

— Não.

— E... — Andrea procurou algo que não parecesse que ela estava lendo uma estatística. — Tem uma floresta tropical na parte noroeste chamada Vale dos Gigantes. Isso é legal, certo?

— É frio aí? Eu falei para você levar o casaco.

— Está bom. — Ela abriu um aplicativo de previsões climáticas. — Dezoito graus.

— Ainda é dia, está cedo — disse Laura, embora o Oregon ficasse apenas três horas para trás. — A temperatura vai cair com o pôr do sol. Você deveria comprar um casaco aí. Vai ser mais barato que eu mandar o seu por FedEx. O clima de verão é volátil no noroeste do Pacífico. Você nunca sabe o que esperar.

— Vou ficar bem, mãe. — Andrea olhou pela janela enquanto ouvia a mãe descrever o tipo exato de casaco que ela devia comprar para um clima que estava acontecendo a quase cinco mil quilômetros de distância.

— Zíperes que fechem bem são importantes — disse Laura. — E elástico nos punhos, ou o vento vai subir direto pelo seu braço.

Os olhos de Andrea se fecharam diante do sol do início da tarde. Sua bússola interna estava girando rápido demais. Jasper não tinha apenas influenciado a balança de maneira imprópria, ele tinha derrubado a coisa toda. Andrea devia ter tido duas semanas de folga antes de assumir o primeiro posto. Graças ao tio distante, tinham se passado apenas 24 horas desde a formatura e ela já estava trabalhando em dois casos diferentes. Um era agir como babá de uma juíza que recebera algumas ameaças de morte e um rato morto, o outro era manter o pai atrás das grades encontrando, de algum modo, provas de que ele era o assassino de uma garota que havia muito tinha sido esquecida.

Assim como todas as outras decisões tomadas por Andrea nos últimos dois anos, ela não sabia ao certo por que aceitara a oferta de Jasper. Sua primeira inclinação tinha sido ir embora da sala, mas então se permitira fazer a única coisa que ela tinha tentando não fazer ao longo dos dois últimos anos: pensar novamente no momento em que a sua vida tinha explodido.

Ao invés de lidar com a situação, Andrea tinha atuado como uma péssima equilibrista de pratos. Não havia qualquer coisa sobre aquele momento de que ela se orgulhasse. Ela não planejara nada. Não considerara as implicações. Tinha dirigido milhares de quilômetros sem rumo tentando resolver o mistério dos pais e descobrir a verdade sobre todos os crimes deles. Por sua impetuosidade, ela chegara perto de perder a vida e quase conseguira que Laura também fosse morta no processo. E isso não incluía nem o que Andrea tinha feito com Mike. Ele havia tentado salvá-la inúmeras vezes, e ela tinha, literal e figurativamente, lhe dado um chute no saco como agradecimento.

Então talvez tenha sido por isso que Andrea disse sim.

Era uma explicação tão boa quanto qualquer outra.

Como exatamente ela iria solucionar um assassinato ocorrido havia quarenta anos ninguém sabia. Suas primeiras 24 horas como delegada dos Estados Unidos tiveram um começo nem um pouco favorável. Na tarde da véspera, dirigira por cinco horas em um carro alugado para chegar ao aeroporto de Atlanta a tempo para seu voo das 9h50 para Baltimore, mas então o tempo ruim o atrasou em duas horas e meia. Depois, também devido às condições climáticas, ele fora desviado para Washington, o que significava que ela só aterrissou às duas da manhã. De Dulles, ela viajou vinte minutos de táxi até um motel barato em Arlington, Virgínia, onde dormira por quatro horas; depois mais uma hora e meia no trem para o quartel-general distrital do Serviço de Delegados em Baltimore, Maryland.

Ninguém estava preparado para a sua chegada. Todos os oficiais superiores encontravam-se em uma conferência em Washington. Uma agente chamada Leeta Frazier, que normalmente trabalhava em casos de reintegração de bens civis, acomodou Andrea em uma sala de reuniões para assinar uma pilha de papéis, deu a ela um panfleto sobre como não assediar alguém sexualmente, entregou-lhe uma Glock 17.9 mm do governo, junto com a estrela de prata, e então disse a Andrea que ela teria que voltar mais tarde para conhecer o chefe e o resto da equipe.

Para piorar as coisas, Leeta não conseguiu solicitar um carro, e era por isso que Andrea tinha acabado no Uber mais caro do mundo para Longbill Beach. O dia já parecia uma versão estendida do dia mais entediante da história do mundo conhecido. Só naquele momento, quase às duas da tarde, Andrea estava finalmente passando pela costa de Maryland a caminho de Delaware, onde ela supostamente — esperançosamente — iria se encontrar com o novo parceiro.

— Mande uma foto quando você comprar — disse Laura.

Andrea teve que retroceder a conversa para entender que a mãe estava falando sobre o casaco fantasma que Andrea deveria comprar para um clima que não estava experienciando.

— Vou tentar me lembrar.

— E você prometeu que ia me ligar duas vezes por dia.

— Eu não.

— Quero dizer, mandar mensagens de texto.

— Não.

— Andrea — disse Laura, mas então Gordon começou a falar e ela abafou o telefone.

Andrea desligou a tela do telefone do trabalho, se perguntando se já tinha conseguido violar a política da agência pesquisando informações sobre o Oregon no Google. Ela ainda não conseguia acreditar que eles tinham lhe dado uma pistola e um distintivo. Era oficialmente uma Marshal. Andrea podia prender pessoas. Podia nomear o motorista de Uber como assistente se quisesse. Talvez pudesse fazer com que ele mantivesse os olhos na estrada, porque no momento em que ele percebeu que ela era uma agente da lei, começou a olhar para ela como se fosse um cocô largado no seu banco traseiro.

Ela se lembrou de uma frase que um dos instrutores havia escrito no quadro branco:

Se você quer que as pessoas o amem, não entre para órgãos de segurança pública.

— Está bem. — Laura estava de volta à linha. — Não é uma exigência, mas eu gostaria muito de receber mensagens suas de vez em quando, querida, assim vou saber que você ainda está viva.

— Está bem — cedeu Andrea, embora não tivesse ideia se iria fazer isso. — Eu preciso ir, mãe. Acho que estou vendo uma cotovia do prado do oeste.

— Ah, me mande uma fo...

Andrea encerrou a ligação. Ela observou um maçarico-das-rochas flutuar com a brisa, fazendo aquela coisa estranha em que ele ia em frente, mas parecia estar andando sobre o ar.

Ela fechou os olhos por um momento e exalou longamente, esperando liberar o cansaço. Andrea sentiu o corpo desejar dormir, mas se as tentativas anteriores de descansar tinham provado alguma coisa, era que a mente estava perfeitamente disposta a correr entre tentar descobrir os verdadeiros motivos do tio, se perguntar se o pai iria descobrir o que ela estava fazendo e tentar explodir tudo, e repassar a conversa com Mike para ver o que era melhor: dizer a ele que tinha cometido um erro terrível ou mandá-lo se foder.

Andrea não podia jogar o mesmo jogo por mais duas horas. Pelo menos, não no banco traseiro de um Uber que cheirava a produto de limpeza e aromatizador de ambiente de pinho. Para não se sentir mal, pegou a mochila e sacou o arquivo de Emily Vaughn.

Seus olhos notaram a etiqueta datilografada desgastada. Ela se perguntou como Jasper tinha conseguido cópias da investigação policial. Como senador dos Estados Unidos, ela presumia que ele tivesse acesso a todos os tipos de informação. Além disso, era absurdamente rico, então em qualquer lugar que o seu poder não funcionasse, uma pasta grande cheia de dinheiro com certeza funcionaria.

Não que alguma das maquinações de Jasper importassem. A investigação alternativa de Andrea tinha apenas um propósito, e não era cair nas graças do tio rico. Ela queria muito manter o pai trancafiado — não apenas pela segurança da mãe, mas porque um homem que conseguira transformar um punhado de pessoas vulneráveis em um culto inclinado à destruição não deveria estar fora da prisão. Se isso significasse solucionar um assassinato de quarenta anos antes, então Andrea teria que solucionar um assassinato de quarenta anos antes. E se não conseguisse provar que o pai tinha feito aquilo, ou se provasse que tinha sido outra pessoa... Ela iria cair daquele precipício quando chegasse a ele.

Andrea inspirou fundo mais uma vez e expirou antes de abrir o arquivo.

A foto de Emily Rose Vaughn foi o que mais a tocou. Era nitidamente uma foto do fim do ensino médio. A garota de quase 18 anos era bonita, mesmo com o permanente e os olhos com delineador muito forte. Andrea virou a foto e verificou a data. A gravidez de Emily provavelmente estava começando a aparecer quando ela entrou na fila com os outros alunos do último ano esperando a sua vez diante da câmera. Talvez ela tivesse usado uma cinta ou meia-calça de muita pressão ou alguma outra tortura dos anos 1980 para tentar esconder a verdade.

Andrea voltou a estudar o rosto de Emily. Ela tentou se lembrar da sensação de estar tão perto da formatura, empolgada com a faculdade, ansiosa para ir embora de casa. Pronta para ser uma adulta ou, pelo menos, uma versão de adulta que ainda era totalmente subsidiada pelos pais.

Emily Vaughn tinha servido como incubadora humana pelas últimas sete semanas da vida dela. Até onde Andrea podia dizer pelo relatório da polícia, Jasper estava certo quando disse que o pai nunca tinha sido identificado. Aquele 1982 tinha sido treze anos antes de o julgamento de O.J. Simpson chegar ao grande público e o sistema judiciário aceitar mais provas de DNA. Na época, havia apenas a palavra de Emily para se levar em conta, e ela aparentemente levara o segredo para o túmulo.

A pergunta era: Clayton Morrow tinha sido suspeito porque era um suspeito crível ou os crimes de Nick Harp fizeram com que ele parecesse culpado após o fato?

Andrea tinha feito a esperada busca no Google e encontrado muito pouca informação disponível ao público sobre o ataque contra Emily Vaughn. Nenhum podcaster de *true crime* ou repórter de TV mergulhara a fundo no caso, provavelmente porque não havia nenhum fio novo para desemaranhar. Nenhuma testemunha nova. Nenhum suspeito novo. As poucas provas que tinham sido colhidas das várias cenas ou tinham se perdido no tempo ou foram levadas na enchente provocada pelo furacão Isabel em 2003.

A página da juíza Esther Vaughn na Wikipédia tinha links para reportagens de quarenta anos antes sobre as circunstâncias em torno da morte de Emily. Dezesseis eram do *Longbill Beacon*, um jornal alternativo que fechara oito anos antes sem deixar nada além de um aviso de SITE INDISPONÍVEL quando Andrea clicava no link. As reportagens nacionais eram pagas e ela não iria acessá-las, porque não queria deixar uma trilha de cartão de crédito e também não tinha certeza se o cartão iria passar. O banco de dados do Serviço de Delegados não era uma opção porque era uma violação da política — e da lei federal — fazer verificação do passado de pessoas sem uma autoridade investigativa legítima.

O que significava que a investigação na internet chegara a um beco sem saída pós-Wikipédia. A morte de Emily Vaughn quase não deixara rastros digitais. Nos muitos artigos de opinião que Esther Vaughn escrevera ao longo dos anos, não havia detalhes além da sua "trágica perda pessoal", que ela distorcia para validar na justiça criminal exatamente o tipo de coisa que se esperaria que uma indicada por Reagan falasse. Em relação ao marido da juíza, Andrea encontrara um release de um ano antes da Universidade Loyola em Maryland, uma faculdade particular jesuíta de Artes Liberais, anunciando que o dr. Franklin Vaughn estava se aposentando como professor emérito da Sellinger School of Business Management, a faculdade de negócios de Loyola, para passar mais tempo com a família.

Igualmente, não havia detalhes sobre a suposta família.

Também igualmente, as muitas opiniões do dr. Vaughn sobre economia e justiça social pareciam pegar leve com soluções que não envolvessem sacrifícios pesados, não importando se você pudesse pagar por isso.

Mais surpreendente, a internet parecia não saber o nome da filha de Emily.

Andrea não sabia ao certo como interpretar essa omissão. Havia várias explicações para a falta de rastros da mulher na internet. Ela era uma *millennial* mais velha, sete anos a mais que Andrea, então redes sociais provavelmente não eram o seu hábitat natural. Era fácil manter o nome fora das redes se você ficasse fora das redes, e o Facebook sugava tanto quanto o Instagram, o TikTok e o Twitter. Ou a filha de Emily trocara legalmente de nome ou adotara o sobrenome de um companheiro. Talvez tivesse cortado relações com os avós, ou, o mais provável, se afastado de tudo, porque a mãe tinha sido brutalmente assassinada, provavelmente pelo pai megalomaníaco, e a avó era uma juíza federal, e, por pior que as pessoas fossem quarenta anos antes, elas eram monstros absolutos agora que tinham acesso à internet.

Então, tudo o que Andrea podia fazer era imaginar. A filha de Emily ainda estava em Longbill Beach ou tinha ido embora? Ela era divorciada? Jasper disse que ela tinha uma filha, uma adolescente rebelde, mas ela era próxima dos avós? Tinham lhe contado a verdade sobre a morte de Emily? Com o que ela trabalhava? Qual era a sua aparência? Ela tinha os olhos azuis frios, as maçãs do rosto proeminentes e a suave covinha no queixo de Nick Harper, ou o rosto mais arredondado e em forma de coração da mãe?

A mão de Andrea foi até o próprio rosto. Ela não tinha os traços aristocráticos de Jasper e Laura, embora o tio, era provável, estivesse certo sobre o *aspecto* de Andrea lembrá-lo do de Laura. Seus olhos eram castanho-claros, não azul-gelado. O seu rosto era estreito, embora não triangular, com uma covinha quase imperceptível no queixo que ela achava ter vindo do pai. O nariz era um mistério genético — com a ponta para o alto como o Leitão cheirando uma tulipa.

Andrea prendeu de novo a foto de Emily na primeira página com um clipe. Folheou os relatórios, embora tivesse lido todos eles várias vezes no embarque do aeroporto, no avião, na traseira de táxis, no hotel, no trem. Impressões digitais borradas ofereciam evidências dos biscoitos de laranja com manteiga de amendoim que ela tinha devorado no café da manhã.

Andrea deveria ser melhor nisso.

Todos os candidatos a agente do centro de treinamento de Glynn County passavam pela escola de investigação criminal por dez semanas intensivas e alucinantes. Andrea se sentara ao lado de um alfabeto de futuros agentes de segurança federais enquanto eram treinados nas artes mais refinadas da investigação — DEA, ATF, IRS, CBP, HHS. Então, os candidatos a delegado ralaram por mais dez semanas de instrução especializada junto com as exigências físicas duríssimas que diferenciavam o serviço.

Os instrutores tinham criado casos falsos intricadamente detalhados — um fugitivo em ação, um sequestro de criança, uma série de ameaças crescentes a um juiz da Suprema Corte. A equipe de Andrea tinha examinado imagens falsas de câmeras de segurança de empresas, caixas eletrônicos e campainhas de residências. Eles tinham entrado na internet e conseguido plantas de prédio e mapas, então fizeram conferência de cartões de crédito e buscas em registros públicos de membros da família, amigos e conhecidos com diversos graus de proximidade. Havia contas de redes sociais para examinar, leituras de placas de carros para analisar, fotografias para passar pelo reconhecimento facial, operadoras de telefonia para intimar, e-mails e mensagens de texto para ler.

Em 1982, havia apenas a boca e os ouvidos. Você fazia perguntas e obtinha respostas. As colocava todas juntas e tentava chegar a uma solução.

Andrea não diria que o chefe de polícia de Longbill tinha feito um excelente trabalho, especialmente considerando que o assassino nunca foi indiciado, mas ele tinha feito o trabalho pesado. Havia desenhos com medidas do latão de lixo atrás do Skeeter's Grill, onde Emily tinha sido encontrada. Um boneco grosseiro de pauzinhos com "X"s marcando a violência em seu corpo. O beco onde amostras de sangue consistentes com o tipo sanguíneo de Emily foram localizadas tinha sido milimetrado e examinado à procura de traços de provas. A possível arma do crime — um pedaço de madeira de um pallet de carga quebrado no beco — fora encontrada abandonada ao longo da estrada principal. Um emaranhado de fibras pretas fora retirado do pallet no beco, mas foi devolvido pelo FBI como comum demais para ser conclusivo. A partir apenas dos depoimentos de inúmeras testemunhas, Andrea conseguiu gerar uma linha do tempo que traçava os últimos passos dados por Emily Vaughn antes que acabassem com a sua vida.

A parte que mais chamava atenção, a parte da qual Andrea não conseguia passar, era uma palavra que normalmente teria sido deletada em uma tela de computador, um fantasma perdido para a tecnologia.

Andrea encontrara a palavra na transcrição manuscrita da ligação para a emergência que foi gerada quando um funcionário da cozinha do restaurante de fast-food levantara a tampa do latão e encontrara o corpo nu e grávido de Emily Vaughn jogado por cima dos sacos de lixo. A letra da telefonista era trêmula, provavelmente porque a polícia de Longbill Beach lidava mais com reclamações sobre turistas desordeiros e gaivotas agressivas. A primeira linha provavelmente encapsulava a primeira coisa dita pela pessoa que telefonou.

Corpo de uma mulher encontrado no lixo atrás do Skeeter's Grill.

Eles, àquela altura, ainda não sabiam que Emily estava viva. Essa foi uma revelação trazida pelos socorristas. O que tocou Andrea, o que provocou lágrimas nos seus olhos, foi que em determinado momento, talvez quando perceberam a quem pertencia o corpo, alguém riscara a palavra *mulher* e mudara a frase para:

Corpo de uma garota...

Uma garota cheia de potencial. Uma garota que tinha esperanças e sonhos. Uma garota que foi encontrada caída de lado com os braços apertados em torno do filho não nascido.

Para Andrea, Emily nunca seria apenas uma garota. Ela era *a primeira garota* — uma das muitas que o pai deixara no seu rastro de violência.

Andrea sentiu o carro desacelerar. A viagem de duas horas passara mais rápido do que ela percebera. Ela fechou o arquivo de Emily e o guardou na mochila. Eles estavam dirigindo pela área principal do que devia ser Longbill Beach. Ela viu dezenas de turistas estupefatos pelo sol parados diante de barracas de fast-food e andando por um largo calçadão branco de madeira que acompanhava o Oceano Atlântico, que, para todas as aparências, podia se estender por mil quilômetros ao sul até o calçadão de Belle Isle.

Com irritação, ela pensou na mãe...

Aonde quer que você vá, é aí que você está.

— Pode parar... — Andrea fez uma careta porque o motorista escolheu aquele exato momento para aumentar o rádio. — A biblioteca! Deixe-me em frente à biblioteca!

Ele balançava a cabeça no ritmo da música alta quando fez uma curva fechada à direita na direção oposta ao mar. Ele provavelmente tinha escolhido a música por causa dela: "Fuck Tha Police", do N.W.A.

Andrea se permitiu revirar os olhos quando o carro fez outra curva fechada que empurrou o ombro dela contra a porta. A biblioteca principal de Longbill Beach ficava atrás da escola. O prédio parecia mais novo, mas não muito. Ao invés dos sólidos tijolos vermelhos da escola, o exterior era um estuque praiano pintado de salmão com janelas de vidro arqueadas que deviam transformá-lo em um forno durante o verão.

O motorista não se deu ao trabalho de abaixar a música quando eles pararam em frente à biblioteca. Havia um homem mais velho e magro com uma camisa havaiana desbotada, calça jeans e botas de caubói ao lado da caixa de devolução de livros. Ele começou a acompanhar a música com palmas, e ela chegou ao refrão enquanto Andrea estava abrindo a porta do carro.

— "Fuck the police, fuck, fuck" — gritava junto o homem, fazendo um passinho na direção do carro. — "Fuck the police!"

Antes de Glynco, Andrea catalogava as pessoas apenas como mais velhas ou mais novas que ela. Agora, achava que o cara estava na casa dos cinquenta, tinha cerça de 1,80m, talvez oitenta quilos. Tatuagens de aparência militar subiam pelos seus braços musculosos. A cabeça calva reluzia ao sol, que ficava mais fraco. O seu cavanhaque era grisalho, e tinha um rabo de diabo um centímetro abaixo do queixo.

— "Fuck the police." — Ele girou e a camisa subiu. — "Fuck-fuck."

Andrea congelou ao ver uma Glock .9 mm presa no cinto dele. Uma estrela de prata brilhava ao lado. Ela achou que estava olhando para seu novo parceiro. Então foi além e deduziu que ele tinha trabalhado na apreensão de fugitivos, porque havia poucos códigos de vestuário e regulamentos para agentes com a tarefa de caçar o pior do pior.

Ela estendeu a mão.

— Eu sou...

— Andrea Oliver, recém-saída de Glynco — disse ele em um sotaque texano impressionante enquanto ela apertava sua mão. — Sou o delegado Bible. Que bom que você finalmente chegou. Você tem uma bolsa?

Ela não sabia o que fazer além de indicar a bolsa para ele, com roupas suficientes para passar uma semana. Mais do que isso e ela teria que explicar à mãe por que precisava que suas coisas fossem enviadas para Baltimore ao invés de Portland.

— Excelente. — Bible fez o sinal de positivo com os dois polegares para o motorista. — Adoro o que você está dizendo aí com a sua música, filho. Que jeito de ser um aliado.

Se o motorista tinha uma resposta, Bible não esperou por ela. Ele indicou com a cabeça para que Andrea o seguisse pela calçada.

— Achei que devíamos andar para fazer um reconhecimento, conhecer um ao outro, criar um plano. Estou aqui há menos duas horas, então não estou muito adiantado. Por falar nisso, meu nome é Leonard, mas todo mundo me chama de Peixe-gato.

— Peixe-gato Bible? — Pela primeira vez em dois anos, Andrea lamentou que a mãe não estivesse ali. Ele tinha praticamente saído de um romance de Flannery O'Connor.

— Você tem um apelido? — Ele observou Andrea balançar a cabeça em negativa. — Todo mundo tem um apelido. Aposto que você está escondendo. Cuidado.

Um garoto de bicicleta quase a atropelou.

— Dê uma olhada. — Ele virou a cabeça para que a luz captasse as cicatrizes finas que desciam pelas duas bochechas. — Entrei em uma briga com um peixe-gato.

Andrea se perguntou se o peixe tinha uma navalha.

— Enfim... — Bible andava tão rápido quanto falava. — Soube que o seu voo atrasou. Deve ter sido um inferno embarcar em um avião logo depois de tanto esforço.

Ele estava falando da última corrida antes da formatura. E também quis dizer que sabia das circunstâncias extremamente incomuns das ordens rápidas para Andrea.

Ela disse a ele:

— Estou bem, pronta para ir.

— Isso é ótimo, eu também estou bem. Superbem. Sempre pronto. Nós vamos ser uma equipe fantástica, Oliver. Posso sentir isso dentro de mim.

Andrea segurou a bolsa com mais força e mudou a mochila para o outro ombro enquanto tentava acompanhar os passos largos dele. O caminho não era fácil conforme eles se aproximavam da área principal. Os dois lados da Beach

Drive estavam cheios de turistas de vários tamanhos e idades analisando mapas, parando para enviar mensagens de texto, olhando boquiabertos para o sol.

Ela se sentiu muito chamativa com sua roupa. A polo era preta com um logo do U.S. Marshals nas costas e também no bolso do peito. Tudo o que o serviço tinha eram camisas de tamanho pequeno para homens, mas as mangas passavam dos seus cotovelos e a gola era tão grossa que esfolava o queixo. Ela tinha desfeito a bainha da calça, mas ainda estava um centímetro curta demais, e a cintura, um centímetro grande demais, porque calças de mulher tinham bolsos pequenos e não possuíam passador para cintos, então fora forçada a comprar uma de menino no departamento infantil, além de um cinto grosso de tecido para prender arma, algemas, cassetete e estrela de prata em torno da cintura. Pela primeira vez na vida, ela tinha quadris. Mas não de um jeito bom.

Bible pareceu perceber o desconforto dela.

— Você tem uma calça jeans nessa bolsa?

— Tenho. — Ela tinha exatamente uma calça.

— Gosto de usar calça jeans. — Ele apertou o botão do sinal para pedestres. Sua cabeça se projetava acima da multidão como a de um lêmure. — É confortável, estiloso e fácil de circular por aí.

Andrea olhou para as placas das ruas enquanto Bible debatia entre modelos tradicionais ou skinny. Reconheceu o cruzamento do depoimento de uma das testemunhas.

Aproximadamente às dezoito horas de 17 de abril de 1982, eu, Melody Louise Brickel, testemunhei Emily Vaughn atravessar a rua na esquina de Beach Drive e Royal Cove Way. Ela parecia vir da direção do ginásio. Estava usando um vestido sem alças turquesa feito de cetim com tule, com uma bolsa combinando, mas sem meia-calça ou sapatos. Parecia atormentada. Não a abordei porque minha mãe me disse que eu devia ficar longe de Emily e de qualquer um em seu grupo. Eu nunca mais a vi viva. Não sei quem é o pai do bebê. Juro que o meu depoimento é verdade sob o risco das penalidades da lei.

Bible perguntou:

— Quem você conheceu no QG?

Andrea teve que tirar o cérebro de uma névoa.

— Todo mundo estava em uma conferência. Havia uma mulher que trabalhava com reintegração de bens civis que...

— Leeta Frazier — disse ele. — Boa garota. Está nisso há quase tanto tempo quanto eu. Mas me escute, isso é o que é importante: Mike me disse para tomar conta de você.

Ela ficou perplexa.

— Mike não...

— Agora, deixa eu esclarecer logo tudo — disse ele. — Cussy, minha esposa, está sempre me dizendo que o cavalheirismo é desperdiçado nos jovens, mas quero lhe dizer desde agora que nunca acreditei nos rumores. E não estou dizendo isso só porque você está noiva.

Andrea sentiu o queixo querendo cair.

— É bom que tenhamos tirado isso do caminho.

O sinal tinha mudado. Bible começou a atravessar a rua pelo meio de um bando de adolescentes queimados de sol. Ele olhou para trás e perguntou a Andrea:

— Você já arrumou um lugar em Baltimore?

— Não... eu... — Ela correu para alcançá-lo. — Nós não estamos... Mike e eu...

— Não é da minha conta. Nunca mais vamos falar nisso outra vez. — O dedo dele passou pelos lábios como um zíper. — Mas, escute, o que você sabe sobre a juíza?

— Eu... — Andrea sentiu como se estivesse caindo em um abismo.

— Olhe, eu me lembro de como é ser um novato recém-saído da caixa. Puseram a credencial na palma da sua mão, e você não sabe nem discernir um lado do outro, mas estou aqui para treiná-la. Meu último parceiro está em uma praia bebendo Mai Tais e contando peixes-boi. Você e eu, nós agora somos uma equipe, como uma família, mas uma família de trabalho, porque você tem a sua própria, eu entendo isso.

Andrea subiu na calçada e respirou fundo. Quando conhecera Mike, ele a atacara com uma rajada semelhante de banalidades. Ele tentara desequilibrá-la, fazê-la dizer algo que não queria, e isso tinha funcionado tantas vezes que ela se sentira como uma idiota.

Tinha passado dois anos desde então trabalhando para não ser mais aquela mulher.

Andrea respirou fundo outra vez, e então disse:

— Juíza Esther Rose Vaughn. Oitenta e um anos. Indicada por Reagan. Confirmada em 1982. Uma dos dois últimos conservadores na corte. Ela tem uma neta e uma bis...

Bible parou tão abruptamente que Andrea quase se chocou contra ele.

— Como você sabe sobre a neta e a bisneta?

Ela se sentiu desmascarada. Talvez houvesse uma razão mais deliberada para a filha de 41 anos de Emily Vaughn não ter uma presença visível na internet.

Ao invés de se enrolar, ela perguntou:

— Por que eu não saberia?

— Exatamente.

Ele saiu andando outra vez.

Andrea não sabia o que fazer além de segui-lo pela calçada longa. A multidão se dispersava enquanto os últimos turistas iam ver balas sendo puxadas e repuxadas por trás de uma vitrine de vidro. A extremidade turística da rua terminava em uma loja de aluguel de bicicletas fechada e um lugar com aulas de stand up paddle e voo de paraquedas. Assim como com todas as outras coisas, os equipamentos pareciam extremamente familiares. Andrea tinha passado muitos verões na praia, observando turistas tentarem não jogar as pranchas de surfe em uma contracorrente ou bater os paraquedas em um prédio alto.

— Então, a juíza. — O falatório de Bible recomeçou tão rápido quanto havia parado. — Ela recebeu algumas ameaças de morte. Nada demais. Acontece o tempo inteiro, ainda mais, depois que ela rejeitou aquele processo sobre voto de estrangeiros nas eleições dois anos atrás.

Andrea assentiu. Ameaças de morte passaram a ser tão comuns que você podia recebê-las em um Starbucks.

Ele retomou:

— As últimas ameaças foram classificadas como reais porque ela recebeu algumas cartas mencionando detalhes particulares da vida pessoal dela pelo correio. A juíza não usa e-mail.

Andrea tornou a assentir, mas a cabeça começara a latejar devido à torrente de novas informações. Seu foco durante toda a jornada até então tinha estado em Emily Vaughn e o possível assassino. Ela havia afastado pensamentos sobre a verdadeira tarefa por causa da palavra *babá*, mas então compreendeu que o trabalho em questão era, na verdade, um trabalho muito sério.

Ela tentou falar como uma delegada:

— De onde as cartas foram enviadas?

— Daquela caixa de coleta azul pela qual passamos em frente à biblioteca. Não tem câmeras ali. Não há digitais que possam ser usadas — disse Bible. — Elas foram enviadas ao longo do feriado: uma na sexta, outra no sábado, então domingo e segunda, todas endereçadas para o gabinete da juíza na Suprema Corte, em Baltimore, o mesmo prédio onde você esteve hoje. Nós formamos uma espécie de família entre os juízes federais e os delegados. Eu conheço a juíza e o seu pessoal há anos. Nós cuidamos uns dos outros.

Andrea tentou outra pergunta:

— O rato foi enviado para a corte?

— Não — disse Bible. — A caixa com o rato não foi enviada. Ela foi deixada na caixa de correspondência da juíza na sua casa na cidade, localizada em Guilford, a parte esnobe de North Baltimore, perto do hospital Johns Hopkins e da Universidade Loyola.

— Onde o marido da juíza, o dr. Franklin Vaughn, lecionou economia antes de se aposentar no ano passado.

Bible estalou a língua, talvez como uma recompensa por Andrea ter feito a lição de casa.

Ela perguntou:

— Elas são a mesma pessoa? A que enviou as cartas com ameaças de morte e a que deixou o rato?

— Pode ser o mesmo cara. Podem ser dois caras.

— Caras?

— Em minha experiência, se uma mulher vai matar você, ela vai fazer isso na sua cara.

Andrea também descobrira em sua experiência que isso era verdade.

— Você está vendo alguma coisa no rato morto? Tipo, isso parece coisa de *O poderoso chefão*: sua rata traidora.

— Aprecio o seu gosto por filmes, mas não. A máfia de Baltimore está morta e acabada, e a juíza, na verdade, não trabalha mais nos casos envolvendo eles — contou Bible. — Agora, você provavelmente está se perguntando por que não estamos em Baltimore. Para nossa sorte, é recesso de verão, do contrário a juíza estaria indo para o trabalho todos os dias no tribunal. Sem chances de ela ficar em casa por causa de um mísero rato morto. A mulher gosta de rotina. Ela tem passado os meses de verão na casa de Longbill desde a confirmação. O carro dela os trouxe para cá assim que amanheceu, o que é exatamente o que tem feito há duzentos anos. O que você tem que ter em mente o tempo todo é que a juíza vai fazer o que a juíza quiser fazer.

Andrea entendeu o que ele quis dizer devido à pesquisa que fizera no Google. Toda fotografia da juíza Esther Vaughn mostrava uma mulher de aparência séria olhando para a câmera, sempre usando uma echarpe linda e colorida para realçar um terno preto severo. As descrições nos artigos eram um passeio pelo movimento #MeToo. Vários artigos dos anos 1990 chamavam a juíza de *uma mulher difícil*. No início da década de 2000 a descreviam de modo mais suave, como *uma mulher complicada*. Mais recentemente, todos os adjetivos fortes com *I* foram invocados: imponente, imperial, inteligente e, o mais comum, indomável.

— Enfim, esse é o resumo sobre a juíza — disse Bible. — Na verdade, no fim das contas não importa quem enviou o que e por quê, se foi ou não a mesma pessoa ou várias pessoas. O inspetor judiciário no quartel-general de Boston está seguindo essa pista. Nós não somos os investigadores. Nosso único trabalho é manter a juíza em segurança.

Andrea sentiu um nó na garganta. Tudo estava começando a parecer muito uma questão de vida e morte, não só porque ela tinha uma pistola carregada na cintura. Será que pessoas loucas iam mesmo atrás da juíza? Andrea tinha coragem de ficar entre uma mulher de 81 anos e um assassino em potencial?

Bible disse:

— Você e eu, nós tiramos a pior sorte já que chegamos aqui mais tarde. Estamos no turno da noite, mantendo os olhos bem abertos caso a pessoa que enviou o rato ou as ameaças de morte apareça. Entendeu?

Andrea só conseguia se concentrar em uma parte: turno da noite. Estava ansiosa por uma cama em um quarto silencioso de hotel desde que o voo tinha atrasado.

— Primeira parada. — Bible apontou um prédio baixo de tijolos amarelos a alguns metros de distância. — Vamos nos encontrar com o chefe de polícia. Regra número doze dos delegados: assim que possível, precisa informar os locais que estamos aqui. Isso faz com que eles se sintam apreciados. Eu quis esperar por você antes de fazer as apresentações. Você tem alguma pergunta até agora?

Ela balançou a cabeça enquanto eles subiam a escada.

— Não.

— Bom. Lá vamos nós.

Andrea travou a porta com a extremidade da bolsa antes que se fechasse atrás dele. Ela ajeitou a mochila no ombro e entrou. O saguão era do tamanho de uma cela de prisão e imediatamente ela sentiu o cheiro de desinfetante competindo com o odor pungente de aromatizante de mictório. Os banheiros ficavam bem à frente da recepção e menos de três metros de espaço os separava.

— Boa noite, policial. — Bible saudou rapidamente o sargento de aspecto muito cansado que cuidava da recepção. — Sou o delegado Bible. Essa é a minha parceira, a delegada Oliver. Estamos aqui para ver o chefe.

Andrea ouviu um grunhido sair da boca do policial quando pegou o telefone. Ela dirigiu a atenção para a parede em torno dos banheiros, que estava coberta de fotos documentando os membros do Departamento de Polícia de Longbill Beach desde 1935. Andrea seguiu as datas com os olhos, indo de um lado ao outro da porta do banheiro até encontrar o que estava procurando.

A foto de 1980 mostrava um chefe de polícia com queixo de Lego e três homens ao seu redor. A legenda dizia: CHEFE BOB STILTON E O ESQUADRÃO.

O coração dela deu um estranho sobressalto.

O chefe Bob Stilton tinha sido o investigador no caso de Emily Vaughn.

Andrea pigarreou. O chefe era exatamente como o visualizara — olhos pequenos e brilhantes e de aspecto sinistro com o nariz bulboso e vermelho de um alcoólatra. Em todas as fotos, os seus punhos estavam tão apertados que as mãos estavam desprovidas de cor. A julgar por seus relatórios, ele não era um fã de gramática nem de pontuação. Nem de descrever o seu raciocínio dedutivo. As declarações, os documentos e os diagramas de apoio estavam todos em ordem, mas o homem excluíra qualquer anotação de campo que pudesse revelar os seus pensamentos sobre o caso. A única indicação de que Clayton Morrow era sequer um suspeito aparecia em duas linhas de texto que o chefe escrevera no pé da última página do arquivo, que, por acaso, era o relatório da autópsia.

MORROW A MATOU. SEM PROVA.

Andrea passou para a foto seguinte na parede, que estava datada de cinco anos mais tarde. Depois, outros cinco anos se passaram até a foto seguinte. Ela continuou descendo a fileira, enquanto a força crescia de seis para doze homens. O chefe Bob Stilton tornou-se mais curvado pela idade, até que a foto de 2010 mostrou uma versão mais jovem e menos redonda assumindo o centro do palco:

CHEFE JACK STILTON E O ESQUADRÃO.

Andrea também conhecia esse nome. Jack era o filho do chefe Bob Stilton. Em 1982, o Stilton mais jovem tinha escrito um depoimento, como testemunha, em letra de imprensa, contando a última vez que vira Emily Vaughn viva.

Aproximadamente às 17h45 de 17 de abril de 1982, eu, Jack Martin Stilton, testemunhei Emily Vaughn conversando com Bernard "Nardo" Fontaine. Eles estavam do lado de fora do ginásio. Era a noite do baile. Emily estava usando um vestido verde ou azul e levava uma bolsa pequena. Nardo esta-

va vestindo um smoking preto. Os dois pareciam estar com muita raiva, o que me preocupou, então me aproximei. Eu estava no pé da escada quando ouvi Emily perguntar onde estava Clayton Morrow. Nardo respondeu: "Não tenho ideia". Emily entrou no ginásio e Nardo me disse: "É melhor essa vadia calar a porra da boca antes que alguém a cale por ela". Eu falei para ele se calar, mas não acho que me ouviu. Fui até os fundos do ginásio para fumar um cigarro e não vi mais nenhum deles. Eu só fiquei por meia hora, então voltei para casa e assisti à TV com a minha mãe. A série One of the Boys, *com Dana Carvey e depois Elton John no* Saturday Night Live. *Não vi Clayton Morrow no baile, assim como não vi Erick "Blake" Blakely nem a irmã gêmea dele Erica "Ricky" Blakely, embora eu suponha que estivessem todos lá, porque é assim que eles funcionam. Não sei quem é o pai do bebê de Emily. Ela não merece todas as coisas ruins que aconteceram com ela. Eu usei um terno preto uma vez para o funeral do meu tio Joe, mas minha mãe o alugou, então ele não era tecnicamente meu. Juro que meu depoimento é verdade sob o risco das penulidades da lei.*

Andrea ouviu uma porta se abrir bruscamente às suas costas.

— Chefe Stilton, obrigado por nos encontrar tão tarde. — Bible estava dando um aperto de mão firme no Stilton da vida real quando Andrea se virou. — Prometo que não vamos tomar muito do seu tempo.

Andrea tentava manter a compostura enquanto Bible fazia as apresentações. A sobrancelha esquerda de Stilton era dividida por uma cicatriz, uma linha branca enviando um raio entre os cabelos finos, talvez de algum confronto antigo. O dedo mindinho tinha, nitidamente, sido quebrado e cicatrizado mal. Apesar disso, ele não parecia o tipo de cara que procurasse briga. O peso extra que carregava lhe dava uma cara de bebê, embora Andrea soubesse que ele tinha a mesma idade de Clayton Morrow, o homem que, três anos após deixar Longbill Beach, iria se apresentar a Laura como Nicholas Sharp.

Ela se viu quase partindo ao meio quando apertou a mão de Jack Stilton.

Será que ele tinha sido amigo do pai dela? Será que sabia mais do que dissera no depoimento quarenta anos antes? Ele não parecia o tipo de cara que ficava em casa e assistia a filmes com a mãe.

— Vocês dois são delegados?

Stilton pareceu desconfiado, provavelmente porque Bible parecia um skatista semiaposentado e Andrea parecia ter encontrado a calça em uma gôndola de roupas para meninos em um supermercado. O que era verdade.

Bible disse:

— Nós somos mesmo delegados do Serviço de Delegados dos Estados Unidos, chefe Stilton. Ei, aposto que você cresceu ouvindo muitas piadas de queijo, estou certo?

As narinas de Stilton tremeram.

— Não.

— Vou tentar pensar em algumas. — Bible deu um tapinha nas costas de Stilton. — Vocês dois sigam em frente e comecem. Preciso cumprimentar o melhor amigo de minha esposa. Oliver, tudo bem por você?

Andrea só assentiu, enquanto Bible desaparecia no interior do banheiro.

Stilton trocou um olhar irritado com o sargento e disse a Andrea, com relutância:

— Vamos lá para os fundos, eu acho.

Andrea tinha a sensação de que Bible a estava deixando no fundo da piscina para ver se ela sabia nadar. Ela perguntou a Stilton:

— Você é chefe de polícia há muito tempo?

— Sou.

Ela esperou, mas ele não continuou, e lhe deu as costas enquanto entrava pela porta.

Não foi uma grande nadada.

O cinto de couro no qual Stilton levava o equipamento rangeu quando ele a conduziu para o interior da sala do esquadrão. O espaço era suficiente, um retângulo grande e aberto com duas salas menores no fundo, uma marcada com uma placa que dizia INTERROGATÓRIOS; a outra, com CHEFE STILTON. Uma mesa de reunião e uma pequena cozinha ocupavam um lado do recinto. Do outro lado, havia quatro mesas aglomeradas por trás de divisórias. As luzes do teto estavam acesas, mas não havia mais ninguém no prédio. Andrea achou que o resto da força estava ou em patrulha ou em casa com as famílias.

— O café está fresco. — Stilton acenou na direção da cozinha. — Sirva--se, querida.

— Ah...

Ela foi pega desprevenida. O único homem que já a havia chamado de *querida* era Gordon.

— Não, obrigada.

Stilton se largou em uma cadeira grande de couro à cabeceira da mesa de reuniões.

— Está bem, coração. Você vai me contar o que está acontecendo ou temos que esperar o seu chefe?

Andrea deixou a primeira vez passar, mas nesse momento lançou um olhar penetrante em sua direção.

— Não fique com raiva de mim — disse Stilton. — Eles não tratam bem vocês, mulheres, no Sul?

Seu falso sotaque sulista soava como se Scarlett O'Hara tivesse torcido as bolas dele nos cadarços do espartilho. Não era surpresa que as pessoas odiassem tanto os policiais.

Stilton disse:

— Vamos lá, coração. Onde está o seu senso de humor?

Andrea deixou a bolsa e a mochila no chão e se sentou à mesa. Fez a mesma coisa que tinha feito com o motorista do Uber: pegou o telefone e o ignorou. Os olhos dela focaram a tela, e ela se esforçou para não erguer o olhar. No início, sentiu Stilton a analisando fixamente, mas então ele entendeu a mensagem. O chefe se levantou com um grunhido alto e foi até a cozinha. Ela ouviu o barulho de uma caneca sendo arrastada quando ele a pegou na prateleira e o estalido do bule de café sendo retirado do fogão.

O olhar dela por fim se focou na notificação que surgiu na tela do telefone. Como imaginado, ela tinha duas mensagens de texto, uma da mãe e uma do pai. Laura encaminhara um link para a coleção permanente de arte nativo-americana do Museu de Arte de Portland. Gordon lhe enviara uma mensagem pedindo que lhe telefonasse no fim de semana, mas só se ela tivesse tempo. Andrea abriu os contatos e encontrou o número de Mike. Ela não se esquecera do que Bible dissera em frente à biblioteca.

Ela escreveu: O QUE VOCÊ DISSE PARA ESSAS PESSOAS????????

Os três pontinhos que indicavam que Mike estava digitando uma resposta se movimentaram. E se movimentaram.

Finalmente, Mike respondeu: DE NADA!

— Desculpe por isso.

Bible deixou que a porta batesse às suas costas. Ele olhou para Andrea ao telefone, mas perguntou a Stilton:

— O café está fresco?

Stilton fez o mesmo gesto amplo na direção da cozinha enquanto se recostava na cadeira.

— Muito obrigado.

As botas de Bible arranhavam as lajotas enquanto atravessava a sala e se servia de uma xícara.

— Não queremos prendê-lo por muito tempo, chefe Queijo. Por que você não nos entrega o relatório e nós o devolvemos depois?

Stilton pareceu confuso.

— Relatório?

Bible também pareceu confuso.

— Achei que você estivesse aqui há algum tempo. Talvez o seu antecessor tenha deixado alguma coisa em que possamos dar uma olhada?

A língua de Stilton se projetou entre os lábios.

— Uma olhada em quê?

— No arquivo sobre a juíza.

Stilton sacudiu a cabeça.

— Que arquivo?

— Ah, entendi. Foi mal.

Bible desviou o olhar do chefe, explicando para Andrea.

— Na maioria das vezes, policiais locais mantêm um arquivo ativo sobre qualquer coisa incomum que tenha acontecido nas vizinhanças da casa de uma juíza federal, estranhos circulando, carro estacionados na rua por tempo demais, esse tipo de coisa. É algo que você tipicamente faz quando tem um alvo de alto valor em sua jurisdição.

Andrea guardou o telefone novamente no bolso, sentindo uma onda de vergonha por tê-lo pegado. Bible estava mostrando a ela como devia ser feito. Em vez de ignorar o idiota, ela deveria ter lembrado a Stilton que era uma agente federal, e ele, um merda.

Bible perguntou ao chefe:

— E suicídios. Você teve algum por aqui recentemente? Não precisa ter sido bem-sucedido.

— Eu... — Stilton foi pego de surpresa outra vez. — Houve duas garotas na fazenda hippie. Uma cortou os pulsos, isso foi aproximadamente um ano e meio atrás. Depois, durante o feriado de Natal, outra foi tirada do oceano, gelada como um iceberg. As duas ficaram bem. Elas só estavam querendo atenção.

— A fazenda hippie — repetiu Bible. — O que é isso?

— Fica a uns dez quilômetros pela estrada da costa, menos de dois quilômetros em linha reta. Bem no limite do condado.

— O lugar com os prédios nas cores do arco-íris?

— Esse mesmo — confirmou Stilton. — Eles têm feito alguma espécie de merda de hidroponia orgânica há anos. Muitos estudantes estrangeiros vivem lá durante o estágio. Eles possuem alojamentos, um refeitório e um armazém.

Parece uma desculpa para trabalho escravo, na minha opinião. Estamos falando principalmente em estudantes do sexo feminino. Muito jovens. Longe de casa. Receita de desastre.

— Por isso, as duas tentativas de suicídio.

— Por isso.

Andrea observou Stilton dar de ombros. Ela também quis dar de ombros. Não fazia ideia de por que Bible estava interessado em suicídios.

— Está bem. — Bible pôs a caneca de café sobre a mesa. — Obrigado pelo seu tempo, senhor. Deixe-me lhe dar um dos meus cartões. Gostaria muito que me avisasse caso ocorra algum suicídio.

Stilton estudou o cartão jogado sobre a mesa.

— Claro.

— Temos uma equipe 24 horas na casa da juíza, caso você não tenha percebido. Dois o dia inteiro, dois à noite. Eu gosto de me sentar na varanda da frente com uma escopeta. Chamo de método de intimidação de intrusos. Fora de expediente, estamos aquartelados no motel logo acima na estrada. Dê um grito se precisar de alguma coisa, e nós vamos fazer o mesmo.

Stilton ergueu os olhos do cartão.

— É isso.

— É isso. — Bible lhe deu tapinhas nas costas. — Obrigado pela ajuda, chefe Queijo.

Andrea seguiu Bible na volta pelo saguão até sair do prédio, e avaliou as opções enquanto eles desciam a escada em fila única. Ele a jogara na parte funda e ela tinha afundado como se tivesse uma bigorna acorrentada ao pescoço. Estava há apenas algumas horas no seu verdadeiro trabalho e já estava se saindo mal.

Bible chegou à calçada.

— E então?

Não havia como evitar a verdade. Os instrutores enfiaram na cabeça deles 24 horas por dia, sete dias por semana, que a primeira coisa que precisavam fazer era estabelecer autoridade. Se Andrea não conseguisse o respeito de um policial de cidade pequena, ela nunca conseguiria fazer isso com um bandido.

Andrea disse a Bible:

— Eu estraguei tudo. Deixei que ele me irritasse quando eu devia ter me esforçado para trazê-lo para nosso lado. Nós podemos precisar dele um dia.

— O que ele fez para irritar você?

— Me chamou de querida e coração e zombou do meu sotaque.

Bible riu.

— Bom, é uma coisa e tanto, Oliver. Ser rude é um jeito de levar as coisas. Já vi isso funcionar antes. Vi algumas garotas, elas usam isso, chamarem-no de querido em retribuição, talvez fazendo parecer que estavam flertando.

Andrea não sabia muita coisa, mas sabia que flertar com um homem em uma situação de trabalho nunca ia lhe conquistar nenhum respeito.

— Qual é o outro jeito de agir?

— Regra número dezesseis dos delegados: pense em você mesmo como um termômetro. Veja o que eles estão fazendo e ajuste a sua temperatura de acordo com isso. O chefe estava sendo atencioso, então você também poderia ter sido um pouco atenciosa. Não é preciso ser hostil. Tente na próxima vez. A prática torna isso permanente.

Ela assentiu ao ouvir o ditado familiar. A maior parte do trabalho policial exigia sintonizar as respostas. Andrea estava mais acostumada com extremos.

— Está bem.

— Não se aborreça muito com isso agora. Deixe o velho Queijo para trás. Provavelmente, foi a última vez que você o verá.

Andrea percebeu que a hora da aula tinha acabado. Bible saiu andando pela calçada.

— Meu carro está na biblioteca. — Bible podia dizer claramente que ela estava ficando para trás. — Vamos comer alguma coisa antes de irmos para a casa da juíza.

A menção à comida fez o estômago dela roncar. Os pés de Andrea pareciam pesados enquanto caminhava atrás dele. Ela olhava para baixo, para o concreto. Em intervalos de alguns metros, havia pequenas caixas pretas do tamanho de uma caixa de sapatos e ela reconheceu as características da sua própria cidade de praia. Com turistas vinham ratos. Ela se perguntou se quem tinha enviado o rato morto para a juíza o havia encontrado no centro da cidade. Então, afastou a pergunta da mente porque estava exausta demais para fazer qualquer coisa além de botar um pé na frente do outro.

— A lanchonete é aqui. — Bible retomou o ritmo. — Eu telefonei antes e reservei dois lugares para nós no balcão. Espero que esteja ok para você.

— Está ótimo.

Andrea esperava muito que a comida lhe desse um novo fôlego. Enquanto isso, o estômago voltou a roncar com o cheiro de batatas fritas permeando o ar. À frente, as luzes de néon do RJ's Eats projetavam um brilho rosa na calçada: MILK SHAKES — HAMBÚRGUERES — ABERTO ATÉ MEIA-NOITE.

— Ora, quem diria.

Bible sorriu enquanto segurava a porta aberta para uma mulher carregando diversos sacos para viagem.

— Peixe-gato? — Ela pareceu surpresa ao vê-lo. — O que você está fazendo aqui?

— O técnico me tirou do banco de reserva. — Ele fez as apresentações. — Judith, essa é Andrea Oliver, minha nova parceira na prevenção de crimes.

— Oi.

Judith olhou para Andrea, esperando uma resposta.

— Uhm... — Andrea teve dificuldade de encontrar a própria voz. — Uhm, oi.

— Ela não fala muito. Deixe que eu a ajudo com isso.

Bible pegou os sacos plásticos e acompanhou Judith na pequena distância até o carro dele. Um homem esperava atrás do volante. Andrea pôde ver a estrela de prata presa ao cinto dele.

Bible disse a Judith:

— Vamos comer alguma coisa. Diga à juíza que estaremos lá às 5h50 para eu mostrar o esquema para minha parceira nova.

— Chegue às seis, assim teremos terminado de jantar. A vovó faz todos nós seguirmos o horário especial dos madrugadores.

Judith abriu a porta, jogou sua bolsa acolchoada no assento do carona e pegou os sacos de comida de Bible. Sob a iluminação da rua, parecia um pouco mais velha que Andrea, por volta dos 40 anos. Estava usando uma blusa colorida com uma espécie de sarongue esvoaçante como saia. Havia nela um ar mundano, artístico, embora o carro em que ela entrara fosse um reluzente Mercedes prateado.

Bible acenou.

— Vejo você daqui a pouco.

A porta se fechou com um baque surdo. O motor ronronou e ganhou vida.

Judith encarou Andrea pela janela fechada, lhe lançando um olhar desdenhoso. Andrea não sabia o que fazer. Ela abriu a mochila e remexeu no seu interior, como se estivesse procurando alguma coisa de importância vital. Finalmente, o carro partiu, mas o rosto da mulher estava gravado a fogo na sua memória.

Olhos azuis frios. Maçãs da face proeminentes. Uma leve covinha no queixo.

Judith era igual ao pai.

17 DE OUTUBRO DE 1981

SEIS MESES ANTES DO BAILE DE FORMATURA

E MILY ESTREMECEU QUANDO UM vento cortante veio do oceano. Os olhos se fecharam para evitar a ardência do sal no ar. Ela se sentia chorosa, dolorida e cansada, mas também estranhamente desperta. Nunca tivera insônia, embora a avó tivesse lhe dito que era algo típico da família. Talvez isso fosse o que significava ter quase dezoito — ser quase uma adulta, quase uma mulher —, a incapacidade de desligar o cérebro para poder descansar.

Faculdade. Um estágio. Nova cidade, nova escola, novos amigos.

Emily pôs uma interrogação atrás da parte dos *amigos*.

Ela tinha crescido em Longbill Beach, conhecendo as mesmas pessoas e coisas e os mesmos lugares. Não tinha certeza de que ainda se lembrava de como fazer novos amigos, tampouco sabia se queria isso. Embora tivesse outros conhecidos da escola na periferia, desde o primeiro ano a essência da sua vida emocional orbitara ao redor de apenas quatro pessoas: Clay, Nardo, Blake e Ricky. Eles se autodenominaram de *a panelinha*, depois que o sr. Dawson, diretor do jardim de infância, alertara Ricky de que ela fazia parte de uma. Desde que Emily se lembrava, a panelinha passara todos os fins de semana e muitas noites juntos. Eles faziam muitas matérias em comum e estavam envolvidos em várias atividades extracurriculares. Todos eles, com a exceção de Blake, estavam no clube de corrida do sr. Wexler. Eles liam livros incríveis e conversavam sobre política, eventos internacionais e filmes franceses. Estavam sempre se estimulando a tornarem uns aos outros mais intelectualmente puros.

Àquela altura do próximo ano, todos eles estariam espalhados por lugares diferentes, e Emily estaria sozinha.

Ela entrou à esquerda na Beach Drive. As lojas vazias que cercavam o centro da cidade barravam o vento forte do mar. As multidões enlouquecedoras de turistas tinham ido embora, o que era um alívio, mas também triste, de certa forma. O último ano do ensino médio de Emily tinha posto muitas coisas em perspectiva, e ela achava muito mais fácil olhar para trás do que visualizar o futuro desconhecido. Em todo lugar para onde se voltava, era atingida por uma onda de nostalgia. O banco onde Clay revelara a ela sobre o acidente de carro que tinha matado a mãe dele. A árvore em que ela havia se apoiado enquanto Ricky colocava um Band-Aid em um ralado que Emily ganhara ao cair na escada da biblioteca. O beco entre a loja de doces e a barraca de cachorro-quente onde Blake, extasiado depois de vencer uma competição de debate do condado dois anos antes, tinha tentado beijá-la.

Emily ouviu gargalhadas altas, e o seu coração ronronou como um gatinho ao ver os garotos no fim da rua. Clay andava junto com Nardo, os dois conversando e aproveitando o sol de fim de tarde com os rostos sendo atingidos pelo vento. Nardo era magro devido à corrida, mas as bochechas dele sempre foram grandes, quase angelicais. Clay era mais alto, mais sério e firme. O maxilar forte dele cortou o ar quando se virou para olhar para trás. Como sempre, Blake estava atrás deles, as mãos afundadas nos bolsos da calça de veludo cotelê. Ele estava olhando para a calçada, então foi apanhado de surpresa quando Nardo parou abruptamente.

Emily ouviu o grito a cinquenta metros de distância.

— *Meu Deus!*

Ela sorriu quando Blake empurrou Nardo, então Clay tropeçou, aí eles começaram a empurrar uns aos outros de um lado para outro pela calçada como bolas metálicas quicando dentro de uma máquina de pinball. Ela foi tomada de amor ao vê-los — sua juventude, seu jeito relaxado, sua amizade forte. Sem aviso, lágrimas brotaram em seus olhos. Ela queria se agarrar àquele momento para sempre.

— Emily?

Ela se virou, surpresa, mas não tanto, de ver Jack Stilton sentado nos degraus diante da delegacia. Ele estava com uma caneta na mão e um caderno no colo, sem nada escrito.

— Queijo — disse ela, oferecendo um sorriso enquanto enxugava as lágrimas. — O que você está fazendo aqui?

— Eu devia estar fazendo um trabalho. — Ele tamborilou com a caneta no caderno, nitidamente agitado. — Meu pai e eu temos ficado na delegacia.

Emily ficou consternada. Sua própria mãe podia ser fria e autoritária, mas pelo menos não era uma alcoólatra louca que de vez em quando mudava a fechadura da porta da frente.

— Que chato. Isso é mesmo uma droga.

— É. — Ele continuava a tamborilar com a caneta, olhando cauteloso para os garotos na rua. Como grupo, eles podiam ser bem desagradáveis com ele. — Enfim, não conte a ninguém, está bem?

— Claro que não.

Ela pensou em se sentar nos degraus ao seu lado, mas Clay já a havia visto. Com certeza iria haver provocações sobre o que ele chamava de a coleção de brinquedos quebrados de Emily.

— Eu sinto muito, Queijo. Você sabe que sempre pode dormir no barracão do jardim lá em casa. Meus pais nunca vão lá. Você não precisa esperar que eu ofereça. Posso botar um travesseiro e um cobertor lá a qualquer momento.

— É — repetiu ele, assentindo com a cabeça. — Talvez.

— Em! — gritou Clay ao longe na rua. Estava segurando aberta a porta da lanchonete, mas não esperou porque sabia que ela iria acabar indo.

Ela disse a Queijo:

— Eu preciso...

— Claro. — Queijo abaixou a cabeça, escrevendo algumas linhas no caderno.

Emily se sentiu mal, mas não o suficiente para fazer alguma coisa em relação a isso. Ela enfiou as mãos nos bolsos do casaco enquanto corria até a lanchonete.

O sino acima da porta soou quando ela a empurrou e a abriu. O ar quente demais a envolveu. Havia apenas três clientes, todos sentados afastados uns dos outros nas banquetas giratórias enfileiradas junto ao balcão. A panelinha já tinha ocupado o reservado semicircular habitual nos fundos. Ricky piscou para Emily ao passar com uma bandeja de refrigerantes e milk shakes. Da cozinha, Big Al olhou para eles. Mesmo fora de temporada, ele não gostava que a panelinha ocupasse espaço no restaurante, mas tinha decidido que valia o sacrifício para ficar de olho nos dois netos. Além disso, Nardo sempre pagava a conta.

— Vocês não estão escutando.

Clay pegou um milk shake da bandeja de Ricky, mas estava falando com os garotos.

— Vocês todos estão sendo obtusos de propósito?

Nardo tinha acabado de encher a boca de batata frita, mas respondeu mesmo assim.

— Eu prefiro ser hipotenuso.

Ricky riu, mas todo o resto emitiu um grunhido.

— Foi exatamente isso o que eu quis dizer.

Clay pegou um canudinho no porta-canudos.

— O mundo está desmoronando, pessoas estão passando fome. Eu estou falando em revolução, e tudo em que vocês babacas conseguem pensar é em carros esportivos e videogames.

— Isso não é justo — disse Nardo. — Eu também penso muito em sexo.

— Sempre queremos o que não podemos ter — falou Blake.

Ricky riu, então deu um tapinha no ombro de Blake. Ele deu um suspiro teatral ao se levantar, de modo que Ricky pudesse ocupar o lugar entre ele e Nardo.

Emily se espremeu em silêncio ao lado de Clay, mas, como sempre, ele não se mexeu para abrir espaço para ela, então foi forçada a se sentar no reservado com apenas metade da bunda.

— Sabe, agora que você mencionou carros, vocês viram que o sr. Constandt comprou um DeLorean?

— Na verdade — interveio Nardo —, ele se chama DMC-12.

— Pelo amor de Deus. — Clay jogou a cabeça para trás e olhou para o teto. — Por que eu perco o meu tempo com vocês, sua escória entediante e estúpida?

Emily e Ricky trocaram um muito necessário revirar de olhos. Elas só aguentavam ouvir falar de revolução um certo número de vezes, especialmente levando-se em conta que a pior coisa que tinha acontecido com qualquer um deles tinha sido alguns anos antes, quando Big Al obrigara Blake e Ricky a trabalharem na lanchonete à noite e nos fins de semana para ajudar o estabelecimento a se reerguer depois de um incêndio devastador na cozinha.

Clay deu um grunhido ao erguer a cabeça. Os lábios dele se fecharam ao redor do canudo e o pomo de adão começou a subir e descer enquanto ele engolia. O sol poente na janela de vidro laminado dava um brilho angelical ao rosto charmoso dele. Emily sentiu uma onda de desejo ao ver os seus traços. Ele era inegavelmente bonito, com cabelo castanho denso e uma boca sensual e suculenta de Mick Jagger. Mesmo enquanto bebia, o olhar azul frio dele se movia acompanhando o arco do reservado. Primeiro Blake, depois Ricky, depois Nardo. O seu olhar evitou Emily, que estava sentada à esquerda.

— Está bem. — Nardo era sempre o primeiro a quebrar o silêncio. — Termine o que você estava dizendo.

Clay não se apressou, sugando o resto do milk shake antes de afastá-lo para o lado, o que, por acaso, pôs o copo diretamente à frente de Emily. As narinas dela se dilataram, o cheiro de leite era ruim, quase estragado. As pernas começaram a tremer para cima e para baixo, e ela se sentiu um pouco mal.

— O que eu estava dizendo — continuou Clay —, é que o Weather Underground *fez* coisas. Eles treinavam como soldados. Faziam exercícios e treinavam a arte da guerrilha. De um bando de estudantes universitários, eles se transformaram em um verdadeiro exército para mudar o mundo.

— Eles explodiram a si mesmos, junto com um prédio chique de pedras amarronzadas. — Nardo estava nitidamente satisfeito por ser o portador dessa notícia. — Isso está longe de ser uma estratégia vencedora.

— Eles atacaram o Capitólio. — Clay contou os alvos nos dedos. — O Departamento de Estado. Assaltaram um carro-forte da Brinks. Jogaram coquetéis molotov na polícia e foram atrás de um juiz da Suprema Corte Estadual.

Emily fechou calmamente a boca. Sua mãe era uma juíza estadual.

— Vamos lá! — disse Clay. — Eles puseram uma bomba na porra do Pentágono, cara.

— Com que efeito? — Nardo parecia mais autoritário que o normal enquanto puxava uma mecha de cabelo loiro dos olhos. Era o único dos garotos que tinha furado a orelha. O diamante era enorme. — Nenhum desses atos resultou em qualquer coisa. Eles explodiram alguns prédios vazios, mataram algumas pessoas...

— Pessoas inocentes — interveio Emily. — Que tinham famílias e...

— Ok, tudo bem. — Nardo a descartou com um aceno. — Eles mataram pessoas inocentes, e isso não serviu para mudar coisa nenhuma.

Emily não gostava de ser descartada.

— Eles não acabaram todos presos ou foragidos?

Clay olhou para Emily, a primeira vez que fazia isso desde que ela entrara na lanchonete. Ela normalmente saboreava a atenção dele, mas naquele momento se sentiu chorosa. Ele tinha sido aceito em uma faculdade no Oeste. Emily iria para uma faculdade a uma hora de casa. Eles ficariam separados por milhares de quilômetros, e ela teria saudade dele enquanto Clay, provavelmente, iria se esquecer completamente dela.

Clay voltou a atenção para Nardo.

— Leia o manifesto Fogo na Pradaria. O objetivo do Weather Underground era derrubar o imperialismo americano, erradicar o racismo e criar uma sociedade sem classes.

— Espere aí — defendeu Nardo. — Eu gosto muito da atual estrutura de classes.

— Que chocante — murmurou Blake. — O cara cujo avô bancou a Standard Oil quer manter o status quo.

— Vá se foder.

Nardo jogou uma batata frita em sua direção, mas ela aterrissou mais perto de Emily.

— O que eu não entendo, Clayton, é como isso não é uma advertência. O Weather Underground, o Exército Simbionês de Libertação. Droga, até Jim Jones e Charles Manson... O que aconteceu com eles e os seus seguidores?

Emily virou a cabeça, fingindo olhar para a lanchonete vazia. O milk shake de Clay já era bastante ruim, e, somado à batata frita cheia de ketchup, fez o seu estômago se revirar em uma forte onda. Ela sentiu uma estranha falta de equilíbrio, o mais perto de um enjoo que se podia ter em terra firme.

— O que você não entende, Bernard — começou Clay —, é que o sr. Wexler tem razão. Temos na Casa Branca um fã de atores de filmes de segunda categoria, geriátrico, batendo punheta subsidiada para os coleguinhas corporativos enquanto ataca as chamadas "rainhas do bem-estar social" e incentiva o complexo militar-industrial.

— Isso é muito para uma frase só — disse Ricky, instintivamente fazendo a volta em Nardo.

— Isso se chama entender o mundo, querida.

Ricky captou outra vez o olhar de Emily. A revolução muito raramente defendia os direitos das mulheres.

— Está bem, mas... — interveio Blake com um tom de voz previsivelmente pedante. — Acho que é possível argumentar que ainda estamos falando deles, certo? Ou que sabemos sobre Weather Underground, Charles Manson e Jim Jones mesmo depois de todos esses anos, o que significa que, de algum modo, eles ainda são relevantes.

— Eles se mantêm à custa dos outros. — Clay ergueu quatro dedos estendidos e afastados. — Essa é a saudação usada por Bernardine Dohrn para demonstrar solidariedade às garotas Manson por enfiarem um garfo em Sharon Tate.

— Ah, meu Deus. — Ricky parecia realmente enojada. — Vamos lá, garotos, isso não é legal.

Eles ofereceram cada um o próprio ruído para demonstrar desculpas ou resignação.

Mesmo assim, Emily viu Blake segurar a mão da irmã embaixo da mesa. Eles eram gêmeos, mas você dificilmente pensaria que eram parentes. Ricky era pequena e redonda com um nariz arrebitado, e Blake era quase trinta centímetros mais alto e todo cotovelos e músculos esguios. Até o cabelo era diferente. Ricky tinha cabelos cacheados. O cabelo liso e na altura dos ombros de Blake era vários tons mais claro.

— Bom... — Nardo colocou o cabelo para trás outra vez, erguendo o nariz já arrebitado no ar.

— Vamos falar sobre o próximo fim de semana, hein, garotos? Meus pais vão finalmente tirar uns dias na cidade, então vocês sabem o que isso significa.

— A festa mensal! — Ricky ergueu seu copo em um brinde.

Emily olhou para a mesa e sentiu as mãos começarem a tremer.

— Tecnicamente — disse Blake —, no próximo fim de semana faz mais de um mês desde a última festa.

— É, está bem, *tecnicamente* é a nossa festa mensal mais uma semana — disse Nardo. — A questão é, meus amigos, que a festa vai acontecer.

— Viva! — Ricky brindou novamente.

Emily tentou fazer com que os pulmões funcionassem.

— Excelente notícia, meu velho. — Clay estendeu a mão sobre a mesa e pegou um dos cigarros de Nardo do maço. — Quem vem dessa vez?

— É — falou Blake com sarcasmo. — Quem devemos convidar?

Ricky bufou. Eles nunca convidavam ninguém. Eram sempre os cinco, que era exatamente como gostavam.

— Se posso fazer uma sugestão... — Clay deixou o cigarro pendurado entre os lábios. — Não seria legal se tivéssemos outra sessão com o nosso querido amigo, o sr. Timothy Leary?

Todo mundo riu, mas o tremor de Emily se espalhou das mãos para o corpo. Suor tinha brotado na sua nuca. Ela lançou outro olhar rápido para Ricky. As festas mensais aconteciam havia anos e elas eram menos uma festa convencional e mais sessões abastecidas a álcool e maconha nas quais eles resolviam crises mundiais e faziam os outros rirem.

Até o mês anterior.

Eles experimentaram LSD pela primeira vez, e ainda havia partes daquela noite das quais nenhum deles conseguia se lembrar.

— Vamos lá, Emmie-Em. — Clay tinha captado a hesitação dela. — Não estrague a festa antes mesmo de ela começar.

— Você se divertiu muito — disse Nardo. — E estou falando *mu-u-uito*.

Emily se sentiu enjoada enquanto observava as sobrancelhas dele subirem e descerem de forma sugestiva.

— Ele tem razão. — De forma previsível, Ricky correu para concordar com Nardo. — Não estrague as coisas para todo mundo, Em.

— Vamos lá, Emmie. — Blake se juntou a eles. — Você conhece o esquema. Os três mosqueteiros.

Essa era a perversão de Clay para *um por todos e todos por um*. Ou eles ficavam bêbados e/ou doidões juntos ou nenhum deles ficava. O fato de Emily ser a única que normalmente precisava ser convencida parecia perdido na memória coletiva deles.

— Não deixe que uma *bad trip* corte a onda do resto de nós. — Clay empurrou um dos ombros dela um pouco agressivamente demais. A metade da sua bunda começou a perder apoio. Então claro que ele voltou a empurrá-la.

— Clay! — Ela precisou agarrá-lo para não cair no chão.

— Estou segurando você. — Ele estava com o braço em torno da cintura dela, o rosto próximo. Ela olhou para a própria mão, que estava pressionando com firmeza o peito dele. Podia sentir os músculos flexionados por baixo. As batidas firmes do coração dele. A mesma necessidade primitiva se remexeu nas profundezas do seu corpo.

— Minha nossa, come ela logo — disse Nardo, em tom tanto de desdém quanto de ansiedade.

Clay descartou a sugestão com um bufado enquanto ajudava Emily a se sentar ereta sem grade esforço. Ele bateu as cinzas na bebida pela metade de Nardo.

— Ricky — disse Nardo. — Vou querer outro milk shake, garota.

Ricky revirou os olhos.

— Achava que o sr. Wexler tinha dito que todos nós devíamos perder alguns quilos.

— Acho que ele estava falando particularmente de você, querida. — Nardo sentiu prazer com o embaraço dela. — Vamos lá, vaquinha, pega um milk shake para mim.

— Por que você não vem pegar meu rabo?

Ele soprou uma nuvem de fumaça em seu rosto.

— Você bem que queria.

Emily afastou o olhar outra vez. O fedor de fumaça fez o seu estômago se contrair e ela levou as mãos ao rosto. As bochechas pareciam estar em chamas. Ela ainda estava sem fôlego por estar assim tão perto de Clay, e se odiou por essa reação. Levantou-se do reservado tão rápido que a cabeça girou.

— Preciso ir ao banheiro.

— Também. — Ricky bateu com um ombro em Blake para conseguir sair do reservado. — Tentem não se explodir enquanto não estamos aqui.

Essa última mensagem tinha sido para Nardo, que agitou novamente as sobrancelhas em resposta.

— Minha nossa — murmurou Emily quando não podiam mais ser ouvidas. — Por que você simplesmente não diz a Nardo o que sente?

— Você sabe por quê — disse Ricky.

Todo mundo sabia por quê. Bernard Fontaine era um babaca, sempre tinha sido um babaca e sempre *seria* um babaca. O problema de Ricky era que ela sabia disso, o tinha visto em ação todos os dias durante praticamente toda a vida, ainda assim se agarrava à esperança minúscula de que ele fosse mudar.

— Vô — gritou ela para o avô atrás da grelha. — Nardo precisa de outro milk shake.

Big Al deu um olhar desconfiado para ela, mas foi para a máquina de milk shake.

O engraçado era que Big Al achava que Nardo era uma má influência, quando, na verdade, era Clay quem estava sempre fazendo com que eles se jogassem do penhasco. Todas as coisas estúpidas que tinham feito, como beber, usar drogas, roubar dinheiro e objetos de valor de carros de outros estados, tinham sido ideias de Clay.

E nunca, nunca tinha sido ele quem pagava o preço.

Ricky disse:

— Vamos sair pelos fundos para pegar um pouco de ar.

Emily foi atrás dela pelo corredor comprido, ao mesmo tempo que rajadas de ar frio a puxavam. Ela podia sentir o cheiro do ar salgado entrando pela porta enquanto o vento soprava o seu cabelo. O calçadão de madeira se desenrolava como um carpete ao longo da costa.

Ricky pegou um maço de cigarros no bolso do casaco, mas Emily negou com a cabeça. Ainda estava se sentindo mal, o que não era nada novo. Nos últimos tempos, qualquer cheiro a deixava assim, fosse das flores frescas na mesa da cozinha ou dos charutos fedorentos do pai. Ela provavelmente estava com um vírus estomacal.

O fósforo se acendeu quando Ricky o riscou na caixa. Ela levou a chama à ponta do cigarro. Suas bochechas foram sugadas e ela exalou a fumaça com uma tosse seca. Emily pensou em algo que Blake tinha dito na primeira vez em que a irmã fumou: *Você parece alguém que está fumando porque acha legal, não porque quer.*

Emily se mantinha contra o vento, caminhando na beira do calçadão. Ela apoiou os antebraços na grade de proteção. Abaixo, o mar rodopiava ao redor dos pilares. Ela sentiu um borrifo delicado de água na pele. O rosto ainda estava quente da sensação de Clay abraçando-a tão perto.

Ricky sempre conseguia ler a sua mente.

— Você falou sobre mim e Nardo, mas e você e Clay?

Emily contraiu os lábios. Quatro anos antes, Clay havia decidido que sexo iria apenas complicar a dinâmica do grupo, e Emily achou que o decreto significava que ele não estava interessado, porque Clay sempre dava um jeito de conseguir o que queria.

Ela disse a Ricky:

— Ele vai estar no Novo México nessa época no ano que vem.

— Isso não é longe, é?

— São quase três mil quilômetros. — Emily tinha feito as contas usando uma fórmula que encontrara em um almanaque para fazendeiros do avô.

Ricky tossiu com a boca cheia de fumaça.

— Quanto tempo é isso de carro?

Emily deu de ombros, mas sabia a resposta.

— Dois ou três dias, dependendo de quantas paradas você faz.

— Bom, Blake e eu vamos estar mais ao norte, na boa e velha Universidade de Delaware, em Newark.

Havia uma tristeza no sorriso de Ricky. A única coisa positiva resultante da morte trágica dos seus pais foi um processo que resultara na abertura de um fundo para pagar a faculdade dos gêmeos.

— Enfim, a quantas horas isso vai estar de você?

Emily se sentiu mal porque não tinha calculado a distância entre Foggy Bottom e a Universidade de Delaware. Ainda assim, arriscou um palpite:

— Algumas horas, no máximo.

— E Nardo vai estar na Pensilvânia se o pai dele subornar as pessoas certas. Isso fica a apenas algumas horas da Universidade de Delaware. — Era óbvio que Ricky tinha feito essa conta. — Então isso não é realmente longe, é? Você pode entrar em um trem e nos ver a qualquer hora.

Emily assentiu, mas não confiava em si mesma para falar. Ela se sentia inacreditavelmente chorosa, dividida entre querer que a vida mudasse e querer ficar em segurança no interior da panelinha para sempre.

Se Ricky sentia a mesma coisa, não disse. Em vez disso, fumou em silêncio. O pé dela estava apoiado na parte mais baixa da grade de proteção enquanto olhava de expressão fechada para o mar. Emily sabia que ela odiava água. Os pais de Ricky e Blake tinham morrido em um acidente de barco quando os gêmeos tinham quatro anos. Big Al era um bom provedor, mas era um pai relutante. O mesmo podia ser dito dos pais de Nardo, que estavam sempre em viagens de negócios em Nova York, de férias em Maiorca, em um evento para arrecadar fundos em São Francisco, em um torneio de golfe em Tahoe ou em qualquer lugar, na verdade, que não envolvesse passar tempo com o filho. Em relação aos pais de Emily — bom, não havia muito a se dizer sobre os pais de Emily exceto que esperavam que ela fosse bem-sucedida.

Estranhamente, Clay era o único que tinha dois adultos estáveis e amorosos em sua vida. Ele fora adotado pelos Morrow depois que a mãe havia morrido. Ele tinha quatro irmãs e um irmão, que estavam em algum lugar do mundo, mas nunca os mencionava, muito menos se dava ao trabalho de procurá-los. Talvez, porque os Morrow o tratavam como um presente que lhes fora dado pelo próprio Senhor Jesus Cristo. Clay não era uma pessoa que gostava de dividir.

— Em? — perguntou Ricky. — O que está acontecendo com você ultimamente?

— Nada. — Emily deu de ombros e balançou a cabeça ao mesmo tempo. — Eu estou bem.

Ricky bateu as cinzas no oceano. Ela era boa demais em entender os pensamentos de Emily.

— É estranho, não é? Tipo, estamos todos prestes a começar nossas vidas, mas ainda estamos aqui, certo?

A grade de proteção balançou quando Ricky bateu o pé, indicando *ali,* aquele ponto nos fundos da lanchonete do avô. Emily estava feliz pela sua melhor amiga estar com o mesmo sentimento de ruptura. Ela não podia contar o número de vezes que tinham saído escondidas pela porta dos fundos da lanchonete enquanto os garotos discutiam qual Pantera era a mais gostosa, citavam trechos de Monty Python ou tentavam adivinhar qual das calouras na escola já havia transado.

Emily sabia que as duas iriam perder o senso de camaradagem quando todos tivessem ido para a faculdade.

— Ugh. — Ricky franziu a sobrancelha para o cigarro, que estava apenas fumado pela metade. — Eu odeio essas coisas.

Emily observou-a jogar a guimba no oceano. Tentou não pensar no que ela faria com os peixes.

Ricky disse:

— Você está diferente desde a festa do mês passado.

Emily afastou o olhar. A vontade de chorar voltou. A náusea. O medo. Ela ouviu o tilintar feito por uma máquina de escrever quando chegava ao fim da linha, os barulhos da prensa cilíndrica deslizando de volta. Então, uma a uma, imaginou as letras saltando e escrevendo as palavras, ambas em letras maiúsculas:

A FESTA.

Ela não tinha lembranças dela. Isso não era como esquecer onde tinha deixado as chaves ou ter um branco ao fazer o dever de casa. O cérebro de Emily lhe dava o contexto para essas irritações menores. Ela podia se imaginar jogando as chaves na mesa ao invés de na bolsa, distraída em uma aula ou se esquecendo de anotar uma tarefa. Quando tentava se lembrar da noite da Festa, a mente dela só a levava até aí. Subindo as escadas de concreto até as altas portas da frente de Nardo. As lajotas cor de terra na entrada. A sala de estar ampla com o lustre dourado e uma televisão enorme. As janelas grandes que davam para a piscina. O sistema de som que ocupava uma parede inteira. Os alto-falantes que eram quase tão altos quanto Emily.

Mas esses detalhes não eram daquela noite em particular, a noite da Festa. Eles vinham das inúmeras noites em que Emily contara aos pais que ia dormir na casa de Ricky ou estudar com um amigo com quem não falava havia anos, porque todos iam para a casa de Nardo ficar bêbados e jogar jogos de tabuleiro, assistir a filmes ou fumar maconha e conversar sobre como consertar o mundo todo errado que eles estavam prestes a herdar.

A verdadeira noite da Festa não passava de um borrão.

Emily se lembrou de Nardo abrindo a porta de casa, de Clay botando um quadradinho de papel na sua língua, de se sentar em um dos sofás de camurça.

Então, acordou no quarto da avó, jogada no chão.

— Ah, bem.

Ricky deu um suspiro ao dar as costas para a água. Os seus cotovelos estavam apoiados na grade de proteção, forçando os seios para fora como um ornamento.

— Não sei nada sobre ácido, mas Clay está certo. Você não deve deixar que uma *bad trip* estrague as coisas. Alucinógenos podem ser realmente terapêuticos. Cary Grant os usou para curar o trauma de infância dele.

O lábio inferior de Emily começou a tremer. Ela sentiu uma repentina falta de conexão, como se o corpo estivesse ali no calçadão com Ricky, mas o cérebro estivesse flutuando em algum outro lugar — um lugar mais seguro.

— Em. — Ricky sabia que havia alguma coisa errada. — Você sabe que pode falar comigo.

— Eu sei — disse Emily, mas será que podia mesmo? Ricky tinha essa coisa estranha de gêmeos com Blake em que contar a um significava que você estava imediatamente contando ao outro. E também havia Nardo, que conseguia tirar o que quisesse de Ricky, além de Clay, a quem todos estavam subordinados.

Emily disse:

— Os garotos provavelmente estão se perguntando o que aconteceu com a gente.

— Nós deveríamos entrar. — Ricky se afastou da grade de proteção e caminhou de volta à lanchonete. — Você pegou o trabalho da aula de trigonometria?

— Eu estava... — Emily sentiu um aperto no estômago. A brisa salgada ou os cheiros da cozinha ou o cheiro de cigarros ou todos os três a atingiram ao mesmo tempo, e de repente ela se sentiu muito enjoada.

— Em? — Ricky olhou para trás enquanto caminhava pelo corredor. — O trabalho?

— Eu ia...

Vômito surgiu na sua garganta. Emily levou as mãos à boca enquanto cambaleava em direção ao banheiro. A porta se abriu bruscamente, então voltou e a atingiu no ombro. Ela seguiu apressada na direção do vaso sanitário, mas a pia era mais perto. Líquido quente jorrou entre seus dedos. Ela tirou a mão e uma torrente de vômito derramou-se na pia.

— Minha nossa, Louise — murmurou Ricky.

Ela puxou um punhado de toalhas de papel do dispenser e ligou a água fria na outra pia.

— Meu Deus, que fedor horrível.

Emily estava arquejante, os olhos fechados e apertados para não ver os biscoitos não digeridos e o refrigerante que bebera com a avó antes de sair de casa.

Um arquejo seco, como se ela fosse vomitar, abalou o seu corpo. Estava completamente vazia, mas não conseguia parar.

— Está tudo bem.

Ricky colocou toalhas de papel úmidas no pescoço de Emily. Esfregou as costas dela, emitindo ruídos tranquilizadores. Não era a primeira vez que Ricky fazia o papel de cuidadora. No grupo, ela tinha ao mesmo tempo o estômago mais forte e o instinto de cuidar dos outros.

— Puta que pariu! — disse Emily, usando a expressão que nunca usava porque nunca tinha se sentido tão mal na vida. — Não sei qual o problema comigo.

— Talvez você tenha pegado alguma coisa. — Ricky jogou as toalhas úmidas usadas no lixo e pegou a bolsa de maquiagem. — Há quanto tempo isso tem acontecido?

— Não muito — disse Emily, mas então se deu conta de que aquilo já estava acontecendo havia um bom tempo. Pelo menos três dias, talvez até uma semana.

— Você se lembra da Paula da turma de Artes? — Ricky usou o isqueiro para esquentar a extremidade do delineador. — Ela não parava de vomitar no terceiro período e você sabe o que aconteceu com ela.

Emily se olhou no espelho, observando a cor se esvair do seu rosto.

— Claro que você teria que ter transado para que isso acontecesse. — Ricky renovou as linhas escuras sob os olhos. — Você perdeu a virgindade sem me contar? Ah, merda...

Ela estava olhando atentamente para Emily, lendo o pior na sua expressão chocada.

A garganta de Ricky se contorceu quando ela engoliu em seco.

— Em, você não...?

— Não. — Emily se debruçou sobre a outra pia e jogou água fria no rosto. Suas mãos estavam tremendo. Seu corpo estava tremendo. — Não seja estúpida. Você sabe que eu nunca faria isso. Quero dizer, eu faria, mas ia contar para você quando acontecesse.

— Mas se você fizesse... — Ricky deixou que a voz se perdesse outra vez. — Merda, Em, você tem certeza?

— Se eu tenho certeza de que ainda sou virgem?

Ela voltou para a pia vomitada e jogou um pouco de água dentro dela para ajudar a lavar o vômito pelo ralo.

— Acho que eu me lembraria se tivesse feito sexo, Ricky. Quero dizer, é uma coisa grande.

Ricky ficou calada.

Emily olhou para o reflexo da sua amiga mais antiga no espelho. O silêncio entre elas reverberava em torno do espaço pequeno e ladrilhado como o eco de um canhão.

A Festa.

Emily disse:

— Minha menstruação veio na última sexta-feira.

— Ah, merda. — Ricky deu uma risada aliviada. — Por que você não disse isso logo?

— Porque eu contei a você quando aconteceu — disse Emily. — Ela começou bem no meio da Educação Física. Eu disse a você que tinha que voltar aos vestiários para trocar de short.

— Ah, está bem, está bem.

Ricky continuou assentindo até ter se convencido de que era a verdade.

— Desculpe. Deve ser por isso que você está passando mal. Cólicas são horríveis.

Emily assentiu.

— Deve ser.

— Crise evitada. — Ricky revirou os olhos. — Preciso levar o precioso milk shake de Nardo.

— Rick? — disse Emily. — Não conte aos garotos que eu vomitei, tá? Isso é vergonhoso, e você sabe que Nardo vai começar a fazer piadas de peixes ou alguma coisa nojenta.

— É claro.

Ricky passou os dedos pelos lábios como se fechasse um zíper e fingiu jogar a chave fora, embora Emily já conseguisse ver a reação em cadeia: Blake para Nardo, Nardo para Clay.

— Vou limpar isso. — Emily apontou para a sujeirada na pia, mas Ricky já estava saindo pela porta.

De repente, ela ouviu o clique do trinco se fechando.

Lentamente, virou-se para se olhar no espelho.

Sua menstruação sempre tinha sido errática, seguindo um calendário que ela não conseguia prever. Emily, em geral, estava atrasada ou adiantada, ou talvez ela fosse muito ruim de acompanhar ciclos porque nunca fizera sexo, e Ricky sempre carregava OBs, então, por que Emily devia se dar ao trabalho de calcular algo que era um estorvo e não um aviso?

As suas pálpebras adejaram ao se fecharem. Ela se viu subindo a escada de concreto até a porta da casa de Nardo, colocando a língua para fora para Clay botar um ácido em sua boca e acordando no chão ao lado da cama da avó. Sentindo-se inquieta, úmida e em pânico, porque, por alguma razão desconhecida, o vestido estava do lado do avesso e ela não estava usando calcinha.

Os olhos de Emily se abriram. No espelho, viu lágrimas escorrendo pelo rosto. O estômago ainda estava incomodando, mas ela se sentia loucamente faminta. Emily estava cansada, mas, de algum modo, revigorada. A cor tinha voltado ao seu rosto. A pele estava praticamente brilhando.

E ela era uma mentirosa.

Ela não havia menstruado na semana passada.

Ela não havia menstruado nas últimas quatro semanas.

Não desde A Festa.

CAPÍTULO 3

A NDREA PAROU NA PIA em frente ao banheiro do RJ's Eats e jogou água fria no rosto. Ela estudou o próprio reflexo, pensando que não parecia tão surtada quanto se sentia. Tinha finalmente conhecido a filha de Emily, sua possível meia-irmã, e o fato de isso ter acontecido devido apenas a uma coincidência ao invés das habilidades de detetive de Andrea era algo que ela iria receber como um presente e não como um presságio de fracasso.

Judith.

Andrea pegou o celular no bolso. Pesquisou Judith Vaughn no Google, mas não encontrou informações além de uns poucos obituários de uma mulher muito velha e uma conta de LinkedIn, rede na qual Andrea não iria se inscrever. Instagram, Twitter e TikTok não deram em nada. Ela checou o Facebook e encontrou outras mulheres mais velhas e o que presumiu serem as fotos dos netos dessas mulheres. O nome era de outro século, então isso fazia sentido. Mesmo quando Andrea reduziu a busca para Maryland e Delaware, ainda assim não conseguiu encontrar uma Judith Vaughn que correspondesse àquela que acabara de ver na rua.

Ela segurou o celular junto ao peito. A investigação alternativa sobre Nick Harp não ia desmoronar por causa de alguns becos sem saída em buscas na internet. Judith não parecia ser do tipo que se casa, mas ela tinha uma filha, então talvez tivesse o sobrenome de um homem. Ou de uma mulher, porque esse tipo de coisa também acontecia.

Andrea fechou os olhos, respirou fundo e tentou se concentrar no que, talvez, aquela nova informação significava. Ela presumira que Bernard Fontaine, Eric Blakely e Erica Jo Blakely não tivessem aderidos às redes sociais por questões geracionais, mas aquilo não fazia sentido. A mãe dela era apenas alguns anos mais nova que o antigo grupo de amigos de Emily e tinha uma conta no Facebook. Na verdade, Laura passava a maior parte do tempo no Nextdoor, porque pessoas que viviam o ano inteiro em cidades praianas eram intrometidas, lunáticas e/ou assassinas em série.

A porta do banheiro se abriu.

Uma mulher com cachos grisalhos ergueu as sobrancelhas para Andrea. Ela estava vestindo um avental vermelho e uma camiseta branca. Pulseiras estilo Madonna envolviam os dois pulsos — braceletes pretos e prateados que cobriam pelo menos três centímetros do braço dela. Ela parou de mastigar o chiclete para perguntar:

— Você está bem, querida?

— Uhm...

A boca de Andrea, de repente, não quis mais articular palavras. A mulher tinha menos de 60 anos, 1,67 metro e cerca de 65 quilos, com raízes brancas aparecendo por baixo do cabelo pintado escuro. Andrea reconheceu o avental listrado da equipe de garçons, mas o R.J. na plaquinha de identificação no peito fez um sininho começar a tocar dentro da cabeça de Andrea.

— Querida?

A mulher tinha um ar maternal afetuoso, como se sempre tivesse uma bolsa cheia de suprimentos médicos e biscoitos caso alguém precisasse deles.

— Uhm... — repetiu Andrea. — É, desculpe. Estou bem, obrigada.

— Sem problema.

A mulher voltou a mascar chiclete enquanto entrava em uma das cabines.

Andrea resistiu à vontade de espiar pela fresta da porta. Ela tinha crescido em uma cidade pequena, e se sabia de uma coisa era que as pessoas ficavam onde cresceram.

Esperou pelo barulho de xixi, então voltou ao Google, acessando o site da lanchonete. Depois de passar por um cartaz de TEMOS VAGAS, ela clicou em uma página que detalhava a história do estabelecimento, que começava nos anos 1930, quando o bisavô Big Al Blakely tinha começado como balconista em uma outra lanchonete. Depois ele comprou o lugar e o passou para o filho, Big Al Jr., então um incêndio quase destruíra o local. Havia vinte anos que o nome mudara para RJ's Eats, quando a mulher que naquele momento ocupava uma das cabines do banheiro feminino desistira do emprego de editora do

Longbill Beacon para assumir o negócio. Andrea encontrou a foto dela com o nome abaixo.

RJ "Ricky" Fontaine

Eu, Erica Jo Blakely, não estava no baile ontem à noite. Fiquei em casa sozinha até por volta das 18 horas, quando o meu irmão voltou cedo do baile porque estava chato. Nós assistimos a Banzé no Oeste, Apertem os cintos... O piloto sumiu! *e parte de* Alien, o 8º passageiro *no videocassete, então fomos dormir. Não sei nada sobre o bebê de Emily Vaughn. Sim, eu era a melhor amiga dela desde o jardim de infância, mas tem cinco meses desde que falei com ela pela última vez e foi para dizer para não falar mais comigo. Nós não tivemos nenhuma desavença ou discussão. O meu avô me mandou ficar afastada, porque Emily usava drogas, o que eu sabia ser verdade. Não sei o que aconteceu com ela, mas não tivemos nada a ver com isso. Ela se revelou uma pessoa muito raivosa e amarga. Todo mundo se sente mal por ela e pela família, porque ela, provavelmente, vai morrer, mas isso não muda a verdade nem os fatos. Juro que o meu depoimento é verdade sob o risco das penalidades da lei.*

Andrea se olhou no espelho outra vez, perguntando-se como tinha deixado de encaixar uma peça tão fácil do quebra-cabeça. Claro, Ricky Blakely tinha se casado com Nardo Fontaine. Era por isso que todas as buscas por Ricky Blakely não tinham dado resultado, pois ela adotara o sobrenome do marido. Eles, provavelmente, eram namorados no ensino médio. Era isso o que acontecia em cidades pequenas.

O reflexo sorriu para ela. Devia estar se punindo por não descobrir aquilo mais cedo, mas de repente se encheu de alegria. Ela tinha descoberto alguma coisa! Tinha de fato localizado alguém próximo de Emily. O tom irritado do testemunho de Ricky não importava, elas tinham sido melhores amigas pela maior parte da vida de Emily. A Ricky adulta, a essa altura, devia ter superado a pequena desavença. Ela devia saber de tudo.

A alegria desapareceu com a mesma rapidez com que chegara.

Como Andrea faria Ricky falar? Ela não poderia simplesmente bater na porta do banheiro e pedir a Ricky que fornecesse todos os detalhes sobre um assassinato violento que tinha acontecido com a sua melhor amiga quarenta anos antes: *Ei, você pode me dizer se um dos seus melhores amigos de infância é o assassino?*

Se Ricky quisesse falar mal de Clayton Morrow, teria feito isso décadas antes, quando os terríveis feitos de Nick Harp obtiveram atenção nacional da mídia. Todas as histórias que Andrea lera o identificavam como Clayton Morrow de Longbill Beach. A própria biografia de Ricky dizia que ela trabalhara com jornalismo, mas Andrea nunca encontrara um relato em primeira mão de alguém que tivesse crescido com o pai dela. Até onde sabia, ninguém em Longbill Beach tinha falado com a imprensa. Os irmãos havia muito perdidos de Clay/Nick nunca tinham sido localizados ou se apresentado espontaneamente. Os pais adotivos se recusaram a falar com repórteres. Os dois tinham falecido havia mais de trinta anos — ela de câncer de mama, ele de ataque cardíaco —, então qualquer detalhe que tivessem sobre o filho morrera junto com eles.

O que deixava Andrea novamente onde começara.

Ela sentiu o impulso familiar da velha Andy se preparando mentalmente para o fracasso. Se Andrea tinha aprendido uma coisa na Academia, foi a desmembrar tarefas em pedaços mais fáceis de lidar. Naquele momento, ainda estava no estágio de coleta de informação, mas iria chegar ao segundo estágio quando a hora se apresentasse. Por enquanto, uma coisa que poderia ajudar era parar de pensar no pai como Nick Harp. Clayton Morrow era a pessoa de interesse no assassinato de Emily Vaughn. Se Andrea pudesse encontrar um jeito de atribuir a acusação a Clay, o problema de Nick seria resolvido.

O barulho característico de papel higiênico se desenrolando pôs Andrea em alerta. Ela sabia que, por mais que tivesse sido estranho ficar ali o tempo inteiro enquanto Ricky estava usando o banheiro, seria ainda mais estranho se ela ainda estivesse ali quando a mulher saísse da cabine. Andrea se certificou de sair pela porta antes do barulho da descarga.

Ela deliberadamente virou à esquerda ao sair do banheiro ao invés de à direita, na direção do salão da lanchonete. A cozinha estava vazia apesar do barulho e Andrea desceu pelo corredor comprido. A porta estava aberta. Ela podia ver, depois dela, o calçadão de madeira. O ronco do mar penetrou em seus ouvidos, quando um homem com o uniforme de cozinheiro apareceu. Ele deu uma olhada curiosa para Andrea; tinha mais ou menos a sua idade e era negro, então com certeza não era Eric Blakely. Talvez um sobrinho ou um filho?

Andrea estava com o celular nas mãos outra vez. Então buscou por RJ Blakely e encontrou uma conta do Twitter: @RJEMSP.

RJ Eats milk shakes, porra.

Pontos pela criatividade. Uma leitura rápida pelos resultados mostrou turistas postando avaliações positivas junto com o número habitual de babacas que estão sempre no Twitter. Fotos de milk shakes dispostos sobre o balcão da lanchonete, a maioria deles com álcool. Andrea nunca iria se acostumar em ver bebidas em um menu de lanchonete. Ela tinha crescido no Sul, onde era possível conseguir metanfetamina ou uma arma em quase toda esquina, mas a venda de álcool era rigidamente controlada.

Atrás de Andrea, a porta do banheiro começou a se abrir. Ela voltou rapidamente para o corredor, mas não antes de ouvir Ricky no celular sussurrando com raiva, como se estivesse prestes a pedir para falar com o gerente.

— Claro que não — disse ela. — Isso é inaceitável.

Um zumbido baixo encheu o restaurante enquanto turistas mais velhos comiam comidas fritas. O estômago de Andrea doeu quando ela viu Peixe-gato Bible sentado à outra extremidade do balcão. Estava muito cedo para jantar, mas não comia algo desde os biscoitos de laranja com manteiga de amendoim pela manhã. E quando viu o hambúrguer com batatas fritas esperando por ela no lugar ao lado de Bible, teve que limpar a saliva dos cantos da boca.

— Comecei sem você — disse Bible, dando mordidas pequenas em torno do hambúrguer como uma criança. — O lugar é bom, já estive aqui antes. Achei que você fosse querer o especial.

Andrea não se deu ao trabalho de responder. Ela se sentou, enfiou o hambúrguer na boca o mais fundo possível e bebeu um pouco de refrigerante para ajudá-lo a descer. Então franziu a testa diante do sabor inesperado.

— Tudo bem? — disse Bible. — Eles só têm Pepsi.

Andrea balançou negativamente a cabeça porque aquilo não estava certo.

— Então, como você entrou para as forças de segurança? — perguntou Bible.

Andrea sentiu a garganta se dilatar como a barriga de uma píton ao engolir um naco de carne e pão. Todo cadete tinha uma história em Glynco — um tio que havia morrido em serviço, uma família cheia de policiais remontando à virada do último século, uma necessidade ardente de servir e proteger.

Andrea conseguiu dizer apenas:

— Eu trabalhava na delegacia de polícia local.

O meneio de cabeça dele teve um ar de suspeita, e ela se perguntou o quão profunda tinha sido a investigação dos antecedentes dela nos arquivos. Por exemplo, eles faziam distinção entre ser uma policial uniformizada nas ruas e ser uma atendente do serviço de emergência que trabalhava à noite e dormia como um vampiro quando o sol estava alto?

Bible disse:

— Eu era dos marinheiros navais. Machuquei o pé no início da Guerra do Golfo e fui mandado para casa para me recuperar. Minha esposa, Cussy, deixou claro que ia me socar nas partes baixas se eu não saísse da droga de casa, e acabei me juntando aos delegados.

Andrea o observou dar de ombros, mas claro que ele também estava deixando muita coisa de fora.

Ele mergulhou algumas batatas fritas no ketchup.

— Você fez faculdade?

— Em Savannah.

Ela enfiou mais um pedaço de hambúrguer na boca, mas ficou decepcionada ao ver que ele estava esperando que ela continuasse.

— Larguei seis meses antes da formatura.

Ele mastigou junto com ela.

— Servi no Distrito Sul em meu primeiro posto. Eles têm um QG bem bonito lá na Bull Street. Você não estaria falando sobre a Faculdade de Arte e Design de Savannah, estaria?

Ela terminou o resto do hambúrguer. Andrea tinha aprendido cedo em Glynco que não havia jeito elegante de dizer a um delegado que ela tinha deixado um diploma em Design de Produto na SCAD depois de ser reprovada em Iluminando a Narrativa sem que eles ficassem boquiabertos como se estivessem vendo borboletas saindo do cu de um unicórnio.

Ela contou a Bible a narrativa pré-definida.

— Arranjei um emprego em Nova York e morei lá até minha mãe ser diagnosticada com um câncer de mama. Voltei para casa para cuidar dela e trabalhei no Departamento de Polícia local, até que vi o anúncio do Serviço de Delegados dos Estados Unidos no mural de empregos. Passei um ano e meio atualizando o site até minha inscrição ser aceita.

Bible interrompeu a tangente.

— Que tipo de arte você fazia?

— Do tipo não bom o bastante. — Andrea precisava mudar de assunto e, fora a sua história de vida, havia apenas uma coisa pela qual Bible demonstrara algum interesse verdadeiro. — Por que você perguntou ao chefe Stilton sobre os suicídios na área?

Bible assentiu enquanto terminava a Pepsi.

— Se eles são homicidas, são suicidas.

Em Glynco, eles amavam rimas quase tanto quanto amavam siglas, mas Andrea nunca tinha ouvido a frase antes.

— O que você quer dizer com isso?

— Adam Lanza, Israel Keyes, Stephen Paddock, Eric Harris e Dylan Klebold, Elliot Rodger, Andrew Cunanan — disse Bible.

Graças a uma maratona constante de reprises do programa *Dateline*, ela reconheceu o nome de assassinos em série e assassinos em massa, mas nunca pensara em algo que os unisse além da monstruosidade.

— Todos eles se mataram antes de poderem ser levados sob custódia.

— Eles eram o que chamamos de intropunitivo, que é um jeito sofisticado de dizer que voltaram a sua raiva, culpabilização, hostilidade e frustração contra si mesmos. Há documentação de ideação homicida e suicida em seus passados. Eles não matam por capricho. Eles precisam trabalhar para chegar até lá. Escrever sobre isso, sonhar com isso, ir parar no hospital por isso. — Bible limpou a boca, jogou o guardanapo no prato e continuou. — Cinco anos atrás, havia cerca de mil ameaças contra juízes todo ano. Ano passado, passamos de quatro mil.

Andrea não perguntou a razão. Todo mundo estava revoltado no momento, especialmente com o governo.

— Alguma delas foi levada a cabo?

— Houve apenas quatro tentativas bem-sucedidas contra juízes federais desde 1979. Um deles não se encaixa exatamente nos critérios, porque estava em um supermercado onde uma congressista foi atacada.

Andrea alternou sua maratona de *Dateline* com alguns podcasts sobre *true crime*.

— Gabby Giffords.

— Gosto que você esteja prestando atenção — disse Bible. — Todos os juízes assassinados eram homens. Todos os assassinos eram homens, o que sabemos porque nós os pegamos. Todos, com a exceção de um deles, eram indicações republicanas. — Bible fez uma breve pausa para se assegurar de que ela estivesse acompanhando. — Há apenas dois casos em que membros da família de um juiz foram assassinados ou gravemente feridos. Nos dois, as juízas eram mulheres e eram os alvos primários. Ambas eram indicações democratas. Os criminosos eram homens brancos de meia-idade que sofriam de depressão debilitante e tinham perdido as carreiras, as famílias e o dinheiro. E os dois acabaram se matando.

— Homicidas e suicidas. — Andrea podia ver aonde aquilo ia chegar. Outra coisa que ela tinha aprendido na Academia era que os agentes de segurança amavam estatísticas. — Ok. Geralmente, comportamento passado prevê pensamento futuro. É por isso que o FBI estuda assassinos em série. Eles procuram padrões. Esses padrões são, em geral, copiados por outros tipos de assassino em série.

— Correto.

— Foi por isso que você pediu ao chefe Queijo para notificá-lo de quaisquer possíveis suicídios na área. Um homem branco, suicida e de meia-idade se encaixa no perfil de uma pessoa que poderia tentar assassinar uma juíza. — Ela esperou que Bible assentisse. — Mas isso ainda me parece muito vago. Quero dizer, quantos caras que se encaixam nessa descrição *não* querem matar uma juíza e tentam suicídio todos os dias?

— Os EUA têm 130 tentativas de suicídio bem-sucedidas por dia. Cerca de setenta por cento são homens brancos de meia-idade, a maioria usando armas de fogo. — Bible ergueu um dedo. — Antecipando a sua próxima pergunta, não, o nosso cara não se matou. Acho que ele provavelmente tentou e não conseguiu. Esse também é um padrão com esses caras. Se não fossem fracassados, não seriam tão raivosos. E nós sabemos que nosso bandido não foi andando até o hospital depois da tentativa fracassada, do contrário haveria um boletim de ocorrência. E dos 84 boletins de ocorrência de tentativas de suicídio feitos na área de cinco estados ao longo dos últimos cinco dias, nenhum deles tem qualquer conexão com a juíza.

Andrea sentiu a mente começar a acordar. Aquilo não era apenas curiosidade. Bible estava seriamente envolvido com a teoria.

Ela perguntou:

— Por que haveria um B.O.? Não é ilegal tentar se matar.

— Tecnicamente, é ilegal em Maryland e na Virgínia. Isso remonta ao direito comum inglês do século XIII. — Ele deu de ombros. — É legal no estado de Delaware, mas, geralmente, muitas das maneiras que as pessoas tentam se matar envolvem drogas obtidas por meios ilícitos ou armas de fogo disparadas de forma imprópria. Sem falar quando um ex, um vizinho ou um colega de trabalho alerta sobre alguma coisa estranha.

Aquilo fazia sentido, mesmo assim, ela citou as palavras de Bible de volta para ele:

— Nós não somos os investigadores. Nosso único trabalho é manter a juíza em segurança.

— Sim, é claro, mas achei que estávamos apenas conversando aqui. Não conseguimos investigar muita coisa comendo um cheeseburger gorduroso, a menos que você esteja tentando investigar alguma azia. Obrigado.

Ricky estava fazendo a ronda com uma jarra para tornar a encher as bebidas. Os molares dela trabalhavam o chiclete como uma peça de máquina. Ela começou a servir o copo de Andrea, dando outra piscadela.

— Tudo bem, querida?

— Sim, senhora.

Andrea olhou para o copo enquanto tentava se recompor. Ela ainda estava empolgada com a descoberta de Ricky. Só podia rezar para que Bible não percebesse.

Ele percebeu.

— Parece que você fez uma amiga.

Andrea não respondeu à pergunta implícita.

— Detalhes particulares.

— O que é isso? — Bible tomou um gole de Pepsi.

Ela esperou até o copo dele voltar para o balcão.

— Você disse que havia alguns *detalhes particulares* em relação à vida pessoal da juíza nas cartas enviadas ao gabinete dela. Por isso as ameaças de morte foram levadas a sério. De modo que quem está ameaçando a juíza a conhece, pelo menos, o suficiente para saber sobre os *detalhes particulares*.

— Minha nossa — disse Bible. — Mike estava certo sobre você. Você é afiada como uma tachinha. Eu gostaria de ter a sua memória. Isso é algo que você aprendeu na faculdade de Artes, o olho para os detalhes?

Ela sentiu uma tática de enganação chegando.

— Você parece conhecer Judith muito bem.

Ele pegou o copo e terminou a Pepsi antes de colocá-lo outra vez sobre o balcão. Então girou lentamente a banqueta até ficar de frente para ela.

— Sério?

— Claro.

— Se isso vai funcionar entre nós, Oliver, preciso saber uma coisa sobre você, só uma coisa.

Ela podia sentir o cheiro de enrolação se aproximando, então resolveu enrolar também.

— Sou um livro aberto, Bible. Pergunte qualquer coisa.

— Você é uma pessoa que prefere bolo ou torta?

— Torta.

Ele estava prendendo a respiração, mas então a soltou.

— Isso é um grande alívio.

Ela o observou girar de volta e erguer a mão no ar para chamar a garçonete.

* * *

Andrea olhava fixamente pela janela do carro para a quantidade infinita de casas de verão gigantescas a oeste da Beach Road. Ela não precisou consultar os registros de propriedade da cidade para saber que as mansões tinham devorado as casas menores que os veranistas usaram por gerações. O mesmo tipo de desenvolvimento em excesso tinha acontecido em Belle Isle. A casa de praia de Laura era ofuscada pelo que ela chamava de "casas de cinema". E, por isso, estava sempre reclamando de bilhetes deixados na caixa de correio lhe oferecendo rios de dinheiro para vendê-la. "Idiota", murmurava ela enquanto rasgava as cartas. "Para onde eu iria?"

Andrea olhou para Bible, que tinha ficado inusitadamente silencioso desde que eles deixaram a lanchonete. Enquanto ele tamborilava com os dedos no volante junto aos murmúrios do Yacht rock vindos do rádio, as luzes do painel davam um brilho sinistro às cicatrizes no seu rosto. Andrea tinha imaginado com frequência que a geração da mãe iria passar os últimos anos em uma casa de repouso se arrastando ao som de uma banda cover do Duran Duran e, de vez em quando, gritando "Watchu talkin' bout, Willis" para os funcionários.

Apesar do gosto musical familiar de Bible, Andrea não sabia se podia confiar completamente no novo parceiro. Ele claramente conhecia a família Vaughn mais do que deixava transparecer. Pelo menos, o suficiente para Judith cumprimentá-lo como um velho amigo. Ele, obviamente, estava tentando descobrir quem tinha ameaçado a juíza, embora tivesse deixado claro que seu trabalho não era investigar. E ele não estava compartilhando o porquê ou o como com Andrea, o que parecia justo, já que ela também não estava compartilhando a investigação alternativa com ele.

Ela abriu a boca, pensando que devia tentar fazê-lo falar outra vez, mas então se lembrou do que ele dissera sobre ser um termômetro. Ele estava ficando um pouco frio, então ela também deveria agir com frieza.

O olhar dela se voltou para as McMansões. Ela ainda estava no estágio de coleta de informação da investigação do antigo caso de Emily Vaughn. O fato era que ninguém tinha certeza se Clayton Morrow era culpado de assassinar Emily Vaughn. Andrea esperava que fosse, porque isso não apenas iria mantê--lo na prisão, mas, provavelmente, daria alguma paz para a família dela. Mas Andrea também estava ciente de que começar com uma solução e trabalhar ao revés era um péssimo trabalho de detetive.

Não era preciso passar pelos meses de treinamento em Glynco para saber que procurar motivo, meio e oportunidade era o ponto de partida de toda investigação de assassinato. Andrea aplicou a fórmula ao ataque brutal que causara a morte de Emily.

Meio era fácil: um pedaço de madeira que tinha sido usado como taco de beisebol. O antigo chefe Stilton comparou a arma com um pallet quebrado no beco onde Emily fora atacada. Supostamente, ele tinha sido jogado da janela de um carro, porque um passeador de cachorro vira a madeira quebrada e ensanguentada ao lado da estrada principal entre o centro e o Skeeter's Grill.

Oportunidade também era bem fácil. Quase todo garoto no último ano do Colégio Longbill Beach estava no centro para o baile naquela noite, assim como os professores, que funcionavam como acompanhantes, e os pais, que não conseguiam se manter longe. Considerando a idade das pessoas no baile, ela supôs que todos tinham acesso a algum tipo de transporte particular. O corpo de Emily não tinha ido sozinho para a lixeira na periferia da cidade.

E sobrava o *motivo*, e não havia motivo maior que guardar um segredo. A razão mais provável para o ataque a Emily era que o pai do filho dela queria permanecer anônimo. Segundo todos os relatos, Emily respeitara o desejo dele. A questão surgira repetidas vezes nos depoimentos de testemunhas e ninguém soubera a resposta.

Não havia pais solteiros jovens em 1982. Se você engravidasse uma garota, ou se casava com ela ou entrava para o exército. Se Clay não era o pai, então Nardo e Eric Blakely eram os próximos melhores suspeitos. Vários dos depoimentos de testemunhas que estavam no baile mostraram que tinham ciúme do grupo. Eles eram em geral descritos como arrogantes e excludentes e, em uma palavra, incestuosos. Ricky tinha se casado com Nardo. Fazia sentido que um dos caras estivesse interessado em Emily. Fazia um pouco menos de sentido Emily protegê-lo.

A menos que ela estivesse com medo de dizer o seu nome porque sabia que ele ia matá-la.

Para alguém que não tinha acabado de passar pelos mais de quatro meses de treinamento como agente de segurança federal, a solução fácil seria o DNA. Infelizmente, uma opção simples, comparar o DNA de Judith com o de Andrea, não produziria um momento de revelação. Com meias-irmãs era difícil obter um resultado conclusivo sem o DNA da mãe das duas, e obviamente o de Emily não estava no sistema. Sites como o Ancestry.com eram úteis para rastrear um DNA familiar, mas, de novo, você precisava estar no sistema para obter um resultado positivo, e tudo o que um resultado positivo poderia mostrar era uma possível relação genética.

Então havia o CODIS, o sistema combinado de indexação de DNA, uma base de dados de criminosos condenados mantida pelo FBI. Até onde Andrea sabia, Nardo e Eric Blakely nunca tinham sido acusados de um crime, muito menos condenados. Como criminoso violento, o perfil genético de Clayton Morrow já estava salvo no sistema. Mesmo que Andrea conseguisse obter uma amostra de saliva de Judith, não havia maneira legal de fazer o upload do perfil dela para comparação. Era preciso ter autorização e mandados, e ninguém, nem mesmo Jasper, iria conseguir mudar isso sem que Clayton Morrow descobrisse.

E se Clay descobrisse, faria qualquer coisa para impedir.

O toque de um telefone trouxe Andrea de volta à realidade.

Bible olhou para a gigantesca tela no painel, que dizia CHEFE. Ele atendeu.

— Você está com Bible e Oliver no viva-voz, chefe.

— Entendido. — Para a surpresa de Andrea, a voz rouca pertencia a uma mulher. — Delegada Oliver, bem-vinda ao serviço. Desculpe não estar presente para cumprimentá-la pessoalmente, mas, como você sabe, a sua nomeação para a minha divisão foi acelerada além do processo normal.

Andrea percebeu que não sabia nem de que divisão a chefe estava falando.

— Sim, senhora. Eu entendo.

— Tenho certeza de que, a essa altura, você deva ter lido o meu e-mail. Se tiver alguma pergunta é só me avisar.

— Está bem... — Andrea sentiu a garganta se fechar. Ela não olhava o telefone de trabalho desde que tinha sido exageradamente poética sobre as árvores do Oregon com a mãe. — Obrigada, senhora. Vou fazer isso.

Bible olhou Andrea tentar desbloquear o celular de trabalho. Ela estava acostumada com o reconhecimento facial do iPhone e precisou de um pouco de tempo para se acostumar com o teclado numérico do Android. Quando por fim conseguiu abrir a maldita coisa, encontrou 62 e-mails não lidos na caixa de entrada. Uma leitura rápida dos assuntos lhe mostrou que estava ligada à Divisão de Segurança Judicial, ou DSJ, o que não deveria ter sido uma surpresa, considerando-se que ela estava a caminho de fazer a segurança de uma juíza.

Bible disse:

— Obrigado por entrar em contato, chefe. Temos o turno da noite, começando às dezoito horas em ponto. Vou chegar lá um pouco antes para mostrar a Oliver a disposição do terreno.

— Excelente — disse a mulher. — Oliver, parabéns pelo noivado. Sempre acreditei que Mike fosse uma boa pessoa. Nunca acreditei nos rumores.

Andrea cerrou os dentes enquanto lia os e-mails. Ela ia matar Mike.

— Preciso ir — despediu-se a chefe. — Oliver, minha porta está sempre aberta.

Andrea tinha finalmente localizado a mensagem de boas-vindas da chefe, o que foi uma bênção, porque agora sabia como se dirigir à delegada-chefe Cecelia Compton.

— Obrigada, chefe.

Bible deu um sorriso de aprovação.

— Falo com a senhora mais tarde, chefe. Estou esperando uma ligação da minha esposa antes do início do serviço.

— Entendido.

Houve um estalido nítido quando a ligação terminou.

Bible apertou o botão de encerrar a chamada.

— Regra número 32 dos delegados: sempre verifique os seus e-mails antes de ignorá-los.

— Boa regra — murmurou Andrea, passando os olhos pelas inúmeras missivas de colegas delegados lhe dando as boas-vindas ao serviço. Até Mike escrevera, com a habitual babaquice dele, um e-mail impessoal de trabalho que poderia ter sido redigido pelo setor de Recursos Humanos.

Outro telefone tocou.

— É Cussy, minha esposa. — Bible estava com o telefone pessoal no ouvido, a cabeça levemente virada para o outro lado em uma tentativa de privacidade, dizendo: — Como foi o seu dia, minha linda?

Andrea desconectou-se do tom de voz desconcertante e delicado dele enquanto continuava a ler os e-mails. Pelo jeito, todos os delegados da região tinham mandado mensagens. Será que ela deveria responder a todas aquelas boas-vindas anódinas? Eles iriam comparar o conteúdo das respostas ou ela podia apenas copiar e colar?

Bible deu uma risadinha sugestiva.

— Querida, você sabe que eu sempre concordo com você.

Andrea voltou-se para a janela, percebendo que podia aumentar aquele pequeno fragmento de privacidade. Bible reduzira ao ver uma placa de pare, então eles deviam estar perto da propriedade dos Vaughn. Ela olhou para o nome das ruas, reconhecendo-as de outro depoimento de testemunha.

Aproximadamente às 16h50 de 17 de abril de 1982, eu, Melody Louise Brickel, estava conversando com a minha mãe no meu quarto sobre que vestido eu iria usar no baile. Na verdade, era uma discussão, mas fizemos as pazes depois. Enfim, eu fui até a janela que dá para o cruzamento da Richter Street com Ginger Trail e lá vi o carro marrom do sr. Wexler parado sobre a faixa amarela. Ele estava vestindo um traje preto, mas sem o paletó. A porta estava aberta, mas ele estava parado na rua. Assim como Emily Vaughn. Ela estava num vestido de cetim azul-turquesa no qual eu a vi depois, no centro da cidade. Eu não conseguia ver se ela estava ou não de sapatos, mas a bolsa dela era igual ao vestido. Me pareceu que estava discutindo com o sr. Wexler, pois ele estava com muita raiva. Devo mencionar que a minha janela estava aberta porque meu quarto fica no sótão e lá é muito quente. Enfim, vi o sr. Wexler agarrar Emily e empurrá-la contra o carro. Ela gritou, o que eu ouvi pela janela aberta. Então ele também gritou — não me lembro das palavras exatas — algo como: "O que você está dizendo? Não há nada a dizer!". A essa altura, até chamei a minha mãe para ver, mas, quando ela chegou, o sr. Wexler estava indo embora acelerando. Foi quando a minha mãe me lembrou de que eu não tinha permissão de falar com Emily Vaughn ou qualquer dos amigos com os quais ela andava. Não porque Emily estivesse grávida, mas porque ela sentia que eu não devia me misturar com eles porque era uma situação ruim, e não queria que eu me machucasse porque sabia que isso me incomodava.

Vi Emily mais tarde na mesma noite, em frente ao ginásio, o que está no meu depoimento anterior, mas depois disso nunca mais a vi viva. Não contei isso a vocês antes porque não achei que era importante. Eu não sei mesmo quem é o pai do bebê de Emily. Eu a conhecia havia muito tempo, desde que estávamos no jardim de infância, porém não éramos tão próximas assim. Aliás, Emily não era próxima assim de ninguém que conheço, com exceção, talvez, da avó, que não está bem. Mesmo com o seu grupo de amigos antes de ficar grávida, era como se ela os conhecesse, mas eles nunca a tivessem conhecido de verdade. Não de verdade. Juro que meu depoimento é verdade sob o risco das penalidades da lei.

Bible passou pelo aviso de pare e Andrea viu as placas verdes de rua passarem por ela. Perguntou-se se o sr. Wexler era um azarão na corrida pela paternidade, visto que não seria a primeira vez que um professor tinha se envolvido sexualmente com menores. Isso poderia explicar por que Wexler não era mencionado na área de *Onde eles estão agora?* do site do Colégio Longbill Beach, que dizia oferecer uma lista completa dos professores que tinham passado pela instituição desde a sua fundação, em 1932.

O Google também não foi de muita ajuda. Wexler era um sobrenome alemão que significava "aquele que troca dinheiro" e, aparentemente, uma tonelada de Wexler tinha chegado à baía de Chesapeake nos anos 1700. Pela lista de telefones local, era fácil encontrar um Rhinelander.

— É isso. — Bible ligou a seta, mesmo que eles não tivessem passado por outro carro desde que deixaram a cidade.

Andrea se debruçou para poder ver a entrada de carros com três pistas que se estendia por pelo menos metade de um campo de futebol. Os portões de ferro estavam abertos apesar das ameaças de morte. Ela se perguntou se eles estavam quebrados ou se a juíza estava apenas tentando irritar a equipe de segurança.

Bible perguntou:

— Sabe o que é sovinice ianque? — Andrea balançou a cabeça. — Sovinice sulista é comer biscoitos velhos enquanto lhe sirvo esses amanteigados quentinhos. Sovinice ianque é ter dez milhões de dólares no banco, mas desligar o termostato durante uma nevasca e oferecer o casaco comido por traças que era do bisavô durante a guerra de 1812 caso você não tenha o caráter nem a força mental para gerar o próprio calor corporal.

Ela riu.

— Essa deveria ser uma das suas regras dos delegados.

— Tenho outra para você. — Ele percorreu o espaço após a entrada e entrou de ré em uma vaga entre dois carros. — Regra número dezenove dos delegados: nunca deixe que eles saibam que você está intimidada.

O cérebro de Andrea conjurou a foto de uma juíza Vaughn imperial com uma das suas echarpes de aparência cara.

— Boa regra.

O sol do fim de tarde pôs um brilho escaldante em tudo enquanto eles desciam do carro. Andrea viu um Ford Explorer preto exatamente como o carro de Bible estacionado de frente para a entrada de automóveis.

Ele disse:

— Krump e Harri estão no turno do dia, das seis às dezoito.

— Ótimo — murmurou ela, porque ficar acordada por mais doze horas direto seria muito fácil.

— Gosto dessa sua atitude positiva, parceira. — Ele a saudou com firmeza. — Por que você não anda pela propriedade para conhecer o terreno, depois me encontra lá dentro? Entre pela porta da garagem e vire à esquerda.

— Vou fazer isso.

Andrea esperou que ele desaparecesse na garagem. Estava satisfeita por inspirar ar fresco nos pulmões antes de conhecer a juíza. Parte dela se sentia culpada por conhecer tanto sobre o que devia ser o período mais triste da vida de Esther Vaughn, e não tinha certeza de como esconder o fato de que sabia muito mais do que deveria. Apesar dos seus pais serem mentirosos, ser uma não lhe era algo fácil.

Ela começou a percorrer o perímetro da casa, esperando que Bible entendesse que *andar pela propriedade* levaria uns bons quinze minutos. A garagem podia abrigar seis carros e Andrea mal conseguia ver a rua através dos portões abertos. O barulho distante do mar dizia a ela que os fundos tinham uma onda *Jardim em Sainte-Adresse*. A casa em si estava à altura da paisagem; de fora, a propriedade dos Vaughn não era exatamente digna de Escher, mas era impressionante em um estilo Tudor-decapitando-a-esposa. Estendia-se no centro como uma casa grande de dois andares a que alguém acrescentou duas alas enormes nas laterais depois. Ela entendeu exatamente o que Bible dissera sobre a sovinice ianque. Tirando um vício em metanfetaminas ou em jogo, a família devia ser bem abastada, mas a casa não estava sendo bem-cuidada. A podridão se estabelecera.

Andrea fez a volta pelo canto e sentiu o cheiro de oceano quando o vento mudou de direção. Um caminho de pedras levava a um jardim inglês, com um estilo marcado por uma abundância de flora e fauna transbordantes. Flores coloridas enchiam os canteiros e aglomerados aleatórios de arbustos pairavam acima do caminho sinuoso de cascalho. Um muro irregular de pedra circundava uma pequena fonte e não havia ervas à vista. Alguém nitidamente via o jardim como um trabalho por amor. Andrea sentiu o cheiro terroso de solo recém-coberto de matéria vegetal.

Ela também sentiu o cheiro de fumaça de cigarro.

Andrea se manteve nas sombras da enorme casa enquanto andava pelos fundos da propriedade. O jardim dava lugar a áreas de capim e arbustos sem cuidados. O dossel de árvores se fechou, bloqueando o sol. Ela deu uma topada em um paralelepípedo que estava jogado de lado no chão e percebeu que ele fazia parte de um outro caminho sinuoso, então seguiu por ali, caminhando entre plantas malcuidadas até chegar a uma clareira.

À esquerda, uma piscina; à direita, bem abaixo de uma sacada do último andar da casa principal, uma luz quente emanava do que parecia um barracão de jardim.

— Merda!

Andrea se virou e viu uma adolescente de blusa sem manga com costas nuas e short feito de uma calça cortada dividida entre a raiva e o medo de ser pega com um cigarro. Considerando a idade dela, não foi surpresa que a raiva vencesse. Ela jogou a guimba no gramado e saiu andando de volta para casa, deixando um miasma de nicotina fumegante e ódio no seu rastro.

— Não se esqueça de alimentar o Syd! — gritou Judith da porta aberta do barracão. Ela ainda estava usando a roupa florida de antes, mas tinha prendido o cabelo comprido em um coque frouxo.

Andrea lutou contra a sensação de estranheza que sentira na porta da lanchonete perguntando a Judith:

— Syd?

— É o nosso papagaio velho e rabugento, e aquela era Guinevere, minha filha linda e impetuosa. Se quer saber, ela odeia o nome dela quase tanto quanto me odeia. Eu tento não levar para o lado pessoal, nós todas odiamos as nossas mães nessa idade, não é?

Andrea adiara os anos de ódio pela mãe até a idade madura de 31 anos.

— Desculpe por antes. Foi um dia longo.

— Esqueça. — Judith acenou com a mão para descartar aquilo. — Quero que você saiba o quanto apreciamos o que está fazendo pela minha família. Vovó não assumiria, mas essas últimas cartas realmente a abalaram.

Andrea recebeu a confissão como um convite para se aproximar.

— Você sabe o que elas diziam? As cartas?

— Não, ela não me mostrou, mas percebi que eram muito pessoais. É preciso muita coisa para fazê-la chorar.

Andrea teve dificuldade para imaginar a juíza Esther Vaughn sobre a qual lera sendo reduzida às lágrimas, mas esse era o problema com adjetivos despóticos. Você podia esquecer que estava lendo sobre um ser humano real.

Ela perguntou a Judith:

— Você mora aqui?

— Moramos na casa grande. Eu peguei Syd e voltamos para cá no ano passado.

Andrea sabia que Franklin Vaughn tinha se aposentado um ano antes. Talvez ele tivesse mesmo se aposentado para ficar com a família.

— Não é preciso dizer que Guinevere não ficou satisfeita com a mudança. — Judith riu consigo mesma. — Ela a chama de Sonserina, o que é muito injusto. Isso é da nossa geração, não é?

Andrea sentiu um nó na garganta. Elas podiam ser meias-irmãs. Em outro mundo, seriam colocadas juntas quando os pais se casassem novamente e teriam se odiado.

— Por aqui. — Judith gesticulou na direção do barracão. — Esta é a minha oficina. Eu durmo aqui às vezes, mas não quando está tão quente. Vou levar você para o tour básico.

Andrea sentiu os lábios se entreabrirem enquanto entrava em um espaço muito familiar, com prateleiras de madeira cobrindo as paredes. Recipientes, peneiras e funis de aço inoxidável. Medidores. Luvas cirúrgicas. Máscaras faciais. Pinças. Colheres de pau. Fitas de teste de PH. Garrafinhas plásticas e dosadores. Um balde de vinte litros de ácido sulfúrico. Vários sacos plásticos transparentes com um pó branco.

Judith disse:

— Não se preocupe, isso não é cocaína, é...

— Mordente — disse Andrea. — O que você tinge?

— Sedas, principalmente — revelou Judith. — Mas estou impressionada. A maioria dos policiais dá uma olhada nessas coisas e acham que estou operando um laboratório de drogas.

— As echarpes da juíza. — Andrea percebeu que tinha deixado passar toda uma fileira de cavaletes de secagem. Havia echarpes de várias cores sobre eles. Uma era de um azul tão profundo que a cor parecia ter sido refratada por um prisma. — Você acertou mesmo nesse azul. Usou o processo de Gullah Geechee?

— Agora estou mais que impressionada — disse Judith. — Como uma delegada dos Estados Unidos sabe sobre um antigo processo de tingimento trazido da África pelos escravizados?

— Cresci perto do Low Country. — Andrea pensou se não estaria entregando muita coisa. — Você foi para a escola para aprender isso ou é autodidata?

— Um pouco dos dois. — Ela deu de ombros. — Eu larguei a Escola de Design de Rhode Island.

A Escola de Design de Rhode Island era uma das principais escolas de Arte do país.

Judith disse:

— Sempre gosto de chamar os meus antigos professores para as minhas exposições, mas isso é para o meu trabalho de colagem. As echarpes e os lenços foram algo que comecei a fazer para a minha avó alguns anos atrás, quando ela teve um tumor removido das cordas vocais. Graças a Deus eles pegaram o câncer a tempo, mas ela tem muita vergonha da cicatriz.

Andrea se sentiu perdendo o fôlego, mas não pelo câncer. Ela deu as costas para Judith, fingindo estar olhando para os lenços enquanto lutava contra uma onda repentina de lágrimas. Ela sempre amara arte, mas nunca lhe ocorreu que essa paixão pudesse ter vindo de Clayton Morrow e não de Laura.

O que mais ela deixara passar?

Judith disse:

— As colagens estão no estúdio. Você pode se interessar por uma delas.

Andrea fungou quando tornou a se virar. Ela foi forçada a limpar as lágrimas.

— Desculpe, trabalho com ácido há tanto tempo que não sinto mais a queimação. — Judith gesticulou para que Andrea a acompanhasse até o aposento ao lado. — Tem uma corrente de ar no estúdio.

Elas saíram pela porta e entraram em um espaço grande e acolhedor. Havia janelas e painéis fixos de vidro por toda parte, até no teto. Cavaletes mostravam vários estágios de criatividade. Judith não fazia aquilo por hobby ou artesanato, ela era uma artista, cujo trabalho lembrava Kurt Schwitters e Man Ray. Havia tinta respingada pelo chão e potes de cola, tesouras, tábuas de corte, rolos de barbante, lâminas, vernizes e sprays fixadores espalhados pela mesa ao lado de revistas, fotografias e peças que seriam ressignificadas.

Era o estúdio mais bonito em que Andrea já havia entrado.

— O sol pode ser brutal durante os dias quentes de verão, mas vale a pena. — Judith tinha parado diante de um cavalete onde estava o que era nitidamente o seu trabalho mais recente. — Era isso que achei que você quisesse ver.

Andrea não deixou que os seus olhos captassem os detalhes. Primeiro ela *sentiu* a obra, que lhe dava uma sensação de estar de pé no convés de um barquinho lutando contra as ondas de uma tempestade vindoura. Judith usara solarização para criar uma sensação de incerteza. Fragmentos de cartas e fotografias rasgadas juntavam-se em um caleidoscópio para criar uma colagem sombria e agourenta.

— Essa é uma de minhas obras mais pesadas — disse Judith, quase se desculpando. — Meu trabalho normalmente é considerado masculino ou muscular, mas...

— Eles não entendem a raiva de uma mulher — concluiu Andrea. Ela havia sofrido com a mesma falta de consideração de alguns professores homens. — Hannah Höch ouviu as mesmas besteiras quando expôs com um grupo dadaísta, mas ela teve a sua exposição no MoMA menos de 20 anos depois da sua morte.

Judith balançou a cabeça.

— Você é mesmo a delegada mais fascinante que eu já conheci.

Andrea não disse a ela que era delegada havia apenas um dia e meio. Estudou a obra cuidadosamente, lendo as palavras que haviam sido extraídas de cartas, algumas escritas em folha de caderno, outras nitidamente datilografadas, ou geradas por computador.

Matar você sua vadia, morra judia vagabunda, assassina judia do demônio do caralho, rainha do gelo filha da puta, chupa-rola, pedófila, bebedora de sangue, puta apoiada por Soros...

Andrea perguntou:

— Essas são as ameaças de morte que a sua avó recebe?

— Não *as* ameaças de morte, mas algumas dos últimos anos. Elas, na verdade, não são ruins, comparativamente falando. — Judith riu sem realmente rir. — Minhas políticas com certeza não se alinham com as dos meus avós, mas uma coisa em que podemos concordar é que os malucos que acreditam em teorias da conspiração são bem assustadores. Por falar nisso, minha família não é judia. Acho que os doidos acham que essa é uma das piores coisas de que podem nos chamar.

Andrea estudou as fotografias espalhadas em torno dos xingamentos horrendos. Judith tinha usado pontos de costura e lápis coloridos para unificar o tema. Franklin Vaughn com uma estrela de Davi desenhada no rosto; uma Judith mais nova em uniforme escolar com os seios recortados; Esther de robe com "X"s riscados nos olhos; Um rato morto com as patas no ar e espuma saindo da boca.

— Encontrei o coitado boiando na piscina. — Judith apontou para o rato. — Vovó pôs um alimentador de passarinho no mês passado e eles chegaram com as mãos estendidas.

Andrea estremeceu. Ela não queria pensar em ratos tendo mãos.

— Paguei um cara na Nova Zelândia para inserir, com o Photoshop, a espuma ao redor da boca — explicou Judith. — É incrível o que você pode encontrar na internet.

— É.

Embora Andrea soubesse que havia muitas coisas, e pessoas, que eram invisíveis para a internet. Ela se esforçou para conter a inveja artística e tentou se lembrar de por que estava ali. Judith claramente tinha aquele hábito de cidade pequena de se abrir demais com pessoas novas. Ou talvez estivesse apenas desesperada por alguém que entendesse o que ela estava fazendo no estúdio. De qualquer jeito, a mulher parecia pronta para perguntas diretas.

Andrea perguntou:

— Você usa o nome Vaughn em sua arte?

— Ah, meu Deus, não. Eu não ia aguentar o escrutínio. Uso o nome do meio de minha mãe, Rose — disse ela. — Judith Rose.

Andrea assentiu, fingindo que o coração não tinha caído do peito à menção de Emily.

— Você é muito boa. Ela deve ter muito orgulho de você.

Judith pareceu confusa.

— Peixe-gato não contou a você?

— Me contou o quê?

Judith gesticulou em silêncio para que Andrea a seguisse na direção dos fundos do estúdio. Parou diante de prateleiras de armazenamento que iam do chão ao teto e guardavam telas grandes. Ela passou por algumas delas antes de parar para olhar para Andrea por cima do ombro.

— Seja gentil, esta foi a primeira colagem que tentei. Eu tinha a idade de Guinevere e estava cheia de angústia e com os hormônios à flor da pele.

Andrea não sabia o que esperar quando Judith pegou uma tela que mostrava uma colagem muito primitiva. Os sentimentos evocados ainda eram sombrios e preocupantes, mas não tão focados. Estava claro que Judith estivera trabalhando para encontrar a sua visão, assim como estava claro para Andrea que o tema que ela escolhera era a mãe morta. Fotos de Emily emolduravam a parte exterior, costuradas juntas com uma linha preta grossa como você veria depois de uma autópsia.

Andrea procurou algo para dizer.

— É...

— Cru? — Judith deu uma risada autodepreciativa. — Certo, bem, há uma razão para eu não mostrar isso para ninguém. Nem o meu *marchand* viu isso.

Andrea tentou fazer perguntas que um estranho faria.

— Essa é a sua mãe?

Judith assentiu, mas a foto de Emily Vaughn no último ano do ensino médio no canto da obra era tão familiar para Andrea que ela podia descrevê-la de olhos fechados. Um permanente volumoso no cabelo. Sombra azul. Lábios apertados em forma de gravata borboleta. Rímel parecendo teias de aranha.

Judith disse:

— Todo mundo diz que Guinevere lembra ela.

— Ela lembra.

Andrea se inclinou para ver mais de perto. Como na obra mais recente, Judith tinha intercalado as imagens com tiras de texto. Folhas pautadas de caderno confundiam-se em torno da tela sem nenhum padrão em particular. As missivas eram todas escritas na mesma letra manuscrita cheia de floreios de uma jovem claramente emotiva.

As pessoas sãão TÃO MÁS... Você NÃO merece o que eles estão dizendo... Continue a trabalhar nisso... VOCÊ VAI DESCOBRIR A VERDADE!!!

Andrea perguntou:

— Você escreveu o texto?

— Não, é de uma carta que encontrei nas coisas da minha mãe. Acho que ela escreveu isso para si mesma. Autoafirmações eram algo muito comum nos anos 1980. Eu gostaria de não tê-la recortado. Por mais que eu tente, não consigo me lembrar do que mais ela dizia.

Andrea se forçou a se virar na direção de Judith. Não queria parecer tão ávida ou empolgada ou nervosa ou com medo, nem demonstrar a emoção que a fazia se sentir como se as solas de seus pés estivessem formigando. Tantas fotos de Emily. Algumas com os amigos. Outras capturadas em momentos de grande solidão.

O que a arte da Judith de 16 anos podia dizer a ela sobre o assassinato de Emily aos 17?

— É tão ruim assim? — Judith estava nitidamente ansiosa. Andrea sabia como era valorizar a opinião de alguém e vê-los virarem o rosto para você.

— Não, é primitivo, mas obviamente você estava trabalhando na direção de alguma coisa importante. — A mão de Andrea tinha ido para o coração. — Posso sentir aqui.

Judith bateu com a mão no peito, porque ela nitidamente se sentia da mesma forma.

Elas ficaram assim, paradas, duas mulheres com a mão no coração, duas mulheres que podiam possivelmente ser irmãs, até que Andrea se voltou para a colagem.

Ela perguntou:

— Você se lembra de fazer isso?

— Muito pouco. Foi no ano em que descobri a cocaína. — Judith riu de leve, como se não tivesse acabado de confessar um crime para uma delegada. — O que eu me lembro é da tristeza. É muito difícil ser adolescente, mas ter uma perda dessas...

— Você realmente capturou isso.

Andrea respirou fundo, tentado conter as emoções enquanto absorvia os pequenos detalhes da vida de Emily. O quadro de fotos mostrava a personalidade da garota — estivesse ela correndo na praia, lendo um livro ou vestida no uniforme da banda tocando flauta, a sua doçura quase penetrava as lentes da câmera. Ela não parecia frágil, mas, sim, vulnerável e muito, muito nova.

No canto superior esquerdo havia uma foto em grupo. Emily estava ao lado de três meninos e uma garota. Ricky era fácil de identificar por sua cabeleira cacheada, e também porque era a única outra garota. Clay lembrou Andrea de algo que a mãe tinha dito: que ele era bonito de tirar o fôlego. Os olhos azuis penetrantes dele provocaram um calafrio em Andrea mesmo a quarenta anos de distância. Ela supôs que o cara parado ao lado de Clay fosse o irmão gêmeo de Ricky, Eric Blakely, embora o cabelo dele fosse diferente em textura e cor. O que deixava Nardo como o loiro de aparência sarcástica e levemente acima do peso, com um cigarro feito à mão pendurado no canto da boca como o próprio Billy Idol de Delaware.

— Esses eram os amigos dela. — Judith ainda parecia ansiosa por mais feedback. — Na verdade, as pessoas que ela achava que eram suas amigas. Na época, garotas grávidas não tinham o próprio reality show.

Andrea se viu hipnotizada pelo olhar de Clay outra vez. Ela focou a atenção em uma Polaroid esmaecida.

— Quem é essa?

— Essa é a minha mãe com a minha bisavó, ao lado do meu avô. Ela morreu logo depois que eu nasci. — Judith estava apontando para uma mulher em uma roupa austera de aparência vitoriana com um bebê gorducho e feliz no colo. — Minha avó estava muito ocupada com a carreira naquela época, por isso a minha bisavó praticamente criou a minha mãe. É daí que vem o nome Judith. Eu sou a soma de suas partes.

Essas eram mais fotos representando a vida sem mãe de Judith. O primeiro dia de aula sem alguém ao seu lado. A primeira peça na escola. A primeira exposição de arte. O primeiro dia na faculdade. Tudo conectado com textos da carta e objetos encontrados — pedaços de um boletim escolar, um diploma, um anúncio de sutiãs esportivos. Embora houvesse nitidamente alguém por trás da câmera, Judith estava sempre sozinha.

Estranhamente, as fotos fizeram Andrea perceber como Laura sempre estivera presente na sua vida. Gordon tirava as fotos, enquanto a mãe ajudava Andrea a decorar cupcakes para a venda de doces da escola, ou mostrava a ela como customizar o vestido que usaria na sua festa de aniversário com o tema *Orgulho e preconceito*. Ao lado dela em todas as exposições de arte, na formatura, nos concertos e nas filas em frente a livrarias usando um chapéu de bruxa, esperando pelo próximo lançamento de Harry Potter.

A revelação fez com que Andrea se sentisse estranhamente mesquinha, como se tivesse marcado um ponto contra uma rival.

— Obviamente, essa sou eu. — Judith apontou uma série de ultrassonografias que dispusera no centro para representar o início de sua vida. — Minha mãe tinha essas imagens presas no espelho do banheiro. Acho que ela devia querer vê-las todo dia de manhã e de noite.

— Tenho certeza de que sim — concordou Andrea, mas se viu atraída pelas anotações na capa de uma fita cassete que ornava o canto inferior direito. Pequenos pedaços rasgados de fotos coloridas serviam como uma constelação em torno das músicas e dos artistas manuscritos.

Alguém tinha gravado uma fita para Emily.

Judith disse:

— Muita música dos anos 1980 era horrível, mas tenho que admitir que essas são muito boas.

A tinta tinha borrado. Andrea só conseguia ler algumas das palavras que sobraram.

Hurts So Good - J. Cougar; Cat People - Bowie; I Know/Boys Like - Waitresses; You Should Hear/Talks - M. Manchester; Island/Lost Souls - Blondie; Nice Girls - Eye to Eye; Pretty Woman - Van Halen; Love's/Hard on Me - Juice Newton; Only/Lonely - Motels.

Ela tentou ver sentido na constelação de fragmentos em volta das palavras, então percebeu que os pedaços não eram de várias fotografias, mas de uma. Dois olhos frios nos cantos diagonais. Duas orelhas. Um nariz. Maçãs do rosto proeminentes. Uma boca carnuda e sensual. Uma delicada covinha no queixo.

Andrea sentiu um nó na garganta, mas se obrigou a perguntar:

— Quem gravou a fita?

— Meu pai — disse Judith. — O homem que matou a minha mãe.

19 DE OUTUBRO DE 1981

E MILY ESTAVA SENTADA NA mesa de exame no interior do consultório do dr. Schroeder. Estava tremendo tanto dentro do vestido de papel que os seus dentes batiam forte. A sra. Brickel fizera com que ela tirasse toda a roupa, incluindo a calcinha, o que nunca tinha acontecido antes. As nádegas de Emily absorviam o frio que atravessava o fino papel branco. Os pés dela estavam congelando. Ela se sentia enjoada, mas não sabia dizer se era o mesmo enjoo que fizera com que saísse correndo dos Estudos Bíblicos na noite anterior ou a náusea que fizera com que ela deixasse a mesa do café naquela manhã sem pedir licença. Uma tinha sido por estresse, a outra tinha que ser devido ao cheiro doce e enjoativo de xarope de bordo, que sempre a deixara enjoada.

Certo?

Porque não havia como Emily estar grávida. Ela não era idiota. Saberia se tivesse feito sexo porque sexo era uma coisa muito importante. Você se sentia diferente depois. Você sabia que as coisas tinham mudado de maneira irreversível. Porque elas tinham. O sexo fazia de você uma pessoa completamente nova. Você passa a ser uma mulher. Emily ainda era adolescente. Não se sentia diferente naquele momento se comparado à mesma época no ano anterior.

Além disso, a menstruação das garotas atrasava o tempo todo. Ricky nunca conseguiu acompanhar a sua, e Gerry Zimmernan deixou de menstruar por meses porque estava em uma estranha dieta de ovos. E todo mundo sabia que Barbie Klein tinha jogado tênis e corrido tanto que os ovários se fecharam.

Emily disse a si mesma, em silêncio, o que dissera pelos últimos dois dias enquanto esperava que o consultório do seu pediatra abrisse. Ela tinha alguma coisa no estômago, uma virose, e estava apenas com um enjoo normal, não um enjoo de gravidez, porque conhecia Clay, Blake e Nardo desde que se entendia por gente e não havia como um deles fazer algo de mal com ela.

Certo?

Ela sentiu gosto de sangue na boca. Tinha mordido, por acidente, a parte interna do lábio.

A mão de Emily foi até o estômago e ela sentiu o contorno da barriga. A sensação sempre tinha sido aquela? Ela tinha se deitado na cama na noite anterior esfregando-a como se fosse a lâmpada de um gênio e não encontrou qualquer coisa além da magreza habitual. Sempre houvera uma leve protuberância como essa quando se sentava? Ela aprumou os ombros. Pressionou a mão sobre a barriga. A carne se acomodou na palma da sua mão.

A porta se abriu, e Emily deu um pulo como se tivesse sido pega fazendo alguma coisa errada.

— Srta. Vaughn.

O dr. Schroeder cheirava a cigarros e desodorante. Ele normalmente era ríspido, mas naquele momento parecia aborrecido.

— Minha enfermeira me disse que você não quis dizer por que está aqui.

Emily olhou para a sra. Brickel, que também era a mãe de Melody. Será que ela contaria a Melody que a estúpida Emily Vaughn estava com uma doença estomacal e achou que estava grávida mesmo nunca tendo feito sexo? Será que Melody iria fofocar para todo mundo na escola?

— Srta. Vaughn? — O dr. Schroeder olhou para o relógio. — Você está atrasando os pacientes que se deram ao trabalho de marcar consultas de verdade esta manhã.

A boca de Emily estava seca. Ela lambeu os lábios.

— Eu...

As sobrancelhas do dr. Schroeder se estreitaram.

— Você o quê?

— Eu acho... — Emily não conseguia dizer as palavras tolas. — Eu tenho vomitado. Não muito. Quero dizer... Eu vomitei ontem. E sábado à noite. Mas eu acho...

A sra. Brickel fez um ruído para acalmá-la enquanto esfregava as costas dela.

— Devagar.

Emily deu uma respiração curta.

— Eu nunca estive com... Quero dizer, eu não estive com ninguém. Não, tipo, casados. Então eu não sei por que...

— Você não sabe por que *o quê*? — A aspereza do dr. Schroeder tinha se tornado hostilidade explícita. — Pare de dar desculpas, minha jovem. Quando foi a sua última menstruação?

Emily de repente se sentiu muito quente. Ela tinha visto as palavras *arder de vergonha*, mas nunca experimentara a sensação. Os dedos das mãos e dos pés, o coração dentro do peito, os pulmões, os intestinos, até o cabelo em sua cabeça — parecia que haviam ateado fogo em todas as partes.

— Eu não...

Ela perdeu o fôlego por um átimo. Não conseguia olhar para ele.

— Eu nunca estive com... com um garoto. Eu não fiz isso. Eu não faria.

Ele começou a abrir gavetas e armários e a fechá-los bruscamente.

— Deite-se na mesa.

Emily o viu jogar itens na bancada. Luvas cirúrgicas, um tubo de alguma coisa, uma tira para a cabeça com um pequeno espelho. Um instrumento de metal como um bico de pato comprido que bateu ruidosamente contra o metal.

Ela sentiu a mão da sra. Brickel acariciando o seu ombro. Emily ainda não conseguia olhar para a mulher enquanto apoiava a cabeça sobre o travesseiro. Abaixo, duas barras de aparência estranha balançavam no ar. Eram curvadas na extremidade, como colheres. O coração de Emily saltou ao vê-las. Aquilo não estava acontecendo. Estava presa em um filme de terror.

— Chegue até a beira da mesa.

O dr. Schroeder calçou as luvas e Emily viu os pelos nas costas das mãos grandes dele tomarem o aspecto de pele sob o látex. Ele segurou o tornozelo dela.

Emily deu um grito.

— Não seja um bebê — rosnou dr. Schroeder.

Ele agarrou o outro tornozelo e a puxou para a beirada da mesa.

— Pare de se debater.

A mão da sra. Brickel estava novamente em um dos ombros de Emily, dessa vez segurando-a. Ela sabia. Emily não dissera por que estava ali, mas a sra. Brickel dissera a ela para tirar toda a roupa porque tinha visto a diferença. Ela sabia que Emily não era mais uma criança.

Quem mais tinha percebido?

— Pare de chorar — ordenou o dr. Schroeder, apertando a pegada em seus tornozelos. — Meus outros pacientes vão ouvir você.

Emily virou a cabeça, olhando fixamente para a parede enquanto sentiu os calcanhares serem encaixado nos estribos dos dois lados da mesa. Os seus joelhos foram totalmente afastados. Ela sabia que se erguesse o olhar, veria o dr. Schroeder inclinado sobre ela. A imagem do rosto nodoso e raivoso dele analisando-a acabou com Emily. Um soluço saiu da sua boca.

— Relaxe. — O dr. Schroeder se sentou no banco com rodinhas. — Você só vai deixar as coisas piores.

Emily mordeu o lábio com tanta força que sentiu novamente gosto de sangue. Ela não sabia o que ele iria fazer até ser tarde demais.

Ele introduziu o instrumento frio de metal dentro dela. A dor levou outro grito para os seus lábios. O interior dela parecia ter sido raspado. Cliques altos abriram as mandíbulas de metal. Instintivamente, ela apertou os calcanhares para sair dali, mas só se prendeu mais nos estribos. Uma luminária foi empurrada para perto. O calor era insuportável, mas não tão humilhante quanto o dr. Schroeder enfiando a cara *lá embaixo*.

Emily engoliu outro soluço enquanto lágrimas escorriam dos seus olhos. Os dedos grossos dele examinaram o interior. Ela agarrou a mesa com as mãos. Os dentes se cerraram. A respiração hesitou devido a uma dor forte. O ar estava preso em seus pulmões. Ela estava paralisada, incapaz de respirar. A sua visão oscilou. Ela ia desmaiar. Vômito derramou-se na sua boca.

Então terminou.

O instrumento foi removido. O dr. Schroeder se levantou, afastou a luminária, tirou as luvas e, por fim, falou com a sra. Brickel ao invés de Emily.

— Ela não está imaculada.

A sra. Brickel emitiu um ruído. Sua mão apertou o ombro de Emily.

— Sente-se — ordenou o dr. Schroeder. — Depressa. Você já desperdiçou o meu tempo o suficiente.

Emily teve dificuldade para tirar os pés dos estribos. O metal fez barulho. O médico segurou os dois tornozelos dela nas mãos e ergueu os calcanhares no ar. Em vez de soltá-los, ele os juntou.

— Está vendo isso? — disse ele para Emily. — Se você mantivesse as pernas fechadas, não estaria nessa enrascada.

Emily se esforçou para se sentar ereta. O vestido de papel tinha rasgado. Ela tentou se cobrir.

— É tarde demais para ser recatada.

O dr. Schroeder tinha algumas tabelas nas mãos. Ele começou a escrever.

— Quando foi a sua última menstruação?

— Foi...

Emily pegou o lenço de papel que a sra. Brickel tinha oferecido.

— Um... um mês e meio atrás. Mas eu... eu disse ao senhor, eu nunca... eu não...

— Você evidentemente teve relações sexuais. E, pelo que eu vi, foram várias vezes.

Emily estava chocada demais para reagir.

Várias vezes?

— Pode parar de fingimento. Você se entregou a um garoto e está sofrendo as consequências. — O dr. Schroeder estava indo direto ao ponto. — O que você achou que iria acontecer, garota tola?

Emily agarrou o vestido de papel com as mãos.

— Eu nunca. Eu não fiz nada com...

O médico ergueu o olhar das anotações. Ele finalmente estava prestando atenção nela.

— Vá em frente.

— Eu nunca... — Emily não conseguia dizer as palavras. — Era uma festa, e eu...

Ela ouviu a voz se calar na sala pequena. O que ela poderia dizer? A festa tinha sido com os amigos, a sua panelinha. Se dissesse que alguma coisa tinha acontecido, que alguém a havia drogado ou que ela tinha desmaiado e havia apenas três garotos, então um desses três garotos teria que ser o responsável.

— Certo. — O dr. Schroeder achou que tinha entendido tudo. — Você bebeu demais ou alguém lhe aplicou um boa-noite Cinderela?

Emily se lembrou de Clay botando o ácido na sua língua. Ele não tinha lhe aplicado algo. Ela o havia tomado espontaneamente, porque confiara nele. Em todos eles.

— Então — conjecturou o dr. Schroeder. — Você está dizendo que não tem culpa nessa situação porque algum garoto tirou proveito de você?

— Eu...

Emily não conseguia pronunciar as palavras. Eles não fariam aquilo com ela. Eles eram todos homens bons.

— Eu não me lembro do que aconteceu.

— Mas você admite que teve relação sexual.

Não era uma pergunta, e ele tinha visto o resultado com clareza, pessoalmente. Ela não estava *imaculada*.

— Então?

Tudo o que Emily fez foi assentir.

A admissão pareceu deixá-lo com mais raiva.

— Deixe-me lhe dizer isso, mocinha. É melhor começar a pensar em uma mentira diferente para contar ao seu pai. Posso dizer, pelo meu exame, que você tem sido sexualmente ativa por muito tempo. Você falhou no teste dos dois dedos. Há uma frouxidão que eu só esperaria ver em uma mulher casada.

Emily levou a mão ao peito. Aquilo tinha acontecido mais de uma vez? Alguém estava entrando no quarto dela à noite enquanto ela dormia?

Ela tentou.

— Eu não...

— Você com toda certeza fez. — Ele largou a prancheta sobre a bancada. — Pense bem sobre o que está planejando fazer em seguida. Você tem o caráter para aceitar a culpa pelas suas ações ou vai destruir o futuro de um pobre rapaz porque não conseguiu manter as pernas fechadas?

Emily estava chorando muito para conseguir respondê-lo.

— Foi o que pensei. — Ele tornou a olhar para o relógio. — Enfermeira Brickel, faça um exame de sangue para comprovar o que já sabemos ser verdade. Essa garota está com seis semanas de gestação. Srta. Vaughn, vou lhe dar exatamente uma hora para contar ao seu pai o que você andou fazendo; antes que eu mesmo pegue o telefone e conte.

Emily sentiu a boca se mexer, mas não conseguia formar palavras.

O pai dela?

Ele iria matá-la.

— Você me ouviu. — O dr. Schroeder olhou para ela uma última vez, balançando a cabeça com aversão. — Uma hora.

A sra. Brickel fechou delicadamente a porta atrás do dr. Schroeder. Os lábios dela estavam franzidos. Ela fazia biscoitos para Emily e Melody quando eram pequenas e a mãe de Emily precisava trabalhar até tarde no escritório.

Então a sra. Brickel disse:

— Emily.

Emily balbuciou um soluço. Não aguentava mais outra repreensão verbal. Já sentia como se alguém tivesse cravado uma faca no seu peito. Como iria encarar o pai? O que ele faria com ela? Ela apanhara tanto depois de tirar C em Geografia no ano anterior, que ficou com uma cicatriz na parte de trás da coxa.

— Emily, olhe para mim. — A sra. Brickel segurava com força a mão de Emily. — O exame não disse nada ao doutor sobre quantas vezes você teve relações sexuais. Ele só pode dizer que o hímen está rompido, só isso.

Emily estava chocada.

— Ele disse...

— Ele está mentindo — disse a sra. Brickel. — Está tentando envergonhá-la. Mas o que quer que tenha acontecido não faz de você uma pessoa ruim. Você fez sexo com alguém, isso foi tudo. Pode parecer, agora, que é o fim do mundo, mas não é. Você vai superar isso. As mulheres sempre superam.

Emily engoliu outro soluço. Ela não queria ser uma mulher. E, em especial, não queria enfrentar o pai. *Aí* seria o fim do mundo. Ele não deixaria que ela fosse para a faculdade, e talvez não deixasse que ela terminasse a escola. Ficaria presa em casa apenas com a avó para lhe fazer companhia, e aí a avó morreria e não restaria nada.

O que ela iria fazer?

— Querida, olhe para mim. — A sra. Brickel envolveu os braços de Emily com as mãos. — Não vou mentir para você. Nós duas sabemos que isso vai ser difícil, mas sei que você é forte o suficiente para passar por isso. Você é uma garota incrível.

— Eu não...

A mente de Emily estava acelerada. Ela se sentia presa. A sua vida estava se esvaindo e não havia algo que pudesse fazer em relação a isso.

— O que você acha que o meu pai vai fazer?

Os lábios da sra. Brickel se contraíram outra vez.

— Vamos ver se a santidade das políticas de Frank Vaughn se sustenta diante da santidade do título do *country club*.

Emily balançou a cabeça. Ela não sabia o que isso significava.

— Desculpe, eu não devia ter dito isso. — A sra. Brickel apertou mais os braços de Emily. — Há a opção de falar com o pai?

O pai.

— Emily, sei que não é o ideal, mas se você gosta desse rapaz, você não é nova demais para se casar.

Casar?

— Mas, se você não quiser, há outras opções.

— Que opções? — Emily sentiu a pergunta explodir dentro de si. Ela foi tomada por pânico. — O que eu vou fazer? Como vou passar por isso? Eu não sei quem... o pai... eu não sei quem é. Eu disse ao doutor, eu disse a você, eu disse que não sei o que aconteceu. Juro, honestamente, não sei porque eu tomei uma coisa e... sim, eu tomei, mas eu não sabia o que aconteceria, e não posso... Não posso contar ao meu pai. Ele vai me matar, sra. Brickel. Sei que parece que estou sendo histérica, mas ele... ele vai...

Emily se encolheu com o som da sua voz enlouquecida ecoando pela sala. O coração era um tambor. Suor brotava pelo seu corpo. O enjoo tinha voltado. A pele estava com uma sensação estranha, como se tivesse vibrado e se soltado do osso. Nada mais pertencia a ela. A expressão horrorizada do dr. Schroeder tinha dito tudo. Emily deixara de ser Emily. Era uma transgressora. Era uma outra. A mão foi até a barriga, para aquela coisa que alguém pusera dentro dela.

Quem?

— Emily. — A voz da sra. Brickel estava calma, tranquilizante. — Você precisa entrar em contato com a sua mãe. Imediatamente.

— Ela está...

Emily se deteve. A mãe estava no trabalho. Ela nunca devia ser perturbada a menos que fosse importante.

— Eu nã-não posso.

— Conte à sua mãe primeiro — sugeriu a sra. Brickel. — Sei que você não acredita em mim, mas Esther vai entender. Você é a filha dela. Ela vai protegê-la.

Emily baixou o olhar. Suas mãos estavam tremendo e o suor passara pelo vestido de papel. Lágrimas tinham colado a gola ao pescoço. Elas ainda não tinham feito o exame de sangue, talvez aquilo tudo fosse um erro horrível.

— O dr. Schroeder disse seis semanas, mas foi... acho que foi há um mês. Isso são quatro semanas. Não seis.

— O tempo começa a contar na data da sua última menstruação — disse a sra. Brickel. — Não na data do intercurso.

Intercurso?

O peso do mundo curvou os ombros de Emily. Não havia erro. Aquele pesadelo terrível tinha apenas começado. Ela tivera intercurso com alguém e engravidara.

— Emily. Vista-se. Vá para casa. Ligue para a sua mãe. — A sra. Brickel acariciou as suas costas, instando-a a andar. — Você vai superar isso, meu bem. Vai ser muito difícil, mas você vai superar.

Emily viu lágrimas nos olhos da sra. Brickel. Ela sabia que a mulher estava mentindo. Mas não havia opção além de responder:

— Está bem.

— Ok. Vamos coletar o sangue, tudo bem?

Emily olhou fixamente para o armário acima da pia enquanto a sra. Brickel pegava o material. Era rápida e eficiente, ou talvez Emily estivesse entorpecida, porque mal sentiu a picada da agulha e mal percebeu o Band-Aid sendo grudado na dobra do seu braço.

— Está feito. — A sra. Brickel abriu outra gaveta, mas não ofereceu o pirulito que era dado para os pacientes comportados. Ela pôs um absorvente grande sobre a bancada. — Ponha isso caso haja algum sangramento.

Emily esperou que a porta se fechasse. Ficou olhando para o absorvente, o coração batendo forte dentro do peito, mas o corpo ainda estava entorpecido. As mãos que puxaram a calça e abotoaram a blusa não eram as dela. Quando Emily enfiou os pés nos mocassins, não se sentia no controle dos próprios movimentos. Os músculos estavam trabalhando por conta própria — abrindo a porta, andando pelo corredor, pelo saguão e para fora. Os olhos que se encheram d'água ao sol da manhã não eram dela. A garganta que se esforçava para engolir a bile era de outra pessoa. A dor pulsante entre as suas pernas pertencia a um estranho.

Quando alcançou a calçada, a sua mente girava com o nada. Ela imaginou um parque de diversões. As engrenagens internas do cérebro se transformando em um carrossel. Ela viu cavalos subindo e descendo — não a sorveteria, nem o lugar de aluguel de cadeiras de praia ou a máquina de doces desligada, não a vitrine que esperava pelos turistas que iam voltar no verão. Os olhos de Emily se apertaram, inundados pelas lágrimas. O carrossel girava cada vez mais rápido. O mundo estava girando. A visão dela se turvou e o cérebro finalmente se desligou.

Emily piscou.

Ela olhou ao redor, surpresa com o novo ambiente.

Estava sentada no reservado nos fundos da lanchonete. Não havia mais ninguém, mas, ainda assim, estava na beirada, como sempre estava quando a panelinha se sentava naquele lugar.

Como ela chegara ali? Por que sentia dor entre as pernas? Por que estava pingando de suor?

Emily tirou a jaqueta. Os olhos se concentraram no milk shake sobre a mesa à sua frente. O copo estava vazio. Até a colher tinha sido lambida. Emily não tinha lembrança de pedi-lo, muito menos de bebê-lo. Estava ali havia quanto tempo?

O relógio na parede marcava 4h16.

O consultório do dr. Schroeder tinha aberto às oito da manhã e Emily estava esperando na entrada quando as portas se abriram.

Oito horas — perdidas.

Ela tinha faltado à escola. A professora de Artes iria dar a ela um feedback sobre o desenho que Emily fizera da avó. Depois ela tinha uma prova de Química, seguida pelo ensaio da banda. Por fim, deveria se encontrar com Ricky no vestiário antes da Educação Física para que elas pudessem conversar sobre... o quê?

Emily não conseguia se lembrar.

Não importava. Nada daquilo importava.

Ela olhou ao redor da mesa, vendo mas sem enxergar. Ricky, depois Blake, depois Nardo, depois Clay. Os seus amigos. A sua *panelinha*. Um deles tinha feito alguma coisa com ela. Ela não estava imaculada. Não era mais virgem. O jeito com que o dr. Schroeder olhara para ela era o jeito com que todos iriam olhar de agora em diante.

— Emily? — Big Al estava de pé ao seu lado. Ele parecia impaciente, como se estivesse tentando chamar a atenção dela havia algum tempo. — Você precisa ir para casa, menina.

Ela não conseguia fazer com que som saísse da sua boca.

— Agora.

A mão dele se fechou em torno do braço dela e a puxou até se levantar, mas ele não foi brusco. Big Al pegou a jaqueta dela e a ajudou a vesti-la, depois pendurou uma alça da mochila em um dos seus ombros. Ele lhe entregou a bolsa.

E tornou a dizer:

— Vá para casa.

Emily deu a volta, atravessou a lanchonete e abriu a porta de vidro.

O tempo tinha virado e Emily fechou os olhos para se proteger de uma brisa forte. O suor secando pinicava a sua pele. Ela sempre amara escapar para a rua. Quando os pais estavam brigando. Quando as coisas na escola ficavam muito difíceis. Quando a panelinha discutia sobre algo que, na hora, parecia muito importante, mas que depois se tornava motivo de riso ou acabava esquecido. Ela sempre saíra para escapar. Mesmo na chuva. Mesmo durante uma tempestade. Havia repouso no abraço sombrio das árvores. Conforto na terra sólida aos seus pés. Absolvição no vento.

Dessa vez, ela sentia...

Nada.

Seus pés continuaram se movendo. Ela enfiou as mãos nos bolsos, mas não se deu conta de que estava indo para casa até erguer o olhar e ver os portões no fim da entrada de carros. Eles estavam enferrujados e já não se fechavam mais. A mãe quisera consertá-los, mas o pai disse que era caro demais e tinha ficado por isso mesmo.

Emily andou pelo caminho sinuoso encarando o vento de frente. Ela não sentiu nenhuma trepidação até a casa surgir à sua frente. Suas pernas não queriam continuar a se movimentar, mas ela se forçou a seguir em frente. Era hora de enfrentar as consequências das suas ações. O dr. Schroeder era um homem de palavra, então já devia ter ligado para o pai de Emily horas antes. A mãe dela, àquela altura, já saberia. Os dois estariam esperando por ela na biblioteca. Ela imaginou que o pai estaria com o cinto nas mãos, o couro batendo na palma enquanto lhe dizia exatamente o que faria.

A temperatura caiu um pouco no interior da garagem. A mão dela se fechou em torno da maçaneta, e ela, de repente, ficou ciente de que podia sentir o metal frio na palma da mão. Emily estendeu os dedos e, num instante, percebeu a sensação fluir de volta para o corpo. Primeiro com os dedos, depois subindo pelos braços até os ombros, descendo pelo peito, pelos quadris, depois pelas pernas e pelos pés. Estranhamente, a última parte a despertar foi o estômago. Ela, de repente, sentiu-se faminta.

A mão se fechou em concha sobre a curva, e ali estava ele. O volume delicado da gravidez. O sinal inconfundível de que havia algo crescendo dentro dela. A gravidade não havia arredondado aquela parte, tinha sido um garoto.

Que garoto?

A porta se abriu.

Ela viu o rosto tenso da mãe. Esther Vaughn raramente demonstrava emoção, mas Emily podia ver que o rímel dela estava escorrendo. O delineador estava tão borrado que ela parecia a pastora da TV, Tammy Faye. Emily teria rido da semelhança, mas então se deu conta de que o pai surgia de trás da porta. A presença dele enchia o corredor atulhado. Se a raiva gerasse calor, elas seriam queimadas vivas naquele momento.

Como em um passe de mágica, a tremedeira parou. Emily se sentiu tomada pela calma. Estava resignada ao que estava prestes a acontecer, até ansiosa para acabar logo com aquilo. Tinha aprendido com a mãe que, às vezes, era melhor apenas se encolher no chão, proteger o rosto com os braços e aguentar os golpes.

E o fato era que merecia aquilo.

— Emily!

Esther a arrastou na direção da cozinha e fechou a porta do corredor atrás delas, caso a empregada ainda estivesse ali. O tom de voz dela era firme, embora baixo.

— Onde você estava?

Os olhos de Emily encontraram o relógio no fogão. Eram quase cinco horas. Ela ainda não tinha lembrança do que acontecera entre a saída do consultório do dr. Schroeder e aquele momento.

— Responda. — Esther puxou o seu braço como se fosse o badalo de um sino. — Por que você não me ligou?

Emily balançou a cabeça, não sabia por quê. A sra. Brickel dissera a ela para ligar para Esther. Por que ela não tinha obedecido? Será que estava enlouquecendo? Aonde tinham ido parar as últimas oito horas?

— Sente-se — disse Esther. — Por favor, Emily, por favor, conte-nos o que aconteceu. Quem fez isso com você?

Emily sentiu a alma querer deixar o corpo outra vez. Ela agarrou a cadeira para se manter no chão.

— Eu não sei.

Franklin seguira as duas até a cozinha em silêncio. Ele cruzou os braços quando se encostou na bancada e não pronunciou uma palavra sequer. Não fez qualquer coisa. O que estava acontecendo? Por que ele não estava berrando, socando, gritando?

— Querida.

Esther se ajoelhou em frente a ela e segurou as suas mãos.

— Por favor, me diga o que aconteceu. Eu preciso saber. Como isso aconteceu?

— Eu estava...

Emily fechou os olhos. Ela viu Clay colocar o ácido na sua língua ansiosa. Não podia lhes contar isso. Eles iriam culpar Clay.

— Emily, por favor — implorou Esther.

Os seus olhos se abriram.

— Eu bebi álcool. Eu não sabia que isso iria... eu apaguei. Acho que apaguei. Então eu acordei e não sabia que algo tinha acontecido. Eu não fazia ideia.

Esther contraiu os lábios enquanto se sentava sobre os calcanhares. Emily podia dizer que o cérebro da mãe estava em funcionamento, perfurando além da emoção à procura de uma solução. Por isso, não havia gritos nem surras. Os pais tinham tido oito horas para gritarem um com o outro.

Naquele instante, estavam lidando com aquilo como faziam com qualquer ameaça ao negócio de ser a juíza Esther Vaughn — do mesmo jeito que lidaram com o tio Fred quando ele foi flagrado naquele bar de homens ou quando o pai de Queijo, o chefe Stilton, trouxera a avó de volta depois que ela fora à mercearia de camisola. Emily conhecia os passos como se tivessem sido entalhados no brasão da família. Identifique o problema. Pague quem quer que seja necessário. Encontre uma solução que mantenha o nome da família fora das manchetes. Siga em frente como se nada tivesse acontecido.

— Emily — disse Esther. — Diga-me a verdade. Não se trata, aqui, de recriminações. Trata-se de soluções.

— As recriminações não estão descartadas — rebateu Franklin.

Esther sibilou para ele como se fosse um gato.

— Emily. Fale.

— E-eu nunca bebi antes.

Quanto mais Emily mentia, mais acreditava em si mesma.

— Eu só tomei um golinho, mãe, juro. Sei que nunca deveria ter feito uma coisa dessas. Eu não sou... eu não sou má. Juro.

Os pais trocaram um olhar que ela não conseguiu decifrar.

Franklin limpou a garganta.

— Foi Blakely, Fontaine ou Morrow. Você só anda com eles.

— Não — disse ela, porque ele não os conhecia como Emily conhecia. — Eles não fariam isso comigo.

— Mas que droga! — Ele bateu com o punho na bancada. — Você não é a Virgem Maria. Conte logo. Algum garoto botou o pau em você e agora você está prenha.

— Franklin! — alertou Esther. — Chega!

Emily observou, chocada, o pai conter a raiva. Ela nunca tinha visto aquilo acontecer antes, já que Esther nunca exercia a autoridade dela em casa. Mesmo assim, de algum modo, ela pareceu estar no controle.

— Mãe. — A garganta de Emily funcionou enquanto ela engolia. — Eu sinto muito.

— Eu sei que sente — disse Esther. — Querida, me escute. Não me importa como isso aconteceu, se você queria ou não, isso não importa. Só nos conte quem foi para podermos acertar isso.

Emily não sabia o que era *acertar*. Ela pensou no que a sra. Brickel dissera sobre opções. Então se lembrou de Nardo soprando fumaça em seu rosto, Blake fazendo alguma observação irônica sobre a calça jeans apertada dela, Clay ignorando-a completamente enquanto ela estava sentada com meia bunda ao seu lado na mesa por quase quinze anos.

Ela se sentiu abalada por um entendimento repentino e completo. Ela não os amava — não do jeito que acreditava amar. Não queria nenhum deles. Nem mesmo Clay.

— Emily. — A mãe continuava a repetir o nome como um mantra. — Emily, por favor.

A filha se forçou a engolir o vidro na garganta.

— Eu não quero me casar.

— E eu não quero ser a porra de um avô! — explodiu Franklin. Seus punhos estavam cerrados, mas ele pressionava as mãos contra os lados do corpo. — Meu Deus, Esther. Nós conversamos sobre isso. Só a leve em algum lugar e livre-se disso.

— Nós conversamos sobre isso. — Esther parou à frente dele, tirando Emily da discussão. — Alguém vai descobrir, Franklin. Alguém sempre descobre.

Ele descartou aquilo com um aceno, saltando para o passo seguinte do guia.

— Contrate alguém. Use dinheiro.

— Quem eu contrataria? Uma das minhas funcionárias? A empregada? — Esther estava de meias, apontando o dedo na cara de Franklin. — Você é o matemático. Calcule para mim quanto tempo levaria antes que alguém aparecesse pedindo dinheiro para não soltar a língua? Quanto tempo antes que tudo pelo que trabalhamos imploda por causa de um erro estúpido?

— Não é o *meu* erro.

— É a sua reputação — retrucou ela. — É você quem vai a conferências e fala em igrejas e...

— Por você! — gritou ele. — Pela sua santificada carreira!

— Você acha que o *Washington Post* daria a mínima para um professor de economia de segunda linha se não fosse pela mulher dele trazer sozinha o Novo Federalismo para o estado de Delaware?

Emily nunca tinha visto o pai acuado. Ele baixou a cabeça e encostou o queixo no peito.

Então perguntou:

— Adoção?

— Não seja ridículo. Você sabe como o sistema de bem-estar infantil é terrível. Daria no mesmo jogar a pobre coisa no mar, e o número de pessoas que teria que ser envolvido na crise cresceria de forma exponencial. — Esther não tinha acabado. — Sem falar que Reagan vai me cortar definitivamente da lista se houver sequer um leve rumor sobre esse tipo de escândalo.

— Como se a sua própria filha não fosse escandalosamente prematura — berrou Franklin. — Vou fazer um pouco de matemática para você. Pode levar anos até que alguém fale e você já vai estar no cargo. Uma nomeação vitalícia. Você poderá mandar todos eles se foderem.

Emily sentiu o vidro voltar à sua garganta. Ela podia muito bem nem estar na sala.

— Você não entende como a oposição pode ser desonesta? Olhe o que eles estão fazendo com Anne Gorsuch. Ela mal ficou na Agência de Proteção Ambiental por um ano e eles já puseram um alvo nas costas dela.

Esther esfregou o rosto com as mãos.

— Franklin, eu não sou uma Kennedy. Eles não vão varrer um escândalo para baixo do tapete quando uma mulher conservadora estiver envolvida.

Emily observou o pai olhar fixamente para o chão. Por fim, ele assentiu com a cabeça.

— Está bem, vamos fazer com que a minha mãe a leve a uma clínica em algum lugar seguro, como a Califórnia ou...

— Você está louco? — Esther jogou as mãos para o alto. — Sua mãe mal se lembra do próprio nome!

— Ela sabe o bastante para ficar de olho na droga do filho!

Esther lhe deu um tapa no rosto. O som foi como o de um galho de uma árvore se quebrando.

Emily sentiu o queixo cair de surpresa. Uma marca avermelhada se espalhou pelo rosto do pai. Ela se preparou para uma resposta violenta, mas Franklin simplesmente balançou a cabeça antes de ir embora da cozinha.

Esther segurou os próprios braços na altura da cintura. Andava de um lado para outro pela cozinha, a mente ainda acelerada na busca desesperada por uma solução.

Emily tentou:

— Mãe...

— Nem uma palavra. — Esther ergueu a mão para detê-la. — Eu não vou deixar que isso aconteça. Não com você e com certeza não comigo.

Emily tentou engolir os cacos de vidro outra vez, mas nada conseguia livrá-la deles.

— Você não vai arruinar a sua vida por isso. — Ela se voltou para Emily. — Por que não me pediu ajuda para se prevenir?

Emily ficou em silêncio com a audácia da pergunta. Por que ela se preocuparia com métodos contraceptivos? Isso era sequer permitido? Ninguém nunca tinha mencionado a possibilidade.

— Droga.

Esther voltou a andar de um lado para o outro.

— Tem certeza de que não quer se casar com ele?

Ele?

— Você vai acabar tendo que se casar, Emily. Não precisa ser o relacionamento que eu e o seu pai temos. Vocês podem amadurecer juntos, podem aprender a amar um ao outro.

— Mãe — disse Emily. — Eu não sei quem é. Eu nem me lembro de ter acontecido.

Os lábios de Esther estavam contraídos outra vez. Os olhos dela examinaram o rosto de Emily à procura de algum truque.

Emily disse:

— O que eu lhe contei sobre o que aconteceu é verdade. Eu... eu bebi alguma coisa. Eu não me lembro do que aconteceu depois. Não sei quem fez isso.

— Sem dúvida, você tem uma ideia.

Emily balançou negativamente a cabeça.

— Eu não acho... eles não fariam isso. Os garotos. Nós somos amigos desde o primeiro ano e...

— Seu pai, pelo menos em relação a isso, está certo. Eles são garotos, Emily. O que aconteceu com você é exatamente o que garotos fazem com garotas que apagam depois de beber.

— Mãe...

— A essa altura, as circunstâncias são irrelevantes. Ou você diz quem é o garoto, qualquer garoto, não me importa, só diga o nome de alguém e nós vamos consertar isso tudo. Ou você vai viver com a vergonha pelo resto da vida.

Emily não conseguia acreditar no que a mãe estava dizendo. Ela sempre falava sobre verdade e justiça e, naquele momento, estava dizendo à própria filha para destruir a vida de alguém, de qualquer um.

— E aí? — disse Esther.

— Eu... — Emily precisou parar para recuperar o fôlego. — Não posso, mãe. Eu honestamente não me lembro. E seria errado... eu não poderia dizer alguma coisa sem ter certeza de que é verdade. Eu não poderia fazer isso com...

— Bernard Fontaine é um vigarista maior que o pai lastimável dele. Eric Blakely vai acabar fritando batatas pelo resto da vida infeliz.

Emily mordeu a língua para não correr para defendê-los.

133

— Você sempre gostou de Clay. Isso seria tão ruim? — Esther visivelmente se esforçava para moderar o tom de voz. — Ele é muito bonito e vai para a faculdade no Oeste. Você poderia se sair muito pior.

Emily tentou imaginar uma vida com Clay. Sempre empurrada para o lado, pendurada desconfortavelmente no ar enquanto ele falava sobre revolução.

Sentiu a cabeça em polvorosa antes que a resposta saísse.

— Não. Não posso mentir.

— Então, a escolha é sua, Emily Rose. Lembre-se disso. Foi você quem fez a escolha.

Esther negou com a cabeça uma vez, significando o fim de uma coisa e o começo de outra.

— Vamos ter que lidar com isso como uma família, do mesmo jeito que sempre fizemos. Você não deveria ter procurado o Schroeder. Por isso, nossas mãos estão atadas. Ele tem uma boca grande e vai contar a todo mundo se você voltar de férias com esse probleminha resolvido. Sem falar naquela enfermeira dele, Natalie Brickel, que provavelmente gargalhou como uma bruxa quando descobriu.

Emily olhou para outro lado. A sra. Brickel tinha sido apenas bondosa.

— Sinto muito.

— Sei que você sente, Emily. — A voz de Esther estava embargada. Ela se virou de costas para que Emily não a visse chorando. — Todos nós sentimos e nada disso importa.

A filha sentiu o lábio inferior começar a tremer. Odiava quando a mãe chorava. Tudo o que Emily podia fazer era repetir as mesmas duas palavras até morrer:

— Sinto muito.

Sua mãe não disse uma palavra sequer. Estava com as mãos no rosto, pois odiava que as pessoas a vissem quando estava mais vulnerável.

Emily pensou em todas as coisas que podia fazer no momento — confortar a mãe, abraçá-la, acariciar as suas costas do jeito que a sra. Brickel acariciara a dela —, mas apoio emocional excedia os limites impostos havia muitos anos. Emily era sempre muito boa em tudo o que fazia, e Esther a observava com aprovação. Nenhuma das duas sabia o que fazer com o fracasso.

Tudo o que restava a Emily era olhar fixamente para as mãos entrelaçadas sobre a mesa enquanto Esther se recompunha. O dr. Schroeder, o pai, eles estavam certos em relação a uma coisa. Aquilo era culpa somente de Emily.

Ela viu todos os erros que tinha cometido se acenderem no gráfico da sua vida, e queria voltar no tempo com o conhecimento que tinha então. Ela não iria a festa idiota alguma e não colocaria a língua para fora como um cachorro nem engoliria cegamente o que quer que fosse posto em sua boca.

Por mais defeitos que Franklin Vaughn tivesse, ele tinha visto através da panelinha de Emily de todas as formas possíveis.

Nardo era completamente falso. Blake falava muito sobre ir para a faculdade com o dinheiro do processo pela morte dos pais, mas todos sabiam que ele acabaria abandonando-a. E Clay — como Emily tinha convencido a si mesma de que Clayton Morrow era merecedor de seu tempo? Ele era arrogante, desalmado e muito, muito egoísta.

Esther fungou e assoou o nariz em um lenço de papel da caixa sobre a bancada. Os olhos dela estavam vermelhos e com círculos escuros ao redor. Devastação estava escrito em sua medula.

Mais uma vez, Emily conseguiu dizer apenas:

— Eu sinto muito.

— Não entendo como você deixou isso acontecer. — A voz de Esther parecia áspera. Lágrimas continuavam a escorrer pelo seu rosto. — Eu queria tanta coisa para você, sabia? Eu não queria que você passasse pelas dificuldades que eu passei. Estava tentando tornar a vida mais fácil para você. Para lhe dar a chance de ser alguma coisa sem precisar sacrificar tudo.

Emily tinha começado a chorar de novo. Estava arrasada pela decepção da mãe.

— Eu sei, mãe, desculpe.

— Agora ninguém nunca vai respeitar você. Entende isso? — Esther juntou as mãos como se estivesse rezando. — O que você fez foi apagar a sua inteligência, o seu trabalho duro, a sua motivação e a sua determinação. Tudo o que você fez de bom até este momento está acabado por causa de cinco minutos de... do quê? Você não pode ter tido prazer. Aqueles garotos mal saíram da puberdade. Eles são crianças.

Emily assentiu, porque ela estava certa. Eles eram um bando de garotos estúpidos.

— Eu queria... — A voz de Esther ficou embargada outra vez. — Queria que você se apaixonasse por alguém que gostasse de você. Que a respeitasse. Você não entende o que fez? Isso agora acabou. Acabou.

A boca de Emily estava tão seca que ela mal conseguia engolir.

— Eu não... Eu não sabia.

— Bom, agora você sabe. — Esther balançou a cabeça uma vez, não para seguir para a solução, mas para indicar que uma decisão final tinha sido tomada. — A partir deste momento, toda vez que alguém olhar para você, tudo o que eles vão ver é uma puta imunda.

Esther deixou a cozinha. Havia uma porta para o corredor, mas ela não a bateu. Não saiu pisando forte no piso de madeira, nem gritou ou socou as paredes. Simplesmente deixou as palavras ecoando em torno da cabeça de Emily.

Puta imunda.

Era isso o que o dr. Schroeder estava pensando quando enfiou aquele instrumento cruel de metal entre as pernas dela. Era isso o que a sra. Brickel estava pensando em segredo. Este rótulo era o que Emily ouviria na escola dos professores e ex-amigos. Clay, Nardo, Blake e Ricky iriam todos dizer a mesma coisa. Seria a cruz que Emily carregaria pelo resto da vida.

— Querida?

Emily se levantou rapidamente da cadeira, chocada ao ver a avó sentada nas caixas de vinho empilhadas na despensa. Ela tinha estado ali o tempo todo. Devia ter ouvido tudo.

— Ah, vovó. — Emily não tinha achado que poderia ficar com mais vergonha. — Há quanto tempo você está aí?

— Estou sem o meu relógio — disse a avó, embora ele estivesse preso na lapela do vestido dela. — Você quer biscoitos?

— Vou pegar.

Emily foi até o armário, abriu a porta. Ela não conseguia olhar para a avó, mas perguntou:

— Vovó, você ouviu o que eles estavam falando.

A avó se sentou à mesa.

— É. Eu ouvi o que eles disseram.

Emily se obrigou a virar para trás. Ela olhou nos olhos da avó, procurando não por julgamento, mas reconhecimento. Aquela era a avó que a criara, que era a sua defensora, a sua confidente? Ou era a avó que não reconhecia os estranhos que a cercavam?

— Emily? — perguntou a avó. — Você está bem?

— Vovó. — Emily soluçou as palavras enquanto caía de joelhos ao lado da avó.

— Pobre ovelhinha — disse a avó, acariciando seu cabelo. — Quanto azar.

— Vovó? — Emily se obrigou a falar enquanto elas tinham tempo. — Você se lembra do início do mês passado, quando eu acordei no chão do seu quarto?

— Claro que lembro — respondeu a avó, mas era impossível saber se ela se lembrava. A memória dela estava piorando a cada dia. Ela frequentemente confundia a neta com a irmã havia muito tempo morta. — Você estava usando um vestido verde. Muito bonito.

O coração de Emily deu um pulo. Ela se viu se aproximando de Clay com a língua para fora para tomar o ácido, usando o vestido de seda verde que pegara emprestado com Ricky.

Ela disse:

— Isso mesmo, vovó. Eu estava com um vestido verde. Você se lembra daquela noite?

— O sapato inglês estava do lado de fora. — A avó deu um sorriso. — Uma bolhinha muito engraçada. Bipe, bipe.

Emily ficou arrasada. Tão rapidamente quanto a avó estivera ali, ela não estava mais. Pelo menos, não ia se lembrar da conversa que Emily tinha acabado de ter com os pais. O que significava que, quanto mais a barriga dela crescesse, mais surpresa a avó ficaria toda vez que reconhecesse a neta grávida.

— Querida?

— Vou pegar os biscoitos. — Emily se levantou para apanhar a caixa. Ela esfregou os olhos com as costas da mão. — Você quer leite?

— Ah, quero, por favor. Eu adoro leite gelado.

Emily abriu a geladeira. Ela forçou a cabeça a voltar para a manhã depois da Festa. Lembrava-se nitidamente de acordar no chão do quarto da avó. O vestido do avesso. As coxas pareciam machucadas. As entranhas latejavam de dor, que ela descartou como cólicas.

Por que não conseguia se lembrar?

— Sapato inglês, sapato inglês, bipe, bipe, bipe — cantarolava a avó. — Como se chama aquilo? O pequeno carro bolha?

— Um carro? — repetiu Emily, botando o copo de leite na mesa. — Que tipo de carro?

— Ah, você sabe do que estou falando. — A avó mordiscou um dos biscoitos. — A traseira dele é baixa. Parece uma coisa da qual sairia um palhaço.

— Uhm... — Emily se sentou na cadeira em frente à avó.

Ela teve outro vislumbre de memória, dessa vez mostrando o interior escuro de um carro. As luzes do painel estavam acesas. A música no rádio estava baixa demais para entender a letra. As mãos de Emily estavam tentando juntar nervosamente um rasgo na barra do vestido de Ricky.

— Eles são mais baixos na traseira — falou a avó. — Os carros com os porta-malas que você vê através do vidro traseiro.

Emily sentiu a respiração ficando rasa como no consultório do dr. Schroeder. Ela voltou a ouvir a música tocando no rádio, mas ainda não conseguia entender a letra.

— Um modelo hatch?

— É assim que se chama? — A avó balançou a cabeça. — É muito estranho ver um homem adulto dentro de uma coisa daquelas.

— Que homem?

— Ah, eu não sei — disse a avó. — Ele deixou você na frente de casa na noite da qual você está falando. Eu o vi pela janela.

Emily sentiu os dentes se cerrando. Mais uma vez, a mente mostrou uma imagem que parecia tão real quanto a que ela não parava de ver de Clay botando o ácido em sua língua. Fora horas depois da Festa. A noite estava tão escura que Emily mal conseguia ver a mão em frente ao rosto. De repente, uma porta de carro se fechou, um motor foi ligado e dois faróis iluminaram a frente da casa. Emily cambaleou. As coxas pareciam assadas, a pele grudenta. Ela olhou para baixo para ver a barra rasgada do vestido verde de Ricky. Então ergueu o olhar e viu a avó parada junto da janela do seu quarto.

Os seus olhares se encontraram. Algo se passou entre elas. Emily se sentia diferente. Suja.

O motor foi ligado. O carro rapidamente deu ré. Emily não precisava se virar para ver como ele era. Estivera no mesmo carro momentos antes, meses antes, pelo menos um ano antes. Pegando uma carona para casa na chuva, pedindo carona para o treino de atletismo. O interior cheirava a suor e maconha e o exterior tinha forma de bolha. A pintura era como um sapato inglês bicolor, marrom-claro no alto, marrom-escuro na parte de baixo. Havia apenas uma pessoa na cidade que dirigia um Chevette assim. Ele era o mesmo homem que a levara para casa na noite da Festa.

Dean Wexler.

CAPÍTULO 4

ANDREA TEVE UMA SENSAÇÃO inexplicável e, possivelmente, infundada de rejeição depois de sair do estúdio de Judith. A mulher que talvez fosse meia-irmã de Andrea não tinha interesse no suposto pai compartilhado. Judith só conhecia a versão da revista *People* dos crimes posteriores de Clayton Morrow. Ela nunca investigara a fundo nem tentara procurá-lo. Não queria saber mais. Na verdade, ela parecia querer saber menos.

— Por que eu daria a ele um segundo de meus pensamentos? — perguntara a Andrea. — Por que *qualquer pessoa* faria isso?

Era uma boa pergunta, uma que Andrea não podia responder sem entregar toda a situação.

Ela segurou o iPhone com firmeza enquanto fazia a volta pelos fundos da casa. Não podia se obrigar a olhar para a tela. Ela conseguira tirar algumas fotos discretamente da colagem de Emily enquanto Judith fechava o estúdio. As ultrassonografias, a foto em grupo, a sinceridade de Emily apenas vivendo a sua vida de adolescente, as anotações. Então Andrea passara o resto do pouco tempo delas juntas escutando a mulher falar de Guinevere, que era mesmo difícil, e da juíza, que Judith conseguira amaciar de granito em barro ao revelar o interesse dela por jardinagem e o apoio ao desejo da neta de estudar Artes em vez de Direito ou Economia ou qualquer coisa que pudesse realmente pagar as contas.

— Minha avó é tão motivada — confidenciara Judith. — Ela me contou que desde o começo estava determinada a não cometer comigo os mesmos erros cometidos com a minha mãe. É um jeito horrível de refazer as coisas, mas ela fez com que significasse algo.

Andrea não ficara para ouvir quais eram os tais erros, embora tivesse a sensação de que Judith estivesse ávida para contar. Era isso o que viver em uma cidade pequena fazia com você. O isolamento e a falta de conhecer alguém novo transformavam você em uma pessoa diferente. Ou você falava demais ou não falava nada.

Apesar dos outros motivos de Andrea, ela se vira desejando que Judith caísse na segunda categoria. Era muito estranho e desonesto conhecer tanto sobre a vida de outra pessoa e fingir o contrário. Por exemplo, podia dizer a Judith que ela estava muito equivocada em relação a uma coisa aparentemente aleatória, mas importante...

A letra na fita cassete não pertencia a Clayton Morrow.

Até onde Andrea sabia, não pertencia a ninguém do grupo de Emily. Todos os depoimentos de testemunhas da investigação original tinham sido escritos pelas próprias testemunhas. Então a letra cursiva quase ilegível de Stilton e o uso infantil de círculos para fazer os "i"s de Ricky Blakely estavam congelados no tempo. Assim como o hábito de Clayton Morrow de usar letras maiúsculas aleatoriamente em sua letra de imprensa. Ele pressionara a caneta com tanta força sobre o papel que a máquina de Xerox tinha captado a sombra dos sulcos.

Aproximadamente às 17h45 de 17 de abril de 1982, eu, Clayton James Morrow, estava parado ao lado do PALCO no ginásio quando Emily Vaughn se aproximou DE MIM e da minha namorada, Rhonda Stein. Sem dizer qualquer coisa, ela ficou olhando fixamente para nós, balançando para a frente e para trás, de boca aberta. Todos perceberam que ela estava intoxicada ou sob efeito de alguma coisa. Muitas pessoas notaram que ela não estava de sapatos e parecia muito perturbada. Obviamente, estava desorientada. Ela permaneceu sem dizer uma palavra sequer até ir embora. As pessoas estavam começando a fazer piadas com ela, o que fez com que eu me sentisse mal. Nós éramos melhores amigos antes de ela sair dos trilhos, por isso me vi responsável pela segurança dela. Fora do ginásio, eu disse a ela para ir para casa. Qualquer um que diga que eu a agarrei está interpretando errado os fatos. Se essas ditas testemunhas estivessem paradas perto o bastante, teriam visto os olhos dela se revirarem. Eu a segurei para que ela não caísse. É isso. Admito que gritei para que tomasse cuidado, e posso ter dito que ela iria acabar morta, mas isso foi apenas preocupação com a segurança dela. Como eu disse, ela estava usando muitas drogas e irritando as pessoas, em especial porque todo cara que tinha OLHADO enviesado para ela foi acusado de estuprá-la. Foi por essa insanidade que me afastei de nossa convivência anterior. Não sei quem é o pai do bebê e francamente não me importo. Tudo o que sei é que não sou eu, porque nunca me interessei por ela. Ela estava mais para uma irmã menor. Se ela acordar do coma, é exatamente o que vai dizer a vocês. Eu, na verdade, estou namorando sério Rhonda, capitã da equipe de líderes de torcida, e temos muitos interesses em comum. Eu nunca desejaria mal para alguém e espero que ela melhore, mas, sendo sincero, isso não tem nada a ver comigo e fico feliz por estar indo para a faculdade em breve. Na verdade, já acumulei créditos para me formar e vou partir em breve. Meus pais podem me enviar o meu diploma, ou podem pendurá-lo na parede. Eu não me importo. Eu estava usando um SMOKING preto naquela noite assim como muitas pessoas, então não sei ao certo por que isso é relevante, mas fui instruído a acrescentar essa informação. Juro que meu DEPOIMENTO é verdade sob o risco das penalidades da lei.

O que mais chamou a atenção de Andrea no depoimento de Clay foi o fato de, descontando a primeira linha, que era obviamente a mesma linha ensaiada de todos os depoimentos de testemunhas, Clay nunca usar o nome de Emily.

Andrea tinha chegado à frente da mansão dos Vaughn. Os dois Ford Explorers ainda estavam estacionados lado a lado, então supôs que Harri e Krump estivessem passando as novidades para Bible enquanto eram rendidos. Ao invés de entrar na casa, Andrea se encostou na parede. Ela abriu o telefone, os dedos se movimentando rapidamente pela tela enquanto fazia uma série de buscas.

"Hurts so Good", de John Cougar, era do álbum *American Fool*.

"Nice Girls" estava no álbum de estreia *Eye to Eye*, que tinha o mesmo nome da banda.

"Love's Been a Little Bit Hard on Me", de Juice Newton, era de *Quiet Lies*.

Andrea buscou o resto da lista, de Blondie a Melissa Manchester e Van Halen. Segundo a Wikipedia, todas as músicas eram de álbuns que tinham sido lançados em abril de 1982. O que significava que qualquer um fazendo a fita tinha estado em contato com Emily semanas, se não dias, antes que ela fosse atacada.

Ela juntou e alisou os lábios, depois olhou rapidamente as fotos da primeira colagem da Judith adolescente. Andrea encontrou anotações técnicas da fita cassete e deu um zoom.

Em 1982, alguém tinha usado uma caneta-tinteiro para escrever os artistas e títulos, mas a tinta tinha borrado. A fonte era quase caligráfica, misturando letra manuscrita com de forma, ao lado da letra cursiva precisa do método

Palmer. Andrea achou que quem quer que tivesse gravado a fita ou fora tomado por uma necessidade artística ou se dera ao trabalho de tentar disfarçar a letra.

À luz do ataque contra Emily, a resposta parecia óbvia.

O celular vibrou na sua mão. Instintivamente, os olhos de Andrea se reviraram antes de ler o nome da mãe na mensagem, porque era óbvio que Laura a havia escrito. Ela tocou a tela e abriu o recado, encontrando uma foto de um casaco da marca Arc'teryx que, Andrea tinha que admitir, combinava perfeitamente com o estilo dela, se não com a atual situação climática. Então, uma nova mensagem chegou, agora com o link de um fornecedor de roupas esportivas em Portland, Oregon.

Eles têm o seu tamanho, digitara Laura. *Eu falei com Gil, o gerente. Ele está lá até às 10 horas.*

— Pelo amor de Deus — murmurou Andrea.

Ela escreveu em resposta: *Não consigo ler por causa do vento forte da hélice do helicóptero.*

Uma porta se abriu no interior da garagem. Ela espichou a cabeça e viu Bible andando na sua direção.

— Desculpe. — Ela ergueu o iPhone. — Minha mãe está se candidatando a mãe atenciosa do ano.

— Sem problema — disse ele, mas ela podia dizer que era um problema. — Harri e Krump queriam dar um alô a você antes de irem embora.

Os dois homens apareceram de trás de Bible, ambos com bem mais de 1,80 metro e, combinados, tão largos quanto uma das entradas da garagem. Ela percebeu pela exaustão em seus rostos que eles queriam ir embora dali.

Bible fez as apresentações:

— Mitt Harri, Bryan Krump, essa é Andrea Oliver, a nossa nova delegada.

— É um prazer. — Harri lhe deu um aperto de mão afetuoso. Ela o reconheceu como o motorista do Mercedes de Judith. Era mais alto que o parceiro, o que significou que teve que se abaixar para passar por baixo da porta da garagem. — Bem-vinda ao serviço.

— Eu digo o mesmo. — Krump se satisfez com um soquinho. — Não deixe que Frangolino faça a sua orelha cair de tanto falar a noite inteira.

Andrea não conseguiu conter um riso. A descrição não tinha passado muito longe.

— Vou tentar.

— Mike é um cara sério — disse Krump, e Andrea parou de rir. — Nunca acreditei nos boatos.

— Nem eu — interveio Harri.

— Ótimo. — Essa foi a única palavra que Andrea conseguiu dizer entre dentes cerrados.

— Um bom negócio. Obrigado, pessoal. Durmam bem. — Bible deu um tapinha no ombro de Andrea, indicando que ela devia seguir o jogo. — A juíza está prestes a subir para dormir. Venha conhecê-la primeiro.

Harri e Krump fizeram uma saudação para ela antes de irem embora. Andrea enfiou o iPhone no bolso enquanto seguia Bible pela garagem. Havia outro Mercedes estacionado perto da porta de garagem mais distante, um S-Class quadradão dos anos 1980 com pintura dourada esmaecida e bancos de couro rachado.

— Sovinice ianque — murmurou Bible.

Andrea sorriu, porque ele estava sendo mais legal do que ela tinha o direito de esperar, considerando que lhe mandara verificar a área e ela acabara em uma aula de trinta minutos de introdução aos métodos de tingimento e colagens de Judith Rose.

Ela disse a ele:

— Encontrei Judith outra vez e Guinevere.

— Estou achando que Guinevere saiu para fumar escondido contra o vento para irritar a mãe — disse Bible. — Você gostou das coisas de Judith?

— Ah... gostei. — Andrea percebeu que estava parecendo diplomática quando, na verdade, se sentia pega no flagra. E então ela percebeu que a diplomacia, provavelmente, não era um jeito ruim de jogar aquilo. — Arte é subjetiva.

— É mesmo, eu sei.

Bible lhe deu tapinhas nas costas em um gesto de camaradagem.

— A juíza está na cozinha com o dr. Vaughn. Eu vou dar uma olhada por aí. Encontre-me na biblioteca, é o lugar cheio de livros.

Mais uma vez, Andrea teve a sensação de ser jogada no fundo da piscina. Ela não iria afundar como tinha ocorrido com o chefe Stilton. Olhou ao redor, tentando se orientar no corredor comprido e escuro, o lavabo com jornais em cima da caixa da descarga. Uma sapateira da idade das trevas. Retratos em preto e branco estilo Winslow Homer de animais de fazenda estavam pendurados tortos numa parede revestida de madeira. Os gritos de Syd, o papagaio, ecoavam pela escada dos fundos e, em algum lugar, havia uma televisão ligada. Era menos parecido com a Sonserina e mais com uma Lufa-lufa decorada pela srta. Havisham.

Ela ouviu o barulho de talheres contra porcelana e supôs que aquilo fosse para atraí-la para a cozinha.

Termômetro, Andrea lembrou a si mesma enquanto seguia pelo corredor. A juíza seria fria, então também precisava ser fria. Ela podia fazer isso, afinal de contas, era filha de Laura.

Ela parou e respirou uma vez antes de entrar na cozinha. Teto baixo com pesadas vigas de carvalho. Bancadas revestidas de Corian. Armários brancos de plástico duro. Falso padrão de tijolos no linóleo desbotado. Lustre dourado acima da mesa de fazenda. Tudo tinha sido refeito na reforma nos anos 1990. A única atualização era uma das colagens muito boas de Judith pendurada ao lado da geladeira.

— Olá, querida.

Esther Vaughn estava sentada à mesa com uma xícara de chá. O marido estava em uma cadeira de rodas ao seu lado, o rosto completamente inerte. Um dos olhos dele estava opaco e olhava fixamente e de um jeito vazio para o alto e para a direita.

— Este é o dr. Vaughn. Você vai ter que perdoá-lo por não falar. Ele sofreu um AVC hemorrágico no ano passado, mas ainda está totalmente *compos mentis*.

Andrea achou que o AVC tinha sido a verdadeira razão da sua aposentadoria. E também por que a neta tinha se mudado de volta para casa na mesma época.

— É um prazer conhecê-lo, dr. Vaughn.

O homem não ofereceu resposta, o que não foi uma surpresa. Devido ao trabalho de Laura como fonoaudióloga, Andrea estava muito familiarizada com os diferentes tipos de AVC e as suas consequências. O hemorrágico era o pior, ocasionado pelo estouro de uma artéria no cérebro, o que poderia levar à hidrocefalia e causar uma pressão intracraniana possivelmente destruidora no tecido ao redor, o que era um jeito educado de dizer dano cerebral.

Esther interpretou o silêncio dela de forma equivocada.

— Cadeiras de roda a deixam desconfortável?

— Não, senhora. Elas me deixam feliz, porque as pessoas que amamos ainda estão conosco. — Andrea voltou às boas maneiras sulistas. — Eu devia agradecer a vocês dois por me receberem em sua casa. Sei que esse é um momento estressante para a sua família. Vou fazer o possível para ficar fora do caminho.

Esther a estudou por um momento antes de perguntar:

— Você gostaria de beber alguma coisa?

Andrea sentiu o termômetro se esforçando para se aclimatar. A imperial, impenetrável e indomável juíza Vaughn não era nem de longe tão imponente quanto o anunciado. O cabelo estava solto do coque firme e pendia de um jeito quase juvenil sobre os ombros. As rugas profundas do seu rosto de 81 anos estavam mais suaves devido à luz da cozinha. Ela era pequena pessoalmente, talvez 1,55 metro de meias, que era o que estava usando com o robe rosa-claro aveludado.

Esther começou a se levantar.

— Tem chá, leite ou...

— Nada para mim, obrigada excelência. — Andrea indicou que ela deveria permanecer na cadeira. A mulher parecia muito frágil, os pulsos delicados como a porcelana da sua xícara. — Eu tenho que ir trabalhar. Por favor, fale comigo ou com o delegado Bible se precisar de alguma coisa.

— Por favor, sente-se por um momento. — Esther indicou a cadeira em frente ao marido. — Nós gostaríamos de conhecer um pouco sobre você, já que, como disse, você vai passar muito tempo na nossa casa.

Andrea se sentou com relutância. Ela não conseguia se lembrar do que devia fazer com as mãos, então as pôs sobre as coxas. Aí percebeu que aquilo poderia parecer estranho, e as entrelaçou sobre a mesa.

Esther ofereceu um sorriso de avó.

— Quantos anos você tem?

— Trinta e três.

— Quase no limite para o Serviço de Delegados.

Andrea assentiu. A idade limite era 37.

— É mesmo, excelência.

— Você não precisa ficar me chamando de excelência, Andrea. Você não está no meu tribunal, e estamos bem ao norte de Savannah.

Andrea forçou um sorriso em resposta. Bible tinha evidentemente dado o currículo dela para a juíza. Aquilo fazia sentido. Andrea estava no espaço privado da família e eles estavam confiando nela para protegê-los. Todo mundo queria saber mais.

— Minha neta me disse que você tem um apreço inesperado por arte — disse Esther.

Andrea assentiu, mas sentiu o corpo entrar em alerta. Havia algum aviso no tom da juíza? Se Franklin Vaughn o havia captado, ele não disse. O seu olho bom ainda olhava fixamente à frente de um jeito vazio.

— Judith é extraordinária — disse Esther. — A mãe dela tinha inclinações artísticas também. Claro, você sabe o que aconteceu com ela.

Mais uma vez, Andrea limitou-se a assentir.

— Tragédias podem acabar com uma família — falou Esther. — Tenho sorte por ter feito com que a minha ficasse mais unida. E Guinevere é a cereja do bolo. Mas não diga a ela que eu disse isso, ela fica envergonhada quando eu a elogio. Imagino que você devia ser igual na idade dela. A sua mãe deve ter tido trabalho.

Andrea resistiu à necessidade de engolir a saliva que inundara a sua boca. A juíza estava tentando obter informações. Ela não poderia saber nada sobre Andrea — pelo menos, nada que importasse. Esther Vaughn não podia ler mentes e não tinha acesso ao arquivo de Andrea no banco de dados do Programa de Proteção de Testemunhas. Nem o presidente dos Estados Unidos poderia desmascarar a verdadeira identidade dela sem uma razão muito boa. A única maneira de Esther Vaughn saber que alguma coisa estava errada era se Andrea dissesse algo estúpido. E ela se esforçou muito para não dizer algo estúpido.

— Fico feliz pela senhora, excelência. Por estar perto da sua família.

Esther pegou a xícara de chá. E bebeu em silêncio, sem dispensar Andrea, mas tampouco se dirigindo a ela.

Andrea se concentrou em manter a respiração regular. Conhecia o jogo da juíza, eles haviam praticado durante interrogatórios falsos em Glynco. Ninguém gostava de silêncios prolongados, mas pessoas culpadas eram particularmente susceptíveis a eles.

— Dr. Vaughn? — Uma mulher de uniforme de enfermeira interrompeu o impasse. — Vou levá-lo para tomar banho. Juíza, a senhora precisa de alguma coisa?

— Não, Marta. Obrigada.

Esther se inclinou na direção dele e deu um beijo no lado da cabeça do marido.

— Boa noite, querido.

Se Franklin Vaughn estava *compos mentis*, ele não tinha a habilidade de demonstrar isso. O olhar dele permaneceu fixo enquanto a enfermeira ajeitou um cobertor sobre as suas pernas, soltou os freios da cadeira de rodas e o empurrou para fora da cozinha.

Andrea tinha se levantado para sair do caminho. Quando ia voltar a se sentar, percebeu que estava melhor de pé.

Esther esticara a coluna, os ombros aprumados. O efeito fazia com que parecesse ter duas vezes a altura da senhora idosa que oferecera chá a Andrea. A implacável, intimidante e indomável juíza Esther Vaughn tinha entrado na cozinha.

— Andrea, sente-se novamente.

Esther pressionou os lábios e esperou até que a ordem fosse obedecida.

— Você precisa perdoar as minhas perguntas. A sua aparição repentina em minha vida me interessa.

Andrea tentou reduzir a própria temperatura para se igualar ao cubo de gelo à frente. Ela logo descobriu que não havia um número dentro dela que fosse baixo o suficiente, então invocou a velha amiga enganação.

— Lamento muito pela morte da sua filha. Posso ver que não ter uma resposta definitiva sobre a identidade do criminoso pesa sobre a senhora.

Esther a encarava tão abertamente que Andrea sentiu como se o cérebro estivesse sendo dissecado. A culpa invadiu os pedaços cirurgicamente cortados de massa cinzenta. A vontade de confessar a deixava irrequieta e lutou para manter a compostura, mas com o tempo o silêncio se tornou insuportável.

— Excelência? — Andrea se remexeu na cadeira. — Mais alguma coisa?

— Sim. — Esther a prendeu no lugar com a palavra. — Trabalhei com delegados por toda a minha carreira federal. Nunca vi alguém ser posto em ação no dia seguinte à formatura. Ainda mais, perdoe-me por dizer, uma mulher.

Andrea sentiu um aperto no estômago. Ela tinha conhecido pessoas como Esther, que pressionavam tanto que ou você desistia ou retrocedia. A velha Andy teria cedido na mesma hora. A nova Andrea estava puta por aquela senhora achar que ela seria tão fácil.

— Não precisa se desculpar — disse Andrea. — Já fui chamada de mulher antes.

O queixo de Esther se ergueu. Estava finalmente entendendo que aquilo não iria ser fácil.

— Acho que estar noiva de outro delegado tem as suas vantagens.

Andrea esmagaria as bolas de Mike com uma marreta se tornasse a vê-lo. Naquele momento, deu de ombros.

Esther continuou:

— Não gosto quando as pessoas manobram para entrar em minha órbita. Isso me faz questionar as motivações delas.

Andrea olhou fixamente para as rugas profundas no rosto dela. A juíza era apenas uma pessoa que sabia como mexer os pauzinhos. Ela era tão indomável quanto o Mágico de Oz parado atrás de uma cortina.

Esther insistiu:

— Você vai me contar a sua motivação?

Andrea canalizou o treinamento de cadete.

— Quero ser a melhor delegada possível, excelência.

— E você escolheu o mundo glamoroso da Divisão de Segurança Judicial para se estabelecer?

— Eu estou experimentando, excelência. O U.S. Marshal permite que você...

— Eu conheço o procedimento de rotação — interrompeu Esther. — Estou por aí há quase tanto tempo quanto os próprios delegados.

Andrea tentou quebrar o ritmo dela.

— Eu não sabia que a senhora tinha sido indicada por Washington.

Esther não sorriu.

— Reagan me botou no cargo. Acho que você não tem ideia de quem foi Ronald Reagan nem o que ele significou para este país.

Andrea não conseguiu impedir que as palavras de Laura saíssem da boca:

— Sei que foi apropriado Reagan ter morrido de pneumonia já que muitos dos sem-teto e pessoas com AIDS que ele ignorou morreram da mesma forma.

Os olhos de Esther se fixaram nela como dois canhões.

Naquele momento, Andrea se lembrou do valor de manter a boca idiota fechada. A juíza tinha um poder verdadeiro, e ela poderia exigir que Andrea fosse removida da sua escolta. Poderia ferrar com a carreira de Andrea antes mesmo que levantasse voo. Andrea revirou o cérebro à procura de um jeito para tirar a si mesma daquele buraco, mas tudo o que conseguia ouvir era a mesma palavra sendo metralhada no seu crânio...

Merda-merda-merda-merda-merda-merda-merda-merda.

— Bom... — Os lábios de Esther estavam tão contraídos que todas as rugas em torno da boca dela pareciam dedicadas a esse único propósito. — Isso, na verdade, foi muito engraçado.

Andrea não estava olhando para uma mulher que tinha achado alguma coisa engraçada.

— Vou deixar você ir trabalhar.

Esther se levantou da mesa, por isso Andrea fez o mesmo.

— Imagino que Peixe-gato esteja na biblioteca, ela fica no fim do corredor à esquerda. Não suba a escada a menos que seja um caso de vida ou morte. Entendo que vocês têm um trabalho a fazer, mas o dr. Vaughn e eu esperamos manter um pouco de privacidade. Entendido?

— Sim.

A sua espinha virou aço novamente.

— Sim?

Andrea captou, dessa vez, o aviso em alto e bom som.

— Sim, excelência.

Andrea dormira de forma tão agitada na cama horrível do Beach, Please Motel que acordou com ressaca. Doze horas andando pela propriedade escura dos

Vaughn eram como tentar encontrar Wally no primeiro círculo do inferno de Dante. Tudo o que podia fazer no momento era olhar para o teto e rezar para que a dor de cabeça passasse. Ela teve um sonho aterrorizante em que estava sentada na cozinha da juíza enquanto uma aranha grande estendia os braços peludos e compridos. Andrea não conseguia se mexer enquanto a aranha a atraía para a sua boca monstruosa com muitas presas. Ela acordou no susto, tentando escapar, e então caiu pela borda do colchão e atingiu o chão.

O segundo dia da sua carreira de delegada estava começando de maneira fantástica.

O iPhone avisou da chegada de uma mensagem de texto. Andrea o ignorou, supondo que sua mãe havia descoberto outro casaco no Oregon. Ela aumentou a música que estava ouvindo. Andrea tinha baixado todas as músicas da fita de Emily. Tinha ouvido alguns dos artistas, mas ficou mortificada por sua favorita ser uma mulher mais velha que atendia pelo nome de Juice Newton.

Andrea fechou os olhos, mas não conseguiu voltar a dormir. As colagens de Judith flutuavam no seu cérebro, a mais nova com as ameaças de morte contra a juíza, a mais antiga, que uma Judith adolescente tinha usado para tentar lidar com os sentimentos conflitantes sobre a mãe. A fita. As palavras soltas — *Continue a trabalhar nisso... Você vai descobrir a verdade!!!* A foto do grupo de Emily com os três homens que mais tarde seriam os principais suspeitos do seu assassinato.

As anotações do chefe Bob Stilton diziam que o ataque muito provavelmente tinha ocorrido entre 18 horas e 18h30. Ele não explicava como estabelecera essa janela, mas Andrea não tinha outra escolha além de aceitá-la. A arma usada para espancar Emily fora a madeira de um pallet de carga no beco, e era possível supor que o ataque tinha sido oportunista ou no calor do momento ao invés de planejado. O que fazia sentido, porque o agressor obviamente estava furioso.

Stilton presumira que o corpo de Emily tinha sido removido imediatamente após o ataque, mas Andrea não tinha tanta certeza. O próprio diagrama do homem mostrava que o beco tinha quinze metros de comprimento e aproximadamente um metro de largura. Os dois prédios tinham cerca de cinco metros de altura, com beirais de trinta centímetros. Mesmo em plena luz do dia, havia, talvez, muitas sombras em que você poderia esconder um corpo, sem falar que os três grandes sacos de lixo pretos do restaurante forneciam camuflagem excelente.

Andrea verificara os dados meteorológicos daquela tarde de sábado. Limpo, sem previsão de chuva. O sol se pusera às 19h42. Se Andrea estivesse tentando se livrar de um corpo, com certeza teria esperado até escurecer.

O que dava a todos os suspeitos da lista tempo suficiente para serem vistos no baile antes de voltarem e se livrarem do cadáver. Nenhum deles tinha um álibi perfeito, nem Eric Blakely, que admitiu ter sido a última pessoa conhecida a falar com Emily naquela noite e tinha testemunhas que apoiavam a sua versão. Dois colegas de turma disseram tê-lo visto no interior do ginásio durante a janela de tempo do ataque.

Registros médicos registraram que Emily estava pesando 69 quilos no sétimo mês de gravidez, e carregar tamanho peso não teria sido impossível para um garoto de 18 anos, mas também não teria sido fácil. Automóveis eram proibidos no calçadão. Os píeres de madeira, provavelmente, não aguentariam o peso de um carro, então o suspeito teria estacionado na Beach Road, ido até o fim do beco, pegado Emily, voltado até o carro e colocado ela na mala.

Dali, era uma viagem de quinze minutos até o Skeeter's Grill, onde, como constava no depoimento do garoto que tinha encontrado Emily na lixeira, a maioria dos funcionários saía por volta das dez da noite, embora o restaurante só fechasse à meia-noite. Ele avisara sobre o corpo às 23h58. Emily estava nua, provavelmente porque seu vestido de baile de cetim azul teria sido facilmente identificado, ou talvez porque o assassino estivesse preocupado com possíveis provas. De qualquer forma, o rosto de Emily estava irreconhecível, e ela não tinha identificação, bolsa ou carteira. Um paramédico a havia declarado morta, mas então outro vira a mão dela se mexer e dera início ao processo de reanimação cardiorrespiratória.

Então, sete semanas depois, Judith foi removida do seu corpo.

Andrea se virou para o lado, o cérebro começando a ficar sobrecarregado. Não havia espaço para baixar tudo aquilo. Ela olhou o telefone para verificar a hora, tinha perdido uma mensagem de texto de Mike às 8h32 daquela manhã. Andrea sentiu um tremor no coração, depois um outro tremor em outro lugar.

Ele lhe enviara uma fotografia de um pequeno bando de animais bebendo de um lago, depois enviara três pontos de interrogação.

— Mas que... — Ela olhou atentamente para os animais, tentando descobrir o que eram, e então decidiu que era cedo demais para investigar. Ela rolou de costas e fechou os olhos. O cérebro se encheu de Juice Newton por um minuto de alegria antes que ela abrisse o browser para pesquisar...

Animais que parecem uma mistura de búfalo com gazela.

A Wikipédia respondeu: "Gnu".

— Gnu? — murmurou ela, e continuou: — Notícias.

A confirmação de leitura tinha sido enviada, então Mike sabia que ela tinha lido a mensagem. Andrea estava tentando decidir se respondia ou jogava o celular do outro lado do quarto quando os três pontos se mexeram, indicando que Mike tinha mais a dizer. Ela viu a mensagem aparecer.

Você esqueceu o meu número outra vez?

Andrea tocou o espaço da mensagem, mas não digitou. Ela queria pensar em Mike vendo os três pontos se mexendo de seu lado. Deixou Juice terminar de se lamentar pelo amor ser um pouco difícil antes de escrever em resposta.

Ainda o da emergência, certo?

Os pontos se moveram de novo. E de novo. E de novo.

Tudo por um emoji de sinal de positivo.

Andrea fechou o aplicativo. Ela segurou o telefone junto ao peito e olhou fixamente para o teto outra vez. Não ia se permitir se enrolar com Mike naquele momento. Em vez disso, concentrou os pensamentos na cozinha da família Vaughn, invocando o lustre dourado e as bancadas revestidas de um plástico laminado, a juíza se desenrolando como uma aranha sobre a mesa.

Andrea tinha se convencido na noite anterior de que Esther Vaughn não sabia qualquer coisa sobre as manobras de Jasper nem sobre a conexão de Andrea com Clayton Morrow. Naquele momento, ela estava pensando melhor. Uma juíza federal podia conseguir todo tipo de informação, e Esther Vaughn não estava exagerando quando disse que estava por aí havia quase tanto tempo quanto o Serviço de Delegados. Levando-se em conta que a idade média de um congressista era nove mil anos, ela, provavelmente, tinha muitos amigos em posições importantes. Claro, era ilegal examinar as bases de dados dos delegados, mas se os últimos anos haviam ensinado alguma coisa ao mundo era que políticos não jogam de acordo com as próprias regras.

Ela permitiu que os músculos se retorcessem impulsivamente na direção do celular, mas acabou não fazendo a busca — *quem pode descobrir se você está no Programa de Proteção de Testemunhas?*

— Oliver! — Bible socava a porta enquanto gritava o seu nome. — Oliver! Você já acordou?

Ela gemeu quando se forçou a sair da cama. Sabia que era Bible, mas ainda olhou entre as cortinas da janela. O sol atingiu as suas córneas como lasers e ela ficou tão cega que não conseguia ver a hora no celular. Andrea abriu a porta, usando a mão como visor para que a perda de visão não se tornasse permanente.

— Ainda está de pijama? — perguntou Bible.

Andrea não ia se desculpar pelo short e a camiseta combinando.

— Que horas são?

Ele olhou para o relógio, embora já devesse saber.

— Bem tarde. Mas eu achei que você quisesse dar uma corrida comigo.

— Corrida? — Ela sentiu a cabeça balançar. Era como se ele não estivesse falando inglês. — Que horas são?

— Be-e-e-e-em depois das onze horas. Tipo, praticamente meio-dia. — Ele começou a quicar sobre os dedos dos pés. — Vamos lá, vamos dar uma corrida. Vai fazer bem para você ativar essas endorfinas no seu cérebro. Eu não queria dizer isso antes, mas, se você puxar o freio depois do treinamento, nunca mais vai voltar à forma.

— Eu... — Andrea se virou para olhar a cama com desejo. Se era pouco mais que onze horas, isso significava que ela tinha sete horas antes de ter que voltar ao trabalho.

Ela olhou para Bible outra vez.

— O quê?

— Fantástico. — Ele bateu na própria barriga, fazendo um ritmo com as duas mãos. — Sabe o que dizem, Oliver. Os delegados magros amam as suas mulheres.

— O q...

Ela não podia perguntar *o que* novamente. Os dois tinham tido talvez quatro horas de sono. Como em nome de Deus ele tinha tanta energia?

— Bible, eu...

— O recepcionista me disse que tem uma bela trilha do outro lado da estrada que leva para a floresta. Bota você diretamente nos fundos daquela fazenda de hippies da qual o chefe Queijo estava falando ontem.

Ele estava apontando para longe do motel, mas ela não conseguia ver além do seu dedo.

— Vamos tomar café depois. Eu adoro panquecas, bacon, ovos... Eles não têm biscoitos, mas eu mencionei panquecas? Obrigado por se juntar a mim, parceira. Vou esperar do outro lado da rua.

Andrea ainda estava tentando formar uma frase quando ele estendeu a mão para pegar a maçaneta e fechou a porta. A voz dele estava abafada do outro lado enquanto gritava um *bom-dia* animado demais para alguém no estacionamento.

Ela se recostou na porta. A dor de cabeça tinha piorado devido à luz inclemente do sol. Andrea queria desesperadamente voltar para a cama, por isso se forçou a não fazer isso. Mais um precipício do qual ela se permitiu cair.

Estava com preguiça demais para mudar a camiseta do pijama, mas encontrou um top na bolsa, pelo bem da decência. O short de corrida era uma bola amarfanhada enfiada em um dos bolsos laterais. Ela estava procurando um par de meias combinando quando finalmente entendeu a importância do pedido de Bible.

Ele queria checar a fazenda dos hippies.

Aquilo não podia ser mera curiosidade. Era óbvio que Bible estava investigando as ameaças de morte, não importava que tivesse dito que não era trabalho dele. Talvez a investigação alternativa de Andrea do assassinato de Emily Vaughn viesse a se alinhar com a dele. Ela enfiou os pés nos tênis e prendeu o cabelo na parte de trás da cabeça. Os óculos escuros estavam empenados depois de terem sido jogados na bolsa, mas Andrea usou os dentes para endireitar a haste antes de colocá-los.

Do lado de fora, o sol estava tão inclemente quanto antes, e ela tinha que lidar com o calor. Andrea olhou para a esquerda, depois para a direita. A casa da juíza ficava a menos de dois quilômetros de distância. O centro da cidade estava a uma caminhada de cinco ou dez minutos na direção oposta. A lanchonete estaria aberta. Eles teriam panquecas, café quente, cadeiras nas quais ela poderia se sentar e mesas nas quais apoiaria a cabeça e pegaria no sono.

— Parceira! — Como prometido, Bible estava do outro lado da rua, quicando na ponta dos pés como um canguru ansioso. Ele bateu palmas, gritando:
— Vamos lá, Oliver!

Os pés de Andrea se arrastaram sobre o asfalto enquanto ela lutava para seguir em frente. Bible desapareceu alegremente por uma trilha de terra batida. Não havia energia nos seus passos quando ela o seguiu. Ele estava vários metros à frente quando o corpo dela se lembrou da mecânica de correr, mas todas as juntas resistiram ao exercício. Ainda assim, ela manteve as mãos soltas, os cotovelos junto ao corpo.

À frente, Bible fez uma curva fechada e entrou mais fundo na floresta. Andrea achou que eles estivessem em uma velha estrada de madeireiros e tentou se localizar. A trilha se afastava do motel, seguindo quase de forma perpendicular ao mar. O sol estava diretamente acima da sua cabeça. Enquanto isso, todos os tendões do corpo gritavam a mesma pergunta:

Por que ela não estava na cama?

Andrea tentou abafar o ruído enquanto se impulsionava adiante. Ela dizia, em silêncio, um nome diferente a cada passo.

Clayton Morrow, Jack Stilton, Bernard Fontaine, Eric Blakely, Dean Wexler.

Um estava na prisão. Um era policial. Um parecia um babaca. Um tinha uma irmã que trabalhava em uma lanchonete. Um deixara o emprego de professor sem constar na página *Onde eles estão agora?* do site da escola.

Clayton Morrow. Bernard Fontaine. Eric Blakely. Dean Wexler. Jack Stilton.

Andrea podia sentir os músculos recobrando a memória do exercício. Depois de algum tempo, felizmente, a dor começou a passar. As endorfinas fluíram e ela conseguiu erguer a cabeça sem fazer uma careta.

Bible estava três metros à frente. Os olhos de Andrea começaram a focar, a reunir os detalhes. Ele estava usando uma camiseta azul-escura do Serviço de Delegados e short de corrida preto. Os tênis estavam desgastados no calcanhar. Os músculos das pernas dele tinham a definição que vinha de se exercitar na academia. Ela podia ter passado a hora seguinte se perguntando por que Bible a chamara para acompanhá-lo no que era nitidamente uma missão de reconhecimento, quando o que devia ter feito no motel era ligar para Mike. Ele podia ter lhe informado sobre todas as notícias em relação a Leonard "Peixe-gato" Bible.

— Você está bem? — Bible olhou para ela, que vinha atrás. O cara não estava nem suando.

— Estou — bufou Andrea em resposta.

Por hábito, a língua tocou a elevação na sua bochecha resultante de cerrar os dentes. O estômago estava surpreendentemente bem. Bible estava se segurando, mantendo a corrida leve por ela. Andrea percebeu que ele estava esperando que o alcançasse, e quando a trilha ficou mais larga, ela pegou o ritmo.

Eles correram em uníssono, os pés atingindo o chao ao mesmo tempo, embora o passo dele fosse cerca de trinta centímetros mais largo que o dela. Andrea estava tentando pensar em um jeito de dar a ele uma abertura, mas Bible foi mais rápido que ela.

— Tenho uma confissão a fazer — disse ele.

Andrea ouvia a respiração saindo dos seus pulmões.

— Talvez esteja acontecendo alguma coisa que vamos precisar investigar na fazenda.

Andrea olhou para ele. O exercício tinha deixado as cicatrizes no rosto dele cor-de-rosa.

— Ouvi da mulher que é dona da lanchonete que encontraram um corpo no campo. — Bible olhou para ela. — Parece que foi suicídio.

Andrea quase tropeçou. Isso é uma coincidência do caralho.

— Por que você ouviu isso na lanchonete? O chefe não ligou para você?

— Bom, essa é a parte maluca, não é?

Ela saltou uma raiz que se elevava do chão.

— Nem um pio do velho Queijo, mesmo eu tendo pedido especificamente a ele que me informasse se soubesse de qualquer suicídio. Aqueles campos ficam bem no meio da sua jurisdição. Ele telefonou para você?

Andrea negou com a cabeça, embora não tivesse verificado o celular do trabalho. O aparelho estava no seu quarto e, por hábito, ela enfiara o iPhone no bolso ao se encaminhar para a porta.

— A vítima é mulher — disse Bible. — Mais para jovem. Não se encaixa em nosso perfil, mas não sei dizer por que Queijo não chamou nossa atenção para ela. Isso faz com que eu me pergunte o que mais esse sujeito astuto está escondendo.

Andrea pensou que Queijo podia estar escondendo muita coisa.

— O que você sabe sobre a fazenda?

— Além de que é hippie?

Andrea lançou um olhar na direção dele. Eles não podiam ficar de fingimento por muito tempo.

— Começou em meados dos anos 1980 — disse ele. — Alimentos orgânicos na época em que ninguém ligava. Eles cultivam favas, depois as assam e temperam e as embalam como petiscos. São chamados de Os Feijões Mágicos de Dean. Já ouviu falar neles?

— Não — respondeu Andrea, embora tivesse ouvido falar de um homem chamado Dean.

Aproximadamente às 16h50 de 17 de abril de 1982, eu, Dean Constantine Wexler, estava dirigindo o meu carro pela Richter Street a caminho do baile onde cuidaria dos jovens. Tive que desviar para não a atingir. Ela estava completamente descontrolada. Não sei se estava usando drogas, não a conheço bem o bastante para fazer uma distinção. Ela fora minha aluna por apenas um ano. Ainda assim, senti alguma responsabilidade como adulto e professor. Estacionei o carro e desci para falar com ela. É o meu dever como professor comunicar sobre alunos que não estão indo bem. Emily estava usando um vestido de baile e disse estava indo para lá. Só destaco isso porque ela foi expulsa da escola meses antes por perturbar as aulas. Ela não estava usando sapatos e eu não notei uma bolsa. O cabelo estava despenteado. Eu disse a ela para ir para casa imediatamente. Ela discutiu comigo e tenho que admitir que me tirou do sério. Eu não queria estar perto dessa garota. Você tem que entender que ela está circulando há meses acusando completos estranhos de a terem engravidado. Se Melody Brickel está dizendo que empurrei Emily contra o carro, eu diria para levarem a fonte em consideração.

Houve gritos, admito isso. Eles vieram principalmente de Emily. Ela começou a me acusar de todo tipo de crime, ao que eu respondi algo na linha de "Cuidado com o que você está dizendo", ou "Você não tem nada a dizer". Não me lembro exatamente, porque na hora tudo o que eu queria era me afastar dela. Você vai ter que perguntar a Melody Brickel por sua opinião com base em algo que ela alega ter visto a 60 metros de distância. As duas são garotas detestáveis e incontroláveis. Sei que todos dizem que Emily vem de uma boa família, mas isso prova a coisa da natureza/criação na minha opinião. Os jovens que moram em bolhas ultraconservadoras sempre racham quando o mundo real os atinge. Tenho consciência de que Emily está em coma, mas isso não tem qualquer coisa a ver comigo. Não tenho ideia de quem é o pai do bastardo, e posso afirmar enfaticamente que não tem como ser eu. Quero todos eles fora de minha vida. Se eu tivesse condições de deixar o meu emprego, estaria ajudando pessoas que realmente precisam ao invés de desperdiçar os meus talentos nesta cidade esquecida por Deus. Fui instruído a dizer o que estava vestindo naquela noite e foi um terno preto com gravata, mas todo mundo estava de preto. Juro que o meu depoimento é verdade sob o risco das penalidades da lei.

Bible perguntou:

— Como foi com a juíza ontem à noite?

— Vamos ver se ela me deixa tornar a entrar na casa.

Andrea se perguntou por que ele não estava falando sobre o corpo no campo.

— Eu fiz uma piada de mau gosto sobre estar feliz por Reagan estar morto, e ela subiu para o quarto.

Ele riu.

— Pode ficar tranquila, Oliver. Ela amoleceu depois de velha.

Andrea odiou pensar em como seria uma juíza não amolecida. Mas Esther Vaughn não era a razão para Andrea estar correndo pela floresta com a camiseta de dormir.

— Quando você diz que a dona da lanchonete contou a você sobre o suicídio, você está falando em Ricky Fontaine? A mulher mais velha de cabelo cacheado que nos serviu ontem à noite?

— É.

Ele lhe lançou aquele mesmo olhar astuto que Andrea tinha lhe dado antes.

— Um dos motoristas do armazém começou a falar na lanchonete. Disse que uma garota não tinha aparecido para o turno nessa manhã. Trabalhadores rurais a encontraram no campo por volta das 9h30. Pode ter tomado um monte de comprimidos. Eles avisaram ao chefe, mas o chefe não ligou para os delegados amigáveis dos EUA.

Andrea murmurou uma não palavra, porque tinha medo de que uma palavra de verdade pudesse entregá-la.

— Por aqui.

Bible a levou por um dos lados de uma bifurcação da trilha, ele nitidamente tinha estado ali antes. O fato de levar Andrea para dar uma outra olhada tinha que significar alguma coisa. Ele sem dúvida não a havia levado como apoio. Nenhum deles estava armado. A identificação e a estrela de prata de Andrea estavam no interior do cofre no motel, em segurança junto com a Glock.

A trilha fazia uma curva fechada, depois continuava até se abrir em um vasto campo aberto. A luz do sol transformava as fileiras de plantas verdes e esguias em um carpete luxuriante. Andrea nunca tinha visto favas. Ela teria dito, devido às vagens compridas e cerosas, que estava diante de ervilhas ou feijões-fradinho. Uma estufa descia pela encosta seguinte, com o vidro brilhando à luz do sol. As construções nas cores do arco-íris e as bandeirolas festivas penduradas na varanda que envolvia a casa lhe disseram que tinham chegado na fazenda hippie.

A vibração tinha sido fortemente afetada pela tenda branca e brilhante da polícia no meio do campo. Fita amarela isolava a cena, cercando dez fileiras de plantas, cada uma com um metro de distância entre elas. Uma caminhonete azul de fazenda com pneus extragrandes para cuidar das plantas estava em cima de uma das fileiras.

Ao se aproximarem, Andrea sentiu um calafrio. Ela aprendera dois anos antes que a morte tinha uma imobilidade que alcançava a alma. Os batimentos cardíacos desaceleraram, a respiração ficou mais profunda. O suor na pele pareceu desaparecer.

Alguém tinha coberto o corpo com um lençol branco, colocado por cima de um quadril curvo. A mulher tinha morrido deitada de lado. Pelo cheiro adocicado, Andrea imaginou que ela não estivesse ali por mais de algumas horas, o que batia com o que dissera o motorista do armazém. O corpo tinha sido encontrado por volta das 9h30.

Bible ergueu a fita da polícia e a segurou para Andrea. Ele acenou com a cabeça para dois trabalhadores da fazenda. Ou pelo menos Andrea supôs, por seus macacões e pelo fato de estarem apoiados na velha picape Ford, que os homens eram trabalhadores da fazenda. Eles pareciam tensos, ao contrário dos três policiais uniformizados que circulavam em torno do perímetro da tenda. Dois estavam olhando os celulares, um estava com as mãos nos bolsos; pouca coisa acontecendo até onde qualquer um deles sabia. Ela reconheceu o chefe Jack Stilton por sua forma. Estava debruçado na janela da viatura policial com o rádio junto à boca e tinha claramente visto Andrea e Bible no início da trilha. O desprazer dele atravessava a distância como o estado de Washington cruzando o rio Delaware.

— Chefe Queijo! — Bible acenou com a mão no ar. — Como vão as coisas, parceiro?

Andrea observou Stilton sair sem pressa do carro. A multidão tinha se animado. Mãos saíram de bolsos. Celulares foram guardados. Os trabalhadores da fazenda trocaram um olhar cauteloso. Eram dois homens brancos, um com pouco menos de 60, o outro com cerca de 65 anos. O cara mais velho tinha um cabelo comprido e desgrenhado e usava uma camiseta tingida artesanalmente que o colocava sem dúvida na categoria de hippie.

O cara mais novo tinha um cigarro pendurado nos lábios e uma expressão selvagem que lembrou Andrea de uma foto que ela tinha visto na noite anterior.

O próprio Billy Idol de Delaware.

Bernard Fontaine teve a audácia de piscar para Andrea, mas ela manteve a expressão fixa. Havia uma jovem morta no chão entre eles, além de outra que tinha sido jogada em uma lixeira quarenta anos antes. Nardo conhecera as duas.

— Chefe, você deve ter se esquecido da nossa conversa de ontem à noite. — Bible fechou a mão em torno de um dos ombros de Stilton. — Achei que tinha pedido a você para me avisar de qualquer suicídio.

O olhar do chefe foi de Bible para o corpo coberto.

— Bom, delegado, são os primeiros dias. Na verdade, não sabemos se foi suicídio.

Andrea deu a ele pontos pelo jeito desafiador. A tenda tinha sido erguida para bloquear os olhos, mas ninguém estava usando traje de proteção. Ninguém estava tirando fotos. Não havia marcadores identificando possíveis provas no chão.

Ela perguntou a Stilton:

— Chamaram o legista?

— O que você acha que eu estava fazendo, querida?

— Por que você não me conta, querido?

Andrea ouviu os risos, o que tornou a situação ainda mais enfurecedora. Parecia que ninguém estava levando aquilo a sério. Ela tinha trabalhado como atendente do número da emergência e sabia quais eram os procedimentos quando um corpo era encontrado. Os policiais que respondiam ao chamado não armavam uma tenda, não solicitavam apoio nem cercavam a cena antes de alertar o legista. No mínimo, já deveria haver alguns veículos dos bombeiros na estrada, e com certeza uma ambulância.

E ninguém — nunca — devia presumir que só porque parecia suicídio a vítima tinha cometido suicídio.

— Ela só está provocando, chefe.

Bible apoiou a mão em uma das estacas da tenda.

— Acho que essa é a fazenda dos hippies de que você estava falando. Sem ofensa.

A última parte foi dirigida ao velho hippie, que disse:

— Não me ofendi.

Bible olhou para o corpo, o lençol estava agitado por uma brisa. Ele se agachou, perguntando a Stilton:

— Você se importa se eu der uma olhada?

— Me importo, sim.

Stilton cruzou os braços sobre o peito.

— Não quero ser difícil aqui, mas os delegados não têm jurisdição nesse tipo de caso.

Bible perguntou:

— Que tipo de caso é esse?

O olhar de Stilton não conseguiu parar em lugar algum. Ele foi do hippie para Nardo, para os assistentes e, em seguida, novamente para Bible. Era nítido que ele não queria um delegado ali. O que era estranho, já que policiais geralmente eram como cães. Ficavam animados quando havia outros policiais por perto.

Andrea tentou descobrir por que tudo parecia tão estranho. Aquela era a sua primeira cena do crime de verdade, mas só Bible e Andrea pareciam apreciar a solenidade da situação. O chefe os queria fora dali e os policiais não sabiam de coisa alguma. Nardo estava nitidamente entediado, o velho hippie, concentrando toda a sua atenção em enrolar um cigarro. Ele tinha a idade de outra pessoa na lista de suspeitos de Andrea: Dean Wexler. O fato de estar ali com Bernard Fontaine dizia algo que ela não conseguia entender. Por fim, perguntou ao velho hippie:

— Você é Dean Wexler?

Ele pôs a língua para fora para molhar o papel de enrolar.

— Sim, sou eu.

Andrea não conseguiu dar pulos em comemoração. Nem poderia se transformar em um termômetro, porque ela mal registrava a temperatura de Wexler. Nem ele nem Nardo pareciam preocupados com as circunstâncias, o que mais uma vez dizia algo que Andrea ainda não entendia.

Ela perguntou a Wexler:

— O que você está cultivando aqui?

Ele girou o cigarro e o levou aos lábios.

— *Vicia faba.*

Andrea riu, mas só porque Dean Wexler parecia o tipo de homem que não gostava que mulheres jovens rissem dele.

— É um jeito sofisticado de dizer favas.

O maxilar dele ficou tenso. Os olhos de pálpebras pesadas brilharam com uma ameaça silenciosa.

— Delegado — interveio Stilton, falando com Bible. — Agradeço a sua ajuda, mas podem continuar correndo. Nós cuidamos disso.

— O que é *isso*? — perguntou Bible.

Stilton soprou ar pelos lábios, demonstrando paciência.

— Temos uma garota, uma garota nova, que, provavelmente, tomou uma overdose de drogas. Ela tinha problemas há algum tempo e essa não é a primeira vez que ela tentou isso.

— Ah, bom — disse Bible. — Ela é a que você tirou do oceano no Natal passado ou a que cortou os pulsos há um ano e meio?

Andrea sentiu a tensão se apertar como uma corda.

Em Glynco, eles faziam todos os cadetes treinarem a ouvir os próprios corpos. O impulso de lutar ou fugir era muito mais perceptível que qualquer um dos outros sentidos. Ela manteve a atenção em Nardo e no hippie: havia algo neles que parecia perigoso. Pela primeira vez na vida, desejou estar armada.

— Detetive — disse Stilton —, corrija-me se eu estiver errado, mas esta situação não parece ter nada a ver com a missão que trouxe você e a sua parceira para minha cidade.

Bible olhou para Stilton.

— O engraçado em ser um delegado dos Estados Unidos é que somos apenas uma das duas agências de segurança encarregadas da tarefa abrangente de aplicar a lei federal. Não estamos limitados a alfândega e fronteiras. Nem a álcool, tabaco e armas de fogo. Nem à receita interna. Nós ficamos com todas as leis, grandes e pequenas, recém-saídas das gráficas ou remontando a 4 de março de 1789, data da constituição dos Estados Unidos.

Stilton parecia desconfortável, mas deu de ombros.

— E daí?

— Código penal 482-930.1 diz que é uma violação de lei federal qualquer pessoa acabar com a vida pelas próprias mãos. É das velhas, mas é boa. Isso remonta à lei comum inglesa.

Bible piscou para Andrea, porque os dois sabiam que ele estava blefando.

— O que você acha, parceira?

— Para mim isso parece uma jurisdição — respondeu ela.

Stilton ajustou a abordagem.

— Agora, a primeira coisa que eu disse a vocês é que não temos certeza se foi ou não suicídio.

Bible não observou que a história dele era um pouco enganadora. Ao invés disso, sacou um par de luvas cirúrgicas do bolso do short de corrida. Ele tornou a piscar para Andrea, finalmente reconhecendo que tinha ido preparado.

— Isto é uma cena de crime, delegado. Você precisa esperar o legista. Não podemos perturbar...

Andrea perguntou:

— Quem pôs o lençol sobre o corpo?

Wexler limpou a garganta.

— O cara que a encontrou.

Ricky dissera que um trabalhador da fazenda havia encontrado o corpo. Andrea podia ver apenas dois homens no campo.

— Então a cena já foi perturbada.

Bible tornara-se totalmente sério e profissional. Ele não falou. Apenas se ajoelhou e delicadamente ergueu o lençol.

Alguém engasgou. Andrea ficou muito orgulhosa de não ter sido ela.

Mesmo assim, sentiu um nó no estômago.

Ela tinha visto corpos no necrotério de Glynco, mas tivera muito tempo para se preparar para a experiência. Todos os mortos tinham doado os corpos para a ciência, então parecia haver um entendimento entre você e o morto. Tudo era solene e previsível, você estava ali para aprender e eles estavam ali para lhe dar essa oportunidade.

Naquele momento, Andrea se sentiu tomada pelo choque de uma morte repentina.

Assim como com as colagens de Judith, ela podia apenas processar a emoção, que chegava à beira de ser esmagadora. Andrea se forçou a ver os detalhes, um frasco de remédio controlado no chão, espuma rosa seca em torno da boca, cabelo loiro sujo, pele com palidez mortal, dedos azulados curvados contra a palma de uma mão manchada de vermelho. A mulher estava no campo havia horas e a gravidade fizera com que o sangue fosse para as partes do seu corpo que tocavam o chão. O lençol tinha se amarfanhado ao redor dos pés, mas não havia como se confundir e achar que ela estava dormindo. Ela estava claramente morta.

— Meu Deus — sussurrou alguém.

Andrea respirou pela boca quando o fedor a alcançou. Ela se lembrou de que era uma policial e sabia o que fazer.

Analisar, entender, relatar.

A mulher nua estava deitada de lado.

Isso era errado.

A vítima não era uma mulher, ela parecia uma garota, talvez com 16 ou 17 anos. O ângulo pronunciado do quadril esquerdo se projetava no ar, e o púbis estava totalmente depilado. As auréolas escuras dos seios estavam quase pretas pelos primeiros estágios da decomposição. Um vestido amarelo estava dobrado sob a sua cabeça como um travesseiro. Um braço estava estendido; o outro, ao redor da cintura pequenina.

O mais surpreendente era o estado do corpo emaciado. Andrea fizera aula de anatomia no curso de desenho figurativo durante o primeiro ano da faculdade de Artes, e se lembrou dos diagramas que ilustravam uma visão tridimensional do corpo. Os ossos da menina eram visíveis sob a pele; as juntas, como maçanetas. Um contorno dos seus dentes aparecia na bochecha funda. O cabelo estava imundo e havia um hematoma abaixo do olho direito. Os lábios estavam azul-claro. Manchas como explosões estelares de vasos sanguíneos rompidos manchavam a pele cerosa fina como papel. Cicatrizes rosas riscavam os pulsos.

Ela tinha tentado aquilo antes.

— Oliver. — O tom de voz de Bible foi firme. — Tire umas fotografias.

Andrea se ajoelhou ao lado da garota e pegou o iPhone do bolso. O polegar se movimentou para selecionar a câmera e então usou a ponta dos dedos para afastar o lençol dos pés da jovem.

O fato de os pés dela estarem descalços não foi a descoberta mais chocante.

Havia um aro de metal ao redor do tornozelo esquerdo, a circunferência tão apertada que a pele tinha sido esfolada do osso. Havia três pedras preciosas no centro — uma água-marinha flanqueada por duas safiras azuis. A tornozeleira era quase como uma joia, exceto pela área onde havia sido soldada em torno do tornozelo.

Andrea viu uma inscrição gravada no aro de prata.

Bible percebeu também. Ele perguntou:

— Quem é Alice Poulsen?

20 DE OUTUBRO DE 1981

EMILY MEXIA NO CAFÉ da manhã com o garfo. À frente dela, a avó fazia o mesmo, sem entender direito por que havia tanta tensão ali, mas sabia por instinto que deveria ficar em silêncio. Esther e Franklin estavam nos extremos opostos da mesa, os dois vestidos para o trabalho como se aquele fosse um dia perfeitamente normal nas vidas normais deles. Ele estava lendo o jornal; ela, revisando um parecer, os lábios franzidos em concentração. Os dois estavam usando óculos de leitura. Depois de algum tempo eles iriam retirá-los, guardariam os papéis nas pastas correspondentes e, em seguida, partiriam para o trabalho em carros separados.

Emily já tinha visto os pais lidarem com inúmeros problemas desse jeito. O que eles faziam era fingir que as coisas terríveis não estavam acontecendo. Talvez Emily tivesse um pouco dessa habilidade dentro de si, porque também estava tentando fingir que a noite anterior não tinha acontecido. E que a manhã da véspera no consultório do dr. Schroeder não tinha acontecido. E que A Festa não tinha acontecido.

Ela tentava fingir que as lembranças do sr. Wexler levando-a para casa naquela noite eram ou criações da sua imaginação ou vestígios de uma *bad trip* de ácido.

Como se em um desígnio, ela foi tomada por uma onda repentina de enjoo. Os ovos no seu prato tinham esfriado em uma massa amarela, a gordura de bacon congelara em uma linha elevada em torno da torrada. Ela não fazia ideia de quanto tempo ficou olhando para o prato, mas quando ergueu o olhar os pais dela tinham ido embora e só a avó estava ali.

— Você tem algum plano para o dia? — perguntou a avó. — Pensei em trabalhar um pouco no jardim.

Emily sentiu lágrimas ameaçarem cair.

— Eu vou para a escola, vó.

A idosa pareceu confusa. Ela pegou os talheres e o prato antes de sair.

Emily usou a ponta dos dedos para conter as lágrimas. Botar maquiagem naquela manhã tinha sido como passar lixa pelo rosto. As pálpebras estavam inchadas de chorar a noite inteira. Ela não tinha dormido. A pessoa que olhava para ela do espelho parecia um alienígena.

Ela não estava imaculada.

Por que Emily não sentia qualquer coisa além de vergonha? O sexo deveria ser um momento especial e romântico, quando ela se uniria à sua alma gêmea, quando se entregaria a um homem que fosse merecedor do seu amor.

Ao invés disso, tinha acontecido no banco de trás do carro de palhaço barato do professor dela.

Talvez.

Emily estava cautelosa em confiar nos lampejos de memórias que tinha com frequência, um show de horrores quase estroboscópico de coisas que podiam ou não ser verdade. Ela estivera tão segura — mesmo enquanto dizia a si mesma estar insegura — de que tinha sido um dos garotos. E naquele momento, ela não estava se permitindo acreditar que Dean Wexler, com o bigode farto e suado e mãos atrapalhadas e desajeitadas, tomara dela algo que não estava disposta a dar.

Porque isso era estupro, não era?

Ou talvez não fosse. Talvez a mãe estivesse certa. E o pai. Se você bebesse demais e usasse drogas, estava aceitando o risco inerente de que um garoto fizesse o que garotos fazem.

Mas o sr. Wexler era um homem.

Isso tornava as coisas diferentes, certo? Se Emily dissesse ao pai que não tinha sido um dos garotos, que quem se aproveitara dela fora um homem crescido, o pai talvez olhasse para a situação de maneira diferente. Ou talvez fosse apenas olhar para ela, porque, desde a noite anterior, ele tinha apagado totalmente Emily do seu campo visual. Atravessando a sala, sentando-se à mesa, pegando o bule de café, lendo o jornal — ele não deu sinal de ter visto a filha sentada a pouco mais de um metro de distância.

Emily olhou para as mãos, enquanto a visão se turvava com lágrimas. Ela se perguntou se estava desaparecendo completamente. Será que ninguém mais iria vê-la como a mesma pessoa?

— Emily.

Esther estava parada na porta. Apoiava a mão na maçaneta enquanto ajeitava a ponta da meia-calça.

— Não se atrase para a escola.

Emily olhou não para a mãe, mas pela janela. Ela sentira o coração se agitar ao som normal do tom de voz da mãe. Esther não ficaria com raiva por aquilo outra vez. Não haveria mais discussões nem recriminações. Era uma juíza em todos os sentidos da palavra. Quando a sua decisão era tomada, nunca mais voltava a se questionar sobre o assunto.

Quando Emily voltou a olhar para a porta, a mãe não estava mais lá.

Emily exalou lentamente. Pôs a faca e o garfo sobre o prato e os levou para a cozinha. Ela raspou a comida no lixo, pôs a louça na pia para a empregada lavar. Encontrou a mochila e a bolsa ao lado da porta da garagem, embora não se lembrasse de tê-las deixado ali na noite anterior. De qualquer forma, ela não conseguia se lembrar de muitas coisas que eram muito mais importantes que a noite anterior.

Isso foi tudo em que conseguiu pensar: o interior escuro do carro do sr. Wexler. As luzes brilhantes no painel. Uma música tocando baixinho no rádio. As mãos de Emily limpando nervosamente uma lágrima na barra do vestido verde de Ricky. A mão do sr. Wexler no seu joelho.

Emily piscou. Essa última parte tinha acontecido, ou estava se fazendo acreditar em algo que não era verdade?

A única coisa que sabia com certeza era que não poderia ficar parada no corredor pensando nisso pelo resto da vida. Ela já tinha perdido um dia inteiro de escola — uma reunião marcada com o professor de Artes, uma prova de Química, o ensaio da banda, cinco minutos de conversa com Ricky, antes da Educação Física, sobre alguma coisa que parecera muito importante dois dias antes.

Ela abriu a porta. O Mercedes do pai já não estava ali. Emily atravessou a garagem. O motorista da mãe dela aguardava parado em frente à casa.

— Em?

Ela se virou, surpresa ao encontrar Queijo apoiado em uma árvore fumando um cigarro.

— Ah, não, Queijo, me desculpe. — Ela ficou arrasada. Tinha dito que ele poderia dormir no barracão. — Esqueci de deixar o travesseiro e o cobertor.

— Tudo bem. — Ele apagou o cigarro na sola do sapato e guardou a guimba no bolso. — Você sabe que eu não preciso de muito. Estou bem.

Ele não parecia bem, o que fez com que ela se sentisse ainda pior.

— Desculpe.

— Parece que você também teve uma noite difícil.

Emily, naquele momento, não conseguia pensar na própria aparência. O barracão era do outro lado da casa, mas Queijo podia ter ouvido o que aconteceu na cozinha na noite anterior se estivesse perto da garagem.

— Que horas você chegou aqui?

— Não sei. — Ele deu de ombros. — Estava em casa, mas minha mãe surtou. Meu pai foi para a delegacia e eu só...

Ela observou o lábio inferior dele começar a tremer. Ele não tinha ouvido a conversa, tinha os próprios problemas.

— Enfim — disse ele. — Eu acompanho você até a escola.

Emily deixou que ele pegasse a sua mochila. Eles tiveram que esperar o carro da mãe fazer a volta. Esther olhou pela janela dos fundos, então olhou novamente. Por uma fração de segundo, o seu rosto inescrutável derreteu. Emily ouviu os pensamentos da mãe: *Era o garoto Stilton?*

Quando o carro chegou à entrada de automóveis, Esther tinha recuperado a compostura.

Queijo permaneceu distraído. Ele balançou o maço e pegou outro cigarro. Eles desceram o caminho sinuoso da entrada de carros no silêncio da companhia um do outro. Emily tentou se lembrar de quando conhecera Queijo. Como a maioria dos amigos eventuais da escola, ele tinha sido parte da vida dela desde sempre. Eles provavelmente estudaram juntos na pré-escola ou no jardim de infância. Se tentasse pensar na primeira lembrança que tinha dele, era de um garoto tímido sentado no canto observando todos os outros se divertirem. Ele nunca fizera parte, por isso, Emily sempre se dera ao trabalho de falar com ele. Mesmo dentro da panelinha, ela frequentemente achava que estava de fora, olhando para dentro.

Especialmente naquele momento.

— Ok — disse Queijo. — Você vai me dizer o que está acontecendo?

Emily deu um sorriso.

— Eu estou bem. Sério.

Queijo fumou em silêncio, nitidamente sem acreditar.

Emily pensou em algo.

— Você estava no barracão a essa hora no mês passado?

Ele pareceu preocupado.

— Se os seus pais ficaram com raiva por...

— Não, não — assegurou ela. — Eles não se importam com isso. Só perguntei porque cheguei muito tarde naquela noite, a do dia 26. E eles ficaram com muita raiva de mim por desrespeitar o toque de recolher. Eu fiquei pensando se você não teria ouvido alguma coisa ou se lembraria de algo.

— Meu Deus — disse ele. — Desculpe, Emily. Eu estava nos fundos, não ouvi um pio. Você se meteu em um problema grande? É por isso que você parece tão aborrecida?

Ela balançou a cabeça. Queijo não enrolava. Se ele tivesse estado ali naquela noite, já teria dito alguma coisa. Ela estava fazendo a ele as perguntas erradas.

Ela tentou:

— Você sabe muito sobre investigações? Quero dizer, do seu pai?

— Acho que sei. — Queijo deu de ombros. — Talvez eu saiba mais de ver reprises de *Columbo*.

Ela sorriu porque ele sorriu. A série era algo que o pai dela tinha visto na época que fora exibida. Emily nunca a assistira, mas claro que sabia que era sobre um detetive inteligente.

— Digamos que Columbo teve um caso em que alguém fez uma coisa muito má.

— Emily, todos os casos de Columbo são assim. — Ele deu um sorriso bem-humorado. — A série é sobre isso.

— Certo. — Emily deu a si mesma um momento para pensar. — Digamos que há um caso em que uma mulher estava em uma festa onde o seu... seu colar de diamantes foi roubado.

— Ok.

— Só que ela não se lembra de nada sobre a festa porque bebeu demais. — Emily esperou que ele assentisse. — A mulher, porém, tem essas memórias. Flashes em que ela se lembra de falar com pessoas diferentes ou estar em certos lugares. Mas ela não sabe dizer se são memórias de verdade ou não.

— Parece que ela foi drogada — disse Queijo. — A birita não faz isso a menos que você esteja bêbado de apagar. Pelo menos, é isso o que vi com a minha mãe.

Emily achou que ele devia saber.

— Como a mulher poderia recuperar o colar?

Ele voltou a sorrir.

— Ela poderia chamar o Columbo.

Emily sorriu outra vez.

— Mas como Columbo resolveria o caso?

Ele não demorou muito para responder.

— Ele iria falar com as pessoas que estavam na festa. Comparar anotações sobre elas, tipo se o que esse cara está dizendo bate com o que esse outro cara está dizendo. Porque se não bater, isso significa que alguém está mentindo, e se alguém está mentindo, então você sabe que estão escondendo alguma coisa.

Pela primeira vez em dias Emily sentiu uma leveza no peito. Aquilo fazia todo o sentido. Por que ela não tinha pensado em falar com alguém? Podia fazê-los confessar.

Havia apenas um problema.

— Mas como Columbo faz isso? Se as pessoas são culpadas, elas não vão falar, especialmente com a polícia — perguntou ela.

— É isso o que o meu pai diz. — Queijo deu de ombros. — Mas, se você assiste à TV, as pessoas culpadas sempre falam. Às vezes, elas inventam mentiras para jogar a culpa sobre outra pessoa. Ou querem saber se vão ser pegas, então fazem muitas perguntas sobre a investigação. E Columbo, ele é o melhor em enganá-las. Ele não precisa acusar pessoas. Ele vai dizer: "Senhor, vejo que estava na festa. Se me permite perguntar, pode me dizer se viu algo suspeito ou alguém se comportando de forma incomum?". Ele nunca aponta o dedo para um cara e diz: "Foi você". Deixa que eles falem até se enrolarem.

Emily teve que admitir que ele fazia uma voz de Columbo muito boa.

— O que mais?

— Bom, ele anota tudo, que é o que você deve fazer se você é policial. Meu pai diz que é porque você obtém muita informação quando interroga pessoas, mas só parte dela é importante, então você anota tudo, volta ao que escreveu e separa as partes boas.

Emily assentiu, porque aquilo também fazia muito sentido. Ela, às vezes, era esmagada por detalhes nas aulas, mas aí olhava para as anotações e encontrava o sentido.

— A melhor parte é no fim do episódio — continuou Queijo. — Logo antes do comercial, Columbo está falando com um suspeito e age como se tivesse terminado com as perguntas, mas então ele se vira e diz: "Senhor, desculpe. Tem só mais uma coisa".

— Mais uma coisa?

— É. Por isso você guarda a sua maior pergunta para o fim, quando a guarda deles está baixa. — Queijo apertou a ponta do cigarro antes de guardar a guimba no bolso. — Você diz: "Está bem, obrigado por responder às minhas perguntas", e age como se fosse ir embora. Aí você guarda o caderno ou o que for, e o suspeito fica aliviado, certo, porque ele acha que acabou. Então você volta e diz...

— Tem só mais uma coisa.

— Isso mesmo. — O detetive Queijo também não era ruim. — É assim que você recupera o seu colar de diamantes.

— O quê?

— A mulher... aquela que teve o colar roubado.

— Ah, claro.

Emily sentiu o coração tremer dentro do peito. Ela se sentia ansiosa agora que parecia haver um caminho adiante.

— Você vai ser um bom policial um dia, Queijo.

— Ah, de jeito nenhum. — Ele sacou outro cigarro. — Se eu ainda estiver vivendo nesta cidade de merda dentro de dez anos, lembre-me de botar uma bala na cabeça.

— Isso é horrível. Não diga isso.

Quando já estavam perto da escola, ele lhe devolveu a mochila. Sem mais uma palavra, Queijo rapidamente saiu andando e se afastou dela. Alguns anos antes, Nardo o provocara dizendo que tinha uma queda por Emily, e ele ainda se esforçava muito para fazer qualquer um desistir da ideia.

Emily pendurou a bolsa ao seu lado. Considerou o conselho de Queijo, olharia para aquilo como uma investigação. A resposta podia não mudar nada, mas, pelo menos, lhe traria alguma paz. Não importava o que o pai e a mãe tinham dito, alguém a havia machucado, e essa pessoa tirara proveito de Emily no seu estado mais vulnerável. Ela não era tola o suficiente para achar que ele iria pagar o preço, mas precisava saber quem tinha feito aquilo, em nome da própria sanidade.

— O que você está fazendo? — Ricky bateu no ombro dela. — Você soltou um pum?

Emily revirou os olhos, mas bateu com o ombro no de Ricky em resposta.

— Não sei por que você se importa com esses brinquedos quebrados.

Emily tentou não morder a isca. A panelinha podia ser muito má com pessoas de fora. O que eles fariam com Emily quando descobrissem?

— Onde você estava ontem? — perguntou Ricky. — Liguei duas vezes para a sua casa e a sua mãe me disse, nas duas vezes, que você estava dormindo.

— Eu estava mal do estômago — disse Emily. — Eu falei com você no sábado.

— Ah, está bem! — Ricky bateu nela com o ombro outra vez. — Achei que ontem íamos conversar.

— Sobre o quê?

— Eu... ah, merda. Ali está Nardo. — Ricky saiu andando pelo pátio sem olhar para trás.

Emily não a seguiu. Ao invés disso, ficou olhando a panelinha enquanto eles se reuniam diante das portas da frente do ginásio. Nardo estava fumando, embora já tivesse sido pego três vezes. Blakely estava encostado na parede e tinha um livro nas mãos. Só Clay estava virado na direção de Emily. Seu olhar a seguiu enquanto ela subia a escada para a escola. Pela primeira vez na vida, não reagiu a ele. Não ergueu a mão para acenar e não sentiu o raio magnético do olhar dele puxando-a para o seu lado.

Ela deu as costas para ele quando abriu a porta, mas ainda conseguia sentir o calor daquele olhar mesmo depois da porta se fechar atrás dela. Emily apertou os olhos diante das luzes fortes do teto do saguão enquanto garotos passavam correndo. Sentiu o corpo ficar tenso da mesma maneira que sempre ficava quando estava na escola. Só que, dessa vez, a ansiedade não se devia ao desejo silencioso de Esther empurrando-a para o sucesso. Ela se sentia ansiosa porque tinha começado a formar um plano.

Ela falaria com o sr. Wexler. Iria abordá-lo despreocupadamente, como se não houvesse algo errado, e lhe faria algumas perguntas. Então, fingiria que estava de saída antes de dizer *tem só mais uma coisa*.

Emily sentiu a confiança começar a vacilar. Ela poderia mesmo perguntar ao sr. Wexler se ele tirara proveito dela? Ele ficaria insultado, claro que ficaria insultado. Mas isso seria por ser inocente ou por ser culpado?

— Emily!

Melody Brickel parecia galopar pelo corredor. Ela tinha um fraco por cavalos, que era uma das razões para ela não ser muito popular.

— Você faltou ao ensaio da banda ontem!

Emily resistiu à forte vontade de se encolher em posição fetal. A sra. Brickel sabia de tudo. Será que ela não tinha contado à filha?

— Em?

Melody segurou a sua mão e a puxou para dentro da sala de aula vazia do sr. Wexler.

— Qual o problema? Você está horrível. Você andou chorando? Mas eu adorei o seu cabelo.

— Eu...

O cérebro de Emily travou. Ela estava na sala do sr. Wexler e logo ele estaria ali. Ela não estava pronta. Não tinha como confrontá-lo. Pensara em escrever uma lista de perguntas, mas naquele momento só conseguia pensar que tinha que sair dali antes que ele aparecesse.

— Emily? — perguntou Melody. — Qual o problema?

— Eu... — Emily engoliu em seco. — Sua mãe lhe contou?

— Me contou o quê? — perguntou Melody. — Você esteve no dr. Schroeder ontem? Minha mãe não tem permissão para dizer coisa alguma sobre o que acontece lá. Há uma espécie de regra ou algo assim. Não sei. Mas você me disse que esteve lá, então qual o problema, você está bem?

— Estou, eu... — Emily procurou uma mentira. — É a minha menstruação. Ela começou há alguns dias e está muito ruim.

— Ah, não, coitada. — Melody segurou a sua mão. — Você está velha demais para continuar vendo aquele bode velho. Deveria falar com um ginecologista de verdade. Minha mãe me fez começar a tomar pílula dois anos atrás, e eu mal noto mais a minha menstruação.

Emily não sabia o que era mais surpreendente: o fato de Melody ter um ginecologista ou o fato de estar tomando pílula.

— Não pareça tão ofendida, boba. A pílula não é só para o sexo, embora eu viva com esperança! — Ela colocou a mão dentro da mochila e pegou uma fita cassete. — Aqui, eu trouxe isso para você, mas você tem que prometer que vai devolver.

Emily não sabia o que fazer além de pegar o cassete. Na capa, havia cinco garotas de toalha com o rosto coberto de creme. As Go-Go's. *Beauty and the Beat*.

— Falei sobre elas com você na semana passada. — Melody parecia empolgada. Ela era obcecada por música. — Veja como os vocais ficam mais lentos no meio de "Our Lips Are Sealed", está bem? Não é uma mudança muito dramática, mas meio que me lembra do que os Beatles fizeram em "We Can Work It Out", quando eles vão de um 4/4 para um 3/4. Ou "Under My Thumb", na qual os Stones...

A audição de Emily a deixou assim que o sr. Wexler entrou na sala e colocou uma pilha de papéis sobre a mesa. Ela manteve o olhar em Melody tocando bateria imaginária e batendo os pés em um ritmo que só a amiga conseguia ouvir.

— Escute, está bem? — disse Melody. — É muito legal. E elas mesmas escreveram as músicas, o que é incrível, certo?

Emily assentiu, embora não tivesse ideia de com o que estava concordando. Tudo o que soube foi que havia sido o suficiente para fazer com que Melody deixasse a sala.

— O que a deixou tão empolgada dessa vez? — perguntou o sr. Wexler.

Emily teve que engolir em seco antes de conseguir falar.

— As Go-Go's.

Ele deu uma gargalhada.

— Ela está comparando um bando de garotas gorduchas com os Stones? Tenha paciência. Elas só estão interpretando um papel para poderem conhecer garotos.

Na semana anterior, Emily teria concordado, talvez até rido com ele, mas naquele momento perguntou:

— Caras não entram em bandas para poderem conhecer garotas?

— Talvez os cabeludos que você escuta — disse o sr. Wexler. — Os Stones são músicos de verdade. Eles têm talento real.

Emily entrelaçou as mãos à frente da cintura. Ela tinha começado a suar outra vez e não tinha plano. Não conseguia fazer aquilo, ela não era Columbo.

— Você precisa de alguma coisa, Em? — O sr. Wexler comeu um punhado de granola do saco sobre a mesa. — Fiquei tão bêbado ontem à noite que me arrastei pela corrida desta manhã como se o chão fosse areia movediça. Eu preciso me preparar para a aula.

— Eu...

Emily se lembrou do que Queijo dissera. Ela precisava anotar as coisas, mas não podia usar os cadernos escolares. Então procurou aleatoriamente na sua bolsa alguma coisa onde escrever, e clicou a caneta. Depois ergueu o olhar para o sr. Wexler, sem saber o que dizer.

— Emily? — perguntou ele. — Vamos lá, o que foi?

— Eu... — Ela perdeu a coragem. — Eu faltei à aula ontem. Preciso saber se tem algum trabalho que eu precise fazer para compensar.

Ele riu.

— Ah, acho que estamos bem. Você tem o seu A. Não se preocupe.

— Mas eu...

— Emily, não lembro o que fizemos na aula ontem, está bem? Eu dei presença para você. Até onde eu sei, você estava aqui. Aproveite.

Ela o observou lhe dar as costas e apagar a lousa. O sr. Wexler estava em ótima forma porque corria o tempo inteiro, mas era aí que terminava a disciplina. A calça estava amarrotada, a camisa tinha manchas de suor embaixo dos braços e o cabelo estava despenteado. Quando tornou a se virar, os olhos dele estavam vermelhos, ele não usara o frasco de colírio sobre a mesa.

As luzes brilhantes no painel. Uma música no rádio. Uma lágrima na barra do vestido verde de Ricky.

— Em? — Ele apoiou as mãos sobre a mesa. — Pelo amor de Deus, o que aconteceu com você hoje? Sem querer ofender, você está com o aspecto de como estou me sentindo, que é totalmente na merda.

— Eu... — Ela tentou se lembrar do que Queijo dissera. Avançar com tranquilidade. Não ser acusatória. Ela se sentou na fileira da frente de carteiras, tentando parecer despreocupada. — Você se lembra de quando me pegou na casa de Nardo no mês passado?

Imediatamente, ele começou a agir de forma culpada. Os olhos dele se estreitaram. Ele andou até a porta e a fechou. Até que se virou para fitá-la.

— Achei que tinha dito a você que não íamos falar sobre isso.

Emily pressionou a caneta sobre o papel. A mão começou a se movimentar.

— O que você está escrevendo? — disse rispidamente o sr. Wexler. — Meu Deus, por que você...

Ela se encolheu quando ele arrancou a caneta da sua mão.

— O que está acontecendo? — perguntou.

— Você... — Ela se sentia girando, prestes a perder o controle. As coisas não deviam ter acontecido assim. Não confronte. Não acuse. — Minha avó viu você naquela noite. Ela reconheceu o carro.

Ele pareceu abalado ao se encostar na carteira ao lado da dela.

— Merda.

— Ela... ela me perguntou sobre isso ontem à noite. A vovó quis saber por que eu estava tão tarde no seu carro. Ela sabe que você é um professor.

Ele levou as mãos à cabeça. A voz dele estava tensa quando perguntou:

— Ela contou aos seus pais?

Emily percebeu que ele estava com medo, o que significava que o poder tinha pendido um pouco na direção dela. Ela precisava mantê-lo vulnerável, por isso respondeu:

— Ainda não. Pedi a ela que não contasse a eles, mas...

O sr. Wexler se sentou na cadeira.

— Nós precisamos combinar as nossas histórias caso ela faça isso. *Quando*, porque você sabe que ela vai acabar contando.

Emily apenas assentiu.

Com isso, o poder pendeu novamente na direção dele.

— Está bem. — Ele se virou para ela, inclinando-se para a frente, apoiado sobre os cotovelos. — O que a sua avó viu, exatamente?

— Que eu... — Emily sabia que precisava de uma estratégia, mas estava perdida. — Eu desci do seu carro, estava tarde e eu estava abalada.

O sr. Wexler balançou a cabeça. Ela ouviu o arranhar áspero do rosto não barbeado quando ele coçou a bochecha.

— Certo, bem, isso não é muita coisa.

Emily manteve a boca bem fechada. Queijo dissera a ela que pessoas culpadas queriam conversar. Ela precisava esperar que o sr. Wexler falasse.

— Ok — repetiu ele, pegando a caneta e devolvendo-a para ela. — É isso o que vamos contar a eles. — Emily levou a caneta até outra folha de papel em branco. — Nardo me ligou pedindo ajuda, você estava descompensada. E como eles estavam todos chapados, fui até lá te buscar e levá-la para casa. Tudo aquilo que aconteceu entre mim e Clay... — Ele acenou com a mão. — Esqueça isso. É a nossa palavra contra a dele e ninguém vai acreditar nele.

Clay?

— E eu levei você para casa — concluiu o sr. Wexler. — Fim da história. Ok?

— Mas... — Emily olhou ao redor tentando encontrar um meio de obter mais informações. — Não é só com Clay que temos que nos preocupar, certo? Nardo e Blake estavam lá. E Ricky. Ricky estava lá.

— Ricky estava desmaiada no jardim quando cheguei de carro — disse o sr. Wexler. — Não sei onde Blake e Nardo estavam. Será que eles conseguiam nos ver de dentro da casa? Há janelas que dão para a área da piscina, certo?

— Uhm... é. Talvez.

Emily sentiu a boca ficar seca. Ricky desmaiada no jardim. Nardo e Blake em algum lugar da casa. Clay e Emily do lado de fora, perto da piscina. Eles não estariam nadando. De qualquer forma, a piscina tinha sido coberta e a água estava fria demais. Por que estavam sozinhos do lado de fora? Aquilo tinha que significar alguma coisa.

— Tudo bem, está combinado. — O sr. Wexler tamborilou no bloco dela. — Escreva, se isso ajuda. Você ligou para mim porque estava discutindo com Clay. Eu peguei você e a levei para casa. Fim da história.

Emily começou a anotar as palavras dele, mas teve que perguntar:

— Sobre o que eu estava discutindo com Clay?

— Não tenho a menor ideia. Só escolha uma briga anterior e diga que estava se repetindo. Vocês, garotos, irritam uns aos outros o tempo todo. — O sr. Wexler se levantou. — Você precisa ir para a aula. Não fale com eles sobre isso, está bem? Você sabe que eles vão ficar do lado de Clay, e eu não quero que você perca os seus amigos por alguma coisa estúpida.

A boca seca se transformou em concreto. Ela tinha se preocupado em perder a panelinha e, naquele momento, podia sentir a perda de um jeito muito real. Eles iriam abandoná-la. Os amigos aos quais ela se agarrava, os parceiros que conhecia desde o primeiro ano, as pessoas com quem andara em cada momento livre fora da escola pela última década, eles iriam abandoná-la quando as coisas ficassem difíceis.

Especialmente se a coisa difícil envolvesse Clay.

O sr. Wexler disse:

— Se os seus pais confrontarem você sobre isso, se atenha à história e vamos ficar bem. Vou contar a eles a mesma coisa.

Emily olhou para o caderno. Ela tinha escrito uma palavra: *Clay*.

— Emily. — O sr. Wexler olhou para o relógio. — Vamos lá, vá para a aula. Não posso dar mais passes para justificar os atrasos de vocês. O sr. Lampert já me contou que alguns dos professores estão me entregando por ter favoritos. Aposto que é Darla North. Meu Deus, a vadia burra não consegue manter aquela boca gorda fechada.

Emily pegou o caderno e a caneta, levantou-se e andou na direção da porta. Então ela se virou.

— Sr. Wexler? — perguntou. — Tem só mais uma coisa.

Ele voltou a olhar para o relógio.

— O que é?

— Minha avó...

Emily teve que deixar as estratégias de lado. Precisava abrir a boca e falar.

— Naquela noite em que você me levou para casa, ela disse que o meu vestido estava rasgado. E que ele estava do lado do avesso. — O maxilar do sr. Wexler se cerrou com tanta força que parecia que ele tinha engolido um pedaço de vidro. Emily continuou: — Foi isso que ela percebeu em mim quando desci do seu carro.

Ele voltou a coçar o rosto com a barba por fazer. Ela ouviu os pelos arranharem os seus dedos.

Emily deu a martelada final.

— O que eu devo dizer quando o meu pai me perguntar sobre isso?

Ele, no início, ficou imóvel, então se mexeu tão depressa que Emily se viu incapaz de reagir até que ele empurrou as costas dela contra a parede, pôs uma mão suada sobre a sua boca e com a outra agarrou o pescoço.

Ela ficou sem ar e começou a arranhar as costas da mão dele. Os pés tocavam levemente o chão. Ele a havia erguido o suficiente para que ela não conseguisse fazer qualquer coisa além de tentar respirar.

— Escute aqui, sua vadiazinha. — O hálito dele era uma mistura fedorenta de café e uísque. — Você não vai contar nada para o seu pai, está me entendendo?

Ela não conseguia falar. Não conseguia se mexer. As pálpebras começaram a pesar.

Em um instante, ele a soltou. Emily caiu no chão, os dedos indo até o pescoço machucado. Ela podia sentir as artérias pulsando. Lágrimas escorreram pelo rosto.

O sr. Wexler se agachou à frente dela e enfiou o dedo na sua cara.

— Diga-me o que você vai dizer.

— Não... — Ela tossiu. Sangue gotejou na sua garganta. — Não foi você.

— Não fui eu — repetiu ele. — Nardo me ligou para buscar você, eu fui até a casa dele. Você estava brigando com Clay. Eu a levei para casa. Nunca toquei em você, ou você rasgou o próprio vestido, ou...

Emily viu os olhos dele se estreitarem. O olhar dele viajou lentamente do rosto para a barriga dela. Ela quase podia ouvir um sino começar a tocar dentro da cabeça dele.

— Merda — disse o sr. Wexler. — Você está grávida.

Emily ouviu a palavra viajar ao redor da sala feita de blocos de concreto. Ninguém, na verdade, a havia dito isso em voz alta. Nem o dr. Schroeder usara a palavra. O pai dissera que ela estava prenha, a mãe ficou cheia de rodeios, como você faria se alguém tivesse câncer.

— Merda! — O sr. Wexler socou a parede. Então deu um grito de dor, segurando a mão. Os nós dos seus dedos estavam sangrando. — Merda.

— Sr. Wex...

— Cale a porra da boca — sibilou ele. — Meu Deus, sua vadia burra. Você sabe o que isso significa?

Emily tentou ficar de pé, mas as pernas estavam muito bambas.

— Eu... eu... Desculpe.

— Você tem mesmo muita razão para se desculpar.

— Sr. Wexler, eu... — Ela tentou acalmá-lo. — Dean, desculpe, eu não devia ter dito nada. Eu só estou... estou com medo, ok? Estou com medo porque alguma coisa ruim aconteceu, e eu não consigo me lembrar.

Ele olhou fixamente para Emily, mas ela não conseguiu ler a sua expressão.

— Desculpe — repetiu ela, sentindo como se essa palavra fosse a única que ela dizia a qualquer pessoa. — Minha avó me viu saindo do seu carro, então eu achei... Eu achei que você talvez... — E se calou.

O sr. Wexler ainda estava ilegível. Emily achou que eles iriam ficar daquele jeito para sempre, então ele quebrou o transe se levantando. Ele caminhou com as pernas rígidas pela sala e, quando se virou, ela pôde ver que o sangue tinha manchado a camisa dele.

— Eu tive caxumba quando era criança. — Ele testou os dedos para ver se alguma coisa estava quebrada. — Ela causou orquite.

Emily olhou fixamente para ele, não sabia o que ele estava dizendo.

— Procure no dicionário, vadia burra. — Ele se sentou à mesa. — Isso significa que eu não sou a porra do pai.

CAPÍTULO 5

B IBLE ERGUEU O OLHAR do aro de prata que tinha sido preso em torno do tornozelo da garota morta.

— É isso o que diz a inscrição na argola. — Ele tornou a perguntar: — Quem é Alice Poulsen?

Nardo olhou para Wexler, que disse:

— Ela é uma voluntária. Eu não a conheço.

Bible se levantou, estava nitidamente com raiva.

— Voluntária para o quê, exatamente? Para ser privada de nutrição básica e ser marcada como a droga de uma cobaia em um laboratório de ciências, hein?

Nardo e Wexler olharam-no fixamente, como se esperassem que a pergunta fosse feita de outro jeito.

— Está bem. — O maxilar de Bible se cerrou. — Quantos *voluntários* você tem trabalhando aqui?

Mais uma vez, Nardo deixou Wexler responder.

— Dez, talvez quinze ou vinte na alta temporada.

— Dez ou quinze ou vinte. Com certeza, gente demais para conseguir acompanhar. — Bible se voltou para Stilton. — Chefe, creio que você disse que a srta. Poulsen tentou se matar há um ano e meio. Cortou os pulsos. Certo?

Stilton assentiu.

— Isso mesmo.

— Então ela estava morando aqui nesta fazenda por pelo menos esse período, talvez mais. — Bible dirigiu as suas observações para Wexler. — Quantos anos ela tem?

— A idade legal — disse Wexler. — Só recebemos adultos aqui. Fazemos com que mostrem passaporte ou identidade.

— Mas você não conhece essa adulta em especial que está morando e trabalhando na sua propriedade há dezoito meses?

Wexler pegou um pedaço de tabaco da língua, mas não disse uma palavra sequer.

Andrea podia sentir a tensão baixando sobre o triângulo Bible, Stilton e Dean Wexler. Nenhum deles estava olhando para o corpo no chão, embora dois deles estivessem nitidamente afetados pela imagem da jovem emaciada.

A resposta de Bible era fúria. A de Andrea era um horror incomensurável. Ela se sentiu atordoada pela escuridão à frente. Aquela mulher tinha sido filha de alguém, ou colega de turma, ou amiga, ou mesmo uma irmã. E agora estava morta.

Tudo o que Andrea fez foi seguir as instruções de Bible. Ela documentou o mal perpetrado no corpo de Alice Poulsen: as bochechas fundas, os membros dolorosamente magros, os hematomas em forma de dedos que envolviam os pulsos dela, os ossos da caixa torácica se projetando como a carcaça de um animal morto. Dizer que a garota estava malnutrida era apenas metade da história. Havia feridas abertas nos cotovelos e quadris que pareciam escaras. Tufos de cabelo tinham caído no chão como os fiapos de uma espiga de milho. As unhas dela estavam sujas de ácidos estomacais porque havia nitidamente se forçado a vomitar.

Será que ela tinha se submetido espontaneamente àquela tortura?

Andrea apontou a câmera para o frasco de remédio. A etiqueta tinha sido removida e a tampa estava aberta. As suas mãos estavam tremendo quando tirou as últimas fotos do aro no tornozelo, que podia muito bem ser um grilhão. Ela esfregou as palmas das mãos no short quando se levantou. Tudo parecia muito errado. Aquela garota passara fome até ficar como um esqueleto e tinha sido marcada como um animal de criação. Mesmo que Alice Poulsen tivesse cometido suicídio, alguém a empurrara nessa direção.

Ela olhou para Nardo, sabendo instintivamente que ele era o mais sádico dos dois.

— Quem soldou isso no tornozelo dela? Ela não fez isso sozinha.

— Espere aí, garota — disse Wexler. — Nós não sabemos qualquer coisa sobre isso.

Andrea conteve as injúrias que encheram a sua boca. Ele não se chocara ao ver a argola e sabia quem era a garota. Alice estava vivendo na sua propriedade havia mais de um ano. Nada daquilo tinha acontecido sem o conhecimento e a aprovação de Wexler. Ela estava com tanta raiva que tremia. A garota mal tinha saído do ensino médio. Alice fora até ali como voluntária e sairia em um saco.

Ela apontou para o corpo.

— Ela está só pele e ossos. Como vocês puderam deixar que ela ficasse assim? Você tem que ter percebido. Ela devia ser um cadáver ambulante.

Wexler deu de ombros.

— Não é o meu departamento.

Andrea repetiu a pergunta anterior de Bible:

— Quem é Alice Poulsen?

— Não sei. — Wexler tornou a dar de ombros. — Recebemos duas garotas aqui da Dinamarca no ano passado. Talvez ela seja uma delas.

É claro que ele sabia de onde ela era.

— Quem é a outra garota? Você falou duas, isso é mais que uma, certo?

Wexler deu de ombros mais uma vez.

— Como eu disse, não as conheço bem.

— Está bem. — interrompeu Bible. — Então quem as conhece bem? Quem deixou que ela ficasse assim e não disse algo?

Houve silêncio, em seguida outro dar de ombros de enfurecer.

Andrea percebeu que o coração estava batendo tão forte que podia senti-lo na boca. Ela afastou os lábios, respirou fundo e se esforçou para exercer algum controle sobre as emoções que vibravam através do seu corpo.

Na Academia, aprendera como o estresse e a raiva podiam afetar os sentidos. Andrea se forçou a conter a fúria e a se concentrar no que estava acontecendo bem na sua frente. Os três policiais uniformizados mostravam-se nitidamente interessados na conversa, mas não estavam alertas. Eles também não estavam recebendo alguma deixa do chefe deles. Parecia que todos os músculos no corpo de Stilton estavam contraídos. Nardo, enquanto isso, afastara-se alguns passos de Wexler. Andrea não sabia dizer se ele estava querendo abrir distância entre eles ou se estava se dirigindo lentamente à picape.

Ela não vacilou. Deu vários passos rápidos na direção da picape, deixando claro que iria pegá-lo pela gola se ele tentasse entrar.

— Você está armado, Magrelo? — Bible estava falando com Nardo, mas olhava para Andrea.

Ela sentiu uma gota gigante de suor escorrer pela nuca. Tinha deixado passar o fato de que o macacão largo de Nardo tinha sido ajustado para acomodar um coldre na parte baixa das costas. Só então Andrea viu a silhueta do que provavelmente era uma pistola .9 milímetros pequena. Ela estava com tanta raiva que tinha se esquecido de procurar armas, a primeira coisa que você deveria procurar. Os Estados Unidos tinham cerca de 330 milhões de pessoas e quase quatrocentos milhões de armas de fogo. Na maioria das vezes, o único jeito de diferenciar os mocinhos dos bandidos era quando os últimos começavam a atirar.

— Eu tenho porte — disse Nardo. — Mas isso não é da sua conta.

— Claro, claro. — Bible bateu palmas e juntou as mãos. Ele tinha conseguido conter a raiva melhor que Andrea. — Cavalheiros, acho que todos precisamos voltar para a casa lá em cima e ter uma conversa.

— Eu não — disse Nardo. — Eu não falo com canas sem um advogado.

Andrea poderia ter previsto essa resposta, que era quase exatamente igual à íntegra do seu depoimento por escrito de quarenta anos antes.

18 de abril de 1982 e eu, Bernard Aston Fontaine, não falo com canas sem meu advogado.

— Não posso culpá-lo por isso, meu caro. — disse Bible. — Minha esposa, Cussy, está sempre dizendo que odeia conversar com policiais. Chefe, por que não entramos todos no seu carro e levamos esse espetáculo para o alto do morro?

— Eu, não — disse Wexler. — Se vocês querem conversar podem me seguir na minha caminhonete.

— Eu vou com você — falou Andrea.

Ela não esperou pela aprovação de Wexler antes de dar a volta na caminhonete e abrir a porta. Andrea teve que subir sozinha na cabine alta. A sua primeira impressão foi que o baseado no cinzeiro não era o primeiro que tinha sido fumado no velho Ford, cada centímetro exalava maconha. Ela não se permitiu ser distraída. Não cometeria o mesmo erro da arma outra vez. Andrea se abaixou, assegurando-se de que não havia um cano de fuzil saindo de baixo do assento. Ela verificou os recipientes das portas à procura de armas. Então, abriu o porta-luvas.

Wexler entrou atrás do volante e bateu a porta.

— Você tem um mandado para revistar o meu veículo?

— Tenho uma causa provável — disse ela. — Seu amigo está portando uma arma escondida. Revistei o veículo à procura de armas para garantir a minha segurança.

Ele resmungou e dispensou aquilo enquanto ligava o motor. Andrea se virou para puxar o cinto de segurança, mas ele estava preso na carretilha. Wexler nem tentou botar o dele. Ele engrenou a marcha com a base da mão e o assento vibrou com o ronco do velho motor. As rodas se movimentaram lentamente à frente, sobre as fileiras bem-cuidadas. Eles teriam que ir até o fim do campo e fazer a volta para evitar esmagar as plantas.

Andrea olhou ao redor, percebendo que não havia trabalhadores colhendo, cuidando ou fazendo o que precisassem fazer com as favas. Ela não sabia como fazendas funcionavam, mas sabia que o controle de multidões era sempre uma preocupação quando se estava processando uma cena de crime em potencial. Parecia que os dez, quinze ou vinte voluntários estariam à espreita, considerando que uma deles estava morta perto de onde todos viviam ostensivamente.

A menos que alguém tivesse dito a eles para ficarem fora de vista.

— Quem é o encarregado dos voluntários? — perguntou Andrea. — É Nardo?

Wexler mastigou o interior da boca em silêncio. A agulha do velocímetro estava marcando menos de dez. Ela supôs que ele dirigisse como um velho porque era o que ele era. Naquele ritmo, eles levariam vários minutos para chegar à casa. Isso dava a Andrea um pouco de tempo para fazê-lo falar. O truque do termômetro ainda era inútil. Dean Wexler claramente não estava preocupado com a jovem morta em seu campo, acostumara-se a administrar a fazenda exatamente como achava que devia. Mas não estava acostumado a responder a perguntas, em especial aquelas feitas por uma mulher.

Andrea começou com algo fácil.

— Há quanto tempo mora aqui, sr. Wexler?

— Tem um tempo. — Wexler olhava fixamente à frente enquanto a caminhonete avançava.

Andrea ponderava sobre outra pergunta fácil quando ele a surpreendeu com uma observação.

— Acho que a vadia daquela juíza contou tudo sobre mim a você na noite passada. — Ela permaneceu em silêncio. — Você chegou ontem à tarde, comeu na lanchonete, passou a noite na casa da juíza e dormiu no motel.

Os lábios de Dean se retorceram em algo que parecia prazer. Ele achou que a estava fazendo sofrer.

— Cidade pequena, querida. Todo mundo sabe da vida de todo mundo.

Andrea olhou fixamente para ele.

— É assim que funciona?

— Vou lhe dizer mais uma coisa. Vocês estão aqui para vigiar a juíza, o que significa que alguém finalmente se cansou de todas as baboseiras metidas a besta dela.

— Você mesmo parece bem cansado disso.

— Se você está tentando descobrir quem a tem ameaçado, devo ser o número seiscentos na sua lista. — Ele deu um olhar astuto para Andrea. — Nardo fica ainda mais abaixo. Ele nunca deu a mínima para aquela família, especialmente, qual o nome dela, para a garota. Droga, nem me lembro como ela se chamava.

— Emily — complementou Andrea. — Emily Vaughn.

Wexler deu outro resmungo. Eles tinham chegado ao fim da plantação. Então, ele fez uma curva preguiçosa junto da floresta e alinhou os pneus da caminhonete às fileiras plantadas.

Ao invés de continuar em frente, Wexler pisou bruscamente no freio. Um pequeno grito saiu da boca de Andrea, e a sua reação rápida foi a única coisa que impediu que o rosto batesse no painel de metal. Wexler riu, com uma espécie de prazer doentio no som. Assustar Andrea não tinha sido o único objetivo, ele quisera machucá-la. Não havia como repreendê-lo sem admitir que ele havia conseguido incomodá-la. Tudo o que podia fazer era ficar sentada em silêncio enquanto a picape lentamente retomava o passo arrastado na direção da casa da fazenda.

Wexler ainda estava sorrindo quando tirou a bolsa de tabaco do bolso. Ele usou os joelhos para manter o volante firme enquanto enrolava outro cigarro. Estavam se reaproximando da tenda da cena do crime. Alguém pusera o lençol novamente sobre o corpo. Wexler nem mexeu a cabeça quando eles passaram. Nem virou quando uma batida alta anunciou Nardo saltando na caçamba da caminhonete.

Nardo piscou para Andrea ao abrir a janela de correr entre eles. Então simulou uma arma com a mão e puxou o gatilho na direção dela.

Andrea olhou para a casa da fazenda à frente. Eles tinham alguns minutos antes de chegarem ao destino. Graças às janelas abertas, Nardo provavelmente poderia ouvir tudo o que eles dissessem. Andrea não achou ser coincidência Wexler ter tentado assustá-la momentos depois de trazer Emily Vaughn para a conversa. Ela não podia deixar que ele a distraísse.

— Eles nunca provaram de forma conclusiva de quem é a filha de Emily — disse ela.

— Judith — respondeu o homem que disse não conseguir se lembrar de nada. — Wexler acendeu o cigarro com uma caixa de fósforos, então segurou o volante com as mãos. — Não fui eu, querida. Nem Emily sabia quem a engravidou. A juíza contou isso a você? A garota não tinha a menor ideia.

Andrea se esforçou para manter uma expressão neutra. Ela sabia que aquilo era um segredo, mas não um segredo desconhecido pela própria Emily.

— A vadia ficou chapada em uma festa e acordou grávida. Até onde sei, todos os caras por lá tiraram uma casquinha. — Ele sorriu da reação de repulsa de Andrea. — Emily era uma garota festeira. Ela sabia exatamente o que iria acontecer. Droga, ela provavelmente queria isso. Os pais a transformaram na porra de um anjo quando ela morreu. Ninguém nunca fala sobre a Emily Vaughn que trepava com qualquer coisa que se mexesse.

Andrea sentiu como se ele a tivesse socado na cara. O que estava descrevendo era estupro. O fato de Emily estar chapada era indiferente se ela não conseguisse dar consentimento.

Wexler parecia satisfeito enquanto fumava o cigarro. Aquilo era nitidamente o que o tirava da cama de manhã: a oportunidade de fazer mulheres se sentirem como merda.

Andrea tentou desesperadamente recorrer ao treinamento. Ela tinha acabado de descobrir algo chocante, mas não se podia ficar chocada quando falava com suspeitos. Você precisava guardar as emoções em algum outro lugar enquanto fazia o seu trabalho, aí mais tarde poderia lidar com as consequências.

— Acho que seria fácil obter DNA com a filha de Emily. Não estamos em 1982. É fácil provar paternidade — disse ela.

— Eu sou estéril, boneca. — Ele tinha o mesmo sorriso feio no rosto. — Fui liberado quarenta anos atrás. Pode perguntar a Queijo sobre isso, foi o pai dele que investigou a coisa toda. Se você pode chamar aquilo de investigação. Todos sabíamos quem fez aquilo. O idiota não conseguiu nem um jeito de trancafiá-lo antes que ele fugisse da cidade.

— Clayton Morrow.

— Exatamente. — Wexler exalou fumaça pelo nariz. — Em outras palavras, não fui eu.

Ele engrenou a segunda marcha quando eles saíram da plantação. A agulha do velocímetro estava quase na casa dos vinte quando entraram em um espaço amplo e aberto, a cerca de cinquenta metros da casa. Capim e mato competiam pela luz do sol. Havia anexos, galinhas, cabras.

Andrea ignorou tudo aquilo. Não podia deixar que Dean Wexler pensasse que tinha tido a última palavra. Então, deu um palpite pensado, com base nas suas pesquisas na internet.

— Talvez você não seja o pai, mas você perdeu o seu emprego por isso.

Wexler ficou confuso.

— Ser demitido daquela escola de merda foi a melhor coisa que já me aconteceu.

Pela primeira vez, Andrea sentia que ele estava contando a verdade sem verniz.

— Essa é a minha ideia de paraíso. — Wexler estendeu as mãos, indicando a fazenda. — Posso ir para os campos e trabalhar a terra se tiver vontade, ou posso ficar me balançando na rede e fumar um baseado. Tenho comida, abrigo e todo o dinheiro de que preciso. Há quarenta anos, eu saí daquela escola direto para a liberdade.

— E mesmo assim você ainda deu um jeito de se cercar de garotas vulneráveis.

O pé de Wexler pisou bruscamente no freio.

A cabeça de Andrea foi jogada para a frente. Mais uma vez, os seus reflexos foram a única coisa que a salvaram. Nardo não teve a mesma sorte. O ombro dele bateu na janela traseira com tanta força que ela sentiu a vibração nos dentes.

— Porra, Dean! — Nardo martelou o vidro com o punho, mas estava rindo. — Mas que droga, meu velho?

O coração de Andrea estava novamente saindo pela boca. Dessa vez, não conseguiu desacelerá-lo.

— Sr. Wexler, se o senhor tentar algo assim mais uma vez, vou derrubá-lo no chão.

Ele deu uma risada alta.

— Eu sou muito maior que você, garotinha.

— Você deveria marcar uma colonoscopia. — Andrea levou a mão até a maçaneta da porta. — Talvez o médico possa tirar a sua cabeça do seu rabo.

Tudo aconteceu muito rápido, mas, por uma fração de segundo, por apenas um brevíssimo momento, o cérebro de Andrea conseguiu desacelerar tudo aquilo.

Nardo riu da traseira da caminhonete.

Andrea sentiu uma dor repentina e forte eletrificar seu braço.

Ela olhou para baixo.

A mão de Dean estava segurando o seu pulso com tanta força que o nervo ulnar parecia estar em chamas.

Candidatos a delegado federal tinham que praticar em qualquer lugar, entre duas e oito horas por dia, táticas de combate do exército, jiu-jitsu brasileiro e confronto corpo a corpo para se qualificar para a formatura. Aquele não era um curso teórico com livros e teste surpresa. Era luta com as mãos em uma caixa de areia infestada de pulgas todos os dias, com frequência duas vezes por dia, sob chuva forte ou o calor tropical escaldante de Brunswick, Geórgia do Sul.

Às vezes, os instrutores molhavam você com uma mangueira de incêndio só para tornar as coisas mais interessantes. Por razões óbvias, ou para deixá-los morrendo de medo, sempre havia uma ambulância de plantão. Deixar o curso após uma emergência médica era algo que acontecia, você não escolhia quem ia treinar com você. Não era assim que funcionava na vida real, e não era assim que funcionava no treinamento. Mulheres não lutavam apenas com mulheres, nem homens exclusivamente com homens. Todo mundo enfrentava todo mundo, o que significava que, às vezes, Andrea tinha que derrotar Paisley Spenser e, às vezes, tinha que encarar um cadete de 1,90 metro cujo corpo parecia ter sido esculpido de um único bloco de granito.

Ela aprendera muito rápido que o principal problema em ser um bloco de granito gigante era que levava uma quantidade enorme de energia física para dar um golpe com o punho ou derrubar alguém com a perna. Claro, o cara podia quebrar a espinha de alguém quando acertasse o golpe, mas acertá-lo demorava muito mais quando todos aqueles músculos precisavam ser ativados.

Andrea não tinha esse problema. Ela era rápida e era má, e não se importava em lutar sujo.

Foi por isso que tudo aconteceu muito rápido no interior da velha picape Ford de Dean Wexler.

Ela agarrou o pulso dele com a mão direita. O polegar pressionava a base da palma da mão dele, os outros dedos seguravam a parte de trás da mão. Então torceu o braço dele às costas, segurou o cotovelo e o empurrou de cara no volante em uma chave de pulso perfeitamente executada.

Andrea nem percebeu o que estava acontecendo até estar de joelhos, pressionando todo o peso de seu corpo sobre as costas de Wexler.

— Cacete — disse Nardo. — Você foi derrotado por uma menina, meu velho.

Wexler estava resmungando, mas dessa vez era de dor.

— Vou soltar você — firmou Andrea. — Não me teste outra vez.

Lentamente, Andrea aliviou a pegada. Ela se sentou, as mãos preparadas para imobilizá-lo de novo caso ele tentasse outra coisa estúpida. Ele a empurrou e abriu a porta, resmungando:

— Vadia do caralho.

Andrea desceu da caminhonete, mas manteve distância, dando algum espaço para Wexler. Ele andava como dirigia: devagar, com juntas rígidas e artrite. Ela se viu questionando a própria reação: tinha sido violenta demais? Havia outra maneira de reduzir a tensão? Essa primeira altercação no mundo real a havia transformado em um daqueles policiais babacas em uma onda de poder?

— Mandou bem, garota. — Nardo estava encostado na traseira da caminhonete. Ele tirou um cigarro do maço de Camels e ofereceu para Andrea.

Ela negou com a cabeça. Os punhos ainda estavam cerrados, o coração ainda acelerado. Ela lembrou a si mesma de que aquele era o seu treinamento. Ela deixara a primeira vez passar e lhe dera um aviso. Wexler tinha escalado a situação ao agarrar o seu pulso. Ela tinha reagido. E o mais importante: quando Wexler aquiesceu, ela o soltou.

— Acho que você podia ganhar uma pilha de dinheiro se levasse esse seu show para a estrada. — Nardo riu, tossindo fumaça. — O que você acha de lutar na gelatina?

Andrea afastou a fumaça. Ele fedia a cerveja velha e rancor.

— Conheci a sua mulher na lanchonete. O que ela acha de você ficar por aqui com todas essas garotas?

— Ex-mulher, graças a Deus. — Ele deu um trago longo no cigarro. — E você teria que perguntar a ela.

— E o irmão dela? — perguntou.

— Mortinho da silva, coitado.

Andrea sentiu a respiração hesitar. Segundo o próprio depoimento de Eric Blakely, ele fora o último do grupo de Emily que tinha falado com ela antes do ataque.

Aproximadamente às 18 horas de 17 de abril de 1982, eu, Eric Alan Blakely, testemunhei Emily seguir na direção da Beach Drive desde as vizinhanças do ginásio. Não notei como estava vestida porque eu não me importava. Nem percebi se ela estava doidona ou intoxicada, embora ambos fossem prováveis levando-se em conta o passado dela. Ela tentou falar comigo e eu rejeitei a atenção. Então ela gritou injúrias, o que me fez tentar acalmá-la. Ela me xingou, depois entrou andando no beco. Eu fui embora, indo na direção do ginásio, que é o que os meus outros colegas de turma disseram a vocês. Sinceramente, a discussão me deixou com um gosto ruim na boca, então resolvi voltar para casa, onde assisti a vídeos com a minha irmã, Erica Blakely. Não sei quem é o pai do filho de Emily. Eu, naquela noite, estava usando um smoking preto, mas todo mundo estava usando a mesma coisa. Juro que o conteúdo do meu depoimento é verdade sob os riscos das penalidades da lei.

Nardo deu um trago no cigarro.

— Estar morto é um pouco como ser estúpido, não é? Fácil para você, mas difícil para as pessoas à sua volta.

Andrea apenas olhou para ele. Nardo estava esperando que ela risse.

— Ah, bom. — Ele fez uma careta para ela dentre a fumaça. — Sabe, você seria bonita se perdesse alguns quilos. Você está ficando no motel, certo?

Ela recitou a única oração que Laura a havia ensinado:

— Deus, me dê a confiança de um homem branco medíocre.

— Muito bom. — Ele pareceu impressionado. — Vocês, damas sulistas, têm coragem e força de caráter.

— Você quer dizer como a força usada para bater na cabeça de Emily Vaughn com um pedaço de madeira?

A expressão de Nardo se retorceu de um jeito perverso familiar.

— Sapatão.

Andrea imaginou que a geração dele considerasse isso um insulto. Ela o observou sair andando na direção do celeiro, e esperou até que ele entrasse para poder respirar fundo, irritada.

Ela olhou para a mão esquerda. O pulso estava latejando onde Wexler o agarrara. Andrea ficaria com um hematoma, provavelmente do mesmo tipo que vira no pulso de Alice Poulsen.

Andrea inspirou mais uma vez. Precisava se concentrar no crime que estava à sua frente. As histórias do passado de Dean Wexler e Nardo Fontaine com Emily Vaughn não eram a razão para ela e Bible estarem na fazenda. Havia outra garota que tinha perdido a vida apenas algumas horas antes. Ela estava jogada no campo, embaixo de um lençol branco, enquanto um grupo de policiais mexia no celular e enfiava as mãos nos bolsos.

O próprio telefone de Andrea tinha documentado a desolação da vida diária de Alice Poulsen. Os parentes da jovem estavam a milhares de quilômetros de distância, provavelmente achando que a filha estava tendo uma aventura nos

Estados Unidos. Logo, alguém bateria à porta deles e lhes diria que aquele não era o caso. Eles iriam querer saber o que tinha acontecido com a filha, e Andrea e Bible talvez fossem a única razão para eles receberem qualquer resposta.

Analisar, entender, relatar.

Estudou os arredores. Assim como o celeiro e os anexos, a casa principal de um andar estava pintada com as cores vibrantes do arco-íris. Bandeirolas pendiam da varanda da frente, e velas haviam sido colocadas nas janelas. Havia um galinheiro cheio de galinhas gordas, três cabras pastavam embaixo de um belo salgueiro. Carrinhos de mão e ferramentas de fazenda ficavam no grande celeiro fluorescente que abrigava um trator que, talvez, valesse mais que uma Lamborghini. À distância, silos alimentavam o que ela supôs, pela placa de FEIJÕES MÁGICOS DO DEAN, ser o armazém. As cores da logo eram safira-azul e água-marinha, as mesmas das pedras na tornozeleira de Alice Poulsen.

— Babaca de merda — murmurou ela.

Dean Wexler sabia exatamente quem era a garota.

O ruído de cascalho triturado desviou a atenção dela da placa. O carro do chefe chegava lentamente pela estrada. Eles deviam ter demorado propositalmente para que Andrea pudesse trabalhar Dean Wexler. Bible a havia jogado outra vez na parte funda. A dúvida era se tinha conseguido nadar algumas voltas ou ficado no lugar.

A viatura fez uma curva fechada na estrada. Andrea percebeu dois prédios baixos de metal à distância. A pintura festiva tinha terminado na estrada de cascalho. As estruturas de metal nu eram escuras, com manchas de ferrugem, os telhados estavam cobertos de folhas. Um estêncil sobre a porta do prédio maior dizia ALOJAMENTO, enquanto o menor estava marcado como REFEITÓRIO. Todas as janelas das duas construções estavam abertas para encarar o calor que chegava.

Como Andrea tinha crescido no Sul, ela tinha que lembrar a si mesma de que ali mais ao norte não era cruel nem incomum o ar-condicionado ser dispensado. O mesmo não podia ser dito da fileira de cinco banheiros químicos azuis que ficava a dez metros do refeitório.

A fazenda parecia bem-sucedida o bastante para ter encanamento interno, especialmente, porque o trabalho era fornecido por voluntários, o que Andrea supôs ser um eufemismo para mão de obra não remunerada. Tendo lido a sua cota de ofertas de estágios, podia imaginar o anúncio promovendo a *experiência verdadeira* do mundo de um fazendeiro orgânico: alojamento e Wi-Fi disponíveis. As fotos anexas não mostrariam o alojamento primitivo e valorizariam os prédios principais multicoloridos.

Como um diferencial, a casa da fazenda tinha ar-condicionado.

A viatura do chefe Stilton estacionou atrás da caminhonete Ford azul. Se ele tivera uma conversa séria com Bible no caminho, nenhum deles parecia feliz com isso. Queijo bateu a porta do carro com quase tanta força quanto Wexler tinha feito.

Andrea se afastou quando ele foi andando na direção da casa.

— Não sei ao certo o que está acontecendo com o chefe Queijo — disse Bible. — Como está o velho?

— Puto — disse Andrea. — Ele agarrou meu pulso e eu enfiei a cara dele no volante.

— Certíssima. — Bible parecia muito sério. — Regra número um dos delegados: nunca deixe alguém botar as mãos em você.

Andrea ficou satisfeita com o apoio, mas teve que admitir:

— Isso vai tornar as coisas mais difíceis quando tentarmos conversar com ele sobre Alice Poulsen.

— Até onde sei, isso nem faz parte da equação. — Bible voltou a olhar para a casa. — Parceira, não sei sobre você, mas lamento minhas escolhas de figurino.

— Eu também. — Pelo menos, ele estava com uma camiseta de aparência oficial com seu short de corrida. A blusa lilás do pijama de Andrea tinha vários "Z"s desenhados em torno da gola.

A porta de tela se abriu e Wexler gritou:

— Eu não tenho a droga do dia inteiro.

— Isso está cada vez mais estranho — disse Bible.

Andrea ia atrás dele pelo caminho de pedestres quando viu duas mulheres saindo do celeiro em direção ao alojamento. Os passos ritmados eram lentos e deliberados. As duas estavam com vestidos amarelos compridos e sem mangas, idênticos ao travesseiro improvisado que apoiava a cabeça de Alice Poulsen. Não era a única semelhança. Os pés estavam descalços e os cabelos sebosos e escuros iam quase até a cintura. Elas eram tão magras que os braços e as pernas pareciam fios pendurados no vestido. As duas poderiam ter passado por gêmeas de Alice Poulsen.

Ambas tinham argolas de prata presas ao redor do tornozelo esquerdo.

— Oliver?

Bible estava segurando a porta aberta. Ela viu Dean Wexler e o chefe Stilton de pé do lado de dentro. Nenhum dos homens estava olhando para o outro, mas a hostilidade entre eles era quase como uma terceira pessoa. Eles nitidamente tinham uma história. As pessoas sempre falavam sobre como cidades pequenas eram estranhas, mas, na verdade, havia rixas de sangue escondidas em quase toda esquina.

Andrea segurou a porta de tela antes que se fechasse. Esperava uma casa deprimentemente suja, mas a que encontrou era iluminada e moderna. A sala e a cozinha interligadas eram pintadas com variações delicadas de cinza e branco. O sofá de couro e a poltrona do mesmo conjunto eram pretos. Os utensílios de cozinha não eram apenas de aço inoxidável, mas de marcas boas, deviam custar o mesmo que o salário anual dela. Toda a cor tinha sido economizada para o chão. Cada tábua larga representava um dos doze tons do círculo cromático. Coelhos, raposas e pássaros rodopiavam em padrões repetidos.

Todo mundo naquela maldita cidade era um artista.

— Sr. Wexler — disse Bible —, obrigado por conversar conosco.

Wexler cruzou os braços.

— Essa vadia disse a você o que ela fez comigo?

— Minha parceira me contou que você tentou agredir uma agente de segurança federal. Então, você quer ser preso ou vai se sentar e conversar como planejamos?

Houve um momento de silêncio enquanto Wexler avaliava as opções. Ele foi salvo de responder por uma mulher que apareceu do corredor. Ela certamente não os havia ouvido, e estava com a mão atrás da cabeça para prender o cabelo. Ela paralisou ao vê-los, assustada com os estranhos na sala.

Andrea levou um susto ao ver a mulher.

Era mais velha que as outras, possivelmente na segunda metade dos seus vinte anos. O mesmo vestido amarelo. O mesmo cabelo escuro e comprido. Os mesmos pés descalços. A mesma magreza comovente. Os contornos do crânio visíveis sob a pele. Os olhos eram duas orbes redondas no meio de pálpebras escuras com a aparência de hematomas. O aro ao redor do tornozelo estava tão apertado que a pele tinha sido esfolada.

— Dean? — perguntou ela, a voz ficando estridente de medo.

— Está tudo bem, Star. — Wexler tinha removido um pouco do mau humor do seu tom de voz. — Continue a trabalhar. Nada disso tem a ver com você.

Ela não insistiu por uma explicação. Não olhou nem falou com alguém, enquanto caminhava lentamente até a cozinha. Os seus movimentos eram robóticos quando ela estendeu as mãos para abrir a porta de um armário. Andrea percebeu que havia uma breve pausa depois de cada ação. Pegue a farinha.

Pare. Ponha-a na bancada. Pare. Pegue o açúcar granulado. Pare. Ponha-o na bancada. Pare. Em seguida, levedura. Pare.

— Dean? — Stilton abriu o bolso da camisa e pegou um caderno espiral e uma caneta. — Nós vamos fazer isso ou o quê?

— Sentem-se — disse Wexler. — Vamos acabar logo com essa droga.

Havia apenas o sofá e a poltrona. Bible e Stilton eram ambos caras grandes, e Wexler pegaria a poltrona. Andrea poupou-os de qualquer noção de cavalheirismo e foi até a cozinha. Ela se sentou no único banco de couro abaixo da bancada central. Podia ouvir Star trabalhando atrás dela, mas não se virou nem registrou sua presença. Ela entendeu, pelo jeito como Wexler olhava para ela, que era exatamente o que ele queria.

— Está bem. — Bible gesticulou com a cabeça para Stilton quando eles ocuparam cantos opostos do sofá. Ambos tinham combinado quem iria conduzir aquilo. — Chefe?

— Dean, me conte sobre essa pobre garota no campo? — perguntou Stilton.

Andrea ouviu um copo ser pousado pesadamente às suas costas.

— Eu falei tudo o que sei — disse Wexler. — E isso não é nem o que eu sei, porque já disse a vocês que não me lembro nem de tê-la conhecido.

— Alice Poulsen — insistiu Bible.

Star parou de se mexer. Andrea conseguia sentir a tensão crescendo às suas costas, mas ainda assim não se virou.

— Esse parece ser o nome da vítima — disse Bible. — Alice Poulsen.

— Vítima? — Wexler emitiu um resmungo familiar de desprezo. — Ela se matou. Isso não tem nada a ver comigo.

— E o estado dela? — Bible tinha consciência de que Star estava nas mesmas más condições. — O que tem a dizer sobre isso?

— Que estado dela? Pelo que vi, ela era uma jovem bonita. — Wexler mostrou os dentes. — Elas são todas adultas. Podem fazer o que quiserem, não sou o chefe delas. Não tenho ideia do que as voluntárias fazem no tempo livre.

Bible ajustou a abordagem.

— Acho que você tem um site ou algo assim.

Wexler pareceu pensar se deveria responder ou não antes de finalmente assentir.

— Recebemos inscrições pelo site. A maioria delas é internacional. A geração X-Y-Z, seja lá o que for, dos Estados Unidos é preguiçosa demais para fazer esse tipo de trabalho.

— Entendi — disse Bible. — Deve ter sido difícil começar um lugar como este do nada.

— Herdei dinheiro de um parente distante e o usei para comprar esta terra. — Wexler esfregou a boca com os dedos. Seu olhar não parava de, nervosamente, procurar Star. — Na verdade, comecei todo o movimento de hidroponia orgânica bem aqui em Delaware. Temos usado atividade microbiana para criar nutrientes desde o começo. Ninguém mais estava fazendo isso. Nem na Costa Oeste.

— Hidroponia. — Bible pareceu deixar a palavra descansar em sua boca. Ele estava tentando pegar Wexler de guarda baixa. — Achei que isso usava água e...

— É, no começo. Graças ao aquecimento global podemos cultivar nos campos. Droga, dentro de mais dez anos provavelmente poderemos cultivar laranjas aqui. — As mãos dele agarraram os braços da poltrona. Ele parou de olhar para Star. — Quando comecei, a cidade inteira achou que eu estava louco. Eles diziam que eu não ia conseguir que as favas crescessem ou não ia encontrar os trabalhadores certos para que tivessem sucesso. Levou vinte anos até este lugar começar a dar lucro de verdade. Olhe para ele agora.

Andrea percebeu que os resmungos mal-humorados tinham desaparecido. Dean Wexler era muito mais articulado quando estava falando sobre o quanto era inteligente.

— Alice — disse Bible. — Ela pode ter vindo da Dinamarca, não?

— Provavelmente, mas como eu disse, não sei. A Europa sempre esteve anos à nossa frente na área ambiental. Ainda mais os países escandinavos. — Wexler se inclinou para a frente, apoiando os cotovelos nos joelhos. — Eu comecei nos anos 1980. Era como a idade da pedra. Carter tinha defeitos, mas ele entendia que o meio ambiente estava em perigo. Ele pediu que os americanos fizessem sacrifícios e, como sempre, eles escolheram TVs coloridas e micro-ondas.

Bible percebeu.

— Estou vendo que você não tem televisão aqui.

— Um alimento inútil para as massas.

— Você tem razão.

Bible deu um tapa no joelho. Ele era muito bom naquilo.

— Agora, favas. É a mesma coisa que feijão-fava? Achei que tivessem uma toxina.

— É. Fitohemaglutinina é uma lectina de ocorrência natural. — Wexler fez uma pausa, mas só para recuperar o fôlego. — Há baixas concentrações da toxina no grão. O que você faz é fervê-los por dez minutos, e é aí que o processo fica interessante.

Andrea esperava que Dean Wexler retomasse o ritmo. Ela tinha pegado o iPhone, queria uma fotografia de Star. A garota tinha pais em algum lugar e eles iriam querer saber que ela ainda estava viva.

Wexler continuou a falar:

— Em estado selvagem, eles têm mais ou menos o tamanho de uma unha, o que é muito pequeno para o mercado consumidor.

Andrea se perguntou como poderia localizar os pais de Star. Ou se isso sequer importaria. A mulher estava em um lugar com três agentes da lei, se quisesse ajuda, tudo o que precisava fazer era abrir a boca. A menos que estivesse com muito medo.

— O favismo — prosseguiu Wexler — é um problema inato de metabolismo. A fava pode quebrar as células vermelhas do sangue, o que pode ser muito perigoso, especialmente para recém-nascidos.

Andrea presumiu que Wexler tinha sido o tipo de professor que os alunos achariam legal, mas deixaria os adultos pasmos. Ela virou a cabeça. Star a estava encarando abertamente. Os olhos da mulher eram como bolas reluzentes de cristal no rosto emaciado. Os lábios dela estavam entreabertos. A doçura enjoativa do seu hálito cheirava a xarope para tosse e decomposição.

Ela estava olhando para o celular de Andrea.

— Star — ordenou Wexler. — Traga-me um copo de água.

Mais uma vez, Star se movimentou de forma robótica, como se seguisse uma programação. Ande até o armário. Pare. Pegue um copo. Pare. Ande até a pia.

Andrea deu as costas para a mulher, que era exatamente aquilo pelo que Wexler parecia estar esperando.

Ele disse a Bible:

— Vamos ao que interessa. Eu tenho trabalho a fazer.

— Claro — disse Bible. — Então, me conte sobre o processo de inscrição para os seus voluntários.

— Não é muito complicado. Os candidatos escrevem um ensaio. Eles devem ter interesse em cultivo orgânico, de preferência alguns estudos feitos na área. Você pode ter percebido que temos uma reputação internacional estelar, recebemos o que há de melhor.

Wexler viu aonde aquilo estava levando.

— Bernard, o gerente da fazenda, avalia as inscrições. É ele quem escolhe as voluntárias.

— São todas mulheres? — perguntou Bible.

— O quê?

— As candidatas. Elas são todas mulheres, ou Bernard exclui os homens?

— Você teria que perguntar isso a ele.

A expressão presunçosa estava de volta ao rosto de Wexler. Ele nitidamente aceitava todo o crédito e nenhuma culpa.

— Pelos últimos 35 anos, Nardo esteve responsável pelo processo de seleção. Bem no início, eu o ajudei a estabelecer os parâmetros, mas não sei dizer quando li a última inscrição, muito menos fiz uma entrevista.

— Nardo as entrevista? — perguntou Bible. — Assim, ele voa para a Europa e...

— Não, não. É tudo pelo computador, Face Time ou Zoom, mas não sei os detalhes. Onde colocamos anúncios, que perguntas são feitas, por que algumas pessoas ficam por mais um ano, por que algumas decidem ir para casa. — Wexler ergueu o olhar para Star. Ela estava parada ao seu lado com um copo de água. Ele apontou a mesinha lateral e esperou que ela o pusesse sobre um porta-copos. — Depois que Nardo escolhe as poucas sortudas, ele lhes envia os detalhes, elas reservam a passagem e viajam para cá. Eu praticamente nem as vejo mais.

Star voltou para a cozinha. Havia farinha na bochecha funda, mas a pele dela era tão branca que aquilo mal provocava uma sombra. Andrea ouviu o ruído dos seus pés descalços sobre as tábuas do piso. Ela se movimentava como um fantasma. Mais uma vez, o olhar dela foi para o telefone de Andrea.

Bible perguntou:

— As voluntárias têm que pagar a própria passagem?

— É claro. Nós não somos seus empregadores. Damos a elas a oportunidade de apreender uma habilidade de alto nível que tem aplicações práticas para os estudos quando voltam para a universidade.

Andrea se apoiou na bancada e destravou o celular. Ela o apoiou sobre a bancada com a tela para cima, então o empurrou com o cotovelo para que Star pudesse pegá-lo.

— É tudo na lavoura? — perguntou Bible. — Ou elas também trabalham na fábrica que fica na estrada?

— É lá que as favas são processadas — respondeu Wexler. — É quase tudo automatizado, mas ainda há coisas que têm que ser feitas à mão, como embalagem e etiquetagem de caixas. Registrá-las para transporte. Carregá-las nos caminhões.

— Habilidades de alto nível com aplicações práticas — citou Bible.

— Exatamente — disse Wexler, sem captar o sarcasmo. — Nós lhes damos habilidades valiosas antes que sejam devolvidas ao mundo. Qualquer um pode se sentar atrás de uma mesa e ler um livro, e esse era o problema que eu via todo dia quando estava lecionando. Por que fazer alguém ler sobre um assunto quando pode pôr a mão no solo e entender a terra de um jeito metafísico?

Andrea ouviu o ruído de um rolo de massa às suas costas. O cheiro de levedura enchia a cozinha. Ela olhou para o celular e ele estava exatamente onde o deixara. A tela tinha ficado preta. O telefone estava programado para travar depois de trinta segundos.

— É engraçado como você disse isso. "Devolvidas ao mundo." Isso significa que você retira as tornozeleiras antes de liberá-las?

— Eu já contei a você tudo o que eu sei — disse Wexler. — Queijo, quando vou ter a minha plantação de volta? Temos trabalho a fazer.

Stilton não parecia gostar mais do apelido quando Wexler o usava.

— Quando eu estiver pronto e satisfeito.

— E os pais de Alice? — retomou Bible. — Suponho que você vá notificá-los.

— Eu não saberia como.

— Nardo, então.

— Não sei.

Andrea ponderou se deveria abrir o telefone outra vez. Star estava tentando lhe enviar uma mensagem diferente? Andrea olhou para as próprias mãos, para o short. O que ela tinha tentado sinalizar?

— Podemos tirar a responsabilidade de notificar os pais das suas mãos — propôs Bible. — Talvez haja algumas cartas ou um telefone nos pertences pessoais da srta. Poulsen. As pessoas têm todo tipo de informação nos seus celulares.

— Você não precisa de um mandado para isso? — Os cantos da boca de Wexler se retorceram com a presunção familiar. — Provavelmente não é a melhor ideia obter aconselhamento jurídico de um policial.

— Prefiro ser chamado de delegado — disse Bible. — Policiais, em geral, são como o chefe Stilton aqui. Eles lidam com questões a nível estadual, como multas de trânsito e direção sob efeito de álcool. Eu estou no nível federal, o que cobre coisas como apropriação de salário, trabalhos forçados, coerção e tráfico sexual.

A sala ficou tão silenciosa que Andrea podia ouvir o tiquetaquear do forno se aquecendo.

Ela tentou não se assustar quando algo pequeno e sólido pressionou o seu cotovelo. Esperou até que o rolo de massa começasse a fazer barulho outra vez para olhar. Star tinha afastado o telefone de Andrea.

— A srta. Poulsen vivia no alojamento? — perguntou Bible. — Podemos dar uma passada lá e...

— Não sem um mandado.

Nardo estava parado do outro lado da porta de tela. Um cigarro novo pendia de seus lábios.

— Não há perigo iminente. A garota está morta. Você não pode entrar em nenhum desses prédios sem permissão expressa. Temos uma expectativa razoável de que nossos direitos pela Quarta Emenda sejam respeitados.

Bible riu.

— Você parece alguém que conhece advogados o suficiente para tentar falar como se fosse um deles.

— Certo. — Nardo empurrou e abriu a porta de tela, mas não entrou. — Dean, preciso da sua ajuda no celeiro. Vocês canas têm que ir embora ou ficar na área ao redor do corpo.

Wexler rosnou enquanto se levantava da poltrona:

— Isso significa agora.

Stilton e Bible começaram a sair. Andrea se voltou para Star, mas a mulher estava ocupada com a mão na massa. Ela estava fazendo pão. A forma já estava untada em cima do fogão.

— O cheiro está bom — tentou Andrea. — Minha avó fazia pão assim.

Star não ergueu o olhar. Talvez soubesse que Andrea estava mentindo. Ou talvez estivesse aterrorizada que Wexler e Nardo a castigassem por falar. Ela não tinha dito palavra alguma além de *Dean* desde que entrara na sala.

— Até mais, meus caros. — Nardo segurava a porta aberta enquanto o contingente de agentes de segurança passava.

Andrea gostou do ar fresco; a casa oferecia uma sensação abafada. Bible não voltou na direção da plantação, então Andrea também não fez isso. Ele tomou o seu lugar na viatura do chefe, Andrea entrou atrás. Ela viu Stilton fazer a volta pela frente do carro depois de passar pela divisória de tela metálica.

Bible perguntou:

— O que estava acontecendo entre você e Star?

— Ela não parava de olhar para...

A porta se abriu e Stilton entrou no veículo.

Andrea olhou para o telefone, caso Star, de algum modo, tivesse conseguido fazer alguma coisa enquanto a tela estava destravada. Ela verificou e-mail, mensagens, notas, chamadas perdidas, agenda. Trinta segundos não era muito.

Ela olhara para o telefone e o vira exatamente onde o deixara. Talvez Star o tivesse afastado como uma espécie de *vá se foder.*

Stilton ligou o motor e se virou para Bible.

— Eu disse a você.

— Disse mesmo, chefe. Isso foi uma grande perda de tempo.

Bible parecia agradável, mas Andrea sabia que não era bem assim.

— Agora me explique isso: qual é a história entre vocês três? Parece que captei algum clima entre eles e você.

— Fizemos o ensino médio juntos. — Stilton pareceu pensar que aquele era o fim da história, mas então mudou de ideia. — Eles são pessoas ruins.

— Isso parece verdade.

— Eles mentem e enganam, mas são espertos o suficiente para nunca serem pegos. Nardo aprendeu com o pai, que passou cinco anos em uma prisão federal.

Andrea sentiu um sino tocar na sua cabeça. Ela encontrara um Reginald Fontaine de Delaware durante uma das pesquisas na internet. Não havia menção à família, mas o homem tinha sido preso no escândalo da Savings and Loan. Ele tinha passado cinco anos em uma prisão federal, mais ou menos na mesma época que Bernard Fontaine se tornara o vice-rei das Favas com o antigo professor de Educação Física do ensino médio.

Bible disse:

— Chefe, vou ser bem honesto com você agora. Sinto que você deixou de mencionar alguns detalhes sobre a fazenda dos hippies. — Stilton deu a volta no galinheiro com a viatura. — Temos algumas mulheres usando o mesmo uniforme, acho que podemos chamar assim, e todas têm o mesmo cabelo comprido. Você vai me desculpar por dizer isso, minha esposa me ensinou a não fazer comentários sobre a aparência física de uma mulher, mas elas não perderam apenas algumas refeições.

— Não — disse Stilton.

— Parece que elas estão passando fome.

— É.

— Você tem uma teoria sobre isso?

— Minha teoria é a mesma que a sua — falou Stilton. — Eles estão gerindo uma espécie de culto. Mas você sabe tão bem quanto eu, delegado, que estar em um culto não é contra a lei.

Andrea tinha sentido um calafrio ao ouvir a palavra *culto*. Ela cerrou os dentes para impedir que batessem. Claro que era um culto. Os sinais estavam todos ali: um bando de jovens perdidas e sem esperanças à procura de significado, uma dupla de velhos sujos disposta a fornecer isso, com um custo.

— Bom — disse Bible. — Não posso discordar de você nisso, chefe. *Culto* parece a maneira certa de descrever isso.

Andrea destravou o celular. Ela abriu o aplicativo de fotos e encontrou os closes que tinha feito de Alice Poulsen. Os ossos salientes, as escaras, os lábios rachados, a tornozeleira dolorosamente apertada que cortara a carne.

Culto.

Alice escolhera usar o vestido amarelo e deixar o cabelo crescer. Ela, provavelmente, tinha se submetido a ter a argola presa ao redor do tornozelo. Ela havia passado fome até quase desaparecer.

E então saiu pelo campo, engoliu um monte de comprimidos e morreu.

Bible disse a Stilton:

— Pareceu que você conhecia aquela garota na casa. Star, não era?

Andrea ergueu o olhar das fotos. Ela tinha deixado aquilo passar.

— Star Bonaire — informou Stilton. — A mãe dela está há anos tentando tirá-la dali.

— E?

— Ela parece ter saído para você? — Stilton finalmente pareceu com raiva.

— Diga-me o que fazer, delegado. Elas podem parecer garotas, mas são todas adultas. Você não pode entrar lá e sequestrar um bando de mulheres crescidas. Elas querem estar ali.

— Onde mora a mãe de Star? — perguntou Bible.

— A poucos quilômetros do centro da cidade. Mas ela é louca — alertou Stilton. — Ela tentou sequestrar a filha no ano passado. Foi com o seu Prius até o alojamento e a arrastou pelo braço. A mãe tinha um desprogramador de cultos esperando em um motel.

— E? — perguntou Bible.

— Quando eu soube, estava sendo chamado para a fazenda para prendê-la por invasão de propriedade e sequestro. — Stilton balançou a cabeça. — Ela acabou tendo que fazer serviço comunitário, o que foi muita sorte, porque podia ter acabado na prisão. Eles têm uma medida protetiva contra a mãe, então ela não tem permissão para tentar contato nem se aproximar da filha.

— Que loucura — disse Bible. — Essa é uma mãe forte.

— É, *loucura* está certo — retrucou Stilton. — Insano. Você se envolve com a mãe e vai descobrir bem rápido como a filha foi parar naquele lugar.

Andrea não sabia ao certo se aquilo podia ser qualificado como loucura. Se ela tivesse sido pega por alguma coisa como a fazenda, Laura teria tentado a mesma coisa. Só que ela teria tido sucesso.

Bible continuou:

— Você já teve outros pais tentando tirar as filhas?

— Não que eu saiba, e eles já deixaram claro que não dão a mínima em passar por cima de mim. — A raiva de Stilton tinha dado lugar à autopiedade. — Confie em mim, Wexler tem um monte de advogados na discagem rápida e você não quer mexer com essa gente. Eu, com toda a certeza, não quero. Eles poderiam falir a cidade.

Andrea não conseguia mais ouvir as desculpas dele. Voltou a atenção novamente para as fotos de Alice Poulsen, que tinha uma mãe, também. O que a mulher faria quando descobrisse que a filha tinha sido levada ao suicídio? Porque estava claro para qualquer um que tinha visto o corpo de Alice que a garota encontrara o único meio de fuga. Cada close oferecia uma compreensão da agonia à qual Alice fora submetida. Que tipo de motivação era necessária para passar fome daquele jeito? Alice tinha trabalhado em uma fazenda, sempre cercada por comida. A privação era quase inacreditável. Andrea não conseguia parar de se torturar com as fotos. Ela passou para a seguinte. E a seguinte.

Então, parou. Star não precisara que o telefone estivesse destravado. Havia dois aplicativos no iPhone que podiam ser acessados sem senha. Um era a lanterna. O outro era o da câmera.

Andrea deu zoom na foto que Star tirara com o aparelho. A mulher tinha espalhado farinha sobre o tampo negro da bancada e usado o dedo para escrever uma única palavra:

Socorro.

20 DE OUTUBRO DE 1981

EMILY TINHA PROCURADO "ORQUITE" em um dos volumes da enciclopédia Britannica, que ocupava toda uma seção da biblioteca da escola. *Inflamação de um ou dois testículos, em geral causada por um vírus ou bactéria; frequentemente resultando em esterilidade.*

Então ela olhara as anotações que fizera depois de deixar a sala de aula de Dean Wexler:

Diz que ele "não é a porra do pai". Admitiu que me apanhou na festa. Disse que Nardo ligou para ele para me levar para casa. Disse que eu estava discutindo com Clay perto da piscina quando ele chegou lá. Prometeu que ia me machucar se eu o acusasse publicamente. Ele agarrou o meu pulso. Isso doeu.

Emily tinha se sentado na biblioteca e olhava fixamente para as linhas, tentando descobrir um significado. A letra dela, normalmente boa, estava quase ilegível em algumas partes, porque o corpo inteiro estava tremendo enquanto ela transcrevia a conversa. Uma coisa tinha se tornado imediatamente clara: Queijo estava certo, ela deixara passar um detalhe importante.

Ela tinha escrito uma pergunta no pé da página:

Ele pode estar falando a verdade sobre não ser o pai, mas isso não significa que ele não fez alguma coisa, certo?

Pelo resto do dia na escola, Emily foi *assombrada* não apenas pela conversa com Dean, mas pelo que o dr. Schroeder chamara de *frouxidão*, algo que ele esperaria encontrar em uma mulher casada. A sra. Brickel dissera que ele estava mentindo, mas ela era apenas uma enfermeira, sem dúvida um médico saberia mais que ela. Sem dúvida havia regras contra mentir.

Emily fechou o caderno e guardou-o na bolsa. Ela olhou para o céu enquanto caminhava por um trecho solitário de estrada — não tinha ideia de que horas eram ou de quanto tempo havia estado fora. Desde a manhã da véspera, ela estava perdendo a noção do tempo. O resto do dia tinha se passado em uma névoa: Artes, banda, Química, Inglês. Ela conversara com Ricky na Educação Física e descobrira que a coisa importante que Ricky tinha para contar era que ela não gostava mais de Nardo. O que durou até o fim da aula, quando Ricky o viu no corredor e esqueceu completamente que Emily estava ao seu lado.

Ela podia contar a Ricky o que tinha acontecido?

Ela queria fazer isso?

Emily tinha quase certeza de que o sr. Wexler ia manter a boca fechada, e imaginou que ele presumisse que ela faria o mesmo. A mão dela foi até o pescoço, onde ele a agarrara. Na verdade, a esganara, porque ela não conseguira respirar. Emily ainda sentia dor ao engolir, embora tivessem se passado horas desde o confronto.

Confronto?

Tinha sido assim tão ruim?

Antes de sair da escola, uma olhada rápida no espelho do armário mostrara uma marca fina e vermelha na lateral do pescoço, não a marca de mão que ela esperara ver. O que perdurava mais era a lembrança da raiva dele. Não raiva como quando ele falava sobre Reagan explorando a sua tentativa de assassinato para ajudá-lo a acabar com a rede de segurança social. Raiva como se a vida dele estivesse em jogo.

Dean Wexler agia como se as suas viagens pelo mundo o tivessem transformado em um iconoclasta, mas, tirando a política progressista, ele ainda era do mesmo tipo odioso que o pai de Emily. Catalogava mulheres como atraentes ou gordas, inteligentes ou burras, merecedoras do tempo dele ou completamente inúteis. Era fácil ver o mundo em preto e branco quando você controlava tudo. Emily já deveria saber que não deveria acreditar que Wexler era algo que não era.

Ela resgatou o bloco de detetive improvisado da bolsa. Emily escolheu a página correta do que intitulara a sua INVESTIGAÇÃO DE COLUMBO. Revisou as entrevistas pela centésima vez.

Nardo ligara para o sr. Wexler para que fosse buscá-la. Aquilo fazia certo sentido, já que ele era o capitão da equipe de corrida e tinha o número do telefone do sr. Wexler. Todo mundo na festa estava doidão, o professor não iria penalizá-los, muito menos entregá-los. Ele tinha um carro, e poderia tirar Emily dali, especialmente se ela estivesse discutindo com Clay.

A suposta discussão com Clay era outra lembrança perdida.

Embora houvesse discussões constantes entre a panelinha, Emily raramente estava no centro delas. Em geral, ela era a pacificadora, aquela que apaziguava as coisas, ainda mais quando Clay estava envolvido. Emily podia contar nos dedos de uma mão quantas vezes ela o desafiara, e só sobre algo muito importante. A recusa dela em continuar roubando de carros de outros estados. A insistência para que eles tratassem Queijo melhor ou pelo menos o ignorassem. A vez em que ficou furiosa com Clay por tê-la empurrado na piscina.

Emily tentou trazer à tona lembranças da Festa para a consciência. Clay a havia empurrado na piscina outra vez? Emily era boa nadadora, mas odiava sentir que não tinha controle sobre o próprio corpo. A sensação de estar andando ao longo da borda em um momento e voando pelo ar no seguinte tinha sido aterrorizante.

A cabeça dela começou a tremer, porque o vestido de Ricky não estava molhado. Talvez Emily o tivesse enfiado na secadora. E, talvez, o tivesse tirado da secadora e o colocado com tanta pressa que acidentalmente o vestira do avesso.

E tinha se esquecido de vestir a calcinha outra vez?

Era a calcinha que tinha sumido, não o sutiã.

E as coxas estavam grudentas. Se pensasse sobre aquilo por tempo suficiente, poderia sentir a mesma sensação de roçar enquanto andava.

O estômago de Emily se revirou. Ela olhou para o caderno outra vez e viu que a primeira palavra que ela escrevera estava no alto da página: *Clay*.

Columbo estaria a caminho da casa dos Morrow naquele exato momento, mas, mesmo na escola naquele dia, Emily se vira incapaz de falar com Clay sobre qualquer coisa, muito menos sobre algo tão crucial. Se o seu plano era enganar alguém para fazê-lo confessar, o melhor seria seguir o conselho de Queijo: conversar com as pessoas que estavam lá. Se as histórias não batessem, alguém estava mentindo e, se alguém estava mentindo, isso significava que estavam escondendo alguma coisa.

Ricky era o ponto de partida óbvio. Blake sempre a provocava dizendo que ela não tinha filtro, porque o que quer que lhe viesse à mente saía pela boca. Na semana anterior, Emily teria dito que Ricky era a sua melhor amiga no mundo todo. Naquele momento, ela sabia instintivamente que Ricky faria qualquer coisa em seu poder para proteger o irmão e Nardo, talvez não nessa ordem.

Emily ouviu uma buzina de carro tocar atrás dela, e se surpreendeu ao ver Big Al ao volante. O relógio dizia serem quase cinco horas, então Al estava atrasado para o movimento do jantar. E Emily estava tão distraída pelos próprios pensamentos que tinha passado da casa dos Blakely.

Ela fez a volta e retornou por onde tinha vindo. Os pés pareciam mais pesados enquanto se aproximava da casa de dois patamares que pertencera aos pais de Ricky e Blake. Big Al se mudara para lá depois do acidente de barco que matara o filho e a nora. Ele não era próximo de nenhum dos dois, e a transição tinha sido difícil. Emily sempre se impressionara com o fato de que eles agiam mais como colegas de quarto relutantes que como uma família.

Não que a família dela fosse um exemplo de perfeição.

A casa dos Blakely ficava no alto de um morro íngreme. A subida nunca incomodara Emily, mas daquela vez se sentiu sem fôlego ao chegar à garagem. Então fez a curva e começou a subir as escadas íngremes, até parar no segundo patamar. Viu que a sua mão estava apoiando as costas como se ela fosse uma velha... Ou uma mulher jovem e grávida. Ela ainda não sentia uma conexão com o que estava acontecendo dentro do corpo. Talvez porque, antes do diagnóstico do dr. Schroeder, Emily achara ter um problema estomacal ou ter comido alguma coisa estragada. Ela criara todo tipo de desculpa.

Não haveria mais desculpas a partir daquele momento.

Ela olhou para a barriga. Havia um bebê crescendo dentro dela, um ser humano de verdade. O que, em nome de Deus, ela ia fazer?

— Em? — Ricky estava segurando aberta a porta de tela. Ela parecia tão horrível quanto Emily se sentia, lágrimas formavam uma cascata no rosto dela. Catarro escorria do nariz, e as suas bochechas estavam com manchas vermelhas.

Emily sentiu vergonha pela sua reação inicial ter sido raiva. A ideia de ver a amiga chorar por algo inconsequente que Nardo tinha feito para magoá-la enquanto a vida de Emily estava desmoronando ao seu redor era demais.

Também era incrivelmente egoísta.

— Ricky — disse ela. — Qual o problema?

— Al... — A voz de Ricky ficou embargada. Ela segurou a mão de Emily e a puxou para dentro de casa. — Al acabou de nos contar... Ele disse... Ah, meu Deus, Em, o que nós vamos fazer?

Emily a conduziu até o sofá muito estofado abaixo da janela panorâmica.

— Ricky, devagar. O que aconteceu?

A amiga se inclinou na direção de Emily e a cabeça dela acabou em seu colo. Ela estava tremendo.

— Rick. — Emily olhou pela escada na direção da cozinha, perguntando-se onde Blake estava. — Vai ficar tudo bem. O que quer que seja, vamos...

205

— Não vai ficar bem — murmurou Ricky. Ela virou a cabeça para olhar para Emily. — O dinheiro acabou.

— Que dinheiro?

— Do processo — disse Ricky. — Ele deveria ficar em um fundo para irmos para a faculdade, mas Al gastou.

Emily balançou a cabeça sem acreditar. Al era bronco e às vezes rude, mas ele não roubaria os próprios netos.

— Nós vamos ficar presos aqui — disse Ricky. — Para sempre.

— Eu não... — Emily tentou entender o que tinha acontecido. Não fazia sentido. Ela era filha de uma juíza e sabia que fundos desse tipo eram estruturados. Você não podia gastá-los por capricho. E também, sem querer ser rude, a casa em que os Blakely viviam estava longe de ser grande. Al dirigia uma picape que era mais velha que os gêmeos.

Ela perguntou a Ricky:

— Em que ele gastou?

— Na lanchonete.

Emily se recostou no sofá. O estabelecimento tinha queimado quase completamente alguns anos atrás e Al conseguira reconstruí-lo. Naquele momento, ela entendeu como.

Ricky disse:

— Al nos disse que a lanchonete é nossa... nossa herança. Ele acha que queremos trabalhar naquele lugar idiota, Em. Ele acha que só somos bons para servir milk shakes para babacas gordos e ricos de Baltimore.

Emily mordeu o lábio. Talvez ela tivesse concordado com a revolta de Ricky na semana anterior, mas naquele instante, entendia o que significava ter outra pessoa dependendo de você. Toda escolha que Emily fizesse para o resto da vida seria em benefício ou em detrimento da criança crescendo dentro dela. A lanchonete era um negócio viável, até bem-sucedido, mas faculdade era importante, assim como ter dinheiro para comida e um teto sobre a cabeça.

— É tarde demais para se inscrever para bolsas — disse Ricky. — Não podemos conseguir ajuda financeira porque Al ganha muito dinheiro. Pelo menos, no papel.

— Eu... — Emily não sabia o que dizer. Ela ficou um pouco horrorizada ao se ver ficando ao lado de Al. — Sinto muito, Ricky.

— Ele ama aquela lanchonete idiota mais que os netos.

Emily tentou:

— Você poderia trabalhar por um ano e economizar.

Ricky parecia chocada ao se sentar.

— Trabalhar com o que, Em? Você está de brincadeira?

— Desculpe — falou Emily, instintivamente. Ricky sempre tinha sido volátil, mas sua fúria era extrema. — Você quer trabalhar com Jornalismo. Pode conseguir um estágio em um jornal ou...

— Cale a boca! — gritou Ricky. — Você é pior que Al. Sabia disso?

— Eu...

— Você quer que eu pegue café para um bando de velhos babacas que olham para mim como se eu fosse uma criança? — perguntou Ricky. — Eu preciso de um diploma de Jornalismo, Emily. Ninguém vai me respeitar se eu for apenas a garota de recados, eu preciso ter uma educação.

Emily não sabia o que ensinavam nas escolas de Jornalismo, mas ela não via como uma má ideia ter alguma experiência em um jornal de verdade.

— Mas você podia ir subindo até...

— Ir subindo? — A voz de Ricky estava estridente. — Meus pais morreram, Emily! Eles foram mortos porque a porra de uma empresa de fretamento desrespeitou a lei.

— Eu sei disso, Ricky, mas...

— Não tem *mas*! Meu Deus, Em. Eles não morreram para que eu fosse forçada a escolher entre aturar as merdas de velhos babacas ou as dos turistas.

— Mas você vai aturar merda de qualquer jeito! — Emily se surpreendeu ao se ver gritando. — Eles não vão respeitar você de qualquer jeito, Ricky. Eles simplesmente não vão.

A amiga ficou em silêncio, chocada.

— Ninguém vai respeitar você. — Emily ouviu a voz da mãe ecoando na cabeça dela. — Você é uma caipira de um resort de praia com notas medianas e um grande par de peitos. Nenhuma dessas coisas impõem respeito.

O choque de Ricky não diminuiu. Ela olhava para Emily como se a amiga tivesse se tornado uma estranha.

— Quem caralhos você pensa que é?

— Sou sua amiga — tentou Emily. — Só estou dizendo que você pode passar por isso. Vai ser preciso trabalhar muito, mas...

— Trabalhar muito? — Ricky riu na cara dela. — Tanto quanto você trabalha, filha de juíza? Você está incomodada com o dinheiro da sua família?

— Eu não...

— A porra de uma vadia mimada, é isso o que você é. — Ricky estava com os braços cruzados. — Tudo chega tão fácil para você. Você não sabe porra nenhuma sobre viver no mundo real.

Emily sentiu a garganta coçar.

— Eu estou grávida. — Ricky ficou boquiaberta e, pela primeira vez, em silêncio. — Também não vou para a faculdade. Vou ter sorte se conseguir terminar o último ano. — Emily já tinha pensado naquelas palavras, mas ouvi-las em voz alta, mesmo na sua própria, pareceu uma sentença de morte. — Eu não vou conseguir um estágio no congresso, e provavelmente não vou conseguir encontrar um emprego porque vou estar em casa trocando fraldas e cuidando do bebê. E mesmo quando ele tiver idade suficiente para ir para a escola, quem vai contratar uma mãe solteira?

A boca de Ricky se fechou e, em seguida, voltou a se abrir.

— Você se lembra da Festa no mês passado? — perguntou Emily. — Alguém fez alguma coisa comigo, tirou proveito de mim. E agora eu vou pagar por isso pelo resto da minha vida.

Ricky tinha começado a balançar a cabeça de um lado para o outro. Ela estava tendo a mesma reação inicial que Emily.

— Os garotos não fariam isso. Você está mentindo.

— Então quem foi? — perguntou Emily. — Honestamente, Ricky, me diga quem mais poderia ser.

Ricky continuou balançando a cabeça.

— Não os garotos.

Emily só pôde se repetir.

— Então quem mais?

— Quem mais?

Ricky parou de balançar a cabeça. Ela olhou Emily nos olhos.

— Qualquer um, Em. Pode, literalmente, ter sido qualquer um.

Então, foi a vez de Emily de ficar sem palavras.

— Você não sabe se ficou grávida naquele dia. — Ricky colocou as mãos na cintura. — Só está dizendo isso porque quer prender um deles.

Emily ficou atônita por Ricky não apenas pensar uma coisa daquelas, mas ter coragem de dizê-la em voz alta.

— Eu nunca...

— Você fala com outros caras o tempo todo. Você e os seus brinquedos quebrados. Você foi para o acampamento das bandas com Melody dois verões seguidos. Clube de debate. Exposições de arte. Você desapareceu o dia inteiro ontem. Até onde eu sei, você pode estar transando com metade da cidade. Vi você com Queijo esta manhã e ele saiu correndo como um rato assustado.

— Você acha que Queijo e eu...

— Você é toda altiva e poderosa, mas quem sabe o que tem feito quando não estamos por perto?

— Nada — sussurrou Emily. — Eu não fiz nada.

Ricky se levantou e começou a andar de um lado para outro da sala, ficando cada vez mais irritada a cada passo.

— Você acha que pode fazer com que Nardo ou Blake levem a culpa por isso? Ou Clay? Meu Deus, você amaria isso, não é? Clay a ignorou por dez anos e agora você encontrou um jeito de prendê-lo.

— Pare de dizer que estou tentando prender alguém. — Emily também se levantou. — Você sabe que não é verdade.

— Eu não vou mentir por você — disse Ricky. — Se o seu plano é arrastar Clay para o fundo com você, então está por sua própria conta. E os garotos também não vão apoiar você.

— Eu não... — Emily teve que parar para engolir em seco. — Eu não quero me casar com Clay. Não é por isso que...

— Vadia. — Ricky cuspiu a palavra.

Então algo como compreensão brilhou nos olhos dela. Ela achou que tinha entendido tudo.

— Você está indo atrás de Nardo, não está?

— O quê?

— Você sempre escolhe o caminho mais fácil. Não está nem aí com quem se machuca, desde que seja fácil.

— O quê?

— Eu disse que você é fácil, porra! — Ricky estava com tanta raiva que expeliu saliva pela boca. — Aposto que o seu pai já estabeleceu um acordo com eles. Pessoas ricas sempre defendem umas às outras. Quanto dinheiro mudou de mãos, Emily? Ou foi a entrada na sociedade de D.C.? Talvez a sua mãe julgue favoravelmente um caso dele. Que tipo de suborno o seu pai deu para arruinar a vida de Nardo?

Emily não podia acreditar no que estava escutando.

— Isso não... não. Isso não vai acontecer. Meus pais não...

— Você é a porra de uma Poliana! Claro que eles fariam! Segue flutuando pela vida, só esperando a felicidade chegar, completamente alheia a todas as pessoas que os seus pais ferram para manter tudo tranquilo e fácil para a garotinha preciosa deles! — Ricky parecia estar possuída. — O que eles disseram quando descobriram que você não é mais o anjo virginal deles?

Emily abriu a boca para responder, mas Ricky foi mais rápida.

— Deixe-me adivinhar. Papai reclamou enfurecido e mamãe veio com um plano.

Emily sentiu uma pontada de traição. O que Ricky dissera só estava certo porque Emily tinha contado a ela as muitas vezes que isso acontecera.

— Você não pode se livrar dele, certo? Não com a sua mãe na lista de Reagan. Isso estragaria tudo, não é? — Ricky deu uma risada amarga. — Eles, provavelmente, vão usá-la como exemplo, certo? Dessa forma, uma garota preta, pobre e grávida nos conjuntos habitacionais deve seguir o exemplo virtuoso dos Vaughn, porque a vadia mimada da filha deles está exatamente na mesma situação.

As palavras doeram porque estavam muito próximas da verdade.

— A corajosa Emily é pró-vida. — Ricky estava usando o tom que eles usavam para zombar dos amigos de Franklin do country club. — É fácil dizer isso quando a sua vida vem com uma babá e uma propriedade de um milhão de dólares a três quilômetros da praia.

Emily encontrou a voz.

— Isso não é justo.

— Você acha que o que está acontecendo comigo e com Blake é justo? E agora você chega com uma notícia ainda pior? — perguntou Ricky. — Eu tenho a solução, Emily. Isso vai resolver tudo. Arranje um estágio e *vá se foder*.

As últimas palavras ecoaram nos ouvidos de Emily como uma sirene. Ela tinha visto Ricky furiosa antes, sabia o quanto a amiga podia ser fria. Ricky extirpava pessoas da sua vida como um câncer, e estava fazendo a mesma coisa com Emily naquele momento.

— Sua vadia burra — murmurou Ricky. — Você destruiu tudo.

— Ricky... — tentou dizer Emily, mas podia ver a finitude das palavras dela. Tudo estava acabado. A panelinha não existia mais. Emily não tinha mais a melhor amiga. Ela não tinha uma pessoa sequer. Nada.

Exceto por aquela *coisa* crescendo dentro dela.

— Vá embora. — Ricky apontou para a porta. — Saia da porra da minha casa, sua vadia idiota.

Emily tocou o rosto. Ela esperava sentir lágrimas, mas o que sentiu ao invés disso foi o calor da vergonha. Tinha feito aquilo consigo mesma, Ricky estava certa. Ela tinha destruído a vida de todos eles. A panelinha estava acabada, e tudo o que Emily poderia fazer era tentar não os arrastar para o fundo com ela.

— Vá! — gritou Ricky.

Emily correu na direção da porta, desceu a escada íngreme aos tropeções e então parou.

Blake estava sentado na escada de baixo. Estava com um cigarro entre os dedos e olhou para Emily.

— Eu me caso com você.

Emily não sabia o que dizer.

— Não vai ser tão ruim, certo? — Ele se levantou e olhou para ela. — Nós sempre nos demos bem.

Emily não conseguia ler a expressão no rosto dele. Ele estava brincando? Estava fazendo uma confissão?

Blake leu a mente dela.

— Não fui eu, Emmie. Não se aconteceu na Festa. Nem em qualquer outro momento. Acho que eu me lembraria onde o meu pau esteve. Sou muito apegado a ele.

Ela observou um pássaro pousar em uma das árvores do outro lado da entrada de carros. Aquilo era o que ela tinha perdido junto com a castidade. Antes, ninguém lhe dirigia linguagem chula. Depois, todo mundo parecia fazer isso.

— Enfim, eu fiquei completamente chapado na festa — disse Blake. — Apaguei no banheiro do segundo andar. Nardo teve que arrombar a fechadura para chegar até onde eu estava. Eu tinha me mijado como um bebê. Não consigo, de jeito nenhum, lembrar por quê, já que a privada estava bem ali.

Emily pressionou os lábios e pensou na investigação de Columbo. O sr. Wexler dissera que Blake e Nardo ainda estavam dentro de casa quando ele chegou. Blake estava dizendo a mesma coisa. Se as histórias batiam, então, provavelmente, eles estavam falando a verdade.

O que significava que Clay era o único garoto que estivera sozinho com Emily.

— Vamos lá.

Blake jogou o cigarro em uma lata de café e indicou a garagem com a cabeça. Emily se sentia impotente para fazer qualquer coisa além de segui-lo para dentro. Havia pôsteres de rock nas paredes inacabadas, uma mesa de pingue-pongue, um sofá velho e um aparelho de som que tinha pertencido aos pais deles. A panelinha tinha passado inúmeras horas naquela garagem bebendo, fumando, ouvindo música e falando sobre como eles mudariam o mundo.

Mas Emily ficaria presa em Longbill Beach para sempre. Graças a Al, Blake e Ricky não iriam nem para a faculdade. Nardo não duraria um ano na Pensilvânia. Só Clay iria escapar daquela cidade claustrofóbica. O que parecia tão predestinado quanto o sol nascer no leste e se pôr no oeste.

Ela disse a Blake:

— Não posso me casar com você, nós não nos amamos. E se você não é o...

— Não sou eu. — Ele se sentou no sofá. — Você sabe que nunca pensei em você desse jeito.

Emily sabia que a verdade era o contrário. Ele a havia beijado dois anos antes no beco, no centro da cidade. Ela, às vezes, ainda o flagrava olhando para ela de um jeito que a deixava desconfortável.

— Sente-se, ok? — Blake esperou que ela se sentasse ao seu lado no sofá. — Pense nisso, Em. É uma solução para nós dois.

Ela balançou a cabeça. Não conseguia pensar naquilo.

— Você ganha respeitabilidade e... — Ele abriu os braços como num abraço. — Presumo que os seus pais queiram que o genro vá para a faculdade.

Emily sentiu os pelos da nuca se arrepiarem. O pai de Nardo era o banqueiro, mas Blake sempre tinha sido melhor em fazer transações. Ele decorava o placar. *Eu faço isso para você, mas você vai fazer isso por mim.*

— E eu? Fico sentada em casa assando biscoitos? — perguntou ela.

— Não é uma vida ruim.

Emily riu. Não era a vida que ela tinha planejado. Ela moraria no bairro de Foggy Botton. Seria estagiária de um senador. Tornaria-se advogada. Se ela fizesse biscoitos para o marido e o filho, teria que os assar entre uma audiência no tribunal e a preparação de um requerimento para o dia seguinte.

— Seja razoável — disse Blake. — Quero dizer, você pode ir para a faculdade, claro que você pode ir para a faculdade. Mas não pode ter uma carreira de verdade. Não com o tipo de futuro que os seus pais vão esperar que eu tenha.

Emily ficou chocada com os cálculos frios.

— Que tipo de futuro é esse?

— Política, é claro. — Ele deu de ombros. — A sua mãe vai ser indicada para alguma coisa na administração. Por que não seguir os passos dela para nós dois termos uma vida melhor?

Emily olhou para o chão. Ele nitidamente tinha pensado naquilo antes, e a gravidez dela não passava de uma oportunidade.

— Você está se esquecendo de que os meus pais são republicanos.

— Isso importa? — Blake deu de ombros quando ela olhou para ele. — Ideologia política não passa de um ponto de apoio para mover as alavancas do poder.

Emily teve que se recostar no sofá. Ela não aguentava mais aquilo.

— Então eu sou um desses pontos de apoio que você está manipulando?

— Não seja melodramática.

— Blake, você está literalmente falando sobre se casar comigo e ser um pai para o meu filho como um meio de lançar o seu futuro político.

— Você não está vendo o lado positivo. Nós dois estamos em uma situação ruim. Nós dois queremos vidas melhores para nós mesmos. E eu não acho você inteiramente repulsiva.

— Que romântico.

— Vamos lá, Emmie. — Blake acariciou o cabelo dela. — Nós podemos fazer isso funcionar e ninguém precisa se machucar. Podemos todos continuar amigos.

A palavra *amigos* deu às lágrimas permissão para escorrerem. O que ele estava oferecendo era mesmo uma solução, eles manteriam aquilo na panelinha. A raiva de Ricky passaria diante da explicação lógica de Blake. Nardo faria uma piada sobre desviar de uma bala. Clay partiria para a sua vida nova e excitante longe de todos eles. E Emily estaria casada com um rapaz que ela não amava. Um rapaz que a via apenas como um meio para alcançar um fim.

— Emily.

Blake se aproximou. Estava respirando no ouvido dela.

— Vamos lá, seria tão ruim?

Emily fechou os olhos, lágrimas escorreram. Ela viu o ano seguinte e os próximos abertos como uma flor. Poderia voltar a ser a boa menina que todos admiravam. Blake faria faculdade, teria uma carreira e acesso a um futuro na política. Seria tal como Ricky previra — o dinheiro da família Vaughn comprando uma saída para Emily de uma situação ruim.

Fácil.

— Emmie.

Os lábios de Blake roçaram os ouvidos dela. Ele segurou a mão dela e a pôs em cima da sua *coisa*.

Emily ficou paralisada. Ela podia sentir a forma dura.

— Isso é bom. — Ele moveu a mão dela. Enfiou a língua no ouvido dela.

— Blake! — Emily gritou o nome dele ao se afastar. — O que você está fazendo?

— Meu Deus. — Ele se recostou no sofá, as pernas afastadas. A parte da frente da calça dele estava como uma barraca armada. — O que tem de errado com você?

— O que tem de errado com *você*? — perguntou ela. — O que você está fazendo?

— Acho que está muito claro o que eu estava fazendo. — Ele pegou os cigarros no bolso. — Vamos lá, você não pode ficar grávida duas vezes.

Ela levou a mão ao pescoço. Podia sentir o coração batendo.

Ele abriu o isqueiro.

— Deixe-me ser claro em relação a isso, garota. Eu vou comprar a vaca, mas espero conseguir mais que a minha cota diária de leite.

Emily o observou acender o cigarro. Ela tinha dado a ele o isqueiro Zippo no aniversário de 16 anos, e pagara a mais para gravar as iniciais dele na lateral para que Ricky não o roubasse.

— Você é um monstro — disse ela.

— O que eu sou é a sua segunda opção. — Ele viu a expressão confusa dela e deu uma risada. — Não seja idiota, Emily. A melhor opção seria jogá-lo pela privada e puxar a descarga.

CAPÍTULO 6

Andrea estava sentada na beira da cama no quarto de motel, olhando para a fotografia que Star Bonaire tinha tirado. A mulher usara o dedo para escrever uma única palavra na farinha branca.

Socorro.

Andrea tinha esperado até estar sozinha com Bible para lhe mostrar a foto. Ele não dissera muito além de mandar Andrea tomar um banho e estar pronta quando a chamasse. Aquilo tinha sido mais de uma hora antes. Andrea tinha tomado banho, estava pronta. Bible ainda não tinha ligado.

Socorro.

O quanto uma mulher precisava estar aterrorizada para fazer algo assim?

Andrea voltou às fotos de Alice Poulsen e sentiu um nó na garganta ao ver os resultados da fome. Anorexia era sobre controle, e, de certa forma, o suicídio também. Você estava colocando a vida nas próprias mãos. Alice Poulsen tinha entrado naquela plantação sabendo que não iria voltar. Que tipo de coragem era necessário para aquilo? Que tipo de desespero?

O mesmo tipo de desespero que Star Bonaire, provavelmente, estava sentindo quando fotografou o pedido de socorro.

Andrea não conseguia mais olhar para as fotos. Ela jogou o telefone sobre a mesa, e olhou com todo o seu desalento a tela preta da televisão em frente à cama. As cortinas estavam fechadas; as luzes, apagadas. O pulso esquerdo doía onde Wexler a agarrara. Memórias soltas reluziram na mente dela: o rosto de Wexler pressionado sobre o volante; Nardo acendendo um cigarro; a presença fantasmagórica de Star enquanto andava pela cozinha; as duas mulheres que tinham saído do celeiro; os vestidos amarelos; o cabelo comprido; os pés descalços; os membros magros; e as tornozeleiras iguais.

Vitimizadas. Rotuladas. Degradadas.

Culto. Culto. Culto.

Stilton tinha razão. Não havia lei federal ou estadual que dissesse que você não podia estar em um culto. Nada poderia ser feito para salvar aquelas mulheres. A mãe de Star Bonaire já tinha tentado a versão mais extrema de um resgate, mas acabou presa e atingida por uma medida protetiva que a impedia de ver a própria filha.

Andrea se levantou. Começou a andar de um lado para outro, sentia-se completamente impotente. Ela tinha todo aquele treinamento e nada dele, nem uma parte sequer, podia ajudar Star Bonaire. Ou quem quer que fosse, por falar nisso. Andrea olhou para o celular, desejando que Bible a chamasse. Ele provavelmente estava chegando aos mesmos becos sem saída que ela. Os olhos dela se dirigiram para o caderno e a caneta que ela pusera na mesa. Estivera cheia de confiança quando começara uma busca na internet atrás de todos os podres de Os Feijões Mágicos de Dean.

Uma hora depois, as páginas do caderno ainda estavam em branco.

Ela revisou mentalmente o pouco que aprendera sobre a operação. Os Feijões Mágicos de Dean era uma empresa registrada em Delaware desde 1983. Andrea encontrara os registros originais da fundação, sendo Wexler o presidente. Bernard Fontaine era o vice, o que era curioso considerando o fato de que Nardo tinha apenas 19 anos em 1983, mesma época em que o pai fora preso por fraude bancária. Fora isso, nada de proveitoso que conseguisse impulsionar a investigação.

Também promissor, mas que se mostrou inútil, foi o fato de Bernard Fontaine estar listado como secretário da BFL Trust, uma organização beneficente estabelecida em Delaware no outono de 2003. A agência governamental da receita federal listou a organização sem fins lucrativos como isenta de impostos em bons termos, embora o Charity Navigator, a agência de classificação que reunia informações sobre como os dólares doados eram aplicados, não tivesse informação alguma sobre ela.

A pesquisa no Google sobre "Os Feijões Mágicos do Dean + culto" resultou em uma avalanche de *fanpages* administradas por maníacos por saúde e amantes de favas, mas nada, nem um site sequer, mencionava o fato de que as mulheres que processavam as favas estavam literalmente famintas. Os sites de estágio, as postagens em murais de faculdades, as páginas do Facebook dedicadas a encontrar um trabalho divertido para o verão, todos falavam sobre a empresa em termos elogiosos. Até a avaliação de uma estrela na Amazon tinha sido obscurecida por recomendações positivas.

Nenhuma publicação ou página mencionava Dean Wexler pelo nome.

Nem falava de Nardo Fontaine.

Stilton dissera que Wexler tinha acesso fácil a muitos advogados. Fazia sentido que um culto abertamente litigioso fosse muito bom em manter as merdas negativas longe dos principais resultados de busca. Para isso, Wexler teria até vinte voluntárias que poderiam se sentar nos seus respectivos laptops e ficar o dia inteiro limpando a internet.

Não parecia que as mulheres tiravam intervalo para o almoço.

Um dos poucos sites que não era possível limpar nem pagar por isso era o PACER, o Sistema Eletrônico de Registros Públicos, que fornecia um banco de dados com processos, moções e transcrições. Felizmente, ela tinha o login de Gordon. Não fora o desespero que levara Andrea àquela página na internet, ela tivera uma intuição. Na fazenda, achara estranho que Wexler sempre se referisse às mulheres como voluntárias em vez de estagiárias. Um caso de vinte anos antes forneceu uma explicação.

Em 2002, o Departamento de Justiça processara Os Feijões Mágicos do Dean, com base nas leis trabalhistas, por não passar no teste de beneficiário primário. Havia sete critérios para julgar a legalidade de estágio não remunerado, a maioria deles relacionada com o aprofundamento do curso universitário, o oferecimento de créditos universitários e o seguimento do calendário acadêmico. Em outras palavras, o estágio tinha que beneficiar o estagiário, não apenas o patrão.

Se elas iriam ser exploradas, tinham que se oferecer como voluntárias para isso.

Tudo fora morro abaixo depois de entrar no PACER. Andrea se forçara a fazer uma pausa quando o quarto do motel começou a parecer uma cela de prisão. Ela, então, acabara comprando um sanduíche de salada de ovo na máquina de venda e voltado para o quarto, onde desperdiçara meia hora examinando os registros de casamentos, divórcios e mortes do condado de Sussex.

Encontrara registros do casamento e divórcio de Ricky e Nardo, mas não conseguira qualquer coisa sobre Eric Blakely quando buscou as certidões de óbito. Se Bible demorasse muito mais, ela, provavelmente, iria começar a verificar registros de vacinação antirrábica para animais domésticos.

217

O telefone apitou. Andrea o pegou com relutância da mesa. Mike tinha lhe enviado outra mensagem de texto. Daquela vez, ela reconheceu o animal na foto: um peru.

Andrea não conseguiu encontrar uma resposta inteligente para a foto do peru.

Ao invés disso, levou o polegar ao botão verde de *chamar*. Mike podia ser um ouvinte incrivelmente bom quando deixava a babaquice de lado, e também tinha sido maduro quando ela desapareceu de repente da vida dele um ano e oito meses antes. O mínimo que Andrea poderia fazer era ser adulta e defender a própria decisão, por mais que quisesse ouvir a voz dele.

Ela estava apagando a mensagem dele quando o celular tocou.

Andrea fechou os olhos. Aquela era a última coisa de que precisava. Então tocou a tela para atender.

— Oi, mãe.

— Querida — disse Laura —, não vou tomar muito do seu tempo. Sei que você está ocupada, mas estava pensando que eu podia ajudar você a encontrar um lugar.

— Um o quê?

— Você vai precisar de um lugar para morar, querida. Posso entrar na internet e marcar algumas visitas para você ver apartamentos.

Um xingamento borbulhou até os lábios de Andrea. Aquela, na verdade, seria uma boa ideia, não fosse pelo fato de que precisava de um lugar em Baltimore, não em Portland, Oregon.

— Você não quer tomar uma decisão apressada e se arrepender depois. É só me dizer um bairro que eu pesquiso na internet. É melhor fazer isso por meio de um corretor daí, assim você terá mais segurança.

— Eu não sei. — Andrea estava desesperada para sair do telefone. — Laurelhurst?

— Laurelhurst? Como você ouviu falar do lugar? Outros delegados moram lá?

Andrea sabia dele porque lera na *Rolling Stone* que Sleater-Kinney tinha tocado em um bar ali.

— Alguém mencionou no escritório. Disseram que é legal.

— Meu Deus, eu espero que sim. Você devia ver esses preços. — Laura estava nitidamente usando o computador do escritório, Andrea podia ouvi-la digitar no teclado desajeitado. — Ah, tem um aqui, mas... Ah, não, diz que você precisa ter um bicho de estimação. Que tipo de senhorio *quer* que você tenha um bicho? Eu não entendo Portland. Ah, aqui tem outro, mas...

Andrea ouviu o longo discurso de Laura sobre um apartamento de um cômodo no andar abaixo do térreo, como um porão, que era nitidamente um estúdio e talvez tivesse um altar de Wicca no banheiro, mas, de todo modo, estava caro demais.

— Está bem — continuou Laura. — Laurelhurst cobre a parte nordeste e sudeste de Portland. Ah, um dos parques tem uma estátua de Joana D'Arc. Mas essas opções estão muito caras, querida. Você não pode apenas ir na casa ao lado e roubar manteiga de amendoim de minha despensa.

Andrea se sentou na beira da cama enquanto Laura começava a procurar bairros mais baratos.

— Concordia? Hosford-Abernathy? Buckman?

Ela tinha que acabar com isso.

— Ei, mãe, eu preciso de ir.

— Está bem, mas...

— Ligo para você depois. Te amo.

Andrea encerrou a chamada. Ela caiu na cama e olhou fixamente para o teto com revestimento acústico e uma mancha de água que formara uma nuvem marrom. Ela se sentia mal consigo mesma por levar adiante a história de Portland com a mãe. Por dois anos inteiros, Andrea punira Laura por ser uma mentirosa muito boa. Pelo visto, tal mãe, tal filha.

— Oliver! — Bible bateu à porta. — Sou eu, parceira. Você está vestida?

— Finalmente. — Andrea se levantou e abriu a porta.

Bible vestia uma calça jeans e uma camiseta dos Marshals, idêntica à que ela estava usando. Os dois estavam com a arma no cinto, o que fez com que a mulher pequena atrás dele, em um terninho azul-marinho e saltos muito altos, parecesse ainda mais deslocada.

— Tenho uma confissão a fazer — disse Bible. — Decidi convocar a chefe sem comunicar a você. Delegada chefe Cecelia Compton, essa é a delegada Andrea Oliver.

— Uhm... — Andrea botou a camiseta para dentro da calça. — Achei que a senhora estivesse em Baltimore.

— Meu marido trabalha na área. Se importa se eu entrar?

Compton não esperou por um convite. Ela entrou no quarto e olhou ao redor, observando as coisas que Andrea não queria que ninguém visse, menos ainda a sua chefe. A bolsa estava aberta, a roupa íntima jogada pelo chão, a de corrida, amontoada ao lado do frigobar. A mochila estava jogada sobre a cama. Ainda bem que a mente dela estava muito focada em Alice Poulsen e Star Bonaire para pegar o arquivo do caso de Emily Vaughn.

— Ok.

Compton se apoiou na borda da mesa onde o sanduíche de salada de ovo meio comido estava esquecido.

— Bible me falou sobre a fazenda. Quais foram as suas impressões?

Andrea não tinha se preparado para aquilo. E o fato de Cecelia Compton ser uma daquelas mulheres intimidadoras que nitidamente estavam no controle não ajudava.

— Respire fundo, Oliver. — Bible estava recostado na porta fechada. — Comece por Star.

— Star — disse Andrea. — Ela estava muito magra, como o resto delas, mas era mais velha, talvez vinte e tantos anos. Descalça. Cabelo comprido. Vestindo o mesmo vestido amarelo que as outras.

— Você acha que ela está lá há algum tempo?

— O chefe Stilton deixou transparecer que são pelo menos dois anos. Acho possível deduzir alguma coisa pelo fato de ela estar na casa ao invés de fazendo trabalho manual na fazenda. Wexler e ela se trataram pelo primeiro nome. Stilton diz que a mãe dela mora na cidade.

— Eu soube sobre a mãe. Não posso culpá-la pelo rapto, embora a execução tenha deixado a desejar — disse Compton. — E Alice Poulsen? Pareceu suicídio para você?

Andrea se sentiu mal preparada para responder àquelas perguntas, e decidiu ser honesta.

— Eu só avaliei dois cadáveres como investigadora, senhora. Os dois estavam no necrotério em Glynco. Então, para responder à sua pergunta, sim, com base na minha experiência, me pareceu que Alice Poulsen cometeu suicídio.

Compton queria mais.

— Continue.

Andrea tentou organizar os pensamentos.

— Ela tinha cicatrizes recentes nos pulsos onde já tinha tentado se matar, o que foi confirmado pelo chefe Stilton. Havia um frasco de comprimidos vazio na cena. Ela tinha espuma seca ao redor da boca e não havia petéquias em seus olhos indicando estrangulamento. Ela não apresentava sinais de luta nem de asfixia. Havia alguns hematomas, especialmente no pulso, mas nada que parecesse um ataque.

— Parece que você fez uma avaliação bem completa — disse Compton.
— Posso ver as fotos?

Andrea desbloqueou o iPhone e o entregou a Cecelia.

Compton examinou as fotos sem pressa. Estudou cada uma, aproximando e afastando a imagem para fazer comparações, e analisou até a foto de Star Bonaire pedindo ajuda. Ela não falou até ter finalizado.

— Alice Poulsen é cidadã dinamarquesa. O Departamento de Estado vai coordenar isso com a embaixada. Estou aqui para lidar com os moradores locais, não queremos que os dinamarqueses pensem que não estamos levando isso a sério. — Ela devolveu o celular para Andrea. — Nós marcamos uma autópsia, mas, com base no que vi nessas imagens, concordo com a sua análise.

— E a última imagem? — perguntou Andrea. — Star Bonaire pediu socorro.

— Ela já pediu antes — disse Compton. — Visitei o chefe Stilton antes de vir aqui, ele foi muito franco comigo.

Andrea sentiu os dentes se cerrarem. Ela duvidava que Stilton tivesse chamado Cecelia Compton de *querida*.

— Dois anos atrás, Star Bonaire entregou um bilhete para um motorista de entregas no armazém. Ela escreveu a mesma coisa que hoje: *socorro*. Stilton foi até lá falar com ela. Ele conversou com ela sozinha. Bonaire negou ter escrito o bilhete, então não havia qualquer coisa que ele pudesse fazer além de ir embora.

Andrea sentiu a cabeça tremendo. Sempre havia mais alguma coisa que você poderia fazer.

— A segunda vez foi mais do mesmo — continuou Compton. — Star ligou para a mãe no meio da noite pedindo socorro. Stilton foi até a fazenda outra vez e ela negou ter feito a ligação.

Andrea não parava de negar com a cabeça. Ela tinha visto em primeira mão como Jack Stilton falava com mulheres, e ele, definitivamente, era a pessoa errada para o trabalho.

— Ei, parceira. — Bible pareceu sentir a sua frustração. — Não é ilegal entregar um bilhete a alguém e depois negar ter feito isso. Droga, não é ilegal nem ligar para a mãe um dia e no dia seguinte mandá-la embora.

— Ela não pediu socorro à mãe — insistiu Andrea. — Ela *me* pediu ajuda. Ela usou o *meu* telefone para tirar a foto.

— Desenvolva isso para mim — disse Bible. — Nós voltamos à fazenda e pedimos para conversar com Star. E depois?

— Nós falamos com ela.

— Ok, mas o que fazemos quando ela negar ter tirado a foto?

A boca de Andrea se abriu. Então se fechou.

— E se Bernard Fontaine entrar em ação com o diploma de Direito do Twitter dele e nos mandar sair? Ou se eles mandarem os advogados para cima de nós por assédio? — Bible ergueu as mãos. — Nós somos a polícia, Oliver. Precisamos jogar sob as regras constitucionais.

— Se eu conseguisse falar com Star sozinha...

— Como? — perguntou ele. — Não é como se pudéssemos encontrá-la no mercado. Stilton disse que Star é a única garota que sai da fazenda, mas acompanhada por Nardo ou Dean. E não se esqueça de que a mãe dela já tentou tirá-la de lá. Ela acabou na merda. Só a sorte e os advogados conseguiram mantê-la fora da cadeia.

Andrea não podia aceitar o que eles estavam dizendo. Eles eram delegados dos Estados Unidos. Tinha que haver outras opções.

— Delegada Oliver. — Compton pegou a bolsa e tirou o celular. — Diga-me como ajudar Star Bonaire de forma legal e faremos isso agora mesmo.

Andrea sentia como se o cérebro estivesse girando dentro da cabeça dela. Ela já tinha tentado encontrar uma solução. Eles eram os que tinham experiência e deveriam pensar em um plano.

— Oliver? — insistiu Bible.

Tudo o que Andrea conseguiu pensar foi na verdade.

— Que merda, isso.

— É mesmo, parceira. É mesmo. — Bible deu um longo suspiro. — Em horas assim, costumo pedir ajuda à minha esposa, Cussy. Ela é uma mulher muito inteligente e entende a política por trás dessas situações traiçoeiras.

Compton soltou uma respiração exasperada.

— Vá se foder, Leonard.

— Agora, Cussy...

— Vá se foder. — Compton cruzou os braços. — Não vou jogar tudo o que acabei de contar a você pela privada. A sua mulher concorda com a droga da sua chefe.

Andrea se sentou na cama.

— Vocês são casados? Um com o outro?

— Nós mantemos isso separado do trabalho — disse Compton. — Leonard, você mal passou um maldito dia com essa mulher e já está lhe ensinando a quebrar as regras?

— Você parece muito a minha chefe.

— Vá se foder. — Compton se abaixou e tirou os sapatos de salto alto. — Você está fazendo a vida ficar bem merda para nós dois.

— Desculpe por isso, querida. — Bible moveu as mãos à frente para acalmá-la. — Mas me diga: se você estivesse no meu lugar, o que você faria?

— Bom, primeiro eu pediria para me transferirem para longe dessa garota. Ela obviamente vai ter uma carreira brilhante se você não estragar tudo.

Andrea tentou desaparecer na estampa da colcha que cobria a cama.

— Boa dica — disse Bible —, eu agradeço. Então, o que você faria?

Compton olhou para o relógio.

— Vocês têm duas horas e meia até precisarem estar na casa dos Vaughn. Esqueceu que tem uma missão de verdade, delegado? Esther recebeu ameaças de morte bem reais. Não enviei você para cá para férias na praia.

— Entendido, chefe. — Ele sorriu. — Mas eu estava perguntando à minha esposa.

— Merda. — Ela voltou rapidamente para o papel. — Está bem, só para agradar, o que você precisa é de alguém que esteja disposto a fornecer informações. Alguém de dentro que vai deixá-los nervosos o suficiente para cometer um erro.

— Entendo — disse Bible. — Mas nenhuma das garotas nunca deu um pio, e a minha chefe acabou de me dizer que temos que ficar longe de Star Bonaire.

— Precisamos de alguém que tenha deixado o grupo. Alguém que esteja disposto a falar.

Bible negou com a cabeça.

— Eu não acho que eles têm uma lista de ex-voluntárias por aí.

— Eu conheço alguém que pode falar. — Andrea ficou muito surpresa por as palavras terem saído da sua boca e pelos vinte minutos examinando registros públicos do condado de Sussex terem valido a pena. — A dona da lanchonete, Ricky Fontaine. Ela foi casada com Bernard Fontaine. Estou presumindo que o divórcio tenha sido litigioso.

— E? — perguntou Compton.

— E...

Andrea se perguntou se eles podiam ver as lâmpadas se acendendo sobre a cabeça dela. Nardo dissera que Ricky era a sua ex, mas os registros do condado forneceram a data em que o divórcio havia sido finalizado, 4 de agosto de 2002, o que era muito próximo de outra data importante na história da fazenda.

Ela disse a Compton:

— Não tenho certeza se uma coisa tem a ver com a outra, mas, em 2002, por volta da mesma época do divórcio dos Fontaine, a fazenda foi processada pelo Departamento de Justiça por violações no programa de estágio. Segundo declaração juramentada do Departamento de Justiça, a dica tinha sido dada por uma mulher anônima usando um telefone público localizado na Bach Street, em Longbill Beach, Delaware.

Bible ficou em silêncio, mas o maxilar estava cerrado.

— Mas que droga — disse Compton. — Bible, você deveria falar mais com a sua parceira e deixar a sua mulher fora disso. *Uma mulher desprezada* é a jogada mais fácil do livro. O que essa tal de Ricky está fazendo agora?

A atenção de Bible estava em Andrea.

— Como você sabe tudo isso?

Andrea deu de ombros.

— Como alguém sabe de alguma coisa?

— Ótimo, Bible, ela está falando igual a você. — Compton parou com a provocação e perguntou a Andrea: — Fale-me sobre Ricky. Você acha que pode conseguir que ela se volte contra o ex?

Andrea não conseguiu evitar o olhar de pânico que lançou para Bible. Aquilo não era a parte funda da piscina. Era o meio do oceano.

— Não tenho certeza se Ricky é a mulher que deu o telefonema. Quero dizer, quando li sobre isso no PACER, achei que talvez uma das garotas da fazenda tivesse ligado para informar. De qualquer jeito, talvez Bible devesse...

— Começou, agora termina. — Bible olhou para o relógio. — O movimento do almoço deve ter acabado. Vou ligar para a lanchonete para garantir que Ricky está lá.

Andrea não teve a chance de retrucar, pois a porta tremeu com duas batidas fortes.

A mão de Bible foi para a coronha da arma dele.

— Está esperando companhia?

A mão de Andrea também se dirigira à sua arma.

— Não.

— Provavelmente é a droga da camareira.

Mesmo assim, Compton voltou ao modo chefe, trocando olhares silenciosos com Bible antes de abrir a porta.

Andrea quis gritar quando viu quem estava parado no corredor.

— Oi, amor! — Mike exibiu um sorriso largo e estúpido. — Surpresa!

* * *

Andrea esperou até que Mike e ela tivessem ido para os fundos do motel para jogar as mãos para o alto.

— Que merda você está fazendo aqui?

— Calma! — disse ele, como se estivesse tentando acalmar um cavalo chucro. — Que tal se nós...

— Não tente me acalmar. Você não é a porra do meu namorado. E com certeza não é o meu noivo.

— Noivo? — Mike riu. — Quem lhe contou isso?

— Bible, Compton, Harri, Krump... — Ela jogou as mãos para o ar novamente. — Que porra foi essa, Mike?

Ele ainda estava rindo.

— Ah, querida, eles só estão mexendo com você. Eu nunca disse que estávamos noivos. Eles comentaram os rumores? Porque isso é verdade.

— Pare de rir, droga. — Andrea percebeu que tinha batido o pé no chão como a mãe. — Isso não é engraçado, e eu não estou brincando.

— Olhe...

— Não venha de papo para cima de mim, babaca. Que caralhos você está fazendo aqui? Essa merda de me perturbar com todas as mensagens de texto e simplesmente aparecer na minha porta, na frente da minha chefe, não é legal. Eu tenho um trabalho a fazer.

— Está bem. Isso é muita coisa para você lidar. — A voz dele tinha se suavizado. Ele estava fazendo a porra do termômetro. — Você se lembra de que eu tenho um trabalho a fazer? Sou inspetor do Programa de Proteção de Testemunhas, o que significa que todo o propósito do meu ser é avaliar e impedir ameaças contra as minhas testemunhas.

— Eu conheço a descrição do cargo, Mike. Acabei de passar quatro meses da minha vida aprendendo sobre isso.

— Então responda às suas próprias perguntas, porra. — O termômetro de Mike quebrou. — Por que eu enviei mensagens de texto para você? Para chamar a porra da sua atenção. Por que eu contei a todo mundo que estamos juntos? Para que eles ficassem de olho em você. Por que acabei batendo à sua porta? Eu tenho uma testemunha volátil cujo ex é um psicopata, e agora a filha dela está na cidade dele se enfiando em todos os problemas que consegue encontrar. — Andrea apertou os lábios. — Qual é a avaliação da ameaça aqui, delegada? Você tem quatro meses de Academia na bagagem. Diga-me, minha testemunha está segura?

— Claro que está. — Andrea não o lembrou de que Laura nunca precisara da ajuda dele. — Ela está bem. Ela acha que eu estou no Oregon.

— Ah, isso torna tudo melhor — disse Mike. — Aqui estava eu, todo preocupado que algum babaca local ligasse para Clayton Morrow e dissesse a ele que você está na cidade fazendo perguntas, mas tudo bem. Laura acha que você está no Oregon, então está tudo bem.

— Ele está preso em uma prisão federal — lembrou Andrea. — Você deveria estar monitorando a correspondência dele.

— Odeio lhe informar isso, amor, mas presidiários tem acesso a celulares o tempo todo. Eles escondem a identidade de quem está ligando e falam com testemunhas e traficantes de drogas e, às vezes, encomendam a morte de pessoas que eles querem silenciadas. — Ele repetiu a pergunta: — Minha testemunha está segura?

A onda de raiva de Andrea tinha derretido em uma ansiedade ardente. O pai dela podia ser um homem muito perigoso.

— Por que você não disse tudo isso dois dias atrás? Você marcou a reunião com Jasper. O que você esperava?

— Não esse show de merda — retrucou Mike. — Jasper me contou que botaria você em Baltimore para que você estivesse perto da ação em D.C. Compton é uma estrela e Bible é uma lenda. Só descobri que você estava em Longbill Beach quando Mitt Harri entrou em contato comigo hoje às dez horas da manhã.

Andrea não perguntou por que Mitt Harri estava falando com Mike sobre ela. Eles eram como um bando de garotas do Ensino Médio.

— Você achou que Jasper estava querendo me ajudar?

— Por que não? Ele é o seu tio.

O tio dela era um escroto de duas caras, mas Mike tinha uma cegueira estranha quando se tratava de família. Ela perguntou:

— O que você quer que eu faça? Você com certeza veio aqui com uma pauta.

— Transfira-se daqui. Vá para o Oeste como você queria. Compton não vai fazer perguntas. Ela sabe que estou com a Proteção de Testemunhas. Não vai demorar muito para ela juntar as peças.

— Você está brincando comigo? — Andrea estava incrédula. — Você está literalmente me dizendo para fugir.

— Andy...

— Me escute, está bem? Porque você precisa mesmo ouvir isso. Eu não sou mais a menininha desamparada que eu era dois anos atrás. Eu sou a porra da filha de Laura Oliver. Eu não fujo das coisas e não preciso que você me resgate.

Mike parecia não saber por onde começar.

— Menininha desamparada?

— Isso mesmo — disse ela. — Eu não sou a mesma pessoa. Quanto mais rápido você entender isso, melhor vai ser para nós dois.

Mike parecia confuso.

— Andy, eu não estou aqui para salvar você. Estou aqui porque a sua mãe vai botar o mundo abaixo se Clayton Morrow chegar perto de você.

Andrea negou com a cabeça, embora soubesse que Mike não estava exagerando.

— Ele não vai me machucar.

— Ele não é Hannibal Lecter, Clarice. Ele não tem um código.

Andrea não teve resposta. Ela, de repente, se sentiu muito cansada. Cada passo à frente parecia seguido de dois para trás. Não tinha como ajudar Star, não tinha como encontrar o assassino de Emily Vaughn. Se Compton mandasse Andrea conseguir detalhes com Ricky sobre a fazenda, ela provavelmente fracassaria naquilo também.

— Andy.

Ela balançou a cabeça, suplicando a si mesma para não chorar. Lágrimas cancelariam tudo o que tinha acabado de dizer. Os últimos dois anos teriam sido para nada. Afastar Mike teria sido por nada.

— Amor, fale comigo.

— Não. Eu não posso fazer isso com você, eu preciso fazer o meu trabalho.

Ele tentou segurar a mão dela.

Andrea se encolheu quando ele acidentalmente torceu o seu pulso.

— Andy?

Ela deu as costas para ele, emendando uma série de palavrões. Merda de trabalho. Merda de fazenda. Merda de Wexler. Ela devia ter lhe dado um soco na porra do pescoço, quebrado a porra do osso hioide dele e o mandado para a porra do hospital.

— Andrea. — Mike estava parado à sua frente, com o peito estufado e os punhos cerrados. — Alguém machucou você?

Ela não conseguiu se segurar, e pressionou a cabeça contra o peito dele. O alívio foi imediato, uma sensação de leveza conforme deixava que ele carregasse um pouco do peso. As mãos dele envolveram delicadamente a parte de trás da cabeça. Ela podia sentir o coração dele batendo. Ele estava esperando por um sinal de que estava tudo bem abraçá-la.

Andrea não se permitiria dar a ele o sinal.

— Eu estou bem. Sério. — Ela ergueu a cabeça. — Eu cuidei disso. Não preciso que você me salve.

As mãos dele caíram.

— Por que você não para de dizer isso?

— Porque eu quero que seja real. — Andrea sentiu as lágrimas brotarem nos olhos. Ela as limpou com o punho, furiosa com o corpo por traí-la. — Eu não sou como as suas irmãs autoritárias, que sempre precisam que você as salve de enrascadas, ou a sua mãe, que espera que você esteja totalmente ao serviço dela. Sou uma mulher de 33 anos. Posso cuidar de mim mesma.

— Claro. — Ele se afastou dela. As palavras de merda dela tiveram o efeito desejado. Ele deu mais um passo, e em seguida outro. A cabeça dele estava assentindo; os braços, cruzados. — Eu entendi. Em alto e bom som.

Andrea engoliu o pedido de desculpas que correu para a boca. Ela poderia dizer praticamente qualquer coisa a ele, mas falar sobre as irmãs e a mãe dele era cruzar a linha.

Não havia qualquer coisa a fazer além de torcer a faca.

— Vejo você por aí.

— Com certeza.

Andrea saiu andando. As suas costas conseguiam sentir o calor do olhar dele até ela virar a curva. Não conseguia imaginar o que Mike estava pensando naquele momento, mas, da parte dela, o único pensamento era que ela estava se tornando a mãe. Apesar de todos os *queridos* e *meus amores*, ela às vezes podia ser uma megera. Fazia sentido levando-se em conta como tinha crescido, e, especialmente, levando-se em conta o quanto Clayton Morrow a havia machucado. Ao longo dos anos, Andrea observara a mãe ligar e desligar a frieza como se fosse um raio congelante, num dia comemorando o Natal com a família, no outro dizendo a Gordon que estava tudo acabado. Era assim que ela se protegia: quando as pessoas chegavam perto demais, ela as afastava. Se Andrea continuaria a reivindicar para si a determinação firme da mãe, teria que reivindicar para si os danos que isso deixava em seu rastro. Dois anos de brigas para se tornar uma pessoa mais forte não mudariam o básico.

Aonde quer que você vá, é aí que você está.

O carro alugado de Mike estava estacionado em frente à porta do quarto dela. Ela sabia que era o de Mike porque ele usava tantos carros alugados diferentes que sempre pendurava um pé de coelho no espelho retrovisor para ajudá-lo a se lembrar de qual era o da vez.

— Tudo bem?

Bible estava encostado no SUV dele. Ele tinha levado a mochila para ela.

— Tudo bem.

Ela pegou a mochila e subiu no Explorer. Foi necessária toda a sua força de vontade para não olhar para trás, para Mike.

— Liguei para a lanchonete. — Bible manteve o tom profissional enquanto saía da vaga. — Ricky está em casa, agora. Ela mora a um pulo daqui. É sempre bom conversar com as pessoas no terreno delas, elas ficam mais relaxadas e confortáveis. Eu abordaria a coisa como: "Ei, senhora, estou aqui para ajudar. Conte-me o que você sabe sobre o seu ex para podermos prender aquele sujeito e jogar a chave fora".

Andrea duvidava que seria tão simples, mas disse:

— Água com açúcar.

— Moleza — concluiu Bible. — Excelente, parceira. Sei que você vai marcar um golaço.

Andrea apreciou a confiança, mas ela não tinha tanta certeza. Mike a havia abalado.

Ele também tinha mentido para ela.

Mike dissera que Mitt Harri tinha lhe enviado uma mensagem de texto às dez da manhã. Foi a primeira vez que ele soube que Andrea estava em Longbill Beach. Mesmo assim, o horário da mensagem dos gnus fora às 8h32 da manhã, o que significava que Mike não tinha tentado falar com Andrea sobre trabalho. Ele tentara falar com ela porque queria falar com ela. A foto do peru tinha sido enviada quando ele estava a quinze minutos do motel.

Os horários também não batiam para a fofoca sobre relacionamento. Andrea conhecia Bible havia quinze minutos quando ele a parabenizou pelo noivado. Mike não tinha motivo para se preocupar com Clayton Morrow na tarde da véspera. Até onde ele sabia, então, Andrea estava em Baltimore. Ele não espalhara o rumor para marcá-la como se fosse um poste ou fazer a vida dela difícil. Ele o espalhara porque queria o próprio nome na boca de Andrea.

Ela o havia magoado.

Por que ela o havia magoado?

— Sabe — disse Bible. — O meu filho tem mais ou menos a mesma idade de Mike.

Andrea aproveitou a oportunidade, embora parecesse estranho que ele estivesse escolhendo aquele momento para contar a ela sobre a sua vida pessoal.

— Eu não sabia que você tinha um filho.

— Dois. Minha garota é médica em Bethesda. Superinteligente, como a mãe. — O sorriso de Bible estava cheio de orgulho. — Meu garoto, bem, não me entenda mal. Ele é um bom garoto, estava tudo certo para ele ir para West Point. Acabou se formando em Direito pela Georgetown.

Andrea sentiu que viria um *mas*.

— Cussy e eu não contamos isso para muita gente, mas ele nos procurou no segundo ano na Georgetown e disse que queria trabalhar com defesa criminal.

Andrea deu um sorriso relutante. Policiais desprezavam advogados de defesa. Até precisarem de um.

— Não se preocupe. Sou boa em guardar segredos.

— Eu percebi isso.

Como sempre, as palavras de Bible tinham um significado alternativo. Ele estava dando a Andrea a oportunidade de explicar por que sabia tanto sobre Dean Wexler, Nardo Fontaine e Ricky Fontaine.

Ela não poderia explicar. Naquele momento, Alice Poulsen e Star Bonaire tinham que ser o foco. Se ela se permitisse ficar presa em Emily Vaughn, perderia qualquer chance que tivesse de convencer Ricky Fontaine a se voltar contra o ex-marido. Compton deixara claro que aquela era a única oportunidade de parar com a loucura na fazenda.

— Eu comecei no combate às drogas. Mike lhe contou isso? — perguntou Bible.

Andrea achou que Bible lhe contaria outra história para tentar fazer com que ela se abrisse. Ela só entrou no jogo em parte, olhando fixamente pela janela quando disse:

— Ele não me contou.

— Bom, esses caras da Proteção de Testemunhas são estranhos. — Bible limpou a garganta antes de continuar. — O que aconteceu foi que eu estava sentado à minha mesa um dia, quando recebi uma ligação do chefão dos chefões em D.C. Ele me contou que a DEA precisava de uma cara nova em El Paso para dirigir um caminhão de um lado a outro da fronteira. Era um esqueminha: você botava a heroína para dentro e levava o dinheiro para fora, e isso era tudo.

Andrea sabia que os delegados eram, frequentemente, empregados em diversas forças-tarefa. Bible teria conseguido se misturar com facilidade com as suas tatuagens militares e o forte sotaque do Texas.

— Então eu me apresento em El Paso, e estamos tentando pegar uns traficantes trazendo cocaína de Sinaloa. Você já esteve no México? — Ele esperou que Andrea negasse com a cabeça. — Um país bonito para cacete, você tem as Sierras Madres, a Baja California Sur. As pessoas lá são o sal da terra, impossível serem mais amigáveis. E a comida...

Bible passou a língua pelos lábios enquanto reduzia para fazer uma curva. A Beach Road desapareceu no espelho retrovisor, não havia mansões daquele lado da cidade, só uma área residencial de trabalhadores com casas pequenas e carros mais velhos.

— Enfim — disse Bible. — Eu recebo o convite oficial para ir para Culiacán, também no México, o que era uma coisa importante. Eu ajo com calma e frieza: bebo umas cervejas, falo das minhas credenciais de *bad boy*, deixo claro que sou muito fácil.

Andrea sentiu uma mudança no ar.

Bible não estava contando uma história. Estava dizendo a ela que tinha se infiltrado nos altos escalões de um cartel de drogas mexicano. Andrea então olhou para as linhas finas e compridas que marcavam o rosto dele, e percebeu que nunca tinha notado, mas elas desciam pelo pescoço e desapareciam sob a gola da camiseta.

Ela se virou para olhar para ele, para que soubesse que ela entendia que ele estava lhe contando uma coisa que, normalmente, não compartilhava.

Ele assentiu, reconhecendo o que estava em jogo. Então, respirou fundo e disse:

— Alguns meses se passam, eu começo a trabalhar um informante de dentro. Pelo menos, eu pensava que o estivesse conquistando. Vamos dizer apenas que o sujeito não era meu amigo. A merda acontece. Quando eu percebo, estou amarrado a uma cadeira e eles, brincando com o distintivo de delegado.

Andrea não conseguia tirar os olhos das cicatrizes.

— É, elas estão por toda parte.

Bible esfregou o rosto. Ela nunca o vira inseguro de si. Até o tom de voz havia mudado.

— O cara que foi atrás de mim, eles o chamam de *el Cirujano*. Você fala espanhol?

Andrea negou com a cabeça.

— O Cirurgião — disse Bible. — Só que eu não acho que o cara aprendeu a fatiar pessoas daquele jeito na faculdade de Medicina.

Andrea sentiu um aperto no peito. Ela tinha uma referência enviesada daquele tipo de medo, mas felizmente tinha sido poupada da dor excruciante.

— Ele torturou você?

— Ah, não. Com tortura, você quer informação. Eu logo de cara disse a eles tudo o que queriam saber. O cara só queria que eu sofresse.

Andrea não sabia o que dizer.

— Isso faz seis anos — disse Bible. — Sei que não parece, mas eu era jovem na época, ainda queria ser delegado. Mas minha mulher, Cussy, ela era contra. Queria que eu me aposentasse. Você consegue me imaginar pescando em um cais pelo resto da minha vida? Aprendendo a fazer crochê e artesanato?

Andrea ainda não conseguia falar, por isso negou com a cabeça.

— Isso mesmo — disse Bible. — Mas aí a juíza Vaughn vai me visitar no hospital. Eu mencionei que passei seis meses em reabilitação?

Mais uma vez, Andrea balançou a cabeça. Ela sabia, pelo trabalho de Laura, como era uma reabilitação. Eles não o mantinham lá por seis meses a menos que você precisasse de muita ajuda.

— Então ali está Esther Vaughn, entrando no meu quarto no hospital como se fosse a dona do lugar. Não tenho vergonha de dizer que estava sentindo pena de mim mesmo. Aquela mulher, ela se aproxima de minha cama e não diz *olá*, nem *é um prazer conhecê-lo* nem *lamento que você esteja cagando em uma bolsa.* Ela fala: "Não gosto do delegado encarregado do meu tribunal. Quando você pode começar?".

— Ela conhecia você? — perguntou Andrea.

— Nunca a havia visto na vida. Cumprimentei-a uma, talvez duas vezes no corredor.

Andrea sabia que os delegados trabalhavam no tribunal federal.

— A sua mulher, quero dizer, a sua chefe...

— Não. A juíza apareceu por conta própria. Confie em mim, ninguém diz a Esther Vaughn o que fazer. — Bible deu de ombros, mas estava claro que a reunião tinha tido um impacto. — Levei mais dois meses para me recuperar, e passei os quatro anos seguintes sentado no tribunal dela. Alguns juízes gostam de ter um delegado presente, especialmente os mais velhos. Nomeação vitalícia. Eles costumam irritar as pessoas.

Toda vez que Andrea achava ter entendido quem Esther Vaughn realmente era, alguém aparecia e a fazia mudar de ideia.

— Esther não está bem — disse Bible. — O câncer na garganta dela voltou e ela não vai vencê-lo dessa vez. A senhora está cansada de lutar.

Andrea só conseguia pensar em Judith e Guinevere. Elas perderiam outra pessoa.

— Esther Vaughn salvou a minha vida, e eu quero encontrar quem matou a filha dela antes que ela morra. Por isso, sei muito sobre o caso.

Andrea tentou um desvio.

— A juíza sabe que você está cuidando disso?

— Separamos as coisas profissionais das pessoais — disse Bible. — A juíza sabe quanto poder ela tem e nunca o usaria para pedir um favor pessoal. A senhora se preocupa com as aparências.

Andrea se perguntou se orgulho não era uma melhor explicação.

— Você interrogou suspeitos ou...

— Ainda não, mas vou chegar lá. Você não começa derrubando portas a menos que saiba o que tem do outro lado. — Ele fez uma pausa breve. — Agora é a parte em que você me explica como eu estou mergulhado nisso há dois dias, e você chega aqui e em menos de cinco segundos já sabe tanto quanto eu sobre o caso.

Andrea se sentiu desmascarada, que era exatamente como Bible queria que se sentisse. Ela queria muito lhe contar a verdade, mas sabia que não podia fazer isso. Mike zombara dos quatro meses de Andrea em Glynco, mas a primeira regra da Proteção de Testemunhas era que você nunca falava sobre a Proteção de Testemunhas. Mesmo com outro delegado. Mesmo quando ele, de algum modo, em apenas um dia, fez com que você achasse que ele era a pessoa mais confiável que você conhecera na vida.

Ela se odiou por dizer:

— O que faz você achar que eu sei alguma coisa?

— É melhor trabalhar mais nisso, parceira. Vi a sua empolgação quando percebeu que estava falando com Dean Wexler e Nardo Fontaine na fazenda há pouco. — Ele fez uma pausa breve. — E aí, do nada, você cita a data do divórcio de Ricky Fontaine junto com detalhes de um caso de vinte anos atrás do qual ninguém nunca ouviu falar?

Andrea sentiu a garganta muito seca. Se a expressão dela não conseguia mentir, a boca conseguiria.

— Descobri na internet que Emily foi assassinada. Meu voo atrasou e eu fiquei com muito tempo livre.

— E Mike bater na sua porta não tem nada a ver com isso?

A parte de Mike pareceu muito próxima da verdade. Instintivamente, Andrea retrocedeu.

— Minha história com Mike é complicada.

— É isso o que os meus filhos dizem quando não querem falar no assunto.

Andrea deixou que o silêncio fosse a resposta.

— Está bem — disse Bible, por fim, usando o tom familiar que dizia que não estava tudo bem.

Ele parou o SUV junto do meio-fio e pôs o carro em ponto-morto.

— Chegamos.

Andrea ergueu o olhar. Havia uma casa de dois andares no alto de uma colina íngreme. A escada até a varanda de entrada tinha três lances em zigue-zague porque a inclinação era muito acentuada. A porta da garagem estava aberta, com caixas de papelão e estantes de armazenamento ocupando as duas vagas. Ricky estava nitidamente usando a área como um depósito do restaurante. Pilhas de aventais sujos e panos de prato estavam ao redor de uma lavadora e uma secadora de aparência antiga.

Bible disse:

— Vou ficar aqui embaixo no carro. Antes que você vá, vou lhe dizer a regra número cinco dos delegados: você não pode montar dois cavalos com uma bunda só.

Isso parecia um dos sermões do Frangolino, mas Andrea já tinha percebido aquilo por conta própria. Ele estava lhe dizendo para tirar Emily Vaughn da cabeça.

— Queremos que Ricky nos dê alguma informação útil sobre Wexler, Nardo ou a fazenda. É assim que ajudaremos Star Bonaire.

— Exatamente.

Andrea abriu a porta do carro, e esfregou o pulso dolorido enquanto iniciava a subida vertical até a casa. Um hematoma estava começando a aparecer. Ela não tinha ideia de por que estava dando tanta atenção ao machucado. Em Glynco, depois de um soco nos rins, ela tinha literalmente mijado sangue, também tinha ganhado um olho roxo e um lábio cortado; e os dois pareceram medalhas de honra.

Ela imaginou que a coisa que diferenciava o machucado no pulso era Dean Wexler. Ele quisera machucá-la, quisera botar Andrea no lugar dela, do mesmo jeito que tinha posto Star, Alice e todas as outras mulheres da fazenda.

Embora Marshals geralmente não investigassem, várias horas do treinamento de Andrea tinham sido dedicadas a entrevistas, perguntas e interrogatórios. Ricky Fontaine não era suspeita, mas era uma possível testemunha do que quer que estivesse acontecendo na fazenda. Além disso, ela poderia conhecer alguma mulher que tivesse escapado. Andrea teria que estabelecer uma conexão para fazer com que Ricky se sentisse confortável, e mostrar competência para que ela soubesse que qualquer informação que desse seria amplamente investigada e, se uma violação criminosa fosse encontrada, algo seria feito.

Andrea largou o pulso ao passar pelo Honda Civic verde estacionado na entrada de carros. Ela olhou no interior e encontrou uma bagunça, papéis e lixo espalhados por toda parte. Ela ergueu o olhar para a casa, que provavelmente era a mesma em que Eric e Erica Blakely tinham crescido. Andrea não conseguiu deixar de se perguntar se Clayton Morrow tinha feito aquela mesma subida árdua dos três lances de escada de concreto. Ela podia estar prestes a botar os pés nos mesmos lugares em que o pai pisara quarenta anos antes.

— Olá, querida. Desculpe pela escada. Elas são mortais para as panturrilhas.

Ricky tinha aberto a porta de tela. Ela estava de short e camiseta, os tornozelos estavam descalços, mas as pulseiras de Madonna eram exibidas com orgulho. Ela tinha acrescentado algumas fitas para dar uma cor aos braceletes pretos e prateados.

Andrea fez a curva após o segundo patamar e subiu o último lance de escada. A primeira impressão foi que a vibe maternal e eficiente de Ricky não existia mais. Aquele era o exato oposto de uma transformação estilo Esther Vaughn. A mulher parecia completamente drenada de energia, o que fazia sentido, considerando que o estabelecimento abria sete dias por semana, das seis à meia-noite.

Ricky disse:

— Eles ligaram da lanchonete para dizer que você estava à minha procura. Quer refrigerante?

— Seria ótimo. — Os instrutores tinham lhe ensinado que a maneira mais fácil de deixar uma pessoa à vontade era deixar que elas servissem você. — Obrigada por falar comigo, vou tentar não tomar muito do seu tempo.

— Espero que você não se importe que eu trabalhe enquanto conversamos. Está terminando o período de secagem. Se eu não der continuidade ao processo das roupas, nunca vou terminar. Por aqui.

Ricky a conduziu pela sala de estar. Toalhas e aventais limpos enchiam três cestos no chão. O sofá e as poltronas pareciam novos, mas o carpete acobreado devia ser o original. A arte nas paredes pastel provavelmente tinha sido anunciada como "decorativa" nos banners no interior de um mercado de pulgas. Andrea viu um monte de fotos em porta-retratos em uma mesa lateral perto do corredor. Havia duas gavetas estreitas sob o tampo de madeira. Ricky havia empilhado livros de formato grande no espaço abaixo, usando as hastes entre as pernas esguias como plataforma. Não havia como dar uma olhada mais de perto. Ricky já estava subindo a escada sem corrimãos.

Andrea sentiu um leve cheiro de bolor na cozinha, provavelmente, por causa da bagunça. Havia uma mesa oval com pilhas de contas amareladas e papéis que, talvez, tivessem a idade de Andrea. Uma pequena área estava limpa, onde Ricky claramente fazia as refeições sozinha. Andrea pensou que, em algum momento, a mulher tivesse se interessado por decoração. Um lustre azul-claro pendia sobre a pia, o topo das bancadas era de quartzo negro, os armários tinham sido pintados de azul, e os eletrodomésticos eram brancos, com a exceção da geladeira, que era preta, com postais, lembretes, fotografias e as bobagens habituais cobrindo as portas.

— Não envelheça, querida. — Ricky estava desatarraxando a tampa de um frasco de remédio controlado.

Andrea reconheceu o frasco vermelho da Target. Ricky tomou dois comprimidos pretos enquanto Andrea observava. Havia pelo menos mais uma dúzia de frascos de remédio na bancada.

Ricky os apresentou:

— Pressão, colesterol, anti-inflamatórios, um negócio para tireoide, refluxo gástrico, dor nas costas, nervos. Pepsi?

Andrea levou um segundo para perceber que ela estava falando do refrigerante.

— Sim, obrigada.

Ricky abriu a geladeira. Uma Polaroid esmaecida de um adolescente de short cortado captou o olhar de Andrea. O cabelo dele era rebelde em um estilo do fim dos anos 1970. Ele estava sem camisa, o peito magro e os cotovelos estranhos o colocavam no auge da puberdade.

Eric Blakely.

Andrea se lembrou do que Nardo dissera sobre o irmão de Ricky na fazenda. *Mortinho da silva, coitado.*

— Ok. — Ricky tinha enchido um copo com gelo. Ela abriu a lata de Pepsi e a serviu com um movimento hábil do pulso. — Acho que você está aqui por causa da juíza.

Andrea sabia que a sua expressão fria precisava de prática, então se esforçou para manter a expressão neutra.

— Por que você diz isso?

Ricky tirou o chiclete da boca e o envolveu em um guardanapo.

— Judith não disse nada, mas corre na cidade que o câncer da juíza voltou, dessa vez para valer. A coitada provavelmente não vai chegar ao fim do ano. Se fosse eu, ia querer saber o que aconteceu com Emily antes de morrer.

Andrea deu um gole de Pepsi enquanto pensava em como lidar com aquilo. Ela tinha prometido a si mesma que não iria falar sobre Emily, mas também sabia que mostrar empatia diante de uma testemunha era o jeito mais rápido de estabelecer confiança.

— Acho que saber a verdade daria à juíza alguma paz.

Ricky assentiu, como se a confirmação fosse tudo de que ela precisava.

— Venha comigo.

Andrea deixou o copo sobre a bancada e desceu as escadas atrás de Ricky, que parou diante da mesinha lateral perto do corredor. Ela pegou um dos porta-retratos.

A foto era familiar. Andrea tinha visto uma cópia na colagem de Judith na noite anterior, só que esta estava dobrada em estilo sanfona para cortar Emily do resto do grupo.

— Desculpe. Ainda é difícil para mim ver o rosto dela. Traz tudo de volta. — Ricky virou o porta-retratos e abriu a parte de trás. Então, desdobrou a fotografia e a mostrou para Andrea. — Ela era bonita, não era?

Andrea assentiu, tentando fingir nunca ter visto a foto antes. Ela apontou para Nardo.

— Quem é esse?

— O babaca do meu ex — murmurou Ricky, mas não pareceu amarga. Ela apontou para Clay na foto. — Esse é Clayton Morrow. Você é policial, então provavelmente sabe mais sobre ele do que eu. Essa sou eu, é claro, antes que os meus peitos caíssem e o cabelo ficasse grisalho. E esse é o meu irmão, Eric. Nós o chamávamos de Blake.

Andrea sentiu uma abertura e agarrou a chance.

— Chamávamos?

Ricky voltou a dobrar cuidadosamente a foto.

— Ele morreu duas semanas depois de Emily.

Andrea observou Ricky montar o porta-retratos outra vez. Havia mais fotos na mesinha, uma espécie de altar para a juventude de Ricky. Clay e Nardo fumando no banco da frente de um conversível; Blake e Nardo vestidos como gângsteres da era de Al Capone; Blake e Ricky com smokings iguais. Se você não soubesse que Emily Vaughn fazia parte do grupo, nunca daria por sua falta.

— Cerca de uma semana depois que Emily foi atacada, Clay nos contou que tinha créditos suficientes para formar-se antecipadamente. Ele iria para o Novo México tentar arranjar um emprego antes do início da faculdade — disse Ricky.

Andrea olhou para os livros de formato grande empilhados abaixo das duas gavetas largas. Anuários. Escola Infantil Dozier. Escola Milton. Colégio Longbill Beach.

— Blake se ofereceu para ajudar Clay na viagem, três mil quilômetros eram muito diferentes na época. Nada de celular se você enguiçasse, interurbanos custavam uma fortuna, e nós não tínhamos nem a nossa própria linha telefônica, que era alugada.

Ricky recolocou cuidadosamente o porta-retratos com a foto do grupo ao lado das outras. Ela tocou o peito do irmão com o dedo.

— Não posso culpá-lo por querer ir embora — disse Ricky. — As coisas estavam muito tensas entre nós. Mesmo entre Blake e eu. Ele era o meu gêmeo, sabia?

Andrea negou com a cabeça, embora soubesse.

— Emily alguma vez disse a você quem era o pai do bebê?

— Não. — A voz de Ricky tinha se enchido de remorso. — Emily não estava nem falando comigo no final. Eu não fazia ideia.

Andrea pensou no que Wexler lhe contara na caminhonete. Emily tinha sido estuprada em uma festa, e Andrea tinha que presumir que Ricky estivera presente. E Eric. E Nardo. E Clay. E talvez Jack Stilton e Dean Wexler. Havia uma síndrome psiquiátrica chamada *folie à deux* — uma psicose compartilhada em que um grupo de pessoas comete atos ruins que não cometeriam sozinhas. Não foi difícil para Andrea acreditar que o pai tinha pegado aquele grupo com pessoas tão diferentes e dado a elas permissão para liberarem o pior de si mesmas. Então ele deixou a cidade, e Wexler entrou em cena para preencher o papel.

Ela tentou outro caminho.

— Você tinha uma teoria sobre quem poderia ter matado Emily?

Ricky deu de ombros, mas disse:

— Desde o começo, os policiais estavam muito focados em Clay. Por isso, ele queria tanto deixar a cidade. E Blake... Bom, ele queria sair daqui pelas próprias razões, as coisas não estavam boas com o meu avô, pois tinha havido um grande problema envolvendo dinheiro. Foi uma época muito ruim para nós dois; inclusive, não estávamos nos falando.

Andrea limpou a garganta. Ela sabia que tinha que ser cuidadosa. Ricky não mantinha um altar para o círculo de amigos porque achava que eles eram pessoas terríveis.

— Por que a polícia estava focada em Clay?

— Stilton o desprezava. Os dois Stilton, na verdade. Clay era diferente, era brilhante, sarcástico, bonito. Ele era demais para os cérebros pequenos deles entenderem, e eles o odiavam por isso.

Andrea não a lembrou de que Clayton Morrow também era um psicopata e um criminoso condenado.

— Eu não deveria dizer isso, mas estávamos todos um pouco apaixonados por Clay. Emily o adorava. Nardo queria ser ele. Blake o tratava com reverência. Nós éramos uma panelinha especial. — Ricky olhou para a fotografia de Clay com o irmão. — Eles estavam fazendo trilha nas montanhas Sandia, nos arredores de Albuquerque. Foram nadar perto de Tijeras, mas Blake entrou embaixo da cachoeira e não voltou a aparecer. Ele nunca foi bom nadador. Encontraram o corpo dois dias depois.

Pelo menos, isso explicava por que a certidão de óbito de Eric Blakely não estava registrada no condado de Sussex. Ele tinha morrido em outro estado.

Ricky afastou os olhos da foto. Os braços dela estavam cruzados.

— Deve ter sido Clay quem a matou, certo? Quero dizer, é o que faz sentido.

Andrea achava que aquilo fazia mais sentido antes de testemunhar ela mesma a crueldade da qual Nardo Fontaine e Dean Wexler eram capazes.

— Eu fui tão horrível com Emily quando ela me disse que estava grávida. — O olhar de Ricky se dirigiu para o sofá abaixo da janela. — Estávamos as duas bem aqui neste lugar, e eu disse tantas coisas horríveis para ela. Não sei por que fiquei com tanta raiva, acho que eu sabia que estava acabado, sabe? Nossa panelinha. As coisas nunca mais seriam as mesmas.

Andrea deixara Ricky ficar bem confortável, e então tentou retomar o controle delicadamente.

— O jeito que você fala dela é muito diferente do retrato pintado por Dean Wexler.

— Dean? — Ricky pareceu surpresa. — Por que ele estaria falando de Emily?

Andrea deu de ombros.

— Ele me falou que ela tinha problemas com drogas e álcool.

— Isso não é verdade. Emily nem fumava. — Ricky, de repente, estava agitada. — Se você falou com Dean, então falou com Nardo. O que ele tinha a dizer sobre Emily?

— Ele não a mencionou — disse Andrea. — O delegado Bible e eu estávamos na fazenda por causa de um corpo no campo. Mas você já sabia disso, certo? Foi você quem falou com Bible sobre a garota.

Ricky abaixou a cabeça até o queixo tocar o peito.

— É o que eu disse antes, Queijo é um bêbado inútil. Às vezes eu me pergunto se Dean sabe algum podre dele. Toda aquela loucura acontecendo na fazenda há anos, décadas, e Queijo não faz nada e olha para outro lado.

— Que tipo de loucura?

— As voluntárias! — A agitação de Ricky estava aumentando. — Se você quer saber a história de lá, deve procurar nos arquivos do caso de vinte anos atrás. Eles estão explorando demais aquelas garotas.

— Já li o arquivo. — Andrea manteve a voz calma porque a de Ricky não estava. — Um telefonema anônimo avisou os federais. A ligação foi feita de um telefone público na Beach Road.

Culpa atravessou o rosto de Ricky. Ela pegou o telefone no bolso traseiro e verificou o timer, que indicava mais quatro minutos.

— Minha secadora está prestes a desligar.

Andrea não ia deixá-la escapar.

— A garota na plantação provavelmente se matou.

— Eu soube.

— Ela estava magra, quase morrendo de fome. — Andrea observou Ricky tornar a olhar para o timer. — Todas as mulheres na fazenda estão famintas. Elas parecem estar vivendo em um campo de concentração.

— Eu rezo por elas. — Ricky usou a barra da camisa para limpar a tela. — Rezo pelos pais. Dean tem um batalhão de advogados de prontidão, nunca vão tirar algo dele. Ele sempre ganha.

Andrea percebeu que estava perdendo Ricky.

— Você conhece garotas que não estejam mais lá? Talvez elas estivessem dispostas a falar.

— Eu mal tenho tempo para lavar a roupa. Você acha mesmo que eu mantive contato com qualquer pessoa daquele período da minha vida?

Andrea tentou de novo.

— Se você tivesse alguma informação, poderia ser um telefonema anônimo ou...

— Querida, limpe os ouvidos, está bem? Eu não conheço ninguém. Não ponho o pé perto da fazenda há vinte anos. — Ricky pareceu satisfeita com a limpeza do celular. — Tem uma ordem protetiva permanente contra mim que não me permite chegar a menos de sete metros de Nardo sem ser presa. Durante o divórcio, Dean pegou tão pesado comigo que eu mal tive condições de manter o restaurante. Graças a Deus, a casa estava em um fundo, ou eu teria ficado sem ter onde morar.

Andrea pôde ver que ela estava assustada.

— Dean ajudou Nardo a financiar o divórcio?

— Dean ajuda Nardo com tudo. Ele mora na fazenda sem pagar aluguel. Nardo não recebe nem salário, o que, pode acreditar, me fodeu bonito durante o divórcio. — Ricky parecia mais amarga em relação a Wexler que em relação ao ex-marido. — Aquela fazenda é uma mina de ouro, e tudo o que ele faz com o dinheiro é comprar pessoas ou foder com elas. Ele a administra como uma ditadura. Ninguém diz a ele o que fazer.

Andrea percebeu que Ricky estava apenas começando.

— O que Dean está fazendo com aquelas garotas... juro pela minha vida que não era assim quando eu estava lá. Nardo é um escroto doente, mas não é tão doente. E eu nunca vi qualquer coisa além de exploração de mão de obra. Achei que isso tinha acabado quando Dean negociou um acordo com o governo. — Ricky usou a manga para limpar os olhos. Ela tinha começado a chorar. — Sei que eu disse que sou uma covarde pelo jeito que tratei Emily, mas se eu tivesse visto algo tão... tão revoltante? Mau? Do que quer que você queira chamar o que eles estão fazendo lá, eu não teria ficado com a boca fechada.

— Eu acredito em você — disse Andrea, mas só porque era o que Ricky precisava ouvir. — Como mulher, me sinto insultada, mas como delegada, preciso de uma justificativa legal para abrir uma investigação.

— Meu Deus, eu queria muito poder ajudar você — confessou, limpando novamente as lágrimas.

Andrea podia sentir o desalento da mulher.

— Soube que a mãe de uma das garotas tentou resgatá-la.

— A maluca tentou raptar a própria filha. — Ricky deu uma risada forçada. — Não sei o que eu faria se a minha filha estivesse morando naquele lugar. Não que tenhamos tido filhos, graças a Deus. A única razão por ter me casado com aquele babaca era que ele tinha dinheiro. Aí, um ano depois, o pai dele perde tudo e ele se envolve no culto de Dean. Meu Deus, como se eu já não tivesse azar o suficiente.

"Holiday", de Madonna, começou a tocar no celular de Ricky. Ela desligou o alarme, mas não se mexeu. Ao invés disso, voltou a esfregar os olhos. O maxilar entrou em ação, ela estava avaliando as opções, tentando decidir o quanto era demais dizer.

Finalmente, contou a Andrea:

— Nunca tinha pensado nisso, mas talvez por você ter mencionado Emily, e nós termos começado a falar sobre Dean e...

No silêncio, Andrea pôde ouvir os bipes da secadora sinalizando o fim do ciclo. Ricky também devia ter ouvido, mas ainda estava debatendo os riscos. A mulher se divorciara havia vinte anos, e ainda assim parte dela tinha medo do que Dean Wexler poderia fazer com ela.

Ricky esfregou os olhos outra vez e limpou a garganta.

— Nunca olhei para isso assim antes — disse ela. — Mas a merda que está acontecendo na fazenda é a mesma que aconteceu com Emily Vaughn quarenta anos atrás.

21 DE OUTUBRO DE 1981

E MILY ESTAVA SENTADA NO fundo da biblioteca da escola com a testa apoiada nos joelhos. Ela não conseguia parar de chorar, estava com uma dor de cabeça latejante. Não havia conseguido dormir na noite anterior. As pernas continuavam dormentes e o estômago não parava de se revirar. Os pensamentos não paravam de ricochetear entre Ricky dizendo a ela que a amizade delas tinha acabado e Blake botando a mão de Emily na *coisa* dele.

Os gêmeos sempre tinham sido tão cruéis, ou Emily era apenas estúpida?

Ela encontrou um lenço de papel na mochila e assoou o nariz. Encolheu-se contra a parede, não queria que alguém a encontrasse ali. Tinha matado a aula de Química. Ela nunca matava aula. Não até aquela semana. Não até toda a sua vida ser jogada em um turbilhão.

Eram os olhares dos colegas de classe que Emily não conseguia aguentar. No corredor. Do fundo do laboratório de Química. Alguns deles apontavam e riam. Outros a analisavam como se ela fosse a criatura mais repulsiva que eles já haviam visto. Ricky tinha a boca grande, mas Emily sabia que era Blake quem tinha começado o rumor de que ela estava grávida, porque as pessoas que apontavam e riam e tinham os olhares mais hostis eram os meninos. Não que o estado atual de Emily fosse um rumor, porque a palavra *rumor* implicava uma incerteza ou falta de verdade.

Não importava a fonte da informação obscena, se fora Blake ou Ricky ou mesmo Dean Wexler, Clayton sabia que ela estava grávida. Emily o vira naquela manhã quando passava em frente à fila de lojas no centro. Ele estava sozinho, fumando um último cigarro antes de atravessar a rua para a escola. Seus olhares tinham se encontrado, e não havia dúvida de que ele a havia visto. Mesmo à distância, houve aquele clarão de reconhecimento nos traços dele, o retorcer da boca em um sorriso rápido. Emily começara a erguer a mão para acenar, mas o riso dele desapareceu. Ele lançou o cigarro na sarjeta, então girou para trás como um soldado no campo de parada e saiu andando na direção oposta.

Aquele era o Clayton Morrow que se apresentava como um rebelde que desafiava as normas da sociedade americana moderna e religiosamente falida. Ele podia muito bem ter trocado o Marlboro por um forcado. Ou talvez estivesse fugindo do próprio erro.

Clay?

Essa era a primeira palavra escrita nas anotações de Columbo. Quanto mais Emily falava com as pessoas, mais ela achava que podia realmente ser ele.

Isso teria sido tão ruim?

Emily sempre gostara de Clay. Ela teve sonhos embaraçosos e quentes com ele antes. E, às vezes, quando ele estava perto, ou a olhava de um certo jeito, ela sentia uma onda do que só podia ser chamado de desejo. Clay lhe dissera que nada iria acontecer, e ela tinha aceitado aquilo, mas talvez Emily tivesse dado em cima dele na noite da festa. E talvez Clay estivesse tão chapado que cedera, contra todo o bom senso. O pai dela dissera que garotos adolescentes tinham dificuldade para se controlar. Emily estava o tempo inteiro imaginando se ela era, de algum modo, a vítima, mas talvez fosse a agressora.

Seria possível?

Emily usou as costas do braço para enxugar as lágrimas. A pele parecia sensível, o hematoma no pescoço, onde Dean Wexler a agarrara, tinha começado a se transformar em um azul-escuro raivoso e sinistro. Ela respirou fundo e encontrou a investigação de Columbo enfiada no fundo da bolsa.

As notas que tomara da interação com Ricky e Blake na véspera estavam manchadas por lágrimas. Os dois tinham sido igualmente repulsivos, cada um à sua maneira. Emily estremeceu quando se lembrou de Blake colocando a mão dela no colo. A língua molhada no ouvido. Ela estremeceu uma segunda vez e levou a mão ao ouvido, como se a língua nojenta ainda estivesse lá.

Emily fechou o caderno, já tinha praticamente decorado as três transcrições. Dean Wexler dissera que Nardo e Blake estavam dentro de casa naquela noite. Blake também dissera a ela que ele e Nardo estavam do lado de dentro. Usando a lógica de Columbo de Queijo, ela tinha duas pessoas contando a mesma história, o que, provavelmente, significava que as duas estavam falando a verdade, então podia eliminar Dean e Blake.

Certo?

Ela não tinha certeza. Dean e Blake podiam estar contando a mesma história porque a tinham combinado previamente, e buscar uma terceira confirmação com Nardo era impossível. Na verdade, a reação dele à gravidez de Emily foi a única que ela não achou surpreendente.

Na véspera, Ricky atacara Esther e Franklin Vaughn por serem babacas ricos que compravam uma saída para problemas, mas, daquela vez, os Fontaine tinham superado os pais dela. Uma carta entregue em mãos tinha chegado antes do café naquela manhã. Gerald Fontaine avisava os Vaughn de que Emily não devia falar com — ou, mais importante, falar sobre — Bernard Fontaine de nenhuma maneira falsa, negativa ou inflamatória, a menos que eles quisessem enfrentar um processo muito dispendioso por difamação.

— Que palhaço ridículo — dissera Esther ao ler a carta. — Difamação está relacionada a afirmações escritas ou impressas que sejam falsas ou difamatórias. É a calúnia que é oral ou falada.

A mãe parecera triunfar ao marcar um ponto retórico, mas era Emily quem estava pagando o preço.

— Em?

Ela ergueu o olhar. Queijo estava com um dos ombros apoiado em uma das longas estantes de livros. Ela tinha escolhido se esconder em Referências Bíblicas, porque sabia que ninguém passaria ali por acaso.

Exceto as pessoas que sabiam que Emily sempre se escondia em Referências Bíblicas.

— Você está bem? — perguntou ele.

Ela negou com a cabeça e deu de ombros ao mesmo tempo, mas a resposta que saiu da boca dela foi a mais pura verdade:

— Não. Na verdade, eu não estou bem.

Queijo olhou para trás antes de se juntar a ela junto à parede. Ele deslizou para o chão ao lado dela, os joelhos quase se tocando.

— Alguma coisa nova acontecendo? — perguntou.

Ela riu, e então começou a chorar. Emily levou as mãos à cabeça outra vez.

— Ah, Em. — Ele passou os braços ao redor dos ombros dela. — Eu sinto muito.

Ela se aconchegou nele, que cheirava a Old Spice e Camel.

— Vai ficar tudo bem. — Queijo esfregou o braço dela, abraçando-a apertado. — Os seus... seus pais vão deixar você... você sabe.

Ela balançou a cabeça. Os pais já haviam decidido que aquilo iria acontecer.

— Está bem. — O peito se encheu quando ele respirou fundo. — Eu poderia... bom, se você quisesse que eu, eu poderia...

— Obrigada, mas não — Emily olhou em seus olhos grandes de vaca. — Blake já me pediu em casamento.

— Meu Deus. — Queijo se afastou dela. — Não, Emily, eu não ia pedir isso a você. Eu, ia... bom, ia oferecer para dar uma surra em quem quer que tenha feito isso com você.

Emily não sabia ao certo se acreditava nele, mas decidiu levá-lo a sério.

— Tudo do que eu não preciso agora é que você seja suspenso.

— Você não vai se casar com Blake, vai? — Queijo parecia preocupado. — Em, ele é o pior de todos eles.

Ela quase riu.

— Por que você diz isso?

— Ele é desonesto e inteligente — disse Queijo. — Não como Nardo, que é apenas mau. Ou Clay, que é apenas entediado. Quando ele não gosta de você, ele não gosta mesmo de você.

Emily sentiu a própria preocupação crescer.

— Blake fez alguma coisa com você?

Queijo negou com a cabeça, mas ela não acreditou.

— Sabe, você poderia fazer uma coisa por mim, se quiser. Sei que não tenho o direito de pedir, mas...

— O que é? — Emily não conseguia se lembrar de ele lhe pedir qualquer coisa.

— Não quero mais que você me chame de Queijo. — Ele olhou para o rosto dela. — Não me incomoda quando você diz, mas é o que eles dizem, então...

— Está bem, Jack. — O nome pareceu engraçado. Ela o conhecia desde que ele tinha comido um dos seus lápis de cera no jardim de infância. — É um prazer conhecê-lo, Jack.

Ele não sorriu.

— Você não está sozinha, Em. Eu estou aqui. Os seus pais podem estar com raiva, mas eles vão superar isso. E as pessoas na escola, bem, elas são mesmo um bando de rejeitadas. Por que você se importa com o que estão dizendo? Nessa mesma época no ano que vem, todos vamos estar fora desse manicômio mesmo, certo? Quem se importa?

Emily teve que engolir em seco antes de conseguir falar.

— Me conte o que estão dizendo.

— Que você é uma garota muito suja — disse Nardo. Os dois se enco-lheram com o tom de voz provocador. — O que os dois pombinhos estão fazendo aqui no canto?

Nardo estava apoiado nas estantes.

— Foi aqui que vocês fizeram o seu bebê ilícito?

— Vá se foder.

Jack fez um esforço para se levantar, os punhos estavam cerrados. Ele era maior que Nardo, mas Nardo era muito mais cruel. Jack mal olhou para Emily antes de ir embora.

— Bom — disse Nardo. — Como o nosso Queijo é dramático.

— Ele quer ser chamado de Jack.

— E eu quero ser chamado de Sir Picadura de Bocetolândia. — Nardo se sentou no chão com um floreio. — Infelizmente, nem sempre conseguimos o que queremos.

O único consolo em toda aquela provação era que ela nunca mais teria que fingir ignorar as observações sarcásticas dele.

— Os seus pais deixaram claro que eu não devo falar com você.

— Onde está a diversão nisso, Emmie-Em? — Nardo derrubou alguns livros da prateleira de baixo. — Soube que você anda procurando o respon-sável por isso.

Emily esfregou os olhos. Ela não ligava mais para a investigação de Columbo, só queria desesperadamente que Nardo fosse embora.

— Não importa.

— Não mesmo? — perguntou Nardo. — Você poderia se sair pior com Blake.

Emily não via como.

— Sempre foi o sonho dele se casar com uma mulher rica que ele possa controlar. — Nardo deu uma risada súbita e sinistra. — Assim como o seu pai com a sua mãe, certo?

Emily esfregou os olhos novamente. Ela odiou que ele pudesse vê-la chorar.

— Isso não é engraçado.

— Vamos lá, garota. Você sabe que só estou brincando com você.

Nardo fez uma pausa, provavelmente esperando que Emily dissesse que estava tudo bem.

Emily não disse.

Não estava tudo bem.

— Acho que você vai ficar muito gorda e repulsiva, agora. Dean diz que essa vai ser a pior parte. Você vai inchar como um balão.

Emily não tinha se permitido pensar mais que algumas horas de cada vez. Ela levou a mão à barriga. Nunca tinha sido linda, mas sempre passara como razoavelmente bonita. O que os homens iriam pensar quando a vissem oito meses depois? Ou em um ano, quando ela tivesse um bebê chorando no colo?

— É melhor você planejar passar fome no instante em que der à luz — aconselhou Nardo. — Você tem sorte por ter começado com um bom corpo. Olhe para Ricky, se ela algum dia engravidar, vai se transformar num dirigível para o resto da vida. A mesma coisa aconteceu com a minha tia Pauline, é nojento olhar para ela.

Emily não achava que Nardo pudesse falar alguma coisa. Ele sempre tinha sido gordinho, mas garotos conseguiam se sair bem com isso.

— O que você quer, Nardo?

— Só estou conversando. — Ele derrubou outro livro no chão. — Ricky vai superar isso, você sabe. Ela tem aquela rivalidade estranha e hipócrita com Blake, mas vai acabar sentindo a sua falta. Ela não é como você, ela não tem outros amigos.

Emily nunca ouvira aquilo ser dito de forma tão sucinta, mas claro que ele estava certo. A pergunta era: Emily queria Ricky de volta? Como ela poderia se esquecer das coisas horríveis que Ricky tinha dito? Nunca seria capaz de confiar nela outra vez.

— Infelizmente, os meus pais deixaram claro que não posso fazer o gesto galante de salvar você dessa situação. — Nardo riu consigo mesmo. — Você consegue imaginar a gente se casando? Ricky cortaria as nossas gargantas antes de chegarmos à lua de mel.

Emily estava muito cansada de garotos inúteis falando futilidades sobre casamento.

— Mas não posso dizer que não pensei nisso. — Nardo derrubou outro livro. — Você e eu. Há coisas piores. Embora, claro, isso agora não seja uma opção. Bens estragados e coisas assim.

Outro livro caiu no chão. Ele estava tentando agir com naturalidade, mas Nardo sempre tinha outras intenções.

— Você tem certeza de que foi na noite da festa? — perguntou ele.

Emily sentiu o corpo ficar tenso.

— Tenho.

— E você não se lembra de como aconteceu? Nem com quem aconteceu?

A garganta de Emily fez um esforço quando ela tentou engolir em seco. Ricky tinha mesmo contado tudo a ele.

— Não, eu não me lembro.

— Meu Deus — disse Nardo. — Bom, eu mesmo não me lembro muito daquela noite, então vou dar um desconto pra você.

Emily olhou para ele pela primeira vez desde que tinha aparecido. A curva irônica nos seus lábios tinha sumido. Ele raramente largava a personalidade babaca. Aquele era o cara que Ricky via quando pensava sobre o quanto ela o amava. E, na verdade, era o mesmo cara que Emily via quando pensava em Nardo Fontaine como um dos seus amigos mais íntimos.

— É tudo um grande branco? — perguntou Emily.

— A maior parte. Mas Blake estava completamente fora de si. Isso eu sei. — Nardo pegou um dos livros que tinha deixado cair no chão. Ele mexeu na borda com a unha do polegar. — Eu estava deitado de bruços no sofá, observando duas partículas de poeira dançarem a cena de abertura de *O quebra-nozes*, quando ouvi berros no andar de cima. Iguais aos de um carneiro. Era Blake, pode acreditar.

Emily balançou a cabeça. Ela não sabia mais no que acreditar.

— Fui até o segundo andar e, de todos os lugares, ele tinha se trancado no banheiro dos meus pais. Tive que arrombar a fechadura para ajudar o sujeito. — Nardo girou o livro e examinou a lombada. — Ele estava de quatro, a mão como se estivesse segurando o peru, mas a calça ainda estava fechada. Blake estava a um metro da privada. Eu não tinha ideia do que ele estava pensando, mas, pelo amor de Deus, que idiota. A primeira viagem de ácido dele é achar que está dando uma mijada? Toda a frente da calça estava encharcada. E não me pergunte sobre os berros. Que maluco!

Emily observou o sorriso cheio de dentes de Nardo se abrir.

— Pelo menos, eu vi um unicórnio de verdade — disse Nardo. — E você? Emily tentou engolir em seco novamente.

— Eu não me lembro mesmo.

— De nada? — Nardo fez a pergunta pela segunda vez. — Nem de chegar lá?

— Sim — admitiu Emily. — Eu me lembro de andar até a porta da sua casa e de tomar o ácido de Clay. Então a próxima coisa que vi foi estar sendo levada para casa pelo sr. Wexler.

— É, bem... — Nardo revirou os olhos. — Dessa parte eu me lembro. Você estava histérica por alguma coisa e eu não podia levá-la para casa porque eu mal conseguia ver a minha mão. E ainda tinha Blake coberto de mijo. Tive que subornar o coroa com o resto do nosso ácido só para fazer com que ele fosse buscar você.

Emily escutava a cadência da voz dele. Havia nela um tom ensaiado, livre de toda a causticidade habitual.

— E Clay?

— Não tenho a menor ideia. Você estava gritando com ele por algum motivo e depois entrou correndo em casa. Você, na verdade, estava um pouco maluca, bebendo demais do uísque do meu pai. Fiquei com medo de que você quebrasse a porcelana boa da minha mãe, os dois ficariam muito putos quando chegassem em casa.

Emily nunca tinha visto os pais de Nardo ficarem putos pelo que quer que fosse.

— Bom, com certeza não foi Dean quem a engravidou. As bolas do homem foram fritas quando ele era criança e não poderia fazer um bebê mesmo que quisesse.

Emily olhou para as mãos. Aquele não era o tipo de informação que Dean Wexler contaria aleatoriamente, então ele já tinha conversado com Nardo.

— Você acha... — Nardo largou o livro novamente no chão. — Você acha que pode ter sido Clay?

— Eu...

Emily se conteve. Ela repassou em silêncio a lista de perguntas que Nardo fizera a ela. Ele estava agindo como Columbo, tudo o que estava faltando era *só mais uma coisa*.

Ela limpou a garganta, tentando manter o tremor longe da sua voz. Não tinham sido apenas Dean e Nardo. Todos tinham montado uma estratégia — Blake, Ricky, Clay, Nardo e Dean. Eles estavam naquilo juntos. E todos concordaram que Nardo era a maior esperança de encerrar a história.

— *Você* acha que foi Clay? — perguntou Emily.

— Quero dizer... — Nardo deu de ombros. — Não quero magoá-la, garota, mas Clay deixou muito claro que não vê você desse jeito. O ácido não faz você fazer merdas que não faria quando está sóbrio, e, sinceramente, ele tem uma seleção melhor à disposição, não é? Ele não precisa pescar no laguinho.

Emily encarou as mãos fixamente.

— Vamos lá, garota, você não quer cair nessa de desejar isso, quer? — Nardo esperou que ela erguesse o olhar. — Uma alegação como essa pode destruir a vida de Clay.

Mais uma vez, eles estavam protegendo Clay. Emily se perguntou por que ninguém nunca se preocupou que a vida dela fosse destruída. Até Ricky tinha se concentrado apenas nos garotos — o que a gravidez de Emily faria com *eles*, como aquilo poderia destruir as vidas *deles*.

— Você precisa ter cuidado — disse Nardo. — Você mesma disse que não tem certeza de quem fez isso, pode até estar pensando na noite errada. Quero dizer, quem sabe? Você, certamente, tem um grupo maior fora da panelinha, com todos os ensaios, debates e outras coisas.

Ela pegou emprestada uma frase de Blake e a adaptou.

— Acho que eu me lembraria onde a minha vagina esteve. Sou muito apegada a ela. — Ele pareceu surpreso com a grosseria. Ela continuou: — Você disse que estava no banheiro com Blake. O sr. Wexler é estéril. Quem mais poderia ser?

— E Queijo?

Ela riu pela primeira vez em dias.

— Você não pode estar falando sério.

— Claro que estou falando sério.

— Ele nem estava lá.

— Ele estava parado bem à sua frente quando você entrou na casa — retrucou Nardo. — Meu Deus, Emily. Quem você acha que nos vendeu o ácido?

CAPÍTULO 7

ANDREA OBSERVOU A PORTA de tela se fechar atrás de Ricky Fontaine. A única maneira de acessar a lavanderia na garagem era pelas escadas externas. As sandálias batiam no concreto enquanto ela descia os lances em zigue-zague para pegar as toalhas na secadora.

A merda que está acontecendo na fazenda é a mesma que aconteceu com Emily Vaughn quarenta anos atrás.

Como ponto de partida, fazia algum sentido, mas não se sustentava sob um exame mais atento. Emily Vaughn não estava quase morrendo de fome. Ela estava com sete meses de gravidez na noite do ataque. Usava um vestido de baile turquesa ou verde, segundo os depoimentos das testemunhas, não uma combinação amarela. O cabelo na altura do ombro estava com permanente, e não era comprido até a cintura. Ela estava descalça, mas talvez as raízes sulistas de Andrea estivessem aparecendo, porque ela presumia que muitas pessoas em fazendas andavam descalças.

Então como uma situação pode ser como a outra?

Andrea rememorou o início da conversa. Ricky era a pessoa que tinha falado com Bible sobre o corpo na fazenda, mas uma delegada tinha batido na porta dela quatro horas depois e tudo de que a pessoa queria falar sobre era Emily Vaughn. Era a mesma coisa que Wexler fizera na caminhonete, mas ele tinha sido um babaca tão óbvio que Andrea conseguira ver através dele.

— Merda — murmurou Andrea.

Ela foi até a porta de tela. Ricky tinha chegado ao primeiro patamar e Bible ainda estava no SUV, na rua. Andrea encontrou o contato dele no celular.

Bible atendeu no primeiro toque.

— Oi.

— Me avise quando ela estiver subindo de volta.

— Ok.

Andrea guardou o telefone no bolso. Os nervos estavam agitados. Ricky a convidara a entrar na casa, o que significava que a mulher tinha concordado com aquela entrada e aberto mão dos seus direitos pela Quarta Emenda.

A casa estava valendo.

O celular saiu novamente do bolso enquanto ela seguia para a mesinha lateral. Andrea tirou fotografias dos porta-retratos, então se ajoelhou e encontrou o livro do ano de 1981-1982 do Colégio Longbill Beach. A gráfica deixara as primeiras páginas em branco para que os colegas de classe pudessem assiná-las. Ricky não tinha muitos amigos, mas Andrea tirou fotos das assinaturas e de bilhetes curtos. Havia muitos *Vamos manter contato* e vários *Força, Longbills!*

Ela olhou para as gavetas fechadas. O coração batia como um cronômetro. A abrangência da autoridade de Andrea estava limitada ao que uma pessoa razoável acharia que estava sendo consentido. Era razoável para Ricky acreditar que Andrea abriria as gavetas onde elas tinham estado pouco tempo antes? A mulher falara abertamente sobre o grupo, as fotos, Emily Vaughn, o irmão.

A justificativa era duvidosa, mas ainda era uma justificativa.

A gaveta da esquerda deu um pouco de trabalho para abrir. Andrea encontrou papéis, recibos antigos, uma foto de Ricky e Blake apagando as velas de um bolo de aniversário, outra de Nardo e Clay sentados ao balcão da lanchonete. Andrea documentou o máximo que pôde, e verificou a hora no telefone. Não tinha ideia de quando Ricky descera, mas não levava horas para esvaziar uma secadora, tornar a enchê-la com toalhas molhadas, colocar mais coisa na lavadora e subir novamente.

As mãos de Andrea estavam suadas quando ela puxou e abriu a gaveta da direita.

Mais lembranças. Algumas fotos de casamento com Ricky e Nardo muito mais novos. Um isqueiro Zippo prateado com as iniciais EAB. Uma certidão de óbito do Novo México para Eric Alan Blakely. Uma apólice de seguro funeral em nome de Al Blakely. Um recibo de duzentos dólares de uma funerária da cidade com *cinzas* na descrição, outro de uma loja de aluguel de roupas pago com as iniciais da atendente. Andrea enfiou a mão no fundo da gaveta e sentiu uma caixa baixa de metal que era um pouco maior que a sua mão. Ela a pegou.

Andrea não tinha ideia de para o que estava olhando.

A caixa de metal tinha aproximadamente dez por quinze centímetros e era pintada com uma cor marrom barata. Andrea achou que pudesse ser uma caixa de charutos pequenos, mas na tampa havia sido recortada uma janela que parecia um termômetro. Ao invés de números, havia letras do alfabeto, duas a duas, sobre um fundo branco. Um ponteiro prateado de metal subia e descia na janela.

Andrea ainda não sabia do que se tratava. Ela virou a caixa na mão, tentando encontrar um fecho, um botão, uma logomarca ou quem sabe um número de série.

O telefone tocou.

Bible disse:

— Ela está subindo.

— Merda.

Andrea tirou três fotos rápidas de ângulos diferentes antes de recolocar a caixa de metal de volta na gaveta. Ela teve que usar o quadril para fechá-la. Então, correu pela sala para se encontrar com Ricky na porta da frente.

— Deixe-me ajudar.

Andrea se ofereceu para carregar o cesto, mas Ricky não deixou.

— Pode deixar, querida. — Ela estava mascando chiclete outra vez, toda a sua atitude tinha mudado. Andrea se perguntou se Ricky dera um telefonema da garagem, ou talvez ela tivesse se dado conta de que tinha falado demais.

— Desculpe, mas preciso pedir que você vá embora. Já estou atrasada para o trabalho.

Andrea não iria embora.

— O que você disse sobre a fazenda... que a mesma coisa que aconteceu com Emily está acontecendo lá. O que você quis dizer com isso?

— Ah, não sei. — Ricky largou as toalhas em cima do sofá e começou a dobrá-las no ritmo em que mascava o chiclete e chacoalhava as pulseiras. — Honestamente, você me pegou em uma hora ruim. É óbvio que não suporto Dean e Nardo. Não sou o que você chamaria de uma testemunha confiável, especialmente, levando em consideração a medida protetiva.

Andrea observava os movimentos rápidos resultantes da prática. Ricky estava falando mais depressa que antes. Talvez ela não tivesse ligado para alguém. Talvez os dois comprimidos que engolira a seco na cozinha tivessem finalmente feito efeito.

— Eu gostaria de poder ajudar mais. — Ricky sacudiu uma toalha e a dobrou em três. — O que você disse sobre Esther... você tem razão. Ela merece

255

alguma paz. Eu só posso lhe dizer o que disse a Bob Stilton quarenta anos atrás. Vi Clay no ginásio dançando com uma líder de torcida a maior parte da noite. Não consigo nem me lembrar do nome dela.

Andrea fingiu que não tinha lido exatamente o contrário no depoimento de Ricky. A melhor amiga de Emily dissera que não tinha ido ao baile.

— Quem mais você acha que poderia ser?

— Quero dizer... — Ricky pegou mais uma toalha da pilha. — As pessoas fazem qualquer coisa para proteger os filhos, certo?

Um sinal de alerta começou a soar na cabeça de Andrea.

— Certo.

— Você não está entendendo, está? — Ricky sacudiu outra toalha. — Emily tinha dificuldade em ser má com as pessoas mesmo quando elas mereciam. Clay os chamava de coleção de brinquedos quebrados. E Queijo era o mais quebrado de todos, ele estava sempre perto dela, meio como um cãozinho triste. E ela era legal com ele, mas não assim.

Andrea queria se assegurar de que tinha entendido o que Ricky estava dizendo.

— Você está me dizendo que Jack Stilton, o atual chefe de polícia, matou Emily Vaughn?

— Só estou dizendo que isso poderia explicar o fato de ninguém ter sido indiciado. O velho estava protegendo o filho. — Ricky ergueu o olhar do que estava dobrando. — Não dê ouvidos a mim, querida. Vejo muitos programas policiais na TV.

Andrea achou que tinha ouvido o suficiente.

— Obrigada pelo seu tempo. Avise-me se lembrar de mais alguma coisa.

Ricky parou de mascar o chiclete.

— Vou fazer isso.

Andrea saiu pela porta e sentiu a língua tocar o relevo no interior das bochechas enquanto descia a escada. Ela tentou dar sentido a tudo o que havia acontecido, principalmente porque Bible faria perguntas.

Ele esperou até ela fechar a porta do carro e prender o cinto de segurança.

— O que você conseguiu?

— Já ouviu a expressão lambança?

— Sem dúvida, parceira. — Bible ligou o carro e começou a dirigi-lo. — Geralmente, esse tipo de situação de merda é marcado por erro humano, e não consigo imaginar que você tenha cometido algum erro lá dentro.

Ele não fazia ideia.

— Ricky acha que Stilton matou Emily Vaughn.

Bible deu uma risada de surpresa.

— O pai ou o filho?

— O filho. O pai acobertou.

— Isso não é incrível? — Bible não parecia convencido. — Mas o que estou percebendo é que a sua bunda estava montada em dois cavalos.

Andrea sentiu a repreensão, mas continuou com a metáfora.

— Ricky me conduziu pelas rédeas. Logo na saída, ela levantou o assunto de Emily Vaughn, eu nem consegui beber a minha Pepsi. Dean Wexler fez a mesma coisa antes na caminhonete. É como se os dois estivessem lendo roteiros iguais: primeiro mencionam a juíza, depois Emily, e então começa a lambança.

Bible franziu as sobrancelhas.

— Seja mais específica em relação a Ricky.

Andrea tentou ir direto ao ponto.

— Ela disse que o irmão se afogou no Novo México duas semanas após a morte de Emily. Então, finalmente, quando eu a pressionei sobre o assunto da fazenda, ela falou de Dean Wexler.

— E Nardo?

— Ela diz que ele não participa do que quer que Dean esteja fazendo, mas... não sei. Ele tem que saber o que está acontecendo. E, além disso, ele é claramente um sádico. Talvez goste de assistir? — Andrea sentia que tinha que escrever tudo aquilo no caderno para conseguir acompanhar. — Ricky falou que nada dessas coisas de culto estava acontecendo quando ela morou na fazenda.

— Você acredita nela?

— Não sei. — Andrea deveria tatuar as palavras na testa. — Ela tem medo deles, eu acho. Com certeza, mais de Wexler que de Nardo.

— Faz sentido. Ele controla o dinheiro e está no comando — disse Bible. — Continue.

— Dean obteve uma medida protetiva permanente contra Ricky. Podemos conferir isso?

— Vou pedir para Leeta.

Bible digitava no telefone enquanto dirigia.

— *Permanente* quer dizer alguma coisa para você?

— Sim — disse ela. — Com uma medida temporária, o juiz geralmente assina um mandado que expira em alguns meses ou anos. Para torná-la permanente, há uma audiência em que você precisa apresentar uma afirmação de perigo, mostrar provas de violência ou abuso e dar detalhes explícitos que convençam o juiz a tornar o mandado sem prazo definido.

— Exato — concordou Bible. — O que mais?

— Acho que a parte mais estranha foi quando Ricky me disse que o que quer que esteja acontecendo na fazenda é a mesma merda que aconteceu com Emily.

Bible pensou sobre a declaração.

— Isso, para mim, não faz sentido. Você insistiu para conseguir uma explicação?

— Eu tentei, mas tocou o alarme da secadora. Quando ela voltou, mudou de assunto.

— Bom — disse ele —, e a sua pequena investida com base na Quarta Emenda?

Andrea pegou o iPhone. Ela teria que organizar as fotografias em álbuns para não enviar acidentalmente as fotos das férias para a nuvem do Serviço de Delegados. Examinava as fotos enquanto falava.

— Havia anuários desde o jardim de infância. Muitas fotos do grupo, mas Emily tinha sido cortada. Um Zippo. A certidão de óbito de Eric Blakely do Novo México, datada de 23 de junho de 1982. Uma certidão de óbito de Al Blakely, de 1994. Acho que esse é Big Al. Havia uma apólice de seguro funerário para ele também.

— Uhm... — disse Bible.

Andrea encontrou a foto da caixa de metal. Ela a mostrou para Bible.

— Isso é uma pequena caixa de charutos ou um porta-cartões ou...

Ele riu.

— Isso é uma agenda telefônica de bolso.

— Não tenho ideia do que seja.

— É da idade da pedra, de antes de as pessoas carregarem a vida nos bolsos. — Ela apontou para a janela com as letras. — Esse ponteiro aqui, você alinha com a letra correspondente, como A-B para Bible, ou Oliver, você deslizaria...

— O-P — disse Andrea. — Uma agenda de endereços.

— É isso, parceira — disse Bible. — Então se eu quisesse procurar o seu nome, eu deslizaria o ponteiro para O-P, depois apertava um botão no pé da caixa, e a tampa se abre e mostra a você todas as páginas O-P.

Andrea deu zoom em uma foto que mostrava a borda inferior. O botão não passava de um pedaço de metal prateado encravado na caixa.

258

— Como você o aperta?

— Com a unha do polegar. Se não tomasse cuidado, acabava com um machucado sob a unha. Muito desconfortável — disse Bible. — Vocês jovens não sabem a moleza que têm.

A vida de Andrea seria dois mil por cento menos estressante se ela não tivesse um celular.

— A agenda de endereços deve ter pertencido ao irmão ou ao avô de Ricky. Todo o resto nas gavetas tinha o nome deles.

— Gaveta? — O jeito com que Bible disse a palavra pareceu diferente. — Você tem causa provável para olhar o interior de uma gaveta?

O rosto de Andrea ficou vermelho.

— Tenho uma justificativa.

— Parceira, para referência futura, justificativas não funcionam comigo. Preciso que seja de acordo com as regras. Você não faz o certo fazendo o errado. — O tom de voz estava delicado, mas a repreensão foi firme. — Entendido?

Ela se forçou a olhá-lo nos olhos.

— Entendido.

— Está bem, lição aprendida. Agora você pode deixar isso para trás.

Andrea desligou o telefone. Ela não havia percebido o quanto queria impressionar Bible até tê-lo desapontado.

— E foi por nada. Não consegui informação alguma que pudesse ajudar Star Bonaire ou qualquer uma das garotas na fazenda. Ricky jogou comigo, desculpe.

— Moça, você precisa parar de criticar a minha parceira.

Bible voltou a parar o carro junto do meio-fio. Ele soltou o cinto de segurança e girou para encará-la.

— Quero lhe dizer uma coisa, parceira. Há dois tipos de pessoa que você vai encontrar durante o que, tenho certeza, será uma longa e bem-sucedida carreira policial: pessoas que querem falar com você e pessoas que não querem.

— Ok — disse Andrea.

Obviamente, ela precisava de mais treinamento.

— Com cada tipo, você tem que se perguntar: "Por quê?". Se ele se fechar, isso não significa que seja um sujeito ruim. Talvez ele tenha visto vídeos de pessoas que se parecem com você machucando pessoas que se parecem com ele. Ou talvez ele queira apenas cuidar da própria vida e ficar com a droga da boca fechada. E tudo bem, porque não falar com a polícia é um direito inalienável como cidadão americano. Droga, você ao menos leu o contrato de trabalho?

Todo sindicato da área de segurança faz com que esteja escrito que você não pode entrevistar um policial a menos que esse policial tenha um advogado presente. Essa é mesmo uma ironia em relação ao tratamento igualitário.

Andrea mordeu o interior da bochecha.

— Ricky com certeza queria falar comigo.

— Esse é o outro tipo — disse Bible. — Às vezes, eles apenas querem ajudar. Às vezes, não sabem nada, mas querem estar no meio da ação. Ou talvez estejam querendo influenciar você a tomar uma direção que seja melhor para eles. Ou talvez sejam culpados e queiram saber o que você sabe. Ou talvez sejam uma colher, sempre revirando a merda.

— Ricky pode ser qualquer uma dessas coisas — admitiu Andrea. — Não sei quais são os objetivos dela, mas, ao fim da conversa, meu instinto estava me dizendo que ela está escondendo alguma coisa.

Pela primeira vez era Bible quem estava com o celular na mão. Ele estreitou os olhos ao digitar, mas encontrou rapidamente o que estava procurando e o entregou para Andrea.

Ela não sabia o que estava esperando ver, mas não era uma carta escaneada. Corpo 12, fonte Times New Roman. Preto sobre branco. Uma frase, tudo em maiúsculas:

O QUE VOCÊ ACHARIA SE O MUNDO SOUBESSE QUE O SEU MARIDO ABUSOU DE VOCÊ E DA SUA FILHA FISICAMENTE, MAS VOCÊ NÃO FEZ NADA PARA PROTEGÊ-LA?

Andrea olhou para Bible.

— Continue — disse ele.

Andrea abriu a imagem seguinte.

VOCÊ SACRIFICOU A SUA FILHA PELA SUA CARREIRA! VOCÊ MERECE ESSA SENTENÇA DE MORTE CANCEROSA!

Mais uma vez, Andrea olhou para Bible.

— Essas são as ameaças que foram enviadas para a juíza?

— São.

Ela sentiu os olhos se estreitarem.

— Então a primeira dizia que Franklin Vaughn abusou da mulher e da filha.

— Dizia — confirmou Bible. — Continue.

Ela abriu a imagem seguinte.

VOCÊ ESTÁ MORRENDO DE CÂNCER E O SEU MARIDO É UM VEGETAL, MAS TUDO COM O QUE VOCÊ SE IMPORTA É O SEU LEGADO!

Andrea se lembrava de Bible lhe dizendo que havia *detalhes particulares* em relação à vida privada da juíza que fizeram com que as ameaças de morte tivessem credibilidade.

— Ricky disse que o câncer da juíza é um segredo aberto. Todo mundo sabe que é terminal.

— Continue a ler.

Andrea foi para a imagem seguinte.

Você vai morrer, sua vadia arrogante, carente e inútil! Todo mundo vai saber a fraude que você é. Vou garantir que você sofra.

E a seguinte.

Você merece uma morte lenta, dolorosa e aterrorizante pelo que você fez! Ninguém vai se importar quando você for um cadáver em decomposição no túmulo. Vou matá-la em breve. Cuidado!

Bible explicou:

— A segurança judiciária examina toda correspondência que os juízes recebem no tribunal. A primeira não pareceu algo importante, então foi arquivada. No dia seguinte veio a segunda, que destacava o câncer da juíza, portanto falaram com ela sobre isso, ofereceram segurança, e ela disse que não era nada de mais. Então a número três e a número quatro chegaram no terceiro e no quarto dia, e a juíza as descartou também. O que é a prerrogativa dela. Não podemos obrigá-la a ter seguranças. Mas aí o rato foi enviado para a residência pessoal em Baltimore junto com a carta número cinco, e foi então que eu entrei em cena.

— Isso parece o comportamento de um maníaco — disse Andrea. — Enviá-las assim tão próximas.

— Parece.

— Esther solicitou você?

— Ela não precisou — disse Bible. — A chefe me manteve informado sobre as cartas desde o começo. E a minha mulher, Cussy, ela mantém um olho em Esther porque é grata pelo que ela fez por mim alguns anos atrás.

Andrea estava quase entendendo o código.

— E tanto a sua chefe quanto a sua mulher concordaram que você deveria trabalhar na segurança até que a ameaça fosse investigada e neutralizada?

— Está vendo, eu disse que você é inteligente.

Andrea não queria um troféu por participação.

— A juíza admitiu que ela e Emily foram abusadas pelo marido?

— A juíza não responde a perguntas que ela não quer responder.

Isso soava como Esther Vaughn, mas era difícil dizer se o silêncio era uma confirmação do abuso ou uma negação.

Era isso que dava ser imperial.

Andrea examinou as imagens, lendo todas as cinco cartas outra vez. Como ameaças de morte, elas eram bem suaves. Andrea sentira mais causticidade quando entrou por acaso numa discussão sobre Philip Guston na página do Facebook da Faculdade de Arte e Design de Savannah. Ela não sabia de mulher alguma na internet que não tivesse sido submetida a pelo menos uma ameaça de estupro violento por simplesmente expressar uma opinião.

O telefone vibrou. Bible tinha recebido um e-mail.

Andrea não conseguiu evitar ler a notificação.

— Leeta respondeu à sua pergunta sobre a medida protetiva contra Ricky.

— Dê uma olhada.

Andrea abriu o e-mail, depois o anexo, que mostrava a verdadeira medida do juiz contra Ricky Jo Blakely Fontaine.

A SENHORA, PARTE CONTRÁRIA, ESTÁ NOTIFICADA POR MEIO DESTA QUE QUALQUER VIOLAÇÃO INTENCIONAL DESTA MEDIDA PERMANENTE É UMA VIOLAÇÃO CRIMINAL QUE VAI RESULTAR EM PRISÃO IMINENTE.

— Droga — murmurou Andrea.

Estava límpido como cristal. Ela tinha passado por cima da linguagem jurídica e localizado o pedido inicial de uma medida protetiva. Foi até a parte importante da reclamação de Bernard Fontaine e a leu em voz alta para Bible.

— "Em diversas ocasiões na última década, minha ex-mulher, Ricky Jo Blakely (Fontaine) apareceu na minha casa e na do meu sócio, Dean Wexler, e me ameaçou verbalmente. Na última vez, ela estava intoxicada e deixou uma poça de vômito na minha porta (foto em anexo). Ao longo dos últimos seis meses, os ataques se agravaram. Ela furou todos os pneus do meu automóvel (foto em anexo). Jogou uma pedra pela janela do meu quarto (foto em anexo). Ameaçou trabalhadores no meu local de trabalho (depoimentos juramentados em anexo). Escreveu cartas anônimas para várias agências do governo dizendo a elas que o meu sócio (Wexler) e eu estamos operando fora da lei (cópias em anexo). Ela foi ao meu lugar de trabalho ontem à noite brandindo uma arma (faca) e ameaçando me matar. A polícia foi chamada (B.O. em anexo). Durante o processo da prisão, ela ameaçou verbalmente matar a mim e Dean Wexler. Ela está atualmente presa, mas temo pela minha vida se ela for solta."

— Bem, isso atende a todos os requisitos para *permanente* — disse Bible. — Parece que a velha Ricky Jo tem um lado selvagem. Quando isso tudo aconteceu?

— Merda, isso foi só há quatro anos.

Andrea quase deixou cair o telefone dele quando viu a data. Aquilo não era uma lambança, era um massacre.

Em casa, Ricky fizera com que parecesse que ela tinha ficado destruída pelo divórcio e estivesse morrendo de medo de Nardo e Wexler. Você não corta os pneus de alguém e vomita na porta dele dezesseis anos depois se está aterrorizada. Você faz essas coisas porque quer atenção.

Andrea olhou para Bible, que esperava que ela descobrisse uma coisa, e não tinha nada a ver com a medida protetiva.

— Eu estava falando sobre Ricky, e você me mostrou as ameaças de morte que foram enviadas para a juíza — disse ela.

— Essa é a sequência correta de eventos.

Andrea deu um palpite com base nisso.

— Você acha que Ricky escreveu as ameaças de morte.

Ele pareceu satisfeito.

— Certo outra vez, parceira.

— Merda — murmurou ela, porque não tinha certeza alguma.

Pensando bem, aquilo explicaria a ausência de violência sexual nas ameaças. E o rato. Havia ratoeiras ao longo do calçadão de madeira e Ricky não teria que ir longe para encontrar uma. Sem mencionar que as cartas carimbadas tinham sido deixadas na caixa de coleta de correspondência azul no fim da Beach Road.

— Por quê? O que a juíza fez para Ricky?

— Há cerca de cinquenta anos, a lanchonete pegou fogo.

Andrea se lembrou de ler sobre o incêndio devastador no site do RJ's Eats, mas, a menos que Esther Vaughn fosse uma incendiária criminosa, ela não via a conexão.

— E?

— Big Al criou as crianças após a morte dos pais de Ricky e Eric em um acidente de barco.

Bible estava observando Andrea cuidadosamente, captando a sua reação.

— Fechou-se um acordo com a operadora do barco de duzentos mil dólares, que foram postos em um fundo para cuidar das crianças que ficaria sob a responsabilidade de Big Al. As crianças sabiam sobre o dinheiro e achavam que iriam para a faculdade, talvez comprariam um carro novo e dariam entrada em uma casa. Era esse tipo de dinheiro; mesmo dividido ao meio, ele ainda poderia comprar um monte de coisas.

Dois anos e meio na Faculdade de Arte de Design de Savannah tinham custado a Andrea toda essa quantia.

— Mas aí a lanchonete pegou fogo.

— Certo, e Big Al, como curador do fundo, achou que seria em benefício das crianças usar aquele dinheiro para reconstruir o estabelecimento. A lanchonete estava na família havia anos. Ele fez uma petição ao tribunal, que foi convencido, e o dinheiro foi utilizado.

— Petição ao tribunal? — repetiu Andrea.

— O Tribunal de Justiça de Delaware julga casos de direitos civis, propriedade, guardas, fundos, esse tipo de coisa. Na época, Esther era a juíza. Ela concedeu o pedido de Big Al para usar o dinheiro para reconstruir a lanchonete. Chegou até a dizer algo sobre como uma educação superior era muito boa, mas o restaurante forneceria uma renda razoável para os dois garotos pelo resto da vida.

Andrea tentou pensar qual seria a sensação de ter todo o curso da vida adulta alterado por uma pessoa. Na verdade, não era preciso muita imaginação.

Ela disse a Bible:

— Suponho que não haja prova, do contrário Ricky estaria presa. Alguém já a interrogou?

— Você não enfrenta uma cascavel de frente, você pega ela pelo rabo.

Andrea tinha ouvido a frase antes. A melhor maneira de desmascarar um suspeito era surpreendê-lo com informações que ele não sabia que você tinha. Era aí que o inspetor da segurança judicial provavelmente entrava em cena. Andrea e Bible eram babás, não investigadores.

— A juíza sabe que Ricky escreveu as ameaças? — perguntou ela.

— Sabe, sim — disse Bible. — Mas isso é uma teoria, não um fato comprovável. Os delegados estão mantendo os Vaughn em segurança caso eu esteja errado. E eu sei que isso é difícil de acreditar, parceira, mas eu já estive errado antes.

— Espere um minuto. — Andrea viu um grande furo na explicação. — Você me disse ontem à noite que o perfil de uma pessoa que ameaça um juiz é um homem, branco, suicida e de meia-idade.

— Isso é verdade, o que faria de Ricky uma exceção. Regra dos delegados número...

— Ah, pare com isso.

— Está bem, você me pegou. — O sorriso amarelo dele a lembrou de Mike. — Eu poderia ter dito a você que Ricky estava no meu radar desde o princípio, mas eu estava mexendo com você, parceira. Você está escondendo coisas. Eu estou escondendo coisas. Nós temos que construir confiança, certo? Tudo bem?

Andrea forçou os molares a se afastarem.

— Tudo bem.

— Fantástico — disse Bible. — Mas tem outra coisa que você deveria saber: Ricky só é uma exceção porque é mulher. Que eu saiba, ela fez três tentativas de suicídio ao longo dos anos.

Andrea sentiu os lábios se afastarem com a surpresa.

— A primeira vez foi um acidente de carro quando ela estava na casa dos 20 anos. Na segunda vez, teve uma overdose no meio da rua no aniversário de 40 anos. Bem espetacular: ela parou o trânsito. A terceira vez foi quando esteve na cadeia sob custódia. Ricky tentou se enforcar na cela de detenção de Stilton depois que Dean fez com que ela fosse presa por desrespeitar a medida protetiva.

— Você perguntou sobre suicídios a Stilton e ele deixou Ricky completamente fora.

— Deixou, o que significa que ele estava mentindo — disse Bible. — Os primeiros dois podem ter-lhe escapado, mas o último foi há quatro anos e aconteceu na cadeia dele.

Andrea tirou um instante para pensar em tudo aquilo. Havia uma razão óbvia para Stilton estar tentando manter dois delegados dos EUA afastados.

— Você riu quando eu lhe contei que Ricky disse que Jack Stilton matou Emily.

— Não vou dizer que Jack não está na minha lista, mas há suspeitos muito melhores.

Clayton Morrow. Jack Stilton. Bernard Fontaine. Eric Blakely. Dean Wexler.

— Essa é uma pergunta maluca — alertou Andrea. — Mas o dinheiro perdido do fundo pode ter sido o motivo do ataque? Obviamente, Ricky ainda tem muita raiva disso. Posso ver como tanto ela quanto o irmão culpariam a juíza por arruinar as suas vidas.

— Testemunhas não puseram Eric no ginásio na hora do ataque? — perguntou Bible. — E ninguém viu Ricky por lá.

— Mas testemunhas nem sempre são confiáveis. Todo mundo no grupo de amigos de Emily tem alguma espécie de álibi. Eles não podem todos estar dizendo a verdade.

— Isso é verdade. E as pessoas em geral dizem apenas o que acham que você quer ouvir.

— Acho que respondi à minha própria pergunta maluca — disse Andrea. — Não se tratava da juíza e do fundo. Quem quer que tenha matado Emily não estava com raiva de Esther. Estava com raiva de Emily. O rosto foi desfigurado. Vértebras foram quebradas. Ela estava nua e foi jogada em uma lixeira. Por que fazer tudo isso ao invés de jogá-la no oceano, que ficava a apenas vinte metros de distância?

— Você faz tudo isso porque é pessoal — disse Bible. — E você não é muito bom em assassinato.

— Então isso nos leva de volta ao motivo que todo mundo pensou desde o começo: Emily anunciaria publicamente o nome do pai e o pai a calou.

— Certo. — Bible tinha claramente chegado à mesma conclusão que Andrea. — Quarenta anos atrás, Wexler saiu da corrida. Ele alegou ser estéril.

Andrea sabia disso por causa das leituras.

— Bob Stilton acreditou no que ele disse, mas não havia registros médicos nem uma declaração juramentada do médico no...

— Arquivo?

Bible estava sorrindo outra vez. Ele tinha feito com que ela admitisse ter lido o arquivo da investigação de Emily Vaughn.

— Você tem mais alguma coisa a me dizer?

Andrea tinha mais um detalhe, mas ele não viera do arquivo de Emily.

— Dean Wexler me disse que Emily foi drogada em uma festa. Foi assim que ela engravidou. Ele me disse que ela nunca descobriu quem foi.

Bible não pareceu surpreso com a notícia, mas tinha falado com mais pessoas que Andrea, incluindo a própria mãe de Emily.

— Estou achando que você tem uma teoria sobre o que aconteceu naquela noite — disse ele.

Andrea achava que sim.

— Emily Vaughn foi atacada entre dezoito horas e 18h30 de 17 de abril de 1982. O sol se pôs às 19h42. — Bible começou a assentir, como se aquilo fosse o que ele queria. — A violência do ataque aponta para um agressor conhecido. A arma já estava no beco, então, provavelmente, foi no calor do momento. Algumas fibras pretas foram encontradas no pallet, mas todos os

266

garotos estavam usando preto naquela noite. Depois do ataque, o agressor talvez tenha escondido Emily atrás de uma pilha de sacos de lixo e esperado até escurecer para tirá-la dali.

— O que mais?

— O depoimento das testemunhas. Stilton disse que deixou o baile cedo e assistiu à TV com a mãe. Clay foi visto dançando com uma líder de torcida, mas os horários não batem. Com Nardo, a mesma coisa, as pessoas o viram, depois não mais. O mesmo com Dean Wexler, que estava lá para supervisionar os estudantes. Ele foi visto, depois não mais. Eric estava no baile. Testemunhas o viram ter uma discussão com Emily momentos antes do ataque, então o viram ir embora. No seu depoimento, ele afirma ter saído cedo e passado o resto da noite assistindo a filmes com a irmã. — Andrea precisou pausar para respirar. Ela também tinha uma nova informação. — Na época, o depoimento de Ricky corroborava com a história de Eric, mas agora, em sua casa, ela me disse que Clay não podia ser o assassino por que ela o viu no baile dançando com uma líder de torcida a noite inteira.

— Junte o antes e o depois. — A expressão ilegível de Bible tinha se desarmado. — Volte para a casa de Ricky. Como ela estava agindo quando você chegou lá? Como estava quando você foi embora? Então vá até o meio. Ela estava nervosa? Estava olhando nos seus olhos ou...

— Ela parecia exausta quando abriu a porta. Como se não tivesse dormido a noite inteira. E, quando voltou da garagem, estava enlouquecida, e ficou desse jeito pelo resto do tempo. — Andrea já tinha adivinhado a explicação provável. — Quando cheguei lá, Ricky tomou dois comprimidos controlados. Acho que, quando ela voltou da garagem, as drogas tinham feito efeito. Ela saiu do roteiro. Ela se pôs acidentalmente perto da cena do crime quando claramente não estava lá. Pior, ela isentou Clay Morrow.

— Por que isso é pior?

— Bem... — Andrea deu de ombros. Pela primeira vez, o relacionamento pessoal com Clay lhe pareceu imaterial. — Não é inteligente. Todo mundo na cidade presume que Clay matou Emily. Por que fornecer um álibi para ele? Se você está querendo atribuir um crime a alguém, atribua-o ao cara que já está preso.

Bible não respondeu. Ele olhava fixamente pela janela, coçando o queixo enquanto pensava.

Andrea exalou longamente, o aperto no peito tinha desaparecido. Dar a si mesma permissão para falar sobre Emily Vaughn tinha lhe tirado um peso enorme das costas, embora o alívio fosse um conforto pequeno, considerando que ela não estava mais perto de descobrir se Clayton Morrow já era um assassino sádico antes de conhecer Laura ou se isso tinha surgido depois.

— Parceira, vou contar uma coisa que você não escuta com frequência — disse Bible. — Eu estava errado. A situação aqui é de *duas bundas e um cavalo*.

Andrea riu.

— Eu posso ser uma das bundas se você parar com a metáfora do cavalo.

— Justo — disse ele. — Nós temos Stilton, Nardo, Dean e Ricky. O que eles têm em comum? Eles estão todos direta ou indiretamente conectados tanto com as atividades da fazenda quanto com o assassinato de Emily Vaughn.

Andrea assentiu, porque eles estavam mesmo ligados de algum modo.

— Você já ouviu falar de uma defesa AOCFI?

— Algum Outro Cara Fez Isso — disse Andrea. A maioria dos criminosos está plenamente disposta a entregar outros criminosos, especialmente, se um acordo os mantêm fora da prisão. — Mas como isso nos ajuda? Nós não temos algo contra nenhum deles. Você não pode atribuir as ameaças de morte a Ricky. Não temos ninguém dentro da fazenda que vá entregar Nardo ou Wexler. Eric Blakely está morto. Clay Morrow vai ferrar com a gente porque está entediado e pode ferrar com qualquer um. Stilton pode dizer que se esqueceu das tentativas de suicídio de Ricky ou que estava envergonhado em trazê-las à tona, já que ela quase morreu sob a custódia dele. E ele deveria estar envergonhado mesmo.

Bible esperou para se assegurar de que ela havia terminado.

— Ricky estava tão abalada que teve que tomar dois comprimidos quando você apareceu na porta dela. Wexler tentou assustá-la agredindo uma delegada dos Estados Unidos. Nardo invocou o direito ao silêncio, depois foi atrás de você para conversar. Stilton pode ser o pior policial do mundo, ou pode estar tentando nos manter longe da fazenda porque tem medo de que descubramos alguma coisa.

O carro ficou em silêncio novamente, mas dessa vez era Andrea quem estava pensando.

— Eles estão todos surtando — apontou ela. — Stilton não ligou para você para falar do suicídio de Alice Poulsen. Ricky lhe deu os detalhes na lanchonete, mas só depois que ela, Nardo e Wexler tiveram tempo de combinar as histórias.

— Eles estão exatamente onde queremos — disse Bible. — Na minha experiência, pessoas que surtam tendem a cometer muitos erros. É aí que você aumenta a pressão.

Pressão soou como algo que acontecia muito devagar.

Andrea sentiu como se o tempo todo desde deixar Glynco tivesse sido passado tentando surfar uma onda que ela não conseguia pegar direito. Por mais que fosse bom conversar com Bible sobre o caso de Emily Vaughn, eles ainda não tinham chegado a uma solução. Enquanto isso, Alice Poulsen estava morta e Star Bonaire parecia um cadáver que, em todos os sentidos, cavava a própria sepultura.

O *porquê* de Andrea entrar para o U.S. Marshals não tinha uma resposta definitiva, mas com toda a certeza ela não tinha passado por mais de quatro meses de um inferno absoluto para não fazer algo quando uma jovem desesperada pedia ajuda.

— O que nós podemos fazer? — perguntou ela.

— São 17h15, parceira. O que você acha que nós vamos fazer?

Andrea engoliu a decepção. O que eles tinham que fazer era render Mitt Harri e Bryan Krump. Os dois homens estavam patrulhando a propriedade dos Vaughn desde as seis da manhã. Andrea e Bible deveriam se apresentar para o serviço em 45 minutos.

— Regra número três dos delegados — disse Bible. — Sempre faça o seu trabalho.

Andrea se encostou na parede enquanto esperava ser chamada para pegar o pedido no McDonald's. Tanto ela quanto Bible concordaram que a lanchonete de Ricky não era o melhor lugar para jantar naquela noite e, assim, eles tinham ido para uma rede de fast-food fora dos limites da cidade. Ao parar no estacionamento, ele sorrira para Andrea, porque o endereço colocava o restaurante quase exatamente no mesmo lugar que o Skeeter's Grill ocupava quarenta anos antes, quando o corpo de Emily Vaughn tinha sido encontrado dentro de uma lixeira.

Ela pegou o celular, vendo, distraidamente, o Instagram, porque não havia outra coisa que pudesse fazer. As últimas 24 horas a haviam finalmente atingido como doze toneladas de tijolos. Quatro horas de sono não eram o suficiente para uma mulher adulta, todo nervo do seu corpo parecia exposto e toda emoção, esgotada. Se ela repassasse o caso de Emily Vaughn outra vez, a cabeça explodiria. Se pensasse em Alice Poulsen e Star Bonaire um segundo a mais, o coração também explodiria.

Para se punir, ela abriu as mensagens de texto e voltou a ver as tentativas de Mike de chamar a sua atenção. Os gnus, a foto do peru. Ele até poderia acreditar que tomara o primeiro avião para Delaware devido ao trabalho, mas bastava ter dado um telefonema. Ele quis ver Andrea. Quis saber que ela estava em segurança. E ela o tratara mal devido aos próprios problemas.

Ela olhava fixamente para o cursor piscante no painel de mensagens. Mike, provavelmente, estava em um avião para Atlanta. Ela precisava se desculpar com ele. *Tinha* que se desculpar com ele. Ela tinha agido muito mal.

Por que agira tão mal?

Um banner de notificação surgiu na tela. Laura tinha enviado um link com estatísticas de crime na área metropolitana de Portland, subdivididas por bairros. Ela acrescentara:

Posso fazer uma pesquisa melhor quando você me disser em que áreas gostaria de morar.

Andrea desligou o telefone. Ela queria morar em um abacaxi no fundo do mar.

— Trinta e seis?

Andrea pulou como se tivesse ganhado no bingo e pegou os sacos e bebidas do balcão. Bible estava ao telefone quando ela abriu a porta do SUV.

— Entendido, chefe. — Ele piscou para Andrea. — Estamos nos dirigindo para a casa da juíza agora, um pouco atrasados, eu sei. Não acho que vou ter tempo de ligar para a minha mulher. Espero que ela entenda.

Compton encerrou a conversa.

Bible saiu da vaga, dizendo a Andrea:

— A chefe achou que nossa campanha de pressão pode fazer com que a situação esquente um pouco.

Andrea não aguentava mais nenhum enigma. Ela colocou as bebidas nos porta-copos e abriu o McLanche Feliz.

Bible disse:

— Ela disse que a assessoria de imprensa falou com dois repórteres de um dos maiores jornais da Dinamarca. Mais da metade do país o lê. No caso, isso pode ser apenas duzentas pessoas e alguns porcos-espinhos mais socialmente engajados, mas a história pode despertar interesse em outro lugar. — Andrea mastigava as batatas. — Os jornalistas estão voando para cá amanhã cedo. Devem estar em Longbill Beach no fim da tarde. Não sei você, parceira, mas eu acho que Ricky vai começar a suar quando vir dois repórteres bisbilhotando pela cidade. E Dean Wexler com certeza não vai gostar de dois dinamarqueses enxeridos batendo à sua porta e perguntando por que há algo de podre no estado de Delaware.

Ela gostou da referência a *Hamlet*, mas Andrea não conseguia segui-lo pelo caminho da esperança outra vez.

— As leis de difamação e calúnia europeias são mais duras que as nossas. Eles vão encontrar o mesmo problema que tivemos, as garotas da fazenda vão continuar sem falar. Ninguém está falando.

— Regra dezesseis dos detetives: vá devagar, mas constante, e ganhe a corrida.

Bible estava sorrindo quando desembrulhou o cheeseburger, mas pareceu captar o estado de ânimo. Ele ligou o rádio, Yacht Rock soou delicadamente dos alto-falantes. Ele dirigia com uma das mãos enquanto dava pequenas mordidas no hambúrguer.

Andrea terminou as batatas fritas. Ela se sentiu mal por estar desanimada diante do otimismo implacável de Bible. Levando-se em conta o fato de que ele tinha suportado torturas indizíveis nas mãos de um cartel de traficantes mexicanos, ela deveria estar impressionada por ele conseguir sair da cama de manhã, mais ainda por fazer piadas com porcos-espinhos. Então, se sentiu satisfeita em ouvir o som da mastigação dele acima de "Rosanna", do Toto. Restavam apenas poucas horas de luz do sol em um dos dias mais longos da sua vida, e ela estava diante de doze horas andando pela propriedade dos Vaughn devido a uma ameaça que não era mais exatamente anônima.

Para não girar o dial mágico dos pensamentos de Mike para Emily para Alice para Star para Ricky para Clay para Jack para Nardo para Blake para Dean, Andrea fixou o olhar através da janela. Eles estavam em outro bairro residencial, não exatamente rico, mas também não de trabalhadores operários. A cidade de Longbill Beach era um círculo gigante com uma floresta estadual no meio. A casa de Ricky, a região do centro da cidade, a propriedade dos Vaughn e a fábrica eram raios dessa roda. Você, provavelmente, poderia andar de um lado ao outro em vinte minutos.

— Ei, parceira? — Bible abaixou o rádio. — Eu tenho uma confissão.

As confissões dele, até aquele momento, tinham sido mais parecidas com revelações chocantes.

— Acho que essa palavra não significa o que você acha que significa.

Ele riu, bem-humorado.

— Não conte à chefe, mas combinei com Harri e Krump que chegaríamos um pouco atrasados. Estamos a apenas três minutos da casa da juíza em linha reta, e achei que você não se importaria se fizéssemos mais uma parada.

Ele não esperou pela opinião dela. O SUV desacelerou e Bible parou rente à calçada.

Andrea olhou para a casinha em frente à qual estacionaram. Grandes lajotas de amianto, acabamentos em preto e conchas tinham sido coladas por toda a caixa de correspondência e uma janela única que indicava a presença de um sótão. O jardim estava malcuidado, mas não abandonado. O paisagismo natural com pouca utilização de água lembrou-a do jardim de Laura.

Bible disse:

— Foi aqui que Star Bonaire cresceu. A mãe ainda mora aqui, então achei que podíamos dar uma passada para conversar, ver se Melody Brickel sabe alguma coisa sobre a situação da filha na fazenda.

Andrea captou o olhar astuto que ele lhe lançou antes de abrir a porta. Bible sabia que Andrea tinha reconhecido o nome e ela deveria ter ficado surpresa com a revelação, mas fazia certo sentido que Melody Brickel fosse a mãe de Star Bonaire.

Ela olhou para a rua antes de seguir Bible pela entrada de pedestres. As casas eram mais arrumadas e espaçadas que aquelas do bairro de Ricky. Havia um Prius amarelo na entrada de carros, um fio comprido estava plugado no carro e serpenteava até uma tomada no interior da garagem, e um tanque para armazenar a água das calhas. Painéis solares erguiam-se altivos sobre o telhado antigo. A experiência de Andrea com cidades pequenas disse a ela que só os coletores de chuva já podiam fazer com que os moradores locais achassem que Melody era louca.

Bible disse:

— Acho que a nossa velha Star tem o dedo verde da mãe.

Andrea duvidava que aquilo fosse algo que deixasse Melody feliz. Ela parou no pé da escada e deixou que Bible fosse à frente até a porta de entrada. Ela não achava que Melody Brickel os receberia com um AR-15, mas nunca se sabe. Às vezes, uma vadia louca era mesmo uma vadia louca.

Bible deu duas batidas delicadas e a porta se abriu quase que imediatamente.

Uma mulher mais velha com cabelo curto e desgrenhado olhou para eles do outro lado da tela. Ela devia ter a mesma idade de Ricky, mas poderia passar por dez anos a menos. Estava em ótima forma, o top preto justo mostrava braços e ombros esculpidos. Havia uma tatuagem colorida de borboleta no dorso da mão direita e a sobrancelha esquerda tinha um pequeno piercing prateado em forma de argola.

Bible perguntou:

— Melody Brickel?

— Ela mesma.

Melody olhou para a camiseta de Bible.

— USMS? Se o "M" é de mórmon, vocês estão batendo na porta errada.

— U.S. Marshals. — Ele deu um dos melhores sorrisos. — Eu sou o delegado Bible, essa é a delegada Oliver.

— Ok.

Ela cruzou os braços sobre o peito e fitou Andrea.

— Deixem-me alimentar os gatos antes de me levarem, por favor. Sei que violei a medida protetiva, não vou mentir para um policial além de tudo mais.

— Que tipo de gato você tem? — perguntou Bible.

Melody estreitou os olhos, mas disse:

— Um malhado peludo e um siamês muito falante.

— Tenho uma siamesa chamada Hedy. Minha esposa a chama de minha namorada porque eu a amo muito.

Melody olhou para Andrea, depois novamente para Bible.

— Vocês vão ter que me perdoar. Achei que delegados passassem o tempo vigiando aviões e localizando fugitivos.

— A senhora está meio certa nisso. Delegados federais de avião são parte da Administração de Transportes e Segurança do Departamento de Segurança Interna. Os Marshals estão sob responsabilidade do Departamento de Justiça, e localizar fugitivos é apenas um dos muitos serviços que oferecemos. — Bible tornou a sorrir. — Agora, por exemplo, estamos aqui para conversar.

Ela não achou graça.

— Segundo o meu advogado, eu não deveria falar com a polícia sem primeiro telefonar para ele.

— Parece um bom conselho.

— Bem, você claramente nunca teve que pagar a conta de um advogado. — Ela abriu a porta. — Entrem. Vamos acabar logo com isso.

Assim como na casa de Wexler na fazenda, Andrea ficou surpresa com o interior da casinha. Com base no jardim malcuidado e na coleta de água, ela imaginou que o estilo de decoração de Melody penderia para trabalhos com retalhos e apanhadores de sonhos. Ao invés disso, a mulher parecia preferir padrões florais grandes dos anos 1970, com alguns cartazes anacrônicos dos Eurythmics e das Go-Go's fazendo o melhor para complementar a explosão de cor.

— A casa era da minha mãe — explicou Melody. — Eu me mudei de volta para cá há quatro anos, quando descobri que Star tinha perdido a cabeça. Vamos para os fundos. Lá é mais confortável.

Bible deixou que Andrea fosse na frente enquanto eles seguiam Melody pela sala de estar. A delegada olhou para o tornozelo esquerdo da mulher, a calça era cortada e não havia argola de prata.

— Essa é Star. Minha Star, pelo menos. — Melody tinha parado junto de uma série de fotos que enchiam o corredor curto. — Sei o que vocês estão pensando, mas escolhi esse nome por causa do Ringo Starr e ela abandonou o segundo "R" depois do Ensino Fundamental. Juro que não a estava preparando para entrar em um culto.

Andrea tentou não reagir à palavra *culto*. Ela se inclinou na direção das fotos e mal reconheceu a menina fazendo tudo o que meninas fazem em fotos. Star, no momento, estava fantasmagórica, nada como a adolescente vibrante e de aparência saudável que sorria tão abertamente para a câmera.

Melody disse o que eles estavam todos pensando:

— Ela vai acabar morta se ficar naquele lugar.

Andrea a seguiu pela cozinha, que era tão abarrotada quanto a de Ricky, mas de um jeito acolhedor. Uma grande panela fervilhava no fogão, o cheiro de levedura preenchendo o ar. Um pão assava no forno, o que fez com que a lembrança de Star preparando pão ficasse ainda mais dolorosa.

— Diga uma coisa — falou Bible. — Não estou perguntando como delegado, só por curiosidade. Por que você violou a medida protetiva?

— Eu soube da garota morta no campo. Precisava saber se era Star ou não.

Melody parou para mexer na panela no fogão.

— Agora me diga você, sr. Bible, não como delegado, mas como ser humano. Aquela garota se matou ou morreu por vontade própria?

— O que isso quer dizer, "por vontade própria"?

— O que elas estão fazendo é um suicídio lento — disse Melody. — Que eu saiba, duas delas já morreram de fome. Literalmente. Os corpos não resistiram e elas sucumbiram.

— Quando foi isso? — perguntou Bible.

Ela largou a colher.

— Uma foi há três anos; a outra, em maio do ano passado. Não vou lhe dar os nomes porque não há qualquer coisa que vocês possam fazer, e seria agravar uma tragédia vocês darem esperança a pais entristecidos.

Bible assentiu, mas perguntou:

— Como você sabe das duas mortes?

— Faço parte de um grupo de pais e familiares que perderam os filhos para Dean Wexler. Nós tínhamos um site, mas fomos forçados a removê-lo, e nossa página no Facebook é sempre atacada. Eles nos encontraram até na dark web. Fomos expostos, recebemos ameaças de morte. Cada centavo que aquele maldito lugar fatura é gasto para proteger Dean Wexler.

A dor de Melody era tão palpável que Andrea sentiu-se novamente desamparada.

— E Nardo?

— Ele nunca passou de um oportunista doente. Dean é o Charles Manson do lugar. — Melody tornou a tampar a panela. — Se houver alguma justiça neste mundo, ele vai ter uma morte sofrida e dolorosa.

— A vida, em geral, faz com que você pague pela sua personalidade. — disse Bible. — Alguma chance de você saber o nome de alguma garota que escapou? Talvez ela esteja disposta a...

— Sem chance — interrompeu Melody. — Sr. Bible, eu não tenho mais fundo de pensão. Estou à beira de depender do governo, ensinando flauta para alunos do jardim de infância porque todos os centavos que já ganhei foram para advogados que não conseguiram ajudar a tirar a minha filha daquele lugar. Até onde eu sei, qualquer garota que tenha a força ou a coragem para escapar de Dean Wexler deveria ser deixada em paz.

— Eu entendo você — disse Bible. — Mas voltando ao que você disse sobre aquelas garotas que perderam a vida, eu me pergunto por que ninguém levou as histórias para a imprensa.

— Você quer dizer o *New York Times*? O *Washington Post*? O *Baltimore Sun*? — Ela deu uma risada triste. — Morrer lentamente de fome não é muito sexy em comparação com uma pandemia mundial, conspirações eleitorais malucas e um atentado a tiros a cada semana. Os poucos repórteres que retornaram as minhas ligações me disseram para dar tempo à situação.

— Entendo — disse ele.

— Sr. Bible, perdão, mas eu não acho que entenda. O tempo é exatamente o que vai matar minha filha. — Melody tinha posto as mãos nos quadris. — Quando Star se envolveu pela primeira vez com essa loucura, falei com um especialista em transtornos alimentares sobre o que esperar. Minha mãe era enfermeira, eu precisava entender a ciência. Anorexia nervosa tem a maior taxa de óbito de todos os transtornos de saúde mental. Em geral, o coração simplesmente para. Não há potássio e cálcio suficientes para gerar a eletricidade necessária para manter um batimento cardíaco normal.

Andrea pensou nos movimentos deliberados de Star na cozinha, nas grandes pausas. Ela estava tão malnutrida que o menor gasto de energia a exauria.

Melody continuou:

— Se o coração não parar, há a osteopenia devido à perda de cálcio. Os ossos ficam mais suscetíveis a fraturas, e as fraturas não se curam. Infecções são mais ameaçadoras, porque o sistema imunológico está comprometido. Os problemas neurológicos vão de ataques a déficits cognitivos causados por modificações estruturais no cérebro. E não se esqueça de anemia, problemas gastrointestinais, falência de órgãos, flutuações hormonais e infertilidade, embora eu ache que esse último seja muito conveniente para Dean e Nardo.

— Como assim? — perguntou Bible.

— Sr. Bible, eu não sou a mulher histérica e febril que Jack Stilton faz com que eu pareça ser. Por que mais eles a estariam deixando passar fome ou a brutalizando se eles não a estivessem fodendo?

Ela deixou que eles pensassem no que havia dito enquanto os conduzia para o solário junto da cozinha.

Mais uma vez, Andrea se surpreendeu com a decoração. Uma parede inteira estava tomada por uma enorme coleção de álbuns de vinil. Uma bateria profissional ocupava um canto, o que explicava a afinidade com Ringo Starr. Os cartazes emoldurados nas paredes eram claramente originais. Andrea reconheceu os festivais: Bonnaroo, Burningn Man, Coachella, Lilith Fair, Lollapalooza. Havia assinaturas rabiscadas sobre o nome das bandas.

— Hoje em dia eu trabalho, principalmente, como baterista de estúdio, mas o meu marido e eu viajamos em turnê por trinta anos — explicou Melody. — A minha mãe cuidava de Star enquanto estávamos na estrada. Eu nunca a deixava por mais de duas semanas de cada vez, mas elas eram muito próximas. Aí, há quatro anos e meio, a minha mãe morreu, e acho que esse foi o gatilho que levou Star a começar a buscar um sentido na vida. Ela se sentiu perdida. Eu sou a mãe dela, então, obviamente, não podia dar o que ela precisava. Para o bem ou para o mal, a fazenda deu a ela algo em que acreditar.

Bible se sentou no futon, que era tão baixo que os joelhos dele ficaram na altura do peito.

— Seu marido ainda faz turnês?

— Ele morreu um ano antes da minha mãe. Olhando para trás, foi quando Star começou a ir ladeira abaixo. Ela estava experimentando drogas, o que não era um problema. Eu experimentei também, elas eram fabulosas. Mas Star não conseguia parar. — Melody se sentou de pernas cruzadas no chão e um gato malhado gorducho apareceu do nada e subiu no colo dela. — Tirando Dean Wexler, eu tinha ficado satisfeita quando ela começou a trabalhar como voluntária na fazenda. Ela tinha parado de usar, era minha menininha outra vez. É engraçado como é fácil ver todos os seus erros depois do fato.

Bible a afastou das autorrecriminações com habilidade.

— Como era fazer turnês e coisas assim?

— Bom para caralho. — Ela deu uma gargalhada intensa. — Nós não éramos famosos, mas éramos bons o suficiente para ganhar a vida, o que é mais do que a maioria pode dizer. Eu usava o nome de Melody Bricks, abreviando o Brickel, para não ser confundida com Edie Brickell. Aquela no canto sou eu, para citar o R.E.M.

Andrea se sentiu flagrada. Os olhos tinham se dirigido para a coleção de vinis em ordem alfabética. O Melody Bricks Experience estava na seção B, com uma versão mais jovem da mulher na frente. Ela estava gritando ao microfone de trás da bateria. Andrea leu o nome de algumas faixas: "Everything Gone", "Misery Loves Comity", "Absent in Absentia". Muito New Wave.

Melody disse a ela:

— Tem uma cópia autografada de *Missundaztood* aí. Consegui tocar com Pink na perna do Meio-Oeste da turnê Party. Fique à vontade para bisbilhotar.

Andrea não estava ali pela coleção de discos, mas Bible tinha estabelecido um ritmo tranquilo com a mulher que ela não queria atrapalhar.

— Só um minutinho até chegarmos na parte pesada. — Melody se inclinou e começou a abrir as janelas. Uma brisa suave encheu o aposento. — Menopausa não é para os fracos.

— Tenho que concordar com você. — Bible riu. — Minha mulher, Cussy, não sei como ela faz.

Melody tornou a se sentar no chão.

— Por mais que esteja divertido conversar sobre gatos e menopausa com você, sr. Bible, vamos direto ao assunto.

— Minha parceira e eu fomos até a fazenda hoje pela manhã. — Bible pausou, antes de continuar: — Nós vimos a sua filha.

Andrea tirou o olhar dos discos. Lágrimas começaram a rolar nas bochechas de Melody.

— Ela está... — A voz de Melody ficou embargada. — Ela está bem?

— Ela está viva — confessou Bible. — Não falei com ela, mas...

O telefone de trabalho dele começou a tocar, e ele verificou a identificação da pessoa que estava ligando.

— Sr. Bible — disse Melody. — Por favor, não atenda.

— É só a minha chefe. Ela pode esperar.

Bible silenciou o celular.

— Oliver, mostre a ela a fotografia que Star tirou com o seu telefone.

— O quê? — Melody se levantou. — Como Star conseguiu o seu telefone?

— Eu o deixei na bancada. — Andrea colocou o álbum que estava segurando embaixo do braço para conseguir pegar o iPhone. — Você pode tirar fotos sem a senha.

— É — disse Melody. — O botão está na tela inicial. Pode se apressar, por favor?

Andrea digitou o código e abriu a foto.

Com as mãos tremendo, Melody tomou delicadamente o celular de Andrea. Ela deu zoom na palavra que Star escrevera na farinha.

Socorro.

Melody engoliu em seco. Ela não enxugou as lágrimas que escorriam dos olhos, e Andrea supôs que depois de tudo a que Melody tinha sobrevivido nos últimos quatro anos, ela estava acostumada a chorar.

— Ela estava bem? Ela... ela falou ou...

Andrea olhou para Bible.

— Não, senhora. Nós não nos falamos. Ela estava muito magra, mas circulando pelo lugar. A farinha estava na bancada porque ela estava fazendo pão.

As lágrimas de Melody continuaram a escorrer enquanto olhava fixamente para o que talvez fosse a única prova recente de que a filha ainda estava viva.

— Star já fez isso uma vez, ela passou um bilhete para um motorista de delivery. Alguns meses atrás, ela me ligou no meio da noite e disse que queria voltar para casa.

— O que você fez?

— Eu envolvi Jack. Em sua defesa, ele foi lá nas duas vezes e tentou fazer uma reclamação. Mas Star não cooperou, ela nunca coopera. Acho que ela gosta... da atenção. Meu terapeuta diz que a minha filha deve estar obtendo algo com isso, que as pessoas não fazem coisas a menos que haja uma recompensa. Mesmo que existam consequências negativas, há conforto no que é familiar.

— E sobre... — Andrea não sabia como estruturar a pergunta, então foi direta. — Você tentou raptá-la e levá-la a um reprogramador?

— Raptei. — Melody deu um sorriso tênue. Ela pegou o disco debaixo do braço de Andrea e usou isso como desculpa para mudar de assunto. — Jinx ao vivo em Monterrey. Stéphane Grappelli toca "Daphne". Você é fã de jazz?

Andrea negou com a cabeça.

— Meu pai adora.

— Desculpe, senhoras. — Bible estava olhando para o telefone pessoal. — É a minha mulher. Não posso ignorá-la. Se não se importam, vou atender lá fora.

— Fique à vontade. — Melody pôs o álbum no alto das prateleiras enquanto Bible saía pela cozinha. Ela tornou a olhar para a foto da farinha de Star. Antes que Andrea pudesse impedi-la, ela tinha passado para a foto seguinte.

O rosto inerte e vazio de Alice Poulsen encheu a tela. Olhos vidrados. Bochechas fundas. Espuma seca ao redor de lábios azuis e pálidos.

Não houve exclamação de horror.

Melody passou para a foto seguinte e a seguinte. Ela parecia impassível enquanto olhava para as escaras vermelhas nas omoplatas de Alice Poulsen. As costelas protuberantes, as unhas lascadas, os hematomas leves ao redor dos pulsos.

— Você sabia que um pulso machucado ou torcido é um dos sinais mais comuns de violência doméstica? — perguntou Melody.

Andrea teve vontade de acariciar o pulso outra vez.

— Meu terapeuta me falou — disse Melody. — Há muitos nervos, ligamentos e ossos nesse espaço pequeno. Eles a seguram por aí, e você faz o que eles querem.

Andrea estava familiarizada com resistência a dor, mas não considerara isso no contexto de violência doméstica.

— Foi assim que começou com Star, quando ela chegou em casa com o pulso envolto em uma atadura. Ela já estava mergulhada no vício e eu não quis saber como tinha acontecido. Eu estava envolvida com o espólio da minha mãe e tentando descobrir o que fazer com a minha vida. — Andrea não pensou em criar desculpas, porque ela sabia que Melody não iria aceitá-las. — Dean é um animal, como qualquer homem que abuse de uma mulher é. Eles têm um instinto que lhes diz para começar devagar; agarram o seu pulso e veem se você aceita que façam isso. Depois o ombro ou o braço. Então, em pouco tempo, as mãos estão em torno do pescoço. Eles são muito bons em saber quem vai manter a boca fechada e aturar isso.

O olhar de Melody estava novamente no celular, ela tinha encontrado a primeira foto que Andrea tirara de Alice Poulsen deitada nua no campo. As lágrimas de Melody não tinham parado, mas formavam um rio em seu rosto, acumulando-se na gola da camisa.

— Essa vai ser Star um dia, e não há algo que eu possa fazer em relação a isso.

Andrea tentou delicadamente pegar o telefone de volta, mas Melody soltou um grito — não de horror, mas de surpresa. Ela tinha aberto uma última imagem e descobriu a fotografia da capa da fita cassete que Andrea fizera da colagem de Judith.

— Meu Deus, eu tinha me esquecido completamente disso! — Ela esfregou os olhos. — Onde você a encontrou?

Andrea protegeu Judith por instinto.

— Em uma caixa com as coisas de Emily na casa dos Vaughn.

— É claro. — Melody aceitou facilmente a explicação. — Eu não tinha permissão de falar com Emily, mas punha fitas na caixa de correspondência dela a cada duas ou três semanas. Essa foi a última que eu fiz para ela antes do assassinato. Olhe a letra boba, eu estava tentando esconder a minha identidade caso a minha mãe de algum modo descobrisse que eu a estava desobedecendo.

Andrea fingiu olhar para o texto, mas ela já sabia de cor cada palavra.

— Você conhecia Emily bem?

— Não tão bem quanto gostaria. Ela era uma garota incrível, mas tinha o seu grupo. Nós compartilhávamos um amor por música. É uma tragédia que ela esteja morta e Dean Wexler ainda caminhe na face da terra.

— Ouvi muita coisa sobre o uso de drogas de Emily.

— Ah, isso é besteira. — Melody finalmente devolveu o telefone. — Não me entenda mal. Nenhum de nós disse não às drogas, mas Emily nunca usou algo pesado. Odeio parecer a minha mãe, mas ela andava com um grupo ruim.

Andrea não podia concordar mais.

— Você tem alguma teoria sobre quem a matou?

— Assim... — Melody expeliu ar através dos lábios. — Todo mundo parece pensar que foi Clay. E veja o que ele fez depois de deixar a cidade, se isso não é um padrão, não sei o que é.

— Ricky Fontaine tem uma teoria. — Andrea notou a sobrancelha arqueada de Melody ao ouvir o nome de Ricky. — Ela acha que foi Jack Stilton.

— Pelo amor de Deus!

A gargalhada trovejante de Melody encheu a sala.

— Ricky é uma vadia mentirosa. Eles sempre odiaram Jack. E estou falando desde o jardim de infância. Nardo, em especial, sentia uma alegria doentia ao torturá-lo, e Emily o odiava por isso. Ela sempre defendia Jack e ele não a machucaria de jeito algum.

Andrea pensou na medida protetiva.

— Ricky pode ser uma pessoa muito vingativa.

— O eufemismo do ano. A única coisa pela qual Ricky já se interessou é Nardo Fontaine. Ela é obcecada por ele, e ele nunca perde uma oportunidade de ferrar com ela. — As mãos de Melody tinham voltado para a cintura. — Pelo menos uma vez por semana Nardo aparece naquela lanchonete estúpida. Ele leva Star para que ela seja a sua plateia. É tudo repulsivo, na verdade, mas como eu disse: eles devem estar tirando alguma coisa boa disso. Há conforto no que é familiar.

Pela primeira vez, Andrea questionou a veracidade de Melody.

— Ricky tem uma medida protetiva contra ela. Ela não pode chegar a sete metros de Nardo.

— Sou legalmente proibida de ir à fazenda e estive lá esta manhã — observou Melody. — A lei não importa se ninguém vai aplicá-la.

Andrea não podia dizer que ela estava errada.

— Posso perguntar a sua opinião sobre outra coisa que Ricky me disse?

— Hoje estou com tudo — respondeu Melody. — Vá em frente.

— Ela disse que o que quer que esteja acontecendo na fazenda hoje é a mesma merda que aconteceu com Emily quarenta anos atrás.

— Oi? — disse Melody.

Não *de jeito algum* ou *Ricky é uma vadia mentirosa* ou outro *pelo amor de Deus*. E então Melody acrescentou:

— Bem, talvez...

Andrea começou a sentir o coração chacoalhar no peito. Melody conhecia Emily e o grupo. E ela sabia exatamente o que estava acontecendo na fazenda.

— Está bem... — Melody fez uma pausa para organizar os pensamentos. — A minha mãe me contou uma coisa antes de morrer. Eu não deveria saber, por conta da confidencialidade médica, mas com certeza isso não importa mais.

Andrea prendeu a respiração.

— É um pouco da minha mãe, um pouco do que eu ouvi na escola e um pouco do que a própria Emily me contou — iniciou Melody. — Emily foi drogada e estuprada em uma festa, e ela não tinha uma lembrança sequer do que aconteceu. Acho que Emily nunca descobriu quem a estuprou. E não foi uma festa como você está pensando. Eram sempre ela e a panelinha, o que significa Nardo, Blake, Ricky e Clay.

— Panelinha?

Andrea se lembrou de Ricky usar a mesma palavra.

— Ah, sim, a panelinha. Todo mundo achava que eles eram tão misteriosos. — Melody revirou os olhos. — A parte engraçada é que eles eram todos meio patéticos, e digo isso como uma pessoa que era patética. Emily e eu éramos as nerds da banda, usávamos suspensórios arco-íris do seriado *Mork & Mindy* e aparelhos dentais freio de burro.

Andrea quase riu. Ela tinha imaginado exatamente o oposto.

— Pelas fotos, Emily era muito bonita.

— Não importa o quanto você é bonita se não sabe disso — disse Melody. — Ricky era extremamente impopular. Ela era volátil e dramática mesmo para uma adolescente. E Blake estava sempre calculando. Em qualquer conversa ele procurava um jeito de explorar você. Depois tem Nardo. As crianças faziam um caminho diferente para a sala de aula para não esbarrarem com ele. Ele era e ainda é incrivelmente cruel.

Andrea nunca ouvira alguém descrevê-los com tanta clareza.

— E Clay?

— Bom, ele uniu todos eles, não foi? Clay fez com que todos se sentissem especiais, parte da panelinha. Eles não teriam sido nada sem ele. Tudo o que ele exigia em retorno era devoção inquestionável, e isso significava arrombar carros, usar drogas e o que quer que Clay quisesse que eles fizessem.

O gesto de dar de ombros dela mostrou tudo do que o grupo abrira mão em retorno.

— Clay era o único deles que era realmente popular, todo mundo o amava. Ele tinha uma habilidade bizarra de descobrir o que estava faltando na sua vida e preencher esse vazio. Ele era um camaleão, mesmo naquela época.

Andrea sabia que ele ainda era um camaleão.

— E Dean Wexler?

— Ele era o professor de Educação Física assustador que sempre entrava *acidentalmente* no vestiário das meninas quando estávamos nos trocando. E agora você poderia dizer que ele não passa de uma imitação barata de Clay Morrow. Era de se imaginar que fosse o contrário, já que Dean era mais velho, mas é difícil explicar o quanto a influência de Clay era má. Dean estudou no altar. — O tom de voz de Melody mudou à menção do homem que atormentava a filha. — Enquanto Clay tinha charme, Dean é rústico, tosco. Ele só se interessa por controle, é uma aparição das entranhas do inferno.

— Podemos voltar a uma coisa que você disse antes? — Andrea delicadamente conduziu-a para longe de Wexler. — Qual foi a reação de Emily quando ela se deu conta de que tinha sido estuprada? Ela deve ter ficado arrasada.

— Ela ficou — disse Melody. — Minha mãe estava presente quando ela descobriu que estava grávida, e disse que foi um dos momentos mais dolorosos da vida dela. Emily estava em choque. Minha mãe também disse que, naquele momento, foi mais a traição do que a gravidez que a deixou arrasada. A panelinha era a vida dela. Um deles ter feito uma coisa dessas com ela era inimaginável. Ela então ficou obcecada por descobrir quem tinha feito aquilo. Chamava de *investigação de Columbo*.

— Por causa do detetive da TV?

— Peter Falk. Ótimo ator — disse Melody. — Emily levou a investigação muito a sério. Eu falei para você que ela era uma nerd. Ela fez entrevistas de verdade com as pessoas, escreveu tudo. Eu a via nas aulas ou no corredor examinando as anotações, tentando ver se tinha deixado passar alguma coisa. Acho que era como um diário, ela nunca estava sem ele. Mas eu sentia pena de Emily, fazer tantas perguntas provavelmente foi o que a levou a ser morta.

Andrea se perguntou se partes da investigação de Columbo de Emily tinham entrado nas colagens da Judith adolescente. As linhas soltas pareciam o tipo de afirmação que uma jovem nerd poderia escrever para se animar...

Continue a trabalhar nisso... Você vai descobrir a verdade!!!

— Que pessoas Emily investigou?

Melody deu de ombros.

— Imagino que as mesmas que o pai de Jack tinha investigado.

Clayton Morrow. Jack Stilton. Bernard Fontaine. Eric Blakely. Dean Wexler.

— Como o que aconteceu com Emily na festa está ligado ao que está acontecendo na fazenda? Dean está drogando as garotas? — perguntou Andrea.

— Elas não precisam ser drogadas. Obviamente, fazem tudo o que Dean quer. — Melody tornou a dar de ombros. — É inteligente, não é? A forma como eles instintivamente escolhem as garotas que vão ser vulneráveis às suas manipulações. Nardo as avalia. Eu me lembro de Star estar muito animada com as entrevistas, e me culpo por não perceber que ela estava perdendo peso demais. Quero dizer, você nunca diz isso para uma mulher, não é? *Você está magra demais.*

Andrea concordou com a cabeça, embora soubesse que Melody não estava à procura de validação.

— Parei de vê-la depois que ela se mudou para a fazenda. Isso é parte do ritual, Dean as isola das famílias. Primeiro, não há visitas pessoais individuais; depois apenas telefonemas; então tudo o que você recebe é um e-mail de vez em quando; por fim, nada. Todo pai com quem eu falo conta exatamente a mesma história. E, olhando para trás, é a mesma coisa que Clay fazia com a panelinha. Eles eram completamente isolados. Todos menos Emily, mas a vida dela era incrivelmente limitada por causa dele.

Andrea teve que perguntar:

— Você sabe sobre as tornozeleiras que as garotas usam na fazenda?

— Sei. — Melody respirou fundo. Era evidentemente difícil para ela falar sobre a tornozeleira. — Eu a vi alguns dias depois que Star parou de se comunicar comigo. Fui de carro até lá, bati na porta e exigi que eles me deixassem vê-la. Ela estava tão orgulhosa da tornozeleira, como se tivesse sido iniciada em alguma coisa especial. Você precisa conquistá-la, aparentemente. É como se Dean ainda fosse um professor dando nota dez para os alunos favoritos. Eu não entendo isso.

Andrea também não conseguia entender.

— Você disse que ele agia de maneira assustadora na escola. Onde entra a coisa do peso?

— Ele sempre se interessou por comida saudável, ultramaratonas e todas aquelas coisas pelas quais o pessoal era louco nos anos 1980. Eu me lembro dele ser particularmente cruel com uma garota acima do peso na aula, mas, claro, todo mundo era cruel com ela. Grupos de garotos podem ser sádicos por natureza, mas ele a marcou. Dean deixava planos de dieta na carteira dela, fazia ruídos com a boca quando ela andava. — Melody balançou a cabeça, desgostosa. — De qualquer forma, não é difícil traçar uma linha reta entre o Dean do passado e o atual, com fetiche por anoréxicas. E, claro, sexo é sexo. Faz sentido juntar essas duas paixões.

— E Star? — perguntou Andrea. — O que ela está tirando disso tudo?

— Eu perguntei a ela uma vez, quando minha filha ainda falava comigo, e ela me veio com alguma babaquice disparatada sobre amor. O que aprendi com o especialista em transtornos alimentares é que, com a anorexia, a fome pode ser viciante, e pode agir como um alucinógeno no sistema. No início, você entra em transes oníricos em que fica altamente sugestionável. Com o tempo, o cérebro vai parando de funcionar para poupar energia. Você perde...

Melody levou a mão à boca. Lágrimas escorreram dos seus olhos outra vez. Ela estava nitidamente pensando na filha.

— Não se apresse — disse Andrea.

Vários segundos se passaram antes que Melody abaixasse a mão devagar.

— Você perde a consciência. É isso o que acontece quando você priva o corpo dos nutrientes básicos. Você desmaia, fica completamente inconsciente.

Andrea repetiu as palavras de Ricky:

— "A merda que está acontecendo na fazenda é a mesma que aconteceu com Emily Vaughn quarenta anos atrás."

— É, você pode dizer que Emily estava inconsciente quando foi estuprada — refletiu Melody. — Sabe, quando percebi pela primeira vez o que estava acontecendo com Star, tudo o que eu podia pensar era que tipo de filho da puta pervertido quer fazer sexo com uma mulher que, para todos os efeitos, está em coma?

Clayton Morrow. Jack Stilton. Bernard Fontaine. Eric Blakely. Dean Wexler.

— É quase uma forma de necrofilia, não é? A mulher não tem ideia do que o homem está fazendo, ela está totalmente impotente todo o tempo e não pode dizer para ele parar nem continuar se estiver bom. Ela se torna uma série de buracos inanimados. Essa mulher poderia muito bem ser um manequim. Que tipo de sádico se excita com isso?

Andrea olhou para a mão esquerda. O hematoma começara a aparecer. Havia uma mão escura em torno do pulso que tinha sido deixada pelo polegar e os dedos de Dean Wexler.

— Oliver! — As duas levaram um susto quando Bible abriu bruscamente a porta. — Eu preciso de você!

O alarme na voz dele disparou uma reação em cadeia no interior do corpo de Andrea.

Na Academia, eles tinham passado horas falando sobre adrenalina, como ela podia salvá-los ou matá-los. O hormônio, também chamado de epinefrina, jorra na corrente sanguínea, disparando a resposta de lutar ou fugir. Os sentidos ficam muito aguçados, o sistema nervoso se acende. A nível microscópico, passagens de ar se dilatam e vasos sanguíneos se contraem, redirecionando energia para os pulmões e principais grupos de músculos.

Andrea não tinha consciência daqueles processos acontecendo quando disparou em direção à porta. Ela já tinha saído antes mesmo de perceber que estava em movimento. O pé chegou ao alto da escada, ela então saltou pelo ar e aterrissou com força na entrada de pedestres. Bible já estava no SUV com a janela aberta.

— Olhe! — Ele apontou uma coluna de fumaça preta se erguendo a distância. — É a casa da juíza. Vamos!

Bible estava tão em pânico que nem esperou que Andrea entrasse no carro. Ele já estava saindo quando ela ligou para a emergência. O crepúsculo deixara o céu iridescente e ela mal conseguiu ver Bible fazer uma curva brusca à esquerda no fim da rua. Andrea não o seguiu. Ele lhe dissera mais cedo que a casa ficava a três minutos de distância em linha reta e a fumaça agia como uma seta gigante apontando a direção certa.

Andrea ligou para a emergência enquanto corria pelo jardim à frente da casinha de Melody. Ela estava saltando sobre uma cerca de alambrado quando a telefonista finalmente atendeu.

— Tem um incêndio na...

— Casa da juíza Vaughn — disse a mulher. — Temos unidades a caminho.

Andrea enfiou o celular no bolso, pulou uma cerca de madeira, aterrissou sobre uma lata de lixo e então caiu no chão. Ela pôde sentir o cheiro de fumaça densa e pungente. A cor escura dizia a ela que materiais feitos pelo homem estavam queimando. Madeira, drywall e móveis. Andrea forçou as pernas a continuarem a correr enquanto os pulmões gritavam. De repente, o vento mudou, lançando fumaça no rosto dela. Os olhos ardiam tanto que ela mal conseguia mantê-los abertos.

Ela atravessou uma fileira de árvores e se viu em frente à propriedade da juíza, do outro lado da rua. Chamas se erguiam dos fundos da casa. Andrea tinha andado por horas pela propriedade na noite anterior, o que a ajudou a se lembrar mentalmente do interior da casa. Duas alas, norte e sul. A parte principal com a biblioteca, o escritório, a sala de visitas e a sala de jantar. A cozinha nos fundos junto da garagem. Ela nunca havia subido, mas sabia que a juíza e o marido dormiam no segundo andar da ala norte. Andrea tinha visto as luzes no quarto enquanto fazia as rondas. A sacada dava para o estúdio de Judith.

— Merda — reclamou ela, voltando a correr a toda velocidade.

O estúdio.

Terebintina. Cola spray. Pinturas. Mordente. Ácidos. Telas e madeira e muitas coisas que podiam pegar fogo ou causar uma explosão que destruísse o resto da casa.

O SUV de Bible a alcançou na entrada de carros. Ela martelou com os punhos a lateral enquanto o acompanhava correndo.

— O estúdio! — gritou ela.

— Vá! — berrou ele, acelerando para ultrapassá-la.

Ela viu o SUV de Bible parar em frente à garagem. Ele saltou do carro. Uma forma desajeitada saiu de lá: Harri e Krump carregando Frank Vaughn entre eles. A juíza vinha atrás, agarrada a uma pasta de couro grande junto ao peito. A coisa era tão pesada que a mulher quase caiu antes que Bible a agarrasse pelo braço e a levasse para longe das chamas.

Andrea dava a volta na casa quando avistou Guinevere entrar correndo na garagem. Ela hesitou, mas então Bible correu atrás da garota. Andrea apertou o passo. Nada daquilo importaria se o estúdio pegasse fogo, a casa seria destruída antes que eles conseguissem alcançar uma distância segura.

O pé escorregou quando ela fez a curva. O brilho forte iluminava o jardim dos fundos. O jardim inglês. A piscina. O estúdio. Andrea tossiu, sufocada pela fumaça densa e acre. O fogo havia engolfado o quarto da juíza. Chamas saíam pelas janelas, consumiam as partes de madeira e se estendiam como mãos em uma busca desesperada na direção do estúdio.

Andrea tropeçou.

Ela caiu de cara no chão e o nariz se quebrou ao bater no caminho de pedra. Estrelas encheram a sua visão. Ela apertou os olhos para afastá-las enquanto tentava entender no que tinha tropeçado. Terebintina. Latas de tinta. Vernizes. Judith tinha chegado antes dela ao estúdio. Ela estava correndo de um lado para outro jogando os líquidos inflamáveis dentro da piscina.

Andrea se levantou.

Ela correu para o estúdio e começou a pegar tudo o que parecesse perigoso, como latas de spray e potes cheios de adesivo líquido. Ela passou por Judith a caminho da piscina e os seus olhares se cruzaram por um segundo. As duas sabiam como os produtos químicos podiam ser mortais, pois a primeira aula que você fazia na escola de Artes mostrava as maneiras como você podia se envenenar ou se queimar vivo.

Andrea jogou várias latas de uma vez só na piscina antes de voltar para pegar mais. A fumaça se adensava dentro do peito. O instinto de lutar ou fugir estava se voltando contra ela, dizendo para se afastar. Havia ar fresco ao longe ou ela poderia se deitar. Poderia estancar o sangue que descia pelo pescoço ou fechar os olhos e descansar.

Ela balançou a cabeça com toda a força possível, voltando a pensar direito. Andrea saiu correndo na direção do estúdio e encontrou Judith arrastando um balde de vinte litros às suas costas. Ela reconheceu as marcas no rótulo, ácido sulfúrico por si só não era inflamável, mas sob as circunstâncias erradas, podia se transformar em gás hidrogênio, o mesmo tipo de gás que havia derrubado o *Hindenburg*.

Andrea segurou a alça, mas o metal quente queimou a sua mão. O balde estava quase cheio, o que significava que pesava uns trinta quilos. As duas tentaram levantá-lo juntas, Andrea grunhindo com o esforço. A alça de metal era como uma navalha cortando a palma das suas mãos, e os dentes tilintavam com a força empregada. Os pulmões não podiam mais se expandir, a visão começou a se apagar.

— Levante! — gritou Judith.

Andrea se levantou. As pernas estavam tremendo enquanto ela arrastava o ácido pelo gramado. De repente, ouviu um estalo alto às suas costas, a terra estremeceu sob os pés. Os apoios da sacada tinham começado a cair, o andar superior estava prestes a desabar em cima do estúdio.

— Vá! — gritou Andrea, esforçando-se para aguentar aquele peso.

Então o peso, de repente, desapareceu.

Ela sentiu um momento de leveza quando foi lançada no ar, depois o golpe frio quando a cabeça foi engolida pela água. Andrea caiu de lado e o ombro bateu no fundo da piscina. Sangue irrompeu da boca com a mordida que ela deu no lábio. Judith flutuava inerte ao seu lado, as mãos boiando acima dos ombros. O balde se assentou delicadamente no fundo. Andrea se virou, olhando para a superfície. Ela viu chamas projetando-se sobre a água. Então choveram pedaços de metal retorcido, depois cacos cintilantes de vidro.

Então tudo ficou escuro.

21 DE OUTUBRO DE 1981

EMILY CAMINHAVA PARA CASA. Ela sentia calor e se sentia grudenta. A bexiga estava prestes a explodir. Aquele tinha sido o dia mais longo da vida dela. Do momento em que deixou o esconderijo no fundo da biblioteca, cada minuto parecera uma hora, e cada hora parecera um dia. No almoço, ela tentara comer, mas a comida ganhara um sabor metálico, e no quarto período estava tão exausta que mal conseguia botar um pé na frente do outro. Então veio o quinto período e Emily despertou assustada com o professor batendo palmas para chamar a sua atenção.

Emily disse que não estava se sentindo bem e, sem discussão por parte do professor, ele deixou que ela saísse vinte minutos antes do sinal. Olhando para trás, entrar em um corredor vazio fora a melhor coisa para todos os envolvidos. À medida que o dia se arrastava, os risinhos e olhares cessaram e uma hostilidade aberta tomara a escola, incluindo o professor de matemática, que olhara para ela com desprezo.

Por quê?

Até alguns dias antes, Emily passara todos os seus quase dezoito anos de existência sendo a boa menina, a favorita dos professores, uma ótima aluna, a típica garota comum amigável que sempre lhe emprestaria as anotações de aula ou se sentaria com você no estacionamento enquanto você chorava por um menino.

Naquele momento, ela era uma pária.

Menos para Melody Brickel, mas Emily não sabia ao certo o que pensar daquilo.

As duas tinham sido amigas distantes por anos, sempre sorrindo uma para a outra nos corredores, conversando sobre música e rindo juntas das piadas bobas do ensaio da banda. Elas até dividiram um beliche algumas vezes no acampamento da banda, embora Emily tivesse sentido a atração exercida pela panelinha no segundo em que o ônibus as deixara em casa.

Melody tinha lhe escrito uma carta. Emily não precisava retirá-la da bolsa de livros para saber o que dizia, pois a lera várias vezes ao longo do dia, até escondida numa das cabines do banheiro, para poder analisar todas as palavras.

Olá!

Sinto muito pelo que está acontecendo com você. É MUITO injusto. Saiba que eu AINDA sou sua amiga, mesmo que não possa mais falar com você. Ou, pelo menos, por enquanto. Tudo é muito complicado. A minha mãe fica preocupada de eu estar perto de você. NÃO que ela ache que você fez ALGO errado. Ela queria deixar CLARO para você que o que aconteceu NÃO É CULPA SUA, alguém se aproveitou de você! A coisa com a qual minha mãe se preocupa é que EU me machuque por associação, as pessoas são MUITO MÁS e eu já sou objeto de muito abuso, porque todo mundo acha que eu sou esquisita. Eu sempre achei que a esquisitice era algo que eu e você tínhamos em comum, mas VOCÊ NÃO é esquisita porque não se encaixa (como EU). A sua esquisitice vem do seu AMOR e da sua ACEITAÇÃO por todos os tipos de pessoa. Ninguém mais na escola é LEGAL com todo mundo, não importa quem sejam, onde vivem, se são inteligentes ou qualquer coisa. Você é verdadeiramente BOA e NÃO merece o que as pessoas estão dizendo. Talvez quando isso terminar possamos ser amigas outra vez. Eu ainda vou ser uma musicista de fama internacional um dia e você vai ser uma advogada que ajuda as pessoas e tudo vai ser incrível outra vez. Até que isso aconteça, AMO VOCÊ e SINTO MUITO!!! Continue a trabalhar nisso... VOCÊ VAI DESCOBRIR A VERDADE!!!

Sua amiga

PS: Desculpe pela bagunça, eu estava LITERALMENTE CHORANDO!!! Durante todo o tempo em que escrevi isso.

O papel de caderno estava enrugado onde as lágrimas de Melody haviam secado. Ela as circulara como em uma cena de crime, como se precisasse provar acima de qualquer suspeita que estava com o coração partido.

O que Emily deveria fazer com a carta? O que ela deveria pensar? Ela não poderia simplesmente ir até Melody e perguntar.

Eu AINDA sou sua amiga, mesmo que não possa mais falar com você.

O bilhete tinha sido embrulhado em torno de uma fita cassete, preso por um elástico verde. Melody fizera para Emily uma cópia do álbum das Go-Go's, inclusive, com uma boa imitação da arte da capa usando uma caneta-tinteiro e alguns marcadores. Sua letra de forma habitual tinha sido substituída por uma letra manuscrita moderna e imaginativa.

Continue a trabalhar nisso... VOCÊ VAI DESCOBRIR A VERDADE!!!

Ela estava falando da investigação de Columbo, Melody a tinha visto trabalhando furiosamente nas anotações como se de algum modo pudesse montar o quebra-cabeça. Em um momento de fracasso, Emily confessara que estava tentando descobrir quem se aproveitara dela na festa. Ela até mostrara a Melody algumas passagens.

— "Alguém se aproveitou." — Emily citou a carta de Melody. Que expressão. Como se Emily fosse um cupom de dois pelo preço de um ou um jantar com bife por metade do preço do qual alguém tivesse desfrutado.

Não alguém...

Clay, Nardo, Blake. Talvez Dean. Talvez Jack.

Um carro passou em baixa velocidade.

Emily se virou para o outro lado porque não queria ver as pessoas olhando para ela. A garganta ardeu quando ela engoliu as lágrimas. Sem a panelinha, então, ela era mesmo um pária. Emily tinha uma amiga com quem nunca poderia conversar. Toda a escola se voltara contra ela. E Queijo...

Jack.

As lágrimas finalmente irromperam. Nardo dissera que Jack estava na festa. Ele dissera que Jack estava parado bem ali quando Emily entrara na casa.

Os olhos se apertaram. Ela tentou se transportar de volta para aquele momento: entrou pela porta da frente de Nardo e pôs a língua para fora para Clay lhe dar o ácido. Emily viu a sala aconchegante dos Fontaine, as cortinas pesadas sobre as janelas grandes, o sofá em seções que fazia uma curva em torno de uma grande tela de projeção.

Ela não conseguia se lembrar de Jack na casa de Nardo.

Nunca.

Ela abriu os olhos e admirou o belo céu azul.

Jack vendia baseados já apertados, e isso era um fato. Ele mantinha um saco de sanduíche cheio deles dentro do bolso do casaco. Era de conhecimento geral que Jack podia desenrolar para você. Todo mundo dizia que ele roubava maconha da sala de provas no distrito policial, mas Emily sabia que ele conseguia o fumo com um primo em Maryland, e ele mesmo os apertava à mão. O que ela não sabia era se Jack vendia drogas pesadas ou não.

Ela tentou se transportar outra vez para aquela noite.

Entrou pela porta e botou a língua para fora. Clay brandiu o ácido como um maestro pedindo a atenção da orquestra.

Jack não tinha estado lá. Aquilo não era uma questão de memória nem um esquecimento induzido pelo LSD. Era senso comum. Nardo odiava Jack, assim como todos os garotos o odiavam, especialmente Clay. Eles tentavam de tudo para serem cruéis com Jack, fazendo com que ele tropeçasse e caísse no corredor, batendo e derrubando a bandeja de almoço da mão dele, roubando as roupas dele do armário no ginásio. E Jack os evitava a qualquer custo. Não importava quanto dinheiro Nardo tivesse oferecido, ela não conseguia ver Jack indo espontaneamente à casa dele.

Emily pensou na conversa sobre Columbo que teve com Jack. Uma coisa que ele tinha dito parecia ter uma relevância especial, agora.

Às vezes, eles inventam mentiras para jogar a culpa sobre outra pessoa.

Nardo era sem dúvida um mentiroso. Ele mentia para os pais sobre aonde estava indo; mentia para Clay que não tinha mais cigarros; mentia para Blake sobre não ter se dado mal em uma prova de história; mentia para Ricky o tempo inteiro por não ser honesto e dizer que não gostava dela e que nunca iria rolar. Era um jogo para ele dizer às pessoas o que queria que elas soubessem em vez de simplesmente lhes oferecer a verdade.

Então, por que Emily acharia que Nardo estava falando a verdade sobre Jack estar na Festa?

E se Nardo estava mentindo sobre A Festa, ele estava mentindo por mentir ou para se proteger?

A melhor pessoa com quem falar sobre isso talvez fosse a pior pessoa para procurar, mas Emily estava quase em casa, e Jack devia estar no barracão. As coisas estavam especialmente ruins para ele em casa nos últimos dias. Ela praticou como iria questioná-lo enquanto caminhava pela longa entrada de automóveis. Jack dissera a ela como implementar a estratégia de Columbo, então talvez não funcionasse com ele. Não haveria *mais uma coisa*. Emily tinha que ser honesta e torcer para que, em retribuição, ele fizesse o mesmo.

Ela praticou em voz alta, tentando manter o tom de voz constante, a cadência leve, quase sussurrante.

— Você fez isso comigo?

Emily fechou os olhos e repetiu a pergunta. Ela ouviu cuidadosamente o tom de voz, pois não queria ser acusatória. Ela não estava com raiva, na verdade, talvez ficasse aliviada em saber que tinha sido Queijo, porque fazia certo sentido que ele tirasse proveito da situação. Ele era desesperadamente solitário, tinha poucos amigos e, até onde Emily sabia, nunca saíra com uma garota. Exceto pelo negócio de maconha, ele poderia passar dias sem que alguém da mesma idade falasse com ele.

Emily sentiu a cabeça doer. Mesmo que ela aceitasse que Jack estivera na festa, não havia como os garotos nem Ricky terem deixado que ele *tirasse proveito* de Emily.

Mas a amiga estava apagada no gramado da frente, segundo Dean. E Blake e Nardo, ambos confirmaram a história de que estavam no banheiro do andar de cima. Todo mundo até então concordava que Clay e Emily estavam perto da piscina discutindo. Será que estavam discutindo sobre Jack?

Eles haviam brigado por causa dele muitas vezes.

Ela ouviu um som gutural sair da garganta. Toda aquela especulação sem fim era exaustiva e o cérebro estava em um carrossel outra vez. A casa recuou e cavalos de plástico em postes começaram a se movimentar para cima e para baixo. Música baixa abafava o ronco distante do oceano. Lágrimas escorreram sobre o rosto. O carrossel começou a girar cada vez mais rápido, o mundo estava virando um borrão. Os olhos mal conseguiam ficar abertos e felizmente o cérebro enfim se desligou.

Ela não tinha ideia de quanto tempo tinha se passado. Em um minuto estava fazendo a volta na casa, no seguinte, estava no banco de madeira dentro do jardim inglês da mãe. Quando era época, flores e plantas se derramavam sobre o caminho de pedestres. Solidagos. Margaridas-amarelas. Asclepias. Lobelias sifilítica, as grandes lobelias azuis. O estilo de jardim remontava ao século XVIII, uma rebelião contra a simetria e a formalidade do jardim arquitetônico clássico.

Emily sempre achara estranho Esther permitir, ainda mais estimular, algo tão selvagem e desestruturado crescer no seu jardim. Considerando a personalidade rígida da mãe, parecia que ela seria mais atraída para buxos bem aparados e com um mesmo padrão. O jardim sempre deixara Emily triste, um lembrete de que havia uma parte da mãe que ela nunca conheceria.

— Emily?

Clay pareceu surpreso em vê-la, embora fosse ele quem estava invadindo.

— O que você está fazendo aqui? — perguntou ela.

— Eu... — Os olhos dele se dirigiram brevemente para o barracão. — Eu precisava de alguma coisa para relaxar.

Emily acariciou os lábios fechados. Ele tinha vindo comprar maconha e acabara encontrando a última pessoa na terra que queria ver.

Havia coisas piores que poderiam acontecer a uma pessoa.

— Jack não está aqui — disse ela, embora não tivesse ideia se Jack estava ou não no barracão. — Posso dizer a ele que você passou aqui.

— Não precisa. Eu falo com ele depois. — Ao invés de ir embora, Clay enfiou as mãos nos bolsos. Ele olhou para o barracão com desejo. — Os últimos dias foram difíceis.

Ela riu.

— Sinto muito que tenha sido tão difícil para você.

Ele soltou um gemido pesado quando se sentou ao lado dela no banco.

— Você não vai me perguntar?

Emily negou com a cabeça, porque tinha acabado de perceber que era inútil perguntar. Ninguém seria honesto com ela.

— Não fui eu — disse Clay, inutilmente. — Você sabe que eu não...

— Sente esse tipo de coisa por mim — completou Emily. — É, eu sei. Todos os seus seguidores repetiram a mesma frase.

Clay deu outro suspiro. Ele chutou o cascalho e uma faixa de terra foi deixada em seu rastro. Emily teria que cobrir a marca quando ele fosse embora, o que não era surpresa. Ela e todas as pessoas na panelinha tinham aturado os erros de Clay por quase toda a vida.

— O que você vai fazer? — perguntou ele.

Emily deu de ombros. Ninguém nunca lhe perguntara o que ela faria. Os pais tinham decidido, e ela estava seguindo o plano.

— Você consegue senti-lo?

Emily seguiu o seu olhar, que se dirigia para a barriga dela. Sem pensar, ela havia pousado a mão espalmada ali.

— Não.

Ela retirou a mão, um pouco enjoada com a ideia de algo se movimentando dentro do corpo. Ela nem sabia como se parecia um bebê com seis semanas. Ele ainda era considerado um zigoto? Ela aprendera o suficiente sobre gestação na aula de Saúde para passar na prova, mas, na época, os detalhes pareceram esotéricos. Emily imaginava um aglomerado de células pulsando em uma bolha de líquido enquanto esperavam a descarga de hormônios para lhes dizer se deviam se transformar ou não em um rim ou coração.

— Soube que você recebeu uma proposta de casamento.

Emily sentiu o cérebro tentar resgatar a calma do carrossel. Ela se forçou a permanecer no presente, perguntando a Clay:

— Eles mandaram você aqui?

— Quem?

— A panelinha. — Ela gostava do acanhamento dele, mas, naquele momento, achou irritante. — Ricky, Blake, Nardo. Eles estão preocupados que eu arruíne a sua vida?

Clay olhou para o chão. Ele chutou um buraco maior no cascalho.

— Sinto muito, Emily. Sei que não é isso o que você queria.

Ela teria rido se tivesse a energia.

— Você... — A voz de Clay vacilou. — Você vai acusar alguém?

— Acusar alguém? — perguntou ela. Parecia macarthismo. — Quem eu acusaria?

Clay deu de ombros, mas ele tinha que conhecer a lista. Nardo, Blake, Dean, Jack. Sem mencionar ele mesmo, porque, embora sempre dissesse que não estava interessado em Emily, ele estivera na Festa e eles tinham nitidamente discutido sobre alguma coisa.

Ela sentiu uma centelha de Columbo. Talvez Emily não estivesse tão resignada com o seu estado, no fim das contas.

— Clay, lamento ter discutido com você na noite da festa. Não foi... não foi culpa sua.

A boca dele se retorceu para o lado.

— Achei que você não se lembrava de nada.

— Eu me lembro de gritar com você — mentiu ela. Então tentou aumentar a mentira. — Eu não deveria ter dito aquelas coisas.

— Talvez. — Ele deu de ombros. — Sei que posso ser egoísta, talvez seja porque sou filho único.

Ela sempre achara muita frieza da parte dele descartar tão facilmente os outros irmãos, embora eles não tivessem crescido juntos.

Ele disse:

— Posso dizer que vou tentar agir melhor, mas você também está certa em relação a isso. Eu, provavelmente, não vou. Talvez eu deva aceitar quem sou, assim como você parece fazer.

Emily sentiu o eco de uma lembrança. Eles estavam parados junto à piscina. Ela gritara com Clay que ele sempre prometia fazer melhor, mas, na verdade, nunca fazia. Ele sempre cometia os mesmos erros, repetidas vezes, e esperava que as pessoas mudassem.

— Pelo menos eu não sou tão ruim quanto Blake, certo? — acrescentou ele.

Emily não soube o que responder. Ele estava falando sobre o que Blake tinha proposto um dia antes ou Blake em geral? Porque as duas opções faziam sentido. Ele tinha sido um babaca no dia anterior. Mas, como Clay, ele nunca mudaria. O ego não o deixaria admitir que estava errado.

— Você deveria saber — disse Clay. — Blake está dizendo às pessoas que você está usando drogas e caindo na farra.

Emily respirou fundo e prendeu o ar nos pulmões. A notícia não era surpreendente, Blake tinha um nível de crueldade que os demais não podiam imaginar. Jack dissera naquela manhã que Nardo era simplesmente mau, que Clay se entediava fácil, mas que, quando Blake não gosta de você, ele não gosta *mesmo* de você. Sem mencionar Ricky, que era parte bruxa má e parte macacos voadores.

— Nardo me disse... ele disse que Jack... Queijo estava na festa — disse ela.

Clay se virou para olhar para ela. O azul-claro dos olhos dele ficava ainda mais claro sob o sol e ela conseguia ver a penugem de pelos sob o queixo. Ele era muito bonito, mas ela não sentia mais a coisa de antes.

— Você estava chapada naquela noite — disse ele. Emily nunca dissera o contrário, mas não fazia ideia de por que ele parecia com raiva. — Você estava acabada e mal conseguia se lembrar de como chegou em casa. Nem sabia até a sua avó lhe contar.

— E? — perguntou ela, querendo saber aonde aquilo iria levar.

— Quero dizer, tecnicamente, o que Blake está dizendo não está tão longe da verdade. — Clay olhou para baixo, vendo o bico do tênis se afundar na terra. — Você usa drogas e gosta de farras. Você entrou no jogo. Agora tem que aceitar as consequências. Tenha alguma dignidade.

A única surpresa de Emily foi ela continuar a ficar chocada toda vez que aquilo acontecia. Todos tinham se voltado contra ela da mesma maneira; primeiro Dean, depois Ricky, Blake, Nardo e, naquele momento, Clay. Eles estavam todos seguindo um roteiro. Amizade. Gentileza. Fúria. Desprezo.

Clay se levantou, as mãos ainda nos bolsos.

— Não volte a falar comigo, Emily.

Ela também se levantou.

— Por que eu ia querer falar com você se tudo o que você faz é mentir?

Ele segurou os braços dela e a puxou para a frente. Ela ficou firme, esperando uma ameaça, um aviso ou alguma coisa — qualquer coisa — diferente do que ele realmente fez.

Clay a beijou.

Ele tinha gosto de nicotina e cerveja velha. Ela pôde sentir a aspereza da pele dele contra a sua enquanto a língua dele sondava o interior da boca. Os corpos formavam praticamente um só. Era o primeiro beijo de verdade de Emily, pelo menos, o primeiro de que se lembrava.

E ela não sentiu coisa alguma.

Clay a afastou e esfregou a boca com as costas da mão.

— Adeus, Emily.

Ela o observou ir embora. Os ombros estavam curvados, os pés se arrastavam pelo chão.

Os dedos de Emily foram até a boca e tocaram os lábios delicadamente. Ela esperara que um beijo a fizesse sentir... alguma coisa. Nada formigou. O coração não estava aos pulos, ela sentira o mesmo desinteresse de quando Blake, bêbado, tentou beijá-la no beco dois anos antes.

Observou Clay fazer a curva na casa. Os ombros ainda estavam curvados. Ele parecia culpado de alguma coisa, nas não havia como dizer do quê.

Emily sentiu uma risada surgir das profundezas da alma. Quem dera pudesse recuperar todo o tempo da última década que ela desperdiçara obcecada pelos sentimentos de Clayton Morrow a cada momento.

Usou o pé para cobrir o buraco que ele fizera no cascalho. Olhou para a casa, e, por acaso, captou um vislumbre do pai voltando para o quarto. Ele antes estivera na sacada que dava para o barracão e o jardim, apesar de ela não fazer ideia de por quanto tempo ele estivera ali nem do que ouvira. Ela acompanhou os movimentos dele pelas janelas. Ele foi até o aparador e se serviu uma bebida.

Emily olhou para baixo. Sem perceber, tinha levado a mão à barriga outra vez. Ela se vira sozinha naquilo, mas havia outra pessoa fazendo a jornada árdua ao lado dela. Ou dentro, para ser mais precisa. Ela não sentia uma ligação com o aglomerado de células, mas tinha um sentimento de dever. Era exatamente o que Melody escrevera na carta:

Sua esquisitice vem do seu <u>AMOR</u> e da sua <u>ACEITAÇÃO</u> por todos os tipos de pessoa.

Emily não tinha amor pelas células, pelo menos, ainda não, mas tinha se resignado. Clay não estava totalmente errado quando sugerira que a gravidez de Emily era um problema dela, com o qual ela precisava lidar. Era ela quem viveria com aquilo pelo resto da vida. Emily voltou a se sentar no banco e olhou para o jardim não cultivado.

— Eu vou... — falou, limpando a garganta.

A voz não aguentou.

Mais uma vez, Emily achou estranho estar sozinha e falando em voz alta, mas precisava ouvir as palavras tanto quanto precisava dizê-las. Era uma lista de desejos, para ser honesta, com todas as coisas preciosas que ela perdera no curto espaço de alguns dias. Também era uma promessa de dar todas essas coisas perdidas de volta para o futuro bebê.

Ela limpou a garganta de novo, e, dessa vez, a promessa saiu livremente e em voz alta, porque importava.

— *Vou proteger você. Ninguém nunca vai te machucar. Você sempre estará seguro.*

Pela primeira vez em dias, Emily sentiu como se parte do estresse tivesse finalmente deixado o seu corpo.

Atrás de si, ouviu a porta da sacada se fechar.

CAPÍTULO 8

A ÁGUA SALGADA TINHA A tonalidade calmante de um azul-francês. Andrea flutuava para cima e para baixo, sem peso e livre. Ela poderia ficar ali embaixo, lânguida e quente, mas algo lhe disse para não fazer isso. Ela ergueu as mãos, deu impulso com os pés e irrompeu na superfície. O sol beijou os seus ombros. Ela limpou os olhos enquanto ondas batiam no queixo. Então, se virou e olhou para a praia. Laura estava sob um guarda-sol grande com as cores do arco-íris, sentada ereta para poder ficar de olho em Andrea. Ela estava sem blusa, o que deixava à vista as cicatrizes da mastectomia. Um homem de capuz preto se aproximava furtivamente por trás.

— Mãe!

Andrea acordou assustada.

Os olhos percorreram o quarto. Ela não estava nadando no oceano, mas sim em uma cama de hospital. Havia um tubo preso ao seu braço e uma máscara de oxigênio cobria a boca e o nariz, mas ela ainda não conseguia inspirar ar suficiente. O pânico cresceu como uma onda antes de quebrar.

— Oi. — A mão de Mike estava firme em um dos seus ombros. Ele ajeitou a máscara no rosto dela. — Você está bem. Apenas respire.

O pânico se dissolveu lentamente ao vê-lo. Havia tanta preocupação nos olhos dele que tocou diretamente o coração dela.

— Você fez alguma coisa diferente com o cabelo? — perguntou Mike.

Andrea não conseguia rir. A última hora voltou a ela: o incêndio, a viagem de ambulância, os exames infinitos, a total falta de informação. O médico dissera que Andrea precisava de fluidos, não medicação analgésica, e ela discordara.

O nariz estava latejando, o peito parecia ter sido amarrado com uma corda. Havia uma sensação penetrante na testa. Ela ergueu a mão para tocar os lábios e percebeu que estavam inchados.

Então tossiu tão forte que os olhos se encheram de água. A máscara ficou nojenta e ela tentou afastá-la, mas Mike a tirou da sua cabeça. Andrea rolou de lado, tomada por um acesso de tosse que parecia que os pulmões estavam tentando sair pela boca. Ela tentou cobri-la, mas o tubo puxou o seu braço. Os pés se prenderam nos lençóis e o oxímetro preso a um dedo se soltou.

Mike estava ajoelhado ao lado dela, esfregando as costas dela com a mão.

— Você quer um pouco de água?

Andrea assentiu. Ela o observou pegar uma jarra grande ao lado da pia, os olhos ainda ardendo por causa da fumaça. Pegou um lenço de papel da caixa e assoou o nariz com tanta força que sentiu os ouvidos latejarem. O resíduo parecia o interior de uma lareira. Ela pegou outro lenço e assoou até sentir os ouvidos outra vez.

— Minha mãe está bem? — perguntou Andrea.

— Até onde eu sei.

Ele segurou o canudo para que ela pudesse beber do copo. As unhas estavam sujas de preto. A fumaça e a fuligem do incêndio tinham sido absorvidas pela sua pele. A enfermeira deixara um uniforme cirúrgico para ela vestir, mas ele já estava imundo.

Mike perguntou:

— Você quer que eu ligue para Laura?

— Meu Deus, não. — Andrea desistiu da água, doía demais para engolir. — O incêndio, alguém...

— Todo mundo está salvo, só o seu parceiro que queimou um pouco uma das mãos. A filha de Judith voltou em casa correndo para resgatar o papagaio da família e Bible acabou salvando os dois. — Mike se sentou na beira da cama. — Você é a especialista em piadas de pássaros, talvez você possa provocá-lo com isso depois.

Andrea sentiu uma onda de vergonha. Ele estava falando sobre a conversa em Glynco, quando Mike lhe perguntara por que ela havia desaparecido, e Andrea se escondera atrás de uma piada.

— Syd. — Foi tudo o que ela pensou em dizer. — O nome do papagaio é Syd.

Mike exalou um longo suspiro. Ele se levantou da cama e foi até a pia lavar a fuligem das mãos.

— O chefe dos bombeiros já excluiu a hipótese de incêndio criminoso. A juíza nunca atualizou as instalações elétricas, então a caixa ainda funcionava com fusíveis antigos. Eles usaram extensões demais no segundo andar com o equipamento médico de Franklin Vaughn.

— Sovinice ianque. — Andrea esfregou os olhos, então mudou de ideia. — Você pode me ajudar a me sentar?

As mãos de Mike estavam firmes nos ombros dela, mas não havia algo que ele pudesse fazer para impedir que o quarto deslizasse para o lado. Andrea quase caiu da cama.

— Ei, firme, agora. — A preocupação estava de volta aos olhos dele, mas então uma sombra baixou e ele ergueu as mãos, se rendendo. — Desculpe, sei que você pode cuidar de si mesma.

Ela sentiu como se uma pedra tivesse se aninhado no peito.

— Mike, eu...

— Você conseguiu impressionar a chefe. — O tom de voz dele mudou outra vez. — Entrar correndo em uma casa em chamas e impedir que toda a vizinhança fosse destruída... Você com certeza calou todos aqueles rumores sobre ser uma *garotinha desamparada*.

Ele se lembrava mesmo de todas as coisas estúpidas que ela havia dito.

Mike voltou à pia. Ele pegou algumas toalhas de papel e as molhou sob a torneira.

— Eles tiraram um pedaço de vidro da sua testa. Quatro pontos.

Andrea tocou os fios endurecidos que mantinham a pele unida. Ela tinha apenas uma vaga lembrança de ser costurada pelo médico.

— Por que parece que o meu nariz está cheio de abelhas?

— Ele não está quebrado. Talvez você tenha batido quando caiu na piscina?

A lembrança de cair na água parecia ser de outra pessoa.

— Fique parada. — Mike usou as toalhas molhadas para limpar delicadamente o rosto dela. — Você não gostaria de publicar fotos suas nas redes sociais nesse momento.

Andrea fechou os olhos com a sensação da toalha morna na pele. Ele limpou a testa dela, então desceu pelo lado esquerdo do rosto. Ela sentiu a tensão começar a se esvair do corpo, e desejou apertar a testa contra o peito dele outra vez.

— O marido da juíza — disse Mike. — As coisas não estão boas para ele.

Os olhos de Andrea se abriram.

— Ele já não estava mesmo em grande forma. — Mike acariciou delicadamente o outro lado do rosto dela. — Tudo bem eu fazer isso?

Doía um pouco, mas ela respondeu:

— Aham.

Mike limpou em volta da boca dela com cuidado. O lábio inferior doía onde estava cortado. Andrea achou que merecia a dor.

Ele disse:

— Há uma diferença entre precisar ser salvo e pedir ajuda a quem está preocupado com você.

Ela não conseguiu encontrar as palavras para respondê-lo.

Mike dobrou a toalha em um quadrado.

— Como estão indo as coisas com Bible?

— Ele... — A garganta ardeu com uma tosse. — Ele é uma lenda.

Mike tinha descido até o pescoço, praticamente a limpando como um gato.

— Ele contou a você que foi o meu primeiro parceiro quando entrei para o Programa de Proteção de Testemunhas?

Andrea não se surpreendeu por Bible não ter compartilhado a informação, mas sim ao saber que ele tinha feito parte da Proteção de Testemunhas.

— Ele sabe sobre...

— Nunca contei a ele o seu status — disse Mike. — Mas eu não me surpreenderia se ele descobrisse. Ele é muito esperto.

Bible era mais que isso.

— Ele é a droga de um feiticeiro.

O sorriso de Mike estava tenso. Ele não queria falar sobre Leonard "Peixe--gato" Bible.

— Apenas para registro, só uma das minhas irmãs precisa ser tirada de apuros. E eu faço tudo pela minha mãe porque ela trabalhou muito a vida inteira e merece.

Andrea se forçou a não tirar os olhos dele.

— Eu não deveria ter dito isso. Nada disso.

— Você acha que é verdade?

Ela sentiu a cabeça balançar.

— Não, eu adoro a sua mãe. E as suas irmãs são ótimas.

Seus olhares se cruzaram por um segundo antes que Mike voltasse até a pia. Ele molhou uma toalha limpa.

— Eu nunca resgatei você. Na verdade, se você pensar no que aconteceu dois anos atrás, você foi muito mais esperta que eu. Eu não sabia o que fazer.

Andrea negou com a cabeça, porque o que mais se lembrava era de se sentir sozinha.

— Você passou por um trauma, Andy, qualquer outra pessoa teria desistido. Estou surpreso por você ter saído disso viva — disse ele.

Ela sentiu lágrimas inundando os olhos, queria desesperadamente que aquilo fosse verdade.

Mike voltou até a cama e começou a limpar as mãos dela, embora ela já as tivesse lavado.

— Entendi por que você me deixou. As coisas estavam mal e você precisava de tempo para descobrir quem era, o que faria da vida. Eu queria dar esse tempo a você, porque sabia que você valia a pena. Mas você nunca voltou.

Andrea sentiu gosto de sangue quando mordeu o lábio.

— Os rumores dos quais Bible estava falando...

Mike segurava as mãos dela gentilmente. Ele estava nervoso, Andrea nunca o vira nervoso antes.

— Eu fiquei arrasado quando você desapareceu. Todo mundo estava me provocando por ficar sofrendo por uma garota, mas a verdade é que você partiu o meu coração.

Andrea mordeu o lábio com mais força. Ela tinha cometido um erro enorme e doloroso.

— Quero dizer, não fiquei chorando por você nem nada disso. — Mike tentou esconder a vulnerabilidade com um dos seus sorrisos, mas faltava a insolência. — Claro, eu escrevi poemas, mas não fiquei andando sem rumo gritando o seu nome.

Andrea riu, mas só para liberar um pouco do arrependimento que crescia no peito.

Ele deu de ombros.

— Tudo o que eu pude fazer foi me jogar em muito sexo sem significado algum.

Dessa vez, ela riu de verdade.

— Não me entenda mal. Eu estava grato por todo o sexo, aprendi muito. — O tom de voz brincalhão tinha voltado. — A aeromoça me fez registrar os meus pensamentos pessoais; a bailarina me ajudou na minha dança interpretativa; os momentos doces em um apartamento vazio na mesma rua que a minha avó; e as modelos... Tantas modelos.

Andrea entrelaçou os dedos nos dele. O coração dela estava batendo tão forte que tinha certeza de que ele podia ouvir.

304

— Estranho — disse ela. — Quando estava sem você eu agi da mesma forma.

Mike arqueou a sobrancelha.

— Modelos homens ou modelos mulheres?

Ela deu de ombros.

— Quando você está em uma orgia, faz o que for preciso.

— Claro, você não quer ser grosseira.

Ela o beijou.

Os braços lhe envolveram os ombros e ela passou as pernas ao redor da cintura dele. Tudo naquele corpo parecia novo e familiar ao mesmo tempo. A barba estava luxuriante como ela imaginara, a boca era como mel.

— Mike... — Andrea estava sem fôlego quando conseguiu se afastar dele. — Desculpe. Eu sou muito estúpida e sinto muito.

A cortina foi aberta.

— É hora de ir, gente. Nós precisamos da cama. — A enfermeira não pareceu se preocupar por ter destruído o momento de carinho. Ela arrancou o tubo do braço de Andrea sem cerimônias. — Se você sentir rouquidão, acessos prolongados de tosse, confusão mental ou dificuldade para respirar, ligue imediatamente para a emergência. Esse é o seu marido ou parceiro?

— Isso é complicado — respondeu Mike.

— Ela tem uma concussão leve. — A enfermeira ergueu uma prancheta. — Preciso que alguém que não seja ela assine isto.

— Esse sou eu — disse Mike.

— Exercícios respiratórios de hora em hora quando não estiver dormindo. — Ela ticou um quadrado na papelada. — Nada de fumar ou beber pelas próximas 72 horas. Use pastilhas para tosse ou spray para a dor. Tylenol quando necessário. Nenhum exercício extenuante.

— Ela pode trabalhar? — A pergunta viera da delegada chefe Cecelia Compton. Ainda estava usando o terno azul de trabalho, os braços cruzados sobre o peito. — Ou deve tirar uns dias de folga?

— Se for trabalho de escritório e ela estiver disposta. — A enfermeira levou a mão ao bolso e entregou algumas pastilhas para tosse. — Você tem que tomar Tylenol de seis em seis horas. Não ultrapasse quatro mil miligramas em um período de 24 horas.

Andrea tomaria heroína se fosse fazer a garganta parar de doer. Ela desembrulhou uma das pastilhas.

— Obrigada.

305

— Oliver? — disse Compton. — Você pode vir comigo?

Mike ajudou Andrea a descer da cama. Ela se segurou na mão dele até ter que soltar. Em seguida, acelerou o passo para alcançar a chefe.

— Fico feliz que Mike esteja na cidade. — Os braços de Compton balançavam enquanto ela caminhava em um passo rápido. — Leonard trabalhou com ele alguns anos atrás, Mike é um cara honesto e tem um bom caráter. Eu nunca acreditei nos rumores, nenhuma mulher em sã consciência partiria o coração dele.

Andrea brincou com a pastilha para tosse na boca.

— O negócio é o seguinte. — Compton estava novamente em modo chefe. — O resgate idiota do papagaio colocou Bible na lista de feridos. E não me importa o que a enfermeira disse, vocês dois estão de licença médica pelo resto da semana. Durma um pouco, ande na praia. Eu tenho outra equipe assumindo a segurança da juíza e da família dela.

Andrea, àquela altura, deveria estar acostumada com decepções, mas a ideia de ficar sentada em um quarto de hotel enquanto Dean Wexler tocava tranquilamente o seu negócio doentio pareceu um golpe de martelo.

Compton percebeu o seu estado de ânimo.

— Bible me atualizou sobre as conversas com Ricky Fontaine e Melody Brickel. Lamento que não tenham dado resultado, mas alguma coisa vai acabar se soltando com o tempo, isso sempre acontece.

Nada tinha se soltado em vinte anos. Quarenta, se você contasse Emily Vaughn. Andrea não estava preparada para desistir, não tinha se tornado delegada para que as pessoas más pudessem continuar a fazer coisas más.

— Senhora, eu...

— Espere. — Compton bateu forte à porta do banheiro dos homens. — Está disposta a ficar um pouco mais?

Antes que ela pudesse responder, a porta do banheiro se abriu. Ao contrário de Andrea, Bible parecia bem, e a única indicação de que ele havia estado em uma casa incendiada era um curativo branco que cobria a mão direita.

Ele a ergueu para que Andrea a visse.

— Cérebro de passarinho.

— Silêncio — ordenou Compton.

Bible piscou para Andrea.

— Queria que a minha esposa estivesse aqui para dizer à minha chefe para não encher o meu saco.

— Sua esposa com toda a certeza não vai ajudá-lo. — Compton respirou fundo, fazendo rapidamente a transição para o papel de chefe. — A juíza pediu para falar com você. Acredito que ela queira agradecer, mas seja rápida. O dr. Vaughn está muito mal e não vai passar dessa noite.

— Sim, senhora.

Compton gesticulou na direção do corredor, mas era fácil identificar o quarto de Franklin Vaughn no hospital. Dois delegados vigiavam a porta, os peitos tão musculosos que pareciam balões de ar quente. De algum modo, eles reconheceram Andrea. Um a cumprimentou com a cabeça, o outro abriu a porta.

Ela esperava ouvir zumbidos e bipes de máquinas, mas o quarto estava silencioso, e a única luz vinha da luminária acima do espelho do banheiro. Alguém deixara a porta aberta para afastar a escuridão. A juíza Esther Vaughn estava sentada em uma cadeira de madeira diante da cama do marido; a pasta grande que ela salvara do incêndio, aos seus pés. A atenção estava toda nele. Franklin Vaughn não tinha nenhum tubo preso ao corpo, nem uma cânula para oxigênio suplementar. Ele estava claramente recebendo cuidados paliativos.

Andrea empurrou a pastilha para tosse para a bochecha com a língua.

— Senhora?

Os ombros da juíza se encolheram, como se Andrea tivesse gritado a palavra. Mas ela não se virou, apenas respondeu:

— Sente-se, delegada.

Andrea hesitou. Havia uma grande poltrona estofada do outro lado da cama, do tipo que se encontraria em qualquer quarto de hospital no país. Andrea tinha se sentado em uma parecida por inúmeras horas enquanto a mãe se recuperava das cirurgias de câncer de mama.

Ela deu a volta na cama, mas não se sentou. Nem olhou para Franklin Vaughn.

— A chefe Compton disse que estava querendo falar comigo, excelência?

Esther ergueu lentamente o queixo. Ela estudou Andrea, observando a pele coberta de fuligem e o traje cirúrgico sujo.

— Obrigada.

— De nada, excelência. — Andrea sentiu a garganta se apertar com a necessidade de tossir. — Sinto muito que o dr. Vaughn não esteja bem. Quer que eu pegue alguma coisa para a senhora antes de ir?

A juíza ficou em silêncio, e Andrea só escutava a respiração rasa de Franklin Vaughn. Ela foi levada de volta ao quarto de hospital da mãe. Por dias, Andrea monitorara cada inspiração de Laura, anotara cada remédio e exame, saltara para ajudar toda vez que Laura se mexia, por medo de que, se baixasse a guarda, a mãe morresse.

Andrea piscou. Ela não sabia dizer se as lágrimas nos seus olhos vinham das lembranças ou do incêndio.

— Excelência, se não precisar de mais nada, eu vou...

— Eu estava pensando em quando Judith nasceu. — A juíza estava novamente olhando para o marido. Ela estendeu a mão, mas apenas para segurar a grade da cama. — Os médicos vieram falar conosco sobre a nossa decisão. Franklin e eu tínhamos discutido muitas vezes se íamos ou não deixar que Emily se fosse depois que a criança estivesse em segurança. Eu queria desligar as máquinas, mas Franklin disse que não podíamos fazer isso. O mundo estava olhando. *Nosso mundo* estava olhando. De qualquer forma, Emily tomou a decisão por nós quando desenvolveu uma infecção bacteriana pós-parto no útero. Eles chamaram de febre puerperal. A infecção resultou em septicemia... Tudo aconteceu muito rápido.

Andrea viu os dedos de Esther se apertarem em torno da grade da cama.

— Quando Franklin sofreu um AVC no ano passado, os médicos me procuraram para tomar uma decisão. — A voz dela tinha ficado mais dura. — Uma lembrança muito vívida me veio à mente. Nós estávamos no escritório, ele estava com muita raiva, insistindo que deveríamos mantê-la viva. Eu lhe perguntei o que iria querer para si mesmo se estivesse no lugar de Emily. O rosto dele ficou completamente pálido, e respondeu: "Prometa-me, Esther, você *nunca* deve me deixar assim".

Andrea observou a mão de Esther abaixar. A cabeça da mulher estava curvada enquanto olhava fixamente para o chão.

— Eu quebrei minha promessa e fiz com que os médicos tomassem medidas extraordinárias. Eu o deixei assim, morrendo aos poucos. Na época, falei a mim mesma: "Franklin ainda está vivo, não está? O coração ainda está batendo. Ele ainda consegue respirar. Só Deus pode tirar uma vida".

Andrea percebeu a juíza unindo as mãos sobre o colo.

— Na verdade, eu queria que ele sofresse. — Esther fez uma pausa, como se essa admissão tivesse cobrado demais dela. — Eu deveria ter defendido Emily quando ela estava viva. Da raiva dele. Dos punhos dele. Na época, disse a mim mesma que ele não era tão ruim com ela, que, se eu conseguia aguentar, ela também conseguiria. Só quando ela morreu eu percebi que tinha falhado profundamente com ela. Ela era minha filha e eu não fiz qualquer coisa para protegê-la.

Andrea pensou na primeira carta que tinha sido enviada para a juíza:

O QUE VOCÊ ACHARIA SE O MUNDO SOUBESSE QUE O SEU MARIDO ABUSOU DE VOCÊ E DA SUA FILHA FISICAMENTE, MAS VOCÊ NÃO FEZ NADA PARA PROTEGÊ-LA?

— Eu também dizia a mim mesma que a minha carreira o havia emasculado — confessou Esther. — O que importava um hematoma ou um tapa? A minha ambição era uma afronta a Franklin, que nunca teve sucesso por conta própria. Em casa, ele precisava se afirmar e minha dor era um preço pequeno a pagar. Por outro lado, eu não tinha o direito de arrastar Emily para a nossa barganha infernal, nem de usar a tragédia dela como uma arma contra os meus opositores.

Andrea escutou ecos da segunda carta.

VOCÊ SACRIFICOU A SUA FILHA PELA SUA CARREIRA! VOCÊ MERECE ESSA SENTENÇA DE MORTE CANCEROSA!

— Com Judith, eu impus um limite. Disse a Franklin que iria embora se ele a machucasse. Ele aceitou com muita facilidade. — A testa da juíza se enrugou como se ela ainda não entendesse a própria submissão. — Por que eu não consegui fazer isso por Emily? Por que não consegui fazer isso por mim?

Andrea mordeu a parte interna da bochecha.

— Depois que Emily foi atacada, Reagan sugeriu que eu retirasse o meu nome. Fiquei furiosa. Eu não abriria mão de tudo pelo que tinha trabalhado, e senti que, se eu retrocedesse, Reagan pensaria duas vezes antes de nomear outra mulher. Qualquer presidente faria isso. E eu queria criar um legado jurídico. — O olhar de Esther parou no marido. — Toda a raiva e motivação, tudo para nos vermos como algo além de frágeis seres mortais.

VOCÊ ESTÁ MORRENDO DE CÂNCER E O SEU MARIDO É UM VEGETAL, MAS VOCÊ SÓ SE IMPORTA COM O SEU LEGADO!

— Eu disse a mim mesma por tempo demais que a minha vida foi erguida sobre os pilares da força, da honestidade e da integridade, mas esse nunca foi o caso. — O tom de voz de Esther nunca era tão afiado como quando ela o voltava para si mesma. — Naqueles últimos momentos antes do ataque, Emily estava totalmente livre de qualquer máscara, ela entendia o mundo melhor que eu e me via com mais precisão que qualquer outra pessoa já tinha visto. Quanto mais me aproximo da minha própria morte, melhor entendo a clareza dela. Eu fiquei cega pela minha própria arrogância. Fui uma hipócrita. Uma fraude.

VOCÊ VAI MORRER, SUA VADIA ARROGANTE, CARENTE E INÚTIL! TODO MUNDO VAI SABER A FRAUDE QUE VOCÊ É. VOU GARANTIR QUE VOCÊ SOFRA.

— Nunca disse essas palavras em voz alta antes. Nem para Judith — confessou Esther. — Não sei ao certo por que estou contando isso para você agora.

Andrea mal conseguia ouvir a voz da mulher. Ela tinha se encolhido, as mãos entrelaçadas sobre o colo, as costas curvadas, enquanto olhava fixamente para o chão. Uma sensação de saudade tinha preenchido o quarto. O marido da juíza morreria em algumas horas, e a própria Esther tinha apenas alguns poucos meses de vida. Ela confessara para uma estranha o que jamais confessara para si.

Andrea deveria ter sentido pena daquela mulher mais velha, mas se viu pensando no depoimento de Ricky Blakely em 1982. A letra manuscrita engraçada, os círculos grandes como pontos nos "i"s. Ricky era adolescente quando escreveu as frases longas e sinuosas, mas, se Andrea tinha aprendido alguma coisa na vida, era que as pessoas não mudavam muito depois que saíam do ensino médio.

Havia muitas coisas que incomodavam Andrea. A falta de palavrões e o uso correto da vírgula e de outros sinais de pontuação. Compreensivelmente, alguém escrevendo uma ameaça de morte iria querer esconder a identidade, mas era difícil ocultar o fato de que você era *imponente, imperial, inteligente* e, mais importante, *indomável*.

— Excelência? — perguntou Andrea. — Por que a senhora enviou aquelas ameaças de morte para si mesma?

Os lábios de Esther se afastaram, mas não de surpresa. Andrea reconheceu o mecanismo para lidar com a situação. Respire fundo, acalme o coração palpitante, concentre-se em qualquer coisa menos no trauma que está à vista.

Quando Esther finalmente olhou para Andrea, não foi para responder à pergunta, mas para fazer uma.

— Por que você não tem medo de mim?

— Não sei — admitiu Andrea. — Quando penso na senhora, tenho medo, mas quando eu a vejo pessoalmente percebo que a senhora é apenas uma idosa perdida cuja filha foi assassinada e cujo marido batia nela.

O queixo de Esther caiu, mas só um pouco.

— Leonard sabe?

— Ele ainda acha que Ricky Blakely escreveu as cartas.

Esther abaixou a cabeça, os olhos encontraram a pasta aos seus pés. A casa da juíza tinha sido consumida pelo fogo, ainda assim a única coisa que ela resgatara tinha sido aquela pasta.

— Eu não deveria ter manipulado o sistema. Posso ver agora como me comportei com egoísmo. Eu peço desculpas — disse Esther.

Andrea não estava à procura de desculpas, mas de uma explicação. A juíza existia havia tantos anos quanto os delegados e sabia como funcionava a segurança judicial. A primeira prioridade quando uma ameaça de morte plausível chegava era garantir a segurança do magistrado. Esther obviamente se sentira ameaçada o suficiente para querer proteção, mas também tivera medo de explicar por quê. Andrea sentiu como se uma peça do quebra-cabeça estivesse prestes a se encaixar.

— De quem a senhora precisava de proteção? — perguntou.

Os ombros de Esther se ergueram quando ela respirou fundo. Então ela exalou o nome como se fosse uma doença:

— Dean Wexler.

Andrea teve que se segurar no encosto da poltrona. Todas as coisas horríveis que aconteciam com uma mulher naquela cidade pareciam sempre levar de volta a Wexler.

— "O Diabo, o inimigo de vocês, anda ao redor como leão, rugindo e procurando a quem possa devorar." — A voz de Esther tinha começado a tremer nas últimas palavras. — 1 Pedro 5:8.

Andrea continuava agarrada à poltrona. Ela só podia pensar em uma razão para Wexler conseguir provocar medo em Esther Vaughn, mas não conseguia falar o motivo em voz alta.

Ao invés disso, pediu:

— Conte-me.

Mais uma vez, Esther teve que buscar forças em outra respiração profunda.

— No primeiro ano de vida de Judith, eu montava o cercadinho dela no jardim para podemos passar algum tempo juntas. Um dia, eu estava no barracão do jardim e percebi que ela tinha ficado em silêncio. Saí correndo e encontrei Wexler com ela no colo.

Andrea viu lágrimas encherem os olhos da mulher. Era nítido que ela ainda era assombrada pela lembrança.

— Judith não tinha ideia de que estava nos braços de um estranho, pois sempre foi uma criança muito tranquila e feliz. Mas eu pude ver a expressão no rosto de Wexler, como se ele quisesse machucá-la. Ele fora até ali para agarrar os braços dela como se quisesse arrancá-los. A maldade nos olhos dele, o puro mal...

Esther parou porque as emoções ameaçavam tomar conta.

— Eu nunca tinha gritado daquele jeito antes. Não quando soubemos do ataque a Emily. Nem quando Franklin... — Esther deixou as palavras no ar, mas Andrea sabia que ela estava falando dos espancamentos. — Por toda a minha vida eu me vi como forte e impenetrável. Você fica mais dura nos lugares quebrados e segue em frente. Mas ver aquele demônio vil segurando a minha Judith me partiu completamente em duas. Eu estava de joelhos diante dele, implorando que ele me desse Judith, quando Franklin saiu.

Andrea observou a juíza tentar se recompor. As mãos tinham começado a tremer e lágrimas escorriam dos olhos dela.

— Fui correndo para casa com Judith, o meu coração parecia estar em chamas. Quando Franklin voltou, estava escondida com minha neta no armário do segundo andar. — Esther fez uma pausa enquanto se esforçava para se lembrar. — Foi quando Franklin me contou que Dean Wexler era o pai de Judith.

Andrea sentiu o mundo virar de lado outra vez, embora ela soubesse que aquilo estava chegando. Os pensamentos ameaçavam sair girando fora de controle: *se Dean era pai de Judith, significava que ele tinha mentido sobre a esterilidade, e se mentiu sobre aquilo, o que mais ele estava escondendo?*

— Franklin me disse que tínhamos que pagar para Wexler ir embora. Eles tinham feito uma negociação, e o meu marido cuidaria daquilo. — Esther entrelaçou as mãos novamente para impedir que tremessem. — Hoje vejo com clareza que deveria ter chamado a polícia naquele momento, mas, na época, não tomei atitude alguma.

Andrea apenas perguntou:

— Por quê?

— Fiquei aterrorizada que Wexler encontrasse um jeito de levar Judith. Você não pode imaginar a expressão perversa no rosto dele naquele dia no jardim. Até hoje, acredito que ele seja uma manifestação do mal. — Os dedos dela voltaram para a cruz ao redor do pescoço, que ela segurou como um talismã. — Sabe, Wexler poderia entrar com uma reivindicação de paternidade. E se ele levasse Judith de nós? Ou se conseguisse o direito de visitá-la? Ou se, de algum modo, pudesse opinar sobre a criação dela? O jeito mais simples de nos livrarmos da ameaça era pagar para que ele ficasse longe.

— Mas — disse Andrea —, se Wexler tivesse tentado reivindicar direitos de paternidade, ele estaria basicamente admitindo o estupro.

— Você precisa colocar essa admissão no contexto da época. As leis de estupro estatutário foram confirmadas pela Suprema Corte em março de 1981, e Delaware manteve a idade de consentimento em sete anos até a década de 1970. As leis de proteção ao estupro tinham apenas alguns anos a mais. Quando me sentei na banca pela primeira vez, a alegação de um ataque por uma mulher tinha que ser corroborada por alguma testemunha ocular para ter credibilidade.

Andrea precisou dizer:

— Desculpe, juíza, mas as coisas não mudaram tanto assim. Uma mulher branca tragicamente estuprada e assassinada ainda é uma mulher branca tragicamente estuprada e assassinada.

— Você está falando dos tabloides, não de um tribunal. — Esther fez uma pausa. Os dedos não paravam de mexer na cruz pequenina. — Como você vai de A para B? Dean estava admitindo ter feito sexo, não assassinato, e ele sempre podia refazer a confissão. O meu cargo e os detalhes lascivos deixariam qualquer promotor cauteloso de assumir um caso incerto sem o apoio de provas. Franklin e eu já tínhamos contratado um detetive particular que não teve sucesso em descobrir o assassino de Emily. Nós nos deparamos com o mesmo problema de sempre: a grande falta de provas.

Andrea falou com cuidado:

— A polícia sempre consegue informantes para entregar suspeitos.

— Você quer dizer pagar ou induzir alguém a corroborar a culpa de Dean? — Esther não se sentiu ofendida pela possibilidade, o que significava que ela já a havia levado em consideração. — E se essa pessoa mudasse o depoimento? E se acabasse nos chantageando? É melhor um demônio que você conhece, e Wexler era a encarnação do demônio.

Andrea sabia que Esther tinha tomado a melhor de todas as decisões ruins que tinha. Ela também sabia de outra coisa que tinha acontecido mais ou menos na mesma época.

— Wexler nos disse que herdou dinheiro de um parente morto. Foi assim que ele conseguiu comprar a fazenda.

Esther começou a assentir lentamente.

— A propriedade tinha pertencido à mãe de Franklin. Com a morte dela, ela iria para Emily, depois passaria para Judith.

Andrea viu Esther puxar um lenço de papel da manga do vestido e enxugar cuidadosamente as lágrimas antes de continuar.

— Franklin transferiu a terra para uma sociedade, que a vendeu para uma pequena empresa de fachada por um valor nominal. Depois esta empresa de fachada fez transferências privadas para um fundo controlado por Dean Wexler. — Esther olhou para Andrea, explicando de forma simples. — Fraude fiscal, sonegação de impostos, desvio de fundos, falsificação, talvez lavagem de dinheiro, mas eu precisaria dar uma olhada no estatuto de 1983.

313

Andrea sabia que Wexler não tinha parado ali.

— Você teve alguma coisa a ver com o caso trabalhista?

Esther tornou a assentir.

— Franklin me disse que eu teria que cobrar alguns favores. Foi mais ou menos assim que ele falou: "Você vai ter que cobrar alguns favores". Eu nunca o questionei, fiz o que disseram porque queria proteger Judith.

Andrea apontou algumas falhas na história da juíza.

— Segundo o arquivo de Bob Stilton do caso, Wexler insistiu que não poderia ser o pai. Ele teve alguma doença infantil que fez com que ficasse estéril.

— Mais uma vez, não havia prova. — Esther claramente lera o arquivo também. — Franklin disse que teríamos que aceitar a palavra de Wexler, pois o risco era grande demais. Eu estava tão desesperada para proteger Judith que não fiz uma pergunta sequer. Quando comecei a me questionar, era tarde demais.

— Você nunca pediu um exame de DNA de Wexler?

— Com que propósito? Depois que uma pessoa se submete a uma chantagem, ela sempre vai ter que se submeter a esta chantagem. Tanto Franklin quanto eu tínhamos nos incriminado com a transação das terras. Dean tinha provas de que tínhamos desobedecido a lei, enquanto nós não tínhamos prova de que ele havia assassinado a nossa filha.

O suspiro de Esther demonstrou exaustão. Ela passara décadas batendo no mesmo muro de tijolos que Andrea tinha encontrado nos últimos dias.

— Eu disse a mim mesma que a ameaça era pessoal demais para arriscar a quebra do nosso pacto. Wexler sempre poderia dar um jeito de atingir Judith. E quando Guinevere nasceu, os riscos ficaram ainda maiores.

Andrea olhou para o pulso esquerdo inchado.

— A senhora sabe o que Dean está fazendo com as mulheres?

— Por anos, escolhi não saber. Emily chamava isso de meu *dom da cegueira intencional.*

Andrea queria demonstrar compaixão, mas então se lembrou de Star Bonaire e Alice Poulsen.

— Excelência, a senhora parece saber muitos detalhes para alguém que afirma ter ficado alheia aos detalhes.

O olhar de Esther se deteve no marido. A respiração dele tinha ficado arrastada. Os segundos entre elas aumentaram.

— Depois que Franklin sofreu o AVC, não havia mais alguém para amortecer o impacto. Então, Wexler me procurou diretamente, e eu disse a ele que estava tudo acabado, porque sabia que o meu câncer era inoperável. Eu queria passar o resto do pouco tempo que me restava com Judith e Guinevere.

Andrea tinha visto como Dean Wexler tratava mulheres que o enfrentavam.

— O que ele fez?

— Uma correspondência endereçada a Guinevere foi enviada para a nossa casa. — A mão de Esther voltou ao pescoço e ela segurou a cruz dourada. — Eu reconheci o endereço de resposta. Wexler tinha enviado um formulário de inscrição para uma posição de voluntário na fazenda. O nome e o endereço de Guinevere estavam preenchidos.

— Só isso? — perguntou Andrea. Ela não via Dean Wexler sendo tão sutil.

— O envelope continha fotos de Guinevere. Alguém a seguira da escola para casa. Uma delas foi tirada através das cortinas abertas da janela do quarto dela.

Andrea podia perceber o desespero na voz da juíza.

— O que a senhora fez?

— Entrei em pânico novamente — respondeu Esther. — Eu não tinha aprendido da primeira vez. Ao invés de apresentar a verdade, eu manipulei o sistema. Foi como você disse. Eu escrevi as ameaças de morte, porque sabia que a segurança judiciária iria intervir.

Andrea corrigiu a história com sutileza, porque Esther não aceitara as primeiras ofertas de proteção.

— A senhora queria Bible.

— Leonard é um bom homem — disse a juíza. — Passei grande parte da minha vida com medo de homens maus. Do meu marido. De Wexler. Do meu próprio povo. Vivi com pavor de perder, sempre perdendo. Emily via o meu medo e o chamava de covardia. Ela estava certa, é claro. Eu não tenho ilusões de que não vou sofrer após a morte pelos meus pecados. Queria passar o pouco tempo que me resta cercada por pessoas que me amam.

— E depois que a senhora se for? — perguntou Andrea, porque a juíza claramente tinha um plano.

Esther balançou a cabeça, mas respondeu:

— Leonard me disse que você é brilhante, e preciso me desculpar por subestimá-la.

Andrea não ligou para o elogio. Havia muitas outras mulheres que estavam sofrendo nas mãos de Wexler.

— Juíza, o que tem na sua pasta?

315

26 DE NOVEMBRO DE 1981

EMILY ESTAVA SENTADA AO lado da avó à mesa da cozinha. As duas estavam descascando sementes de abóbora para o encontro anual de Ação de Graças dos Vaughn, embora naquele ano, em vez de cinquenta pessoas bebendo coquetéis na sala de visitas formal e outras vinte se aglomerando no pequeno escritório onde ficava a TV para assistir ao futebol, apenas quatro pessoas estariam presentes. E uma delas não sabia exatamente quem eram os outros.

A avó disse a Emily:

— Meu pai me ensinou a fazer isso. Ele amava sementes de abóbora.

— Como ele era? — perguntou Emily, embora ela mesma pudesse recitar a história.

— Bom, ele não era muito alto. — A avó começou descrevendo o cabelo do pai, que era fino e macio, para a sua grande decepção, que tinha adotado o estilo de Clark Gable. Quando ela passou para o quanto ele amava a loja de roupas masculinas, Emily se permitiu viajar. Observou os dedos em movimento enquanto descascava as sementes de abóbora. Esther já as havia torrado no forno. A maioria das pessoas descascava uma de cada vez como com amendoins, mas a avó insistia que era melhor trabalhar antes para saboreá-las por completo depois. Elas tinham quase enchido o pote.

— Meu pai me dizia para fazer assim. — A avó mostrou a ela como apertar delicadamente a casca até que se abrisse. O interior era verde. — Mas você ainda não deve comer. Precisa colocar tudo no pote.

— Boa ideia — concordou Emily.

Ela pegou mais um punhado de sementes, mas um espasmo forte nas costas fez com que ela soltasse um gemido alto. Resistiu ao impulso de se dobrar ao meio, recostando-se, ao invés disso, para esticar o músculo.

— Ah — disse a avó. — Você está bem, querida?

Emily não estava bem. Ela exalou ar entre os dentes. Não sabia ao certo se a fisgada no músculo era resultado da gravidez, de carregar uma mochila pesada ou de não conseguir dormir à noite porque estava muito ansiosa com como estavam indo as coisas na escola.

— Ainda é um pouco cedo para contrações. — Esther viera da despensa. Ela pôs a lata de chucrute sobre a mesa e pressionou o punho contra as costas da filha. — Faça força.

Emily não queria fazer força alguma, queria apenas que aquilo acabasse.

— Melhor? — perguntou Esther.

Emily assentiu, porque o espasmo tinha melhorado. Ela caiu no colo da mãe, de olhos fechados, e Esther a abraçou e acariciou o seu cabelo. Aquilo era algo novo para as duas. A avó sempre tinha sido quem secava as lágrimas de Emily e beijava um ralado no seu joelho, enquanto Esther estudava vocabulário com ela e a ajudava a se preparar para a equipe de debate. Era como se a gravidez de Emily tivesse aflorado um lado maternal de Esther que nenhuma delas sabia que existia. Ou talvez a demência da avó tivesse deixado um espaço que Esther nunca se sentira obrigada a preencher.

— Querida — disse a avó para Emily. — Você é um pouco nova demais para estar esperando um bebê.

Emily riu.

— Isso é verdade.

A avó pareceu confusa, mas riu também.

Esther pressionou os lábios sobre o alto da cabeça de Emily.

— Está bem, vou fazer o jantar. O seu pai deve voltar do clube daqui a pouco.

Emily viu a mãe se movimentando pela cozinha. Tecnicamente, Esther não estava *fazendo* o jantar, mas sim esquentando o que já havia sido preparado pela cozinheira, que tinha uma preferência pelos pratos de Maryland. Torta de caranguejo, milho cozido, recheio de mariscos e ostras, geleia de cranberry, vagem com tomate e presunto assado.

O presunto era o sinal mais óbvio da mudança da situação. Normalmente, Emily se desanimava ao ver a carne rosada e arredondada fervilhando no próprio suco, porque a forma lembrava demais o porco de verdade. O presunto que Esther pegara da geladeira era pequeno, mais parecido com um pão. E, mesmo assim, era grande o bastante para alimentar mais de quatro pessoas.

Ninguém dizia explicitamente, mas a falta de celebração era culpa de Emily. O pecado original tinha implicações de alcance muito maior, bem além do número reduzido de convidados à festa. A nomeação de Esther tinha se tornado duvidosa. Ela estava sempre ao telefone, fazendo reuniões em D.C., esforçando-se para mostrar que ainda merecia uma nomeação vitalícia. A pressão era imensa, embora a mãe nunca falasse abertamente sobre isso. Havia conversas apressadas com Franklin, que terminavam assim que Emily entrava na sala. À noite, a filha podia ouvir vozes abafadas através da parede do quarto, enquanto Franklin andava de um lado para o outro pelo piso rangente e Esther pensava em estratégias à sua mesa.

A semana anterior tinha sido especialmente ruim. Emily lera um artigo de opinião no *Washington News Journal* perguntando se as ambições profissionais de Esther Vaughn tinham obscurecido os seus deveres como mãe. Franklin deixara o jornal aberto na mesa do café para que a filha o encontrasse.

Emily se levantou da mesa assim que o viu. Ela de repente se sentiu chorosa e, como não havia lenço de papel na cozinha, usou uma toalha de papel para assoar o nariz. O sorriso de Esther mostrava que ela sabia que Emily estava chorando, e que não havia qualquer coisa que pudesse ser feita em relação a isso.

Ela perguntou à mãe:

— O que posso fazer para ajudar?

— O *hasty pudding* está na geladeira lá fora. Você se incomoda...

— Meu Deus. — A avó estava olhando para as duas. — Acho que vou para o meu quarto dar uma cochilada.

Emily podia dizer que ela não tinha ideia de quem estava parada à sua frente na cozinha. Felizmente, a avó tinha vivido naquela casa por tempo o suficiente para achar o ambiente familiar. Ela voltou andando pelo corredor cantarolando "Yankee Doodle". Quando chegou à escada, estava marchando no ritmo.

Esther trocou um olhar divertido com Emily. A mãe estava com o humor inacreditavelmente bom naquela manhã, e Emily se perguntou se a gravidez conseguira realmente aproximar as duas. Era difícil dizer, às vezes, a relação mãe e filha parecia estar entrando em uma nova fase; em outras, Esther repreendia Emily por colocar o termostato alto demais ou deixar uma toalha molhada no chão.

— *Hasty pudding*? — insistiu Esther.

— Certo.

Emily sabia que não podia culpar a gravidez pela perda de memória, ela se distraía com facilidade porque se concentrar no momento presente era, em geral, deprimente demais.

A garagem estava fria como a garupa de um urso-polar, para citar a avó. Emily não se deu ao trabalho de voltar para buscar o casaco, a temperatura corporal estava elevada no momento. Claro que isso tinha mudado quando ela chegou ao outro lado da garagem.

Emily estremeceu ao abrir a geladeira. Graças à avó, ela começara a cantarolar "Yankee Doodle", uma coisa irritante de se ter na cabeça em qualquer dia do ano. Ao mesmo tempo, lembrou-se de ler *Um colégio diferente*, de Louisa May Alcott, para ganhar um ponto extra no sexto ano. Emil e Franz tinham ido ao moinho de milho e levaram para casa o suficiente para sua família comer *hasty pudding* e *Johnny cake* por meses. Emily ganhara uma estrela da professora por fazer uma conexão com a música.

Ela, naquele dia, não ganharia estrela alguma de professores.

Emily tinha sido completamente isolada na escola, até os zeladores viravam a cabeça quando ela passava. Era como se a gravidez projetasse um campo de força: quanto mais se espalhavam os rumores do mal, mais as pessoas mantinham distância. Alguém fizera um buraco gigante na camiseta que ela usava na Educação Física. A palavra PUTA tinha sido riscada na sua carteira na sala de aula. Antes do recesso de Ação de Graças, algum idiota abrira um absorvente grande e o prendera no seu armário, usando um marcador vermelho para indicar sangue. Com um marcador preto, desenharam algo como uma caixa, deixando-o parecendo um postal com as palavras:

QUERIA QUE VOCÊ ESTIVESSE AQUI.

Emily desconfiava que Ricky estava por trás do absorvente, se não do resto da destruição. O abuso mais selvagem parecia estar vindo da panelinha. Os boatos de Blake sobre o consumo de drogas e álcool de Emily ganharam vida própria, e ela passara a ser não apenas usuária, mas traficante, uma viciada. Ricky incluíra as próprias mentiras, contando a qualquer um que quisesse ouvir que ela tinha visto Emily praticar sexo oral com vários garotos atrás do ginásio. Então, é claro, alguns dos garotos começaram a dizer que tinham participado da história. Nardo foi previsivelmente cruel, fazendo comentários irônicos toda vez que ela passava a uma distância em que pudesse ouvir.

Escória um dia.

Vadia escrota no outro.

E nos dias em que Emily parecia especialmente deprimida, *vadia gorda*.

Clay a estava ignorando completamente, o que era muito mais doloroso que os comentários horríveis de Nardo. Até onde Clay sabia, Emily era uma nulidade, e a sua presença na cafeteria ou na rua tinha tanto impacto nele quanto o telefone público na parede ou a caixa de correio na esquina.

Havia também os outros. Melody Brickel oferecia um sorriso toda vez que via Emily, mas as manifestações eram apenas um lembrete do que havia sido perdido.

Dean Wexler exigira que Emily fosse transferida da sua turma, mas como o ano letivo estava avançado, ela passava o horário daquela aula em uma sala de estudos improvisada, sozinha na biblioteca.

Também havia Queijo, ou Jack, como Emily passara a pensar nele.

Jack fazia de tudo para evitá-la na escola. Ele mal falava com ela fora da sala de aula e, durante as horas longe do colégio, estava sempre enrolado. Ele lhe dissera que era porque o pai estava fazendo com que trabalhasse no distrito, uma desculpa visivelmente esfarrapada. Jack já dissera muitas vezes que não entraria para a academia da polícia estadual naquele verão, que deixaria a cidade assim que se formasse.

Emily achava que a gravidez inesperada era a razão para haver uma tensão perceptível entre eles, mas nunca perguntara a Jack se ele estivera na Festa. Ela disse a si mesma que era porque não cairia na armadilha de Nardo, mas parte dela estava secretamente com medo de qual seria a resposta de Jack.

Jack tinha estado na casa de Nardo?

Ele fizera alguma coisa com Emily?

Emily se viu olhando distraidamente para a geladeira, pois já tinha se esquecido do que viera buscar ali.

Cerveja, chantilly, refrigerantes, leite.

Ela deveria falar com Jack. Eles nunca guardavam segredos entre si, não sobre as coisas importantes. Ela o vira entrar no barracão na noite anterior, Emily tinha deixado um travesseiro e um cobertor limpo porque sabia que feriados eram sempre ruins na casa dele. A mãe começaria a beber logo depois do café da manhã, enquanto o chefe se juntaria a ela ao meio-dia. Quando chegasse a hora do jantar, eles estariam gritando um com o outro, envolvidos em um conflito físico ou apagados no chão.

— *Hasty pudding* — disse Emily, finalmente se lembrando de por que estava ali, congelando na garagem.

Ela pôs o pote de chantilly em cima da panela e usou o quadril para fechar a porta da geladeira. Atravessou o espaço onde o carro do pai normalmente ficava estacionado, perguntando-se se ele estava mesmo no clube. Ele sempre jogava nove buracos na manhã do Dia de Ação de Graças para que os funcionários pudessem ter algo semelhante a um feriado, mas ela sabia que não eram necessárias quatro horas para fazer isso.

— Você se perdeu? — Esther estava esperando por ela na porta.

Ela ergueu o *hasty pudding*.

— Não conseguia tirar aquela música estúpida da cabeça.

Esther respirou fundo e começou a cantar:

— "Fath'r and I went down to camp along with Captain Goodin."

Emily se juntou a ela:

— "And there we saw the men and boys as thick as hasty puddin."

Esther seguiu Emily, batendo os pés no chão enquanto entravam na casa, as duas cantando a plenos pulmões:

— "And there was Captain Washington and gentle folks about him... they say he's grown so tarnal proud he will not ride without them!"*

Emily ficou tonta quando a mãe a puxou para um leve abraço. Esther estava mesmo em um estado de ânimo brilhante. Elas não cantavam juntas havia séculos.

— Ah, querida. — Esther esfregou lágrimas de riso dos olhos. — Isso foi divertido, não foi?

Emily sentiu como se estivesse envaidecida.

— Você está muito feliz hoje.

— Por que eu não estaria feliz? Vou conseguir passar o dia inteiro com minha família. — Ela segurou o braço de Emily por alguns segundos, então voltou ao preparo do jantar. — Sente-se. Acho que eu consigo aprontar o resto.

Emily se sentiu grata por aquilo. Ela pôs os pés sobre a cadeira vazia da avó. As costas não estavam mais espasmando, mas ela passara a sentir os dedos dos pés incharem como se fossem salsichas doloridas.

Ela disse à mãe:

— Preciso fazer o dever de Inglês, ele vai ser metade da minha nota.

— Não se preocupe com isso hoje. — Esther estava de costas para Emily, mas os pelos da sua nuca tinham se arrepiado. Ela se virou e cruzou os braços sobre o peito. — Na verdade, talvez você não deva se preocupar nem com este

---

* Meu pai e eu fomos ao acampamento com o capitão Goodin./ E lá vimos homens e rapazes fortes como hasty pudding. / E havia o capitão Washington e os cavalheiros ao seu redor... eles dizem que ele ficou tão orgulhoso que não cavalga mais sem eles.

nem com qualquer outro dever. Você deveria sair da escola por vontade própria ao invés de esperar que se torne insustentável.

Emily ficou sem fôlego só de pensar naquilo.

— Mãe, não posso largar a escola. Se eu conseguir chegar ao próximo ano, vou ter créditos suficientes para me formar.

— Você vai ter um bebê na época da formatura, Emily. Sem dúvida, você não espera caminhar pelo palco com o resto da turma.

Emily sentiu a leveza dos últimos momentos se esvair. As duas não tinham a mesma idade nem eram amigas. Esther era a mãe dela, e a mãe dela estava passando uma ordem judicial.

— Isso não é justo — protestou Emily. Se Esther ia falar como adulta, ela ia falar como criança. — Você está falando como se eu não tivesse escolha.

— Você tem escolha — disse Esther. — Você pode escolher se concentrar no que é importante.

— A minha educação não é importante?

— Claro que é. Ou melhor, vai ser.

— Mãe, eu... — Emily ainda não tinha dito as palavras em voz alta, mas estivera pensando nelas no último mês. — Eu ainda posso ir para a faculdade, nós podemos contratar uma babá e...

— Com que dinheiro? — As mãos de Esther estavam erguidas no ar, gesticulando inconscientemente na direção da mansão que estava na família de Franklin havia mais de meio século. — Quem vai pagar por essa babá, Emily? Você vai ter um emprego além de frequentar as aulas? Ela vai estar presente quando você tiver que se preparar para os seus cursos e escrever os seus trabalhos?

— Eu... — Emily viu, então, que deveria ter planejado aquela conversa com antecedência. Precisava de números verdadeiros para dar aos pais uma explicação de como um pequeno investimento naquele momento poderia pagar dividendos no futuro. — Eu não posso *não* ir para a faculdade.

— É, você *vai* para a faculdade — disse Esther. — No futuro. Quando o bebê tiver idade suficiente para ir para a escola, depois que ele estiver matriculado com sucesso por alguns anos, aí você poderá...

— Isso são oito anos! — Emily estava perplexa. — Você quer que eu vá para a faculdade quando tiver quase 30 anos?

— Não é algo totalmente incomum — disse Esther, mas não citou nenhum exemplo. — Você não conseguirá cuidar de uma criança pequena enquanto estiver na faculdade, querida.

Emily não podia acreditar na hipocrisia.

— Foi exatamente o que você fez!

— Baixe essa voz — alertou Esther. — Foi diferente para mim. A sua avó ficou em casa com você enquanto eu estava em Harvard. E eu tinha um marido, o seu pai me dava apoio e me permitiu buscar uma carreira fora de casa.

— Permitiu? — Emily não conseguiu conter o riso. — Você está sempre me dizendo que as mulheres podem fazer tudo.

— Elas podem — disse Esther. — Mas dentro do razoável.

As mãos da garota voaram para o ar em desespero.

— Mãe!

— Emily — disse Esther, a voz firme e controlada. — Sei que dissemos que não discutiríamos as circunstâncias em torno da gênese da sua condição.

— Meu Deus, você soa como uma advogada.

As duas pareceram surpresas. Emily levou rapidamente a mão à boca. Ela pensava coisas como aquela o tempo inteiro, mas nunca as dizia em voz alta.

Em vez de repreendê-la, Esther se sentou à mesa e secou as mãos no avental.

— Você precisa conquistar o seu caminho de volta, Emily. Você desrespeitou uma regra, uma regra primordial, que mulheres não têm permissão para desrespeitar. As portas que antes estavam abertas para você agora estão fechadas. Essas são as consequências que você deve sofrer pelas suas ações.

— Que ações? Eu não...

— Você não vai voltar para a escola — disse Esther. — O diretor Lampert ligou para o seu pai na semana passada e a decisão foi tomada. Não há qualquer coisa que você possa fazer em relação a isso, pois não está mais matriculada.

Emily sentiu lágrimas umedecerem os olhos. Desde o nascimento, Esther instilara nela o valor da educação. Emily tinha passado horas estudando, memorizando e treinando para cada teste, cada trabalho, para que a mãe ficasse orgulhosa.

E naquele momento Esther estava dizendo a ela que tudo tinha sido em vão.

— Emily, isso não é o fim do mundo — disse Esther, embora claramente fosse o fim de alguma coisa. — O seu pai e eu debatemos o assunto e chegamos a um acordo.

— Ah, se o papai diz, tudo bem.

Esther ignorou o sarcasmo.

— O que você vai fazer é ficar quieta. Você vai ficar em casa, vai se manter longe dos olhos do público e, então, quando tempo suficiente tiver passado, vamos pensar em um meio para reintroduzi-la no mundo.

325

— Você quer que eu fique trancada em casa por oito anos?

— Pare de ser dramática — disse Esther. — Você vai ficar confinada até a chegada do bebê. Pode andar pelo jardim dos fundos ou, quando estiver em horário escolar, subir e descer a rua. Você precisa manter um regime de exercícios saudável.

Emily ouviu o tom ensaiado da voz dela. Conseguia ver os pais debatendo aquilo tarde da noite. Franklin andando de um lado para outro da sala com um copo de uísque na mão, Esther fazendo uma lista do que Emily podia e não podia fazer, nenhum deles se dando ao trabalho de perguntar o que a filha grávida queria.

Do mesmo jeito que eles tinham decidido por ela que Emily teria aquele bebê.

Da mesma forma que a estavam fazendo deixar a escola, desistir de se formar, abrir mão da faculdade, adiar a vida.

— E depois? — perguntou Emily, porque queria saber o que mais eles haviam decidido.

Esther pareceu aliviada com a pergunta, que ela claramente presumiu ser consentimento.

— Quando chegar a hora certa, o seu pai e eu vamos começar a levá-la a eventos. Algo fácil no começo, só com nossa gente. Vamos escolher aqueles mais favoráveis à sua reintrodução. Talvez, quando a criança for mais velha, você possa conseguir um estágio. Ou um emprego de secretária.

— Você é muito hipócrita.

Esther pareceu mais divertida que insultada.

— Como assim?

Emily estava cansada de impedir que todos os pensamentos saíssem pela boca. Era exaustivo ser respeitosa, especialmente, quando ninguém, nunca, pensava em retribuir isso.

Ela disse à mãe:

— Você fala do alto como é importante que as mulheres sejam fortes. Você projeta essa sensação de invencibilidade, deixa que todos pensem que você é destemida, mas tudo o que você faz, toda escolha que faz, é porque você tem medo.

— Eu tenho medo? — Esther deu uma risada. — Minha jovem, eu nunca tive medo de qualquer coisa na vida.

— Quantas vezes o meu pai bateu em você?

Esther lhe encarou com um olhar de aço.

— Cuidado.

— Ou o quê? — perguntou Emily. — O meu pai vai me deixar com outro hematoma? Ele vai torcer o braço da vovó até ela gritar? Vai arrastar você pela escada pelo braço e bater em você com a escova de cabelo?

Esther não afastou o olhar, mas também não via mais Emily.

— Você morre de medo do que as pessoas vão pensar de você — continuou Emily. — É por isso que você fica com o papai. Por isso que quer me trancar em casa. Você desperdiçou a sua vida inteira tentando agir como eles querem que você aja.

— A minha vida inteira — zombou Esther. — Por favor, me diga, quem são *eles*?

— *Eles* são *todo mundo* — disse Emily. — Você não me deixou fazer um aborto por que *eles* poderiam descobrir. Não me deixa tentar a adoção porque *eles* iriam usar isso contra você. Estou sendo forçada a sair da escola por que *eles* lhe disseram que era a hora. Você age como se estivesse no controle completo da sua vida, do seu legado, mas morre de medo que *eles* possam tirar tudo de você a qualquer momento.

Esther contraiu os lábios.

— Continue. Ponha tudo para fora.

Ela estava agindo como se Emily precisasse apenas desabafar, quando, na verdade, ela estava falando sério.

— Eu não estou sofrendo as consequências das minhas ações, mãe. Estou sofrendo as consequências da sua covardia. — Esther ergueu uma sobrancelha, do mesmo jeito que fazia quando desejava melhorar o humor de alguém. — Você é uma hipócrita.

Emily estava se repetindo, mas, naquele momento, as palavras pareciam uma revelação. Ela nunca havia falado tão abertamente com alguém. Por que ficara em silêncio por tantos anos? Por que se preocupara tanto em não dizer a coisa errada, fazer a coisa errada, aborrecer as pessoas erradas?

O que *eles* fariam?

Emily se levantou, os punhos sobre a mesa.

— Você tem esse dom incrível da cegueira intencional. Acha que é tão inteligente, tão esperta, mas nunca vê as coisas que não quer ver.

— O que eu não quero ver?

— Que você está aterrorizada — disse Emily. — Você anda por aí segurando o medo na boca o tempo inteiro.

— É mesmo?

— É — continuou Emily. — Você tem rugas ao redor da boca de segurá-la nessa posição, contraindo os lábios da mesma maneira que está fazendo agora.

Esther relaxou os lábios. Ela tentou rir daquilo, mas não havia do que rir.

— Vejo você sufocada pelo medo o tempo inteiro, com papai, com os seus amigos, até comigo e a vovó. Você se esforça tanto para engoli-lo, mas ele não vai embora. Tudo o que ele faz é transformar as suas palavras em uma arma toda vez que você fala. E o que você diz é mentira, mãe. É tudo mentira, porque você está aterrorizada com que as pessoas vejam a verdade sobre você.

— E qual é a verdade?

— Que você é uma covarde.

Esther se recostou na cadeira, com as pernas cruzadas.

— Eu sou uma covarde?

— Por que mais isto estaria acontecendo? — perguntou Emily. — Por que você não está me defendendo? Por que você não está mandando o diretor Lampert se foder? Por que você não está em Georgetown exigindo que eles respeitem a sua carta de aceitação? Dizendo ao senador que eu vou me apresentar para o meu estágio. Dizendo ao papai que ele tem que...

— Você não faz ideia do que eu fiz por você.

— Então diga! — gritou Emily. — Você fala o tempo todo sobre ser um modelo para outras mulheres. Qual é o modelo que você tem para mim, mãe?

Emily bateu tão forte na mesa que as sementes de abóbora pularam para fora do pote. Ela observou a mãe recolhê-las e colocá-las de volta, sem falar até estar tudo no lugar.

— Minha querida, para ser perfeitamente honesta, você não é o tipo de mulher para qual eu sou modelo — disse Esther. — Não importa como a sua gravidez aconteceu, ela aconteceu. Você *deixou* que acontecesse ao se colocar em uma situação de risco. Agora, se você fosse uma menina pobre morando em um trailer no Alabama, as suas escolhas seriam diferentes.

As palavras eram tão próximas do que Ricky tinha gritado algumas semanas antes que Emily sentiu um peso físico sobre os ombros.

— Reconheço que os próximos anos vão ser um período difícil da sua vida — disse Esther. — Mas um dia você vai entender o presente que o seu pai e eu estamos dando a você. Se fizer esses sacrifícios agora, se usar o seu tempo com sabedoria, você vai acabar sendo bem recebida de volta no grupo.

Emily secou os lábios. Estava com tanta raiva que saliva escorrera da boca.

— E se eu não fizer isso?

Esther deu de ombros, como se quisesse dizer que era óbvio.

— *Eles* vão excluí-la.

Emily engoliu em seco. Ela não podia imaginar como era possível ela ser mais excluída do que estava no momento.

— E se... — Emily andava de um lado para outro agitando os braços, tentando pensar em uma alternativa convincente. — E se nós só jogássemos de acordo com as regras até a sua confirmação? Papai está sempre dizendo que é vitalícia. Depois que você for nomeada, o que importa?

Esther olhou para ela como se não pudesse acreditar que Emily tinha saído do seu corpo.

— Você acha que a minha ambição mais ardente é passar a vida apenas como juíza federal?

Emily sabia que não era.

— Você viu a confirmação de Sandy O'Connor na televisão. Jesse Helms quase a derrubou devido ao posicionamento dela sobre o aborto. — Esther bateu na mesa com o indicador. — Você acha que a sua vida é difícil? Sandy não conseguia arranjar emprego quando se formou na faculdade de Direito de Columbia. Ela teve que abrir mão do salário e se sentar junto com as secretárias só para começar a abrir as portas. E agora ela é juíza da Suprema Corte.

— Mas... — Emily tentou argumentar. — Você pode mudar isso, mãe. Você não consegue ver...

— Eu não posso fazer qualquer coisa estando de fora.

— Não vai haver outra abertura por anos, e mesmo então poderia levar uma década ou mais até que outra mulher fosse indicada, mais ainda para ser confirmada. Isso se trata do que você tem a oportunidade de fazer agora, mãe. — Emily tentou remover o tom de súplica da voz. — Nós podíamos fingir estar fazendo o que você disse. Eu vou largar a escola. Depois que as audiências no Senado terminarem e você for empossada, posso me inscrever em cursos de verão, e então eu poderia...

— O cargo de juíza federal já está consumado — disse Esther. — Eu tinha me preparado para fazer o anúncio em um brinde antes do jantar, o próprio Reagan me telefonou esta manhã. Nem o seu pai sabe.

Emily ficou surpresa com a notícia, que explicava bem o estado de ânimo efervescente da mãe. Ela não estava feliz por ter a família reunida no feriado, estava feliz porque tinha conseguido o que queria.

Por enquanto.

— Reagan diz que o processo vai demorar mais do que eu gostaria, mas não tem volta. O anúncio será feito em março, antes do recesso de Páscoa. Vai haver um período de veto, eu vou fazer reuniões no Capitólio e a audiência de confirmação começa no fim de abril. — Esther parecia positivamente efusiva. — Ronnie quer estabelecer um padrão, quer mostrar ao país que ele não está promovendo mulheres apenas como uma obrigação. Ele está promovendo as mulheres *certas*.

— Cacete — murmurou Emily.

Ela se sentia completamente derrotada.

— Olha o palavrão — repreendeu Esther. — Emily, quando Ronnie telefonou esta manhã, ele se referiu à Perícope da Adúltera. João 8:1-20. Você sabe o que significa?

Emily não tinha qualquer coisa a dizer. A mãe estava empolgada ao recontar a conversa. Nada do que Emily dissera nos dez minutos anteriores tinha rompido a concha dura de Esther. Ela a havia desafiado, acusara a mãe de hipocrisia, e Esther estava citando o Apóstolo João como se nada tivesse acontecido.

— Você conhece a passagem — disse a mãe. — Os fariseus levaram uma mulher adúltera para Jesus. Eles lhe disseram: "Na Lei, Moisés nos ordena a apedrejar tais mulheres. E o senhor, o que diz?".

Emily sentiu a mente relembrar a conversa enquanto tentava descobrir o momento em que Esther tornara a subir no pedestal. Ela estava nitidamente esperando que Emily entrasse no jogo, fizesse a mesma coisa que faziam com Franklin. Ignore os hematomas. Esqueça os gritos. Finja que o choro e a súplica ouvidos por Emily através da parede do quarto tinham vindo da televisão e não da mãe.

Esther continuou:

— Os fariseus estavam tentando testar Jesus. Para sondar a firmeza de sua moral. Você sabe o que Jesus disse? Sabe?

Emily ficou revoltada consigo mesma por saber a resposta. Ela a havia aprendido na escola dominical, mas não tinha, até aquele momento, se perguntado por que os fariseus estavam prontos para apedrejar a mulher, mas nunca levaram em conta punir o homem com quem ela tinha sido apanhada em flagrante.

— Você conhece o versículo? — perguntou Esther.

Emily o recitou de cor:

— "Quem dentre vós não tiver pecado, seja o primeiro a atirar-lhe uma pedra."

— Exatamente. — Esther assentiu em aprovação. — Reagan entende que pessoas boas, às vezes, cometem erros. Você sabe que ele era divorciado antes de se casar com Nancy.

Emily assentiu para acompanhar a mãe como se desse a mínima para a vida pessoal de Ronald Reagan. Ela não era uma mulher adulta e não cometera um erro conscientemente.

— Ronnie disse que o seu pai e eu demos um exemplo admirável por apoiá-la nesse momento tão difícil. Ele disse que isso mostra grande força de caráter.

— Ah — disse Emily, como se naquele momento as coisas tivessem se tornado claras. — Se Reagan diz que você não é uma covarde hipócrita, então que merda a sua filha pode saber?

— Eu disse a você para tomar cuidado com os palavrões. — Esther se levantou da mesa. A conversa terminou abruptamente. — Ponha as sementes de abóbora perto do bar na sala de estar. O seu pai estará de volta a qualquer momento e quero me certificar de que o jantar esteja à mesa no momento em que ele sair do banho. A sua avó provavelmente...

As súplicas de Esther desapareceram assim que Emily levou a tigela de sementes de abóbora para o outro recinto. Ela sabia que não deveria tentar discutir com uma mulher cuja carreira tinha sido construída sobre ganhar discussões.

Mas era mais que isso.

Emily nunca conseguiria falar com a mãe, porque a juíza sempre ficava no caminho. Esther era a dona de casa, a jardineira, a que se preocupava com a comida, a mãe, a nora, a eventual acompanhante em passeios da escola. A juíza era uma pessoa cujo objetivo principal era projetar força. Todo mundo a descrevia como intimidadora. Ela falava para plateias em festas como uma estudiosa e as suas opiniões circulavam como se ela fosse uma deidade. Esther brandia a inteligência como uma espada e governava o tribunal como uma rainha.

Então ela chegava em casa e o marido a enchia de porrada.

Emily colocou na boca um punhado de sementes de abóbora e as triturou com os dentes. Ao invés de ir para a sala, abriu a porta do pátio. O vento frio agitou o cabelo em torno do rosto, então ela abraçou as sementes de abóbora mais perto junto ao peito.

Apesar de Sísifo empurrar repetidamente a rocha sobre o corpo dela na cozinha da família, Emily sorriu com a ideia de ver Jack. Ela lhe levaria um prato de comida quando terminasse o jantar, pois ele sobrevivia à base de barras de chocolate e carne-seca durante as noites no barracão. Pelo menos, era o que indicavam as embalagens que Emily limpava no dia seguinte. As sementes de abóbora iriam ajudá-lo por algum tempo.

A porta emperrada do barracão não se fechava totalmente, então Emily levaria para Jack um dos edredons extras do armário. Ele nunca reclamava do frio, mas aquela época do ano era especialmente brutal. Não havia isolamento no barracão e até uma brisa leve poderia chacoalhar as vidraças como um trem passando pelos trilhos.

Emily parou em frente à porta, ouvindo. O coração se despedaçou quando ela ouviu um gemido baixo. Toda vez que dizia a si mesma que estava completamente sozinha no mundo, ela se lembrava do que Jack estava passando. Esther era uma beata falsa e hipócrita e Franklin era um tirano, mas, pelo menos, Emily não estava passando o feriado de Ação de Graças em um barracão frio.

Ela se abaixou, achando que podia deixar o pote de sementes de abóbora para ele, mas então voltou a ouvir o gemido. O coração dela doeu por ele. Emily tinha visto Jack chorar antes. Mais que algumas vezes, para ser honesta. A distância que ele estava mantendo dela na escola tinha doído, mas ele ainda era seu amigo.

Emily empurrou a porta e a abriu.

No início, não soube ao certo o que estava vendo. A sua mente não conseguia dar sentido àquilo.

Clay estava de costas para a porta e as mãos de Jack, apoiadas na bancada de trabalho. Ela achou que eles estivessem lutando. Brincando. Mas então viu que a calça de Clay estava abaixada até os tornozelos. A bancada balançou quando Jack foi penetrado.

Eles estavam fazendo sexo.

CAPÍTULO 9

A NDREA REPETIU A PERGUNTA.
— O que tem na sua pasta?

Ao invés de responder, o olhar da juíza se dirigiu para Frank Vaughn. Não havia emoção no rosto dela, nenhum gesto de amor entre eles. O homem que tinha sido o seu marido por quase meio século estaria morto em questão de horas. A própria Esther não duraria muito depois disso.

Ela disse a Andrea:

— Quando recebi a notícia do câncer, tentei botar os meus assuntos em ordem. Franklin sempre administrara esse aspecto das nossas vidas. Eu imaginava que os testamentos estivessem no cofre junto com todos os documentos financeiros, e estava certa, mas não tinha antecipado que também encontraria isso.

Esther estendeu a mão para pegar a pasta do chão. Andrea deu a volta na cama para ajudá-la. A pasta era mais leve do que esperava. Ela a ergueu com uma das mãos e a pôs no colo da juíza.

— Obrigada.

Os dedos de Esther giraram a numeração. As trancas se abriram.

Andrea estava parada de pé à sua frente de modo que pudesse ver o interior. Maços de papel, alguns envelopes de papel pardo e um laptop de aparência velha com o cabo ainda conectado.

— Franklin sempre teve muito mais aptidão tecnológica que eu. — Esther olhou para Andrea. — Ele gravou todas as conversas com Wexler. O garoto Fontaine também faz várias aparições. Há gravações em áudio dos primeiros encontros. Mais tarde, ao que parece, Franklin escondeu uma câmera de vídeo na estante de livros para poder capturar as negociações. Uma em particular é muito condenatória. Eles estruturaram uma propriedade beneficente usando Fontaine para ocultar uma servidão ambiental que rendeu a Wexler mais de três milhões de dólares. O estatuto federal de limitações por conspiração e ofensas contínuas não começa com o ato original, mas com o abandono, a remoção ou a realização dos objetivos da conspiração. Só a chantagem durou quase quatro décadas. O truque com a fraude é comprovar intenção. As gravações em vídeo fornecem muitas provas. Frank os pegou de jeito.

Andrea deveria ter se sentido empolgada, mas tudo o que pôde demonstrar foi raiva. Aquela informação estava disponível havia décadas.

— Por que Franklin não... Ele poderia ter...

— É, Franklin podia tê-los exposto anos atrás. Ele tem parte da culpa jurídica, mas o fracasso moral é inteiramente meu. — Os lábios de Esther se contraíram enquanto ela tentava se recompor. — Eu disse a mim mesma que a diferença de alguns meses não teria consequência. Graças às ameaças de morte, Judith e Guinevere estariam sob proteção 24 horas. Bible iria até os confins da terra para garantir a segurança delas. Eu chegaria ao fim da vida nos meus próprios termos. Wexler e Fontaine seriam expostos depois que eu me fosse. Ninguém mais iria se machucar. Pelo menos, eu disse isso para mim mesma, mas eu estava errada, não estava?

Andrea sentiu o nó voltar à garganta.

— Alice Poulsen.

— É, Alice Poulsen. — Esther levou a mão ao interior da pasta, apoiando-a sobre um envelope pardo. Ela olhou Andrea nos olhos. — Minha covardia custou a filha de mais um pai. Eu não ganhei uma morte pacífica, não mereço isso.

Andrea a observou tirar o envelope da pasta. A etiqueta estava escrita à mão.

Para ser entregue a Leonard Bible no caso da minha morte.

Esther disse:

— Aqui estão cópias de todos os documentos da transferência imobiliária original, da servidão de conservação e do fundo imobiliário de caridade. O laptop tem todos os registros, de vídeo e de áudio, assim como e-mails, recibos de transações on-line, números de contas e documentos fiscais pertinentes. Você vai encontrar datas, horários, locais, passos dados quando eles me forçaram a intervir em assuntos judiciais. Incluí um resumo no alto delineando o caso.

Dean Wexler e Bernard Fontaine podem ser acusados por evasão fiscal, fraude fiscal e bancária... inúmeros outros crimes. Está tudo aqui.

Andrea estava atônita demais para pegar o envelope. Esther estava oferecendo tudo de que eles precisavam para deter Wexler e Nardo.

— Enquanto eu for capaz, o governo terá toda a minha cooperação.

A partir do momento que tinha tomado uma decisão, Esther parecia ávida para acabar com aquilo. Ela devolveu o envelope à pasta e esperou que Andrea levasse tudo dali.

Não havia mais a dizer.

As mãos de Andrea começaram a tremer. Ela se sentiu suada e com frio ao mesmo tempo, e apertou a pasta junto ao peito. O peso, dessa vez, era maior. A alma inquieta de Alice Poulsen estava dentro dela, assim como o futuro incerto de Star Bonaire e a morte pacífica não merecida de Esther Vaughn.

Os delegados a cumprimentaram com um aceno de cabeça quando ela deixou o quarto de Franklin Vaughn. Só quando chegou ao fim do corredor Andrea se permitiu tomar consciência do que estava carregando.

Provas dos crimes de Wexler e Nardo.

O suficiente para colocá-los na prisão. O suficiente para fechar a fazenda.

A alegria finalmente chegara. O seu cérebro estava em transe, a adrenalina deixando tudo aguçado. Ela estava correndo quando fez a curva procurando por Bible, a cabeça girando. Viu-o perto dos elevadores conversando com Mike, os dois apoiados no balcão alto do posto de enfermagem. Bible aninhou a mão com curativo e Compton estava a poucos metros de distância, digitando no telefone.

— Andy? — Mike a viu primeiro. — O que aconteceu?

Andrea mal conseguia falar, a pasta escorregando entre as mãos. Ela cambaleou o resto do caminho até eles.

— Andy? — Mike pegou a pasta. — Você está bem?

— Eu... — Ela parou para recobrar o fôlego. — A juíza escreveu as ameaças de morte para si mesma.

Compton ergueu o olhar do celular. Os maxilares de Bible estavam cerrados, mas ele não disse uma palavra sequer.

— Ela... — Andrea parou novamente para respirar, e levou a mão ao peito, tentando convencer o coração a desacelerar. — A juíza está sendo chantageada por Wexler há décadas, desde que Judith era bebê. Wexler disse a ela que ele era o pai, mas não sei, ele pode ter mentido. Mas isso não importa porque nós... nós os pegamos. Os dois. Nardo também estava nisso.

— Oliver, me explique tudo. — Compton tinha se ajoelhado no chão com a pasta, de modo que pudesse examinar o conteúdo. — O que eu estou vendo aqui?

— O laptop. Franklin Vaughn gravou tudo. Tem o bastante aí para mandar Wexler e Fontaine para a prisão por fraude, pelo menos. — Andrea também estava de joelhos. Ela encontrou o envelope que estava endereçado a Bible. — Esther resumiu... Tudo está resumido aqui. Ela disse que montou o caso para nós, que tanto Wexler quanto Fontaine estão implicados.

Compton ficou em silêncio enquanto os olhos examinavam as páginas com tópicos. A cabeça dela começou a se balançar quando chegou ao último item.

— Puta que o pariu. Ela praticamente escreveu a ordem de prisão para nós. Leonard...

Todos ergueram o olhar para Bible. O queixo ainda tenso.

Compton se levantou. Ela pressionou a mão no lado do rosto dele.

— Acalme-se e respire fundo. Está tudo bem?

Bible assentiu brevemente, mas a expressão de traído não desapareceu.

— Ela nos deu o suficiente?

— Deu. — Compton procurou Mike, que estava plugando o laptop em uma tomada atrás do posto de enfermagem. — Envie esses vídeos para o Departamento de Justiça. Quero mandados de busca para a fazenda e de prisão para Wexler e Fontaine. Precisamos fazer isso esta noite. Tenho alguns delegados na área que posso trazer para fazer vigilância na fazenda. Precisamos garantir que Wexler e Fontaine não escapem antes que possamos pegá-los. Homens assim sempre têm um plano de fuga. Podemos confiar em Stilton?

A pergunta tinha sido dirigida a Bible. Ele negou com a cabeça, mas disse:

— Não sei.

— Ok, vamos deixar Stilton de fora até que as prisões sejam feitas. Fontaine estava com uma arma escondida, então temos que supor que eles estejam armados. Vou chamar uma equipe de ataque surpresa de Baltimore, mas não queremos que isso se transforme em uma situação com reféns. A prioridade é garantir a segurança das garotas, certo?

Compton estava esperando por Bible.

— Certo. — disse ele.

— Bom — respondeu ela —, vou ter ambulâncias prontas caso alguém decida sair. Elas vão ser levadas para o hospital Johns Hopkins. Com sorte, haverá um jeito de romper com o poder que Wexler exerce sobre elas. A mesma coisa com Fontaine. Se Esther estiver certa, ele está diante de uma cadeia para gente grande e vai querer um acordo para se voltar contra Wexler. Vamos transferi-lo para Baltimore, fazê-lo suar um pouco. Bible, vou precisar que você pegue a pista de Fontaine. Ponha-o por 24 horas em uma cela de custódia e ele vai estar pronto para falar.

— Não, senhora — disse Bible. — Eu quero Wexler, e eu o quero esta noite.

— Por quê? — perguntou Compton.

— Nunca mais vamos tê-lo tão assustado — disse Bible. — Nós o arrancamos da cama, jogamos na cela de custódia de Stilton, pegamos pesado com ele e o fazemos confessar. Esse é o jeito mais rápido para acabar com isso.

— Ou nós o colocamos sob custódia, ele se borra de medo, pede um advogado e nós o vemos no julgamento dentro de três anos — disse Compton. — Nós só vamos ter uma chance. Se dermos a Wexler algum tempo na viagem para Baltimore, ele pode começar a achar que vai sair desse grande mal-entendido na lábia. É isso o que nós queremos, certo? Queremos ele falando conosco, explicando coisas.

— Ele é um psicopata — disse Bible. — Se der a ele tempo para reagrupar, ele vai voltar com um plano.

— E você? — Ela se voltou para Mike. — Você está na equipe. O que você acha, pressionamos Wexler esta noite ou damos a ele algum tempo?

— Meu instinto me diz esta noite. E não que você tenha perguntado, mas não quero que Fontaine consiga um acordo. — Mike deu de ombros. — Por que ir atrás de Renfield quando você pode enfiar uma estaca no coração de Drácula?

Andrea sentiu que estava assentindo. Ela também não queria que Nardo se safasse das acusações. Renfield era quase uma descrição precisa, pois Nardo não era apenas um acólito de Dean, ele literalmente encontrava vítimas para o mestre do mal.

— Oliver. — Compton tinha se voltado para Andrea. — Diga alguma coisa.

Andrea só podia compartilhar o que sabia ser verdade.

— Nardo vai se cercar de advogados. É isso o que ele sempre faz. Se o plano é fazer com que ele se volte contra Wexler, não acho que isso vá acontecer até ele estar contra a parede. E talvez nem assim. Ele é um niilista.

— Está bem, tire Fontaine do quadro — disse Compton. — Qual a melhor maneira de pegar Wexler?

— Ele só comete erros quando está com raiva. — Andrea tinha visto Wexler fora de controle. Ela também o tinha visto menos de dez minutos depois se gabando de sozinho ter introduzido o movimento dos cultivos orgânicos. — Se der a ele tempo para se acalmar, ele vai usá-lo para encontrar uma saída.

— Está bem, a decisão foi tomada — disse Compton. — Bible, você e Oliver vão pegar Wexler esta noite. Vamos pegá-lo na fazenda e levá-lo direto para o distrito de Stilton. Fontaine vai para Baltimore. Oliver, volte ao motel e tome um banho. Depois que tivermos Wexler sob custódia, passamos por lá a caminho da delegacia. Se planeje para três horas, esteja pronta em duas.

Andrea não ficaria sentada por mais duas horas.

— Senhora, eu...

— Você vai obedecer às ordens — disse Compton. — Não preciso de mais músculos. Preciso de um cérebro. Você já lidou com Wexler, ele sabe que você não tem medo dele. Você não pode parecer ter escapado de um incêndio e mergulhado em uma piscina quando ele a vir. Bible, ajude-a entender isso, depois venha me procurar. Mike, vamos procurar um lugar discreto para podermos assistir a esses vídeos.

Mike fechou o laptop. Ele captou mais uma vez o olhar de Andrea antes de sair com Compton.

O peso de Andrea estava na parte da frente dos pés. Ela sentia como se o corpo estivesse encolhido como uma mola, mas estava desesperada para ir atrás deles, para estar fazendo alguma coisa em vez daquela espera interminável.

Ela perguntou a Bible:

— Qual é a estratégia? Como vamos fazer Wexler confessar?

— Você não pode ter uma estratégia com um psicopata. Eles sempre vão para cima de você de um ângulo diferente.

Andrea, na verdade, não tinha pensado em Wexler como um psicopata até aquele momento. Ele se encaixava nos critérios: falta de vergonha ou remorso, senso grandioso da própria importância, manipulador, pouco controle de impulsos. Ela estava familiarizada com a lista, porque percebera os mesmos atributos no pai.

— Está bem — disse ela. — Mas precisamos ter algum tipo de plano ou estrutura ou...

— Sem plano de aula para isso, parceira. — Bible deu de ombros, como se aquilo fosse inconsequente. — Você está só brincando de amarelinha, está bem? Jogue a pedra no quadrado, espere que Wexler pule.

Andrea não queria outra homilia. Ela queria detalhes.

— E então? Nós o deixamos discorrer sobre favas e torcemos para que ele diga: "Ah, por falar nisso, eu cometi diversas fraudes, onde eu assino minha confissão?".

— Isso seria ótimo, mas não acho que vai acontecer — disse Bible. — Nós conduzimos a conversa, não paramos de cutucá-lo por todo o caminho. No fim, ele vai acabar chegando ao quadrado certo.

— Não estou a fim de falar por meio de metáforas agora, Bible. Isso é importante demais. Toda vez que você me jogou no lado fundo, eu descobri como nadar. Dessa vez, é diferente. Eu preciso de braçadas largas.

— Ok, entendi — disse ele. — Vamos planejar isso. Eu vou conduzir a entrevista. Isso está bom para você?

Andrea esperava por aquilo.

— Sim.

— Aí o velho Dean chega e diz: "Eu só vou falar com ela". — Bible apontou o dedo para Andrea. — Então eu me levanto e deixo vocês dois sozinhos. E aí?

Andrea mordeu o lábio.

— Ou nós decidimos que você vai conduzi-la, certo? — Bible não esperou por uma resposta. — E o velho Dean diz "Não, não vou falar com essa garota. Eu só falo com homens".

— Aí nós dois...

— Nós dois passamos as próximas duas horas botando a cabeça no lugar — disse Bible. — É assim que nos preparamos. Essa é a estratégia. Não podemos antecipar o que ele vai dizer. Nós achamos que ele vai querer falar da fazenda? Talvez ele queira falar sobre Emily. Nós achamos que ele quer falar sobre Emily? Talvez ele queira falar sobre como a mãe nunca o amou ou o pai matou um passarinho.

— Então nós simplesmente deixamos que ele fale sobre o que quer que queira falar?

— Correto — respondeu Bible. — Você ouviu a chefe. Falar é exatamente o que queremos que ele faça. Nós o fazemos se animar, damos a ele uma plateia, ele comete um erro. Só podemos ter em mente onde queremos terminar. E onde é isso?

— Meu Deus. — Andrea também não estava disposta ao método socrático. — A chantagem. A fraude na negociação da terra. O caso trabalhista. O acordo de conservação. A evasão fiscal. A caridade falsa. A porra de Emily Vaughn.

— Nós só precisamos de um desses. — Bible ergueu o dedo. — Nós o fazemos admitir alguma coisa ruim. Aí falamos com ele sobre isso, e conseguimos fazer com que ele conte outra coisa ruim. Depois outra coisa ruim. Jogue a pedra, pule para o quadrado. É assim que nós ganhamos. É preciso tempo.

— Estou cansada dessa história de acelerar as coisas e depois esperar.

— É a natureza da fera.

— É muito irritante. — A frustração de Andrea deu lugar à raiva. — Wexler estuprou e matou Emily Vaughn, ou sabe quem fez isso. Ele aterrorizou a família de Esther por quarenta anos e agora tem o pé no pescoço de Star Bonaire. Ele levou Melody Brickel à beira da falência, e Alice Poulsen se matou para escapar dele. Wexler tem, no mínimo, mais uma dúzia de garotas que são cadáveres ambulantes na fazenda. Tudo o que aquele cara toca murcha ou morre, e ele sempre consegue se safar.

Bible a estudou com cuidado.

— Parece até que você está levando isso para o lado pessoal.

— Você tem toda razão, estou.

Andrea estava impaciente demais para esperar por uma carona de volta ao motel. Ela caminhou a curta distância desde o hospital, a bolsa com a inscrição PERTENCES DA PACIENTE balançando na mão. Não devia ter se dado ao trabalho, as roupas não podiam ser salvas, a arma de serviço encharcada estava sendo enviada de volta para Baltimore e ela só receberia uma substituta no dia seguinte de manhã. O telefone do trabalho ainda estava na mochila no SUV de Bible, enquanto o iPhone estava tão danificado que era possível ver circuitos internos através do vidro quebrado. Até os sapatos estavam destruídos. Água de piscina era esguichada a cada passo.

O banho mais longo e quente do mundo finalmente fez com que ela se sentisse limpa, mas nada podia tirar Dean Wexler dos seus pensamentos. Ela continuava voltando em silêncio para o que Esther Vaughn tinha lhe contado, não sobre a chantagem e a fraude, mas sobre sair do sério ao flagrar Wexler segurando Judith no jardim. No seu íntimo, Andrea entendia esse tipo de horror. Também entendia qual era a sensação de imaginar a si mesma como um tipo de pessoa e depois um trauma dividi-la em outro.

Assim como Laura, Esther, Star e Alice, Andrea tinha levado duas vidas diferentes: uma antes de ela conhecer um psicopata e uma depois.

Ela foi até a janela e espiou entre as cortinas. A estrada estava vazia, a floresta atrás, mergulhada em completa escuridão. Àquela altura, as equipes de vigilância deviam estar a postos. Seis delegados estariam vigiando todas as estradas ao redor da fazenda, observando as atividades, tentando descobrir a localização de Wexler e Nardo. O grupo de ataque surpresa de Baltimore estaria a caminho.

Os mandados estariam sendo obtidos, talvez já estivessem assinados. Não havia nada que Andrea pudesse fazer além de tentar não arrancar os cabelos enquanto esperava, esperava, esperava.

Ela olhou para o relógio: 23h10. Ela tinha pelo menos noventa minutos até estar cara a cara com Dean Wexler outra vez.

Andrea pressionou a testa contra o vidro frio. Bible lhe dissera para não planejar, mas ela precisava se planejar. Não tinha a autoconfiança natural dele, muito menos décadas de experiência. Ela se lembrou da sala de interrogatório abarrotada nos fundos da delegacia de Stilton e tentou se imaginar sentada diante de Wexler. Ao invés disso, viu-se de volta à cozinha da fazenda. Star reunindo os ingredientes para o pão e Wexler falando sem parar como um pastor de TV. Uma expressão satisfeita no rosto, a longa pausa que ele fizera antes de permitir a Star que pusesse o copo d'água dele sobre a mesa.

Ele gostava de estar no controle. E gostava de ter outras pessoas testemunhando isso.

O que significava que iria querer tanto Andrea quanto Bible na sala.

Bible era quem falaria mais. O que Andrea faria então?

Ela andou até a mesa. O caderno não estava mais vazio, pois ela tinha escrito algumas observações sobre o pouco tempo que teve sozinha com Dean Wexler. Bible tinha a amarelinha, mas Andrea tinha os gatilhos. O objetivo da noite era fazer Wexler perder o controle. Era aí que ele ia cometer o primeiro erro. Andrea tinha três exemplos anteriores da fachada de Wexler desmoronando, e todos tinham acontecido dentro da velha caminhonete Ford.

A primeira vez foi quando Andrea dissera o nome de Emily Vaughn. Sem aviso, Wexler pisara bruscamente no freio, quase a jogando contra o painel. Ele apertara os freios uma segunda vez quando Andrea apontara que, embora Wexler tivesse parado de lecionar, ele ainda tinha encontrado um jeito de se cercar de mulheres jovens e vulneráveis.

O terceiro incidente fora ao mesmo tempo mais direto e mais complicado. Wexler contara a Andrea que enfrentava merdas maiores que ela. Então a delegada lhe mandara prestar atenção no que estava acontecendo.

Foi quando Wexler ficara violento. Ele havia agarrado o pulso de Andrea para silenciá-la.

Ela bateu a caneta no caderno. Os gatilhos de Wexler eram fáceis de identificar: ele não queria ouvir o nome de Emily; não gostava de ser chamado de predador; e com certeza não gostava de ver as suas mentiras desmascaradas.

Andrea não sabia aonde essa informação a levava. Aquilo era as casas da amarelinha ou as pedras? Ela baixou a caneta, voltou até a janela e olhou novamente para a estrada desolada. Então cruzou os braços e encostou as costas na janela. Deixou que os olhos se fechassem.

Havia uma linha tênue entre provocar o ego de Wexler e despertar a sua raiva. Andrea não estava preocupada com a violência dele, ela podia se defender, embora duvidasse que Bible deixasse a situação chegar tão longe. O problema era que, se pressionasse Wexler demais ou na direção errada, ela acabaria estragando tudo. Por outro lado, se não pressionasse com força o bastante, o psicopata poderia achar que Andrea estava com medo. Se o comportamento dele havia provado alguma coisa era que Dean Wexler gostava quando mulheres sentiam medo.

Andrea abriu os olhos. O relógio mostrava que apenas dois minutos tinham se passado. Mais 88 minutos andando de um lado para outro e olhando pela janela não iriam ajudá-la a pensar em uma estratégia. Ela sabia como irritar Wexler, mas não sabia como extrair informações dele. Melody Brickel dissera que Wexler era uma cópia barata de Clay Morrow. E Andrea conhecia apenas uma pessoa na terra que tivesse encarado Clayton e vivido para contar a história.

Ela pegou o telefone fixo e discou o número antes que pudesse mudar de ideia.

A mãe atendeu no quarto toque.

— Querida? Você está bem? Que horas são?

— Estou bem, mãe. Desculpe, eu... — Algo passou pela cabeça de Andrea. — Você viu a identificação da chamada?

Laura fez uma pausa longa antes de responder.

— Eu sei que você está em Longbill Beach.

Andrea murmurou um xingamento. Ela deveria ajudar a engabelar Wexler para fazê-lo confessar, mas não tinha sido inteligente o bastante para desligar os serviços de localização do iPhone.

— Então você tem mentido esse tempo todo?

— Você quer dizer do mesmo jeito que você mentiu para mim? — *Justo*. — Querida, você está bem?

Andrea apoiou a cabeça na mão. Ela sentiu a linha grossa que costurava o corte da testa. O nariz estava latejando. A garganta doía.

— Sinto muito por ter mentido para você.

— Bom, eu não sinto muito por ter mentido para você. Foi divertido ouvir a sua voz ficar esganiçada.

Justo também.

Laura perguntou:

— Por que você está ligando do quarto do motel? Qual o problema?

— Nada. — Andrea conteve uma tosse. — Não se preocupe, ultimamente não tenho precisado ser salvada.

— Acredito que é *salva.*

Andrea abriu a boca, em seguida a fechou. Aquela não era a primeira vez que elas discutiam sobre particípios, tanto que os dois anos anteriores tinham sido cheios de pequenas desavenças. A filha decidiu finalmente tirar o veneno da língua.

— Mãe, eu preciso da sua ajuda.

— É claro — disse Laura. — Qual o problema?

— Não tem problema algum — insistiu ela. — Você pode... Você me contaria algumas coisas sobre ele?

Laura não esperou pelo nome. Clayton Morrow era o Voldemort de suas vidas.

— O que você quer saber?

— Eu...

Andrea não sabia ao certo por onde começar. No passado, ela sempre se fechara quando Laura falava sobre o pai. A única maneira de passar por aquilo seria se lembrar de que, mais de quarenta anos antes, Dean Wexler estudara no livro de Clay Morrow.

— O que você se lembra sobre ele? Quero dizer, quando você o conheceu.

— O sexo não era muito bom.

— Mãe.

— Ok — disse Laura. — Imagino que haja um jeito melhor de dizer isso. O sexo em si não era importante. Conseguir prender a atenção dele era o afrodisíaco. Obviamente, eu não era a única que ele mantinha presa, eu o vi fazer isso com homens, outras mulheres, até crianças. Ele observa pessoas e descobre do que elas precisam, e encontra um jeito de se tornar a única pessoa que consegue dar isso a elas. Depois disso, fazem qualquer coisa que ele peça.

Andrea soube instintivamente que Wexler seguia o mesmo padrão. Ele negara ter contato com as voluntárias, mas Star estava claramente sob o seu controle. Ela estava se torturando rumo à morte prematura.

— Levando em conta a sua localização atual — prosseguiu Laura —, eu nunca acreditei que o seu pai tinha matado aquela pobre adolescente. Nem quando me contaram, nem agora.

Andrea não queria desvirtuar a conversa, mas não conseguiu evitar a pergunta.

— Por que não?

— Não concordo com a sua carreira atual, mas ainda sou a sua mãe. Eu olhei a grade de cursos de Glynco que você me enviou por e-mail. Seis deles eram sobre análise de psicologia criminal.

Andrea não deveria ter ficado surpresa.

— E?

— Olhe para as acusações que foram feitas contra o seu pai. Pelo menos, os crimes dos quais o governo sabia. Tudo era conspiração para cá, conspiração para lá. Ele nunca sujou as mãos. Cometer atos de violência estava abaixo dele.

Andrea sabia que aquilo não era verdade.

— Eu vi uma cicatriz que me diz o contrário.

— Querida, eram os anos 1980. Todo mundo ficava um pouco violento.

Andrea ficou em silêncio. Laura sempre falava de forma muito leve sobre a violência que tinha sofrido nas mãos de Clay.

— A onda do seu pai não era cometer crimes, o prazer dele era fazer outras pessoas cometerem crimes para ele.

Andrea mordeu o lábio. Outro traço de personalidade que Wexler tinha imitado. Nardo Fontaine examinava todas as candidatas a voluntária, e o nome dele encabeçava a instituição de caridade falsa que tinha rendido a Wexler três milhões de dólares. Andrea podia facilmente ver Nardo pensando no plano original de chantagear a juíza, e também podia vê-lo seguindo Guinevere pela cidade com uma câmera, saboreando o caos que as fotografias provocariam.

— Andy?

— Você o enrolou e fez com que ele se incriminasse — disse Andrea. — Como você fez isso? Como se engana um psicopata para que ele fale a verdade?

Laura permaneceu em silêncio por tanto tempo que Andrea não sabia ao certo se ela ainda estava na linha. Depois de algum tempo, a mãe disse:

— Você faz a mesma coisa que eles fazem com você... faz com que eles pensem que você acredita neles.

Andrea sabia que Laura tinha acreditado em muito da filosofia destrutiva de Clay Morrow.

— O seu pai era... — Laura pareceu estar à procura de uma palavra. — Era muito fácil acreditar nele. Ele lhe contava coisas que *pareciam* verdade, mas não eram necessariamente precisas.

344

— Você tinha permissão para discordar dele?

— É claro — disse Laura. — Ele adorava um debate saudável. Mas você não pode ter uma discussão lógica com alguém que inventa os próprios fatos. Sempre havia uma estatística ou um conjunto de dados dos quais apenas ele sabia. Ele era mais inteligente que todo mundo, tinha tudo arquitetado. No fim, você se sentia envergonhada por não ter concordado mais cedo com o ponto de vista dele. É necessária uma quantidade enorme de arrogância para acreditar, com sinceridade, que todas as outras pessoas no mundo não sabem coisa alguma e você é o único que conhece a verdade.

Andrea sentiu que estava assentindo. Wexler também era assim.

— Como você os faz pensar que acredita no que eles estão dizendo?

— Comece com ceticismo, mas deixe claro que você está aberta à persuasão. Depois de algum tempo, concorde com algumas das coisas que eles contam. Fale detalhadamente sobre algum dos raciocínios e faça com que eles aceitem que você foi movida pela genialidade deles. O jeito mais fácil de fazer alguém confiar em você é repetir tudo o que dizem. — Laura parou, como se estivesse com medo de estar falando demais. — As pessoas acham que psicopatas são muito inteligentes, mas eles, em geral, seguem o caminho mais fácil. Eu queria ser convencida, eu precisava de algo em que acreditar.

— Como você escapou dele?

— O que você quer dizer? — perguntou Laura. — Eu contei para você sobre como eu...

— Não fisicamente. — Andrea estava pensando em Star Bonaire. — Psicologicamente, como você escapou dele?

— Você — confessou Laura. — Eu achava que o amava, mas eu não conhecia o amor até a primeira vez que a tive em meus braços. Depois disso, você era tudo o que importava, e eu sabia que precisava fazer tudo o que estivesse ao meu alcance para mantê-la segura.

Andrea ouvira a mãe fazer declarações parecidas muitas vezes antes, mas, ao invés de revirar os olhos ou desdenhar, falou:

— Eu sei do que você desistiu para me manter em segurança.

— Querida, eu não desisti de coisa alguma e ganhei tudo — disse Laura. — Você tem certeza de que não precisa de mim?

— Eu precisava ouvir a sua voz. — Andrea não sabia se era o estresse ou a exaustão que levou lágrimas aos olhos. — Agora eu ouvi a sua voz e vou desligar. Mas ligo para você no fim de semana. E... eu amo você, mãe. Amo muito você. Ok? Eu amo muito você.

Laura ficou em silêncio por um momento. Fazia muito tempo que Andrea não dizia aquelas palavras com sinceridade.

— Tudo bem, meu amor. Você me liga no fim de semana. Promete?

— Prometo.

Andrea pôs o telefone no gancho enquanto esfregava os olhos com as costas da outra mão. Por que ela tinha começado a chorar no telefone com a mãe era algo em que se pensar outro dia.

Por enquanto, precisava pensar no que a mãe tinha lhe contado. Talvez Wexler não fosse uma cópia barata de Clay Morrow, afinal de contas. Ele parecia mais uma réplica perfeita. Ela pegou o caderno e tornou a ler os gatilhos de Wexler. Ela deveria evitá-los ou usá-los? Andrea deveria tentar irritá-lo ou fazê-lo pensar que ela estava aberta à filosofia dele?

Ou talvez Andrea devesse aceitar que Bible era muito melhor naquilo do que ela. Não havia como prever o comportamento de um psicopata, por isso, precisavam deixar Wexler conduzir o interrogatório. A estratégia entraria em ação quando eles o estivessem fazendo falar, e tudo o que Andrea poderia fazer no momento era se preparar mentalmente para o inesperado.

Ela olhou para o relógio e emitiu um xingamento alto e afiado. Mais oitenta minutos. Ela subiria pelas paredes se ficasse naquele quarto mais um momento, e a delegacia ficava apenas a dez minutos a pé. Andrea poderia estar na escada quando os delegados chegassem com Wexler.

Ela escreveu um bilhete para pendurar na porta. Andrea estava usando a única roupa limpa que tinha, uma calça para garotos e uma camiseta preta que encontrara no fundo da bolsa. Os tênis ainda molhados embolaram as meias quando ela os calçou. Por hábito, pôs o iPhone quebrado no bolso de trás. Ela fechou a porta, prendendo o bilhete entre ela e o batente, e torcendo para que fosse vago o bastante, mas também autoexplicativo:

JÁ ESTOU NO LOCAL.

O letreiro de boas-vindas do motel piscava enquanto Andrea atravessava a estrada. Não havia calçada, mas ela queria estar sob as luzes da rua. O cheiro do oceano era como sal no nariz estourado e os olhos começaram a arder. Ela virou a cabeça e inspirou o ar frio da noite, com o cabelo molhado grudado na nuca. Enfiou as mãos nos bolsos da calça enquanto caminhava ao longo da linha reta amarela.

O som de um carro fez Andrea se virar. Ela passou para o acostamento de cascalho, a floresta às suas costas, e pensou novamente nas equipes de vigilância, no grupo de ataque surpresa de Baltimore, nos mandados de prisão e de busca, em todas as garotas na fazenda.

Andrea continuou a caminhada na direção da delegacia enquanto repassava mentalmente a conversa que tivera com a mãe. O principal que ela aprendera dois anos antes era que psicopatas eram como fogo: eles precisavam de oxigênio para queimar. Talvez aquela fosse a chave com Wexler. Andrea sabia como usar o silêncio como arma e, se pudesse privá-lo de oxigênio, ele poderia acabar se extinguindo.

Outro carro passou, e Andrea desviou para o lado novamente. Ela observou um BMW seguir na direção do centro da cidade e as luzes do freio não se acenderam. O veículo seguiu até o fim da Beach Road, então virou à esquerda na direção oposta ao mar. Ela tornou a se dirigir para a rua novamente, mas um clarão de movimento a deteve.

Andrea ergueu a mão para proteger os olhos das luzes da rua quando olhou para trás na direção do motel. Não tinha lembrança de passar por uma velha estrada de terra, e só a viu naquele momento porque havia um veículo se movimentando lentamente ao longo dela. De repente, Andrea ouviu o ronco baixo de um cano de descarga e os estalos e ruídos de pneus passando sobre raízes de árvores e galhos caídos.

A parte dianteira de uma picape azul apareceu na escuridão.

Andrea sentiu o coração congelar quando viu a velha Ford.

As rodas trituraram o cascalho do acostamento. Os faróis estavam desligados. Por instinto, Andrea atravessou a rua correndo para se esconder no escuro.

A caminhonete parou. Andrea não conseguia ver o rosto do motorista, mas a cabeça dele foi da esquerda para a direita antes de os pneus alcançarem lentamente o asfalto. Ela teve apenas uma fração de segundo para ver o interior da picape quando esta virou na direção do centro da cidade. A luz da rua atingiu os rostos. O motorista. A passageira.

Bernard Fontaine.

Star Bonaire.

26 DE NOVEMBRO DE 1981

O POTE ESCORREGOU DAS MÃOS de Emily e sementes de abóbora se espalharam pelo chão do barracão.

Clay se afastou rapidamente de Jack, e o pênis bateu contra a calça jeans quando ele a puxou até a cintura. Ele cambaleou para trás, esbarrando em uma das janelas. O vidro rachou. Emily ouviu cada janela se rachando em sequência.

— Ah, meu Deus! — Jack estava ajoelhado no chão, as mãos cobrindo o rosto, envergonhado. Ele balançava para a frente e para trás. — Ah, meu Deus, ah, meu Deus, ah, meu Deus...

Clay não disse uma palavra sequer. Ele parecia partes iguais de aterrorizado e enfurecido.

— Eu... — Emily não tinha mais palavras. O cérebro estava tonto com o que ela tinha visto. Ela não devia estar ali. Aquilo era particular. — Desculpe.

Ela se virou para ir embora, mas Clay se movimentou tão depressa que bateu e fechou a porta antes que ela a alcançasse.

— Olhe para mim! — Ele agarrou os braços dela e bateu as costas dela contra a porta. — Se você contar a alguém sobre isso, eu mato você, porra!

Emily estava abalada demais para responder. Não se permitiu entender no momento, mas então sentiu o conhecimento se instalar no fundo da mente. Os dois garotos estavam fazendo sexo. Clay e Jack. Há quanto tempo eles estavam fazendo aquilo? Eles estavam apaixonados? Você com certeza tinha que amar alguém para deixá-lo fazer aquilo com você. Por que Clay tratava Jack tão mal se eles estavam apaixonados?

— Clay. — Jack pôs a mão no ombro dele.

— Me largue, porra! — Clay se afastou violentamente. — Meu Deus, sua bicha de merda. Nunca mais volte a me tocar!

Jack ficou paralisado, a mão ainda no ar. Ele parecia tão sentido que Clay podia tê-lo esfaqueado e causaria menos dor.

— Clay — disse Emily. Ela não podia aguentar tanta crueldade. — Você não pode...

— Cale a porra da boca, Emily. — O dedo de Clay estava em seu rosto. — Eu estou falando sério! Não conte para ninguém!

— Ela não vai. — A voz de Jack estava rouca. Ele tinha começado a chorar. — Ela não vai contar.

— É melhor mesmo que não conte! — Clay se afastou de Emily. Ele começou a andar de um lado para o outro no barracão, socando a palma de uma das mãos com a outra. Seus pés estavam pesados sobre a pedra. — Vou contar para todo mundo que ela me procurou. Vou dizer que ela tentou me chantagear para me casar com ela. Que ela iria mentir para todo mundo sobre eu ser o pai.

Emily o observou andar de um lado para o outro da mesma maneira que o pai tinha andado de um lado para o outro quando estava decidindo o futuro dela.

— Clay... — tentou ela.

— Eu disse a você para calar a porra da boca. — Ele a olhou com raiva, apontando novamente o dedo na direção dela. — Eu vou destruir você, Emily. Não pense que eu não vou.

— Vá em frente. — As palavras de Emily eram fortes, mas a voz estava fraca. Ela não tinha feito algo para aquela pessoa além de gostar dela e amá-la por quase a vida inteira. — Diga a eles que eu tentei chantagear você. Diga a eles que sou uma puta. Diga a eles que eu lhe paguei um boquete atrás do ginásio. Que dano você poderia causar na minha reputação? Eu já estou completamente destruída.

— Emily — murmurou Jack.

— O que, Jack? Eles já estão dizendo todas essas coisas — retrucou ela. — Graças a Blake e a Ricky, graças a Nardo. Graças a você, Clay.

Clay teve a audácia de parecer ofendido.

— Eu nunca repeti esses rumores.

— Você não os impediu. — Emily estava muito cansada daqueles covardes se escondendo por trás do próprio sentido distorcido de moralidade. — Você poderia ter parado tudo, Clay. Você poderia ter consertado isso.

— Isso? — Ele jogou os braços como em um dar de ombros aberto. — Do que você está falando?

— Disso! — Ela apontou a barriga. — Este bebê. Você poderia ter determinado o tom na panelinha. Poderia ter deixado claro para a escola que eu não deveria ser excluída.

— Excluída? — repetiu ele. — Isso é ridículo.

— É mesmo?

Ela se odiou por usar as palavras da mãe, mas eram muito apropriadas.

— Clay, é você quem decide quem são as pessoas *certas*. Todo mundo se inspira em você! Um gesto, uma palavra, pode significar se uma pessoa está dentro ou fora. Você poderia ter me protegido. — Ele afastou o olhar em vez de tentar contradizê-la. — Você poderia fazer isso agora.

Pela primeira vez em semanas, Emily viu uma verdadeira saída para aquilo. Ela suplicara à mãe por legitimidade, mas Clay era muito mais poderoso no pequeno mundo dela.

— A única razão para as pessoas na escola acharem errado é porque as pessoas acham errado. Você poderia mudar tudo para mim. Você poderia acertar as coisas.

— Como você pode ser tão estúpida? — perguntou ele. — A única coisa que mudaria é que as pessoas achariam que eu sou o pai. Por que mais eu estaria defendendo você?

O desespero pressionou o peito dela.

— Porque você é meu amigo!

A palavra *amigo* permaneceu no ar, um eco distante no pequeno barracão. Eles eram amigos havia mais tempo do que conseguiam se lembrar. Todos eles, de algum jeito, tinham sempre estado nas vidas uns dos outros.

Clay balançou a cabeça sem acreditar.

— Eu não posso mais ser seu amigo, Emily. Sem dúvida você consegue ver isso. Tudo mudou.

Ela queria gritar até a garganta sangrar. Nada tinha mudado para ele. Ele ainda era popular, ainda tinha a panelinha. Faria faculdade no Oeste. Ainda tinha um futuro.

— Emily, você precisa entender — disse Clay. — Os meus pais acharam que fui eu. Tive que jurar sobre uma Bíblia. Eles me forçariam a me casar com você.

— Forçar? — disse Emily, como se não tivesse outra coisa a dizer sobre a questão. — Eu não quero me casar com você. Eu não quero me casar com quem quer que seja.

— Mentira — disse Clay. — Se você se casar, tudo isso acaba.

Ela contraiu os lábios para não rir na cara dele. Nada acabaria para Emily. O bebê ainda estaria crescendo dentro dela e, ao invés do estágio para um senador e aprender sobre macroeconomia e reforma do sistema de justiça, ela estaria limpando vômito do cabelo e trocando fraldas.

Clay continuou:

— Não posso arriscar que os meus pais achem que estou mentindo. Eles vão me deserdar, você sabe o quanto eles são religiosos. Eles aguentam muitas das minhas merdas, mas não isso. Eles deixaram bem claro para mim. Eu não vou ter nada.

Ela riu.

— Bom, que Deus não permita que você perca os seus amados pais.

— Vá se foder, sua vadia burra e mentirosa. — A raiva de Clay se acendeu como um sinalizador. — Eu não vou ficar preso nesta cidade horrível. Não vou viver o resto da vida cercado por boqueteiras burguesas que não leem livros nem falam sobre arte nem entendem a porra do mundo em que vivemos. E eu, com toda a certeza, nunca mais vou ver a cara de vocês.

Emily ouviu Jack chorando. Ele estava olhando fixamente para Clay, uma expressão triste no rosto. A devastação se espalhou como um miasma direto para o coração de Emily. Todo dia, repetidas vezes, os dois perdiam sempre as mesmas coisas.

— Clay — disse Jack. — Você disse que eu poderia ir com você. Você disse...

Emily não teria notado a transformação de Clay se não o estivesse observando com tanta atenção. Os traços bonitos se distorceram em uma feiura monstruosa, uma fúria que lhe escurecia os olhos. O cotovelo foi recuando enquanto ele corria pelo barracão, e então ele deu um soco no rosto de Jack.

— Aberração de merda! — Clay socou a cabeça de Jack com tanta força que a cabeça dele lascou a parede. Então bateu nele outra vez. E outra vez. — Você não é a porra da minha namorada!

Jack ergueu os braços em vão, tentando bloquear os socos e sem revidar, embora fosse muito maior e mais forte que Clay. Mesmo com um dente lascado e um dedo da mão virado para trás, ele continuava apanhando.

— Não!

Emily levou as mãos à boca. Ela estava horrorizada pela violência, incapaz de detê-la. Clay continuou a bater em Jack até os dois estarem no chão. O punho dele era como um bate-estacas e, mesmo quando ficou claro que Jack não reagiria para detê-lo, Clay seguiu com as agressões. Só quando a energia começou a se esgotar foi que ele parou, relutante.

Clay suava profusamente, o rosto respingado de sangue. Ele ficou de pé e, ao invés de ir embora, preparou-se para chutar Jack na cabeça.

— Não! — gritou Emily. — Pare!

A voz saiu tão alta que o ar pareceu estremecer com ela.

Clay se virou bruscamente. Os olhos estavam loucos.

— Pare! — berrou ela, a voz tomada pelo medo.

Clay tinha paralisado, mas só porque pareceu perceber onde estava — no interior de um barracão na propriedade dos Vaughn, com a filha grávida deles assistindo. Ele levou a mão ao rosto. Ao invés de limpar o sangue, Clay o espalhou como maquiagem de terror sobre os traços frios e duros. Ele tinha, finalmente, se revelado de forma deliberada.

O seu *verdadeiro* eu.

O garoto que ela conhecera no primário, o garoto legal que falava sobre arte, livros e o mundo era um disfarce para o demônio coberto de sangue que tinha quase matado o amante na porrada.

Clay não se deu ao trabalho de recolocar a máscara. Emily o havia visto, ela sabia exatamente quem ele era. Então, ele apontou o dedo para o peito dela uma última vez.

— Se você contar a alguém sobre isso, vou fazer a mesma coisa com você.

Ele a empurrou para longe da entrada e Emily saiu tropeçando e se apoiou na parede. Quando a porta bateu, a força foi tamanha que as vidraças rachadas finalmente caíram e se estilhaçaram no chão. Clay, então, iria para casa com os Morrow. Ele ia se limpar antes de vê-los. Ia se sentar à mesa, comer o jantar de Ação de Graças da mãe e assistir ao futebol com o pai, e nenhum deles saberia que estavam abrigando um animal astuto e sádico.

Jack rolou de costas e soltou um grito cheio de dor.

Emily correu até ele, ajoelhou-se e usou a barra da blusa para limpar o sangue dos olhos dele.

— Ah, Jack... Você está bem? Olhe para mim.

Os olhos dele se reviraram, e ele arfava. Sangue escorria do nariz, da boca. Um corte feio dividia a sobrancelha em duas. O dente da frente estava lascado. O mindinho da mão esquerda tinha se virado de um jeito estranho para o lado.

Emily se esforçou para ajudá-lo a se sentar, mas ele era pesado demais. Ela acabou se sentando no chão e colocando a cabeça dele no colo. Ele estava soluçando com tanta força que ela também começou a chorar.

— Desculpe — murmurou ele.

— Está tudo bem. — Ela acariciou o cabelo dele atrás da orelha como a avó fazia quando Emily estava se sentindo mal. — Vai ficar tudo bem.

— Nós, nós não...

— Não importa, Jack. Só lamento que ele tenha machucado você.

— Não é... — Ele tornou a gemer, forçando-se a se erguer. Sangue e lágrimas escorriam juntos pelo rosto. — Desculpe, Emily, eu nunca quis que você soubesse o que... o que eu... sou.

Delicadamente, Emily pegou a mão boa dele. Ela sabia como podia ser solitário quando ninguém tocava em você com bondade.

— Você é meu amigo, Jack. É isso o que você é.

— Eu não... — Jack parou e respirou. — Não sou quem você acha que sou.

— Você é meu amigo e eu te amo. Não tem qualquer coisa errada com você.

Emily sabia que tinha que ser forte por ele. Ao limpar as lágrimas, ouviu a batida da porta do carro do pai se fechando na garagem. Ele tomaria um banho e alguns drinques antes que ela fosse esperada à mesa de jantar.

— Eu não vou contar para as pessoas — prometeu Emily. — Eu nunca contaria.

— É tarde demais — sussurrou ele. — Clay me odeia. Você ouviu o que ele disse. Achei que eu pudesse ir para a faculdade com ele, talvez arranjar trabalho, mas...

Emily sentiu a mente se encher de palavras confiantes, mas eram todas falsas. Clay estava tão acabado com Jack quanto estava com Emily. Ela devia se considerar com sorte por tudo o que ele tinha feito ter sido apenas lhe dar as costas. Emily vira o pai perder o controle várias vezes, mas nunca tinha presenciado um ser humano se transformar em monstro bem diante dos seus olhos.

— Eu não vou contar — disse Emily. — Não que eu ache que você deva ter vergonha, mas se você...

— Nardo sabe.

Jack apoiou as costas na porta e ergueu o olhar para o teto. As lágrimas escorriam sem diminuir.

— Ele me viu com Clay. Ele sabe.

Emily ficou boquiaberta, embora a verdadeira surpresa fosse Nardo não ter contado para a escola inteira.

— O quê? — perguntou Emily.

— Eu... — Jack precisou parar para engolir. — Eu perguntei a Nardo se ele é o pai.

Emily apoiou a cabeça na parede e também olhou para o teto. Ela tinha passado horas examinando a investigação de Columbo. Será que Jack tinha descoberto? Por que ele não lhe contara?

— Desculpe — disse Jack. — Nardo não... Ele não confessou. Ele mandou que eu me fodesse então disse que tinha visto nós dois juntos, e que se eu continuasse a fazer perguntas, ele iria...

Emily sentiu o coração pular dentro do peito. Ela sabia a maldade da qual Nardo era capaz e não fazia sentido que ele guardasse um segredo tão lascivo.

Jack fungou.

— Mas eu já tinha perguntado a todo mundo. Até a Clay.

— Mas... — Emily não sabia como dizer aquilo sem ser direta. — Clay claramente não gosta de garotas.

Jack negou com a cabeça.

— Ele também gosta de garotas. Ele não é como eu, ele pode passar por normal. — Emily podia ouvir a autocondenação na voz de Jack. — Todo mundo negou, de qualquer forma. Todos sabiam suas histórias de cor.

— Quem é todo mundo? — Emily estava com dificuldade para entender o que ele tinha feito. Ela lhe mostrara a investigação de Columbo no mês anterior e ele não tocara no assunto. — Com quem você falou?

— Nardo, Blake, Clay, Ricky, Wexler. As mesmas pessoas com quem você conversou. — A respiração saiu com um silvo do nariz. — Desculpe, Emily. Sei que você estava trabalhando em sua própria investigação, mas você estava tão obcecada com isso, obviamente por uma razão, que eu achei que poderia descobrir, porque eu olharia para tudo com mais clareza. Tipo sem as emoções que você tem. Ninguém se lembra muito de mim, sou invisível na escola, e eu às vezes escuto coisas. Achei que poderia chegar a uma conclusão, mas não consegui. Eu falhei com você.

— Você não falhou comigo, Jack. — Emily respirou fundo. — Nardo sugeriu que tinha sido você.

Jack deu uma risada sem humor.

— É, bem, pense na fonte.

— Ele disse que você vendeu para ele o ácido que tomamos na festa.

— Eu vendi — disse Jack. — Eu consegui com o meu primo.

Emily se virou para olhar para ele. Jack não a estava evitando porque as coisas estavam tensas, ele estava escondendo alguma coisa.

— Você estava lá, Jack? Viu alguma coisa?

— Não, juro. Eu teria contado para você. — Jack se virou para olhar para ela também. — Nardo fez com que eu saísse antes que todos chegassem. Mas, depois que aconteceu, Clay ficou muito irritado. Ele me disse que você estava com muita raiva dele na Festa. Ele viu você pelas janelas grandes que dão para a piscina, você estava lá fora, sem o vestido. Clay a fez vesti-lo de novo, porque estava muito frio, e você começou a gritar com ele.

— Sobre o quê?

— Ele disse que não entendia por que você estava com tanta raiva. Disse que estava histérica. Tudo o que ele fez foi procurar Nardo.

Emily imaginou a mesma cena na cabeça, não de memória, mas como uma espécie de projeção do que poderia ser a verdade. Ela parada nua ao lado da piscina, Clay correndo para vesti-la. Não, isso era muito cavalheiresco, ele iria querer saber o que tinha acontecido, teria feito alguma piada sobre a nudez. E então ficaria irritado porque ela estava catatônica, mas ela estava catatônica porque alguém a havia estuprado.

— O que Clay disse que aconteceu depois? — perguntou ela.

— Eles estavam todos muito doidos para levá-la de carro para casa. — Jack usou o braço para limpar o sangue do rosto. — Nardo ligou para o sr. Wexler porque sabia que ele não falaria sobre aquilo. Eles não sabiam mais o que fazer, você estava enlouquecida. Blake lhe deu duas anfetaminas para você se acalmar. Mas você ainda estava gritando com Clay quando Wexler e Nardo a arrastaram até o carro.

Emily afastou o olhar dele. Ela não tinha tomado apenas ácido, os amigos tinham lhe dado uma droga psicoativa que era receitada para prevenir ansiedade e ataques. Então eles a entregaram para o sinistro Wexler para que ele pudesse ficar sozinho com ela no seu carro.

— Você acha que Clay estava dizendo a verdade?

— Não sei. Ele é um mentiroso, mas todos eles são mentirosos. — Jack tinha começado a chorar novamente. — Desculpe, Emily, eu devia ter lhe contado tudo isso antes. Eu estava envergonhado, e não sabia como explicar por que Clay tinha contado isso para mim sem contar a você sobre... sobre o que eu sou.

— Eu sei como é ser julgada pelas pessoas — argumentou Emily. — Não vou julgar você, Jack. Isso não é da minha conta.

Jack respirou fundo.

— Desculpe.

357

— Você não tem do que se desculpar. — Emily não podia deixar que ele mergulhasse em ódio por si mesmo. Ela sabia que não havia fundo para a escuridão. — Como Nardo descobriu sobre você e Clay?

Jack deu de ombros.

— A única vez em que consigo pensar foi quando Clay e eu estávamos na caminhonete de caça do meu pai. Nós a levamos para a estrada de terra que sai do terreno da fazenda.

Emily conhecia a estrada. O velho terreno da fazenda pertencia à sua avó. Ela tinha criado um fundo para que um dia passasse para Emily.

— Clay sabe que Nardo viu vocês? — perguntou ela.

Jack assentiu, mas acrescentou:

— O que você está pensando?

Emily desejou estar com a investigação de Columbo, mas sempre a mantinha na bolsa, porque sabia que era o único lugar onde os pais não procurariam.

— É estranho que Nardo tenha guardado o segredo de todo mundo.

Os lábios de Jack se entreabriram com surpresa.

— Você acha que Clay sabe alguma coisa sobre Nardo?

— Talvez. — Emily achou que aquilo fazia sentido, mas, na verdade, muitas teorias tinham feito sentido em diversos momentos. — Nardo nunca se voltaria contra Clay. Ele morre de medo de ficar sozinho. Ele precisa de alguém que o estimule, que lhe diga o que fazer ou quem deve ser. E Clay poderia voltar toda a escola contra Nardo, ninguém nunca acreditaria que ele é...

— Veado — concluiu Jack. A palavra soou suja em sua boca. — Você tem razão, eles iriam acabar se voltando contra Nardo, fora que muitos garotos vão para a Penn. Esse tipo de fama o seguiria até a faculdade. É óbvio que ele manteria a boca fechada em qualquer circunstância.

Emily deu um suspiro, porque tinha chegado à mesma conclusão.

— Sinto como se houvesse uma roda na minha cabeça, girando sem parar, tentando apontar a pessoa certa. Às vezes é Clay, depois Nardo, depois Blake, depois...

— Eu?

— Nunca acreditei nisso — disse Emily. — A menos que eu estivesse dizendo a mim mesma que você era a melhor pessoa possível para ser.

— Eu amo você, Emily — disse Jack. — Eu me casaria com você desde que você saiba quem eu sou. Não posso mudar isso. Eu tentei muito.

— Eu também amo você, Jack, mas você merece alguém que o ame do jeito que você quer ser amado. Aliás, nós dois merecemos.

Ele cobriu o rosto com as mãos. A vida dele tinha sido muito difícil e ela sempre soubera que ele era solitário, mas não tinha percebido até aquele momento que ele era completamente solitário.

— Jack, não é culpa sua. — Ela pegou as mãos dele com delicadeza e as segurou. — Tudo o que eu quero é saber quem me machucou. Já desisti de ver a pessoa punida por isso e eu não quero me casar com qualquer um deles, nem me relacionar mais, para ser honesta. A ideia de um daqueles idiotas estar na minha vida, tomando decisões por mim ou pelo meu bebê, não é apenas apavorante, é repugnante.

— Eu também quero descobrir. — Jack usou o braço para limpar as lágrimas. — E a investigação de Columbo? Alguma novidade?

— Durante algum tempo, achei que tinha sido Blake — admitiu ela. — Ele e as transações. Ele manipula pessoas como peças de um jogo de tabuleiro, e foi muito rápido para apresentar uma solução que lhe valeria toda a glória e nenhuma culpa.

Jack assentiu.

— O que fez você excluí-lo?

— Ele é o menos popular dos três garotos. Eu, honestamente, não acho que Clay e Nardo o protegeriam. Como eu disse antes, eles alimentam um ao outro. Clay precisa da adulação de Nardo, e Nardo precisa do estilo de Clay, se você quiser chamar assim. Blake é o cordeiro óbvio para o sacrifício.

— Seria a saída mais fácil — concordou Jack. — Quero dizer, se eles culpassem Blake, isso tiraria a pressão de cima deles.

Emily deu de ombros, mas tinha chegado à mesma conclusão. Até ela se convencer do contrário e o círculo começar a girar outra vez.

— Às vezes, acho que pode ter sido Nardo. Ele é tão impiedoso e egoísta, e sempre pega o que quer. Mas achei que, se fosse ele, Clay se colocaria contra ele, certo? Clay sempre se protege.

— Nardo me viu junto com Clay — lembrou Jack. — Os dois estão apontando armas carregadas um para o outro.

— Não há garantia com Nardo. Ele é muito ruim para guardar segredos — explicou Emily. — É quase patológico. Se ele vê uma oportunidade de machucar alguém, o veneno transborda antes que ele possa detê-lo. A coisa no cérebro que o alerta para as consequências está quebrada.

— Isso faz sentido — disse Jack. — É por isso que Clay está se formando antes, seguindo para o Oeste o mais rápido possível. Ele disse que não poderia confiar em Nardo para manter a boca fechada.

— E Clay? Você disse que ele também gosta de garotas. — Emily sentiu o rosto enrubescer, mas ela já tinha chegado longe. — Eu achei que talvez eu... Eu possa ter feito algo para provocá-lo? Talvez eu tenha me jogado em cima dele? E ele cedeu e ficou com raiva depois do ocorrido.

Jack lhe lançou um olhar.

— Emily, você pesa cerca de cinquenta quilos, mesmo grávida. Acho que Clay se defenderia facilmente de você. E ele teve muitas oportunidades.

Emily sentiu calor emanar da pele. Clay devia ter rido com Jack do interesse dela por ele.

— E Wexler? — perguntou Jack. — Ele é um escroto. O jeito como ele olha para as meninas na escola é nojento. E ele está sempre dando um jeito de falar sobre coisas relacionadas a sexo com elas, até na aula.

Emily não queria pensar sobre estar no carro com Dean Wexler na noite da Festa. Ela estava praticamente em coma, então ele poderia ter feito qualquer coisa. E Nardo devia saber disso quando a pôs no carro.

— Lembra que Dean me disse que não pode ter filhos? — falou ela.

— Sem querer ofender, mas isso parece algo que um cara diria para não ter que usar camisinha.

Emily riu.

— Acho que você sabe tanto sobre camisinhas quanto eu.

Jack olhou para o chão. A piada acertou em cheio.

— Eu disse a você que sou invisível. Eu os escuto conversar no vestiário sobre sexo e garotas o tempo todo, e não é legal o que eles dizem. Nardo, especialmente, mas Clay ri das piadas, e Blake está sempre presente para dar o golpe de misericórdia.

Emily tinha visto aquilo acontecer em tempo real. Clay ficava mais feliz a cada vez que aproximava Nardo da maldade. E Blake era sempre um participante ativo na destruição, alternando entre encorajar Nardo e desprezá-lo pela crueldade. Ela imaginou que deveria acrescentar Ricky ao grupo depravado, pois, de muitas maneiras, ela era a pior de todos eles.

— Por que eu nunca percebi que eles são seres humanos tão repreensíveis? Eu os amava tanto. Eles eram os meus melhores amigos e eu confiava neles.

Jack, de repente, ficou tímido.

— Diga — pediu ela. — Nós não temos segredos entre nós, agora mais do que nunca.

Ele assentiu, porque era verdade.

— Desculpe, Emily, mas ninguém nunca entendeu por que alguém tão legal como você andava com eles.

360

A própria Emily não conseguia entender o porquê. Ou talvez ela não quisesse admitir a razão. Clay fazia com que todos eles se sentissem muito especiais, muito legais.

— Por que você nunca me contou?

— Quero dizer... — Jack deu de ombros. — Era bem óbvio que eles eram terríveis.

Emily só conseguia ver isso em retrospecto, o que era duplamente deprimente, porque, apenas algumas semanas antes, Ricky a acusara de ser uma Poliana.

Mesmo assim, Emily sentia necessidade de defendê-los, ao menos em parte. Eles não eram todos maus desde o começo, só Nardo tinha dado sinais de brutalidade, sempre puxando o cabelo de Emily ou a alça do sutiã de Ricky. Clay era gentil. Muito tempo antes, Blake fora sensível. Até Ricky tinha sido doce, tomando o partido de Emily no terceiro ano quando alguém destruiu o projeto dela de Artes. Porém, olhando para trás, Ricky provavelmente tinha sido a pessoa que o destruiu. Ela era uma vadia odiosa.

— Emily, você não vai estar sozinha em tudo isso, está bem? Eu vou estar aqui se e quando você precisar de mim — disse Jack. — Eu já fui aceito na academia de polícia para o período do verão. Só me inscrevi para tirar meu pai de cima de mim, mas Clay não quer que eu vá com ele e eu não tenho outra opção. Eu vou ficar em Longbill Beach e trabalhar para o meu pai quando sair da academia.

Emily ficou triste. Se alguém alguma vez precisou sair daquele lugar, era Jack Stilton. Ele precisava ir para Baltimore ou alguma outra cidade grande, onde pudesse encontrar pessoas como ele que vivessem vidas mais felizes.

— Não — disse ela. — Jack, não faça a coisa fácil. Lute pela sua felicidade. Você quer sair daqui desde o jardim de infância.

— O que mais eu vou fazer? — perguntou ele. — Você ouviu Clay, ele não vai mudar de ideia. E as minhas notas são uma merda. Eu mal estou conseguindo me formar na porra do ensino médio. Não posso entrar para o exército porque eles perguntam diretamente quem você é, e não posso contar a eles. Quero dizer, eu poderia, mas droga, eu teria chance de acabar na prisão. Ou morto, se o meu pai descobrir. Pelo menos, em Longbill eu conheço as pessoas com quem estou lidando. E elas acham que me conhecem.

— Jack... — Emily não podia discutir com ele. Ele estava tão aprisionado quanto ela. — Se você se tornar mesmo policial, se você aguentar, você me promete uma coisa?

— Claro. Você sabe que eu faria qualquer coisa por você.

— Quero que você descubra quem fez isso comigo — disse Emily. — Não por mim, porque não quero aqueles canalhas insensíveis e odiosos na minha vida. Quero que você o pegue pelas garotas que virão depois.

Jack pareceu surpreso com a observação, mas não porque discordava.

— Você tem razão, criminosos têm um modus operandi. Eles repetem os padrões. É assim que você os pega.

— Prometa. — A voz de Emily ficou embargada. Ela não conseguia imaginar outra garota tendo que passar pelo que ela estava passando. — Por favor, Jack. Prometa.

— Emily, você sabe que eu...

— Não, não faça uma promessa porque estou chorando. Faça porque importa. O que ele fez comigo importa. *Eu* importo. — Emily se ajoelhou, as mãos entrelaçadas à frente. Ela, de repente, foi tomada de tristeza por tudo o que tinha perdido. — Ele não apenas me estuprou, Jack, ele sabia que eu não estava consciente, que eu era mais como um... receptáculo.

— Emily...

— Não, não me diga que não foi isso o que aconteceu. — Emily lutava para conter a onda de devastação. — Não foi só naquela noite que ele me machucou. A mancha está na minha alma, ele me transformou em um nada. Estou arruinada por causa dele. A vida pela qual trabalhei, a qual planejei, terminou. Tudo porque ele decidiu que as minhas vontades, os meus desejos, não eram nada em comparação com as dele. Você não pode deixar que isso aconteça com outra garota. Você não pode.

— Eu não vou, Emily. Vou descobrir quem fez isso mesmo que me mate.

Jack também estava ajoelhado. Ele envolveu as mãos quebradas em torno das dela.

— Eu prometo.

CAPÍTULO 10

ANDREA SE MANTEVE NAS sombras enquanto seguia a velha caminhonete Ford.

Nardo estava ao volante. Star, com o corpo apertado contra a porta do lado do carona, deixando o maior espaço possível entre ela e Nardo. Ele não parecia se importar, apenas dirigia devagar pela estrada, o braço preguiçosamente pendurado na janela enquanto fumava um cigarro.

Andrea examinou a extensão de estrada escura às suas costas, torcendo para ver um SUV do governo que lhe dissesse que as equipes de segurança o haviam seguido desde a fazenda. Mas elas estavam montadas nas entradas e saídas, não monitorando uma velha estrada de terra que, provavelmente, tinha sido apagada do mapa durante o último século.

Ela se virou para a frente. A caminhonete ainda estava em movimento. Não havia telefones públicos na rua e o motel ficava a dez minutos de distância. Era disso que Compton tinha medo, que homens como Wexler e Nardo sempre tivessem um plano de fuga. Portanto, Andrea não se surpreendeu ao ver Nardo tentando escapar; ele superara Clay Morrow e poderia fazer o mesmo com Dean Wexler.

Andrea saiu correndo pelo espaço aberto, esperançosa enquanto subia correndo a escada da delegacia. Ela puxou com força a porta trancada e olhou no interior do saguão. Não havia luzes acesas. Ela bateu no vidro.

Nada.

— Merda — murmurou, descendo a escada correndo.

Àquela altura, o mandado de prisão devia estar diante de um juiz. A qualquer momento, Bernard Fontaine passaria de uma pessoa de interesse para um fugitivo. Se Andrea o perdesse de vista, poderiam nunca mais encontrá-lo, e Melody Brickel nunca mais voltaria a ver a filha. Nardo nunca enfrentaria a justiça.

Havia um telefone na lanchonete, e ela estava a apenas cem metros de distância. Andrea deixou que todas as catástrofes passassem pela sua cabeça enquanto corria na direção do brilho rosa das luzes de néon.

Ela não tinha apoio. A pistola encharcada estava a caminho de Baltimore. E Nardo tinha um histórico de carregar uma arma escondida. Andrea sabia, pela forma, que era uma pistola pequena, que ela reduziu a uma das .9 mm mais populares, a SIG Sauer P365. Isso significava dez no carregador e uma na câmara. E também tinha Star no veículo com ele. Em segundos, ela poderia se transformar de passageira em refém.

Andrea foi correndo até uma soleira quando as luzes de freio se acenderam. Ela observou Nardo estacionar em uma vaga a alguns metros da lanchonete e desligar o motor da caminhonete. O freio de mão foi puxado e o motorista jogou o cigarro na calçada, então desceu da caminhonete e bateu a porta. Nardo estendeu os braços para o céu, curvando as costas em um alongamento que tirou a camiseta branca de dentro da calça cargo.

Andrea prendeu a respiração, esperando.

Star estava sentada na caminhonete e não se mexeu até Nardo lhe dar permissão com o movimento de uma das mãos. Ela empurrou e abriu a porta, girou o corpo e deslizou do assento. Os pés tocaram o chão. Ela seguia alguns metros atrás de Nardo quando os dois desapareceram dentro da lanchonete.

Andrea fez outro exame rápido, não para ser pessimista, mas para deixá-la consciente do próprio estado físico. A indecisão entre fugir ou enfrentar a situação a enlouquecia. Estava suando, e a adrenalina a estava deixando tonta. Os batimentos cardíacos eram fortes como uma bateria, e ela estava na ponta dos pés, os músculos tensos, enquanto prendia a respiração.

Ela abriu a boca. Sugou ar.

Expirou, inspirou, para fora, para dentro outra vez, até a tontura passar.

Andrea listou, em silêncio, as coisas que *não* tinha observado. A caminhonete não estava em velocidade. Nardo não estava olhando para trás constantemente para ver se estava sendo seguido e não dirigira pela estrada que saía da cidade. Star não estava ao volante enquanto Nardo se escondia na caçamba da caminhonete. Não havia algo frenético nas ações de nenhum dos dois.

De repente, ela percebeu o que estava acontecendo. Nardo não estava fugindo. Ele estava ferrando com Ricky. Melody Brickel dissera a Andrea que ele ia ao restaurante pelo menos uma vez por semana e sempre arrastava Star junto para servir de plateia.

Andrea se afastou do prédio onde se escondera e deu uma última olhada para trás. A estrada estava limpa, nem uma alma viva. Ela manteve os braços soltos ao lado do corpo enquanto seguia pela calçada. Mais dez passos e estaria na entrada da lanchonete. Olhou através dos letreiros de néon. Havia apenas três pessoas no interior, dispostas em um triângulo torto pelo estabelecimento.

Nardo estava na extremidade mais aguda, ocupando espaço no reservado semicircular. Ricky estava de pé atrás do balcão perto da caixa registradora e Star, sentada na outra extremidade. Ela olhava diretamente à frente, para a parede revestida de ladrilhos, com as mãos entrelaçadas na mesa, o que fazia com que as omoplatas angulosas se projetassem das costas como duas barbatanas de tubarão.

Andrea chegara à entrada. Ela olhou pela porta de vidro e notou a câmera de segurança no canto. O bar atrás da caixa registradora. O longo corredor que passava pelo banheiro, pela cozinha e saía para o calçadão e o Atlântico. Andrea levou a mão à maçaneta. O modo fugir ou enfrentar tentou dominá-la. A pele parecia grudenta. Suor se acumulara na cintura da calça e a visão dela estava tão aguçada que os olhos doíam.

Ela lembrou a si mesma de que eles não saberiam daquilo. Tudo o que importava era a aparência de Andrea ao entrar na lanchonete.

Ela abriu a porta.

— Ah, merda — disse Ricky.

Andrea estava com uma aparência péssima, afinal, sobrevivera a um incêndio. Cortara a testa, rompera o lábio e quase quebrara o nariz. Se ela parecia suada e abalada, havia uma razão muito boa.

— Veja só, Ricky Jo, George, o Curioso acabou de aparecer. É melhor não violar a sua medida protetiva! — berrou Nardo.

Star permaneceu em silêncio, nem se virou.

— Ignore o babaca. — Ricky usou a faca para apontar uma linha de fita vermelha no chão. — Oito metros.

A medida protetiva. Nardo ia sempre à lanchonete porque queria que Ricky a violasse. E Ricky marcara a linha para não fazer isso. A câmera no canto mantinha os dois nas suas posições e Star estava ali porque o jogo não significaria qualquer coisa se ninguém assistisse a ele.

365

Aquilo não importava, porque tudo de que Andrea precisava era um telefone.

Ela andou até o balcão e se permitiu olhar para Nardo. Os braços dele estavam estendidos sobre o encosto do reservado. Havia um prato grande de espaguete sobre a mesa. Enquanto Andrea observava, ele ergueu uma caneca de cerveja como se brindasse para ela.

Ricky mantivera o prato aquecido. Ela sabia que ele estava chegando.

— Você está bem, querida?

Os maxilares de Ricky mascavam chiclete. Ela estava cortando frutas para o movimento do café da manhã. As pulseiras batiam sobre o balcão. Ela era a própria seção de percussão: a faca batia na tábua de corte, então o chiclete estourava e as pulseiras clicavam; depois a faca batia novamente...

— Estou bem.

Andrea se aproximou de Ricky para ficar de olho em Nardo. O espelho atrás do balcão dava a ela uma vista completa do restaurante. A caixa registradora estava à esquerda; Ricky, em uma diagonal do balcão, à direita de Andrea. Star estava na visão periférica. A mulher não notara a entrada de Andrea e o balcão à frente dela estava vazio. Ela não tinha se mexido desde que a delegada entrara pela porta.

— Eu soube do incêndio, querida. — Como a discussão na casa de Ricky não terminara da melhor forma, ela mantinha um olho em Andrea enquanto fatiava um melão *cantaloupe*, ainda nitidamente na defensiva. — Posso lhe preparar um sanduíche. A massa acabou.

Andrea percebeu o aviso preso na caixa registradora.

O TELEFONE NÃO É PARA USO DOS CLIENTES.

— Querida? — perguntou Ricky.

Andrea precisou engolir seco antes de conseguir falar de novo.

— Não, obrigada. Pode me servir uma tequila?

— Você parece estar precisando. — Ricky largou ruidosamente a faca sobre a tábua de corte e, sem perguntar por uma marca específica, pegou a Milagro prata na prateleira de baixo. — Pude sentir o cheiro de fumaça da minha casa. Droga, aquela casa estava ali havia muito tempo. É difícil acreditar que ela tenha desaparecido. Todo mundo está bem, certo?

Andrea viu que o suor das mãos tinha gotejado no balcão. Ela precisava trazer Ricky outra vez para o seu lado.

— Eu, na verdade, não deveria dizer a ninguém...

Ricky ficou atenta enquanto enchia um copo até a borda.

366

— O marido da juíza...

— Franklin.

— Isso. — Andrea se debruçou para a frente e manteve a voz baixa. — Ele já não estava muito bem, para começar, mas depois do fogo...

Ricky assentiu com a cabeça para dizer que entendia.

— É triste quanta tragédia aquela família teve que suportar ao longo dos anos. Judith está bem?

— Ela está triste. Podia ajudar ter notícias suas.

Ricky tornou a assentir.

— Vou preparar comida. As pessoas sempre precisam de comida.

— Tenho certeza de que a juíza vai ficar grata. — Andrea levou a mão ao bolso de trás e pegou o celular. Então tentou agir como se tivesse acabado de se lembrar de que ele estava quebrado. — Droga.

— Nossa. — Ricky pôs a tequila em frente a Andrea. — Você enfiou essa coisa em um micro-ondas?

— Ele foi danificado no incêndio. — Andrea sentiu a voz se transformando em um fiapo e limpou a garganta. — Li o aviso, mas posso usar o seu telefone?

— O aviso é para turistas.

Ricky pegou o telefone na prateleira abaixo da caixa registradora e o colocou sobre o balcão.

Andrea olhou fixamente para a máquina de aspecto antigo. Um fio saía da parte de trás, o fone era conectado por outro fio, em firma de mola, e as teclas numéricas estavam na base. O plano de Andrea era levar o telefone sem fio até os fundos para ter privacidade. Aquela linha fixa não ia a lugar algum.

— Você está bem, querida?

Ricky estava de volta à tábua de corte e lançou um olhar revelador para Nardo.

— É, dia difícil.

Andrea olhou para o espelho e percebeu Nardo e Ricky a observando. Só Star parecia não se importar.

Andrea pegou o fone e explicou a Ricky.

— Esqueci de dizer que o telefonema é interurbano, mas posso pagar você.

— Sem problema. — Ricky pegou um punhado de morangos. — Só seja rápida.

Andrea discou o único número que ela tinha decorado. O telefone tocou uma vez antes que atendessem.

— Querida? — Laura parecia não ter voltado a dormir. — O que foi?

— Oi, mãe. Desculpe não ter ligado para você depois que saí do hospital.

— O quê? — A voz da mãe ficou estridente com o alarme. — Quando você esteve no hospital?

— Não, eu não consegui dormir. — Andrea podia dizer que Ricky estava ouvindo a ligação atentamente. — Eu esqueci de perguntar. Você se importa de telefonar para Mike para mim? O número dele estava salvo na droga do meu celular.

Ricky fez uma careta para o iPhone quebrado como se ele fizesse parte da conversa.

— Mike? — perguntou Laura. — O meu Mike? O que Mike tem a ver com o hospital?

— Diga a ele que passei na lanchonete para tomar uma bebida. — As mãos de Andrea estavam firmes enquanto ela girava o copo entre os dedos. — Recebi uma mensagem no trabalho do nosso vizinho e ele precisa da ajuda de Mike. Renfield saiu.

— Está bem. — A voz de Laura assumira uma calma mortal. Durante os dias de crime, ela se comunicava apenas por meio de códigos e cifras. — Estou anotando. Eu devo ligar para Mike e dizer que você está na lanchonete. Correto?

— Isso.

— E eu não sei o que significa a outra parte, mas vou contar a ele palavra por palavra. "Recebi uma ligação do nosso vizinho. Ele precisa da ajuda de Mike. Renfield saiu."

— Isso mesmo — disse Andrea. — Obrigada, mãe. Amo você.

Andrea colocou o gancho de volta e deu um gole na tequila. Os dedos dela estavam grudados no vidro.

Ricky deixou o telefone no balcão. Ela não parara de movimentar a faca para a frente e para trás, mas os seus olhos nunca deixaram Andrea.

— Era a sua mãe?

Andrea assentiu.

— O meu gato saiu. Ele só entra quando o meu namorado o chama.

— Eu queria ter tempo para um animal de estimação. — Ricky estava sorrindo, mas havia algo no seu tom de voz. — Um pouco tarde para um telefonema, não é?

A dona do estabelecimento olhou novamente para Nardo, a curiosidade tinha se transformado em suspeita.

Andrea sabia que Ricky a vira discar o número.

— Minha mãe morava na Geórgia, mas ela se mudou para Portland no ano passado.

— Maine?

— Oregon. — Andrea resistiu à tentação de dar uma conferida em Nardo. Ela sentia como se ele estivesse perfurando um buraco nas suas costas. — Lá são menos três horas. Ela estava vendo TV.

— Eu adoro o Oregon. — Ricky não desistiria. — Que parte?

— Laurelhurst — disse Andrea. — Fica na parte leste de Portland. Ela mora perto do parque com a estátua de Joana D'Arc. Tem muita música boa ao vivo nos cafés.

Ricky relaxou, mas só um pouco.

— Parece legal.

— E é.

Andrea terminou a tequila. Ela se permitiu encontrar Nardo no espelho. Ele tinha afastado o prato e largara a caneca vazia sobre a mesa.

— Garçonete?

Ricky o ignorou, mas a faca atingia a tábua de corte com pancadas altas e secas.

— Ei, garçonete — chamou Nardo. — Você tem mais dessa tequila?

Ricky bateu a faca sobre o balcão, como se estivesse evitando usá-la em Nardo. Ela pegou a garrafa. Botou bruscamente um copo de dose no balcão.

Andrea olhou para Nardo e viu o sorriso malicioso dele. Ela estava calculando. Laura teria ligado para Mike imediatamente, e Andrea não tinha dúvida de que ele atenderia o telefone. Testemunhas protegidas só telefonavam em casos de vida ou morte...

Andrea está na lanchonete. Renfield saiu. Ela precisa da sua ajuda.

No hospital, Mike usara o nome Renfield para descrever Nardo, e ele com certeza saberia que havia alguma coisa errada se Andrea estava pedindo ajuda.

O olhar dela viajou para o relógio na parede. Viu o ponteiro grande tiquetaquear entre os números. Dois minutos para Laura transmitir a mensagem para Mike, mais dois para Mike contar para Compton. Quatro minutos para Compton mobilizar equipes. Os delegados mais próximos estavam na fazenda, mas aquela viagem de quinze minutos seria reduzida a dez com as luzes e sirenes.

Dezoito minutos no total, se tudo corresse exatamente como Andrea pensara. A ligação para Laura se encerrara às 23h59. O mais cedo que alguém chegaria ali era à 00h17.

— Atenção.

Ricky empurrou a dose de tequila pela extensão do balcão.

O copo parou perto do cotovelo pontudo de Star.

Isso era nitidamente parte do jogo que Ricky fazia com Nardo. Ela não podia passar da linha vermelha. Star não estava lá só como plateia. Estava lá para servi-lo.

— Vamos, garota. — Nardo bateu no balcão com os nós dos dedos. — Você precisa se animar.

De forma improvável, Ricky riu. Ela estava observando Star com uma expressão doentia de satisfação no rosto. O som da faca atingindo a tábua de corte se transformou em um staccato enquanto Star passava pela mecânica lenta de levar a bebida para Nardo. O vestido amarelo balançava de um lado para o outro sobre a estrutura angulosa, os pés descalços pareciam um sussurro ao roçarem o chão.

Os olhos de Andrea voltaram-se ao espelho, mas dessa vez ela queria ver o lado de fora. A caminhonete azul era o único veículo na rua. Ela olhou outra vez para o relógio. Só um minuto havia se passado.

— Garçonete — chamou Nardo outra vez. — Onde está a sobremesa, minha boa garota? Talvez eu deva falar com o gerente. O serviço aqui é terrível.

Ricky revirou os olhos na direção de Andrea, mas seguiu a ordem dele. Ela usou uma faca de chef para cortar uma fatia grande de bolo de chocolate. Então pôs o prato no balcão para Star levá-lo.

Andrea cerrou os dentes enquanto Star atravessava hesitantemente o salão. Em silêncio, ela repassou a linha do tempo. Laura para Mike. Mike para Compton. Compton para a equipe de vigilância. Eles não entrariam correndo no prédio. Veriam três reféns em potencial e suporiam que Nardo estava armado. Como Andrea, presumiriam que fosse uma SIG Sauer P365, com dez oportunidades de acertar três reféns diferentes.

Andrea não poderia fazer nada por Ricky nem por si mesma, mas Star estava a centímetros de distância. Ela estava indo pegar o prato com a fatia de bolo de Nardo. Os seus lábios rachados estavam entreabertos. Andrea sentiu o cheiro de doença e remédio no hálito dela.

— Eu falei com sua mãe — falou Andrea.

Star não disse uma palavra sequer.

— Ela sente a sua falta. Ela quer vê-la.

— Querida — disse Ricky a Andrea. — Sei que você está tentando ajudar, mas...

O prato caiu da mão de Star. A porcelana fina se partiu em duas. O bolo rolou pela borda e sujou a superfície do balcão.

— Pelo amor de Deus.

Ricky pegou um pano para limpar a sujeira.

— O que aconteceu aí? — perguntou Nardo.

— A porra da sua esquelética quebrou um prato, foi isso o que aconteceu.

Ricky se virou para molhar o pano na pia do bar.

— Meu Deus, Nardo. Por que você simplesmente não vai embora?

A cabeça de Star estava baixa. Os olhos brilhavam com lágrimas que não corriam.

Andrea disse à garota:

— Siga pelo corredor. Saia pela porta dos fundos.

— Você disse para ela sair para onde? — Nardo estava se levantando da mesa.— Star. Dê a volta e volte para o seu lugar. Seja uma boa cachorrinha.

Andrea não impediu que Star voltasse para o lugar no fim do balcão. Ela observou a mulher girar lentamente na banqueta para olhar para a parede vazia de ladrilhos outra vez.

— E aí, garota sulista?

Nardo atravessou o salão lentamente.

— Eu só peguei a querida Star aqui por empréstimo. Ela é esperada de volta inteira.

Andrea se levantou. Não estaria sentada quando Nardo chegasse até ela.

— Relaxa, Robocop. — Nardo lhe mostrou as mãos, mas continuou andando. — Star é a melhor garota da fazenda. Você não soube? Ela ganhou um troféu.

Andrea não teve tempo para formular uma resposta, porque, de repente, duas coisas aconteceram em sequência.

Ricky começou a rir.

Jack Stilton entrou pela porta.

Ele estava usando calça jeans e uma camiseta desbotada do Bon Jovi que se esticava sobre a barriga de cerveja e entrava pela cintura da calça. A arma estava no cinto. Não a arma de serviço, mas um revólver; o Ruger Blackhawk de mecanismo simples abrigava munição .454 Casull. Um disparo podia, literalmente, abrir uma bola de boliche.

Andrea se sentiu decepcionada enquanto Stilton olhava nervosamente ao redor.

Ele não estava ali para salvar o dia. Estava irritado por descobrir que não era o único cliente no restaurante. Ele também estava bêbado, e ela podia sentir o cheiro de álcool a cinco metros de distância.

— Olhe para esse merda de olhos bondosos.

Nardo pegou o pedaço de bolo do balcão com a mão.

— Garçonete, espero um desconto.

Ricky o ignorou, perguntando a Stilton:

— O que você quer, Queijo?

— Uma bebida? — Ele dissera aquilo como uma pergunta, as palavras levemente indistintas. Andrea podia ver a viatura estacionada na rua. Ele estava fora de serviço. Estava intoxicado. Compton disse que ligaria para Stilton quando Wexler e Nardo estivessem sob custódia, então ele, claramente, não fazia ideia do que estava acontecendo.

— Pelo amor de Deus — disse Ricky. — Será que nenhum de vocês, babacas, consegue ler o letreiro gigante de néon na janela? Nós fechamos à meia-noite. Desculpe, querida. Não estou falando de você.

Andrea não reagiu ao pedido de desculpa. Ela observava Nardo andar até Star, o contorno da SIG Sauer visível na parte de trás da camisa. Ele deu um gemido alto quando se sentou ao lado dela ao balcão. Então mordeu o bolo, comendo com ambas as mãos.

Ricky fez um ruído de aversão antes de dizer a Stilton:

— Seja rápido, Queijo. Você quer Blue Earl ou chope?

— O que for mais fácil. — Stilton se sentou à mesa de costas para a porta. Ele examinou Andrea cautelosamente. — O que você está fazendo aqui?

— Queijo está sentindo cheiro de algo errado — falou Nardo.

— Cale a boca, babaca.

Stilton ainda estava virado na direção de Andrea.

— Achei que você deveria estar vigiando a juíza.

Andrea relaxou os punhos. O coração estava batendo com tanta força que ela podia senti-lo sob a camisa.

— Tem outra equipe vigiando a família no hospital.

— Vamos lá, delegada suja. Essa não é toda a história.

Nardo tinha terminado o bolo. Ele limpou as mãos na camisa, deixando manchas de chocolate sobre o peito.

— Queijo, a sua delegada amistosa aqui estava querendo salvar a pobre Star. Não é verdade, Ricky? A mãe de Star a quer de volta.

Ricky revirou os olhos enquanto botava uma lata de cerveja no balcão. Ela perguntou a Andrea:

— Se importa de fazer as honras, querida?

Andrea ficou grata pela desculpa para ir até Stilton. Ela lhe entregou a cerveja, mas, ao invés de voltar para o lugar, se sentou ao lado dele à mesa.

— Olhe para isso, Ricky. Queijo tem uma namorada — disse Nardo. — Desculpe por desanimá-la, delegada suja, mas Queijo trava ao ver boceta.

Ricky riu enquanto guardava as frutas em potes.

Andrea não ligou para o senso de humor bizarro da mulher. Ela olhou para o revólver gigante de caubói de Stilton. A tira em torno da coronha estava solta, ela tentou chamar a atenção dele, mas ele estava ocupado bebendo a cerveja.

Ela olhou para o revólver. Meia-noite e cinco. Mais doze minutos. Pelo menos.

Será que ela poderia tomar a arma de Stilton? Será que ele lutaria? Será que ela poderia pegar o revólver nas mãos, se levantar e apontar antes que Nardo levasse a mão às costas e sacasse a própria arma?

Star era o problema. Estava sentada ao lado de Nardo. Andrea tinha boa pontaria no estande de tiro, mas aquilo era a vida real. Todo nervo no corpo dela estava formigando, a respiração, entrecortada. Suor escorria pelas costas, e ela não tinha certeza se conseguiria acertar um sem colocar o outro em perigo.

Ela olhou para o relógio: 0h05. O ponteiro dos minutos mal havia se mexido.

— Droga. — Ricky agora estava olhando para o relógio também. — Últimos pedidos, pessoal. Preciso acordar em seis horas para fazer essa merda toda de novo.

— Não estrague a festa, garota. — Nardo tinha girado na banqueta para olhar diretamente para Andrea e Stilton. Ele tinha um instinto animal que lhe dizia que algo estava errado. Uma pessoa sã escutaria o alerta e iria embora, Nardo se recostou no balcão, apoiando os cotovelos na borda. — Garçonete, que tal uma dessas cervejas?

Andrea se desligou da resposta sarcástica de Ricky. Esperou que Stilton olhasse para ela, então olhou para o revólver dele. Ele poderia levar Nardo sob custódia e acabar com aquilo naquele momento.

Os olhos de Stilton se estreitaram. A parte policial dele estava se afogando em álcool, mas ele tinha que estar percebendo o estresse. Andrea não conseguiu deixar de olhar para o relógio outra vez, suplicando para que os ponteiros se mexessem. Ela o encarou até que o ponteiro dos minutos se moveu para a marca seguinte:

Meia-noite e seis.

Um telefone tocou.

O ar ficou tão denso com a tensão que Andrea mal conseguia respirar.

O telefone voltou a tocar. Stilton levou a mão ao bolso e ela viu a identificação da chamada.

DELEGADA COMPTON.

Ele olhou para ela em busca de esclarecimento, que fez um movimento mínimo com a cabeça, implorando para que a mente dele se desanuviasse para que não cometesse um erro que levasse os dois à morte.

Stilton limpou a garganta.

— Alô?

O celular estava frouxo no ouvido, apoiado no dedo mindinho torto. Andrea podia ouvir o murmúrio da voz de Compton, mas não conseguia entender as palavras.

— Hein? — disse Stilton.

Houve uma pausa longa enquanto ele ouvia Compton. Andrea podia adivinhar o que a chefe estava dizendo. Wexler sob custódia. Nardo na lanchonete. Mandado de prisão pronto. Pode estar armado e perigoso.

Stilton fez exatamente a coisa errada. Ele olhou para Nardo ao responder.

— Estou na lanchonete, agora — disse ele. — Claro. Claro. Entendi o que você está dizendo. Sem problema.

Andrea viu Stilton terminar a chamada. Ele pôs o telefone sobre a mesa e se movimentou devagar, apoiando o braço nas costas da cadeira. Os dedos estavam a centímetros da coronha do revólver.

Mas ele deixou a arma no coldre.

— Nardo — disse Stilton. — Por que você não me conta sobre Emily?

Andrea mordeu o lábio com tanta força que sentiu o sangue na boca.

— Ah, merda — disse Ricky. — Esqueça isso, Jack.

Nardo escarneceu. Os cotovelos ainda estavam para trás sobre o balcão. Stilton ou ele podiam pegar a arma a qualquer momento.

— Ela era meio vadia, não era?

Andrea sentiu os maxilares doerem de tanto cerrar os dentes. Por que Stilton estava perguntando sobre Emily? Compton tinha, obviamente, dito a ele para agir. Por que ele não estava efetuando a prisão?

— Eu sei que você a estuprou — disse Stilton.

— Sabe? — Nardo virou a cabeça de lado, deixando claro que sabia que Stilton estava armado. — Não sou especialista em leis, meu velho, mas acredito que, pelo prazo de prescrição, isso já não vale há uns 35 anos.

— Então admita — disse Stilton. — Você a estuprou.

— Ok, chega. — Ricky bateu os nós dos dedos no balcão para chamar atenção. — Queijo, você está bêbado. Nardo, estou cansada das suas merdas. Quero todo mundo fora daqui. Você também, querida.

Ninguém se mexeu. O salão ficou tão silencioso que Andrea podia ouvir o sangue correndo pelo corpo.

— Droga, foi. Eu fodi com ela — assumiu Nardo.

Ricky engoliu em seco. O coração de Andrea parou. Stilton não se mexeu.

— O quê? — Nardo parecia saborear as reações. — Não me digam que ninguém nunca pensou nisso antes. Claro que eu trepei com ela. Vocês viram aqueles peitos?

Andrea tentou conter um pânico súbito e atordoante. Ela tinha buscado aquela confissão por dias, e agora que estava ali, tudo em que podia pensar era que nenhum deles sairia daquilo com vida.

— Stilton — disse ela. — Nardo tem uma arma.

— Eu também. — Ele envolveu com os dedos a coronha do revólver, mas, inexplicavelmente, o deixou no coldre. Ele disse a Nardo: — Você não trepou com ela. Você a estuprou.

— O que eu fiz foi encher todos os buracos daquela jovem com o meu pau. — Nardo absorveu a expressão de horror de Stilton. — Ela estava pedindo, nunca estava saciada.

— Nardo — alertou Ricky.

— Aqui. — Nardo limpou a garganta e cuspiu uma placa de catarro sobre o chão. — Testem o meu DNA e o de Judith. Tudo o que isso vai provar é que eu gozei dentro da mãe dela. Embora, se vocês precisam saber, eu tenha gozado dentro de Emily várias vezes.

A veia na testa de Stilton começou a pulsar. Os dedos dele estavam apertando tanto a coronha do revólver que os nós estavam brancos. Ele iria atirar em Nardo, não havia como evitar. E estava tão bêbado que acabaria matando Star no processo.

— Jack — tentou Andrea. — Você precisa...

— E Dean? — A voz de Stilton falhou com o nome do homem. Ele parecia chocado, como se não conseguisse acreditar no que estava ouvindo. — Dean a levou para casa.

O sorriso malicioso de Nardo se transformou em um esgar sádico.

— Bom, quem sabe o que o velho amigo fez no carro? O nosso sr. Wexler sem dúvida gosta de uma garota que não sabe dizer não.

— Mas que merda — disse Ricky. — Nardo, cale a boca.

— Há uma coisa interessante. Eu acho que todas as mulheres na fazenda são provas de que o nosso velho amigo é estéril. — Nardo não conseguia se segurar. Ele estava saboreando a angústia de Stilton. — Diga, Queijo, foi por causa de Emily que você começou a beber? Você ainda está chorando a perda daquela garota com morte cerebral que pariu um filho?

— Nardo! — gritou Ricky. — Tem a droga de uma delegada ouvindo cada palavra do que você diz.

— Estou completamente entediado com essa cidadezinha estúpida de merda. Faz quarenta anos, e tudo sobre o que as pessoas choramingam é *quem é o pai, quem é o pai?* — A voz de Nardo assumira uma imitação de choro. — Então, agora, o segredo sombrio e profundo foi revelado. Grande merda. No pior dos casos, eu consigo o direito de visitar a minha neta maravilhosa.

Stilton se levantou tão rápido que derrubou a cadeira. O revólver foi finalmente sacado. Ele o apontou direto para o peito de Nardo e encostou no gatilho com o polegar.

— Acabou, babaca. Eles sabem sobre a chantagem.

— Star! — Andrea tentou em vão chamar a atenção da mulher. Ela estava na linha de fogo. As costas eram um alvo. — Star, saia daí!

— Chantagem? — Nardo pareceu despreocupado. — Faz vinte anos desde que você arrumou aquela acusação de direção embriagada para mim. Você é o único que vai ter problemas.

Stilton riu.

— Não eu, seu babaca. A juíza. Ela entregou tudo para eles.

Pela primeira vez, Nardo não teve uma resposta rápida.

Foi Ricky quem respondeu:

— Do que você está falando?

A faca estava novamente na mão de Ricky e Star permanecia na linha de tiro. Andrea sentia como se o coração estivesse chacoalhando dentro do peito. A jovem não se mexeria e Ricky era imprevisível. Stilton mal conseguia segurar a arma, Nardo estava a segundos de pôr as mãos em um revólver que poderia matar todos eles.

— Queijo — disse Nardo. — Você precisa pensar no que está fazendo. Pense no que eu sei.

— Conte para os delegados. Eu não dou mais a mínima. — A voz de Stilton tornou a titubear. Ele tinha começado a chorar. — Essa ligação que acabei de receber? Era a delegada-chefe. Eles já levaram Wexler algemado e estão vindo atrás de você agora mesmo. A próxima vez que você vir a luz do sol, vai ser atrás das grades.

Star finalmente se mexeu, mas apenas para se virar.

— Dean está bem? — perguntou ela.

— Ninguém está bem. — Stilton andou na direção de Nardo. Lágrimas escorriam pelo rosto. Ele precisou usar as duas mãos para firmar o revólver. — Eu prometi a Emily quarenta anos atrás que descobriria o nome do babaca que a estuprou. Fui assombrado por essa promessa por quarenta anos, seu merda, quarenta malditos anos. Eu peguei você. Eu finalmente peguei você.

O sorriso malicioso de Nardo estava de volta.

— Vá se foder.

Mais uma vez, duas coisas aconteceram em sequência.

Nardo levou as mãos às costas.

Stilton puxou o gatilho.

A explosão foi como um disparo de canhão. Andrea se abaixou, protegendo os ouvidos com as mãos. Ela viu o lado direito do corpo de Nardo ser jogado para trás. A bala rasgara o pescoço dele e sangue jorrou no peito e no rosto de Star.

Ricky começou a gritar.

— Vá s...

Nardo pôs a mão na lateral do pescoço. A SIG Sauer P365 caiu barulhentamente no chão. Os olhos estavam arregalados e os lábios, tremendo.

— Não se mexa!

Stilton tornou a engatilhar a arma, se preparando para um segundo tiro.

— Não! — Andrea empurrou o cano para baixo. Nardo estava desarmado. Ele não pegaria a SIG Sauer. Ele não faria qualquer coisa por muito mais tempo.

Há duas artérias carótidas, uma de cada lado do pescoço. As estruturas variam, mas o objetivo de cada uma delas é levar sangue oxigenado em grande volume do coração até o cérebro. Um aneurisma, coágulo ou obstrução no fluxo de sangue pode provocar um grande AVC e, se o sangue for desviado para fora do corpo, a morte por perda de sangue pode ocorrer de cinco a quinze segundos depois.

A mão de Nardo era a única coisa que evitava que o sangue todo saísse do corpo.

— E-eu v-vou chamar uma ambulância.

Ricky correu para o telefone e digitou o número.

— Você assassinou Emily — disse Stilton. — Diga as palavras, me deixe ouvir você dizendo.

A boca de Nardo se abriu e um som gorgolejante saiu da sua garganta. Os dentes tinham começado a bater, a pele adquirira um aspecto ceroso. Sangue escorria entre os dedos como água por uma esponja.

— Por favor — suplicou Stilton. — Você não vai conseguir, só me conte a verdade, eu sei que você a assassinou.

— Socorro! — gritou Ricky ao telefone. — O meu marido... ele está... ah, meu Deus! Socorro!

— Diga — disse Stilton. — Olhe para mim e diga.

Os olhos de Nardo entraram em foco, mas só por um momento. Ele olhou diretamente para Jack Stilton e o canto da boca estremeceu em um sorriso.

— Por favor...

Nardo retirou a mão, o gesto como o de um artista apresentando o ato final, e uma torrente de sangue jorrou da artéria rasgada.

Ele estava morto antes de tocar o chão.

Bible dirigia enquanto Andrea ia sentada no banco de trás do SUV com Ricky. A mulher não conseguia parar de chorar, estava tremendo sob o fino cobertor de algodão da ambulância. Ela tinha se recusado a ir para o hospital e a dar um depoimento. Dissera a eles que tudo o que queria era ir para casa e não havia razão legal para negar os seus desejos.

Honestamente, Andrea não queria outra coisa senão se afastar da lanchonete. Ela sabia que deveria estar feliz por Nardo estar morto, mas não conseguia se livrar de um sentimento de injustiça. Ele nunca pagaria pelo estupro de Emily e não seria julgado pelo assassinato dela. Embora a morte tivesse sido violenta, ele, de algum modo, ainda conseguira partir nos próprios termos. Nardo não merecia um fim pacífico. Como Esther Vaughn diria, ele não tinha feito por merecer.

— O que... — Ricky conteve outro soluço. — O que eles vão fazer com... com o corpo?

Andrea trocou um olhar com Bible. Havia uma razão para eles terem se oferecido para levar Ricky Fontaine para casa. Nardo admitira o estupro, mas não o assassinato. Talvez não houvesse diferença, mas, para montar um caso além de uma dúvida razoável, eles precisavam de verificação independente. Eric Blakely tinha se afogado quarenta anos antes. Clay Morrow estava preso.

Bernard Fontaine sem dúvida não falaria. Jack Stilton praticamente provara que não tinha tido participação no assassinato de Emily. Dean Wexler invocara o direito a permanecer em silêncio enquanto quatro delegados desciam a escada da casa da fazenda na sua escolta.

Ricky talvez fosse a única pessoa na terra que podia confirmar que Bernard Fontaine tinha assassinado Emily Vaughn.

— O corpo de Nardo vai ser levado para o necrotério estadual. Eles vão fazer uma investigação completa — respondeu Andrea.

Ricky começou a chorar alto. O tremor piorou. Ela agarrava o cobertor fino em torno dos ombros. Pela primeira vez, as pulseiras nos seus pulsos estavam em silêncio. E, por ter tentado, em vão, ressuscitá-lo, o sangue dele formara uma cola em torno dos braceletes.

— Chegamos.

Bible pegou a entrada de carros íngreme até a casa de Ricky e, ao parar, virou-se para o banco de trás e disse:

— Desculpe, eu preciso dar um telefonema. Vocês duas me digam se precisarem de alguma coisa. Senhora... — Ricky olhou para baixo quando Bible pôs a mão no seu braço. — Sinto muito pela sua perda.

Andrea desceu do SUV e deu a volta até o outro lado para ajudar Ricky. Ela tinha envelhecido na última hora e a iluminação dura não a ajudava. As rugas no rosto estavam mais fundas, círculos escuros circundavam os olhos. Ela se apoiou pesadamente em Andrea enquanto subiam a escada. A porta não estava trancada, então Ricky a puxou e abriu.

Andrea não esperou por um convite. Ela saiu andando pela sala, acendendo luzes. Então subiu o lance curto de escadas até a cozinha. O lustre acima da mesa brilhava enquanto ela ia até o fogão, a chaleira já cheia sobre uma das bocas. Andrea ligou o gás e esperou que a chama se acendesse.

— O chá vai ficar pronto em um minuto — gritou Andrea.

Ela tentou ouvir, mas Ricky não deu resposta. Andrea andou até a beira da escada e viu o topo da cabeça de Ricky na sala de estar. A mulher estava sentada no sofá, se balançando para a frente e para trás, o cobertor ainda apertado ao redor dos ombros. Os socorristas disseram que ela provavelmente estava em choque.

Andrea também estava em choque, mas dedicara demais de si mesma naquele caso para se permitir desistir.

Ela encontrou uma caneca suja na pia e uma esponja no batente da janela. Andrea se esforçou para ouvir Ricky, o som do choro delicado vinha da sala de estar. Ela, então, lavou e secou cuidadosamente a caneca e foi até a geladeira. Olhou para as fotos, os postais, os lembretes e os recibos. Alguns deles eram tão velhos que a tinta tinha desbotado. Nenhum deles parecia pessoal. A maioria dos postais parecia ser de turistas que falavam com carinho do tempo passado na lanchonete, e Andrea se lembrou das anotações anódinas no anuário de Ricky:

O coral foi sensacional! Lembre-se de Química II! Não mude nunca!

Andrea pegou um dos frascos vermelhos de remédio na bancada. Instintivamente, levou a mão ao iPhone. Ela não tinha como procurar os nomes genéricos dos rótulos, só reconhecendo o diazepam, que era Valium, acetominofeno/codeína, o Tylenol, e oxicodona, o Oxycontin. Laura tinha tentado todos os três em vários estágios do tratamento de câncer, mas só morfina via oral conseguira amenizar a dor.

A chaleira começou a apitar e Andrea desligou o gás. Ela ergueu as mãos para revistar o armário, mas pensou melhor e resolveu não fazer isso. Então, foi até o alto da escada outra vez e chamou por Ricky:

— Onde você guarda o chá?

A mulher tinha coberto a cabeça com o cobertor como se quisesse desaparecer.

— O chá? — repetiu Andrea.

— Armário. — A voz de Ricky estava áspera. — O armário junto da pia.

Havia apenas temperos e uma caixa grande de chá de camomila no armário. Andrea derramou água fervente na caneca e jogou o saquinho de chá dentro dela. Ela encontrou um porta-copos na bancada. Quando desceu a escada, Ricky não estava mais sentada no sofá, mas parada junto da mesinha lateral, o cobertor ainda agarrado ao redor dos ombros, o rosto inchado de chorar. Os paramédicos tentaram limpá-la, mas o sangue de Nardo ainda manchava a sua camisa e formava placas no cabelo pintado.

Andrea pôs o porta-copos e a caneca sobre a mesinha lateral e percebeu que as duas gavetas estavam abertas. Ricky tinha pegado algumas fotos: a da festa de aniversário, as do casamento, uma de Nardo e Clay sentados ao balcão da mesma lanchonete onde um deles tinha acabado de morrer.

Ricky pegou o porta-retrato com uma foto do grupo.

— Só restam dois de nós, agora. — Andrea ouviu a desolação na voz da mulher. Eles tinham sido o mundo dela, especialmente Nardo. — Acho que é isso, certo? Você vai dizer à juíza que Nardo era o responsável.

Andrea assentiu, mas disse:

— Queria que fosse assim tão simples, mas Nardo não confessou tudo.

Ricky arquejou, mas não olhou para Andrea.

— Nardo admitiu que teve intercurso com ela, e o DNA vai provar se isso é verdade ou não, mas ele não disse nada sobre o assassinato de Emily. — Andrea esperou, mas Ricky olhava fixamente para a foto que segurava. — Ricky, alguma vez Nardo falou com você sobre ela? Ou sobre o que aconteceu na noite do baile? Emily disse alguma coisa ou...

— Foi Clay que a trouxe para a panelinha. — A voz soou estável. Os olhos tinham ficado vidrados. — Nardo nunca gostou dela, achava ela chata. Ela não se encaixava, Emily nunca se encaixou.

Andrea observou Ricky colocar delicadamente o porta-retrato sobre a mesinha.

— Nardo tinha 18 anos quando aconteceu. Quer dizer, você trepa com qualquer coisa aos 18 anos, certo? Até uma vadiazinha sem graça. — Andrea sentiu a raiva no tom de voz de Ricky. A mulher ainda não queria acreditar que Nardo tinha estuprado Emily. — O que Queijo disse... Ele não sabia de nada. Emily só contou aos pais que tinha sido estuprada porque eles ficaram furiosos quando ela engravidou. Ela era uma grande mentirosa.

Ricky analisou a foto de Nardo e Clay na lanchonete. Ela delineou o rosto redondo e juvenil de Nardo com o dedo.

— Na noite da festa, ela estava dando mole para todo mundo. Ela começou com Clay, depois tentou com o meu irmão, que acabou se trancando no banheiro para escapar dela.

Andrea observou Ricky espalmar a mão, cobrindo Nardo como se de algum modo pudesse protegê-lo.

— Emily supostamente era minha amiga e eu a odiei por trepar com ele. Nardo era *meu*, ele pertencia a *mim*. E agora... — A voz se embargou. — Ele está morto. Não consigo acreditar que ele morreu.

Andrea observou Ricky desmoronar outra vez. Ela cobriu o rosto com o cobertor. O choro parecia um lamento. Os ombros dela se curvaram como se o fardo do que havia carregado por todos aqueles anos a tivesse finalmente derrubado.

— Ricky — tentou Andrea —, Nardo alguma vez falou sobre isso? Sobre o que aconteceu?

— Merda. — Ricky olhou ao redor da sala. — Preciso de um lenço de papel.

Andrea pôs delicadamente a mão no ombro de Ricky.

— Se você pudesse...

— Me dê um minuto.

Ricky se livrou do cobertor antes de subir a escada. A mão segurava o corrimão à medida que ela se impulsionava para cima. Ainda estava balançando a cabeça quando desapareceu na cozinha.

Andrea se abaixou para pegar o cobertor e a cabeça quase bateu no canto de uma das gavetas da mesinha lateral.

Ela olhou para dentro.

Ricky deixara as gavetas abertas. Ela havia mostrado a Andrea parte do conteúdo e não tinha expectativa razoável de que Andrea não veria o resto.

A delegada se levantou e então recuou alguns passos, ficando na ponta dos pés para poder ver o interior da cozinha. Ricky estava de costas para a escada. Ela tinha apoiado as mãos dos dois lados da pia, os ombros tremendo enquanto ela chorava.

O cobertor caiu das mãos de Andrea quando ela voltou para a mesinha. Pegou o certificado de óbito de Eric Blakely do Novo México. O documento era velho, mas Andrea ainda podia sentir o relevo onde a máquina de escrever imprimira as letras. Ela o pôs de lado e começou a mexer na gaveta esquerda, encontrando recibos de um caixão, da cremação, de um smoking preto da loja de roupas formais. Andrea se lembrou da caixa de metal. Ricky a guardara no santuário por uma razão. Ela levou a mão até o fundo, a agenda telefônica de bolso parecia exatamente a mesma. O ponteiro prateado ainda estava no A-B.

Andrea usou a unha do polegar para apertar o botão na parte de baixo e o alto da caixinha se abriu. Ela viu um nome: Brickel, Melody. O endereço era o mesmo que Andrea tinha visitado na véspera com Bible e ela imaginou que o número telefônico de sete dígitos também não tivesse mudado.

A letra era bonita, quase como a de uma professora de jardim de infância. Andrea tentou se lembrar das caligrafias dos depoimentos e não encontrou equivalência na que via naquele instante à sua frente: a cursiva quase ilegível de Jack Stilton, os círculos de Ricky em cima dos "i"s, as letras maiúsculas aleatórias de Clay, os rabiscos apertados de Nardo e as letras de fôrma pesadas de Eric Blakely que quase atravessavam o papel. Ela também não a reconheceu da fita de Melody ou do que ela supusera serem afirmações de Emily Vaughn.

Andrea tentou descobrir como funcionava o dispositivo. As páginas eram presas no alto, com abas em ordem alfabética indo de cima a baixo. Havia páginas extras em cada seção. O ponteiro tinha um clipe que segurava as páginas anteriores. Ela fechou a tampa e moveu o ponteiro para C-D. A caixinha se abriu outra vez e a sua atenção foi atraída pelas palavras sublinhadas no alto da página.

Investigação de Columbo.

Andrea sentiu o coração na garganta. A bela letra cursiva pertencia a Emily Vaughn.

Ela se afastou outra vez e verificou onde estava Ricky. A mulher ainda estava junto da pia, chorando.

Andrea leu a primeira palavra sob o cabeçalho *Columbo.*

Clay?

Ela engoliu em seco antes de continuar para a próxima linha.

Dean Wexler — 20 de outubro de 1981: Dean diz que ele "não é a porra do pai". Ele admitiu ter me apanhado na festa, disse que Nardo ligou para ele para me levar para casa. Disse que eu estava discutindo com Clay junto da piscina quando ele chegou lá. Ele prometeu me machucar se eu o acusasse publicamente e agarrou o meu pulso. Doeu muito.

Atualização: Pesquisei a condição na biblioteca e ele pode estar dizendo a verdade sobre não ser o pai, mas isso não significa que ele não fez alguma coisa, certo?

Andrea leu a entrada seguinte.

Ricky Blakely — 20 de outubro de 1981: Ela disse que sou uma mentirosa e que fiz sexo com muitas pessoas que eles não conhecem durante o acampamento da banda, o clube de debate etc., não apenas na festa. Ela me acusou de ser uma Poliana e disse que os meus pais tramariam para que Nardo se casasse comigo, porque é isso o que as pessoas ricas fazem. Ela também falou que eu estraguei tudo para a panelinha. Ah, e que eu quero forçar Clay a se casar comigo, o que não faz sentido, porque os meus pais já fizeram um acordo com os pais de Nardo (aparentemente???). Ela não quer nunca mais falar comigo. Ela me chamou de vadia mimada e me disse para ir embora da sua casa. Sempre soube que ela podia ser má, mas ela foi horrível comigo. Por que eu pensei que ela fosse minha amiga?

Andrea virou a página, havia algo escrito no verso. A letra era menor, as linhas apertadas.

Blake (mesmo dia) — ele disse que estava "completamente chapado" na festa e que fez xixi na calça. Ele estava trancado no banheiro o tempo inteiro e afirma que não foi ele quem fez isso. Blake me pediu para me casar com ele, mas só para ajudá-lo politicamente. Eu disse que não, e ele falou que eu deveria jogar o bebê na privada. Ele tentou flertar comigo e até pôs a minha mão no negócio dele, e foi nojento. Blake é tão ruim quanto Nardo. Por que eu não me permiti aceitar até agora que ser humano horrível ele é?

Andrea reparou que as mãos estavam tremendo quando virou a página.

Nardo Fontaine — 21 de outubro de 1981: Eu o odeio tanto. Ele é um babaca. Primeiro, os pais dele enviaram uma carta idiota dizendo para eu me manter afastada dele, aí no mesmo dia ele me encontrou na biblioteca e não calou a boca. Nardo admitiu que ligou para o sr. Wexler na noite da festa, mas disse que precisou suborná-lo com ácido para que ele me "tirasse das suas mãos". Eu estava discutindo com Clay, segundo Nardo, mas, aparentemente, todos eles combinaram a mesma história, que diz que eu sou uma pessoa má. Nardo me disse que Jack estava na festa e nos vendeu ácido, sugerindo que foi ele quem me machucou. Não acredito nele. Jack pode ter vendido o ácido, mas nunca faria isso comigo. Nardo é um grande mentiroso. Às vezes ele diz coisas cruéis só para machucar as pessoas. Funcionou!

Andrea encontrou Clay em seguida, de longe o registro mais curto.

Clay — 21 de outubro de 1981: As palavras EXATAS dele: "Você entrou no jogo. Agora tem que aceitar as perdas. Tenha alguma dignidade".

As anotações assumiam a forma de um diário depois da entrada sobre Clay. A cor da tinta mudou. As datas pularam para a frente. A escrita era mais apertada, enchendo as margens dos dois lados. Andrea passou rápido pelas páginas, os olhos captando pensamentos da Emily de quarenta anos antes.

Não foi Jack quem fez isso. Ele prometeu me ajudar e sei que vai fazer isso... No meu último dia na escola, Clay me disse lamentar que isso esteja acontecendo, mas eu acho que ele só estava sendo legal para me manter quieta. Ele não entende o que isso significa para o meu futuro... Nardo agarrou o meu peito na frente da escola inteira e doeu muito, mas ele riu quando eu chorei... Acho que Ricky foi a pessoa que prendeu absorventes no meu armário e os pintou de vermelho... Acho também que ela cortou um buraco na minha camiseta... Sei que Ricky rasgou todas as minhas anotações da aula de inglês... ela é a única pessoa que pode ter esfregado cocô no estojo de minha flauta... Ricky falou que eu mereço morrer... que estava no centro da cidade quando fui na loja de roupa de festa buscar as minhas coisas para esta noite. Ela me perseguiu pela rua, eu nunca a vi tão furiosa. Ela disse que se me visse em qualquer lugar perto de Nardo nessa noite, iria me matar de porrada com as próprias mãos. Não me importa, eu vou ao baile de qualquer jeito. Nenhum deles vai estar lá, eles nunca se sujariam andando com a plebe.

Andrea virou a página. Ela tinha chegado à seção W-X. Depois disso, havia apenas linhas em branco. A data da última anotação era 17 de abril de 1982, o dia do baile de formatura.

Ela pegou o recibo do smoking. Vinte dólares não eram suficientes para comprar um, mas faziam sentido para um aluguel. A logo no alto era da loja de roupa de festa Maggie's Formal Wear. A data era 17 de abril de 1982 e a descrição dizia smk-m, o que Andrea supôs significar smoking médio.

Ela estava errada.

Em 1982, Eric Blakely era um homem inteiramente crescido que usaria um smoking masculino. Talvez fosse impossível encontrar smokings de aluguel para mulheres. Assim como atualmente era quase impossível encontrar calça de trabalho para mulheres das forças de segurança. Você tinha que se virar com o que estivesse disponível na seção infantil. Andrea, entre todas as pessoas, devia ter percebido que o *m* era para *meninos*. Segundo a própria letra de Emily Vaughn, Ricky estivera na loja de roupas de aluguel naquele dia. Ela tinha escolhido um smoking de menino para usar no baile, para que todos combinassem.

Andrea voltou a olhar para a foto do grupo. Ela não tinha percebido, mas estavam todos usando diferentes tons da mesma cor.

A panelinha.

Emily tinha sido cortada da foto. Quarenta anos tinham se passado desde que Ricky espancara e matara Emily Vaughn, e ela ainda não conseguia olhar no rosto da garota.

Andrea recolocou a foto no lugar e subiu a escada.

Ricky ainda estava junto da pia. Estava de costas para Andrea, mas perguntou:

— Está tudo bem, querida?

— Sim. — Andrea percebera uma falsa naturalidade no tom de voz da mulher. — Eu estava só pensando em uma coisa.

— O quê? — A voz de Ricky ainda parecia distante.

— Eles dizem na academia de polícia para nunca fazermos suposições. Eu acho que alguém fez uma suposição muito ruim em relação ao assassinato de Emily.

Ricky continuava de costas para Andrea.

— É?

— Não acho que a pessoa que a estuprou na festa tenha sido a mesma pessoa que a matou.

Ricky olhou pela janela acima da pia e encontrou o reflexo de Andrea no vidro, usando-o como um espelho.

— Emily tinha algo que ela chamava de investigação de Columbo. Ela mantinha anotações sobre todo mundo que pudesse saber o que tinha acontecido com ela na festa. Imaginei que fosse um caderno, mas não era,

era? Era uma agenda de endereços. — Andrea esperou por uma reação, em vão. — Ela a tinha consigo quando foi atacada, só que a polícia nunca a encontrou. Ela estava nua e a bolsa tinha desaparecido. Você sabe o que aconteceu?

Ricky permaneceu em silêncio, mas ela tinha que saber o que havia na gaveta da mesinha.

— Havia fibras pretas no pallet de carga no beco. — Andrea fez uma pausa. — Você usou um smoking preto naquela noite, Ricky? Você já me disse que esteve no baile.

Ricky abaixou a cabeça e olhou fixamente para a pia. Ela ainda estava segurando a bancada. Os braceletes de borracha e as pulseiras prateadas tinham se juntado ao redor das mãos e a luz captou as cicatrizes esmaecidas onde ela tentara cortar os pulsos.

As palavras de Bible voltaram a Andrea: se eles são homicidas, eles são suicidas.

— Você deveria... — Ricky tossiu. — Você devia ir, ok? Preciso descansar um pouco.

— São quarenta anos — disse Andrea. — Você não está cansada de viver com a culpa?

— Eu... eu não... — Ricky voltou a tossir. — Quero que você saia. Por favor, saia.

— Eu não vou sair, Ricky. Você precisa me contar o que aconteceu. Isso não é pela juíza nem por Judith. Você precisa me contar por você mesma.

— Eu... eu não sei do que você está... Não posso, está bem? Não posso.

— Você pode — insistiu Andrea. — Você já sofreu o suficiente. Quantas vezes tentou se matar por não conseguir viver com o que fez?

Ricky estava curvada pelo peso da culpa, e pressionou a testa na beira da pia.

— Por favor, não me obrigue.

— Isso a está rasgando por dentro — disse Andrea. — Diga as palavras, Ricky. Só diga as palavras.

A cozinha ficou em silêncio, exceto pelo som do ponteiro de um relógio que soava em algum lugar. Ricky respirou fundo.

— Está bem — disse ela em um sussurro rouco. — Eu a matei, está bem? Eu matei Emily.

A boca de Andrea se abriu, mas apenas por ar.

— Eu disse a ela para ficar longe de Nardo. — Ricky apoiou os cotovelos na pia e levou as mãos ao rosto. — Eu a vi conversando com ele fora do ginásio.

Flertando com ele, provocando-o. Ela não podia... ela não podia ficar longe dele. Por que ela simplesmente não ficou longe dele?

Andrea permaneceu em silêncio.

— Eu não queria... — Ricky tossiu nas mãos. — Eu só queria alertá-la, mas... perdi o controle. Eu disse a ela para não ir e eu... eu não consegui me controlar, tudo aconteceu muito rápido. Nem me lembro de entrar no beco ou de pegar a madeira. Eu estava com raiva, muita raiva.

Andrea sabia que Ricky alcançava aquele tipo de fúria. O que ela não sabia era o que tinha acontecido em seguida. Emily Vaughn pesava quase setenta quilos na época do ataque, e seria impossível que Ricky tivesse movido Emily sozinha.

— O seu irmão a ajudou a levar o corpo do beco? — perguntou Andrea.

Ricky balançou a cabeça, mas respondeu:

— Foi por isso que ele foi embora. Ele estava apavorado que alguém o tivesse visto ou... que fosse preso, e sabia que não poderia... Que ele acabaria tendo que dizer a verdade sobre...

Andrea ouviu a voz dela se calar em meio aos soluços.

— Por que você tirou o vestido dela?

— Blake disse que poderia haver provas ou... Não sei. Eu fiz o que ele disse. Nós queimamos tudo nos fundos de casa. — Ricky fungou. — Ele era bom nesse tipo de coisa, descobrir os ângulos, encontrar detalhes em que outras pessoas não reparavam.

Andrea não discordava. Ele conseguira encobrir os rastros de Ricky por quarenta anos.

— Sinto muito — sussurrou Ricky. — Eu sinto muito.

Os ombros de Ricky começaram a tremer outra vez enquanto ela chorava. A mulher nunca havia chorado com tanta intensidade quanto ao lamentar por si mesma. Ela, naquele momento, estava dócil, mas não havia como dizer quanto tempo aquilo duraria. Andrea, então, pôs uma mão firme no ombro de Ricky. Estava prestes a escoltá-la para fora, mas percebeu uma mancha de líquido escuro sobre os pratos na pia.

O primeiro pensamento de Andrea foi que era detergente, mas então percebeu os comprimidos quase dissolvidos espalhados pelo líquido escuro como constelações.

Ricky tossiu de novo. Bile escorria dos lábios e pela camiseta. As pálpebras estavam tremendo, enquanto ela cambaleava em pé.

A cabeça de Andrea girou na direção dos frascos vermelhos de comprimidos na prateleira.

O Valium. Os analgésicos.

Todos os três frascos estavam abertos.

O gorgolejar vindo da garganta de Ricky era assustadoramente semelhante ao que Nardo emitira no restaurante. Quando ela começou a desabar, Andrea a agarrou pela cintura e, ao invés de conduzi-la até o chão, a delegada agarrou o punho esquerdo dela com a mão direita e os pressionou com força sobre o abdômen de Ricky.

— Não... — Ela vomitou na pia. Comprimidos dissolvidos e pedaços de comida não digeridos se espalharam pelos pratos. — Por favor.

Andrea fez mais um movimento para cima. Depois outro. E mais um, até Ricky jorrar uma torrente de vômito sobre o chão. Enquanto comprimidos vermelhos e laranjas formavam um arco-íris nauseabundo sobre o linóleo, Andrea pôs toda a força em mais um aperto terrível.

Ricky teve tamanha ânsia de vômito que o corpo sofreu convulsões. Ela continuou com vômitos intermitentes até nada mais sair, então tudo o que fez foi começar a chorar de novo, gemendo como uma criança perdida.

— Por quê? — suplicou ela. — Por que você não me deixou ir?

— Porque você não merece — disse Andrea.

CAPÍTULO 11
UM MÊS DEPOIS

ANDREA ESTAVA SENTADA NO pé da escada de um prédio residencial em Baltimore. O telefone estava no ouvido enquanto ela escutava Bible descrever os serviços funerários da juíza Vaughn. O câncer a havia levado mais rápido do que qualquer um esperava, ou talvez a mulher soubesse quando era a hora de ir. Ela tinha dado um depoimento completo para os advogados da promotoria. Gravara a última declaração. Depois, havia ido para a casa em Baltimore, tivera um almoço leve com Judith e Guinevere, então se deitara para um cochilo e nunca mais acordara.

— Não havia muitas pessoas ali, levando-se em conta toda a carreira da juíza — disse Bible. — Mas os amigos de Judith da faculdade de Arte apareceram aos montes. Droga, esse pessoal bebe.

Andrea sorriu. Beber era, na verdade, a única razão para ir à faculdade de Arte.

— Ela falou sobre o que aconteceu com Nardo e Ricky? — perguntou ela.

— Bom, Judith é uma mulher prática — disse Bible. — Não foi grande surpresa o pai ser um homem mau. Quanto a Ricky, você sabe, eu não faço ideia. Judith está feliz por ela ter assumido a culpa, e ela vai para a prisão pelo resto da vida. Acho que deu alguma paz a Esther finalmente saber e, se ela estava feliz, isso significa que Judith estava feliz também.

Andrea achou que isso parecia muito Judith. Com toda atividade indomável, intimidadora ou ilegal de Esther Vaughn, ela sempre amara a neta. No fundo, ela era uma mulher idosa e perdida cuja filha fora assassinada e cujo marido lhe batia.

— Parceira, você devia ter visto as pastinhas que eles serviram. Você alguma vez comeu *hasty pudding*? Era um favorito da juíza.

Andrea só sabia o que era pela música mais chiclete de todas.

— Por que ele se chama *hasty*?

— Como eu vou saber. Provavelmente em homenagem a um fazendeiro ianque que gostava de *pudding* — disse Bible. — Vou lhe dizer, comi tanto dessa coisa que vou ter que abrir mão de pão pelo resto do mês. Você sabe o que dizem...

— Os delegados magros amam as suas mulheres — terminou Andrea. — Afinal, o que isso significa?

Bible riu.

— Você sabe que eles fazem você fazer aquele teste de condicionamento físico uma vez por ano. Antes eles podiam demiti-lo se estivesse um pouco acima do peso. Eles não podem mais fazer isso por ser discriminação, então agora, se você passa no teste, ganha duas semanas de folga para passear com a sua bela mulher. Ou marido, se for o caso.

A instigação parecia familiar. Gordon tinha criado uma apresentação de PowerPoint para destacar detalhes importantes do manual do funcionário do Serviço de Delegados dos Estados Unidos. A única resposta de Andrea tinha sido que o Citibank provavelmente receberia a última parcela do financiamento universitário do seguro funeral.

— Ei, parceira — disse Bible. — Você está bem?

— Estou — disse Andrea, embora não fosse ficar completamente boa até o acordo de Dean Wexler estar assinado e o psicopata estar na prisão.

Eles não podiam provar que ele tinha feito algo com Emily Vaughn. Felizmente, fraude e evasão fiscal, fraude eletrônica e vários outros crimes ligados à Receita eram crimes que o governo americano levava muito a sério. O melhor acordo que Wexler conseguiria eram 25 anos em uma prisão federal. Ele tinha 65. Mesmo com bom comportamento, quando saísse, Wexler estaria com seus oitenta anos.

Andrea tinha ficado satisfeita ao ouvir que parte do acordo garantia que ele não acabaria em um confortável presídio federal especial assim como Clay Morrow. Wexler cumpriria a pena na Instituição Correcional Federal de Berlin, em New Hampshire, um presídio de segurança média com alojamentos e uma crise de funcionários que deixava tudo mais perigoso. Wexler teria que usar um uniforme de prisão, esfregar o chão e limpar a própria privada, subsistir de alimentos processados, acordar às seis horas e estar com a cama arrumada às 7h30. Toda a sua correspondência seria examinada. Os telefonemas seriam gravados e as visitas, limitadas. Nada seria dele, nem mesmo o tempo livre.

Mas, mesmo assim, não era suficiente.

O único consolo que Andrea conseguia dar a si mesma era se lembrar do alegre pronunciamento de Wexler enquanto eles seguiam na velha caminhonete Ford no dia em que o corpo de Alice Poulsen tinha sido encontrado. Ele estava se gabando do quanto a vida tinha ficado boa depois de deixar o emprego de professor. Se a vida realmente fizesse você pagar pela sua personalidade, Dean Wexler nunca mais ergueria o rosto e veria uma extensão infinita de céu outra vez.

Andrea limpou a garganta e chegou à parte difícil.

— Como estão as garotas?

— As garotas — repetiu Bible.

Aquela parte era difícil para ele também. Quase todo dia eles conversavam sobre qualquer missão em que estivessem, a previsão do tempo, a relação Cussy/chefe, mas, no fim, sempre voltavam para as garotas da fazenda.

Depois da prisão de Wexler, ambulâncias ficaram de prontidão para levar as garotas para o hospital. Só três das doze aceitaram a oferta, e uma delas morreu ao não conseguir se recuperar. Uma tinha abandonado o hospital, outra estava tão malnutrida que um especialista do Centro de Controle de Doenças tinha sido chamado para cuidar dela.

Star Bonaire reunira as voluntárias restantes, pois, de algum modo, ela tinha se tornado a líder de fato. Elas estavam no tribunal toda vez que Wexler aparecia. Quando ele era levado de volta à cadeia, elas voltavam para a prisão na fazenda.

— Sabe, Cussy, a minha esposa, ela esteve lá esta manhã com Melody Brickel, conversando com Star. As duas disseram às garotas que elas têm opções quando o governo finalmente tomar o lugar. Uma residência grupal, talvez, ou elas todas tinham família em algum lugar. A chefe diz que mãe e filha estão batendo a cabeça contra o muro para se comunicar com elas, mas acho que isso faz com que se sintam melhor.

— Tenho certeza de que faz.

Andrea ouviu passos na escada.

Mike ergueu uma garrafa de vinho.

— Desculpe, Bible, eu preciso ir. Cuide da sua mão, cérebro de passarinho.

— Ah, não faça mais uma piada de papagaio, parceira. Isso é golpe baixo.

Andrea riu ao desligar. Mike se sentou atrás dela na escada e ela se apoiou na perna dele quando ergueu o olhar na sua direção.

— A minha mãe e Gordon estão desempacotando os livros.

Mike pareceu cauteloso.

— Como está essa questão?

— Gordon se ofereceu para fazer uma planilha. Já houve uma discussão acalorada sobre se devem ser organizados por ordem alfabética ou agrupados por seções.

— Eles pediram a sua opinião?

— Não.

— Você vai organizá-los por cores depois que eles se forem?

— Vou.

Ela o beijou na boca enquanto os dedos acariciavam a barba. Ela puxou o queixo dele com bom humor.

— Não mexa com a minha mãe.

— Querida, você sabe que eu nunca faria isso.

Andrea sabia que ele faria exatamente aquilo, mas não havia razão para adiar o inevitável.

Os detectores de movimento acenderam as luzes quando eles desceram o longo corredor. O apartamento novo dela era menor que o anterior, mas, pelo menos, não era em cima da garagem da mãe. Aliás, não era em cima de qualquer coisa. Andrea conseguira bancar apenas um apartamento no subsolo no SOBO, que era como os moradores locais chamavam South Baltimore. A senhoria reduziu o aluguel quando descobriu que Andrea era delegada. Mesmo com isso, ela comeria miojo até receber o seguro social, se ele ainda existisse quando ela finalmente conseguisse se aposentar.

Andrea lançou um olhar final de alerta na direção de Mike ao abrir a porta.

Ele viu os pais dela e disse:

— Ah, veja, mamãe e papai estão aqui.

Laura apertou um livro nas mãos.

Gordon limpou a garganta.

Mike abriu um sorriso estúpido enquanto andava pela sala.

— Lugar legal que você achou aqui, Andy. Esta é claramente a primeira vez que o vejo e não faço ideia de onde é o quarto.

As narinas de Laura estremeceram.

Gordon tornou a limpar a garganta.

Andrea pegou a garrafa de vinho. Ela não podia fazer aquilo sem álcool.

A cozinha minúscula dava para a sala e ficava ao lado do quarto, que era ainda menor. O banheiro era tão apertado que a porta tocava o vaso sanitário. Ela tinha exatamente três janelas; a acima da pia da cozinha era longa e estreita e tinha uma vista excelente dos sapatos usados pelas pessoas que andavam pela calçada.

Andrea tinha certeza de que amava o lugar.

Ela procurou as taças de vinho, mas logo desistiu, porque não tinha conseguido desembalar qualquer coisa antes que os pais chegassem para ajudar, principalmente por saber que eles a ajudariam. Ela encontrou dois copos, um pote de geleia e uma caneca de café em uma caixa identificada como COISAS.

Andrea abriu a pia da cozinha, jogou detergente e pegou a esponja. Os pratos de jantar da noite anterior estavam sujos de molho. Espontaneamente, a mente voltou para Nardo Fontaine tirando a mão do pescoço. O sangue tinha jorrado sobre Star e a mulher não gritara nem limpara o rosto. Ela tinha se sentado no banco, entrelaçado as mãos sobre o balcão e olhado fixamente à frente, para a parede de azulejos brancos, enquanto esperava que alguém lhe dissesse o que fazer.

Andrea fechou os olhos e respirou fundo.

Às vezes era assim que acontecia. O trauma voltava, imagens de violência e pontadas de dor apareciam. Ao invés de combatê-las ou tentar mudar toda a sua vida para algo diferente por causa disso, Andrea aprendeu a aceitá-los. As lembranças eram parte de quem ela era, assim como a lembrança do triunfo que sentira quando obteve a confissão de Ricky.

Andrea escutou os ruídos no outro aposento. A ausência dela reduzira a temperatura e ela podia ouvir Laura dando um sermão em Mike, com Gordon rindo dos dois. Ela pegou o iPhone novo no bolso de trás. A conta de Andrea no iCloud tinha feito backup das fotos que ela tirara discretamente da colagem da Judith adolescente. A obra original tinha sido destruída no incêndio, e Andrea tinha a única prova da sua existência.

Ela passou pelas anotações da fita de Melody Brickel, pelas afirmações do que ela tinha descoberto depois serem de uma das cartas da própria Melody. Os ultrassons de Judith que se espalhavam desde o centro da obra, com as fotos de Emily rindo, brincando e fazendo tudo menos morrendo.

Andrea estava desesperada para se convencer de que Judith era parecida com Clay, mas, na verdade, ela se parecia muito com a mãe. Os olhos azul-claros de Emily nada tinham a ver com o azul gélido de Morrow. Já as maçãs do rosto proeminentes e a leve covinha no queixo poderiam ter vindo de algum Vaughn ou Fontaine distante, da mesma maneira que Andrea tinha conseguido o nariz arrebitado do seu repositório genético.

Ela passou a tela, parando na foto de grupo que Judith tinha posto em meio aos outros elementos da colagem. Era a mesma foto à qual Ricky dera lugar de honra por quarenta anos.

A panelinha.

Emily e Ricky estavam vestidas iguais, o delineador líquido e os cachos do permanente colocando-as bem nos anos 1980. Todos os garotos tinham cabelo desgrenhado e usavam jaquetas de mafioso com as mangas arregaçadas. Blake e Clay poderiam ser irmãos. Junto, o grupo parecia estar posando para um filme anterior a *Clube dos cinco*, embora não houvesse nenhum atleta ou patricinha. Andrea só via o nerd, o inútil — e claro que todos, com apenas uma exceção, eram criminosos confessos.

O riso alto de Gordon quebrou o feitiço. Andrea ouvira uma provocação na voz de Laura quando ela respondeu. Pela primeira vez, Mike, aparentemente, não tinha algo a dizer.

Andrea tornou a guardar o celular no bolso. Ela colocou a mão na água com detergente e começou a lavar os pratos. Os dedos se curvavam ao redor da borda lisa de um prato. Mais uma vez, a mente começou a relembrar a lanchonete.

Uma investigação da Polícia Estadual de Delaware declarara que o disparo de Jack Stilton em Bernard Fontaine tinha sido justificável. Andrea não poderia discordar, embora se perguntasse se Stilton teria encontrado um jeito de matar Nardo de qualquer maneira. Ele estava pronto para fazer um segundo disparo e a única coisa que o impedira tinha sido Andrea. Ela entendia o ódio dele por Nardo; ele tinha sido vítima de bullying por parte daquele babaca durante anos, incluindo o fim dos anos 1990, quando, segundo Stilton, Nardo ameaçara expô-lo como gay a menos que ele fizesse desaparecer uma acusação de dirigir sob efeito de substâncias. Ela não conseguia imaginar como a vida dele tinha sido difícil. Atormentado pelo assassinato da melhor amiga de escola; perturbado pela falta de poder para levar o assassino à justiça. Sabendo que Nardo era a chave para solucionar o crime, mas aterrorizado demais para confrontá-lo. Andrea sabia que Stilton era alcoólatra e misógino, mas ele também tinha sido o único amigo verdadeiro de Emily Vaughn.

— Ei. — Os braços de Mike a envolveram pela cintura. Ele pressionou os lábios na sua nuca. — Você está bem?

— Estou. — O nó na garganta a lembrou de não mentir para ele. — Eu não paro de pensar em Star.

Mike pressionou novamente os lábios na nuca dela. As três irmãs mandonas haviam ensinado a ele que nem todo problema tinha uma solução. Ele disse:

— Sinto muito.

Laura limpou a garganta e ergueu três copos de vinho.

— Achei esses na caixa identificada como BANHEIRO.

Andrea deu de ombros.

— Por que tomar um banho se você não vai beber?

Laura franziu as sobrancelhas quando Mike pegou os copos.

— Li o obituário da juíza no *Times*. Não é surpresa que Reagan a tenha indicado. Que grande hipócrita.

— Criminosos que vivem em casas de vidro... — falou Mike.

— Completamente diferente — escarneceu Laura. — Você não escala até esses níveis de poder sem corromper a alma. Vejam o meu irmão repulsivo.

Andrea ficou enormemente grata quando o celular começou a tocar. A identificação da chamada dizia Leonard Bible, o que era estranho, porque normalmente aparecia Delegado Bible.

— Sei que vocês dois não sabem brincar, mas sejam justos.

Andrea saiu pela porta antes que a mãe pudesse discutir. Ela seguia na direção da escada quando atendeu o telefone.

— Você está me ligando de volta para falar de coisas boas?

Houve uma pausa longa. Ela ouviu o ronco de gritos e xingamentos que serviam como as conversas de fundo de uma penitenciária federal.

— Olá, Andrea — disse Clayton Morrow. Andrea sentiu a mão subir até a boca. — Soube que você visitou a minha velha cidade natal.

A mão de Andrea desceu. Os lábios se afastaram quando ela inspirou profundamente, mas não gritou nem entrou em pânico. Disse a si mesma os fatos. O pai estava na prisão. Celulares contrabandeados eram fáceis de conseguir. Clay tinha clonado o número de Bible para que ela atendesse.

Ele queria alguma coisa.

— Andy? — disse Clay. — Soube das notícias sobre Ricky e Nardo. Que relacionamento tóxico. Eles sempre mereceram um ao outro.

Andrea respirou fundo mais uma vez. Dean Wexler podia ser uma réplica barata de Clay Morrow, mas o tom de voz cruel de Clay lembrou-a de Bernard Fontaine.

— Você encontrou o que estava procurando?

Andrea se levantou. Ela não correria o risco de a mãe entrar no corredor, então subiu a escada íngreme, empurrou a porta e saiu para a rua. O tráfego passava zunindo. Buzinas tocavam. Pedestres enchiam a calçada. Andrea apoiou as costas no prédio. Se Mike ainda estivesse na pia, conseguiria ver os pés dela pela janela estreita.

— O que você quer?

— Ah, aí está aquela voz bonita — disse ele. — Eu gostaria que você viesse me visitar, filha. Eu a pus na minha lista de aprovados.

Ela sentiu como se a cabeça estivesse sendo sacudida. Ela nunca iria visitá-lo.

— O seu tio Jasper — disse ele. — Sei que você tem trabalhado com ele.

— Eu não estava trabalhando com Jasper — retrucou ela. — Estava tentando garantir que você nunca saísse da prisão.

— Lamentavelmente, sou inocente — disse Clay. — Embora, me corrija se eu estiver errado, pareça que você estava desejando que eu a tivesse realmente matado.

Andrea sentiu os dedos apertarem o telefone. A audiência de condicional seria em cinco meses e ela tinha certeza de que Jasper estava se esforçando para fazer o trabalho sujo e garantir que ela fosse negada. Da parte de Andrea, ela jurara não deixar que o mundo parasse por um átimo devido ao pai psicopata. Ela tinha fracassado em fazer a parte dela para mantê-lo trancafiado, mas não deixaria que Clayton Morrow a fizesse se sentir um fracasso.

— Mesmo assim — disse ele. — Tenho algumas histórias muito interessante sobre o passado glutão de Jasper que podem interessá-la.

— Como o quê? — perguntou ela. — Ele esteve em todas as audiências de condicional que você teve. Você não pensou em usar essa informação para silenciá-lo antes?

— Curioso, não é? Por que eu esconderia algo que poderia destruí-lo? — Clay riu no silêncio. — Venha me ver, filha, e prometo que não vai se decepcionar.

A boca de Andrea se abriu para responder, mas não emitiu uma palavra sequer. Ela podia sentir o ar frio dentro da boca e pensou no oxigênio circulando ao seu redor. Circulando na corrente sanguínea, trazendo vida para o corpo.

Clayton Morrow não ligara porque queria falar mal de Jasper, mas, sim, porque queria atrair Andrea para a sua órbita. Ela não deixaria que o mundo parasse por causa dele. Ele era um psicopata. O seu oxigênio era atenção e ele precisava que Andrea alimentasse o fogo.

— An-dre-a — cantarolou ele. — Acho que você deveria.

Ela encerrou a ligação.

Guardou o celular no bolso e olhou para a rua. Uma bicicleta estava passando, pessoas corriam para fazer compras. Crianças negociavam as tarefas de casa, enquanto *millennials* bebiam lattes. Um dogue alemão com uma guia comprida trotou na frente dela como se fosse um pônei de circo.

Andrea se afastou da parede e entrou no prédio. Na escada, ela ouviu o trovejar baixo da voz de Mike, o calor do riso de Laura e Gordon constantemente limpando a garganta.

No mês anterior, a mãe acusara Andrea de enfrentar todo desafio na vida como se fosse um penhasco do qual ela precisava se jogar, completamente fora de controle. Deixando que a gravidade assumisse as rédeas.

Naquele momento, a vida era mais como uma plataforma de salto ornamental.

Andrea tinha, finalmente, aprendido a mergulhar.

Ela já sabia como cair.

AGRADECIMENTOS

M EU PRIMEIRO OBRIGADA VAI para Kate Elton e Victoria Sanders, que sempre estiveram presentes em qualquer situação. E houve uma tonelada de questões, então desculpas e apreço. Um agradecimento especial também vai para Diane Dickensheid, por garantir que as velas estejam sempre na posição correta; para Emily Krump, por sua calma incrível; e para Bernadette Baker-Baughman, minha colega, por me manter sã. Ou, pelo menos, pontual.

Na HarperCollins: Liate Stehlik, Jen Hart, Heidi Richter-Ginger, Kaitlin Harri, Miranda Mettes, Kathryn Cheshire, Elizabeth Dawson, Sarah Shea, Izzy Coburn, Chantal Restivo-Alessi, Julianna Wojcik, e todos os meus leitores iniciais pelo mundo. Na WME, Hilary Zaitz-Michael e Sylvie Rabineau. Na Made Up Stories, os incríveis Bruna Papandrea, Steve Hutensky, Janice Williams e Casey Haver. Obrigada também a Charlotte Stoudt, Lesli Linka Glatter e Minkie Spiro, por serem profissionais tão excepcionais e pessoas boas de verdade. Eric Rayman e Jeff Frankel foram essenciais como sempre. E, claro, seria uma falha não mencionar as pessoas incríveis da Netflix.

No Serviço de Delegados dos Estados Unidos, o U.S. Marshals, devo um grande agradecimento a Keith Booker, Marc Cameron, Brooke Davis, Van Grady, Chaz Johnson, Kevin R. Kamrowski, David Oney e J.B. Stevens, por responderem a todas as minhas perguntas entediantes. Quaisquer erros são minha responsabilidade — e não falta de esforço deles.

Alafair Burke, Patricia Friedman, Charles Hodges e Greg Guthrie, por ajudarem com os aspectos jurídicos. Sara Blaedel confirmou a sofisticação do porco-espinho dinamarquês médio. David Harper respondeu a algumas pequenas dúvidas médicas e está ansioso para começar o próximo Sara e Will, para aqueles de vocês que estão se perguntando o que virá em seguida. A Kristian Bush e Melanie Hammer, por me explicarem a assinatura da mudança de tempo em meio a outras esquisitices musicais, para que eu não passasse vergonha. (Ainda posso ter passado, mas o que estou dizendo é que eles tentaram.) Carly Place ajudou com os fatos de Delaware, embora a cidade de Longbill Beach seja inteiramente fictícia.

O último obrigada sempre vai para o meu pai, pelo apoio, e para D.A., por não me enforcar: vocês são meu coração. Vocês são meu lar.

Este livro foi impresso pela Cruzado,
em 2022, para a HarperCollins Brasil.
O papel do miolo é pólen natural $70g/m^2$,
e o da capa é cartão $250g/m^2$.